谢景林有时候觉得林栗是木本植物，

这大树杜鹃，兼备经年的木质，博变，

在丛林残酷的竞争中突破杜鹃树的生长极限，

跻身成了及层树种；

有时候又觉得她是禾本植物，

是所有生命力顽强的小草，生长点极低，

即使尖端被损害、践踏，也能重新长出新的叶片，

她是一切生机勃勃的植物，

对他有致命的吸引力。

初吻叶

大鱼

有爱的青春陪伴者

比春天更绿，比夏天还明媚

（上）

叹西茶 著

青岛出版集团 | 青岛出版社

图书在版编目（CIP）数据

比春天更绿，比夏天还明媚 / 叹西茶著. -- 青岛 ：
青岛出版社，2024. -- ISBN 978-7-5736-2640-0

Ⅰ．I247.5

中国国家版本馆CIP数据核字第202473RV86号

BI CHUNTIAN GENG Lü, BI XIATIAN HAI MINGMEI

书　　名	比春天更绿，比夏天还明媚
作　　者	叹西茶
出版发行	青岛出版社（青岛市崂山区海尔路 182 号）
本社网址	http://www.qdpub.com
责任编辑	李康康
封面设计	Insect
照　　排	孙欣瑞
印　　刷	天津睿和印艺科技有限公司
出版日期	2024 年 10 月第 1 版　2024 年 10 月第 1 次印刷
开　　本	32 开（880mm×1230mm）
印　　张	18
字　　数	615 千
书　　号	ISBN 978-7-5736-2640-0
定　　价	65.80 元（全二册）

编校印装质量、盗版监督服务电话：4006532017　0532-68068050

目录
CONTENTS

·上册·

Chapter 1　临云一中 /001

Chapter 2　我是来读书的 /036

Chapter 3　她是狮子，不是兔子 /073

Chapter 4　只能目视前方，一往无前 /103

Chapter 5　红色信件的秘密 /138

Chapter 6　草蜻蜓会带来好运 /174

Chapter 7　我们两清了 /211

Chapter 8　原来废墟还能坍塌 /247

目录
CONTENTS

·下册·

Chapter 9   他们的心底都有些潮湿 /283

Chapter 10   还"杂草"以真名 /316

Chapter 11   她是一切生机勃勃的植物 /350

Chapter 12   和我一起去北京吧 /384

Chapter 13   青春最美的注脚 /420

Chapter 14   六个人的毕业旅行 /454

Chapter 15   我们会越来越好 /489

番 外 一   大学报到 /527

番 外 二   初雪 /533

番 外 三   许苑＆周与森篇 /538

番 外 四   谢景衡篇 /546

番 外 五   成长 /553

出 版 番 外   /560

· Chapter 1 ·
临云一中

1

临云一中的录取通知书寄到南山中学时，林粟正在茶园里帮忙采茶。她从李爱苹那儿听到这个消息，立刻丢下竹篓，飞身往山下跑，情急之下连笠帽都忘了摘。

从茶岭顶上到山脚下的南山镇，只有一条弯弯曲曲坑坑洼洼的山路，住在茶岭上的人平时都骑摩托车上山下山，单靠走路的话，要花费将近一个小时的时间。

或许对别人来说这条路太长、太难走，但林粟已经走惯了。

南川县是产茶大县，下辖的几个镇都以制茶为业。南山镇是贫困镇，政府为了发展经济，更是大力扶持制茶产业，因此，镇周围的山上都种植了茶树，当地人遂将这条连绵的山脉笼称为茶岭。

茶岭上散落着几个小村落，一个山坳也不过十来户人家，住的多是采茶工。

林粟在茶岭上长大，小学是在山上的公益学校读的，因为山里的孩子少，办不起中学，初中后她就去了山脚下的南山中学读书。

从山上到山下，路途遥远，每天折返太费时间，山里的采茶工没时间天天骑车接送孩子，很多父母会选择让小孩住宿，但林粟的养父母不愿意。一则在学校住宿要多花一笔钱，二则他们觉得林粟住了校，平时就没办法帮家里干活，照顾她弟弟。

林粟上学时间早，养父林永田虽然在山下的制茶厂做工，每天要下山进厂，但也不愿提早起来送她，是以初中三年她天天徒步上下学。

为了不迟到，她每天天不亮就出发了，背着书包和自己做的便当走一个小时的山路，赶在早读前到学校。中午她会让学校食堂的阿姨帮她热下便当，晚上放学再走一个小时的山路回家。

林粟走惯了这条迂曲的山路，往常她并不觉得道阻且长，可今天她却恨不能"胁下生双翼",直接飞到山下去。

夏季午后阳光毒辣,茶岭上的一垄垄茶树在酷烈的日光下浮着一层盎然的绿意,像是无水的青萍。有风吹过,枝头上的茶叶便晃上一晃。

林粟小跑着下山,热出了满身的汗。她紧赶慢赶地到了学校,直接往初三的年级办公室去。

办公室里,班主任周兆华正在整理资料,听到门外的动静,抬头就看到扶着门框在大喘气的林粟。

周兆华一愣,随即起身招手道:"林粟啊,快进来快进来。"

他倒了一杯水递给她,问:"这大热天的,你从山上跑下来的?"

林粟接过水,一口气灌下,捧着杯子点了点头。

"是爱苹告诉你临云一中的录取通知书寄来了吧?"周兆华无奈地摇了下头,"那丫头,我都说了晚些时候会把通知书送上山去,她怎么还让你亲自下来取呢!"

林粟把杯子放桌上,抬头说:"是我自己想下山的。"

毕竟林粟不知道,通知书送到了家里,还能不能到自己手上。

周兆华以为林粟心切,笑了一声,拉开办公桌的抽屉,拿出一份密封的文件袋递过去:"上午刚到的,你拆开看看。"

周兆华拍了拍林粟的肩,夸道:"南山中学已经有好几年没出过考上临云一中的学生了,你这次给学校长脸了。"

南山镇不大,镇上只有一所中学,就是南山中学。小地方生源差,师资力量不足,学风不是太好,家长对孩子的教育也不够重视,因此学生的成绩在全市中学里算是垫底的。现在中考只有50%的升学率,一半的学生能上高中,剩下的一半要分流到职高、专科学校去。南山中学的学生大多属于后一半。

每年中考,南山中学里成绩排前的学生大多只敢报考县里的高中,很少有学生会有勇气去报考市属中学,更别说临云市最好的高中——临云一中。

中考报志愿的时候,周兆华知道林粟要报考临云一中,劝阻过她。虽然这丫头平时校考总拔得头筹,但南山中学的竞争强度和市里的学校比起来,完全不够看。他劝林粟报县里的中学,稳妥一些,但林粟很执着,甚至连第二志愿都没填,一副一条路走到底的架势。

没想到,最后真被她考上了。

林粟是南山中学这几年唯一一个考上临云一中的人,虽说是定向降分被录取的，但怎么说也是棵独苗苗，给学校添光加彩了。

"以后去了一中，一定要再接再厉，争取考个好大学！"周兆华笑着说。

林粟拆开文件袋，抽出里头的录取通知书。在看到自己名字的那一刻，她眼底闪过一抹奇异的光芒，向来沉静的脸上也难得有了一丝不明显的笑意。

她和周兆华道了谢，周兆华见她要走，问了句："要回山上帮忙采茶？"

林粟点了下头。

周兆华看着她脸上晒出的两团红云，张了张嘴，最后只轻叹了一口气，说："天太热了，我骑摩托车送你上山。"

"不用了老师。"面对周兆华的善意，林粟并没有表现出任何的喜悦，表情一如既往的平淡，甚至有些冷漠，"我走回去就行。"

说完，她微微鞠一躬，戴上笠帽，转身就走，孑然又决绝。

周兆华看着林粟离去的背影，不由得摇了摇头，惋叹道："这丫头，太倔了。"

林粟原路折返，走到半道时正好碰上个骑着摩托从镇上回来的村里人，捎她上了山。上山后，她先去找了李爱苹，把自己的录取通知书交给李爱苹保管，还千叮万嘱让李爱苹一定藏好。

从李爱苹家出来，林粟一刻也没耽搁，顶着日头就去了茶园。

养母孙玉芬见她回来，眉头一皱就斥道："我喝口水的工夫，转头就不见你人了，跑哪儿去了？"

"太热了，我去溪边洗了把脸。"林粟捡起地上的竹篓背上，低头说。

"洗脸洗一个多小时？我看你就是找阴凉地儿躲懒去了。"孙玉芬两只手熟练地采摘着茶叶，嘴上不忘数落道，"一个多小时，少摘了多少斤茶叶，少赚了多少钱，我在这儿晒着太阳，你倒好，觅着空儿就偷懒。"

额上的汗水落进眼睛里，刺得人生疼，林粟用手背抹了一把汗，继续采着新鲜的茶芽，任孙玉芬怎么数落也不吭声。

南山镇的乌龙茶小有名气。镇上有个大型制茶厂，茶岭上的田几乎都被这个制茶厂承包下来种植茶叶了。每年到了采茶季，制茶厂就会雇大批的采茶工采茶，茶岭上的村民基本上都以此为业。

小满过后就是夏茶的采摘季节。中考结束后，林粟天天跟着孙玉芬来茶园采摘茶叶。

制作优质的乌龙茶需要午青鲜叶，以上午九点到下午四点采摘的茶叶为佳。这个时间段正好是夏季太阳最毒辣的时候，她跟着一群采茶工整日整日地晒着，从来没有一句怨言。

夕阳西下的时候，工头让所有采茶工去结算，孙玉芬提上林粟的竹篓就走。采茶的工钱是按斤算的，林粟虽然年纪小，但眼明手快，一天下来也能采个十来斤，不比那些熟练的采茶工差多少。

孙玉芬去结算时，林粟就站在一旁等着，见孙玉芬拿了钱，立刻凑上去，喊了声："妈。"

往日结算工钱时，孙玉芬念着她采了一天的茶叶，会象征性地给个五块、十块的零花，心情极好的时候给二十。但今天孙玉芬点完钱后就把几张钞票叠起来，塞进了裤兜。

"要钱？没有。"

见孙玉芬不给钱，林粟脸色微变。

孙玉芬见林粟绷着个脸，一双黑溜溜的眼睛盯着自己看，跟狼崽子似的，不由得一怒，抬手点了点林粟的脑袋，骂道："干活的时候躲懒，要钱的时候倒是挺积极！怎么，不给你钱你还不高兴啊？"

林粟木着脸，片刻后低头认错。她语气诚恳，只是看向地面的眼睛冰凉凉的，不带一点感情。

孙玉芬见林粟服软，心口舒坦了。她把倒空了的竹篓塞进林粟怀里，不耐烦地催道："走，回家做饭，再晚点你爸回来了没饭吃，看他不收拾你。"

林粟跟着孙玉芬回了家，林有为也从学校回来，一到家就说城里来的支教老师胆子小，他不过是在粉笔盒里放了条毛毛虫，那个女老师就被吓哭了。孙玉芬听了，捉他过来打了两下屁股，骂他不好好学习，林有为一下子挣开，躲得远远了又抱怨说放暑假了还要上课。

茶岭上的公益小学因为地处偏远，很少有老师会愿意留下来教书。林粟读书的时候，学校里统共就两个老师，一个人教好几科，带好几个年级。每年寒暑假都会有大学生支教团来学校里支教，他们来教个把月的课，假期结束了就走。

村里人说这些大学生就是图新鲜，放假出来玩的，压根不是来认真教书的。尽管那些城里来的支教老师总是来去匆匆，林粟对他们还是感激的，因为在她以为这个世界就只有茶岭这么大时，他们告诉她，山的外边，有另一个世界。

从茶园回来，林粟就在厨房里烧火做饭，饭蒸好了，菜炒好了，林永田也从山下制茶厂回来了。他一进门就说今天厂里的机器出了故障，几台摇青机和速包机都坏了，耽误了好些事。

孙玉芬问："这么多台机器一起坏了，维修起来不得花上好一阵子？你们还能干活吗？"

"头家说这批机器老化损耗严重，维修起来不值当。他打算换一批新机器，说是明天市里的机器制造商就会来厂里谈合作。"

孙玉芬不关心机器的更迭，只关心一个问题："那你明天还有没有活干？"

"头家让我们这两天把旧机器拆了搬走。"林永田啐了一口，"机器坏了都没得歇，累坏老子。"

孙玉芬听后歇了一口气："有活干就好，有活干就有钱。"

"钱钱钱，你就知道钱。"林永田不爽。

"没钱怎么活？家里什么东西不需要钱？你喝酒抽烟不要钱？现在盐都涨价了，以前一包一块钱，现在涨到了两块，猪肉也是，现在一斤要——"

"行了行了，别念叨了，听着就烦。"林永田不耐地挥了下手，沉着声儿说，"干一天活了，饭呢？林粟！"

林粟听到使唤，立刻把灶台上的饭菜端出去，搁到饭桌上，又回头拿了碗筷摆在林永田面前。

"见到人了，不会叫啊，哑巴了？"林永田一屁股坐到凳子上，不满地瞥了林粟一眼。

林粟闻言，面无表情地喊了声："爸。"

"小白眼狼。"林永田拿起筷子，夹了一箸豆角塞进嘴里，嚼了两下问，"录取通知书呢？拿出来我看看。"

林粟浑身一颤。

林永田冷笑说："我回来的时候碰上你班主任了，他说你的录取通知书今天送到了，还夸你厉害来着，让我要好好栽培你。"

孙玉芬听到这话，抬手搡了下林粟，质问道："你今天躲懒，是不是去拿录取通知书了？东西呢，藏哪儿了？"

林粟抿着唇不答。

林永田"啪"的一声拍下筷子，拔声问："问你话呢，通知书呢？"

林粟惊惧，面对大家长的淫威到底还是害怕。她攥了攥拳，下定决心般开口说："爸、妈，我想读高中。"

"读个屁。"林永田骂道，"我之前就说了，初中毕业你就给我回家帮忙，跟着你妈一起采茶赚钱。"

林粟忍着惧意，哑着声儿说："我考上了临云一中。"

"临云一中了不起？我告诉你，别以为自己多厉害，就你这样，去了一中也比不过城里的学生，到时候还不是回山里采茶的命？

"你就老老实实地待在茶岭，别做当大学生的春秋大梦了！"

2

夏天的太阳长了嘴似的，尖牙利嘴会咬人。

尽管穿了长袖、戴了笠帽，林粟还是被晒伤了。她抬手摸了摸后颈，蹭掉了一层干屑。已经不知道这是她这个夏天第几回被晒脱皮了。

家里没有晒伤膏，林永田和孙玉芬更不会给她买。林粟洗了澡后，拿出自己从后山上剪下来的芦荟，挤出胶来抹到脖子和脸上。

芦荟胶湿黏黏的，要是沾到枕头上，被孙玉芬看到了免不了一顿骂，林粟就靠着墙壁坐着，打算过一会儿再去洗掉。

山里的夜晚分外宁静。隔着一道帘子，林有为已经睡着了，林粟时不时能听到他磨牙的声音。

土房子不隔音，林粟靠在墙上，听到了隔壁房林永田和孙玉芬的说话声。他们先是说了些村里人的是非，嚼完舌根后又说了下制茶厂头家的家事，林永田说头家的女儿徐雅恩考上了临云一中，后天要在镇上的酒楼请客吃饭，办升学宴。

"不就是读个高中吗，又不是考上了大学，这么大阵仗啊？"孙玉芬说。

"你懂个屁。"林永田用不知道从哪儿听来的话卖弄道，"临云一中那是市里最好的学校，考进去就相当于一脚踏进了大学的大门。"

"这么说，林粟还挺厉害？"

林永田哼了一声，不情不愿地默认了。

"那你说，我们不然送林粟去市里算了，保不准她以后真能考个好大学，大学生好找工作，她要是出息了，我们也能跟着享享福。"

"你脑袋发昏啦？小学、初中的学费有国家付，读高中就要自己出钱了，一学期学费好几百，加上住宿费、生活费，七七八八的，三年下来要小一万，你舍得给她花这笔钱？不养儿子啦？

"再说了，那小白眼狼能让你享福？她要成了大学生，出去见了世面，翅膀硬了就飞出这座山了，还以为能像现在这样听你话啊？"林永田冷笑说，"别到时候替人养了女儿，钱都打水漂了。"

孙玉芬觉得有道理。林粟毕竟不是从自己肚皮底下出来的，没喝过自己的奶水，谁知道她真出息了会不会念着养大她的养父母。

"你说得对，还是把她留在山里，起码能使唤，以后嫁了人还能换点彩礼钱。"

"这丫头精着呢，这段时间你看好她，别让她折腾出什么幺蛾子。"

"知道。"

……

林栗沉默地听着林永田和孙玉芬的对话，情绪毫无起伏。

孙玉芬和林永田结婚后一直没怀上孩子，林栗是被他们从另一个山坳的村里抱养来的，为的是以后能给他们养老送终。林栗来到这个家时是四岁，已经是记事的年纪了。

起初一切都还好，林永田和孙玉芬待她也没这么苛刻，直到林栗六岁时，林有为出生了。

有了自己的孩子，林栗这个没有血缘关系的养女就成了个累赘。林永田和孙玉芬不是没想过把她退回去，却找不到当初把林栗托养给他们的女人了。

从小到大，回回林永田和孙玉芬打林栗时都会拿这件事说事，说她亲爸死了，亲妈都嫌她是个麻烦，要不是他们心善，林栗现在都不知道在哪儿要饭。他们还会恐吓她，要是不听话，就把她丢了。

林栗从小生活在随时会被丢弃的恐惧中，为了讨好林永田和孙玉芬，她卖乖讨巧、学做家务，却怎么也讨不到他们的欢心。

渐渐地，她开始明白，这个房子并不是家。

她要逃出去。

林栗伸手往床和墙壁的夹缝里掏了掏，摸出了一个红色塑料袋。她小心翼翼地打开袋子，拿出了里面的一沓钱，这沓钱里面额最大的也不过是五十。

她上初中后，只要放假，就一定会跟着孙玉芬去茶园采茶，春茶、夏茶、秋茶她都采过，这些钱里有一部分是她每回采完茶后向孙玉芬讨来的，还有一部分是她在学校帮人写作业赚的。

积攒了几年，也不过才攒了六百来块。

林栗打听过了，临云一中的学费是五百块，住宿费是三百，她打算这个暑假跟着孙玉芬去茶园再赚些，凑齐一学期的报名费，至于生活费，等她去了学校后再申请贫困生补助。

她管不了第二学期、第三学期要怎么办，只知道自己必须去一中，必须要读书，至于更远的以后，只能走一步看一步了。

一年之中，产量最高、采摘季节最长的就是夏茶，有差不多三个月的采摘期。这段时期，只要天气好，茶园里每天都有采茶工在采茶。

林粟把全家的衣服都洗好晾好后，戴上笠帽去了茶园。她早上九点开始采茶，十一点一到就回家做饭，吃完饭、洗完碗后又跟着孙玉芬一起去茶园。

午后火伞高张，茶园里茶树低矮，完全没有阴凉处，采茶工都曝晒在太阳之下。

夏季采茶最辛苦，但夏茶却是品质最差最便宜的，采茶工们一边采茶一边咒骂天气，与此同时，又希望太阳天天都能出来，因为只有这样，采摘下来的鲜叶才能送到晒青场晾晒，他们也才有活干。

下午李爱苹跑来茶园找林粟，还给她送了一根冰棒。林粟趁机休息了会儿，听李爱苹说她最近看的偶像剧。

正说着话，林粟看到了镇上制茶厂的大老板——林永田口中的"头家"徐家福出现在了茶园里。她一惊，立刻拉上李爱苹蹲下身，缩着脑袋躲在了茶树下。

李爱苹不解，问："躲什么啊？"

"我不是正式工，还是别被他们看到为好。"林粟说。

李爱苹好奇心重，微微起身，往徐家福那儿看去。不一会儿，她拉了拉林粟的衣服，说："快看，'首富'带了人来参观茶园，里面还有个男生。"

徐家福是南山镇上最有钱的人，镇上的小孩就谑称他为"首富"。

林粟抬头，透过扶疏的茶树隐约看到了几个人影，也看到了几个大人身后的少年。

"他好好看啊，好像我看的偶像剧里的演员。"李爱苹突然犯起了花痴。

林粟很久没看过电视了，不知道李爱苹口中的演员长什么样，就盯着那少年多看了会儿。

他个儿挺高，穿着白色T恤和牛仔裤，戴了顶黑色的鸭舌帽。隔了点距离，林粟看不清他的长相，只觉得他清清爽爽的，和学校里流里流气的男生不一样。

大概是大人们谈的事情无聊，少年兴致不高，一直站在边上沉默不语。不知道是不是视线有重量，林粟见他忽地转过头来，目光笔直地投向她这里。

她倏地压低身子，再抬头时他和几个大人已经不见了。

下午，林粟就从采茶工们的闲聊中得知了徐家福带来的人的身份，说是市里机器制造公司的老总来南山镇谈合作，顺便带了儿子来玩。更有消息灵通的人说，徐家福的女儿和老总的儿子考到了一个高中，明天的升学宴请了他们一起来庆祝。

采茶工们聊到这儿，就问孙玉芬说："你们家林粟不是也考上了临云一中，怎么不给办个升学宴啊？"

孙玉芬快嘴回说："都没钱给她读书，还办什么升学宴。"

又有人说："林粟考上了这么好的学校，不给读可惜了。"

孙玉芬把手往腰上一掐，尖着嗓子道："你觉得可惜，就出钱供她读，别只出张嘴。"

那人就不吱声了。

孙玉芬不在的时候，采茶工们聚在一起也夸林粟懂事能干，说林永田、孙玉芬对这个养女太刻薄了，但说归说，没有人真的挺身而出为林粟打抱不平。

这年头，没人活得容易，家家有本难念的经，自身都难保了，谁还管得了别人的死活？

下午四点钟光景，工头喊人结算，林粟看到孙玉芬拿到钱了，就凑到她跟前去，巴巴地喊了一声："妈。"

孙玉芬啐一口吐沫到手指上，搓了搓后开始数钱，点完钱后瞥见林粟站在一旁，眼睛直勾勾地看着自己手里的钞票。她不为所动，把钱一折，塞进兜里，说："你现在不上学了，没什么需要花钱的地方，就不给你钱了。"

林粟立刻急了："妈，我今天没有偷懒。"

"吵吵什么，供你吃供你喝还不够啊？"

林粟一连两天没要到钱，想到以后孙玉芬很可能再不给自己钱了，心下就慌。她没有急赤白脸地和孙玉芬争辩，而是冷静地说："我明天自己找工头算钱。"

孙玉芬一听就怒了，她抬起手直戳林粟的太阳穴，骂道："你现在大了，长能耐了是吧？我告诉你，我要是不答应，你看工头敢不敢把钱算给你。"

林粟并不想和孙玉芬对着干，没好处，便立刻软化了态度，哀求道："妈，我就是想攒点钱买身衣服，你放心，我一定听你的话，好好干活。"

她任打任骂，被戳得身子直晃。

孙玉芬也怕林粟之后干活不积极，骂了几句后就从兜里掏出了钱，抽了张五块的纸钞丢地上。

"小白眼狼。"孙玉芬啐道。

林栗蹲下身，捡起地上的五块钱。她看着手里的纸币，半晌擦了下眼睛，沉默地跟着孙玉芬回去。

到了家，孙玉芬吩咐林栗烧水，林栗趁她洗头发的工夫，回了房间。

林栗爬上床，往床板和墙壁间掏了掏，却什么都没摸到。她脑袋一嗡，立刻趴到床底下，也没见着红色的塑料袋。

她的钱不见了。

林栗当下从头凉到脚。

林有为这时从外面走了进来，手上还拿着一个崭新的游戏机，看到房间里的林栗，他下意识地要往外跑。

林栗两三步冲过去，一把薅住他的后衣领，质问他："你是不是拿我东西了？"

林有为不回话，只顾着挣扎，还要拿手上的游戏机砸人。

林栗揪住他的衣领，晃着他，提高音量再问了一遍："你是不是拿我钱了？"

她红着眼，表情说得上是狠绝，手上更是用了死劲，林有为到底不过十岁，一下子就吓哭了。

孙玉芬听到林有为的哭声，头发都顾不上冲洗，顶着一头泡沫跑进来，看到林栗揪着自己的儿子，立刻上手把她推开。

"干吗呢？动手打你弟啊？"

林栗浑身都在颤抖，咬着牙说："他偷我东西。"

"偷什么偷，这家里什么东西是你的？"孙玉芬摸了下林有为，这才问，"你拿什么了？"

林有为哭哭啼啼的，从口袋里掏了掏，拿出了一个红色塑料袋。

林栗伸手就要夺过来，孙玉芬动作更快，拿过塑料袋打开看了眼。

"这是我的。"林栗想抢。

孙玉芬把手抬高，抹了下流到眼睛上的泡沫，问："哪儿来的钱？"

"我攒的。"

"看不出来啊，你还挺有本事，能攒这么多钱。"孙玉芬睨着林栗，"干什么用，学费？"

"妈，你把钱给我，这是我的。"林栗怕孙玉芬不给，伸手还想抢。

孙玉芬抬手一推，林栗受不住力，直接仰倒在地。

林栗见孙玉芬把塑料袋捆起来塞进了兜里，也顾不上疼，马上跪起来去抱她的腿。

"这是我的钱……

"妈，你把钱给我，求你了……

"你让我去读书，我以后一定会孝顺你们的……

"求你了，求你了……"

林粟哽咽着，抱着孙玉芬就像抱着将溺之人的最后一根浮木，任孙玉芬怎么掰都不放手。

孙玉芬见林粟表情绝望，脸上露出一丝犹豫的神情，但很快她就想到了林永田的话——"林粟这丫头现在就这么有主意，再读了书，有了文化，以后指不定就飞走了，到时候可就白养了"。

"我们供你读完初中就不错了，高中就别想了，学费又贵，还要去市里，你弟也要读书，家里哪有那么多钱……"孙玉芬掰了掰林粟的手，没掰下来，一狠心直接踹了她一脚，不耐烦道，"哭什么哭，不知道的还以为我们家虐待你了。

"没有我和你爸，你早没命了。我告诉你，我们没对不起你，你有本事，去找你死了的亲爸、改嫁的亲妈要钱！"

3

徐家福在南山镇最大的酒楼为女儿徐雅恩办了场升学宴，一口气包下了整栋酒楼，不仅请了镇上的乡里乡亲、茶厂里的下属，还盛情邀请了来谈合作的谢成康和他儿子谢景聿。

谢成康是贵客，徐家福想和他签下合作，自然要巴结着他。徐家福把谢成康请到了主桌，让了座后又是倒酒又是递烟，还打发女儿坐到谢景聿边上。

这场升学宴说是为徐雅恩办的，但主角更像是谢景聿。徐家福不住地夸赞谢景聿，还和周围的人说谢景聿初中的时候拿过省里奥数赛的头奖，那得意样儿，不知道的人还以为他才是谢景聿的亲生父亲。

坐定后，谢成康象征性地喝了一杯酒，徐家福向他介绍桌上的人，有镇长，有书记，有主任。介绍到周兆华时，徐家福手一拍，说："这位是周老师，以前雅恩还没转学到市里的时候，就是他教的。

"周老师是教数学的，很厉害。今年他班上有个女学生，也考上了临云一中，这可是南山中学几年来头一个啊。"

说着，徐家福问周兆华怎么没把那个考上一中的女娃娃叫来一起庆祝下，也能提前认识下新同学。周兆华先是自谦一番，说是学生争气，自己没什么功劳，又回答徐家福的问话，说林粟住在山上，下来不方便。

周兆华提到林粟时，徐雅恩不屑地"喊"了一声，谢景聿听到后扫了她一眼。

徐雅恩正愁不知道怎么和谢景聿搭话，见他看过来，立刻抓住机会开口说："他们说的这个林粟，是个奇葩。以后到了学校，你要是见到她，记得躲得远远的。"

徐雅恩说着哼了声："不过你也有可能见不到她，她家很穷的，初一的时候老师让交校服费，她拖了半个学期才交，高中学费那么贵，她爸妈说不定不会让她继续读了。"

谢景聿听了徐雅恩的话，一点反应都没有，仍是一副冷静自持的样子。他没有那么多好奇心和同情心，对素不相识的人的悲惨身世完全不感兴趣，对现在所处的场合只有说不出的厌恶。

这场宴请说是升学宴，其实不过是挂着羊头的生意场。成年人虚伪狡诈，借着小孩升学的名头，忙着拉拢人脉，喝酒应酬。

徐雅恩虽然和谢景聿不是一个初中的，但也听过他的大名，中考之前的几回市统考他都是第一。

好不容易搭上了话，徐雅恩不放过机会，接着问："你是不是进实验班了？"

"没有。"谢景聿的语气没有起伏。

"啊？"徐雅恩显然很意外，"你成绩这么好都没进？是不是中考发挥失常了啊？"

谢景聿没答。

徐雅恩觉得自己大概是猜对了，就故作成熟地安慰他："没事的，谁都有失手的时候，我中考也没有发挥好，不然分数还能高个 20 分。"

徐雅恩后面又自顾自说了好些话，谢景聿不胜其烦，他根本不想和她有共鸣，更不想被她安慰。

酒楼里人声喧哗，时不时有人端着酒杯来找谢成康。谢景聿看不惯大人们端着酒杯互相吹捧的模样，更受不了徐雅恩在边上反复念叨考试失常的事，就借口说要去洗手间，趁机离开了酒楼。

南山镇的马路上时不时有运输新鲜茶叶的车辆开过，可能因为制茶厂就在附近，镇上的空气里都透着浓郁的茶香。

谢景聿走到茶岭脚下，雇了辆摩的独自上了山，到了茶园下车后，径自往深山里走。

正午日头正高，晒得人影团成一团缩在脚边。夏天山上草木葳蕤，乔木遮天蔽日，越往山里走四周就越安静，只有虫鸣鸟叫声响彻山林。

茶岭上除了已经开过荒的茶田，更多的是人迹罕至的原始山林。来南山镇之前谢景聿就了解过，镇上周围的深山里长有野生桫椤。他跟着谢成康来南山镇，就是为了碰碰运气，看看能不能找着一株。

进山后有了树荫的遮挡，体感凉快了许多。谢景聿往上攀爬了一段，忽听身后响起一阵窸窣声，他立刻回头去看，只见一丛野生茶树晃了下，很快就静止了。他以为是野兔跑了过去，没放在心上，继续往上走。

桫椤喜潮湿，一般生长在山谷溪旁，谢景聿听到溪流声后劈草开路找过去，不想脚下一空，整个人往下一坠，摔进了一个深坑里。他摔的姿势不好，着地后脚一扭，顿时痛得他冒出了一层冷汗。

山里的野猪会下山糟蹋田地，谢景聿在书上看过野猪陷阱，但是没想到自己会掉进去。他庆幸陷阱里没有插着竹签，否则他现在已经成筛子了。

陷阱很深，就是没扭脚，人也很难徒手爬出去。

谢景聿冷静地判断了下形势，知道凭借自己是没办法从陷阱里出去后，就打算给谢成康打个电话，结果现代科技在原始山林里一点用处都没有。

山里没有信号，茶岭上的人家都集中在几个山坳里，深山老林很少会有人来。前不着村后不着店的，谢景聿一开始还有点心慌。他坐在陷阱里望着天，看到上方被树枝分割成块的天空时，忽然觉得在深林里慢慢化为白骨的这种死法也不错。

至少腐肉还能滋养大地，也算是死得其所。

时间一点点地流逝，谢景聿想象着自己会和这座山融为一体，同山里的草木一起枯荣，就在这时，陷阱口探出了一个脑袋。

有一瞬间，他以为自己看到了什么山灵精怪，"小鹿女"之类的。下一秒，"小鹿女"开了口："你想上来吗？"

谢景聿没回答，这个问题明显多余。

"我可以找人救你上来，只要你答应我——"林粟一字一句又沉又稳地说，"让你爸爸资助我上学。"

谢景聿坐在地上，背靠着土壁，明明掉进了坑里，却不让人觉得狼狈。听到林粟的话后，他没什么特别的反应，沉默片刻后才冷静地陈述道："你跟着我上山的。"

林粟没想到少年这么聪明，被戳穿后她有一瞬间的慌张，但很快就坦然了。

谢景聿冷笑: "你应该再等久一点。"

"山里有很多野生动物，再晚点野猪就会出来觅食了。"林栗语气平静。她知道自己的做法很不光明磊落，但她已走投无路。

谢景聿没想到在深山里还能被威胁。他仰头看着陷阱外的人，她已不再是单纯无害的"小鹿女"，而是一匹随时会咬断人喉管的野狼。

"你叫什么?"半晌，谢景聿问。

"林栗。"

谢景聿立刻想到了徐雅恩的话，"一个奇葩"。

"去找人吧。"谢景聿面无表情道。

林栗一动不动，目光仍望着陷阱里的人。

谢景聿被困在陷阱里，却一点不着急，就这么静静地和林栗对视着。

他们像是在无声地交锋，林栗虽在陷阱外，却不占优势。现在这种情况，除了相信谢景聿，她没有别的选择。

既然决定了要赌一把，她便只能赌下去。

林栗把竹篓往地上一丢，转身往山下跑——山上真有野兽出没，她怕跑慢了，谢景聿会出意外。

到了茶园，林栗喊了两个大人上山，接下来的事情就很顺利了。

谢景聿被人从陷阱里救了上来，送到了村里的卫生所，之后有人给谢成康打了电话，谢景聿很快就被接下了山。

谢景聿被人从深山上救下来后，身旁始终围着人，直到他被人接走，林栗都没找着机会和他说上一句话。

她不知道他会不会遵守约定，就像草木恪守神约①一样，这场交易从一开始就是不平等的，他如果失约，并不会有什么损失，更不需要有负罪感。

但林栗不得不救他，她已经找不到别的出路了，只能寄希望于谢景聿这个从天而降的不知是浮木还是稻草的外来者。

从山上下来，林栗没有去茶园，她在李爱苹家抱着临云一中的录取通知书待了一下午，直到傍晚太阳下了山才回去。

林栗下午旷工，孙玉芬见她回来，拿起竹条就抽她。她心里有恨，这回没有站着挨打，抬手去抓竹条，不想这举动彻底激怒了孙玉芬。

孙玉芬第一回遭到林栗的反抗，心道这妮子真是翅膀硬了，现在不把她教训服了，以后更不好管教。孙玉芬揪着林栗的马尾，狠狠地抽了她一顿，之后就把她关进了杂物间里，不让吃晚饭。

太阳下山后，山里的气温大跳水，黑夜像黏液一样，从门缝、从窗户里入侵进来，企图将人吞噬。

林粟蜷缩在杂物间的角落里，又冷又饿。她靠着墙，看着小窗外的明月，心里是一片荒芜。

没有人可以告诉她，为什么人生会这么艰难。

林粟恍惚中想起了死去的生父、丢弃了自己的生母，她对他们已经没什么印象了。如果可以，她很想当面质问他们，既然要丢下她，又为什么要把她带到这个世界来。没有欢乐，只有苦楚，她甚至不能从回忆里挤出一点甜蜜来度过这个漫漫长夜。

杂物间里放着杂七杂八的农具，还有几瓶除草的农药。她看着脚边的几个罐子，就像是在看卖火柴的小女孩手中的火柴。

就在这时，杂物间的门开了。孙玉芬拿着手电筒走进来，往林粟的脸上照了照，说："你班主任来了。"

林粟枯涸的眼一动，立刻起身。

孙玉芬看到林粟手臂上的红痕，推了她一把，不耐烦地使唤道："去换件长袖。"

林粟这回没反抗，换了件干净的长袖后才去了既是饭厅又是会客厅的屋子。

周兆华见到林粟，笑着朝她招手，说："老师给你带了好消息来。"

林粟走过去，周兆华垂眼就看到了她脖子上的一丛红痕，当下眉头微皱。

"你下午是不是在山上救了一个男孩？"周兆华问。

林粟点头，看着周兆华的眼神不自觉地透着期盼。

"那男孩叫谢景聿，是市里机器制造公司的小少爷。下午他下了山，和他爸爸说是你救了他，他很感激，想报答你。"周兆华不卖关子，直接说，"他知道你也考上了临云一中，了解到你们家比较困难，就说想资助你上学，他爸爸答应了。"

林粟那颗死寂的心重新开始跳动了起来，她忽然感到眼前的一片云翳被拨开。

"资助上学，什么意思？"孙玉芬问。

"就是林粟上高中的学杂费、生活费，他们都给出。"周兆华把话说白了。

"白给？"

周兆华点头。

"有这么好的事？"孙玉芬露出了一个捡到大便宜的表情。

周兆华看了孙玉芬一眼，说："只有林粟去了一中，才能拿到这钱，她要是不去，这钱就没有。"

孙玉芬的表情立刻就垮了，林永田听了后粗声粗气地说："我们不打算让林粟读高中。"

林粟心一沉，周兆华追问："学费、生活费都有了，怎么还不让她去读书啊？"

"说是资助，谁知道会不会真的给钱……再说城里的孩子从小上补习班，林粟去了怎么和人比？最后还不是得回来采茶，不如不读，省得浪费时间。"林永田说得冠冕堂皇的。

"林粟很聪明，也肯吃苦，一中学习氛围好，老师也好，我相信去了那里，她一定会进步的，以后也能考个好大学。"

周兆华这么一说，林永田和孙玉芬就更不可能让林粟去读高中了。

好不容易争取来的机会，林粟是说什么也不会放弃的。她冷眼看着自己的养父养母，忽然开口，冷静地说："我昨天看到徐雅恩的爸爸和谢景聿的爸爸来茶园了。"

林永田和孙玉芬听到这话，脸上的表情果然凝结住了。

徐家福和谢成康要合作的事这两天在南山镇传得沸沸扬扬的，徐家福想要低价从谢成康手底下进一批新的制茶机器，以后也想深度合作，在这当口上，如果林永田和孙玉芬拂了谢成康的好意，徐家福怕是会不高兴。

林永田和孙玉芬都在制茶厂里讨生活，不得不看头家的脸色，周兆华也想通了这一点，不由得看向了林粟。

林粟绷直了背站着，眼神里藏着劲儿，像是一把剑，还未出鞘就有了锋芒。

周兆华心中纳罕：这丫头，是个野心家。

4

这个夏天，林粟学会了一件事：压制一种强权，要用另一种强权。

林永田和孙玉芬怕得罪徐家福，没敢驳回谢成康的好意，林粟知道他们心里是不情愿的，但现实让他们不敢反对。

去市里上学的事就这么敲定了，但没开学之前，林粟都不敢掉以轻心，怕有什么变故。

整个暑假，她都格外听话。在家里林永田、孙玉芬让她干什么她就干什么，白天即使孙玉芬不给她钱，她还是会跟着去帮忙采茶。

黎明就要来了，所以眼前的黑暗是可以忍受的。

谢成康资助林粟上学的事宜都由周兆华作为中间人代办，林粟在暑假期间去办了身份证，临近开学前，周兆华领着她去办了张银行卡。他把卡号发给了谢成康的助理，告诉林粟，之后谢成康会让人往卡里打钱。

林粟拿着那张银行卡，觉得微微烫手。

转眼暑期结束，林粟很早之前就收拾好了东西，时刻准备着去学校。她的东西不多，左右不过几件洗得褪了色的衣服，还有一床自己睡了好几年的床单被套，她洗净后叠好，装进了蛇皮袋子里。

孙玉芬说得对，这个家没什么东西是林粟的，一个装不满的蛇皮袋子就是所有。

报名那天，林粟天不亮就下了山，这条山路她披星戴月走了三年，但这一回，她的脚步比以往更加轻快。

到了山脚，有摩的师傅见林粟背着一个蛇皮袋子，就凑上来问她："小姑娘，是不是要去汽车站？坐车啊。"

她摆了摆手，直接走了。

林永田和孙玉芬没给路费，她身上有两三百块的现钱，是村里的叔叔婶婶知道她要去市里读书，私底下偷偷给她的，她舍不得花。

去汽车站前，林粟先去了趟镇上的银行，她拿出不久前办的卡，在自助机上查询了下卡内的余额，在看到数字"0"的那刻她有一瞬间的茫然。

周兆华说过，谢成康会让人往卡里打钱，但今天已是报名日，卡里还是一分钱都没有。

没有报名费，一切都是徒劳，但既然已经走到了这里，她是不会回头的。

林粟没有彷徨，她收起银行卡，定了定神，重新背上了蛇皮袋，一步步地往汽车站走。

到了汽车站，太阳已经离开山顶好一段距离了，气温开始攀升。

林粟从小生长在茶岭上，去过最远的地方就是南川县城，那一回是学校老师带着全班人一起去县城博物馆参观。林永田和孙玉芬带林有为去过几回市里，但从来没带她去过，她没有经验，不知道去市里要怎么坐车。

周兆华之前说要送她去学校，但南山中学的开学时间和一中的报名时间撞了，她不想麻烦人，打算自己搭车去学校。

买了票，林粟在候车厅坐了会儿，到发车点，就混在一群赶早去县里做买卖的乡亲中上了车。

乡下大巴破破烂烂，椅子的皮套都被划烂了，露出了里面脏兮兮的海绵。虽是早班车，但车上还是坐满了人。过道上有鸡有鸭有鹅，各种牲畜排泄物的味道混在一起，被热气一烘，车厢内的气味非常难闻。

林粟再脏再臭的地方都待过，所以并不觉得难以忍受。大巴车开动时，她透过车窗看向远处绵绵不断的青山，眼中毫无留恋。

很多人说茶岭是南山镇的财富，镇上的人祖祖辈辈都靠着这几座山讨生活，但这里对她来说却是牢笼。今天她就要走出这座牢笼了，她起誓，此后不管道路多艰难，她都不会再被困住。

大巴车在山路上摇摇晃晃了一个多小时才到南川县城，林粟下车后就买了去临云市的车票，从县里到市区有高速车，她不舍得多花那几块钱，仍是坐的国道车，就这么颠簸着到了市里。

她一大早从南山镇出发，快中午了才到临云市。城市里的高楼大厦、车水马龙对她来说实在过于陌生，人生地不熟的，她边问边走，最后找到了公交车站，搭公交车去学校。

头一回坐公交车，林粟还坐反了，倒了趟车，到一中时已经过午了。学校保安看她可疑，把她拦下，看过录取通知书后才放行，顺便告诉了她报名点的位置。

临云一中是错峰开学，高一新生最先报到。到了教学楼，林粟站在公告栏前看分班表，她先去找谢景聿的班级，很快就在三班的名单上看到了他的名字。她接着往下找，发现自己就在他隔壁班，四班。

高一教学楼总共五层，一楼是美术室、打印室和年级办公室，往上每一层四个班。班级数字越靠前楼层越高，林粟背着蛇皮袋上楼，一路上备受瞩目，不乏有人在她身后低声议论。

坐了一上午的车，她形容狼狈，又在大巴车里熏了那么久，身上的味道也不是很好闻。和校园里衣着靓丽的同龄人相比，她显得格格不入。

林粟没理会旁人奇异的目光和窃窃的私语，挺直了腰背往楼上走。到了最顶层，她先去了三班，却见教室的门锁着，里面空空如也。

谢景聿就是报名费，找不到他，她就没钱交学费。

林粟在三班门口站了会儿，才去了自己的班级。

四班的教室门还开着，班主任王云芝看到林粟，高兴道："你可算是来了，班上就差你一个人没来报名了。"

林粟走近，王云芝上下打量了她一眼。

女孩衣着朴素，风尘仆仆的，长相虽然不似今天见多了的漂亮可爱，但一双眼睛亮得出奇，让她整张脸看上去非常有野性。

对，野性。这是她这个年纪的孩子身上少有的特质。

王云芝尤其着重看了下林粟挎着的蛇皮袋，迟疑了下，开口问道："你爸妈呢？"

林粟平静地回道："我自己来的。"

王云芝很意外，高一新生对校园不熟悉，大多数学生是由父母陪同来的，林粟还是第一个自己来报名的学生。

林粟把蛇皮袋放在地上，拉开拉链，在里面翻了翻，拿出了一个文件袋，又从里面取出了录取通知书。

"老师，我能不能迟点再交学费？"林粟一路走来，没少被人指指点点，她都惘然无视，只有在这一刻才稍微感到局促。

王云芝柔声问："你是有什么困难吗？"

林粟不敢承认，她怕王云芝不让自己入学，就保证道："老师，您放心，我一定会尽快把学费交齐的。"

王云芝虽然资历尚浅，但也有两年的执教经验，她看得出林粟的窘迫，很快心里就有了打算。

"你是要住校的吧？"王云芝问。

林粟点头。

王云芝想了下，说："这样，你先去宿舍签个到，把东西放好，学费的事我们之后再说。"

林粟见王云芝没有不让自己入学，提着的一颗心落了地，立刻道谢。

王云芝递给林粟一张新生入学说明书，叮嘱道："记得下午两点钟到教室，我们要开个班会。"

"好的。"林粟接过说明书，把蛇皮袋拉好，背在身上，离开了教室。

王云芝这才低头在报名册上找到林粟的名字，在后头打了个钩，又写上了三个字：贫困生。

离开教学楼后，林粟顺着指示牌找到了高一宿舍楼，她在宿管阿姨那儿签了到，领了水电卡，拿了钥匙上楼。她的宿舍在三楼，是四人间，她进去时，房间里有人，几个家长帮着自己的小孩在整理床铺。

林粟一进门，就敏锐地察觉到宿舍里诡异地安静了几秒，最后还是一个戴眼镜的叔叔朝她打了招呼，问："你是林粟吧？"

林粟把蛇皮袋子往肩上提了提，点了点头。

"你好啊。我是圆圆的爸爸，圆圆就睡在你上铺。"

林粟的上铺孙圆圆是个微胖的小姑娘，她也是宿舍里第一个和林粟打招呼的室友。

"你一个人来的？"孙圆圆的爸爸问。

林粟还是点头，孙圆圆的爸爸没有多问，还夸她一句，说她独立。

林粟的另外两位室友叫李乐音和周宛，林粟听她们父母聊天才知道，孙圆圆和李乐音的家就在临云市，但是离学校远，上下学不方便，就办了住校，而周宛是从县城考上来的。

孙圆圆她们来得早，又有父母帮忙，很快就收拾好了东西，约好一起去校外超市买点日用品。孙圆圆的爸爸热心地邀林粟一起去，林粟摇头拒绝了。

她身上的钱不足以让她随意消费。

学校给住校生都准备了被芯床褥，林粟从蛇皮袋里拿出床单被套，利索地套上，之后又把衣物整理好放进自己的柜子里。她的东西本就不多，很快就归置妥当了。

早上出发得早，她只在镇上吃了个包子，折腾了一上午，现在已是饥肠辘辘。她洗了把脸，换了身衣服，背上自己从初中就开始用的旧书包，把宿舍门锁了后离开。

一中还未正式开学，学校食堂没有营业，林粟在宿舍楼旁的小卖铺里买了两个馒头和一瓶水，坐在操场旁边的台阶上吃。

一中的操场很大很大，比南山中学大得多，跑道不是沙子填的，中间的足球场绿意盎然，没有人在上面晒茶叶，空气里弥散的不是茶香，是跑道被太阳曝晒后散发出的淡淡的塑胶味。

外边的世界和茶岭完全不一样，这种陌生感让林粟感到自由，脑子里要读书、要留下来的念头无比强烈。

她就着水，狼吞虎咽地把两个馒头吃下，估摸着时间差不多了，起身往教学楼走。

高一年级有十六个班，下午每个班都要开班会，一栋楼里有六百多个学生，又正是朝气蓬勃的年纪，一时间教学楼里乌泱泱的都是人，吵闹极了。

林粟背着个玫粉色的书包已是扎眼，更何况上头还印着芭比娃娃。

这个书包是她小学毕业时，一个来茶岭支教的老师送她的升学礼物，当年这种款式的书包还很受学生的欢迎，三年过去，它已被快速成长的少年男女视如敝屣。

十六七岁的年纪不再喜欢缤纷的色彩，有了小大人范，开始追求所谓的成熟。林粟的书包显然是幼稚的，但面对周围同学们投来的异样目光，她始终坦然自若。

教学楼两侧都有楼梯，她特意从一班这一侧的楼梯上去，直接爬上五楼，到了三班门口站定，随后直接走了进去。

教室里因为她的出现有一瞬间的安静。

谢景聿察觉到班上诡异的气氛，以为是班主任来了，抬起头却看到了一个意想不到的人。

林栗的眼神极具有侵略性，谢景聿在她的注视下微微皱起了眉头。

一时间，他好像再次落进了陷阱中。

5

林栗就站在教室进门处的位置上，看了谢景聿好一会儿，直到他露出明显不悦的表情，才不徐不缓地移开视线，神色如常地说："对不起，我走错教室了。"

谢景聿看着林栗的背影，想到她刚才盯着自己的眼神，确信这是一个警告。

离开三班后，林栗从前门走进自己的班级，她来得迟，教室里的人已经到得差不多了。她无视班上同学怪异的眼神，目光在教室内转了一圈，想找个空位坐下。

"林栗，这里。"

林栗看到孙圆圆朝自己招手，愣了下后走了过去。

"我给你留了座。"孙圆圆把自己放在椅子上的书包拿走。

"谢谢。"林栗坐下，把书包放进抽屉里。

"不用谢。"孙圆圆笑起来一双眼睛像月牙一样，她说，"我爸爸说了，要多照顾你。"

林栗想到了孙圆圆的爸爸，一个热心肠的大人。有他这样的爸爸，难怪能养出孙圆圆这样，像小太阳一样的女儿。

"你有初中的同学分到了我们班吗？"孙圆圆问林栗。

林栗摇头。

"其他班呢？"

"也没有。"

孙圆圆惊讶："你们学校就你一个人考上了一中？"

林栗点头。

"你好厉害啊。"孙圆圆有些不好意思地说，"我有很多初中同学考上了一中，我是这里面成绩最差的，校排名才536，再少一分，我就进不来了。"

林粟问："哪里可以看校排名？"

"学号啊。"孙圆圆说，"学号后三位就是中考成绩排名。"

林粟在分班表上看过自己的学号，后三位是"583"。她的中考分数并没有达到一中的统招线，是通过定向降分才进的一中，这个成绩水平在这所市一流中学的学生里只能居于末流。

南山中学的老师以前总说市里学校的学生如何如何厉害、竞争怎么怎么激烈，林粟当时并没有特别具象的概念，现在在确切的数字面前，她才看到了差距。

孙圆圆并没有察觉到林粟情绪的异常，接着说班上谁谁谁和她以前是一个学校的，直到班主任进了教室，她才谈兴未尽地安静下来。

王云芝是语文老师，她进来后先做了个自我介绍，随后发表了下开学感言，诸如"欢迎各位来到一中，以后大家就是同学了，要一起加油，共同进步"云云。

一个班总要有班委，王云芝很民主，让学生毛遂自荐。

高一班级是新集体，大多数人不好意思举手，最后大部分的职位是按成绩钦定的，倒是体育委员是班上一个叫周与森的男生主动请缨担任的。

那男生举手的时候，孙圆圆就在林粟耳边说："周与森和我也是一个初中的，他以前在学校就挺出名的，人特别热心，谁有困难他都帮。"

林粟闻言，转过头看了眼那个叫周与森的男孩，他坐在最后一桌，为自己争取到体育委员的职位后，就龇着牙笑得一脸灿烂，不知道的还以为他当的是什么"大官"。

选好班委，王云芝就开始排座位，按照最传统的身高高矮来安排。林粟和孙圆圆个儿差不多，站在一起自然而然地就成了同桌。

开完班会，王云芝抬手往下压了压，说："同学们保持安静，一会儿段长会通过年级广播开个段会。"

"班长，你维持下班上的纪律。"王云芝说完，朝林粟招了下手，柔声道，"林粟，你跟我来一下。"

林粟猜王云芝是要说学费的事，心里惴惴，顺从地跟着她去了教师办公室。

五楼的教师办公室在一班对面，林粟才进去就看到了谢景聿，他的班主任正拍着他的肩，语重心长地和他谈心。

谢景聿根本没专心在听班主任的话，注意到办公室里进了人，他余光看过去。看到林粟的那刻，他神色一凛。

林粟背对着谢景聿站定，王云芝先问她："宿舍都收拾好了？"

"嗯。"林粟点头。

"那就好。"王云芝又问，"有没有需要老师帮忙的？"

林粟摇头。

"你有什么需要，一定要和老师说。"王云芝轻声叮嘱道。

林粟点了点头。

王云芝翻了翻桌上的文件，问："你的家在南山镇？"

"嗯。"

"那是有点远。"王云芝看着林粟，语气小心地问，"你一个人来市里上学，爸妈是工作很忙吗？"

"工作"这个词太正式了，在乡下基本听不到。林粟抿了下嘴，回道："他们都是工人，忙着帮制茶厂采茶制茶，没有时间。"

王云芝了然地点了下头，接着说："南山中学今年就只有你一个学生考上了一中，你爸妈应该挺担心你的，所以老师想给他们打个电话，把你在学校的情况说一下，你觉得呢？"

林粟听王云芝说要给林永田和孙玉芬打电话，心里一个咯噔。她不怕别的，就怕他们在电话里知道自己没钱交学费，会让她退学回茶岭。

"我爸妈他们白天都要干活，接不到电话的，而且……"她顿了下，再次开口时音量稍微拔高了些，"山里信号很不好，求救电话都打不出去。"

谢景聿有一搭没一搭地听着班主任反反复复的宽慰，冷不丁听到林粟的这句话，眼神蓦地一冷——她这话是故意说给他听的。

"这样啊。"王云芝表情苦恼。

林粟不傻，全班四十几个人，王云芝唯独想给自己的家长打电话，原因可以猜得出。她吸了一口气，缓道："老师，您放心，我一定会把学费交齐的。"

王云芝想给林粟的父母打电话，不只是为了学费的事，也是想了解下学生的家庭情况，但此时看着她倔强的眼神，再多关怀的话便说不出口。

这时候三班的班主任和谢景聿最后说了两句鼓励的话，让他不要灰心，就放他走了。

林粟察觉到身后的动静，眸光微闪，对王云芝快速说道："老师，没事的话，我先回教室了。"

王云芝怕关心过犹不及，便点了头。

林粟转身离开教师办公室，紧跟着前面人的脚步。

一、二班和三、四班中间是个小走廊，洗手间和饮水间都在那儿。谢景聿拐进饮水间，转过身毫不意外地看到了跟进来的林粟。

今天之前，谢景聿只见过林粟一回，仅此一回就印象深刻。他想她如果足够聪明，就不该再来找他。

"我爸给的钱不够你交学费？还是你觉得上回的交易亏本了，想找我加码？"谢景聿开口，语气嘲弄。

林粟无视谢景聿言语间的嘲意，挺直腰杆，回视着他直言道："我没有收到学费。"

谢景聿和谢成康提了资助林粟的事后，就没再过问过这件事。他不知道谢成康具体是怎么安排的，但这种事，他既然答应了，就不会反悔。

林粟见谢景聿眼神里审视意味十足，以为他是不相信她，觉得她是又找了个借口来讹他，便再次开口说："你可以问问你爸爸。"

谢景聿观察了林粟几秒，他想她既然有胆量威胁自己，就不会蠢到说这种低质量的谎言，加上刚才在办公室里听到的话，他姑且相信她没撒谎。

"有手机吗？"谢景聿不想多纠缠，很快说道，"我给你个号码，你打过去问问。"

谢景聿知道谢成康的很多琐事都是由他的助理周帅帮忙处理的，就想直接把周帅的号码给林粟。

林粟摇头。

谢景聿再次皱起了眉。

林粟看出了谢景聿的不耐烦，她担心他一气之下反悔，立刻说："你把号码给我，我用公用电话打。"

谢景聿看着林粟，她虽是对他有所求，但态度始终不卑不亢的。

她显然是个不达目的不罢休的人，谢景聿不想再多生枝节，沉吟片刻就拿出自己的手机，直接给谢成康打了电话。

谢景聿和谢成康说话时语气也是冷冰冰的，连那声"爸"都显得毫无感情。他直接说了林粟的事，让谢成康把这件事落实清楚，最后建议谢成康换个能干的助理。

挂了电话，谢景聿的表情不是太好，林粟想也是，谁被威胁了还要帮威胁者善后，心情都不会太好。

"谢谢。"林粟由衷道。

谢景聿冷笑，多少觉得她这句"谢谢"有些虚情假意。他看着林粟，突然问："如果那天我没有掉进陷阱里，你打算怎么做？"

谢景聿似笑非笑："把我推下去，或者是……拿刀抵着我？"

林粟一开始并不想威胁谢景聿，她之所以跟着他上山，仅仅只是怕他一个外地人会在荒山里出事。看到他掉进了陷阱，她当时就想下山找人来救他，但在那一刻，她突然想起了李爱苹说的话。

李爱苹在知道林粟偷偷存的钱被孙玉芬缴走后，无心地说了一句，如果有人愿意花钱资助她，她就可以继续上学。

林粟挣扎了很久，最后还是向恶念妥协了。

不管最初的动机是不是单纯的，结果是她的的确确乘虚而入，威胁了谢景聿。

林粟不想为自己的行为辩解，她知道谢景聿现在肯定认为她是个卑鄙小人，这都无所谓，只要能继续读书，她可以当一个无耻之徒。

"如果我手上有刀的话。"林粟冷静地说。

谢景聿没有被林粟的话激怒，反而对她有些刮目相看，至少她是个言行一致的人，不是说一套做一套的伪善者。

"现在我们两清了，以后在学校，离我远点儿。"片刻后，谢景聿说。

林粟点头："我会的。"

他们相视一眼，再无话可说，默契地一前一后从饮水间走出来，分别回到了自己的教室。

6

班会开完，差不多到了下午放学的时间点。林粟背上书包，想出去学校一趟，孙圆圆不想一个人回宿舍，就陪着她一起外出。

她们先去了学校附近的银行，林粟在自助机上查询下，卡里已经有钱了，总共两千元。扣除学杂费和住宿费，还能剩下一千，这对她来说是一笔巨款，她觉得自己一个月用不到这么多。

谢景聿的爸爸实在大方。林粟盯着自助机上的数字想，如果她找谢景聿说自己不需要这么多的生活费，他会不会认为她虚伪至极？

大概率会。

林粟取了一千块出来。离开银行后，她和孙圆圆在校门口的小吃店里吃了一碗面，之后就去了附近的超市。

林粟没逛过大超市，连推车都是孙圆圆教她用的。超市里的商品琳琅满目，同一件东西有不同的质量规格，她都只挑最便宜的拿。

"林粟，你用香皂？"孙圆圆看了眼购物车问。

林粟点点头。

"香皂比沐浴露更好用吗？"

林粟没有好用不好用的概念，就说："更实用。"

孙圆圆闻言，乐呵呵地说："那我下回也买香皂，省点钱来买零食。"

林粟是没有钱才要省钱，孙圆圆却是为了吃的，尽管如此，她并不觉得孙圆圆是"何不食肉糜"，只觉得她很可爱。

林粟很早之前就知道人生而不同。

同样是在茶岭长大，李爱苹的父母对她呵护有加，虽然家庭不富裕，却把力所能及的一切都给了她。很小的时候林粟也会羡慕，但后来就明白了，每个人的际遇都是不一样的，与其怨愤不公，不如将命运把握在自己手上。

从超市出来，林粟抱着一个大脸盆，提了一袋子的生活用品，孙圆圆则提了一大袋的零食，没等回到宿舍，就拆开了一包薯片解馋。

一中的宿舍楼都在校区的另一头，孙圆圆拉着林粟抄近道，从靠近食堂这侧的后门回校。她们绕过食堂，穿过篮球场时撞见了几个下了场在水池边上洗手洗脸的男生。他们穿着便服，不是暑期上课的高三生，而是和她们一样的高一新生。

几个男生聊着球赛球星，林粟和孙圆圆从他们身边经过的时候，周与森喊道："嗨，孙圆圆。"

他看向林粟，明显卡顿了下，像是没记住她的名字，但这并不妨碍他热情地打招呼："嗨，新同学。"

周与森："你们吃饭了吗？"

林粟和孙圆圆都愣了下，孙圆圆到底和周与森同过校，就和他客套寒暄了下："啊，吃了。"

"吃的什么？"周与森态度坦荡，直接说，"我们几个刚才还商量去哪儿吃晚饭，但对学校附近的店都不太熟，你们有没有推荐？"

吃的林粟不熟，孙圆圆今天倒是和她爸下了馆子，就把那家餐馆推荐给了周与森。

周与森回头问："景聿，吃炒菜，行吗？"

"随便。"谢景聿的语气极淡，无所谓似的。他的目光在林粟身上掠过，连一秒都没有停留，好似不认识她。

林粟也没有和他打招呼，目不斜视地从他身边越过。

等走了一段路，孙圆圆才嘀咕了句："周与森真够自来熟的，明明初中的时候我和他都没说过几句话。"

她回头看了一眼，问林粟："你刚才注意到周与森边上的那个男生了吗？"

对周与森，林粟当然有印象——班上的体委、刚才主动搭话的那个男生，但她不确定孙圆圆指的是谢景聿还是另一个男生。

"哪个？"林粟问。

"就他左手边，高高帅帅的那个。"孙圆圆说，"他是隔壁班的谢景聿，我初中的时候和他也同校，他是我们这届出了名的学霸……不、学神。

"初中三年，回回考试他都拿第一，是所有老师心尖尖上的学生。我们学校本来还指着他拿中考状元的，但是不知道怎么回事，他中考居然发挥失常了，连实验班都没进去。"

林粟这才知道下午三班的班主任为什么会找谢景聿谈话，还出言鼓励。

"看来学神也有紧张的时候。"孙圆圆往嘴里塞了一片薯片，摇着脑袋感叹一句。

当初谢景聿掉落进野猪陷阱里，一声呼救都没喊，林粟一度以为他是晕死过去了。后来他被她威胁时也表现得很冷静，既不慌乱也没向她发火，被救上来后他还从容不迫地和别人描述自己的伤处。

她从来没见过像他这样情绪稳定到可怕的人，所以很难想象他会在考试的时候紧张，说他忘记在试卷上写名字了反而更加可信。

开学第一天，高一年级晚上不用上晚自习，校园里的几栋大楼里，只有高三教学楼和新生宿舍楼是灯火通明的。

李乐音和周宛在宿舍里，看到林粟和孙圆圆回来，两人不约而同地噤了声。

几秒后，周宛先打了个招呼，问："你们去超市了啊？"

孙圆圆点点头，又把手中的薯片分享给她们。

李乐音说："我不吃膨化食品，会长痘。"

周宛吃了一片，客客气气地和孙圆圆道了谢。

四人间宿舍空间不大，进门左手边是两张连接在一起的架子床，右手边有一个立式的储物柜，还有一张长长的书桌，搭配着四张凳子、浴室、洗手间和洗手池都在外面的阳台上。

林粟把从超市里买回来的东西归置好，就拿了洗浴用品放在脸盆里，往阳台走。进了浴室，她脱了衣服，把水卡放到感应器上，先把开水开关往红色方向拧，等了会儿没有热水，又把开关往蓝色方向拧，还是没有。

在茶岭的时候，她都是烧热水洗的澡，没用过热水器，因此不知道热水器不出热水是怎么回事，也不敢随便乱按，就用冷水洗了澡洗了头。

夏天天热，洗冷水澡倒是没那么刺激。洗好澡，她换上睡衣，端着装了脏衣服的脸盆走出了浴室，放在洗手台上，再回到宿舍，打算拿了下午换下的脏衣服一起洗了。

孙圆圆她们正坐在桌前聊明天军训的事，孙圆圆抱怨说要训练十天，周宛说希望能碰上个好心的教官。李乐音在一旁拿着手机不停地按着，随口接上一句，说自己最讨厌军训了，会晒黑。

孙圆圆咬着吸吸果冻，把林粟拉进聊天话题中，她问："小粟，你也不喜欢军训吧？"

"还好。"林粟说。

李乐音把目光从手机上挪开，抬眼打量了下林粟身上的睡衣，混搭风格，上衣和下裤都不是一套的，一蓝一粉，但同样洗得发白。

"圆圆刚才说，你是南山中学今年唯一一个考上一中的？"李乐音问。

林粟点头。

"我妈说南山中学的师资力量很差，常年招不到老师，生源也不好。"李乐音低下头，重新看着手机，轻飘飘地说，"你能考进来，还挺厉害的。"

李乐音的夸奖是自上而下的，带着一种优生对差生的优越感，林粟能察觉出来，但并无不悦。

事实如此，由不得她不忿。

洗好晾好衣服，林粟就拿干毛巾反复擦拭自己的头发。阳台的墙壁上有挂壁式的吹风机，要刷卡才能用，夏天气温高，头发擦擦就能干，没必要花这个钱。

晚点，宿管阿姨让每个宿舍派人下去拿拖把笤帚，林粟披了件外套就下楼了。她领了东西回来，才进门，孙圆圆就问她："小粟，你是不是忘开热水器了？"

"我不会开。"林粟回得很平静。

"那你刚刚是洗的冷水？"

"嗯。"

孙圆圆立刻拉着林粟往浴室走，要教她怎么开热水器。

宿舍里，李乐音和周宛对视了一眼，李乐音耸了下肩，周宛只是笑一下。

晚上有其他宿舍的同学来串门，还会带些吃的来分享。林粟没有东西可以回赠，就一一婉拒了那些好意。

趁着孙圆圆她们出去串门的时候，她拿出书包里的钱点了一遍，又拿了个本子把今天的花销一笔一笔地记下，连五毛钱一个的馒头都没落下。

记好账，她把本子反过来，翻开最后一页，写下了一个数字：2000。

高一开学第二天，高二年级的学生也来学校报到了，校园里热闹了许多。上午，高一年级开了个新生开学典礼，之后所有的学生就在各班班主任的带领下去测了身高、体重，领了军训穿的迷彩服。

解散后，林粟去找了王云芝。把学费交齐后，她心里才有了安全感，知道自己至少这一学期不会被劝退。

学校食堂开业了。中午，林粟去办了饭卡，她留了一百块钱在身上，其余的现金都充进了卡里。学费、住宿费交清了，现在除了吃饭，没什么地方需要花大钱了。

一中食堂的饭菜很丰盛，有荤有素还有煲汤。林粟打了饭，又舀了一碗免费汤，回头看见孙圆圆朝自己招手，就端着餐盘走过去。

孙圆圆和李乐音还有周宛坐一桌，林粟坐下后，发现自己和李乐音打的菜一样，一个青菜、一个凉拌土豆丝，都是素菜，不同的是李乐音多了份煲汤，林粟多了二两饭。

周宛扫了眼林粟的餐盘，笑着说："巧了，你们两个撞菜了。"

"我不爱吃肉，会胖。"

李乐音说完看向林粟，林粟没有接话，默默地吃饭。

吃完饭，她们一起回宿舍，回去的路上正好碰到谢景聿、周与森还有一个女生往食堂走。他们三人中，周与森一直在说话，那个女生时不时地笑着接话，谢景聿一言不发。

走近时，林粟抬起头，和谢景聿的目光一触。他们的脸上都没有什么表情，不约而同地一齐转开了视线。

"谢景聿，你们知道吧？"等人走远了，孙圆圆就问。

周宛点点头："他挺有名的，初中的时候我们数学老师在课上提过他，说他很聪明，比赛经常拿第一。"

谢景聿是他们这一届小有名气的学生，很多人初中的时候即使没见过他本人，也听说过他的事迹。

"没记错的话，你和他一个学校的吧？"李乐音看向孙圆圆。

孙圆圆点点头，她是个小话痨，揪住了话题就不会轻易放过。她讲了一遍谢景聿中考发挥失常的事，又开始猜导致他考砸了的原因。

李乐音说："会不会是谈恋爱了？"

孙圆圆没往这方面想过，不由得愣了下。

周宛回头看了眼谢景聿的背影，问："谢景聿身边的那个女生你们认识吗？"

"实验班的许苑。"孙圆圆答道，"我们也是一个初中的。"

"那……谢景聿和她熟吗？"周宛又问。

"挺熟的，我听说他们小时候就认识。"孙圆圆说。

"那就是了，他们肯定在交往。"李乐音对自己的猜测很有把握。

十六七岁，恋爱已经不是什么新鲜事了，私下里好友间都会偷偷讨论谁在追谁、谁和谁在一起了、谁和谁分手了，这是花季少男少女的乐趣之一。

谢景聿和许苑初中的时候就是年级里金童玉女般的存在，孙圆圆被李乐音这么一提点，觉得她的话有几分道理。

"这么说……学神还是个'恋爱脑'？"孙圆圆啧然道。

李乐音耸肩："说不准呢。"

林粟在一旁听着，始终不置一词，像是对这个话题不感兴趣。

7

中午稍作休息，午后就开始正式军训了。

夏季的军训服是短袖长裤，离开宿舍前，孙圆圆把身体暴露在外的部分都抹了防晒霜，她问林粟要不要也抹一点，林粟拒绝了。

临云市的太阳再毒，也比不过茶岭。

两点，所有新生在操场集合，军训总教官先开了个军训动员大会。高一年级一共十六个班，以班级为单位分为四个连，一个连四个排，每一个班为一排。四个连分别由连长带到操场的四个角，再由排长分别带开训练。

四班的教官是个高高瘦瘦的青年，孙圆圆一见着他就说走运，碰到了个帅气的教官。每个排的教官就是排长，排长又从班上选一个副排长当助手，周与森是四班的体委，顺其自然地成了副排长。

军训第一天的训练内容很简单，主要就是站军姿。九月份虽然理论上是秋天，但南方还是暑气极重，下午太阳逞威，晒得人眼前发黑。不过一个小时，就频频有学生举手说自己身体不舒服。

休息时间，所有学生坐在原地，孙圆圆靠在林粟的身上，有气无力地说："我不行了，两条腿已经站得没有知觉了。"

林粟听了，就帮她捶捶腿，说："晚上回去泡一泡脚，能舒服一点。"

孙圆圆见林粟一句抱怨的话都没有，忍不住问："小粟，你不累吗？"

林粟也不过是十六岁的年纪，不比别人多条胳膊多条腿，怎么能不累？只不过她已经习惯了忍耐，劳其筋骨的事她干多了，军训的苦和生活的苦比起来，微不足道。

短暂的休息之后又要训练。孙圆圆吃不消，站军姿的时候直接栽倒晕了过去。王云芝看见了，立刻叫周与森把人送去医务室。

周与森走过去要把孙圆圆扶起来，手刚伸出去，就见林粟直接把她背在了身上。

周与森一唬，马上说："我来背吧！"

"不用。"林粟直起腰问，"医务室在哪儿？"

当务之急是把人送去医务室，周与森也不磨蹭，带着林粟往医务室走。

路上，周与森看着林粟说："累了吧，换我来背。"

林粟觉得换人浪费时间，便摇了下头。

孙圆圆微胖，晕过去的人更是重得往下坠。周与森见林粟双唇紧抿，脚步却一点都不虚，走得相当稳当，不由得心中纳罕。

到了医务室，校医很镇定地给孙圆圆做了检查，为她补液。王云芝询问校医情况，在得知问题不严重后，交代周与森和林粟照看好孙圆圆，自己匆匆去了操场。

孙圆圆醒了又睡了过去，林粟坐在床边盯着输液瓶看，半晌，她转过头，语气平静地问："你一直看着我干什么？"

周与森从刚才开始就一直在观察林粟，见她看过来，也没表现出被逮个正着的窘迫，笑了一声问："你叫林 sù？"

"嗯。"

"你的'sù'是哪个字？"

林粟沉默了下说："沧海一粟的'粟'。"

"谷物的意思？很特别，你的父母给你取这个名字，一定是希望你一辈子吃喝不愁。"

周与森的释义让林粟觉得讽刺。

"你力气很大。"周与森坦率地说，"是我见过的女生中力气最大的。"

这算是夸奖？林粟迟疑道："谢谢。"

"你初中练过体育项目吗？铅球或者举重？"

"没有。"

"那你的力气是天生的？"

"不是。"

"那是……"

林粟不知道周与森怎么会有这么多问题要问，答了一个还有一个，简直无穷匮也。

"小时候帮家里干农活，练出来的。"

周与森的眼神里闪过一抹惊讶，缄默了片刻没再接着问下去，而是龇着大白牙笑着说："你力气这么大，有机会我们来掰下手腕。"

林粟顿时失语，这还是头一回有男生邀她掰手腕。

周与森还要再说什么，林粟看到孙圆圆的输液瓶快空了，立即喊来校医。

不一会儿，王云芝又从操场来到医务室，她见孙圆圆情况稳定了，就让周与森回去训练，毕竟他是副排长，教官有时候需要他帮忙。

周与森离开医务室前朝林粟做了个掰手腕的手势，林粟看他一脸阳光灿烂，心道他可真是个奇男子。

林粟陪着孙圆圆输完液，等她没那么难受后就一起回了宿舍。下午她们都没再回操场训练，傍晚林粟见孙圆圆状态好多了，就独自去了食堂，打算吃了饭后再打包一份吃的回去。

林粟去得稍晚，等打好饭，食堂里大部分的餐桌都坐了人。她端着餐盘想寻个空位落座，转头就看见周与森朝自己招手，喊道："林粟，这里。"

林粟很想无视他，尤其看到他身边还坐着谢景聿。但周与森很执着，见她不应，就站起身来喊。

林粟觉得自己现在被架在火上烤，见越来越多人看过来，迫于无奈，她只好端着餐盘走过去。

周与森等林粟走近问："你一个人吃饭啊？"

"嗯。"

"那你就坐许苑边上。"周与森果断安排道。

林粟摇头，说："不了，我去别的地方坐。"

"你一个人，在哪儿坐不是一样？和我们坐一起还能说说话。"

周与森说完，许苑就开口了，她说："同学，你就坐下吧，不然周与森这人会捧着餐盘跟在你后面的。"

林粟的目光从谢景聿的脸上扫过，他没什么特别的表情，她稍一踌躇，就在许苑身边的空位上坐下。

周与森目的达成，笑嘻嘻地坐下，介绍道："林粟，我的同班同学。"

许苑朝林粟打了个招呼，做了个简单的自我介绍。

谢景聿不语，垂眼像是没看到林粟这号人似的，连场面都不愿意做。

周与森"啧"了声，指着谢景聿给林粟介绍道："这个是三班的谢景聿，大冰块一个，不爱说话，你别介意啊。"

林粟很轻地应了一声，不甚在意地低头吃饭。

周与森扫了眼林粟的餐盘，表情特别夸张地说："你居然吃四两饭！"

"吃四两饭怎么了？女生就不能多吃饭吗？"许苑接上话，笑盈盈地呛了周与森一句，"你这是偏见。"

"许苑，你可别冤枉我。这不是少见嘛，我感叹一下。"周与森说完，朝林粟咧嘴一笑，"能吃是福，多吃点才有力气训练。"

周与森的话匣子一开就关不上，又讲起了下午林粟背孙圆圆去医务室的事。他夸她力气大，还说他们约好之后有机会要掰手腕，比比到底谁的力气更大。

许苑听到这儿就笑话他一个大男生，好意思找女生掰手腕，也不嫌臊。

周与森和许苑呛话，谢景聿和林粟始终不吭声，安静地进食。

林粟就点两个素菜，一筷子菜能就好几口饭，周与森看见了，说："你也不能光吃饭不吃菜啊。"

他把自己的餐盘往林粟面前推了推，示意道："我打的菜多，你吃我的。"

林粟拿筷子的手一顿，很快摇了头说："谢谢，不用。"

"你别跟我客气，这几样都是没动过的。"

林粟僵住，不知道要怎么应对周与森过分的热情。

"你这么磨蹭，电脑城还去不去了？"这时谢景聿开口了，听声音是不太高兴。

周与森想换台电脑，正好谢景聿对电子科技这方面又比较精通，周与森磨了好久，谢景聿才答应傍晚吃完饭陪他去电脑城逛逛。

"去去去。"周与森立刻挪回餐盘，往嘴里塞了两大口饭，含糊道："你不能反悔。"

谢景聿低头喝汤，没再说话。

林粟见周与森把餐盘挪回去，暗地里松一口气，看了谢景聿一眼。

吃完饭，周与森邀林粟一起去电脑城逛逛，林粟说要给室友送饭，他也就潇洒地和她挥手道别，还约她下次再一起吃饭。

林粟想着孙圆圆身体不舒服，就给她打包了一份粥。林粟从食堂出去，转眼在门口的洗手台边看到了谢景聿，他一个人在洗手，周与森和许苑都不在，可能去了小卖铺。

林粟犹豫片刻，走过去，就在离谢景聿两个水龙头的位置站定。她把手上的粥放在洗手台上，拧开水洗手，同时说："我收到钱了。"

谢景聿罔若未闻，低头洗手。

"如果可以，帮我谢谢你爸爸。"

谢景聿神色微冷，拧上水龙头，微微侧过头看着林粟，嘲弄道："谢什么，谢他愿意为我这条命买单？"

"还好你只要钱，别的他未必肯给。"

谢景聿言语自嘲，但林粟没觉察出，她只当他是在讽刺自己乘人之危，威胁勒索钱财。

炎炎夏日，水龙头里流出来的水却冰凉刺骨。

这时周与森和许苑从旁边的小卖铺里出来，喊了谢景聿一声。

林粟回神，拧上水龙头，甩了甩手上的水渍，提上粥直接往另一个方向走，好像她只是简单地洗了个手一样。

周与森扔了一瓶水给谢景聿，抬眼看到林粟的背影，立刻问："你刚才和林粟在说话？"

"没有。"谢景聿拧开瓶盖，喝了一口水。

"你们怎么不说话？"

说话了要问说了什么，不说话要问为什么不说话，周与森的探索欲总是展现在不恰当的时候。

谢景聿没搭理他，直接往前走。

周与森两步追上去，抬手往谢景聿的肩上一搭，说："你是不是对林粟太冷漠了，好歹是同学。"

谢景聿见周与森这么热心，瞥了他一眼，凉道："你和她很熟吗？"

"熟倒不是很熟。"周与森拿矿泉水瓶抵住额头，想了下说，"我就是觉得她一个人挺孤单的，班上好多人觉得她有点奇怪，都不敢和她搭话。"

到了新学校新班级，所有学生都会下意识地去关注自己的新同学。林粟虽然低调，但低调不代表存在感就低，相反，她是个明显的异类，并且无意掩藏。

"她的家境好像不是很好，我听班上人说，她是南山镇来的。"周与森说，"她大老远来市里读书，人生地不熟的，作为同学，就应该帮她一把。"

"你说呢？"周与森拍了下谢景聿的肩。

谢景聿微微皱眉。

许苑看谢景聿的表情就知道他有点不高兴了，她扯了下周与森的衣角，说道："好啦，这才刚开学，林粟有可能只是比较内向慢热，等过段时间她适应了新环境，或许就放开了。"

周与森闻言，若有所思地点了点头："有道理。"

接着，他又开朗道："反正一个班的，我以后多照顾她就是了。"

谢景聿没接话。

周与森是在警察家庭中长大的，正义感爆棚，谢景聿知道他有英雄主义情结，就爱保护弱小。

但周与森不知道，林粟根本没他想的那么脆弱。

注①：出自《史铁生诗选》：而雨，知道何时到来，草木恪守神约，于意志之外，从南到北绿遍荒原。

· Chapter 2 ·
我是来读书的

1

一中之所以能成为市一流的中学，就在于学校够狠。

新生军训期间，晚上是要上晚自习的。虽然还没正式上课，但各科老师都出了预习卷，每天晚上发一套，让学生们在白天受到生理折磨后，晚上精神上再来一遭，绝对的"苦其心志，劳其筋骨"。

小鹰还在憧憬蓝天，老鹰就一脚把它踢下了悬崖，叫其认清现实，先学本领。

在知道白天军训完晚上还要上自习后，几乎所有的新生都叫苦连天。军训才不到一天，晚上新生宿舍楼里就有人拿着手机给爸妈打电话哭诉，说想回家，说要退学。

林粟可能是一众郁郁寡欢的学生中，少数觉得上晚自习还不错的。来一中读书的机会对她来说非常宝贵，她不希望虚度光阴。

晚上，自习课结束后，林粟回到宿舍，洗了澡就坐在书桌前，拿出晚上没做完的卷子接着写。

预习卷上的题目都是高一的学习内容，虽然学校已经发了课本，但没有老师的指导，光凭自己看书，她吃不透知识点。

周宛和李乐音从外头回来时，见林粟伏案，周宛随口问道："在学习啊？"

林粟点头。

李乐音瞄了眼她的卷面，意味不明地笑一声，说："你怎么写得这么慢，这些题目都很简单啊。"

林粟从容地回道："我的基础比较差。"

宿舍四人里，林粟学号末尾的三个数字是最大的，她从来没有回避这个事实。

"周宛也是定向生，她都做完了。"李乐音说。

周宛在一旁笑了笑，说："我做是做完了，但是不知道有没有做对。"

"有不懂的你们可以问我啊，暑假的时候我妈给我报了个补习班，很多题目补习班的老师都讲过了。"李乐音扬声道。

周宛笑着说好，林粟没有表态，低头继续钻研那道函数题。

李乐音等了会儿，不见林粟向自己提问，她讨个没趣，撇了下嘴就洗澡去了。进了浴室没多久，她又跑出来问："我来'亲戚'了，你们谁有卫生巾？"

孙圆圆出去打电话了，周宛摇头说自己没备着，林粟放下笔，起身走到柜子前，从里面拿出了一片卫生巾。

周宛接过林粟递来的卫生巾打量了两眼，不太信任地问："你用的是什么牌子？"

林粟说了个品牌名，是个小牌子，李乐音立刻皱起眉说："我都没听说过这个品牌，是杂牌吧，质量过不过关啊？"

"算了，我还是和隔壁宿舍的人要吧。"李乐音嫌弃似的把卫生巾还给了林粟，转身出了门。

周宛看林粟沉默地把卫生巾收起来，忍不住对她说："你别介意啊，乐音比较直率，其实没什么恶意的。"

"嗯。"林粟点了下头，没什么特别的反应。

从昨天到现在，林粟能感觉到李乐音对自己的偏见，她们的成长背景和生活环境相差太多了，说看不起太严重，看不惯或许更准确。

林粟知道李乐音未必有恶意，即使有，也伤害不了她。

军训开始后，天天都有学生"作法"求雨，但老天爷从没有听到他们的祈愿，太阳每天照常升起，光芒四射。

军训过半，每天的训练内容大差不差，总是那几样。第六天下午，总教官说要组一支分列式方阵，让各排长从自己的班上挑选出形象最好、正步踢得最标准的学生出来。

一个方阵四十五个人，等分下来一个班选三个人。四排的排长让周与森挑两个人和他一起去分列式方阵，周与森挑了一个高个儿男生，之后眼睛在女生队列里转了一圈。

"林粟。"周与森喊。

林粟愣住。

"你跟我去走分列式。"

一时间，班上人的目光都投向林粟，大多人的眼神都是意外的，似乎怎么也没想到周与森会选她。

林粟也非常莫名，她觉得自己的形象并不好。

"快来啊。"周与森招了招手。

林粟看向排长，见排长点了头，她没办法，只好出列，跟着周与森去了分列式方阵。

分列式方阵由总教官亲自训练，第一回集合时，林粟看到谢景聿和许苑也在其中，周与森看到他们，立刻挥手致意。

林粟看到谢景聿转头看过来，别开脸，默默走开了。

集合好后，总教官先列队，他让男女生分开排好队，女生在前两排，林粟见没人愿意站第一排，就主动补了上去。

分列式方阵的主要训练内容就是踢正步，总教官说了，到时候军训会演，分列式方阵是打头的，所以要走出气势，一点差错都不能有。

踢正步虽然不算难，但一整个队伍要走得齐还是不容易的。每个人的步伐大小都不一样，为了提高效率，总教官就在每一排的学生中挑出一个当小队长，之后让队长带着各排的人分开练习，形成默契。

林粟这一排的小队长是许苑，她很有耐心，她们这一排有个女生的步子总是迈得比较快，她就一遍一遍地纠正那个女生，陪着对方练习，一点也没露出不耐烦的情绪。

"林粟。"许苑走过去。

林粟以为自己的动作做得不标准，正要接受指导，却听许苑问："你的重心好稳啊，单脚站着也不晃，是有专门练过吗？"

林粟怔了下，摇头回道："没有。"

"那你好厉害，我刚才试了下，都没办法像你一样坚持那么久。"

许苑很能欣赏别人的优点，她的夸奖是真心的而不是恭维，只有无比自信的人才会真诚地对别人发出赞美。

林粟能妥善地应对别人的恶意，却不擅长接受称赞，只能十分拘谨地回说："谢谢。"

"你的正步踢得很标准，一会儿我让其他人都按着你的动作来。"许苑冲林粟露出一个明媚的笑容来。

林粟看着许苑的笑靥，突然就明白为什么孙圆圆会说许苑初中的时候就是很多男生心中的"白月光"。

盛夏时节，太阳兢兢业业，天上不见浮云，连风都是燥热的。

下午分列式方阵都在练习踢正步，重复一项训练内容既枯燥又疲惫，幸好教官还是比较人性，会掐着时间把他们带到树荫底下休息。

休息时刻，所有人席地而坐，扎在一起聊天。分列式方阵的人是从各个班级里选出来的，今天之前彼此都不熟，但凑在一起训练了一下午，也有了点"革命情谊"，很快就热络了起来。

林栗和左右的同学都说不上话，她不爱和人打交道，以前在南山中学，她在班上向来是独来独往的，显得孤僻。从小到大，她就只有李爱苹一个聊得来的朋友。

她早习惯了在人群中单着，所以也并不觉难受。

"林栗。"

林栗正低头盯着地面上被树叶筛下来的光斑，忽然听有人喊自己的名字，转过头就看到周与森在挥手示意她过去。

她觉得很奇怪，明明周与森和自己认识不过几天，话都没说过几句，但他却自来熟，不仅吃饭要叫上她，现在聊天也要叫上她。

林栗看了眼坐在周与森身旁表情冷峭的谢景聿，并不打算动弹。

"过来啊。"周与森喊道。

林栗轻摇了下头表明态度。

周与森眉头一皱就要起身，许苑却先一步站起来，走到林栗身旁，抓住她的手把人从地上拉起来。

"你们副排长的命令你敢不从啊？"许苑看着林栗，笑盈盈地说，"你自己一个人待着多无聊啊，过来一起坐。"

林栗就这样被半拉着走到了周与森和谢景聿面前，许苑在周与森对面坐下，伸手拍了拍边上的空地，说："坐呀，林栗。"

人都被拉来了，再拒绝就显得不识好歹了。

林栗挨着许苑坐下，对面就是谢景聿，她抬头就能看到他眉目清俊的脸，也难怪李爱苹第一眼见到他的时候会说他长得像偶像剧里的演员。

"踢正步比站军姿累吧？"周与森问林栗。

"还好。"林栗看向周与森，还是没忍住问，"你为什么会选我来加入分列式方阵？"

"选你很奇怪吗？"

林栗点头，说："班上有别的女生想走分列式。"

比如李乐音，下午周与森让林栗出列时，她的表情颇为不忿。

"她们不合适。"周与森说。

林粟疑惑："我就合适?"

周与森点头,直白地说:"我观察你好几天了。"

谢景聿和许苑听到这话,齐齐看向周与森。

林粟微微蹙眉,倒没觉得这话暧昧,只是不解。她问道:"观察我做什么?"

"班上的女生里就数你军姿站得最标准,这么多天也没见你喊苦喊累,走分列式比基础训练累得多,她们不一定能坚持下来,但是你能。"周与森说得很笃定。

许苑闻言,点头同意道:"林粟是很有毅力,定点姿势能坚持好久。"

"她的正步也踢得很标准。"周与森扭头问谢景聿,"她们那排走的时候我让你看了,林粟是踢得很标准吧?"

林粟抬眼,直接撞上谢景聿清冷的目光。

周与森见谢景聿不答,就用自己的肩头碰了下他的,不满道:"喂,你不会就盯着许苑看了吧?"

谢景聿乜周与森一眼,许苑眉头微皱,瞪着周与森,不高兴地哼了句:"瞎说什么呢你。"

周与森嘻嘻一笑:"真受不了你们两个。"

没多久,休息结束,教官吹了哨子让所有人集合,新的一轮训练开始了。

好不容易挨到了傍晚,总教官让所有学生围坐在一起学唱歌,他教大家唱一首《团结就是力量》,这首歌所有人耳熟能详,很快就学会了。多出来的时间,教官就让学生主动上前表演才艺。

很多人对一中的学生有刻板印象,觉得他们都是只会读书的书呆子,但其实这里不乏才艺俱佳的人,他们自信张扬,不怯于展现自己。

在教官的鼓动下,学生们积极踊跃地上前展示才艺,有唱歌的,有跳舞的,连表演相声的都有。

林粟没什么才艺,她唯一能想到的自己会别人不会的技能就是采茶,这是生活逼迫她不得不掌握的生存技艺,不值得夸耀。

场子热起来后,教官们也乐在其中,不知道是哪一位排长喊了声"实验班",之后很多人就跟着起了哄。

"实验班,实验班,实验班……"

在众人一迭的起哄声中,许苑站起了身,昂首自信地站到了场中央。她把迷彩短袖的衣摆扎紧,勒出了小蛮腰,随后摆出了一个优美的舞蹈姿势。

实验班的同学帮忙放音乐，许苑就随着乐声起舞。她跳的是民族舞，一舞翩跹，轻灵的舞姿显得她身段婀娜，极富韵味。

许苑自信、大方、待人友好，她仿佛天上皎皎的明月，身上的光芒不会引人嫉妒，只会让人羡慕向往。

林粟莫名地想到了谢景聿。

她此前从不认为他会是个"恋爱脑"，但此时此刻看着翩然起舞的许苑，忽然觉得也不是不可能。

2

傍晚军训结束，周与森喊林粟一起去吃饭，林粟推说孙圆圆在等自己，拒绝了。

解散的高一新生加上放学的高二高三生，食堂爆满。林粟不想把时间浪费在排队上，就先回宿舍洗了个澡，之后才错峰去吃饭。

吃完饭，差不多要到晚自习的时间，她又想在收发室关门前去问问有没有自己的信，就掐着时间往学校后门赶去。

因为着急，林粟走得很快，几乎是用跑的，结果因为惯性避闪不及，在收发室门口撞上了人。

她把那人手上的一封信撞掉在地，反应过来后，立刻蹲下身捡起来，一边歉然道："对不起，我——"

她的声音在看到对方的脸时戛然而止。

谢景聿面色不豫，伸手直接抽走林粟手上的信。

"抱歉。"再开口时，林粟的声音克制了许多。

谢景聿了无情绪地扫她一眼，抬脚要走，忽又顿住。

"周与森。"他开口。

林粟抬头看向他，眼神不解。

"那小子很蠢，别打他的主意。"谢景聿冷声道。

林粟的一颗心倏地往下一沉，莫名地有种失重般的感觉。她绷着脸，暗吸一口气，用同样的语调回道："你放心，我不会。"

谢景聿的目光在她脸上掠过，似乎是冷哼了一声，极具嘲意。

收发室的看管大爷要关门，林粟赶紧问有没有自己的信，大爷翻了翻，找到了一封没写班级的信递过去。

"是这个吗？"

林粟看到自己的名字，忙点头接过。

她拿了信，再回头，谢景聿已经不在了。她抿抿唇，匆匆赶到教室，把信件塞进了书包。

一中的晚自习从六点半上到九点半，三小时的时间看着很长，但被各科卷子填充后就显得匆匆。

或许，觉得时间不够用的只有林粟。

高中的知识和初中的比起来，难度陡增，像是从三阶魔方直接进化成了五阶魔方，而她的知识基础甚至连三阶魔方都达不到。

能考进一中的人都不是泛泛之辈，还没正式开始上课，林粟就认识到了自己和身边人的差距。一张卷子，她有一半的题目做不出来，还有一半不知道做得对不对，反观别人，总能很快做完卷子，再互对答案。

别的同学对军训怨声载道，但她觉得，比起站军姿、踢正步，晚自习的卷子更难。

第二节课下课，班上很多人都起身走动。林粟就坐在位置上，全神贯注地盯着卷子上的一道物理题，眉头越皱越紧，都没察觉到有人站在了自己身旁，正低头盯着她的卷面看。

"要我点拨你一下吗？"

身边突然有人说话，林粟吓一跳。她倏地抬头，就看到周与森笑得人畜无害一般。

周与森问完，也不等林粟回答，直接拿过她手中的笔，在她的卷子上画受力分析图，又"唰唰"在边上写了几个公式。

"懂了吗？"周与森问。

林粟抿了下嘴，接过他的笔，防备地看着他。

"有事吗？"林粟问。

"没事，就是下课了来找你说说话。"周与森说得很坦荡。

林粟察觉到班上的人都在有意无意地往他们这儿看。她不喜欢这种因为旁人而备受瞩目的感觉，就站起身，拿上杯子往外走。

周与森跟在她后头，边走边说："你有题目做不出来，可以问我啊，我的成绩虽然不如景聿，但是也不赖。"

"真的，不信你问你同桌，我和她一个初中的。"

"我最拿手的科目是化学，英语差点，不像景聿那家伙，从小双语教学，和他妈妈讲话还用英语，明明都是中国人。"

"你和他认识很久了？"到了饮水间，林粟把杯子放在热水器上，等水开。

周与森愣了下，才反应过来林粟问的是谢景聿，遂答道："和许苑比起来不算久，他俩父母那辈就认识，从小一起长大的。我和景聿是初中因为打篮球才熟起来的。

"你别看他一副生人勿近的样子，其实熟了就会知道他人还不错。"

林粟颔首，不用周与森说，谢景聿在她心里也是个大好人。不，说是大恩人更准确。

热水器的水跳到了100℃，林粟拧开瓶盖装水，又听到周与森问："我看你在班上都不怎么说话，是不是还不适应？"

"没有。"林粟回得简单。

"那你怎么不和同学多交流？"周与森循循劝道，"到了新学校，就要多交几个朋友，这样校园生活才会更精彩。"

这话真像是班主任说的。林粟听完直截了当地说："我是来读书的，不是来交朋友的。"

周与森愣住。

林粟在心里叹一口气。

她知道周与森没有恶意，但他的热情让人觉得有负担。而且，她并不想和他走得太近，免得谢景聿觉得她别有用心。

思虑及此，林粟不打算再和周与森周旋下去。她把杯子装满水盖好，转身往回走。

经过三班时，正巧碰到了站在走廊上的谢景聿。

周与森喊了一声，谢景聿回过头，看到林粟的那刻又很快地移开了视线，连余光都不曾给她。

林粟面色平静地收回目光，走进自己的教室。

周与森走到谢景聿身旁，双手搭在栏杆上，表情居然罕见的很郁闷。

他平常大大咧咧的，神经粗得可以在上面开车。谢景聿稀奇，想到他刚才和林粟走在一起，轻噙了下，问："踢到铁板了？"

周与森挠了下头，把林粟刚才说不交朋友的话复述了一遍，谢景聿听完就明白了——自己傍晚说的话起作用了。

"我是不是说错话了？"周与森问得有些伤心。

谢景聿淡然回道："不是所有人都像你这样，喜欢交朋友。"

"你说的是你自己吧。"周与森抱怨了句，"当初和你熟起来费老劲了，要不是你球打得不错，我才懒得搭理你。"

"终于肯承认我的球打得不错了？"谢景聿似笑非笑地说。

"也就那样，和我比还是差点。"周与森得意扬扬地看着谢景聿，突然又恢复了活力，乐观道，"连你这样的大冰块我都能焐化，林粟肯定比你好相处。"

谢景聿听到周与森把自己和林粟拿来对比，眉头微紧。他想提醒周与森离林粟远点，免得之后遭人利用，但见周与森一副兴致勃勃的模样，便作罢了。

周与森这人是不到黄河不死心的，林粟就像是白茅、香蒲这类植物，兴许他要被割几回手才能明白，不要去招惹她。

有些人天生就混得开，周与森就是这样的人。

开学不过几天，在许多人尚且不能认全班上同学时，周与森就凭借阳光的外貌、开朗的性格让班主任赞赏有加，让全班的人都对他印象深刻。

周与森无疑是四班的风云人物，这样一个阳光大男孩主动和林粟这样孤僻到不合群的女生讲话，自然会引发班上人的讨论。

晚上林粟回到宿舍，洗了澡、晾好衣服后就坐在桌前继续做卷子。

李乐音吹完头发，在凳子上坐下，拿了镜子摆正后就开始往脸上抹东西。她搽着脸，余光瞟了下林粟，突然开口问："你和周与森以前认识？"

林粟正在计算一道数学题，听到李乐音的话，摇了下头算是回答。

"不认识他为什么找你？"李乐音扫了眼林粟的卷子，"还教你做题。"

"之前他和我一起送圆圆去医务室，说过两句话。"林粟敷衍了句。

"就说了两句话，他就挑你去走分列式？"李乐音看着镜子，语气不太高兴，"明明班上还有更适合走分列式的。"

林粟知道李乐音对不能进分列式方阵的事耿耿于怀，就不接话，让她自个儿在一旁生闷气。

"隔壁宿舍的人说前几天看到你和周与森、谢景聿还有许苑一起吃饭，是真的吗？"本以为没人接茬，李乐音就会消停，可她并不打算让林粟安心做题，又开了口。

周宛拿着换洗衣物正打算去洗澡，闻言停下脚步，看向林粟惊讶地问："你和谢景聿一起吃饭了？"

林粟写算式的笔一顿，平静地点了下头。

"你怎么会……"周宛问得迟疑。

林粟说："有空位就坐了。"

林粟没说是周与森喊自己过去的，那样会引发更多不必要的联想，而事实上他们的确不熟。

"林粟，你不会是故意的吧，想和谢景聿他们搞好关系？"李乐音瞟了林粟一眼，话里带刺。

"没有。"

"那你这么积极。"李乐音嗤笑了声，似乎是在嘲笑林粟的不自量力，"你和他们不是一类人，玩不到一块儿去的。"

林粟转过头，眼睛不避不闪地看着李乐音，面无表情地问："那你又是哪一类人？"

"我……反正我和你也不一样。"李乐音在林粟的注视下有些心虚，却仍是梗着脖子说，"我说的是事实，我妈说了，这个社会就是这么现实的，你别不信。"

"我想我不需要你告诉我什么是现实。"林粟冷声道。

早在别人还在无忧无虑的象牙塔里时，她就接触到了这个世界丑陋的一面，现实是怎么样的，她不需要别人来教。

宿舍里的气氛一时有些凝滞。周宛的目光在林粟和李乐音身上转了圈，调和道："什么现实不现实的，我们现在要面对的现实就是明天的拉练怎么办。"

孙圆圆啃着鸡架，也察觉到了气氛的古怪，马上愁眉苦脸地附和道："是啊，走到污水处理厂，差不多有十公里呢。"

周宛："那么远，我怕我坚持不到终点。"

周宛和孙圆圆一唱一和的，总算是将话题岔开了。

李乐音没在林粟那儿讨到好，抹完脸把镜子往桌上重重地一搁就出门了，也不知道是去哪个宿舍串门了。

周宛见状，拿着衣服洗澡去了，孙圆圆继续啃着鸡架。

林粟低头想接着做卷子，但思路被打断了就很难续上，她的心思不再集中，不受控制地往别的地方发散出去。

李乐音的话虽然难听，但说得没错。以前在南山中学，学校里的学生都是一个镇上的，虽然家境也存在差别，但不会像市里的学校这么大。尽管校园已经是最不讲求贫富等级的地方，但阶级的界线始终存在着，它从衣食住行方方面面把人分成好几层。

从人生的某一个时刻开始，你以为是自己主动选择的朋友，但其实是环境促使你们走到了一起。

不用李乐音提醒，林粟都知道自己和谢景聿他们不是一个圈层的人。

她汲汲渴求的读书机会，是他们的理所当然，只要谢景聿愿意，就可以轻而易举地改变她的人生。

他们之间的差距显而易见。

想到这儿，林粟心里无端烦躁。她做不进卷子，就从书包里掏出了傍晚从收发室里拿来的信。

信是同在茶岭长大的一个哥哥给她寄的，她喊他"小郑哥"。小郑哥年长她四岁，是南山中学上一个考上临云一中的学生，他今年已经考上了省里的大学。

以前小郑哥一家还住在茶岭时，林粟会经常去问问题，小郑哥也会很耐心地为她解答。他上高中后，举家搬去了县城，两人见面的机会少了，就通过写信维持联系，这个习惯保持到了现在。

小郑哥知道林粟好学，因此经常在信里给她出一些难题，让她好好琢磨。林粟之所以会下定决心报考临云一中，就是小郑哥鼓励的。他深知知识能改变命运，读书是大山的孩子去到外面世界最好的途径，所以经常和她说，要努力学习，去更广阔的天地。

小郑哥对林粟来说，是一个可靠的兄长、可以信赖的朋友、值得学习的榜样。她性格独立，从不轻易依赖人，但每每有困惑时，小郑哥就是她为数不多的几个会想求助的人之一。

小郑哥在信上写了大学里丰富多彩的生活，林粟看了不由得心生向往。看完信，她从抽屉里拿出一个本子，撕下一张空白的纸，想写一封回信，分享下自己初入高中的生活。

她把纸张铺平在试卷上，思索了下，提笔在纸上写着。

小郑哥：

展信佳！

我已经顺利进入一中就读了，也见到了上回在信里和你提到的那个叫谢景聿的男孩。和我猜想的一样，因为之前的事，他并不待见我。

写到这儿，林粟顿笔，微微恍神。

3

军训期间，为了磨炼学生的意志，教官们安排了一场拉练，全体学生要从学校徒步走到十公里外的污水处理厂。

考虑到天气原因，拉练的时间比平时训练还早。早上七点钟不到，所有学生在操场集合，各排教官整好队，总教官发表了几句讲话，之后大部队就浩浩荡荡地出发了。所有的教官随队徒步前行，各班的班主任和校医坐着大巴车上，随时准备把坚持不下去的学生接上车去。

高一年级共有六百多号学生，集体出行气势浩大。因为学校事先进行了申报，所以市里有关部门派了交警帮忙开路，还有救护车随行。

一开始，所有的学生都还很有精神气，在路人的注视下抬首挺胸，雄赳赳气昂昂的，势要把一中学子的气势展现出来，等走了两三公里后，队伍就有些散乱了。

太阳随着时间的流逝渐渐升高，大肆散发光芒，炙烤大地。行程将将过半，已经有不少学生举手打报告，说自己身体不适，要坐车。有些学生倒不是真的不舒服，而是怕晒怕累，想躲懒，教官知道强迫无益，索性睁只眼闭只眼。

分列式方阵由总教官带领，打头走在最前方，可能因为走分列式的人都是各排选出来的较有毅力的人，所以前半程举手放弃的人少，整个队伍还是走得比较整齐的。

中途大部队在一个休息站休整。说是休息站，其实就是一个临时搭的简陋的供给处，所有学生这时候也管不上路面干不干净了，统统席地而坐。

林粟坐在马路牙子上，从书包里拿出从学校里装来的水喝了两口。

"林粟。"

周与森走过来，直接在林粟边上坐下，之后又招呼许苑和谢景聿过来坐。许苑在林粟的另一边瘫坐下，谢景聿不坐，就站在周与森边上喝水。

"还好吧？"周与森问林粟。

林粟以为自己昨晚那样说后，周与森之后就不会再搭理她，没想到他今天还跟没事人一样，照样热情四溢。而且，看周与森和许苑的态度，谢景聿似乎完全没和他们透露过之前她威胁过他的事。

"还好。"林粟回道。

周与森从背包里拿出两条士力架，先递给了林粟，林粟不习惯拿别人的东西，遂摇了下头。

"哎呀，你就拿着吧，补充体力的。"周与森直接把士力架塞给林粟，之后又递了一条给许苑。

"谢谢。"林粟说。

"不用谢我，这是景聿买的。"周与森借花献佛，一点也不惭愧，大白牙一露，笑得灿烂。

林粟闻言，顿觉手上的士力架有些烫手，收也不是，还也不是。她迟疑片刻，抬头看向谢景聿，道了句谢。

谢景聿看了她一眼，没什么特别的反应。

周围的同学都在喝水吃零食补充体力，很多人在唉声叹气地抱怨。周与森咬一口士力架，见许苑病恹恹的，整个人蔫儿吧唧的像是没了骨头，他就探头问了句："你没事吧？"

许苑抬起头，有气无力道："没事，好久没这么走了，歇一歇就好了。"

"你别逞强啊，要是撑不住就坐车去。"周与森说。

"谁撑不住了。"许苑强打起精神来，拆开士力架咬了一口。

周与森又看向林粟，见她除了出汗，脸上倒是不见疲惫，不由得夸道："林粟，你体力很好啊。"

"有吗？"林粟随口一接。

"你以前经常运动？"周与森问。

"没有。"林粟垂眼把水杯的盖子盖好，放回书包，平心静气地说，"初中的时候每天走路上下学，走惯了。"

"这样啊。"周与森点点头说，"走一走挺好的。我初中的时候也经常走路上学，就当是锻炼身体了。"

周与森不知道林粟的家在哪儿，但谢景聿是知道的。她住在茶岭的山坳里，从山里到镇上只有一条坎坷迂曲的山路可走。她的走路上下学和周与森的完全不是一个概念，锻炼身体更是无稽之谈。

周与森说者无心，还在侃侃而谈，谢景聿低头看向林粟，她表情淡淡的，看不出任何情绪，似乎并未将周与森的话放在心上。

短暂的休息结束，教官重新整好队出发。后面五公里，几乎每一公里都有半个排的学生举手说走不动了。大部队的人越来越少，到最后两公里，教官整完队后就剩不到一半的人还在坚持。

分列式方阵的女生就剩一小排了，林粟走在许苑边上，见她一个趔趄差点栽倒，眼疾手快地扶了一把。

"没事吧？"林粟问。

谢景聿和周与森从后头走上前来，周与森见许苑脸色惨白，立刻说："走不了就别走了。"

许苑摇头，坚持道："就差一段距离了，我能走完。"

"啧，怎么说不听呢。"周与森回头看向谢景聿，喊他，"你劝劝。"

谢景聿见许苑嘴唇发白，直接说："你去坐车。"

许苑还要拒绝，谢景聿已经抬手示意教官了。

"你今天走伤了，之后就踢不了正步，走不了分列式。"谢景聿冷静道。

"就是，你现在不上车，等下就要坐救护车了。"周与森附和着说，"大小姐，别逞强了，我可不想拉练结束还要去医院看你。"

许苑看了周与森一眼，表情显而易见的沮丧。虽然不甘心，但她也的确是强弩之末了，只好离开队伍，坐上了随行车。

"真犟啊。"送走许苑，周与森摇摇头，对谢景聿说，"还是你的话管用。"

谢景聿不语，抬手把帽子往下一压，继续往前走，周与森和林栗随后。

"你怎么样，还能走吗？"周与森问林栗。

林栗点头。

"那行，我们仨就一鼓作气走到终点！"

林栗不明白，自己怎么就被周与森划为了一伙？

"行百里者半九十"，最后一公里是最累的，饶是走惯了山路的林栗，到最后也觉得有些吃力。

徒步的部队到污水处理厂时，坐车的人已经坐在厂里的草坪上休息了。总教官知道走到终点的学生已经精疲力竭了，所以把队伍带到空地后，夸赞了一番就让他们解散休息去了。

拉练队伍一早出发，走走停停，正午才到污水处理厂。昨天老师和教官就叮嘱过了，说今天要在污水处理厂待到下午，让所有学生都带上吃的喝的。

林栗找了个角落坐下，从书包里拿出带的馒头，正要吃时，周与森又冒出来了。他看到她手中的大白馒头，问："你就带了馒头吗？"

"嗯。"林栗咬了一口馒头。

周与森取下自己的背包，在里面掏了掏，拿出了两个便当盒。他在林栗身边坐下，抱着包，打开其中一个便当盒往林栗眼前一递，说："你吃我这个。"

林栗扫了眼，便当盒里装着两个三明治。她咽下馒头，说："不用。"

"你别跟我客气。"

林栗说："我吃得饱。"

周与森当然知道林栗吃得饱，但他总觉得馒头没滋没味的，太寡淡了。

这时许苑喊了周与森一声，像是有事找他。周与森站起身，临走前又打开另一个便当盒的盖子，从里面拿出一根香蕉，往林栗手上一塞。

"请你吃。"

周与森说完龇着个大牙笑着跑开了，林栗看着手上的香蕉，半晌无奈地叹一口气。

吃完饭，很多学生缓过了劲，就跟着老师还有污水处理厂的工人去参观污水处理的过程。

林栗跟着去看了看，觉得没什么意思，就一个人在户外的活动场地闲晃。她找到一个没有人的清静地，从书包里拿出单词本，靠着墙默背。才背了几个单词，就听转角另一边有女生的声音。

她起初还不以为意，听了两句才发现不对劲——这个女生是在向人告白。

女生磕磕巴巴地说了一长串的话，没有人打断她，直到最后，林栗才听到男生克制地回了句："谢谢你的欣赏，但是……抱歉。"

林栗听到这个冷然的声音，稍感意外，她紧贴着墙壁，这下真是大气都不敢喘，生怕弄出一点动静。她屏住呼吸，静静地等了会儿，听到脚步声渐远后才心口一松，缓缓呼出一口气。

就在她以为无人发现自己，翻了一页单词本想继续背单词时，有人从转角处走了出来。

谢景聿看到林栗的那刻，眉头一皱。

看到他，林栗立即站直了身体，澄清道："我没有偷听，在你们来之前我就在这儿了。"

这个院子在污水处理厂的最边上，后面就是围墙，没有别的路可走。谢景聿扫了眼林栗手中的单词书，什么也没说，转身就要走。

就在这时，周与森突然跑了进来，看到谢景聿，他问："景聿，你有没有看到林栗啊？"

谢景聿余光看到林栗沉默地对他摇了下头。

"没有。"谢景聿说。

"奇怪，刚刚还见着她呢，怎么转眼就不见人了。"周与森嘟嘟囔囔的，转身往外跑，边跑边说，"我再去别的地方找找。你也别躲在这儿了，许苑找你呢。"

周与森来去都风风火火的，一会儿就没影儿了。

谢景聿瞥了林栗一眼，不带情绪地说："他找不到人，会大惊小怪，直接捅到教官面前。"

林栗毫不怀疑周与森会干出这样的事。

林栗："你先走，我过会儿再出去。"

他们俩同时从院子里出去的确会引人注目，谢景聿没有异议，抬脚正要走，又被喊住了。

"谢景聿。"

谢景聿微微侧过身。

林粟抿了下唇，问："你既然不想让周与森和我走得太近，为什么不直接告诉他……当初的事？"

谢景聿的表情有轻微的变化，他的眼梢一挑，似在嘲讽："什么事？"

林粟的目光不闪不躲，坦然道："在茶岭山上的事。"

谢景聿冷笑："你以为我不告诉他，是在维护你？"

"如果你真是这么想的话……"林粟果断道，"没有必要。"

谢景聿盯住林粟，她的眼神非常坚定，一丝犹豫都没有。

这种眼神他不陌生，他们第一回见面时，她就是用这样的眼神看着他的，好像摒弃了所谓的道德感，只想得到自己想要的东西。现在她又在他面前丢弃了无用的自尊心，似乎以为这样就不会有软肋，可以一往无前。

诚然谢景聿并不觉得林粟为自己谋划有什么不对，但怪就怪在她算计到了他的头上，他不可能一回两回任她拿捏。

谢景聿转正身体，缓缓开口，问："周与森的爸爸是做什么的，你知道吗？"

"警察。"谢景聿盯着林粟，眼神似猎手，步步紧逼，"你说你的行为算不算威胁勒索？如果他爸爸知道了，你还能安安心心地在学校读书吗？"

林粟喉间发紧。

谢景聿看出了林粟的退缩，就像是猛兽看着露出颓意的猎物，他不急着朵颐，反而收起了爪牙，赏玩享受着猎物的惧意，心底涌出一种恶劣的快感。

半晌，他似是满足了，这才嘲弄一笑，放缓了声调，慢慢道："你别想太多了，我不说，只是不想让任何人知道，我们有关系。"

林粟微微一颤，默然失语。

4

谢景聿和林粟在小院里待没多久，就有巡逻的保安过来："你们两个躲这儿干吗呢？背着老师谈恋爱？"

谢景聿和林粟闻言都皱起了眉。

"这里外人不能进来，你们要约会，可以去厂里的历史馆，那里没人，还有空调。"这个保安还很开明。

谢景聿和林粟都没有听取建议，离开院子后就各走各的，再没说上一句话。

下午，所有的学生在污水处理厂做了参观，又一起去了厂里的大会议厅听了个关于环境保护的讲座，等讲座结束，再分批坐大巴车回去。

林粟是最后一批坐车回学校的。校领导还算体贴，考虑到今天拉练辛苦，就放了个假，没让学生上晚自习。

难得晚上有空闲，很多住校生约着出校玩。孙圆圆和她初中的同学要一起去看电影，她邀林粟一起去，林粟拒绝了。

林粟没有在电影院看过电影，以前她听李爱苹说电影院的屏幕多么大、音效多么好，也会心生憧憬，想进去看一场电影。但林永田和孙玉芬连教材费都不肯给她出，更别想他们会为她买一张奢侈的电影票，那时候她一心攒钱读书，也舍不得把钱花在精神享受上。

现在谢景聿爸爸给的生活费虽然充足，但怎么说都是资助她读书的，不是给她娱乐消遣用的。被资助的贫困生去看电影，如果被人知道，大概会被讨伐。

之后几天的训练和以往没有差别，分列式方阵除了进行一些基础训练外，就是成天踢正步。从一排排走齐，到一整个方阵走齐，等所有人步调一致时，军训也进入了尾声。

军训会演的最后，总教官发表了讲话，一席话结束，就是告别的时刻了。训练虽然又苦又累，但十天的相处下来，学生和教官之间也有了感情，分别在即，难免不舍。

傍晚，总教官最后一次组织拉歌。可能因为军训结束了，学生们压抑许久的情感集中爆发，操场上的歌声一阵压倒一阵，直上九霄。

天下没有不散的宴席，拉歌结束，教官们就列队离开了一中。彼时天边金乌西斜，残阳似血，真正是"日落西山红霞飞"。

军训是高中生涯的序幕。随着结束的哨声响起，新生们的人生正式翻开了新篇章，此后他们将要登上新的战场，走上一条荆棘之路。

军训最后一天正好是周五，晚上不用上晚自习，教官们离开后，所有的学生就地解散。

周与森搭着谢景聿的肩，兴致颇高地说军训这么累，好不容易熬过去了，要去吃顿大餐庆祝一下。说着他余光瞥到林粟的身影，立刻高声喊了她的名字。

林粟顿住脚，转过身来。

"我们要去吃大餐，庆祝军训圆满结束，你一起来啊。"周与森热情道。

林粟不作考虑，直接摇头拒绝。

"来嘛，怎么说我们也并肩作战了一段时间，算是'革命战友'了，现在'退役'了，一起吃顿饭不过分吧。"周与森说完，露出他标志性的大白牙，拍了拍身旁人的肩膀，嘻嘻笑着说，"谢少爷请客，不吃白不吃！"

谢景聿无情地抖落周与森搭在自己肩上的手，也他一眼，问："我什么时候说过要请客？"

"说好了打球输的人请客的。"

谢景聿皱眉："我什么时候输给你了？"

"明天！"周与森下巴一抬，理直气壮道。

谢景聿轻嗤："明天你也赢不了我。"

"嘿，不如我们现在就来一场？"

"行。"

许苑在一旁嗤着笑："行啦，军训好不容易结束，你们不嫌累啊？"

林粟看他们斗嘴，觉得自己格格不入，正要走，这时徐雅恩走了过来，喊了她一声。

徐雅恩初一是在南山中学读的，林粟和她同班过一年，说不上熟。进了一中后，徐雅恩在十六班，林粟在四班，她们的班级不在一层楼，加上徐雅恩不住校，她们平时基本上碰不上。

所以看到徐雅恩找上自己，林粟还挺意外的。

徐雅恩走过来，先是笑着朝谢景聿挥了挥手，见他反应淡淡，又见许苑亭亭地站在他身边，不由得撇了下嘴，这才对林粟说："周老师让我告诉你，他来临云市了，傍晚会在学校门口等你，让你军训结束后去找他。"

林粟讶异，问："周兆华老师？"

"不然还有谁？"徐雅恩瞟了林粟一眼，说，"他坐我爸的车来市里了，给我打电话说有事找你，我把话带到了，你看着办吧。"

周与森也听到了徐雅恩的话，有些遗憾地叹口气，又释然地对林粟说："既然你有事，那今天就不拉你一起了，下次有机会我们再把这顿饭补上。"

林粟听到这话，没拒绝但也没点头应好，倒是徐雅恩觉得奇怪，多看了周与森两眼。

林粟知道周兆华来了临云市，没再耽搁，直接去了校门口。出了校门，远远地就看到他站在花坛边上，她喊了声"老师"，走了过去。

周兆华听到声音，回头看到林粟，立刻喜笑颜开，说："我看好多穿迷彩服的学生走出来，就知道你们军训结束了。"

"怎么样，累不累？"周兆华问。

林粟摇头，反问道："您怎么来了？"

"我听徐雅恩的爸爸说你们今天军训结束，他要来市里看女儿，我就搭他的顺风车一起来了。"周兆华说，"之前本来想送你来学校的，结果没送成，我就想来市里看看你，也好放心。"

天色微暗，周兆华看了眼手表，说："你还没吃饭吧，走，老师请你吃个饭。"

林粟犹豫了下，又想到周兆华大老远来市里看自己，就点点头，跟着他去了学校附近的一个小饭馆。

在饭馆里坐下后，周兆华让林粟点菜，林粟说自己吃什么都行，周兆华知道她客气，就自行点了几个炒菜。

"学校适应得怎么样？"周兆华把烫过的碗筷放到林粟面前问。

"还可以。"林粟回道。

"宿舍呢，住得还习惯吗？和室友们相处得怎么样？"

林粟垂眼，语气淡淡的："都挺好的。"

周兆华教了林粟三年，了解她的个性，这娃娃轻易不会和人诉苦，她说挺好，但实际上好不好还真说不准。

"我前两天在镇上碰到你爸妈了……"周兆华迟疑了下，询问道，"你来市里后有没有给他们打个电话？"

林粟感受到了久违的窒息感。

只要一想到林永田和孙玉芬，茶岭的一切就扑面而来。虽然她现在人在临云市，但即使隔着千山万水，她还是斩不断和茶岭的联系。那几座山一直压在她心上，沉甸甸的，让人透不过气。

周兆华看到林粟的表情就知道答案。他想到前两天碰到孙玉芬，她对着他大骂林粟是只白眼狼，说她养林粟这么大，林粟现在跑去了市里，一个电话都不知道打回来，早知道当初就不应该放林粟去读书，又说让林粟有本事以后都别回茶岭，看林粟离开了学校还能去哪儿。

在这样的家庭里实在是不幸，周兆华能力有限，没办法帮上更多，只好劝道："找个时间，你给他们打个电话，说两句话。"

林粟抿紧了唇，半晌木然地点了下头。

周兆华叹口气，开解道："你一个人在市里读书，有什么事别自己扛着，可以找老师、找同学帮忙。"

林粟不走心地应道："嗯。"

饭菜端上来，周兆华给林粟添了饭，又夹了几块肉，说："多吃点，在学校里也别为了省钱饿着自己……"

说到这儿，周兆华想到一件事，问："谢家资助的生活费够花吗？"

林粟含了一口饭，沉默地点头。

"你之前救上来的那个叫谢景聿的男孩，和你一个班吗？"

林粟摇头："他在隔壁班。"

周兆华颔首，说："隔壁班，那挺近的，你记得和他多交流，打好关系，毕竟……"

周兆华本想说毕竟他爸爸现在是你的资助人，但话说到一半，觉得太势利了，对孩子引导不好，就打住了。他尴尬地咳了下，接着说："他学习好，你和他多交流有好处，你算是他的救命恩人，他应该很乐意帮助你的。"

乐意？

林粟闻言，垂眸自嘲一笑。

周兆华不知道当初她是怎么救助谢景聿的，他以为她能挟恩图报，但实际上，谢景聿不以眼还眼地报复她就已经是宽宏大量了。

吃完饭，周兆华拿出自己以前用的旧手机送给林粟，林粟推辞，但周兆华很坚持。他说林粟一个人在市里，身边没什么亲人，他也没办法频繁地来市里，她有个手机，偶尔好歹还能联系一下。

周兆华的旧手机是个国产杂牌触屏机，这个手机放以前还挺时髦的，但现在已经很少人会用了。旧手机不值钱，他让林粟不要有负担，尽管收下，以后她真要有事，还能联系人。

林粟觉得自己没什么人要联系，也不会有人联系自己，但周兆华这么坚持，她不忍拂了他的好意，就收下了手机，道了声谢。

过后周兆华带林粟去办了张手机卡，开了个费用最低的套餐，才把她送回了学校。

孙圆圆和李乐音都回家过周末了，周宛不知道去了哪儿，林粟回到宿舍后把灯打开，坐在书桌前，拿出周兆华送的手机端看。

周兆华除了在手机里储存了他自己的号码，还把林永田和孙玉芬的也存上了。林粟明白他的意思，虽然她现在人在市里，但寒暑假她无处可去，总归是要回茶岭的。

林永田和孙玉芬再怎么样都是她的养父母，她的名字还在他们的户口本上，逃不开的。

林粟犹豫再三，拿起手机走到阳台上，赴刑场一般拨了个电话出去。

电话一接通，孙玉芬就用带着浓重方言口音的普通话问："谁啊？"

林粟浑身一颤，下意识地站直了身体，机械地说道："妈，是我。"

孙玉芬显然愣了下，很快尖声喊道："林粟？"

"嗯。"

孙玉芬在那头喊了两声"当家的"，叽里咕噜说了几句话，林粟听到嘈杂的一阵声响，紧接着就听到林永田粗哑的声音在耳边炸响。

"你这只小白眼狼，还知道打电话回来啊？去了市里就不声不响的，我还以为你死半道上了。"

林粟耳朵嗡嗡作响，木然地说："之前一直在军训，晚上还要上课，比较忙。"

林永田："忙？你读个书能忙到哪里去？在我这摆什么一中学生的架子？真想打电话，还抽不出时间？"

"就是就是。"孙玉芬在一旁附和，"我看你就是翅膀硬了，觉得自己能飞出去……真是养你不如养条狗，狗好歹还懂得感恩。"

林粟不答。

她知道林永田和孙玉芬生气，并不是因为自己没联系家里让他们担心了，而是失联的感觉让他们觉得失去了对她的控制。

林永田和孙玉芬轮番骂了很久，林粟始终沉默不语，她趴在阳台的栏杆上，抬头望着天空。

市里的天空不像山里，如果说她对茶岭还有一丝留恋，那也是对漫天的繁星。

好半响，林永田和孙玉芬骂累了，歇了一口气。几秒后，林永田问："那个机器制造公司的老板给你钱了吗？"

林粟闻言立刻回神，神情防备起来。

"给了。"林粟低声说。

"给你打了多少啊？"

林粟抿唇，没说具体数字，模棱两可道："交了学费后勉强够吃饭。"

"他一个大老板，给这么少？"林永田语气怀疑。

林粟垂下眼，冷静地说："爸、妈，我今天打电话，就是想和你们说，学校要交校服费，我的钱不太够，你们能不能给我转点钱？"

孙玉芬一听，炸毛了，直接嚷嚷道："要钱？没门！"

林永田也不客气地说："当初是那个老板说要资助你上学，我们才让你去市里读书的。钱不够，你就去找你救上来的那个同学，让他爸再给你打点。"

"爸……"

"别喊我，我没钱给你，你要是读不下去就回来采茶……不说了，就这样。"林永田说完，直接撂下电话。

林粟听着听筒里的忙音，觉得心寒，却又松一口气。她收起手机，转过身就看到了周宛。

周宛看到林粟从阳台上进来，打了个招呼，林粟回想了下自己刚才和林永田说的话，没什么不能给人听到的。

5

第二天，林粟早早起来，洗漱过后去了食堂，吃完早饭就去图书馆自习。周末二楼、三楼的自习室都开了，来图书馆自习的人多了很多。

林粟仍在二楼的角落里坐下，订正了一上午的卷子。临近中午，周兆华给她打了个电话，说要带她去和谢成康一起吃个饭。

林粟意外，问："谢景聿的爸爸？"

"对。"周兆华解释，"雅恩的爸爸今天中午请谢成康吃饭，我想他资助你上学，我们有机会是应该当面道声谢的。"

林粟知道，谢成康会资助自己，是因为她"救"了谢景聿，但不管怎么说，他出了钱，让她有机会来一中读书，于情于理她都是要感谢的。

她没有犹豫，应了好，挂断电话后就回到自习室，收好东西，离开了图书馆。她先回了趟宿舍，把书包放下，之后才去了校门口，等周兆华来接她。

徐家福在临云市一家有名的私房菜馆请谢成康吃饭，周兆华带上林粟打车到地方后，就在店员的引导下去了包厢。

周兆华推门，林粟跟在他身后进入包厢，抬眼先是看到了谢景聿。她不由得一怔，没想到这顿饭他也在。

周兆华和谢成康握了手，转头示意林粟问好。

林粟在这种场合还有点拘谨，她看着谢成康，心底惴惴不安，干巴巴地叫了声"叔叔"。

谢成康噙着笑看着林粟，语气温文，说："你就是林粟啊，之前在茶岭多亏你发现了景聿，救了他，不然，他该凶多吉少了。"

林粟见谢成康态度和善，就猜谢景聿完全没把当时的真实情况和他爸爸说。

也是，如果谢成康知道实情，报不报警另说，但绝对不会资助她。

林粟的目光忍不住移了一寸，落到谢景聿的身上。他抬起头看着她，眼神意味不明，似乎在作壁上观，想看她会怎么回应。

林粟面色不变，移开眼看向谢成康，镇静地说："老师教过的，要乐于助人。"

谢景聿无声冷笑。

徐家福招呼林粟坐在谢景聿旁边的位置上，又说："早知道景聿来，我就把雅恩也带来了，你们三个是同学，还能好好说说话。"

林粟落座后，周兆华就替林粟向谢成康道了谢，说："要不是谢总帮忙，林粟就上不了学。"

谢成康客气地笑笑，回道："林粟救了景聿，就是我们家的恩人，他妈妈知道后都想从国外飞回来当面和林粟道谢。

"景聿说林粟家里比较困难，没办法继续读书，希望我能帮一把，我当然是愿意的。别说林粟救了景聿的命，就是没有，我作为企业家，也有这个责任，帮助一些弱势群体。"

谢成康说完，徐家福和周兆华连忙称是。

林粟余光看了眼谢景聿，不知道是不是因为她坐在他身旁的缘故，她觉得他身上的气压更低了，表情也沉冷似铁。

谢成康之后又询问了下林粟在学校的情况，林粟一板一眼地回答。在见到谢成康之前，她以为有其父才有其子，可谢成康给人的感觉和谢景聿完全不同。谢成康待人和煦，虽然是一家公司的老总，却不会让人觉得有压迫感。

不多时，店员上了菜，席间他们三个大人在聊天，因为谢景聿和林粟在这儿，他们自然而然地就聊到了孩子的教育问题。

徐家福做生意要仰仗谢成康，言语间不免阿谀吹捧，他夸谢成康孩子教得好，把谢景聿培养得这么出色。

谢成康看了眼谢景聿，摇摇头说道："他啊，心态不行，还需要再磨炼磨炼。"

徐家福奉承说："我看景聿心态不错啊，小小年纪的就这么沉稳，以后肯定是你的好帮手。"

谢成康叹了声，无奈地笑道："他要是心态好，中考就不会失利，连实验班都没进去。"

周兆华说："偶尔紧张难免的，实力好早晚能进去。"

谢成康瞥了谢景聿一眼，缓缓说："实力再好，关键时刻掉链子也不顶用。"

谢景聿冷着脸，隐忍片刻，起身还算礼貌地说自己吃饱了，出去透口气。

谢景聿离开后，谢成康看向林粟，笑着说自己这个儿子被惯坏了，有点任性。

林粟不好说什么，只能笑一笑，埋头吃饭。她估摸着时间，以去洗手间为由，起身离开了包厢。

出了房间后，她往走廊上看了看，见右手边尽头有个小阳台，便走了过去。

谢景聿听到动静，回头就看到顿在原地的林粟，她见着他表情一点也不意外，就像是特意来找他的。

"'乐于助人'。"谢景聿牵起嘴角，看着林粟讽刺一笑，说，"这话你说起来倒是一点都不心虚。"

林粟已习惯了谢景聿对自己总是话里带刺，她很平静，甚至主动提起："我以为你会把事情原原本本地告诉你爸爸。"

"告诉他，你一分钱也别想拿到。"谢景聿冷哼。

"为什么？"林粟问出了早在之前就想问的问题，"你当初就算是反悔，也不会有什么损失。"

"答应的事，我不会反悔，而且……"谢景聿看着林粟，反唇质问，"我如果没有遵守约定，你会善罢甘休？"

林粟缄默，她想自己不会轻易就妥协。

谢景聿自然也知道答案，遂冷笑一声，轻嘲道："我不告诉他，是不想徒增麻烦，免得哪天真被你用刀抵在脖子上。"

林粟知道自己现在在谢景聿眼中已经成了个为达目的不择手段的危险分子，如果这是代价，她愿意付出。

她不介意谢景聿冷淡的态度，以及他的冷言冷语，在她看来，这是理所当然的，甚至他表现得足够克制。她不因此记恨他，相反，她很感激他。

事实证明，他是天降的浮木，救她于将溺。

她现在没有什么能回报他，唯一能做的就是——在这三年里，离他远点。

林粟问完想问的问题，没在阳台上待很久，很快就回到了包厢，没多久谢景聿也从外面回来了。

吃完饭，一行人离开私房菜馆。徐家福喝了酒，周兆华就跟着他去开车。

谢成康的助理把车开到了门口，林粟礼貌地道别，谢成康鼓励了她几句，又让她以后有什么事可以找他的助理帮忙。

谢成康的助理周帅下车帮忙开门，谢景聿率先坐上了车。谢成康上车前，特意叮嘱周帅留下林粟的联系方式。

周帅帮忙关上车门，转身询问林粟的手机号码。

"我叫周帅，以后有什么事可以给我打电话。"周帅存下林粟的号码，打了一个过去，说，"这是我的号码。"

林粟点头，由衷道："谢谢周助理。"

"周助理"这个称呼由一个小姑娘叫出来实在有些违和，周帅笑了笑，说："你喊我'周哥'吧，喊'帅哥'也不是不可以。"

周帅为人亲和，林粟便从善如流，喊了他一声"周哥"。

"之前真是对不住了，忘了及时把学费和生活费打给你……"周帅说着压低声儿，谑道，"为这事，我差点被小少爷给开了。"

林粟想起之前谢景聿在电话里建议谢成康换助理的事，不由得极浅地一笑。

"你把我的号码存住，以后有事就找我。"周帅最后说。

林粟颔首，目送周帅上车。

车上，谢成康问："不和你同学道个别？"

"不需要。"谢景聿的眼神在窗外的林粟身上轻轻掠过，面无表情地对谢成康说，"我以后不想再陪你出来应酬。"

"你早晚要出社会独当一面，现在多见见世面对你有好处。"

"什么好处？"谢景聿冷笑，沉声说，"学会阿谀奉承？"

"怎么做到让别人奉承你才是我要让你学的。"谢成康整了下自己的领带，语气轻飘地说，"等你大学毕业，就来公司帮忙，有些事你要尽早适应。"

"我说过，我不想管理你的公司。"谢景聿生硬道。

"有些事，由不得你愿不愿意。"谢成康皱了下眉，显然有点上火了。他往椅背上一靠，不悦道："我可以在一定的范围内给你自由选择的权利，但是你别轻易挑战我的底线，别忘了，你现在的一切都是我给的。"

父母权威是天底下最霸道的强权。

谢景聿双颊绷紧，转开视线，冷视窗外的街景。

这时有人给谢成康打了个电话，谢成康拿出手机，扫了眼谢景聿，接通。电话那头的人不知道说了什么，谢成康简单地回了几句，大致意思是说自己现在在忙，不方便说话，晚一点再回电话。

谢景聿心下冷笑，眼底跟结了冰似的，寒气逼人。

挂断电话，谢成康看向始终注视着窗外的谢景聿，在莫名的愧疚情绪催动下，放缓了语气，问："钱够花吗？"

"嗯。"谢景聿头也不回，应得很敷衍。

谢成康皱眉，到底按捺下脾气，又问："那个林粟……在学校没缠着你吧？"

谢景聿这下回头了，不过语气仍是生冷："你为什么觉得她会缠着我？"

"小地方出来的孩子，没见过什么世面，尝到了点好处就容易贪心。"谢成康想到刚才见到的那个女孩，穿得土土的，说话还带点口音，长得并不惹眼，但一双眼睛透着不属于这个年纪的成熟，有一刹那他竟然觉得她和自己的儿子有几分相似。

这样宿慧的孩子是自己生的，值得炫耀，但如果是别人家的孩子，就不得不提防一些。

"资助上学这事，是林粟提出来的吧？"谢成康笃定地问。

谢成康毕竟是个成年人，还是个颇有成就的商人，他有自己的观察力，谢景聿没想瞒过他，但也不打算说明细节。

"她碰巧救了你，就能抓住机会，借着这份恩情，向你提出让我资助她读书的请求，心机不小。"谢成康的表情隐隐透着股轻视，完全没有刚才在林粟面前时表现的和善可亲。

谢景聿已经习惯了谢成康人前人后两副面孔。他平心静气地说："刚才不是你说的，她是我们家的恩人，要好好感谢她？既然是感谢，当然是她缺什么就给什么。"

他话锋一变，紧接着问："还是说你觉得我这条命不值得花这笔钱救回来？"

谢成康脸色一沉："你又在耍什么脾气？你是我儿子，这笔钱当然花得值。"

"我想也是，还能给你的企业家身份镀金。"谢景聿神色不变，仍是冷冰冰的，说话的语气也是，总给人一种若有似无的嘲意。

"你……"谢成康觉得自己这个儿子约莫是进入了叛逆期，越来越难管教了。他铁青着脸，气急道，"我看你就是让你妈给惯坏了。"

听谢成康提起乔意，谢景聿眸光微闪。

"反正如果林粟缠着你，你告诉我，我会找人打发她。"谢成康耐性不再，拿出大家长的架势，沉着声说。

谢景聿转开了脸："不用。"

尽管他看不惯林粟，也不喜欢被要挟，却并不想借用谢成康之手加以打击。

成年人的权势具有压倒性的力量，如果用在羽翼未满的未成年人身上，就是一场灾难。

他们是同龄人，真要打发，他自己就能做到。

6

周兆华周六那天下午就离开临云市，回了南山镇。临走前，他叮嘱林粟要好好珍惜学习机会，努力学习知识，在学校如果碰到什么事情解决不了，就给他打电话。

林粟很感激周兆华，初中三年，他给她提供了很多的帮助，不仅在学业上给她开小灶，毕业后还为了她升学的事前后忙活。现在她上了高中，他还是记挂着她这个学生。

林粟的成长道路虽然坎坷，但也遇到了一些真心帮助自己的人，在她支撑不下去的时候，拉了她一把。对这些人，她心存感激，也立誓绝不辜负他们的期待。

军训过后，高一新生正式开始上课。

高中的课程和初中很不一样，不仅知识难度加深，学习强度也不可同日而语。一中作为省重点高校，对学生学业的严苛程度更是令人发指。

尽管能考上一中的学生都是佼佼者，但只要有对比，强者之中也能再次分出强弱。

考上一中的很多学生初中就读的就是重点学校，他们习惯了竞争，能比较快地适应高中紧促的节奏，比如实验班的学生。但更多的学生一开始并不能马上适应高中的生活，因此会兵荒马乱，陷入恐慌之中。

很多学生在初升高的伊始都有个"阵痛期"，林粟也有，但她的痛不是初升高不适应的痛，而是城乡之痛。以前很多人告诉她国内所有的资源包括教育资源都会向城市倾斜，但切身体会到后还是会有痛感。

就拿英语这门学科来说，城里的学生有些从幼儿园开始就学口语，再不济小学也会有英语课，但在茶岭的公益小学，甚至都没有一个专业的英语老师，英语课都是其他科任老师兼任的，教的也就是 26 个字母歌。

除了英语，比起城里的学生，林粟其他科目的基础也很差。

以前在南山中学，因为学校学生整体水平不佳，所以老师上课讲的内容比较浅，就连习题册用的都和城里的学校不一样，是题目比较简单的那种，里面的拓展题他们也从来不讲。

周兆华知道林栗好学，会额外给她找些难度较高的卷子，但就算如此，她和从小就受到良好教育的城里学生相比，还是不足。

这种不足不仅体现在中考排名上，还体现在每一节课堂知识的吸收程度、每一次课后作业的完成质量上。

林栗知道自己底子比别人差，就更加用功。开学以来，她每天除了吃饭、睡觉以及跑步，其余的时间基本上都在学习。

开学第一个月，她在兵荒马乱中度过了。

国庆放假前一天，班会课上，王云芝宣布说假后就要进行第一次月考。全班同学听后唉声叹气，抱怨说这个假是过不好了。

孙圆圆问林栗："你放假回家吗？"

林栗摇头。

孙圆圆瞪大了眼睛，又问："你平时周末都不回去，国庆七天假也不回吗？你不想家吗？"

"不想。"林栗语气淡淡。

"你真独立，不像我，恋家。"孙圆圆托着脑袋，嘟着嘴说，"一周不回去我就想我爸妈，想吃我妈做的红烧肉。"

林栗不语。

如果她的家庭像孙圆圆一样温馨，说不定她也会恋家，但事实是，她所谓的"家"只是个冰冷的空壳。如果可以，她宁愿永远不回去。

还未下课，班上的人就已经按捺不住，蠢蠢欲动了，等放学铃声一响，一个个背起书包，一溜烟就跑了。毕竟是上高中后的第一个小长假，不上学还能干很多事。

孙圆圆的爸爸来接她回家，放学后她就直接离校了。林栗整理了下课桌，背了两本书放在书包里，这才离开教室。

才出门，林栗就被喊住了。

周与森见林栗回头，立刻招手问："林栗，你假期怎么安排啊？"

林栗朝冲自己微笑示意的许苑点了下头，回答周与森："复习。"

"好不容易放长假，老是学习多累啊。"周与森热情地说，"我们过两天打算去许苑家的果园摘水果，你一起来呗。"

林栗一直不明白，周与森为什么会对自己这么热络，回回碰着打招呼不说，还时不时会邀她参加他们小团体的活动，就算她次次拒绝，他也不折不挠，热情完全没有削减。

他是永动机吗？

"林粟，你也来吧，多个人多摘一些，不然那些水果吃不完就会烂在树上。"许苑笑吟吟地说。

林粟正要回话，就见谢景聿从教室里走出来。

这一个月，她尽量在学校里避开谢景聿，连上楼都不走一班那头的楼梯，就是不想经过三班，不想让他看见自己。事实证明，只要有心，即使是隔壁班，想不碰面也是可以做到的。

林粟一看到谢景聿，立刻说："我不去……祝你们玩得开心。"

周与森还要劝，话还没出口，林粟就疾步离开了，看她那逃离的速度，差点没走出残影。他叹一口气，看向谢景聿，幽怨道："你能不能不要整天散发着一股生人勿近的气息？林粟都怕你。"

谢景聿皱眉："怕？"

"对啊，你没发现吗？每次林粟一见到你，就跟见了鬼一样跑走，不是被你吓走的还能是为什么？"

谢景聿轻嗤。周与森把林粟想得过于胆小，她的字典里大概没有"怕"这个字。但谢景聿也发现了周与森说的现象，这段时间，在任何场合，林粟只要看见自己，就会躲得飞快。

他当然知道林粟这么做的原因，只能说她还算识趣，没像谢成康说的那样人心不足，不需要他打发，她就自行远离。

这一点正合他意。

国庆假期，住校生很多都回家了。

林粟的宿舍只有她自己一个人留校。假期前三天晚上，林粟独自睡在宿舍里，孙圆圆还特地打电话问林粟怕不怕，要不要去她家住。

林粟在山里长大，不怕黑，不怕虫子，也不怕怪力乱神，自己睡觉不害怕，反而自在。

周宛在假期的第四天来了学校，她主动和林粟说自己在家待着无聊，就提前回来了。林粟没有多问，她和周宛虽然是一个宿舍的，但说不上熟。

宿舍日常出行都是周宛和李乐音搭对，她和孙圆圆一起，这种亲疏关系不是刻意而为的，是自然而然就这样了。

假期前五天，林粟哪儿也没去，就待在学校里复习。图书馆的自习室从早开到晚，又因为高三要补课，食堂留了两个窗口营业，她每天就三点一线，连校门都没出去过。

假期第六天，李爱苹说要来临云市，林粟这才给自己放了一天的假，出去找她。

下午，林粟和李爱苹去临云市的老商业街逛了逛，因为人生地不熟，她们走岔了路，反而去到了后街。

后街很冷清，街道边违规停着许多摩托车、自行车，还有很多衣着打扮流里流气的人在闲晃。

李爱苹扯了扯林粟的衣角，咽了咽口水，说道："小粟，这里好像不太安全，我们赶紧走吧。"

林粟点头，正想原路返回，余光却瞥到了一个熟悉的身影。她一怔，下意识地往边上跨了几步，躲到了一根柱子后头。

"小粟，你干吗呢？"李爱苹觉得奇怪，走过来问。

林粟这阵子见着谢景聿就躲，已经形成条件反射了，刚才脑子里还没有想法，身体就先行动了。

"我……"

林粟不好和李爱苹解释自己为什么要躲着谢景聿，她知道谢景聿不会想让别人知道他被威胁的事，所以当初她并没有把他们之间的交易告诉李爱苹。

"我鞋带松了，绑一下。"林粟说着就蹲下身，把鞋带拆开重新绑起来，她手上动作着，抬头看向街道，见谢景聿拐进了一家门店后才站起身。

"好了，我们走吧。"

林粟拉上李爱苹离开，经过谢景聿刚才进去的那家店时她抬头看了眼，是一家破旧的台球馆，仅仅是经过门口，她都能听到里面的喧哗声。

"这里一定有很多小混混，我们快走吧。"李爱苹怕惹上麻烦，抓住林粟的手就跑。

林粟又回头看了眼，心里突生疑窦。

傍晚吃完饭后，李爱苹的爸爸来接她。李爱苹离开后，林粟还有点失落，她回宿舍洗了澡后，背上书包就要出门。

周宛从外面回来，见林粟往外走，就问："你是要去图书馆吗？"

林粟点头。

"图书馆下午就闭馆了。"

林粟差点忘了，之前图书馆的通知栏上就说六号、七号闭馆。

周宛问林粟："听说市图书馆的藏书很多，我晚上想去看看，你想去吗？那里也能自习。"

其实林粟只要有个清静地儿就能学习，校图书馆没开，宿舍里也能看书，但周宛既然开口问了，林粟想她应该是希望自己陪着一起去市图书馆的，就应了好。

临云市的图书馆离一中并不远。到地方后，周宛去找书，林粟找了个空座，把书包放下，拿起水杯去装水，之后在馆内随意地走动参观了下。

不得不说，市图书馆的藏书量和校图书馆的确不是一个量级的，和南山镇的小镇图书馆比，更是浩如烟海。

馆内的图书分门别类，每一种图书都被整齐地归置在相应的书架上。林粟浏览着书架上贴着的标签，在经过"植物学"标签时，她的脚步几不可察地一滞，随即加快步伐离开。

自习室里自习的人很多，林粟和周宛面对面坐着，一个看书，一个做卷子，互不打扰。

就这么过了半个小时，林粟碰到了一道棘手的数学题，她反复演算了几遍，回回算出的答案都不一样，心里便有些焦躁。

她抬头正想问下周宛，却见周宛没在看书，反而一直盯着自己身后。

"周宛？"

周宛回过神："怎么了？"

"这题你知道怎么解吗？"林粟把卷子推过去问。

"最后一题啊，我也没做出来，有点难。"周宛叹口气说。

林粟闻言，正要把卷子收回来，周宛却抬手压住了，说："但是我知道谁能解出来。"

周宛拿了林粟的卷子，又拿着笔站起身，离开了座位。

林粟不解，目光随着周宛移动，最后瞳孔一缩。

周宛把卷子递给谢景聿，和他说了几句话后就转身朝林粟招了招手。

谢景聿也随之看到了林粟，她就坐在自己前面几桌的位置上，他刚才都没注意到。

"过来啊，林粟。"周宛轻声招呼道。

林粟抿了下唇，见周宛招呼得勤，又不好不过去。她怕抗拒得太明显，反而让人觉得奇怪。

"谢景聿解出这道题了，他愿意教教我们。"周宛等林粟走过来后说。

谢景聿只看了林粟一眼，面上的表情没什么变化，仍是不咸不淡的。

"有草稿纸吗？"他问。

周宛看向林粟。

"有。"林粟回到座位上，从本子上撕了一张纸下来，再走到谢景聿桌前，递给他。

谢景聿接过后，直接就在草稿纸上写起了解题过程。说是教，但其实他一句话都没说，只有在周宛看不懂解题步骤主动询问时，他才会开口解释一两句。

林粟的注意力不在草稿纸上，她看着谢景聿的侧脸，满脑子想的都是下午在后街看到他的事。她本以为是自己看岔了，但今天晚上再见，他身上的衣服都和下午她见到的一样。

所以谢景聿真的去了后街的台球馆？他这样的好学生，怎么会去那样鱼龙混杂的场所？

"林粟，林粟。"周宛喊道。

林粟倏地回过神，垂眼就对上了谢景聿毫无情绪的双眼。

"谢景聿把解题过程全写出来了，你看懂了吗？"周宛问。

林粟敷衍地点了下头，下一秒就看到谢景聿轻扯嘴角，似笑非笑——他看穿了她的心不在焉，并且知道与他有关。

7

国庆假期结束，所有学生返校上课。七号晚上的晚自习非常热闹，几乎所有班级的人都在分享自己的假期生活。

林粟听班上很多人抱怨说自己放假都没怎么玩，被爸妈强压着去补习班上课，除了完成学校作业，还要写补习班的卷子。

一中只有高三年级周末上课，高一高二是不能补课的，很多学生的家长唯恐自家孩子跟不上，都会给小孩报补习班。学习成绩差的学生去辅导班查缺补漏，学习成绩好的学生报培优班，想要更上一层楼。

竞争无处不在。

林粟的基础薄弱，要想尽快跟上班级同学的节奏，报课外辅导班似乎是条捷径。但捷径并不是免费的，她没有多余的钱去补习。

开学初要用到钱的地方很多，校服费、教材费、班费……谢成康上个月资助她的生活费在交完这些费用后就差不多了。她没有额外向周帅要这笔钱，自己省吃俭用，勉勉强强就过了一个月。

林粟体会不到那些被逼着去上补习班的同学的痛苦，一如他们感受不到她捉襟见肘的窘迫，所以说人类的悲喜并不相通。

课间，周与森提着一个袋子放在林粟的桌上，笑呵呵地说："给你的。"

林粟扫了眼，袋子里装着一个硕大的柚子。她微微皱眉，抬头看向周与森，眼神不解。

"这是在许苑家的果园里摘的，之前邀你你不去，我就摘了一个带来送你。"周与森拍了下袋子里的柚子，龇着大白牙说，"很甜的，你可以带回宿舍吃。"

林粟察觉到班上很多人往自己这里看，连孙圆圆都一脸好奇，有同学开玩笑问："周与森，为什么你只送林粟柚子，不送我们？"

在学校里，同龄人对男女间的关系更加敏感，周与森却很坦荡，大方地说："你们有谁想吃，报上名来，我一人带一个。"

周围人一笑置之，但看林粟的眼神到底多了几分探究。

林粟倍感无奈。上回她和周与森说过了，自己来学校是来读书的，不是来交朋友的，他似乎并没有听进去，仍是一意孤行。

难道是真想和她掰手腕？她费解。

假后第一天就是月考，学校大概是想让所有学生都有奋力往上攀爬的冲劲，所以考试座位是按照学号来排的，学号越靠前，楼层越高。

一楼的美术室和活动室也被用来当考场，林粟就被安排到了美术室。所有学生按照成绩被划分出了等级，她逆着人流下楼时，心情格外沉重。

这次的考试不考史地政，只考主科和物化生三科，考试时间是两天。兴许是年级老师为了给所有新生一个下马威，月考的卷子难度偏高，场场考试结束都有人在哀号这不是人做的题。

月考最后一场考生物，林粟坐在窗边，正皱眉做着题，忽觉窗外有人影闪过，扭头一看，就见谢景聿背着书包离开了教学楼。

考试结束，林粟回到教室，帮忙摆好桌椅。

孙圆圆趴在桌上，哭丧着脸说："卷子好难啊，我感觉我考砸了。"

林粟考得不是很顺利，但她没有抱怨，也没有唉声叹气，而是沉默地把这次考试的所有卷子整理好，放进抽屉里。

"吃饭去吗？"林粟问。

高一年级考试结束的时间比高二、高三早，因此食堂里的座位十分宽裕，来吃饭的基本上都是高一生。他们三三两两地坐在一起，聊的都是这两天的考试，有在对答案的，有在估分的，还有在讨论这次年级第一会花落谁家的。

考试结束，结局已定，再去回想没多大的意义。林栗不想加入这样的讨论里，但奈何身边的人都在聊，她也就听到了一些议论。

后面桌的人似乎和谢景聿是一个考场的，一直在聊他，说他简直离大谱，几乎每场考试都提前交卷。他们桌有人说这次的年级第一估计就是谢景聿，有人反对，说他中考连实验班都没进，这次应该也拔不了头筹。

孙圆圆竖着耳朵在听，这时候不由得好奇心起，压低声儿问林栗："你觉得这次年级第一会是谁？"

林栗摇摇头。

"我觉得会是谢景聿。"孙圆圆说出自己的看法，"他中考失利，这回考试肯定下足了功夫，想重回第一，向别人证明自己的实力。"

孙圆圆喝了一口汤，接着说："我之前听高二年级的学姐说，高一实验班是不固定的，按每次考试的排名来定，谁的名次高谁就能进，但谁要是考差了，也会被踢出来……简直就是斗兽场，想想都可怕。

"这次月考过后，谢景聿应该就会被调进实验班了。"

林栗听了，没做出什么回应。

吃完饭从食堂出来，林栗和孙圆圆打算回宿舍把考试前搬回去的书再搬去教室。路过露天篮球场时，林栗看到食堂话题中心的人物在场上打球，便下意识地加快了脚步。

"林栗！林栗！"

林栗听出了周与森的声音，装作没听见，接着往前走。但周与森非常有毅力，一声喊得比一声高，跟喇叭似的。

"小栗，周与森喊你。"孙圆圆拉住了林栗。

林栗装不下去了，只好站定。

周与森跑过来，扒在围网上问林栗："柚子好吃吗？"

林栗回："我还没吃。"

"你怎么不吃呢？柚子虽然不容易坏，但是放久了就干巴了。"周与森和林栗说，"你趁早吃了。"

"嗯。"林栗不想多留，干脆利落地说，"我还有事，先走了。"

"哎——"周与森看着林栗迅速离开的背影，摇了摇头，嘀咕了句，"什么事这么急啊？晚自习上课不是还早嘛。"

周与森回到场上，谢景聿运着球，忽然问："你之前从许苑家果园带回去的柚子是给林栗的？"

"对啊。"周与森揪起球衣擦了下汗，"这个季节的柚子挺甜的，我就想送一个给林粟尝尝。"

谢景聿怼他："你总对她搞特殊，不怕班上的人误会？"

"误会什么？"

"你喜欢她。"

周与森"啧"了声，坦然道："这有什么好误会的，同学之间难道就不能单纯的互相关爱吗？"

谢景聿跳投，又抄起弹回来的篮球，说："你这么想，别人不这么想。"

"我看就是你这种恋爱中的人才会这么想，以为谁都跟你和许苑一样。"周与森笑着半揶揄道。

谢景聿皱眉，把篮球往周与森面前轻轻一砸，提醒道："这话你别在许苑面前说。"

"知道。"周与森反应迅速地接过球，运了两下，还不忘冲谢景聿挤眉弄眼，"她脸皮薄，我懂。"

谢景聿看着周与森傻乐的样子，实在不知道他这脑子是怎么考上一中的。

月考之后两天，老师上课只讲评试卷，所有人对了答案后就大概能估算出自己的分数，一时间又是哀鸿遍野。

成绩出来那天是周五，一大早年级公告栏前就挤满了人，月考成绩前一百名的学生的名字才有被张贴出来的资格。

林粟远远地在外围扫了眼，只能看到最顶上，谢景聿的名字。

早读课上，孙圆圆立着书本悄悄地和林粟说："年级前一百基本上都是实验班的，谢景聿太猛了，真的拿了第一。看来他中考就是偶然失手的，实力还在。

"你看到他的分数了没？比第二名高了整整 20 分，我早上听人说，他数学满分，这还是人吗？

"学神果然是学神啊，我等凡人只能仰望。"

孙圆圆啧啧称道，这时王云芝走过来，敲了敲她的桌面，她才讪讪地噤声，读起了书。

早读课后，王云芝让学委把这次月考的成绩条发下去。林粟拿到自己的成绩条看了眼，她的排名升了，但不多，只前进了四十名，还是在五百名开外。

成绩一出，课间所有班级都在热议。大家讨论得最多的就是三班的谢景聿，林粟去饮水间装个水的工夫都能听到别人在聊他。

她听到很多人在揣测谢景聿中考失利的原因，猜什么的都有，最可笑的是有人说他中考是故意考砸的，就是为了今天能够"东山再起"，震惊全校。

第一次月考算是对学生学习能力的一次摸底，成绩出来之后所有班级的班主任都会找学生一对一地聊聊。

周五下午的班会课，王云芝分析完这次月考班级成绩的得失后，就让所有人安静自习，然后一个个喊学生去办公室谈心。

孙圆圆被喊出去没多久，回来就让林粟去办公室。

林粟才进办公室，王云芝就翻着手中的成绩单，对她说："你这次考试是有进步的。"

林粟以为王云芝是在欲抑先扬，但接下来王云芝都没再说成绩的事，反而一直在宽慰她，让她心态放平，不要太有压力，又让她学习上有什么问题都可以问老师、问同学，千万不要自暴自弃。

王云芝没有明说，但林粟能猜到，她是在照顾呵护自己这个从山里来的学生的自尊心和自信心。

林粟很感激王云芝的用心，但她并没那么脆弱。基础差的事实她早已认清了，这次考试的结果虽然让她挫败，却还不至于将她击垮。

王云芝还在娓娓地安慰，这时门口传来三班班主任孙志东豪迈的笑声，林粟忍不住用余光看过去，就见孙志东拍着谢景聿的肩膀走进来。

进了办公室，孙志东好一通夸谢景聿，就差念一篇颂词了。末了，他拍拍谢景聿的肩膀，叹口气略带遗憾地说："可惜以后不能再教你了，到了实验班，你还是要好好学，听到没？"

谢景聿看到林粟，神色微动，再被一拍回了神，当即开口："我不调班。"

"什么？"孙志东以为自己听岔了。

谢景聿不徐不缓地再说一遍："我不去实验班。"

孙志东本来还惋惜以后谢景聿就不是自己的学生了，现在听他说不去实验班，反而急了。

"你成绩这么好，为什么不去实验班？"

"不想去。"

孙志东苦口婆心地劝道："现在不是任性的时候，实验班的授课方式和平行班不一样，进去对你的学习有好处。"

谢景聿好像笑了，说："我不去实验班也能拿第一。"

"你……"

天才总归是有傲气的，没有傲气也成不了天才。

孙志东无奈地叹口气，开始劝说起来。

孙志东的办公桌就在王云芝隔壁，林粟把他们的对话听得一清二楚。

谢景聿的话很傲慢，但他也确实有傲慢的资本。

他的成绩摆在那儿，可以选择进不进实验班；而她，排名在五百开外，还在接受班主任的安慰。

林粟莫名地想，不知道谢景聿心里是什么想法，会不会为她这个成绩还敢威胁他说要读书而感到可笑？

· Chapter 3 ·
她是狮子，不是兔子

1

晚上，谢景聿回到家，意外地看到几天不见的谢成康竟然回来了。

"见了我也不打个招呼？"谢成康见谢景聿无视自己，忍不住开了口。

谢景聿站定，微微侧过身，不冷不热地说："我觉得你应该不差我这一声'爸'。"

"几天不见，你又在发什么脾气？"谢成康皱眉，放下手中的报纸，沉声命令道，"坐下。"

谢景聿无声地站了会儿，在谢成康按捺不住要发火的前一刻，坐在了沙发上。

谢成康这才消了气，抬眼说："你班主任今天下午打电话给我，说你这次月考拿了年级第一。不错，这才是你真正的实力。"

谢成康的脸上有了笑意，但谢景聿知道，谢成康并不是为自己感到骄傲，而是为养出一个年级第一的儿子而感到得意，这会让他在生意场上多一个被吹捧奉承的理由。

"你班主任说，你不想调进实验班？"谢成康问。

谢景聿懒懒地应了声："嗯。"

"为什么？"

"不想去。"谢景聿给谢成康的回答和给孙志东的一样，一样敷衍。

"实验班的老师都是资深的老教师，班上的学生也都是聪明的同龄人，以后会在各行各业有建树，你进去，可以多认识些人，指不定他们以后能帮得上你。"

谢景聿冷笑，问："你是想让我拉拢人脉？"

"你现在不懂，以后就知道了，人脉关系很重要。"

谢景聿眼神微沉，说："不去实验班，我也能认识人。"

"不能给你带来好处的朋友，不值得结交。"

谢成康是功利的，在他看来，交朋友就是为了利益，不能带来利益的关系是无用的。但谢景聿对此不屑一顾。

谢成康知道少年人心高气傲，逼急了反而适得其反。他没有强迫谢景聿一定要进实验班，而是说："不去实验班可以，但是你要保证，在平行班成绩不能掉下来。"

"千万别再出现中考的情况。"谢成康眉头一拧，语气稍稍不快，"也不知道你是怎么搞的，明明中考状元是十拿九稳的事，居然考砸了。到现在你都没告诉我，到底是什么原因，让你关键时候掉了链子。"

谢成康盯着谢景聿，眼神带着审视，就像在质询。

谢景聿："没什么原因，就是发挥失常了。"

谢成康知道问不出个所以然，便沉着脸说："算了，只此一回。"

谢景聿不想再坐，正要起身，又听谢成康问："那个林粟……考得怎么样？"

"不知道。"谢景聿意外于谢成康会关心起林粟的成绩，他这个资助人什么时候这么有责任心了？

"小地方考上来的，成绩应该不太好。"谢成康说着叹了一口气，语气居然有一丝可惜，"她要是成绩好点，我资助的钱还能算是有回报。"

谢景聿闻言神色一凛，冷声说："抱歉，没挑一个学习好的人来救我，让你的'投资'亏了。"

谢成康自然听出了谢景聿话里的讽刺，神情顿时不悦："你别和我在这儿阴阳怪气的，我是她的资助人，希望她成绩好点，有什么错？"

"林粟救了我，你资助她不过是在还人情，没资格对她提什么要求。"谢景聿语气沉冷，末了还轻嗤一声说，"如果你觉得我这条命不值这笔资助费，可以随时收回承诺。"

"你……"谢成康胸口起伏剧烈，脸色也无比难看。

谢景聿不想再与谢成康迂回交谈，冷着脸，背着书包就上了楼。

进了房间临关门前，他听到谢成康在楼下打电话，喊道："乔意，你给我好好管管你儿子！"

学校里一有什么新鲜事，很快就会被传得沸沸扬扬。

"谢景聿不去实验班，要留在平行班"的消息没多久就被年级上下热议，有人说他是昏了头，有人说他是有底气，还有人说他就是在装。

孙志东劝不动谢景聿，实验班的老师不舍得这么好的苗子，也主动找他谈过话，但都没能把他说服，最后只好忍痛让他留在了平行班。

林粟没有刻意关注过谢景聿，但他现在是年级红人，就算她不主动打听，有关他的消息也会往她耳朵里钻。

他数学小测拿了满分，能和英语外教对答如流，又被哪个班的女生示好了……无外乎都是夸他的。

回到宿舍，孙圆圆和周宛有时候也会聊谢景聿，但林粟从来不参与关于他的讨论。不管是人前人后，她时刻保持着和他的距离。

月考试卷讲评完毕后，各科老师就开始上新课，一中的校园活动虽然精彩纷呈，但学习仍是首要任务。

月考后，林粟每天都会给自己制订学习计划，她很自律，只要做了计划，就会严格执行。

一中宿舍熄灯时间是晚上十点半，往往宿舍关了灯后，林粟还会抱着书和在二元店里买的手电筒，窝在阳台上再学习半个小时。

李乐音瞧不上林粟挑灯夜读的行为，还直白地说过，即使林粟每天熬夜多学那么一会儿，成绩也不会提高到哪里去的，她劝林粟，不要白努力。

其实第一次月考，李乐音的排名是下降了的，但她仍是宿舍里成绩最好的，因此有些得意。

林粟不把她的风凉话放在心上，只专注于自己的事。

十一月，本应该是秋高气爽，但临云市仍是暑气未散。

一中的半期考安排在十一月中旬，届时三个年级会一起进行考试。高一年级这回所有科目都要考，一共考三天。

林粟这次的考场在二楼，十五班。有了第一回考试的经验，她这回心态平稳了些。

考试结束，她从考场出来，背上书包往楼上走，正巧碰上了一起下楼的谢景聿和许苑。她见许苑友好地朝自己笑着打了声招呼，便也微微点头示意。

错身而过，许苑抬头看了眼林粟的背影，忽然转头对谢景聿说："半学期都过去了，你也算是认识林粟了吧，怎么不和人家打个招呼？"

"不熟。"谢景聿语气淡淡的。

"但是我总觉得你们两个……莫名的相似。"许苑说。

谢景聿看她："什么意思？"

"没什么，就是觉得你们有点像，都不怎么爱说话，也不爱和人打交道。"许苑笑了笑，"其实一开始我以为你们俩之前是认识的。"

谢景聿不动声色地问："为什么会这么觉得？"

许苑想了下说："我第一次见到林栗就是在食堂，周与森喊她过来和我们一起吃饭，我发现从头到尾你们俩一句话都没说过。"

"这更说明我和她不熟。"谢景聿语气不变。

"但是你以前不这样，即使是不认识的同学，你也会客套一下，但你对林栗……"许苑顿了下，接道，"有点冷漠。"

谢景聿不语，许苑接着说："而且我总觉得林栗好像在躲你，之前有几回与森喊她过来，她一见着你，立刻就走。周与森说她是被你吓走的，但我觉得不是，她不像是胆小的人。"

谢景聿从容地回道："她可能是在躲周与森。"

许苑笑了："也有可能，他那么烦人，谁能招架得住？"

许苑："所以你们之前真的不认识？"

谢景聿的脸上没什么表情，点了点头："嗯。"

"好吧，是我想多了。"许苑耸了下肩。

谢景聿垂眸沉默。

…………

林栗回到教室，把自己的桌子搬回原位，整理了下。今天轮到她这组做值日，打扫完教室卫生后，孙圆圆就回家过周末去了，她一个人去食堂吃饭。

因为是周五晚上，去食堂吃饭的人很少，林栗很快就打了饭，找个位置坐下。才吃了几口饭，桌上突然出现一个餐盘，有人坐在了她对面。

林栗抬眼，就看到了周与森笑得人畜无害的一张脸。她顿时失语，片刻后才开口问："你不是走校生吗？为什么不回家吃饭？"

"我和景聿打球呢，索性在学校吃了再回去。"周与森说着举起手挥了挥，喊道，"景聿，这儿。"

林栗心里一个咯噔，回头就看到了端着餐盘的谢景聿。

谢景聿的目光在林栗的身上掠过，对上她的眼神时，他能看出里面的防备，就好像他是一头猛兽。他觉得好笑，当初在陷阱外威胁他的时候，她明明一无所惧。

谢景聿坐下，周与森看到他餐盘里的煲汤，立刻弹起来，说："我忘了点汤了。"

说完，他就跑向窗口。

林栗见周与森离开座位，端起餐盘就想换个位置。下一秒，她听到谢景聿说："你坐哪儿他都会跟过去。"

林粟身形顿住，抬头看了谢景聿一眼，想说自己真正想躲开的其实是他。

谢景聿像是看穿了她的所想，面无表情地问："我是会吃了你？"

"嗯？"林粟蹙眉不解。

"你在躲我。"

"是你说让我……"

"我让你离我远点，是不想让别人知道我们有关系，但是现在连周与森都看得出你在躲我。"

更别说许苑，她的观察力很强，心思也细腻，现在她心里有了怀疑，再这样下去早晚会察觉到端倪。

"你的演技很拙劣。"谢景聿说。

林粟语塞。她根本没想那么多，只是觉得谢景聿应该不会想看到自己，所以才会见着他就躲。

"所以你要我怎么做？"林粟问。

"什么都不用做。"谢景聿望进林粟的眼底，极为平静地说，"我们本来就不熟，不是吗？"

林粟一颤，在谢景聿的注视下，沉着地应道："是。"

谢景聿收回视线，随口说："坐下吧。"

林粟犹豫片刻，到底是放下了餐盘。

周与森用盘子端着两盅汤过来，他把其中一盅端到林粟面前，说："就剩下冬瓜排骨汤了。"

林粟一怔，看向周与森说："我没说要喝汤。"

"我请你喝的。"

林粟皱眉，拿过身旁的书包，说："我把钱给你。"

"哎哎哎，不要，说了是请你喝的，你就别跟我客气了。"周与森摆手。

林粟也觉得给钱辱没了周与森的好意，尤其谢景聿还在。她的生活费可都是他爸爸给的，当着他的面给周与森钱，多少有些别扭。但不给钱，她又觉得很有负担。

思索无果，林粟索性直接说："周与森，谢谢你的好意，下回换我请你，还有上次你送我的柚子，我也送你一个。"

"我不是这个意思……林粟，林粟。"周与森喊了两声，见林粟低头不搭理，便叹口气作罢。

见周与森没在林粟那儿讨到好，谢景聿的嘴角几不可察地扬了下，没有人发现。

2

批卷老师周末加班加点，周日晚上期中考的成绩就出来了。排行榜上，谢景聿仍是独霸榜首，稳如泰山，第二名以后的位置倒是厮杀得很激烈。

林粟这回的成绩和月考比虽说还是有进步的，但仍是不太理想，年级排名还在五百之后。期中考的科目比较全，所以她基础差的缺点也暴露得比较明显。拿英语来说，她只得了个及格分，光是听力这块就被扣得不少。

她初中的时候英语就比较差，主要靠背课文养成的语感来答题。以前各科的知识难度较低，课程强度也不高，她尚且能分出轻重缓急，重点攻克薄弱科目，但进入一中以来，在周围人的衬托下，所有的科目都成了她的薄弱科目，她根本没办法有的放矢地弥补不足。

学习的时间有限，顾得了这科就顾不了那科，这科多学了那科就得少学。她还未能掌握平衡各科的方法，心里其实是有些无力的。

晚上回到宿舍，林粟洗好澡后就在水池边洗衣服，周宛从宿舍里出来洗手，林粟抱着脸盆往边上让了让。

周宛洗着手，忽然问道："林粟，你是不是……申请贫困生助学补助金了？"

今天晚上，王云芝在班上说了贫困生申请补助金的事，让有需要的同学私下去找她拿报名表。

下课后，林粟就光明正大地去找了王云芝，说自己要申请补助，拿了报名表回来。她觉得申请助学金这件事没必要藏着掖着，有句话不是说贫穷、咳嗽和爱是藏不住的。

校服还没发下来前，高一生都是穿着自己的衣服，林粟的衣服不多，总是那么几套来回穿，而且都很旧了，她偶然间听到过班上的同学聚在一起猜她明天会穿哪套衣服，他们把这当成一种乐趣。

贫穷这件事根本藏无可藏，所以听到周宛的问话后，林粟坦然地承认："是啊。"

"申请需要很多手续吗？"周宛扭头看着林粟，张了张嘴，似乎有些难以启齿似的。

"不用，填张报名表，再开个证明就可以了。"林粟问周宛，"你也要申请吗？"

周宛很快否认："没有没有，我就是……有点好奇。"

林粟看她这样，就没再追问，低头接着洗衣服。

晾好衣服，林粟回到宿舍，听到李乐音问周宛："你这次考得还挺好的，是不是偷偷下功夫了？"

周宛笑着回道："没有，都是运气。"

李乐音："是这次考了史地政，你的总分才变高的吧？"

周宛还是和气道："应该是。"

孙圆圆趴在床上，歆羡地说一句："真好，不像我，原地踏步。"

林粟没加入对话，她坐在桌前，拿出这次考试的卷子分析总结。

李乐音看见了，哼一声，说："我说什么来着，林粟，你之前那么认真，这次不还是只考了五百多名。"

"五百零五。"林粟头也不抬地说。

"有差吗？"李乐音不屑，"不就是从五百尾到了五百头。"

林粟停下笔，转头直视着李乐音，问："你这次排名上升了吗？"

李乐音被问到痛处，立刻扯着脖子说："这次我排名下降是因为多考了文科，我不爱背书，等下次月考我一定会升上去的。"

林粟也掷地有声地说："我也不会止步于此。"

宿舍里安静了一秒。

李乐音觉得林粟是故意给自己难堪，黑着脸站起身就要出去，走之前还丢下一句："假努力。"

林粟根本不把李乐音的气话放心上，是真努力还是假努力只要她自己知道就好，她也从不担心努力了还考不好会被人嘲笑。

当初在南山中学，年级的人知道她要报考临云一中，都笑她不自量力，但最后她不也做到了。

有耕耘才会有收获，读书的机会是她出卖灵魂才争取来的，她当然要拼尽全力，不留遗憾。

期中考后，年级要召开家长会，时间定在周六。

林粟给孙玉芬和林永田打了电话，说了家长会的事，并且说自己生活费不够，希望他们能来市里，给她一点钱。

意料之中地，孙玉芬果断地拒绝了，林永田不仅骂了她一通，在知道她成绩不好后，还出言讽刺她，说他当初就说过，她一个山沟沟里的学生是比不过城里的学生的，她还不信。

林永田和孙玉芬不来参加家长会正合林粟的意，倒是周兆华，不知道从哪里知道一中要开家长会的事，给她打了个电话。

周兆华在得知林永田和孙玉芬都不去市里后，就主动说自己这周六正好要去市里开会，可以充当她的家长，去参加家长会。

林粟知道他关心自己，便没有拒绝。

周六下午，林粟去校门口接周兆华。周兆华一见着林粟，先是从公文包里拿出一张纸递过去，说："你让我去村里帮你开的贫困证明，我让村委会盖了章的，你看看，可以吗？"

林粟接过，扫了眼后点点头，说："谢谢老师。"

"顺手的事。"周兆华又把一个礼品袋递给林粟，说，"这是镇上卖的山茶花饼，我特意买了一些带过来，你可以分给你的同学吃，给景聿也送一个尝尝。"

林粟接过不语，周兆华还以为她和谢景聿关系不错，但实际上他们连普通朋友都不是。

家长会就要开始，林粟把周兆华带到了教室，领他坐到了自己的座位上。

周兆华扫视了眼林粟的课桌，书本叠放得整整齐齐的，桌面也很干净，和初中的时候一样。

他笑了下，说："以前我是你的老师，在台上主持家长会，今天算是你半个家里人，给你撑撑场面。"

林粟很浅地一笑。

这时王云芝走进来，说家长会开始了，让班上的同学都出去。

林粟从抽屉里拿出自己这次期中考的试卷放在桌上，从教室里出去后她就站在走廊上，旁听着家长会。

"林粟。"周与森走到林粟身旁，问，"来参加家长会的是你爸爸吗？"

林粟摇头："是我初中的老师。"

"老师来帮你开家长会？你爸妈呢？"

"忙。"林粟不欲多言，言简意赅道。

许苑这时候走了过来，站在周与森身旁，问："景聿呢？"

"不知道，从刚才就没看见他。"

"你们俩不是好哥们儿嘛，怎么会不清楚他去哪儿了？"许苑话里带着谴意。

"我们是好哥们儿，又不是双胞胎。"周与森双手往后撑在护栏上，接着说道，"再说了，你和他是男女朋友，不应该更清楚他在哪儿吗？"

周与森话音才落地，许苑就狠狠踩了他一脚。

周与森吃痛，抬起被踩的那只脚，单脚蹦跶了两下，龇牙咧嘴道："许苑，你踩我干吗？"

"让你胡说。"

许苑表情微愠，像是真的生了气，也不在周与森身边待着了，而是站到了林粟身旁。

周与森瘸着脚，反驳道："我哪有胡说？"

"你就胡说！"许苑不遑多让。

林粟没想到他们会斗起嘴来，心里犹豫着要不要当个和事佬，就在这时，她看到了从年级办公室里走出来的人。

"谢景聿在那儿。"林粟及时开口说。

闻言，周与森和许苑便不再斗气，双双往年级办公室那个方向看过去。

周与森朝谢景聿招手，等他走近后问："你去办公室干吗？"

"段长找。"谢景聿垂眼，见周与森跷着一只脚，皱了下眉问，"你这是什么姿势？"

周与森保持着"金鸡独立"的姿势，瞄了许苑一眼，幽怨道："别提了，还是说说老段找你干吗吧。"

谢景聿背靠在栏杆上，回道："让我用年级广播分享下学习经验。"

"你拒绝了吧？"许苑问。

"嗯。"

"我就知道。"许苑不意外。

周与森试探地把脚放下，感觉不太疼之后才敢踩实了。他问谢景聿："你爸来给你开家长会了吗？"

"没有。"谢景聿语气冷淡。

"又没有？"周与森愤然摇头，"你爸有这么忙吗？初中的时候他就没来参加过你的家长会，到了高中还这样？"

谢景聿面无表情地轻呵："忙不忙，得看对谁。"

周与森不解："什么意思？"

谢景聿没有解释。

许苑问："乔姨呢，还在国外没回来？"

谢景聿点头："嗯。"

周与森嘀咕了句："你这爸妈也忒不称职了。"

许苑一听，立刻抬起手，绕过林粟的后背，戳了周与森一下，再恶狠狠地瞪他一眼。

林栗一直没说话，她盯着教室窗玻璃上映射的谢景聿的身影，心想他的家庭好像也不是自己想象的那么圆满。

谢景聿似是若有所察，敏锐地把目光移了一寸。林栗和他在窗玻璃中对上了眼，她心头一紧，立刻别开脸。

周与森察觉自己说错了话，赶忙找补。他低头看到林栗手中提着的礼品袋，就问："林栗，你提着的是什么？"

许苑听到周与森的话，也低头去看。

林栗说："山茶花饼。"

"山茶花饼？这是你家乡的特产吗？"周与森问。

林栗点头："算是。"

"好吃吗？"周与森又问。

林栗犹豫了下，语气迟疑道："你们要不要——"

"好啊。"林栗话还没说完，周与森就笑着应道。

许苑损了他一句："瞧你，口水都要流出来了。"

山茶花饼是一个个独立包装的，林栗从礼品袋里把饼拿出来递给周与森和许苑，要拿出第三个的时候又犹豫了。

周兆华带特产来，特意叮嘱她要给谢景聿送一份，此时不给他，之后就更没机会了。而且，她把饼分给了周与森和许苑，不给谢景聿的话，未免太刻意了。

林栗想起上回谢景聿说自己演技拙劣的话，便一咬牙，拿出第三个山茶花饼，递给他。

"给。"林栗说。

谢景聿垂眼看向林栗，她看着自己，眼神里明明透着不自在，表情却故作自然。

演技一如既往的拙劣。

周与森用胳膊轻轻撞了下谢景聿："林栗给你的，你拿着啊。"

谢景聿察觉到许苑的目光，她正在观察自己。

他缄默片刻，随后抬手接过山茶花饼，对着林栗客客气气地道了一句："谢谢。"

3

家长会结束后，周兆华因为要赶着去开会，匆匆离开了一中。

林栗回到自己的座位上，收拾卷子的时候才发现周兆华留下的一封信。

她翻开看了眼，上面逐条分析了她这次考试各科的不足，还针对性地给出了建议。

在信的末尾，周兆华写了一句话："茶吃后来酽。"

林栗看着看着，眼眶倏地就热了。

随着半期考的结束，临云市的夏天也走到了尾声。

临云一中的校服在天气真正转冷之前发了下来，高一新生们还能抓住夏天的尾巴，穿一穿夏季的校服。

十一月份，一中还有个重要的活动，那就是校运动会。运动会结束后不久，临云市下了场雨，之后就开始降温了。

夏天因为气温高，林栗洗完头发都让它自然干，但冬天一到，湿发自然干不了，必须用吹风机才行。

学校里使用吹风机是要钱的，用的时间越长，收的钱就越多。她的头发很长，以前在茶岭的时候孙玉芬不让她剪短，说蓄长了可以卖钱。

孙玉芬从不浪费能在她身上榨取的一分一毫，现在这一头长发已经成了负担，把钱花在吹头发这件事上对她来说是极其奢侈的。

林栗很快就做出了断舍离的决定。

周日，她找了个时间去剪头发。城里的美容美发店收费极高，只是剪个头发就要收好几十，她一连问了几家，最后去到了后街的一家老式理发店。

那家理发店是一个阿姨经营的，林栗询问阿姨店里收不收头发，阿姨说收，她就在店里把一头的长发剪了，省了一笔剪发钱。

阿姨人好，看到林栗身上穿着一中的校服，知道她是个学生，还特意给她剪了个波波头，说现在学生都流行剪这个发型。

剪完头发，林栗感觉脑袋都轻了。离开理发店后，她沿着后街往回走，经过台球馆时脚步微顿，忍不住往里扫了眼。

只见里头烟雾缭绕，靠门的这桌站着两个衣着不整的青年人，他们倚着台球桌正在吞云吐雾，见她看过来，就轻浮地吹了声口哨。

林栗蹙眉，刚要离开，台球馆里走出来了一个人。

谢景聿穿着便服，抬眼看过来，目光最终落在她新剪的短发上，神色不辨。

"我说了，不会再陪你去参加应酬。"谢景聿拿起手机，接通电话。

那头谢成康罔顾他的话，径自说："你抓紧时间收拾好，我让周帅去接你。"

"我不在家。"

谢成康恼羞成怒，质问道："你现在人在哪儿？"

"学校。"

谢成康冷哼，沉声说："你放假从来不去学校。"

"不信，你问林粟。"

林粟才抬起脚踏出一步，谢景聿就把手机递给了她。

"我爸。"谢景聿盯着林粟看。

他没有放低姿态，眼神里既没有请人帮忙的诚恳，也不急切，好像林粟接不接这个电话他都无可无不可。

林粟犹豫了一瞬，很快就接过手机，贴在耳朵上，开口说："叔叔好。"

谢成康笃定谢景聿在说谎，所以在听到林粟的声音后着实愣了下，但他很快就调整了情绪，换了个口吻，和善地笑着说："林粟啊，景聿和你在一起呢？"

"嗯。"林粟从容道，"要期末考了，我们正打算去图书馆复习。"

"图书馆啊……你们那边怎么这么吵？"

林粟抬眼看向谢景聿，沉着应对："今天学校里有校园活动。"

"这样啊。"谢成康笑笑，"我还以为景聿跑哪儿去了，原来是去学校啊。你们在学校复习，我就不担心了。"

"放心吧叔叔，我们在学校里，很安全的。"

谢景聿就这么看着林粟，她撒起谎来脸不红心不跳的，诚然他并不觉得谢成康会信她的话，但她的表现出乎他意外的冷静。

谢成康又"体贴"地关心了林粟几句，她乖从地应着话，好一会儿才把手机递还给谢景聿。

"喂。"谢景聿把手机贴在耳朵上。

"仅此一次，下一次你再耍小把戏，我不会容忍的。"谢成康按捺着怒火，说完就挂断了电话。

谢景聿收起手机，垂眼看着林粟，道了句："谢谢。"

虽是道谢，但他的语气没什么温度。

林粟也不图他真挚的感谢，因此也用同样的语气回了句："不客气。"

他们对视了几秒，林粟率先移开眼，接着往前走。

"林粟。"

林粟站定，转过身来。她似乎猜到谢景聿想说什么，不待他开口便说："你放心，我不会向你爸告密的。"

谢成康知道他人不在学校，但不知道他来了台球馆，谢景聿也的确不想让谢成康知道。

"条件是什么？"

"没有条件。"

林粟见谢景聿看自己的眼神透着审视，仿佛她不提条件的背后还隐藏着更大的阴谋。

她在他那儿一点信誉度都没有。

林粟想了下，说："就当是谢谢你没有向你爸告发我。"

这个理由还算成立。

谢景聿能想到如果当初谢成康知道实情，以谢成康功利的性格，绝对不会资助林粟。

换一个角度来看，他对谢成康有所隐瞒，可以说是林粟另一个意义上的同谋，就如刚才，她在谢成康面前帮他打掩护。

在面对谢成康的时候，他们奇怪地站在了同一战线上。

回校后，林粟的短发引起了很多人的关注。

孙圆圆对她把一头乌黑的长发剪了感到可惜，周宛夸她剪了也很好看，李乐音要笑不笑地说她即使把头发剪了也省不出多少时间。

晚自习她到班上，同学们频频投来打量的目光。

下课后她去饮水间装水，回来时碰上周与森、谢景聿和许苑在走廊上站着聊天。

周与森一看到她，冲着谢景聿和许苑说："看，我说得没错吧，林粟剪了头发后像是变了个人。"

许苑打量了林粟一眼，有些惊奇。之前林粟留长发扎马尾的时候，因为脸上总没有表情，就给人一种难以接近的冷感，但现在剪了短发，发尾拢着她的脸，反倒显得她没那么有棱角，人更可亲些。

"是不一样了，更可爱了。"许苑问谢景聿，"是不是？"

谢景聿一点都不惊讶，他下午就见过了林粟短发的样子，至于可爱……作为她曾经的"人质"，他不能苟同这个结论。

周与森还看不太惯林粟现在的形象，就多看了两眼，问："你怎么突然就把头发剪了，嫌麻烦？"

"省钱。"林粟说完见他一脸不解，便又解释道，"宿舍的吹风机用起来要钱。"她说得很坦荡，丝毫没有受金钱掣肘的困窘。

"这样啊……"周与森挠了下头，有些欲语还休。

林粟能猜出他现在的想法，大约是想安慰又怕惹她伤心。善良的人总是顾忌良多，周与森是，王云芝也是，他们总想着施以援手，又想照顾对方的情绪。

　　比起无视甚至轻视，林粟更怕他人莫名的关照。无视和轻视尚且可以不在意，但关照是善意的，她不懂如何回应，便只能拒之门外。

　　"我回去了。"林粟抱着杯子往教室走。

　　周与森摸了下鼻子问："我是不是问错问题了？你们说我要不要去和林粟道个歉，再安慰下她？"

　　谢景聿轻描淡写道："她没那么在意，你就别上赶着了。"

　　"林粟比较被动，我不主动点，怎么和她交朋友？"周与森说。

　　"你是想和她交朋友，还是看她可怜，同情她？"谢景聿一针见血地问。

　　"我……"周与森挠了下头，"交朋友和帮助她又不冲突。"

　　乐于助人的确是美德，但因为对方是朋友而给予帮助和同情对方而施以援手是有本质区别的。

　　"你真把自己当警察了，为人民服务？"谢景聿说。

　　周与森咧嘴一笑，灿烂道："我爷爷、我爸爸都是警察，我爸爸还拿过二等功呢，我作为警察子女，可不能丢他们的脸。说为人民服务太高尚了，我现在还够不上，但是帮助同学我还是做得到的。"

　　周与森一脸崇高，陈词的时候头上像是散发着圣光。

　　谢景聿有时候觉得周与森单纯、热血到无可救药，但偶尔也会羡慕他，能这样肆意热烈地活着。

　　"不行，指不定林粟心里难过着呢，我得找她说说话去。"

　　说完，周与森就屁颠屁颠地回了教室。

　　谢景聿发现他还挺能脑补，轻嗤一声，说："真当自己是蜘蛛侠了。"

　　周与森的偶像就是蜘蛛侠。许苑闻言笑了，说："他就是那样的人，不过也是好意。"

　　"好意也要看别人领不领情。"

　　谢景聿说完，忽觉许苑在盯着自己，不由得问："怎么了？"

　　"你对林粟有偏见。"许苑陈诉道。

　　"没有。"谢景聿否认。他觉得自己这不算是偏见，反而是周与森和许苑并不了解林粟是个怎么样的人。

　　她是狮子，不是兔子。

　　许苑说："你不太喜欢她。"

这回谢景聿沉默了。

"为什么？"许苑问，"她做了什么让你不高兴的事吗？"

被威胁者自然不会喜欢威胁者，但这个理由不足为外人道也。

"没有，你想多了。"谢景聿最后只是一句话带过。

许苑是相信自己的直觉的，但既然谢景聿不说，她也就不再追问，毕竟好恶是很私人的情感，不应当被窥探。

4

林粟半期考后和李乐音闹了一回不愉快，之后李乐音就很看不惯她。有回晚上宿舍熄灯后，她拿着手电筒要去阳台看书，李乐音就不耐烦地说她动静太大，吵着自己睡觉了。

林粟每天晚上蹑手蹑脚地回宿舍时，李乐音都还在床上玩手机。她知道李乐音是故意的，但她没有生气。

那晚之后，她就再没有去阳台挑灯学习，而是每天一早在宿管老师吹响起床哨后利索起床，迅速洗漱，然后去食堂买两个馒头，去实验楼的中庭边啃边看书。

南方冬天冷得砭骨，很多学生早上都睡不醒，不舍得从温暖的被窝里出来，非要宿管吹个二四回哨才肯起床，但林粟从没赖过床。

可能是冬天昼短夜长的缘故，第四季的时间似乎消逝得比夏天快，转眼就到了年底。

林粟一开始还很不适应自己的短发，总觉得扎脖子，低头的时候发丝总是会垂下来。但时间一久，她就习惯了，尤其是洗头发吹头发的时间骤减后，她更觉得把头发剪短是个明智的决定。

随着她短发尴尬期结束的还有高一的第一个学期。

期末考是市统考，可能因为这次考试不仅是校内竞争，还要和外校的学生一争高下，所以一中期末考的位置安排不再按照年级排名的高低，而是随机打乱的。

林粟也是到了考试那天，看到谢景聿踩点进教室，才知道他们在一个考场里。

上午第一场语文考试结束，两个监考老师挨个收卷，等清点完卷子才让学生离开考场。

一群学生挤在门外的桌子前找书包时，有人指着桌上的一个玫粉色的书包笑着和旁边的同学说："怎么还有人背这么幼稚的书包啊。"

"就是，我妹现在都不背这样款式的了。"

"看上去好有年代感啊。"

几人唰唰笑开了，谢景聿余光看了眼林粟，她浑不在意，当着所有人的面拿起书包，背上就走。

全科考试用时三天，大概是市统考的缘故，谢景聿这回对考试上了点心，至少没有提前交卷。

每场考试结束，同一考场的同学都会找他对答案，在知道自己的答案和他的一样时他们会欣喜若狂，而答案不一时则会痛感于心，就好像他的答案就一定是标准的。

最后一场考试结束，林粟回到自己的班级。她的桌子这回没用来作考试桌，为了方便复习，她就没把课本抱回宿舍。

学期结束，教室要清空。简短的班会结束后，她把抽屉里的书本拿出来，放在桌上摆好，打算分几次把课本抱回宿舍。

"林粟。"周与森走过来，看到她桌上高高叠放的课本，问，"这些书你是要拿回宿舍？"

"嗯。"

"我帮你吧。"

"不用。"

"这么多你一个人抱不回去的，两个人好像也够呛。"周与森想了下和林粟说，"你先别走，等我一会儿。"

林粟大概猜到周与森干吗去了，蹙了下眉，不打算等他回来。她抱起一沓书往教室外走，才到门口就撞见了周与森，他果然把谢景聿喊来了。

"不是说让你等我嘛。"周与森抱过林粟手上的书，转过身示意谢景聿接过去。

谢景聿这才知道周与森口中的"帮个小忙"是什么意思，原来是让他来干苦力。

林粟抬手要拿回自己的书，谢景聿先她一步接了过去，她的手就接了个空。她抬眼看他，他神色淡然，完全让人看不出异样。

难怪他会说她演技恶劣，和她比起来，他实在是演得太好了。

周与森走进教室，从林粟桌上又抱起一沓书，回头说："林粟，还有一小沓就要你自己拿了。"

周与森根本不容人拒绝，林粟只好接受安排，抱起桌上最后的几本书。

"走吧。"周与森灿烂道。

林栗和他们一起下楼，不一会儿许苑背着书包从楼上跑下来追上他们，埋怨了句："你们怎么不等我？"

周与森说："你们班的班会刚才不是没结束嘛，我和景聿就打算先帮林栗把书搬去她宿舍，再回来找你。"

许苑见他们仨手上都有书，就从周与森那儿拿了几本书抱着。

周与森看向林栗，问："你考完试后就要回家了？"

林栗点了下头。

本来她不打算这么早回茶岭的，想等领完成绩单再说。但孙玉芬前两天就给她打了电话，催促她考完试就回去，说家里的活儿没人干，要是她不回去，以后就不用回去了。

林栗倒是想永远不回去，但是不回茶岭，她又能去哪儿呢？

"我听说南山镇那边的山上有茶园，是吗？"周与森问。

林栗点头。

"茶园大吗？"

"挺大的。"

周与森转过身倒退着走，边走边问谢景聿和许苑："我还没去过南山镇呢，你们呢？"

许苑摇头，谢景聿没回应，周与森就当他也没去过，兴冲冲地说："找个时间我们去南山镇玩一玩啊，顺道去找林栗。"

林栗眉间微紧，对她来说，那个所谓的家是个脓疮，她并不想暴露在别人眼前。

"后面有人。"谢景聿瞥了周与森一眼，突然说。

周与森停下脚步，转过身却没看到人影，立刻知道自己被戏弄了。他"啧"了声，挤到谢景聿身旁，冷飕飕地看着他。

"耍我呢？"

谢景聿表情不变："刚才真的有人。"

"你别不是大白天撞鬼了。"周与森拿肩头撞了下谢景聿，轻哼一声，嘚瑟地说，"是不是上一回打球输给了你不甘心，存心打击报复我？"

"最后的三分球我进了，是你输了。"谢景聿不急不躁地说。

"嘿，那是有人叫我，我走神了才让你有机可乘，不算。"

"输了就要赖。"

周与森来劲了，马上下战帖，说："谁耍赖，是你打得不光彩。不服，我们一会儿再比一场。"

"可以。"

"这次我一定让你输得心服口服。"

"别每次只是嘴上说说。"

……

他们两个你一嘴我一句的，谁都不服输。

许苑无奈地摇摇头，对林粟说："他们经常这样，是不是很幼稚？"

幼稚？林粟看向谢景聿。

他会幼稚吗？可能只是在周与森和许苑面前才会这样。

不过多亏了他，周与森已经将要去南山镇的事抛在了脑后。

女生宿舍男生止步，许苑说要帮林粟把书搬上去，林粟觉得搬书爬楼太累了，便谢绝了她的好意，只让谢景聿和周与森把书放在了宿舍入口处的接待室里。

"你自己能搬得上去吗？"周与森问。

"可以。"林粟说，"我分几次就能搬上楼。"

周与森点点头，又问："考完试了，我们打算出去聚餐，你要一起来吗？"

一起吃饭这件事，林粟已经拒绝过周与森很多回了，但是他始终坚持不懈，隔段时间就要问一次，就好像多问几回，早晚她就会答应一样。

这回林粟还是拒绝了，她说："我要回去收拾东西。"

"那好吧。"

林粟觉得话说到这儿就算是结束了，她客套地说了句"再见"，转身要进宿舍楼，又被喊住了。

"林粟，领成绩单那天你回校吗？"周与森问。

林粟想了下，回道："可能不回来了。"

她是想来学校的，但一旦回到茶岭，就身不由己了。

"啊？为什么？"

林粟不好说明林永田和孙玉芬对自己人身自由的限制，便含糊道："太远了。"

周与森挠了下脑袋，觉得就这么告别，可能再见就要到下学期了。他想了想，忽然眼睛一亮，问："林粟，你有 QQ 吗？"

林粟有 QQ，上回李爱苹来临云市找她，看到周兆华给她的手机里有QQ 软件，就打给运营商查询了下，发现办的套餐里有赠送一百兆流量，就帮她申请了个 QQ 号，说是方便聊天。

申请了 QQ 号之后，李爱苹帮她添加了一些初中同学，但林粟从没和他们聊过天。她很少登 QQ，偶尔几回登录也是李爱苹给她发短信，说给她留言了，让她去看看。

想到这儿，林栗犹豫了下，说："有。"

周与森一听，立刻从兜里掏出手机，说："我们加个好友吧，这样我寒假的时候还能找你聊天。"

"我很少在线。"林栗说。

"没关系，我可以给你留言，你有看到回我就成。"

林栗踟蹰了下，最后还是给了 QQ 号。

许苑也拿出手机，笑着说："我也加一个。"

周与森回头喊谢景聿："你也加一个啊。"

"手机没电了。"谢景聿不为所动。

"今天一天都在考试，你的手机怎么会没电？"周与森问。

谢景聿淡定回："昨晚没充。"

"你这家伙，指定复习到忘我了。"周与森打趣了句，随后又说，"没事，到时候我拉个群，我们可以在群里聊天。"

谢景聿："……"

加完好友，周与森灿烂地笑："林栗，你回去记得通过我们的请求。"

林栗点了下头。

许苑看了眼时间，扯了下周与森的衣角，说："好啦，林栗要收拾东西，我们别耽误她时间了，走吧。"

周与森见天色不早，便不再拉着林栗说话。他和谢景聿、许苑从宿舍楼前离开，走了几步转过身挥手，喊道："林栗，下学期见。"

许苑闻言，也转过身抬起手愉快地挥了挥："下学期见。"

谢景聿始终没有回头。

暮色中他们仨的身影渐行渐远，林栗的心头莫名一动，在分别的这一瞬间忽然感受到了高中的美妙。

5

林栗下午才搭车回南山镇。

从镇上的汽车站出来，抬头就能看到茶岭那几座连绵的青山，像一道道天然的屏障，阻断了南山镇的视野。

爬上山回到家时已是傍晚，林永田和孙玉芬不在家，林栗猜他们应该都在镇上的制茶厂里。

茶园里的茶树冬天需要休养生息，每年最冷的几个月，采茶工们不再需要去茶园里采茶，很多人会去镇上的工厂干点零活儿，包装茶叶、打包快递之类的。

林粟回到房间，把自己的东西放好。她看了眼空荡荡的床板，转身去了厨房，淘了米蒸饭，又拿冰箱里还剩下的食材煮菜。

下午六点半左右，林永田骑着摩托载着孙玉芬回来了，林粟远远地听到熟悉的摩托车引擎声，下意识地就绷紧了神经。

孙玉芬进了屋，看到林粟，先是一愣，随后打量了她几眼，很陌生似的。

"妈。"林粟先开口喊了声。

孙玉芬瞟她："哟，这不是我们家的高中生吗？你还知道回来啊？"

林粟抿嘴不答。

"谁让你把头发剪了？"孙玉芬走过去，扯了下林粟的短发，尖着嗓子问。

林粟歪了下头，木着脸说："学校吹头发要钱，就剪了。"

"我当一中多好呢，吹个头发还要收钱。"孙玉芬一脸嫌弃地看着林粟，嘟囔了句，"早知道开学前就拉你去绞了，还能卖一笔钱。"

这时林永田从外头走进来，林粟看到他，身体微微一颤，这是一种来自内心深处的恐惧。林永田是那种很典型的专制大家长，他会打孩子，有时候还会打老婆。

"爸。"她喊。

林永田脸色阴沉，看她一眼，没好气道："不是让你早点回来？"

"车票紧张，我只抢到了下午的。"林粟说。

林永田冷哼："别以为我不知道，临云市哪有那么多人来南山镇。"

"这两天市里的中学放假，很多人回南川县。"

林永田盯着林粟，林粟绷直了后背，强自镇静，说："我做了饭。"

林永田和孙玉芬干了一天的活儿，早饿了，此时见林粟去市里读了一学期的书，回来还和以前一样听话勤快，就放了心，催她把饭菜端上桌。

桌上，林永田抿了口白酒，龇了下牙，放下杯子后看向林粟问："那个谢老板，每个月给你多少生活费？"

这个问题林永田之前在电话里问过，林粟都用"刚好够花"含糊带过去，但她知道现在已经糊弄不过去了，便说出早已想好的答案。

"每个月五百块。"

"才五百块？"林永田看着林粟，眼神怀疑，"他一个大老板，这么抠门，就给这么点？低保每个月都不止这么点钱。"

林粟心里有点过意不去。谢成康好心好意资助她上学，每个月给一千块的生活费，最后还落个"抠门"的评价。但她不能说实话，如果把生活费的数额如实告诉林永田和孙玉芬，他们一定会打这笔钱的主意。

林粟垂下眼，略作拘谨地说："这笔钱就刚刚好够我吃饭，有时候班上要交一些班费，我就得省出来。

"爸妈，你们下学期能不能给我一些生活费？不用很多，每个月一百块就好，这样学校要交钱的时候，我不至于拿不出来。"她抬起头看向林永田和孙玉芬，哀求似的问。

孙玉芬一听要钱，立刻把碗重重地往桌上一搁，说："你去一中读书，不能帮家里赚钱，还想和我们拿钱，当我们是冤大头啊？要我看，你干脆辍学回家帮忙算了。"

林粟含胸，老实乖巧地坐着，低声说："之前周老师带我去和徐雅恩的爸爸还有那个谢叔叔一起吃饭，那个谢叔叔让我要好好学习。"

孙玉芬的表情一僵。

徐家福和谢成康都不是她能得罪的主儿，一个不小心，活儿就没了。

"谢叔叔谢叔叔，他有能耐，让你读书，你就去找他要钱去！"林永田把筷子往桌上一拍，恶声道。

林永田也不敢开罪两个老板，他的社会地位不如他们，只能在家里逞凶，像是要找回在外头没有的脸面一样。

"就是。"孙玉芬附和了句，随后又和林永田说起谢成康，说现在的老板，越有钱越抠搜。

林粟低下头，暗松一口气，知道今晚算是应付过去了。

晚上，林粟洗了澡回到房间，林有为正躺在床上看漫画，笑声不断。她拉上中间的隔帘，铺好床，从书包里拿出下学期的课本，专心预习。

到了点，孙玉芬进来，让他们早点睡，别点着灯浪费电。

灯一关，山里的夜就漫进了屋里。

林粟躲在被窝里，用手电筒接着看书，直到夜深了，旁边床林有为的鼾声响起，她才关了手电筒，把书本收好。

冬天山里更冷，林粟裹紧被子靠在床头，一点睡意都没有。在学校宿舍不过才住了一个学期，回到从小睡到大的地方，居然会不习惯。

或许不是不习惯，只是有落差。

孙圆圆偶尔会抱怨说宿舍空间小，床也小，她总想回自己家，睡在自己的公主房里。但对林粟来说，宿舍的那张床是她这么多年来睡过的最舒服的地方，这种舒服并不只是肉体上的感受，更是一种心理上的舒适。

躺在学校的床上，她不用怕孙玉芬会冲进来掀开她的被子，喊她起来干活，更不用担心明天起来会不会挨骂挨打。她可以睡得很安心——对，安心，这对她来说是一种难得的感觉。

窗外的月光透过玻璃洒落进来，清清冷冷的。

林粟睡不着，就往床边的书包里掏了掏，拿出手机。山里信号不好，勉强有个三格，她犹豫了下，打开数据网，登上了QQ。

很快，消息列表就有消息弹出来。

周与森建了个群，把她、许苑还有谢景聿都拉进去，群名就叫"分列式方阵小分队"。

林粟都不知道自己到底是怎么混入他们三人小团体里的，她和他们明明平时也没玩在一块儿，现在却硬生生地变成了"3+1"。

群里主要是周与森在活跃，他昨天晚上和今天早上、下午都问林粟在没在线，是不是隐身了。

林粟直到现在才看到他发的消息。

她点进群成员列表看了眼，周与森的头像是蜘蛛侠，许苑的是星空图，而谢景聿的是一个大大的"X"，像是他姓氏的缩写，也像是一个大叉。

就在这时，群里有人发了新的消息。

Spider-Man：林粟，你头像亮了，是本人吗？

林粟看到周与森发来的消息，犹豫了几秒，还是回复了。

春种一粒粟：嗯。

Spider-Man：你终于上线了！！！

Spider-Man：安全回到家了吗？

Spider-Man：没丢吧？

许个心愿：林粟这个大个人了，回自己家怎么会丢。

Spider-Man：我不是怕她坐错车嘛。

林粟缓慢地按着九宫格键盘，不太熟练地打着字。

春种一粒粟：我到家了。

Spider-Man：到家了就好。

Spider-Man：好好休息。

Spider-Man：不用学习了，可以睡个懒觉。

许个心愿：你就知道睡懒觉。

Spider-Man: 好不容易放假了还不让人睡觉啊。

Spider-Man: 睡饱了才能长个儿。

Spider-Man: 是不是啊景聿？

Spider-Man: 景聿。

Spider-Man: 景聿！

Spider-Man: 别装不在，你的头像是亮的。

周与森最后一条消息刚发出来，谢景聿的头像就暗下去了。

Spider-Man: ……

Spider-Man: 林粟，你别管景聿那家伙。

Spider-Man: 他就是个千年大冰块，喜欢装酷。

谢景聿没有添加林粟为好友，林粟也没有加他。他们在网络上也保持着距离，继续当着陌生人。

一学期过去，林粟早已习惯了谢景聿的冷淡，于他而言，他没有退群就算是对她的大度了。

林粟就看着周与森和许苑聊天，不发消息，也不下线。

虽然她和他们认真说起来并不算熟，但此时此刻，她很庆幸，他们的存在让她觉得自己和临云市、和一中还有联系，高一上学期的生活并不是一个不真实的梦。

接下来几天，林粟每天一早就起来干活，做饭、洗衣服，有时还要跟着孙玉芬去田里干农活。林永田和孙玉芬见天儿地使唤她，他们仍是会拿她出气，但有时看在她教林有为写作业的份上，也会收敛些。

只有在对他们的儿子有益的时候，他们才会觉得林粟的知识是有用的。

到了领成绩单的那天，意料之中地，林永田和孙玉芬不让林粟去学校，他们说浪费时间浪费钱。

林粟就给王云芝打了个电话，说自己去不了学校。王云芝理解南山镇路途遥远，就说会把寒假通知和成绩单寄给她。

几天后，快递到了南山镇镇上，林粟接到电话，干完活儿就和李爱苹一起下了山。

取了快递，林粟拆开，先看了眼成绩单。期末考她的年级排名和上回月考比还是有进步的，不过放在全市来看，一下子就往后掉了很多。

林粟之前看周与森和许苑在群里聊成绩，他们的市排名和年级排名差不了多少。

临云一中的尖子生放在全市所有中学来看也是实力超群的，别的学校的学生要撼动一中中上游学生的排名是比较难的，但和下游的学生还是能一较高下。

林粟知道别校和她一个水平的学生居多，如果不是有定向政策，她也进不去一中。

李爱苹见林粟表情失落，就问："怎么了，是退步了吗？"

林粟摇头。

"那就是进步了。既然有进步，你怎么不高兴？"

林粟垂下眼，逐一去看自己的各科成绩，同时说："还不够。"

"你就是对自己太严格了。"李爱苹安慰林粟，"我们老师说，临云一中最少有百分之九十的学生能上本科，你已经一脚迈进了大学的大门。"

"也不一定。"林粟说。

"嗯？"

林粟进了一中后，从来没和人说过自己学业上的事，就连孙圆圆也没有。她不习惯去和人倾诉烦恼，但李爱苹是她的发小，她们一起在茶岭长大，亲密无间，面对李爱苹，她总能卸下心防。

"我的成绩在一中里算是垫底。"林粟平静地陈诉一个事实。

"啊？"李爱苹稍稍讶异。

林粟就告诉李爱苹自己的中考成绩在学校里的排名，还有这一学期来她上课吃力，跟不上同班同学的情况。

林粟和李爱苹讲这些事时，语气始终没什么起伏，但眼神里难得地有几分难以排遣的苦恼，这时候她才像个二八少女，也有青春期的烦恼。

"果然，一中是学霸聚集地，我知道这里竞争大，没想到竞争这么大，连你都会有压力。"李爱苹眉头紧皱，好像被一中的竞争强度吓到了，嗫嗫道，"那我们县城中学的学生岂不是只有被碾压的份儿啊？"

李爱苹叹了一口气，不过没一会儿，她就眉开眼笑，看着林粟非常笃定地说："小粟，你和我不一样，你考进一中了啊，虽然现在排名不那么好，但我相信你以后一定会升上去的。"

林粟并没这么乐观。

李爱苹抬起手用两根手指按住林粟的嘴角，让她露出一个笑来。

"你可是林粟啊，打不倒的林粟！"李爱苹振奋道，"你忘了吗？之前小升初，我们刚到南山中学读书的时候，成绩也是垫底，一开始不也跟不上老师讲课的进度吗？那时候还有镇上的同学笑话我们茶岭小学的学生，说我们以后就只能和我们的爸妈一样，当个采茶工。

"你不服气，之后就非常非常努力地学习，不过花了一年的时间，初二你就成了年级第一，那之后再也没有人敢嘲笑你不聪明。"

林粟有些恍惚，蓦地想起了那段时光。刚上初一的时候，她被班上的同学排挤、取笑，因为不甘，她给自己立了个目标，一定要用成绩让那些看不起她的人闭嘴，最后她也的确做到了。

"所以啊，你不要气馁，我相信假以时日，你一定会让别人刮目相看的！"李爱苹语气高亢、表情兴奋，好像已经看到了林粟取得成功的那一天。

林粟被李爱苹的情绪感染，一扫颓唐，也露出了一抹笑来。

读书的机会是她好不容易才争取来的，尽管一中的竞争强度和南山中学不同，但没拼尽全力就还不到言弃的时候。

岁聿云暮，茶岭上的家家户户都开始忙着备年货、大扫除。

镇上的制茶厂放了假，林永田和孙玉芬就不用去上班了，他们在家，林粟就更加勤快，尽量不让他们找到借口为难。

白天里，她勤快干活，揽下了家里所有的家务，即使大冷天的也去溪边洗衣服。晚上她在孙玉芬的眼皮底下辅导林有为的功课，等再晚些，她就躲在被窝里预习课本，写寒假作业。

除夕那天晚上，茶岭上下了场雪，不大，雪花飘飘洒洒稀稀拉拉的，不成气候。

山上的草木植被蒙上了一层白纱，林粟和李爱苹跟着几个大人往深山里走，那里的雪更大些，不过没下多久就停了，只留下刺骨的寒气。

从深山里出来，林粟回到家就进了房间。

家里只有林永田和孙玉芬的房间里有电视，晚上吃完饭，林有为就去了他们的房间看春晚。他们一家其乐融融的，她不去打扰，反而乐得他们把自己晾在一旁。

山上的村子里家家户户都在庆祝新年，鞭炮声响在山间，回声能把年兽吓跑。这是团圆的时刻，亲朋相聚，灯火可亲。

林粟独自一人坐在窗边，听着鞭炮声，看着窗外的月亮，心里一片宁静。

坐了会儿，她从口袋里拿出手机，打开数据网，登上 QQ。

这阵子林粟每天晚上都会上线看看群里周与森和许苑在聊什么，有时候他们问，她也会回两句话，但她上线的时间并不长，十分钟左右。

她不是擅长聊天的人，怕冷场，也担心自己的手机流量会超套，到时候会被扣钱。

今晚刚一上线就有消息弹出来，是周与森和许苑在群里发的，好几条新年祝语。

Spider-Man：新年快乐！

Spider-Man：祝各位新的一年吃嘛嘛香，每天睡到自然醒！

Spider-Man：以后考的都会，蒙的都对！

许个心愿：哈哈，你这祝福实在。

许个心愿：那我就祝大家新的一年，每天都快快乐乐、开开心心。

许个心愿：好好长大！

"好好长大"，这真是个极好的祝福。

周与森和许苑的消息都是今天早上发出的，林粟看着手机屏幕，犹豫片刻，按了几下键盘。

春种一粒粟：新年快乐。

林粟发完消息就打算下线的，不承想周与森立刻就回了消息。

Spider-Man：林粟，你吃完年夜饭了吗？

春种一粒粟：嗯。

Spider-Man：现在在看春晚？

春种一粒粟：没有。

Spider-Man：那你晚上干吗了？

春种一粒粟：看雪。

Spider-Man：你们那儿还会下雪？

Spider-Man：我在临云市从来没看过雪。

Spider-Man：有拍照片吗？我看看。

周兆华送林粟的手机虽然是杂牌货，但功能挺齐全的，也能拍照。晚上她就试着拍了几张，本来没想给人看，但周与森这么说，她想了下，就尝试着发了一张。

Spider-Man：真的是雪花，六角形的。

Spider-Man：雪下得大吗？

春种一粒粟：不大。

Spider-Man：好想去你那儿看雪啊。

林粟的指尖顿住。

她并不想回"以后有机会来看"这种场面话，事实上，她希望周与森永远不要来茶岭找自己。

不知道回什么，林粟就匆匆说自己有事要下线了。

她退出群聊界面，正要退出 QQ，忽然收到了一条好友申请，点进去一看，那人的头像是个"X"，名字是"Y"。

是谢景聿。

林粟一瞬间怀疑自己看错了，确认真是谢景聿的账号后，她又怀疑他是不是被盗号了。她犹疑着通过了谢景聿的申请，没多久，他就发来了一条消息。

Y：还有枸骨的照片吗？

这句话没头没尾的，莫名其妙，真像是被盗号了。

林粟看不明白，但直觉却告诉她，这就是谢景聿发来的。她甚至能想象到他问这话的语气，毫无情感、冷声冷气，就像今晚下的雪。

春种一粒粟：什么是枸骨？

Y：你刚才发的照片里的植物。

林粟恍然，晚上她特意挑了一棵叶子奇特的灌木，凑近去拍落在树干枝叶上的雪花，谢景聿问的就是这棵树。

她从手机里挑了一张拍了红色果实的照片发过去。

春种一粒粟：这个？

Y：还有吗？

因为这棵灌木的叶子长得奇怪，带着小刺，还结着红色小果，和洁白的雪花相映成趣，晚上林粟就多拍了几张。

她一张一张地发给谢景聿，山上信号不好，网络差，一张照片要转很多圈才能发出去。发到第四张的时候，运营商发来短信提醒，说她的流量已经用完了，再用的话就超套要扣钱了。

林粟点击发送的手顿了下，很快又发了几张照片出去。

春种一粒粟：只有这些。

Y：够了。

Y：谢谢。

春种一粒粟：不客气。

6

新年伊始，万象更新。

茶岭上住的人家虽然少，但过年的时候也是热热闹闹的。大年初一，邻里邻间就互相走家串户，之后几天，山里的住户会携家带口地下山省亲去。

初二，林永田和孙玉芬带着林有为去县城里走亲戚了，他们没带林粟，让她留在山上看家。

林粟没有感到失落，这不是她第一回过年的时候留守在家。认真说起来，家里的那些亲戚并不是她的亲戚，从小到大，他们对她这个养女也不亲近。

这个年热热闹闹地过了几天，初七之后镇上的制茶厂就开工了。现在还没到采春茶的时候，孙玉芬就仍跟着林永田一起去厂里干活。

林粟一直掐着手指数着日子，千熬万熬，总算是熬过了正月十五。

十六那天很多学校开学，茶岭小学也在这天报到，上午她听孙玉芬的话，把林有为送去了小学，回家后本想拿上书包下山，进了房间却看到自己收好的东西被孙玉芬翻了出来。

她看了眼被丢在地上的书包，再看向一脸怒气腾腾的孙玉芬，一颗心往下沉。

"卡呢？"孙玉芬坐在林有为的床上，也没有什么动作，盯着林粟问。

林粟喉头发干，迟疑着反问："什么卡？"

"林粟，你还跟我装？"孙玉芬脸一黑，噌地站起身，两步冲到林粟面前，不客气地揪起她的耳朵，骂道，"你说那个谢老板一个月只给你五百块的生活费，但是今天早上你爸在山下碰到了他的助理，一问，人家每个月给你打一千块。

"好啊林粟，你长能耐了是吧？敢撒谎藏钱了，还说钱不够用，要我和你爸给钱，你心眼挺多啊，算计到我们身上了，啊？"

林粟听完，便知道自己的猜测没有错，林永田和孙玉芬什么都知道了。

孙玉芬拧了下林粟的耳朵，恶声恶气地问："银行卡呢，拿出来。"

林粟的耳朵被揪起来，痛得唇瓣发白。她心中惊惧，颤着声儿说："没带回来。"

"你这只小白眼狼，满嘴跑火车，我还能信你？"

孙玉芬说着往林粟身上摸了个遍，没摸到想要的东西后就抬手狠狠地拍了下她的后背，怒道："我不信你这么个有心眼的人会把银行卡放学校里，拿出来。"

林粟攥着拳沉默。

"好啊，不拿是吧，那你就别想去读书了。"孙玉芬抓着林粟往门外拖。

林粟看出她是想把自己关进杂物间里，立刻挣扎起来。

"妈，妈，你们答应过的，让我去读书。"

"当初我和你爸就不该同意，就该让你老老实实地待在山里。"孙玉芬回头骂骂咧咧的。

林粟把身子往后撤，喊道："你们不让我去，我同学的爸爸会不高兴的。"

孙玉芬闻言脚步一顿，但很快又拉着林粟往外走："我们自己养的女儿，读不读书关他什么事，为他省一笔钱他有什么可不高兴的？

"再说了，他真要不高兴，让头家把我和你爸开了，我们就不把田租出去了，拿回来自己种茶自己卖，也能挣钱。

"到时候你就回家采茶，等年纪一到就嫁了。"

孙玉芬用力一扯，把林粟拉出了门，拖到了杂物间门口，又把她往里一搡。

林粟这下真的慌了，她心里明白孙玉芬大概就是口头吓吓自己，但她不敢赌，万一他们真的丧心病狂，她就离不开这座大山了。

她要读书，一定要读书。

"妈！妈！"林粟冲上去拉住孙玉芬的胳膊，抿了下唇，说，"我把卡给你。"

"这还差不多。"孙玉芬轻哼了声，表情得意。

林粟回到房间，拿出贴在床板下的银行卡，递给孙玉芬。

孙玉芬接过，问："密码是什么？"

林粟报出一串数字，是她在茶岭上遇见谢景聿那天的日期，她一直觉得那一天会是自己人生的转折点。

孙玉芬拿着银行卡下山，再回来时满脸都堆着笑。

谢成康每个月让人打的钱林粟都只花一半，另一半存着，加上学校上学期给的一笔助学金，卡里大概有三千块。

这笔钱她本想攒着，等毕业后还给谢景聿的，现在这个计划成了泡影。

林粟看到孙玉芬回来，立刻背上书包迎上去。

孙玉芬看她一眼，刻薄道："看不出来，你还挺能攒啊，骂你是小白眼狼还真是没骂错，有钱不往家里拿，你留着是打算孝敬你亲爸还是亲妈啊？"

林粟沉默不语，摊开一只手。

"要银行卡啊？没门，这卡以后就放在我这儿了。"孙玉芬语气霸道。

林粟对要回卡并不抱希望，她抓着书包带，抬头说："我如果不去学校，我同学的爸爸是不会再往里打钱的。"

孙玉芬瞪她一眼："我说不让你读了吗？"

林粟盯着孙玉芬，心里多少有了底——孙玉芬对谢成康还是忌惮的。

孙玉芬从兜里拿出一沓钱，今天周帅按时给林粟打了钱，所以卡里不止三千。她往指尖吐了口唾沫，掀起眼睑问："学费多少？"

"学费五百，住宿费三百。"林粟说。

孙玉芬点了八张红票子给林粟，林粟接过后又说："还有生活费。"

孙玉芬不耐烦地嘟囔了句"怎么要这么多"，好像手上的钱是她的一样。

"一星期给你一百，一个月四百，够了吧？"

林粟听明白孙玉芬的意思了，她这是要让自己每个月回来一趟，只有卡里有钱了，她才会肯给生活费。

"不够。"林粟绷着脸说，"来回坐车也要钱。"

"你在学校也花不到多少钱，那点车费省省就有了。"孙玉芬说着把钱折起来，要塞回裤腰里。

林粟抬眼，毫不退让，果决道："如果我的钱不够花，我就去找我同学，他爸爸要是问我把钱都花哪儿了，我会如实说。"

孙玉芬嘴角一抽："好啊你林粟，威胁我是不是？"

林粟抿紧唇，眼睛里透着"宁为玉碎不为瓦全"的狠劲儿。

孙玉芬知道把这只小白眼狼逼急了，林粟真会反过来咬一口。她刚才说不怕惹那个谢老板不高兴，其实只是吓唬林粟用的，她无权无势的，还是害怕得罪人的。

"再给一百，多了没有。"孙玉芬不满地又抽了一张票子出来。

林粟要接钱时，孙玉芬把手一收，恶狠狠地警告道："我告诉你，不要再耍什么花样，不然你这书就不要读了，趁早回来干活。"

林粟拿过钱，一声不吭地背着书包离开。

早上她还满心欢喜，期待着可以去学校，但现在她的心情急转直下，只觉得世界都是暗淡的。

事实证明，聪明才智在绝对的权力和不可抵抗的暴力之下是没有用的。

她觉得无力，也想求助，但是不知道可以找谁。

周兆华吗？他就算是有心，也对付不了林永田和孙玉芬那样的赖皮货；报警吗？那些警察管得了一时，管不了一世。

天地悠悠，没有一个人是她能依靠的，她只能自救。

林粟抹了下眼睛，下山的脚步走得更加坚定。

· Chapter 4 ·
只能目视前方，一往无前

．．．．．．．．．．．．．．．

1

才过完年，南山镇的街道上还铺着没及时清扫的鞭炮纸，那些红色的碎纸会粘在每一个踩过的人的鞋底。

谢景聿坐在车上，透过车窗看着外面落后的小镇景象。

今天开学，一大早谢成康还带他出来应酬。他就像是个摆件，坐在席上任由那些想要巴结谢成康的人借题发挥，以他为切入口去阿谀奉承。

周帅开车，从后视镜中看了谢景聿一眼，斟酌着说："谢总还要谈生意，让我先送你去学校报到。"

"嗯。"谢景聿应得冷淡。

"从这里到市区，走高速也要两个小时，你要不要听音乐？你喜欢听什么歌，我给你找。"周帅说。

谢景聿回过头，没回答他的问题，只催道："开快点。"

周帅在后视镜里对上一双极尽冷漠的眼睛，心头一凛，嘀咕开了——这个小少爷比他爸还不近人情，冷热不吃。

周帅不再说话，专心开着车，忽然看到路边有个人穿着一中的校服，不由得愣了下，问："那是林栗吗？"

谢景聿闻言转过头看向窗外，他不用费力去辨认，那个玫粉色的书包实在是太扎眼了。

周帅放慢车速，确认了一眼："真是林栗。"

"她估计也是要去学校报到的，我们要不要捎她一程？"

谢景聿看着倒车镜中越来越小的身影，想到了除夕那晚的几张枸骨照片，很快敷衍似的回道："随便你。"

周帅一听，小少爷这是答应了，遂立刻踩了刹车，又往后倒了一段路。

"林栗！林栗！"周帅降下车窗，朝外头喊。

林栗正低着头走路，乍听有人喊自己，吓了一跳。她转头看向停在自己身旁的车，弯下腰从副驾驶座这边的车窗往车内看。

"周哥。"林粟看到周帅有点意外。

"你是不是要去学校？"周帅问。

林粟点头。

"上车吧，我送你过去。"

林粟这时看到了后座上的谢景聿，他把头转向另一边，根本不看她。

"快，这里不能停太久。"周帅说。

林粟没犹豫太久，很快就打开后座的车门，坐了上去。上车后，她迟疑片刻，本着坐别人的车要有礼貌的原则，转过头打了个招呼："你好。"

谢景聿回头，扫到了林粟发红的眼尾，眸光一动，微微讶异。

林粟觉得不自在，先一步别开脸。

周帅重新把车开起来，问林粟："你怎么下午才去学校？家里有事耽误了？"

林粟沉默了几秒，闷声回道："嗯。"

"赶巧了，今天谢总来镇上谈生意，我送小少爷回去，正好看见你了。"周帅笑道，"你们都要去学校报到，顺路。"

林粟余光看了眼谢景聿，想起之前在后街，他就是不想跟他爸去应酬才会找她打掩护，今天来南山镇估计也是不情愿的。

难怪他周身的气压比以往更低了。

她忽然想到什么，马上放下书包，拉开拉链拿出几本书翻了翻，却没找到自己想要的东西。

孙玉芬上午找银行卡的时候把书包里所有的书都翻了一遍，里面夹着的东西肯定早就掉出来了。

谢景聿听到身旁哗啦啦的动静，回头看了眼举止奇怪的林粟，眉间微皱。

林粟看向他，张了张嘴，最后什么也没说。

东西都丢了，说了也无益。

她沉默地把书本装回书包里，就在这时书包底下的一片绿叶映入眼帘。

林粟把手伸进书包底部，摸上那片叶子时却犹豫了。

谢景聿对枸骨感兴趣，她本来想反正是顺手一摘的事，给他带几片叶子费不了什么工夫，但这个行为或许在他眼里就是无事献殷勤。

虽然他上回在 QQ 里道了谢，但她知道那是他的教养使然，他对她的看法并不会因为几张照片而有所改观。

"我早上在茶厂碰到你爸了，他还问我谢总每个月资助你多少生活费来着，你没和他说过吗？"周帅开着车，和林粟搭话。

林粟抱着书包，语气干涩道："说过，他忘了。"

周帅点头，又问："你这学期的学费和住宿费还有这个月的生活费我打过去了，你收到了吗？"

"收到了。"林粟垂眼，沉默了两秒又开口说，"周哥，你帮我和谢叔叔说一声，他给的生活费太多了，我花不了这么多。"

"这个……"周帅听完林粟的话愣了下，他从后视镜中觑了谢景聿一眼，拿不定主意。

谢景聿微微侧过头看向林粟，眼神打量。

林粟察觉到他的目光，扭头迎上去。

"你嫌钱多？"

谢景聿开口说了林粟上车后的第一句话。明明他的语气里没有多少情绪，冷淡至极，但她却觉得他是在轻嘲——当初威胁他要资助的是她，现在嫌钱多的也是她。

林粟犹豫要不要告诉谢景聿，孙玉芬把自己的银行卡拿走了，他爸爸给她的资助费有一半落进了林永田和孙玉芬的兜里。

但告诉他又有什么用呢？难道他会帮她吗？

更有可能的是，谢成康在知道林永田和孙玉芬并不打算让她读高中后，会本着多一事不如少一事的原则，取消对她的资助，而既然是她父母的意愿，谢景聿自然不算是失约。

短短的时间内，林粟已经权衡出了利弊。她敛眸，开口说："我在学校除了吃饭，没什么要花钱的地方，而且我还申请了助学金。"

谢景聿还是今天才知道林粟申请助学金的事，他眸光微动，问："助学金能涵盖掉你日常的开支吗？"

林粟哑然。

一中的助学金一学期只给一次，一次八百块，只能算生活补贴，抵不上她一学期的生活费。

"既然不能，那就收着。"谢景聿说。

林粟抿了下唇，再次抬眼，说："谢叔叔愿意资助我上学，我已经很感激了，生活费我只要够用就行，不给他增添额外的负担。"

"不管你是不是真的这么想的，没有必要。"谢景聿察觉到林粟的视线落到自己的脸上，别开脸，淡漠道，"我和你说过，除了钱，别的他未必肯给。"

林粟想说自己也不要别的，但周帅抢先一步开了口，他说："林粟，你别给自己太大的压力，谢总既然是你的资助人，他给多少你就拿着，别亏待了自己。

　　"而且，谢总人很好的，有善心，不会和你计较那么多的，你要是过意不去，就好好学习，算是报答他了。我想以后你考上了个好大学，他也会为你感到高兴的。"

　　周帅本来想说谢总有的是钱，资助她的那点钱谢总根本不放在眼里，但碍于谢总的儿子在，只好拍一下马屁。

　　不知道是不是林粟听错了，周帅讲完这一番话后，谢景聿似乎发出了一声冷笑。

　　周帅都这么说了，林粟再提削减生活费的事反而显得不识抬举，更会让谢景聿觉得她是在假意做戏，故作清高。

　　车内一时又静默了。

　　周帅本来想和林粟说说话解解闷的，但见谢小少爷皱着眉十分不悦的样子，就自觉地闭上了嘴。

　　他往后视镜中再看了眼，后头两个同校同学一句话都不说，各自看着自己一侧的窗外，跟闹别扭似的。

　　周帅搞不懂他们，明明正值青春，本是最鲜活的年纪，却一个赛一个的沉闷。

　　汽车驶过山路，等上高速已是一个小时后的事了。

　　路途漫长，谢景聿闭目养神，林粟就从书包里拿出单词本来默背。

　　中途路过一个休息站，周帅把车开进去停着，下车去了趟洗手间，之后又去汉堡店买些吃的带上车。

　　"你们饿不饿，要不要吃点心？"周帅回头，先递了一个汉堡和一杯可乐给谢景聿。

　　谢景聿中午陪着谢成康应酬，根本没吃什么东西，但他在车上没有胃口，就只拿了可乐。

　　周帅就把汉堡递给林粟，说："先解解馋。"

　　林粟中午没吃饭就离开了茶岭，此时也觉得饿了，便不做推辞，接过汉堡，道了声谢。

　　周帅又递给她一杯可乐，问："这里到市区还要一个小时，你们报到来得及吗？"

　　"我和老师说过了。"林粟回道。

谢景聿没说话，大概也是提前知会过了。

"那就好。"周帅点点头，忽然看到林粟咬了一口汉堡，随即皱紧了眉头。

他立刻问："怎么了，汉堡不好吃？"

谢景聿下意识地看向林粟，罕见地从她脸上看出了难为情。

林粟把嘴里的汉堡咽下去，略有些不好意思地说："不是，我第一次吃，有点吃不惯。"

周帅哑然失语。

谢景聿神色一动，很快移开目光，举起手中的可乐喝了一口。

一小时后，周帅把车开进了市区，林粟在离一中有段距离的地方让他停了车，说要先去超市买点东西。

周帅真以为她有东西要买，但谢景聿知道这只是个托词，她故意提前下车，是不想让人看到她和他坐在一辆车上。

这样也好，省得多生事端。

周帅把车开到一中门口停下，谢景聿下了车后就进了学校，他沿着校道往前走，刚到图书馆前就被喊住了。

周与森学着哈利·波特，骑着扫帚"飞"过来，在他身后还跟着拿着簸箕的许苑。

下午开完班会，学校搞大扫除，每个年级都有相应的整洁区，高一年级就负责图书馆内外的卫生。

周与森到了谢景聿面前刹住车，扬声问："你怎么回事？报到都能迟到，打电话问你在哪儿还说得含含糊糊的，我还以为你犯了什么事，被学校开除了。"

谢景聿乜他："我能犯什么事？"

"拒绝加入实验班，老段恼羞成怒，他得不到你，就想要毁掉你。"周与森朝谢景聿抛了个眼神，贱兮兮地问，"怎么样，怕了吗？"

高一的段长是实验班的数学老师，上学期他找过谢景聿好几回，晓之以情动之以理都没能说服谢景聿去实验班。

谢景聿一脸嫌弃地看着周与森，不知道他是真傻还是假聪明。

"好啦，别贫了。"许苑看不过去了，戳了下周与森，让他正经些。

她看向谢景聿，迟疑了下，问："是不是谢叔叔又带你去应酬了？"

谢景聿耷下眼睑，没有感情地应了声："嗯。"

周与森不满地"啧"了声，说："你爸也真是的，你又不会做生意，带着你干吗？蹭饭吃啊？"

许苑见谢景聿神色微黯，摆明了不想多聊这个话题，就转开话题："你迟到，林粟也迟到，不知道她什么时候会来。"

周与森皱起眉头，说："昨天晚上她明明在群里说今天上午就会到学校的啊，但是到现在也不见她的人影，发消息不回，电话也打不通，不会出什么事了吧？不行，我得再给她打个电话。"

周与森说着掏出手机，拨了一个号码，几秒后叹口气，担忧道："还是打不通。

"我去找班主任，让她给林粟爸妈打个电话问问情况。"

谢景聿瞥他一眼，冷然道："别找了，说不定她等下就来了。"

"那可说不——"周与森话没说完，就听见许苑喊林粟，他回头一看，果然看到了从校门口走进来的短发女孩。

"嘿，神了。"周与森捶了下谢景聿的肩，乐道，"你这嘴开过光的吧。"

林粟抬头看到周与森和自己招手，犹豫片刻，就走了过去。

因为寒假 QQ 上的聊天，开学见到周与森和许苑时，她心里不自禁地生出了一股亲切之情，主动和他们打了招呼。

"林粟，你怎么才来？"周与森开口就问。

林粟含糊应道："家里有点事。"

"那你怎么不回我消息啊，打你电话也不接，我还以为你遇着什么意外了。"

"我关机了。"林粟说。

上午孙玉芬把她的手机从书包里倒出来，磕在地上裂屏了，她看手机屏幕闪啊闪的，担心闪坏了，就关了机。

"你们俩真够行的，一个话不说清楚，一个手机关机，不知道的还以为你们是约好了，一起玩失踪的。"周与森随口一感慨。

谢景聿和林粟的表情一时都有些微妙。

许苑打量了他们一眼，很快说："景聿，你和林粟别站在这儿了，快去找老师签个到吧，他们到现在还见不到你们，该着急了。"

"嗯。"谢景聿背着书包往教学楼走。

林粟朝周与森和许苑点了下头，跟了上去。

"你们报完名记得下来一起干活，别想着偷懒。"周与森喊道。

林粟和谢景聿都没有回头。他们没有并肩走，少年在前，少女在后，落了大概有两三步的距离，看着不像是一路人。

周与森看着他们一前一后的身影，沉思片刻，说道："你觉不觉得……"

许苑以为周与森也察觉到了什么，下一秒就听他大刺刺地说："景聿那小子太不懂怜香惜玉了，走这么快，林粟都跟不上。"

许苑："……"

她就不该对周与森这个大神经有所期待。

许苑叹一口气，回头看向谢景聿和林粟，在心里暗暗思量。

2

经过一个学期的磨合，很多高一生已经有了自己的好友圈，一个寒假未见，下学期甫一开学，他们就聚在一起谈天说地，聊彼此寒假的见闻和趣事。

晚自习课间，教室里、走廊上都十分热闹。一些人来回串班，一些人在走廊上嘻嘻哈哈地打闹，还有些人就三五成堆地围坐在教室里，你一言我一语地讨论着共同关心的事，男生大多在聊球赛，女生很多在谈偶像。

林粟的前桌是两个女生，后桌是两个男生，她和他们都说不上话，最频繁的接触只有每回发书发卷子时的传递交接。别人都聊得热火朝天，她就坐在位置上做题，完全不受影响。

"林粟。"班上有同学喊，"有人找。"

林粟抬起头，看到许苑站在教室门口，笑着朝自己招手。她有些意外，回头看了眼周与森的位置，空空如也。

她起身往外走，到了门口，开口就和许苑说："我不知道周与森去哪儿了。"

"他在隔壁，和景聿还有几个男生在看球赛呢。"许苑眉眼弯弯，笑吟吟地说，"我不找他，我找你。"

林粟不解："有什么事吗？"

许苑从校服袖子里拿出藏在里头的一支药膏，递给林粟说："昨天打扫卫生的时候我看你手上长了冻疮，就给你带了支冻疮膏，你晚上回去记得抹。"

林粟微怔，她蜷了蜷手指，忽觉手上的冻疮有点痒。

茶岭的冬天冷，她又一天到晚都在干活，经常碰冷水，就被冻出了冻疮。每年冬天她都会长冻疮，林永田和孙玉芬从来没给她拿过药，她都是等它自己好，久而久之，也就习惯了。

这还是第一回有人注意到她手上的冻疮，还给她买了药。

"拿着呀。"许苑把冻疮膏塞给林粟。

"谢谢。"林粟接过。

林粟抿了下唇，又说："冻疮膏多少钱，我把钱给你。"

"这是我从我爷爷的药店里拿的，没花钱，你要是给我钱，我不成倒卖了吗？"许苑眨眨眼，特别真挚地说，"冻疮虽然不是什么大毛病，但是放着不管会很不舒服的，严重了还会发炎，你一定要记得涂药。"

林粟看着许苑笑意盈盈的脸，沉默片刻，点了头。

"那就这样，我回教室了。"许苑笑着道了别。

林粟低头看了眼手上的冻疮膏，回到自己的位置上。

后桌一个男生大概是对许苑有好感，就问林粟怎么会和许苑认识，又和她要许苑的 QQ 号。林粟三两句话搪塞了过去，并没把许苑的 QQ 给他。

晚上回到宿舍，林粟先去洗了澡，之后就坐在书桌前看书。

周宛这时候坐在她身旁，拿湿巾擦擦桌面，又重新整理了下桌上的课本。

林粟转头，正好撞上周宛的视线。

周宛笑笑，扭回头，过了会儿突然问道："林粟，许苑今天晚上来找你，是有什么事吗？"

"她来给我送冻疮膏。"林粟经周宛提醒，才想起这茬事，她放下书，从书包里拿出一支冻疮膏。

"你和她什么时候这么熟的？"周宛又问。

这个问题林粟不知道要怎么回答，在她认为，她和许苑还没有很熟。她们之所以会认识，是因为周与森，他总把她往他们仨的小团体里拉。

虽然现在他们四个有群，但还没到那种亲密无间的份上，她和谢景聿的关系自不用说，和许苑，顶多算是点头之交，遇上了会互相打个招呼。

林粟觉得许苑之所以会给自己送冻疮膏，一是受了周与森的影响，二是因为许苑本身就是个善良的人。

"也没有很熟，就是说过几句话。"她如实说。

周宛点点头，似是无心一问："那你知道她和谢景聿在交往的传闻是真的吗？"

林粟没料到周宛会问自己这种八卦性质的问题，不由得愣了下，很快回道："我不清楚。"

"这样啊。"周宛随和地笑笑，像是在解释什么一般，"我就是随便问问。"

"嗯。"林粟没再说什么。

她拿出冻疮膏，挤出了点膏药抹在手上的冻疮上，膏药冰冰凉的，抹在皮肤上像是有人含着薄荷糖往她手上吹气，过了会儿，几个冻疮的瘙痒感就没那么强烈了。

这药见效还挺快，想必不便宜。

第二天早上，林粟在食堂吃了早饭后，又打包了一份。她在早读铃响之前到了教学楼，走实验班那侧的楼梯先去了一班，让人帮忙把许苑喊出来。

"怎么了，林粟？"许苑从教室里出来的时候还有些意外。

林粟把手上的早餐递过去，不卑不亢地说："谢谢你的冻疮膏。"

许苑明显一愣，很快明白林粟的意思——她不想白白接受自己的好意。

"不客气。"许苑接过林粟的早餐，施施然一笑，"正好我今天早上没吃饭，还想课间的时候去趟小卖铺，这下省事了。"

送了早餐，林粟心里轻松了些。她转身要走，又被许苑喊住了。

"林粟，你的历史课本能不能借我？我忘记今天调课了，没带书。"许苑笑着说，"与森和景聿不一定有带。"

走读生一般都是当天上什么课就带什么书，而住校生会把所有的书都放在教室里，方便学习。

林粟点了下头，应道："我去给你拿。"

她回到自己的教室，拿了历史课本出来，出门就见许苑站在三班门外，正和谢景聿在说话。

林粟走过去，把书递给许苑。

许苑接过，道了句："谢谢，等下课我就把书还你。"

"嗯。"林粟送完书就走，没有杵在谢景聿和许苑之间。

许苑见林粟回了教室，提了提手上的早餐，回答谢景聿刚才的问题："我吃过了，这是林粟送的。"

"我昨天晚上送了一支冻疮膏给她，她今天就回了我一份早餐。"

许苑说着摇了下头，感慨道："真是一点人情都不欠。"

谢景聿倒不意外，他被林粟威胁过，知道她其实是个野心勃勃的人。她如果要一样东西，会自己用手段去拿、用东西去换，而不会默默地接受赠予。

"你吃早餐了没？不然这份请你？"许苑把早餐递过去。

"吃了。"谢景聿没接。

"好吧，那我当点心吃。"许苑说完，举起拿书的一只手晃了下，示意道，"要上课了，我回教室了。"

谢景聿正要应声，忽然看到许苑手上的书里有什么东西飘落。他垂下眼，看到了落在地面上的一片叶子。

许苑蹲下身，捡起那片绿叶打量："这是什么？"

"枸骨叶子。"谢景聿说。

"你居然知道。"许苑碰了碰叶子的尖尖，说，"这个叶子的形状好特别，当书签还挺合适的，学校里有种这个吗？"

谢景聿喉头一动："没有。"

"那林粟从哪儿捡的？"

谢景聿晃了下神。

他大概知道答案。

刚开学，科任老师都没有上新课，而是讲评上学期期末的考试试卷。上次市统考，一中各年级毫无意外是全市各中学中成绩最好的，包揽了三个年级的状元。

高一还没分科，只有一个状元，就是谢景聿。

第三节课下课，林粟拿着杯子去饮水间装水，回来的时候看到许苑和谢景聿还有周与森站在走廊上说话。

许苑看到她，挥了下手。

"林粟，我来还书。"

林粟走过去，接过历史书，正要走，又听许苑问："你书里夹着的是什么树的叶子？"

林粟心头一跳，就要看向谢景聿，幸好忍住了。她有些慌张，但很快就镇静了下来，想了下回说："我们那儿的人叫它'猫儿刺'。"

"猫儿刺？"许苑念了一遍，转头看向谢景聿，笑道，"你说错了吧。"

谢景聿的目光在林粟身上扫过，想她果然聪明，如果回答"枸骨"，许苑这时候就要怀疑了。

"'枸骨'是学名，'猫儿刺'是别名。"谢景聿科普。

许苑点头，夸一句："不愧是博学多才的大学霸，知道得真多。"

周与森这时候兴致勃勃地插话，问："什么叶子？我看看。"

林粟犹豫了下，又觉得藏着掖着反而会让谢景聿感到奇怪，就大大方方地把书送了出去。

周与森接过书，翻了翻，拿出里面一片尚还碧绿的叶子，放阳光底下看了看，说："这玩意儿还挺别致，林粟你说它叫什么……'猫儿刺'？这名字还挺合适的，叶子这么扎手，哪只猫敢接近？"

他说完，贱兮兮地拿叶子扎了下谢景聿的脸，换来一个犀利的眼刀。

周与森勇者不惧，还嘻嘻一笑，说："我发现你对那些花花草草还挺了解的，学校里种的植物你都能说得上名字，怎么，以后想当园丁啊？"

谢景聿也他，嗤一声："不行？"

"行是行，但是你堂堂一个少爷，年级第一，干这个是不是屈才了？"

"只要喜欢，没什么屈不屈才的。"

周与森见谢景聿说得有些走心，愣了一愣，凑到他眼前问："你不会是认真的吧，真想当一个园丁？"

谢景聿嫌弃地支起一根手指，把周与森的脑袋推开。

许苑轻拍了下周与森，笑道："好啦好啦，景聿只是那么一说，你还较上真了。"

谢景聿不语。

林粟看他一眼，忽然想起他们第一回见面，他一个人进山，她跟在后边，看他一路上左寻右找的，似乎是在找什么植物。

谢景聿会冒险进山找植物，在图书馆阅读植物学相关书籍，会为了要枸骨的照片主动加她为好友……他对植物不能说只是感兴趣，说热爱更恰切。

但看周与森和许苑的反应，他并没有告诉他俩这件事，或许他是不太愿意让别人了解到他的兴趣，倒是她，莫名其妙地又发现了他的一个秘密。

"林粟，你怎么会把这个叶子拿来当书签？"周与森把叶子夹进书里，递还给林粟。

过了初始慌乱的一刻，林粟现在已经很镇定了，她接过书，从容地回道："省钱。"

这个回答由林粟说出来完全不会引人怀疑。周与森和许苑不再追问，谢景聿更是不会去问，是不是因为他，她才摘了枸骨的叶子当书签。

哪怕他脑子里有一瞬间闪过了这个念头。

3

开学后，林粟找了个时间，去银行办了张新卡，之后找到王云芝，更改了自己的信息，这样学校给的助学金就不会打到旧卡上。她不是没想过把新卡的卡号发给周帅，但想到离开茶岭时孙玉芬说的话，就不敢妄动。

她虽然不是林永田和孙玉芬亲生的，但只要她一天是他们的养女，在未成年之前，他们都是她的监护人，对她的人生就有支配权。高中不属于义务教育范畴，如果他们执意不让她读书，那旁人根本没办法阻拦。

父母子女之间这种天然的权利结构让林粟极为厌恶，凭什么他们能说了算？但她现在没有能力与他们抗衡，要想以后能脱离那个家，便只有忍耐、蛰伏。

好好长大。

经过上学期的过渡，林粟已经适应了高中的生活，也有了自己的节奏，她每天都按部就班地吃饭、学习、睡觉，跟上了发条一样。

时间被高效地利用起来，也就流逝得极快。

下学期第一次月考结束是周末，林粟回了趟茶岭。

春分过后就是早春茶的采摘时节，茶园里的茶叶在一场场春雨的滋润下发了芽，正是最鲜绿的时候。"春茶贵如金"，每年春天都是茶岭茶园最繁忙的时候，春茶采摘的工费高，采茶工们也比较积极。

孙玉芬不放过林粟这个劳动力，一回家就拉着她去茶园。林永田还想让林粟每个周末回来帮忙采茶，但林粟以来回车费为由让他打消了这个念头。

一整个周末，林粟都跟着孙玉芬采茶，到周日下午才要到生活费，匆匆坐车赶去学校。

周一，月考成绩出来了，一大早公告栏前又站满了人，上榜的没上榜的都挤在一处看。

谢景聿又成了热议中心。

上午统共四节课，林粟已经听三个老师夸过他了。他们的溢美之词大致相似，无非是夸他聪明厉害，同时又拿他作为正面例子来激励所有的学生。

中午放学铃刚响，周与森就喊林粟："中午我和景聿还有许苑要去食堂吃饭，一起啊。"

"不了。"林粟回说，"我和圆圆去。"

"那孙圆圆也一起来呗。"周与森不觉得这是什么问题。

这时周宛走过来，看了周与森一眼，问林粟和孙圆圆："乐音中午约了人去校外吃饭，我和你们一起去食堂行吗？"

"行，怎么不行。"周与森抢先说，"人多了更好，我们去占个大圆桌。"

他不等林粟再拒绝，招了下手说："别犹豫了，快走吧，一会儿好吃的菜都被抢光了。"

林粟见孙圆圆和周宛没有意见，站起身跟着他们走出了教室。

谢景聿和许苑在楼梯口站着等周与森，他们不知道在聊什么，许苑眼睛弯弯的，时不时愉快地笑一声。

"你们俩模范生站这儿打情骂俏，不怕被老段请去喝茶？"周与森走近，揶揄道。

"谁打情骂俏了，我们是正常聊天。"许苑瞪了周与森一眼。

她这一眼带着一点不满，在别人眼中就有些小女孩家的娇羞。

谢景聿察觉到有人在看自己，转头先是下意识地看向林粟，见她垂着脑袋，目光一顿，这才看向她旁边的人。

周宛见谢景聿看过来，不太好意思地抿出一个浅笑来。

周与森介绍了下孙圆圆和周宛，说："她们都是林粟的室友，正好要去食堂，我就叫她们一起来了。"

许苑认识孙圆圆，初中的时候她们一个学校的。她和孙圆圆打了招呼后，看向周宛，热情道："我看过你的作文，写得真好。"

年级的公告栏里经常会有优秀作文展出，周宛的作文回回都能被张贴出来。她的文采很好，语文成绩几乎每次都是班级第一。

周宛意外于许苑主动夸自己。她摆摆手，谦逊道："没有没有，都是瞎写的。"

"你太谦虚了，瞎写都能有这水平，那就是天赋。"许苑不吝赞词，说完看向谢景聿，问，"你看过周宛的作文吗？"

周宛看向谢景聿，莫名地有些紧张。

"没有。"谢景聿一点客套话都不讲。

周宛一时间有点失落。

许苑说："你作文写得这么差，还不去看看同学的优秀作文学习学习？"

"年级第一……作文差？"周宛有些惊讶。

"他啊，议论文勉勉强强，记叙文惨不忍睹，有机会你们读一读，保证对他的学霸滤镜统统碎掉。"许苑挟着笑侃道。

林粟闻言也是意外，不由得抬头看向谢景聿。他似乎并不介意许苑揭他短，面上仍是不咸不淡的，没什么表情。

她想起上午四节课四个老师，只有王云芝没有夸谢景聿。王云芝只夸了周宛，想来他的语文和其他科目比起来是不够出彩。

谢景聿回头，这次林粟的确是在看他，不过触上他的目光后就转开了脸。他看了她几秒，随后又垂下眼去看她的手。

刚才他就发现了，她的右手大拇指贴着创可贴，几个手指头乌黑乌黑的，像是沾染了墨汁，但他知道那是被茶汁染黑的。之前在南山镇，他看过采茶工的手，就是这样的。

谢景聿微微出神，还是许苑喊了他一声："你在想什么呢，怎么心不在焉的？"

"没什么。"谢景聿回神，不动声色地把目光收回来。

许苑没多问，招了下手说："走了，吃饭去了。"

他们一行人去了食堂，因为去得晚，大圆桌早被占了。他们人多，一张小桌坐不下，只好分成两桌坐。

林粟打了饭菜，在周宛和孙圆圆这桌坐下，孙圆圆吃饭的时候一直往过道隔壁谢景聿他们那桌看。

"周与森为什么总是当电灯泡，插在谢景聿和许苑之间啊？他不嫌尴尬吗？"孙圆圆忽然压低声儿说。

周宛也朝隔壁那桌看了眼，再转过头回道："可能谢景聿和许苑并没有在交往，只是朋友而已。"

"是吗？"孙圆圆说，"但我看他们很登对啊。"

周宛低头，过了会儿才接道："我觉得还好。"

"小粟，你觉得呢？"孙圆圆看向林粟。

林粟的手一顿，抬眼见孙圆圆和周宛都看着自己，好像她是裁判，她们都等着她给出一个裁定。她用余光扫了眼隔壁桌，许苑正在说话，谢景聿在喝汤，但他应该是在听。

南山中学的那些校园情侣让林粟觉得他们是在过家家，互相扯后腿，一起堕落，而谢景聿和许苑给她的感觉是不一样的。他们势均力敌，像两棵向阳的树，一起拔节抽枝，共同生长。

"嗯，挺登对的。"林粟收回视线，不徐不缓地说。

"是吧。"孙圆圆获得一票，立刻笑了。

周宛倒是没什么特别的反应，只是垂下眼，再没有说话。

孙圆圆还想说说关于谢景聿和许苑的事，但见周与森起身走过来，当即闭上了嘴。

周与森走到林粟身旁，把一盅汤放在她的餐盘里。

"这次你不用回请我，我是拿错汤了，把萝卜看成了冬瓜，我不吃萝卜，又不好放回去，浪费可耻，就请你喝吧。"周与森大大方方地说。

冬瓜和萝卜即使切成块炖汤，熟了后的颜色也不一样，林粟是不太相信周与森的说辞的，除非他五谷不分。

林粟刚要开口回绝，周与森连说话的机会都没给她，将汤一放，马上回去了。

孙圆圆等周与森走后，压低声问："小粟，周与森对你挺好的，他会不会是……喜欢你啊？"

"不会。"林粟皱眉，不明白孙圆圆怎么会这么想。周与森对她友好，明显不是因为好感。

"但是……"孙圆圆犹豫了下，还是接着说，"他在班上经常找你说话，小组作业也拉你一起，还经常约你吃饭，班里很多人都这么觉得……"

"我也听过这样的话。"周宛闻言，附和了句。

林粟的眉头不禁皱得更深了。

吃完饭，林粟先行一步去了食堂门口的小卖铺，在里面买了一瓶饮料，等周与森从食堂里出来后就递给他。

"谢谢你的汤。"林粟说。

周与森愣了下，随即说："我说了，那汤是我点错了，你不用在意。"

"点错了也是花钱买的。"林粟拿着饮料举着手不放。

周与森见她执着，只好悻悻地接过饮料。

林粟收回手，一本正经地道了别，转身跟上孙圆圆和周宛的步子，往宿舍方向走。

周与森看着林粟的背影，又看了眼手上的饮料，幽怨地叹一口气，嘀咕道："有必要算得这么清吗？我都说是我点错了。"

"她又不傻。"谢景聿开口，漫不经心的。

"你的意思是……我下次得找个高明点的理由？"周与森问得一脸真诚。

谢景聿看他这副天真无邪的模样，无语凝噎，想泼冷水，又不忍心打击他。

算了，兴许多被"猫儿刺"扎几回手，他泛滥的同情心就会收敛，也就会知道，林粟不是弱者，并不需要他的怜悯。

4

一整天，各科老师都在讲评月考试卷，晚上也没布置什么作业，只让学生把这次的卷子做个总结，查缺补漏。

晚自习下课，林粟直接回了宿舍，洗好澡后就坐在书桌前，拿出晚上没订正完的试卷和错题本，继续学习。

李乐音瞥了她一眼，拿了手机放歌。

不多时，周宛也在书桌前坐下，翻起了《红楼梦》。

月考数学卷最后一道题的最后一小题林粟没做出来，今天课上老师只提点了下解题思路，让他们课后再琢磨琢磨。她照着老师给的思路演算了下，卡在了一个步骤上推不下去，就转头去问周宛，但周宛也一知半解的。

"你问周宛能问出个什么？"李乐音突然开口，阴阳怪气的。

周宛尴尬一笑。

林粟回头，平心静气地问："最后一题你做出来了吗？"

李乐音噎了下，很快瞪着眼说："你今天上课没听孙老师说吗？这道题全年级就只有谢景聿拿了满分。"

"你没做出来啊。"林粟了然，轻描淡写地说，"也没比周宛厉害。"

她语气轻飘飘的，却让李乐音的表情一下子垮了。

"我排名比她高。"李乐音辩道。

"周宛这次的排名不比你差多少，上学期期末还超过你了。"

这句话一下子就击中了李乐音的痛点，她立刻就恼了："她也就文科比我好点。"

"文科好就不是学习好了吗？"林粟问。

李乐音下巴一抬，又把她妈搬了出来："我妈说了，文科就是死记硬背，学了没用，以后也找不到好工作的。"

"你这是偏见。"林粟冷静地陈述道。

"你……"李乐音眼睛一瞪，拔声就要争论。

"好啦，你们俩别吵了。"周宛从中调和，她指了下李乐音放在桌上的手机，"乐音，好像有人给你打电话。"

李乐音这才意识到自己的手机不播放音乐了，正在振动。她的表情立刻和缓了下来，不屑地轻哼一声，说："算了，和你讲不通，等以后你就知道我说的话有道理了。"

说完她就拿上手机，嘟嘟瑟瑟地去了阳台。

周宛叹了一口气，看向林粟，说："谢谢你，林粟。"

"不用谢。"林粟拿回卷子，"我只是说了实话。"

周宛低下头："其实乐音也没说错，我就是偏科。"

林粟蹙眉："我不觉得擅长某一科就叫偏科，文科好是你的优势。"

周宛有些动容，轻呼一口气，笑着点了下头。

过了会儿，孙圆圆洗完澡从阳台进来，凑过来悄声说："乐音好像有点不对劲，我听她喊人'宝宝'来着。"

开学这一个月，几乎天天晚上都有人给李乐音打电话，每次接电话她都很高兴，能在阳台上说半个小时，更久的时候熄灯了也不收线。

"她这么听她妈妈的话，还敢……"孙圆圆吐了下舌头，又好奇地问，"那人是校内的还是校外的啊？"

周宛想了下，回道："校外的吧。"

最近李乐音经常往校外跑，周宛和她已经很久没有一起吃饭了，都是和孙圆圆还有林粟去的食堂。

"我也觉得。"孙圆圆往阳台瞄了眼，压低声儿问，"那你们说会是哪个学校的啊？"

"这个我就不知道了。"周宛摇头。

林粟更是不会回答。

她和李乐音平时只在宿舍里才会说话，而且常常有摩擦，对李乐音的私事她并不好奇，也没有打探的欲望。

清明前后，临云市一连下了小半个月的雨，春雨缠缠绵绵的，校园里的植物在季节的召唤下换上了新绿，处处一派生机。

连日的阴雨天气让浣洗的衣物都干不了，透着一股难闻的霉味。学校宿舍有洗衣机，林粟往常为了省钱是不用的，但这时节，校服就两套，要想衣服能及时干，就不得不用。

她不用自动洗衣的功能，常常是自己手洗了放进洗衣机里脱水，只用脱水功能的话，费用就低点。

一个月五百的生活费，扣去每个月来回茶岭的车费，剩下四百来块，除了基本的生活开销，有时还要交班费、水费等杂七杂八的费用，她只能能省则省。

清明过后几天，天气总算是转晴了，太阳一出来，把连日来的阴霾一扫而尽。

天气放晴，一中的校园活动一个接一个地来，学校里的各个社团也活跃了起来。

周五放学后是社团活动时间，下课铃一响，很多学生就迫不及待地冲出教室去参加活动。

孙圆圆加入了动漫社，周宛去了话剧社，她们下课就走。林粟高一上学期没有报名参加任何社团活动，不徐不缓地收拾着课本，往书包里塞了两本书，打算晚上去图书馆自习。

"林粟。"周与森抱着篮球走过来，热情地邀道，"一会儿我们年级和高二年级有场友谊赛，我和景聿都上场，你来看吧。"

一中常常有篮球赛，林粟经过球场的时候偶尔会看一眼，但没有正经地围观过。

她面色稍有迟疑，周与森立刻说："许苑也去，你俩正好做个伴。"

话音刚落，许苑就出现在了教室外。

"走吧，就当是去凑数。"周与森眨巴眨巴眼睛，很期盼似的，"我们啦啦队的人可不能比高二的少，不然就输阵了。"

林粟见他说得诚恳，又想到今天周五，可以稍微放松一下，便点了头。

她背上书包，跟着周与森走出教室，站在许苑身旁。

四班的前门离三班的后门近，林粟看到孙志东和谢景聿在教室后头相对而站，孙志东皱着眉，一脸苦大仇深的模样，反观谢景聿，老神在在的，非常淡定。

周与森直接朝教室里喊："老孙，能不能先放你的爱徒去给年级争个光啊？下星期上课你再找他接着谈心？不然一会儿比赛结束，我把他逮到你面前也行。"

"臭小子。"孙志东抬起手，隔空点了点周与森，表情颇有些无奈。片刻后，他拍了下谢景聿的肩，说了句"你再好好考虑考虑"，就摆摆手让谢景聿走了。

谢景聿从教室里出来，周与森一把揽上他的肩，急匆匆地把人推着往前走。

"走这么快做什么？"许苑拉上林粟追上去。

"热身去。"周与森语气兴奋，"今天这场比赛我们一定要赢。"

"不是友谊赛吗？你怎么这么亢奋？"许苑笑道。

"友谊赛也是比赛，也有输赢。"周与森回头说，"前段时间下雨，我有好长时间没打球了，今天正好打个过瘾。"

他说着拍了下谢景聿的肩，表情欠嗖嗖的，说："你可别拖后腿。"

"这话留给你自己吧。"谢景聿怼他。

到了楼下，周与森松开谢景聿，边走边运球，一下子就蹿到了前面。

许苑挽着林粟走到谢景聿身旁，问他："孙老师找你，是不是为了竞赛的事？"

"嗯。"

"你真不打算参加？"

谢景聿颔首，表情很淡。

许苑忖了下，说道："我觉得你可以去试试，以你的实力，联赛一定能拿奖，如果拿了省一，进了决赛，再拿了金牌，你就有机会直接保送。"

孙志东刚才也说过差不多的话，但谢景聿不为所动，只懒懒地回了句："再说吧。"

许苑知道谢景聿是极有主见的人，他做事有自己的考量，不会轻易被人动摇。

"你自己考虑好了就行。"许苑还是有些惋惜，叹一口气，转头玩笑似的和林粟说，"看吧，学霸的任性，明明有机会不参加高考，就是不要。"

林粟知道学校有竞赛班，能进这个班的学生都是年级里成绩拔尖的，除了高中的课程，他们还要额外学习竞赛内容，学习强度非常高。

她之前听说过谢景聿拒绝去竞赛班的事，那时候年级里还热议了好一阵，说他够拽，实验班不去，竞赛也不参加。

"竞赛保送生，大学选专业会有限制吗？"林粟忽然问。

"有的吧。"许苑说，"一般都会让选和竞赛学科相关度高的专业。"

她说完正要向谢景聿确认，回头就见他目光凛然地看着林粟，见她看过去，才别开脸看向前方。

许苑的脑子里忽然就闪过了一个念头，好像明白了什么，顿时觉得不可思议，不由得看向林粟。

林粟表情淡淡的，"哦"了一声就没了下文，像是刚才问的问题只是一时兴起，随口一问。

许苑转动眼珠子，看了看左右两边的人，心里头难免觉得奇怪。

谢景聿和林粟之间总有一种莫名的默契，彼此仿佛都很了解对方似的。但许苑不知道这默契从何而来，明明在上高中之前他们都不认识。

"你们聊什么呢，快点，球赛要开始了。"周与森在前头喊。

谢景聿散漫地应了声，许苑也就没有多纠结，拉着林粟跟上去。

到了露天篮球场，林粟看到场边里三圈外三圈围着的人时，微微咂舌。看这阵仗，根本不缺她一个加油喝彩的，凑数更是无稽之谈。

篮球场上，高一和高二球队的成员在热身，谢景聿和周与森上场时，场下一阵躁动。

两个年级的啦啦队分站两边，许苑的同学给她留了位置，正好在休息区的凳子后边，许苑拉着林粟就站过去。

谢景聿和周与森上场后先热了热身，过后脱了校服外套，单穿一件短袖 T 恤。

两个年级的球员好像事前说好的，高一的穿白 T，高二的穿黑 T，颜色分明。

"许苑，接着。"周与森跑到场边，先是把谢景聿的外套丢给许苑，之后大刺刺地把自己的校服往林粟眼前一递。

"林粟，帮我拿下衣服。"

林粟立刻觉察到了周围人的目光，跟针一样尖锐。

这时许苑伸手把周与森的外套接了过去，笑着说："一件是拿，两件也是拿，都给我吧。"

"景聿，可以吧？"周与森回头，笑嘻嘻地问。

谢景聿知道他这是又在调侃自己和许苑，不由得眉头微皱，抬手把手中的篮球往他脸上轻砸。

"少废话。"

周与森利落地接过球，转身倒退着走两步，对林粟和许苑喊："记得给我们加油。"

林粟扯着书包带子不语。

许苑抱着两件衣服，低声说了句："大傻子。"

5

篮球赛刚打响，场上就爆发出了一阵阵呐喊声。

高一高二的啦啦队互不相让，扯着嗓子给自己年级的队伍加油，这场比赛不仅在球场上，也在球场下。

开局不到两分钟，谢景聿率先进了一球，打开了局面。

林粟被周围女生激动的喝彩声震得瑟缩了下，只觉得耳边嗡嗡的。

她一直都知道谢景聿在年级里很受女生偏爱，但今天还是第一回这么直观地感受到他的人气，孙圆圆说他是校园之星，果不其然。

"周与森肯定气死了，开门红被景聿拿走了，他不会放过下一个进球机会的。"许苑在一旁笑笑，了然道。

果然，场上周与森一个抢断，带着球就往回冲，之后几个躲闪，送球入篮筐。

球进后，他朝场下的人比了个"耶"，表情十分嘚瑟，引得人阵阵发笑。

高一高二虽然差了一个年级，但球赛里十六七岁的少年身量都差不多，如果没有衣服颜色作区分，混战起来根本分不清是哪个年级的。

随着球赛白热化，场上的气氛越来越焦灼，连带着场下的啦啦队也提着一口气不敢松懈。

上半场结束，高二年级领先五分。

中场休息时，高一年级的球员聚在一起商量战术，互相鼓舞打气，看他们的表情，完全是把友谊赛当正式赛在打。

下半场的哨声才响起，比赛就无缝衔接了上半场的火热，两个球队彼此攻防，打得有来有往的。

许苑说："他们在防着景聿呢。"

上半场谢景聿得分多，林粟即使不太懂球，也看得出来高二的球员有点针对他。

意外发生在第三小节要结束前，谢景聿带球要上篮时，高二的一个球员伸手去抢，两人发生了肢体冲撞。

谢景聿被绊住了脚，身子往前一栽，球脱了手，幸好他敏捷，手在地上撑了下，然后迅速翻过身，坐在了地上。

裁判吹了哨，周与森跑过去，伸出一只手，问："没事吧？"

谢景聿轻摇了下头，抬手搭上周与森的手，借力站起来。

高一年级叫了暂停，谢景聿走到休息区，坐在凳子上喝了几口水，缓了缓。

周与森把谢景聿打量了一圈，目光最后落定在他的手上，嘶了下说道："擦伤了。"

"要不要换人？"周与森问。

"不用。"谢景聿不以为意。

站在后面的许苑不太放心，关切地问："你手上有伤，还能打球吗？会不会感染啊？"

谢景聿："皮外伤而已，没那么严重。"

"可是……"

许苑还要说，谢景聿已经站起身，准备重新上场了。

林粟忖了下，把书包从背上脱下，从侧口袋里拿出两个创可贴，递到谢景聿面前。

"给。"

谢景聿愣了下，抬头看向林粟。

她表情平静，目光不躲不闪地直视着他，没有多余的感情，就像是随手帮同学一个小忙，不足挂齿。

虽然是小伤，但到底是伤在手掌上，伤口会影响打球的手感。

谢景聿没有忸怩，垂眼接过创可贴，有礼有节地道了句："谢谢。"

简单处理了下手上的伤口，谢景聿就上了场，这一次上场他的神色比之刚才更加认真，行动也更加果断迅猛。

许苑摇头叹了一口气，对林粟说："他的好胜心被激起来了。"

林粟背上书包，回头，听许苑接着说："别看景聿平时好像对什么都不感兴趣的样子，他一旦认真起来，还挺吓人的。"

林粟把目光投向球场。比赛重新开始后，高二的球员还是对谢景聿防得很紧，但谢景聿始终很沉着，运着球冷静地寻找着对方防守的漏洞，随后像猎豹一样发起进攻。

一个漂亮的三分球，比分追平了。

场下立刻响起掌声和欢呼声。

再看场上，谢景聿随意地和周与森碰了下拳，脸上难得地露出了几分轻盈的笑意。

他平日里总是显现出同龄人没有的稳重自持，但打球的时候却意气风发，很有少年人的朝气。

这样的反差让他整个人都生动了起来，也不怪底下的女生为他尖叫呐喊。

一场篮球赛进行了将近一个小时，最后一小节，谢景聿和周与森两人配合默契，给球队拿下了不少分。

比赛结束的哨声响起时，高一年级以两分的微弱优势赢得了这场友谊赛。尽管赛况激烈，但赛后两个年级的球员都很友好，还一起拍了合照。

比赛结束，场边围观的人散去大半，还剩下一些在场下徘徊。

林粟看到有女生鼓足勇气上前给谢景聿送水，但他摇头拒绝了，一如当初拒绝别人的告白般，有礼貌但无情。

场下的人走的走，散的散，林粟觉得不需要自己再"凑数"了，她和许苑说了声，转身就要离开篮球场。

场上，周与森余兴未了，还和几个球员在切磋球艺。他余光看到林粟要走，想也不想就高声喊道："林粟。"

林粟顿足，回头。

周与森说："明天我们要去看展，你一起去呗？"

林粟正要摇头，许苑先开了口："去吧，是科学艺术展，明天是展期的最后一天，错过就没了。"

听许苑这么说，林栗犹豫了。

课上老师总让他们别死读书，要多走走多看看，但她平时基本上不怎么出校，对临云市也不熟悉，根本无从去走去看。

许苑见林栗的表情有所松动，接着说道："听说还有专家讲座，很长见识的，指不定对我们学习也有帮助。"

听到有益学习，林栗就心动了，她考虑了下，问："什么时间？"

"下午，两点钟我们在科技馆前碰面？"

林栗这会儿没有迟疑，直接应了好。

周与森大概是看到林栗点头了，马上乐呵呵地说："那就这么说定了，明天见。"

同球队的一个男生见状，拍了下周与森的肩，匪夷所思地问："老周，不会吧，传言是真的啊，你真喜欢你们班那个'土妹'？"

"什么喜不喜欢的。"周与森眉头一皱，不快道，"还有，她有名字，叫'林栗'，你没事给人取什么外号？"

那男生举手做投降状，辩驳道："可不是我给她取外号，是年级里有人这么喊她，我就跟着叫了。不过也不怪别人会觉得她土，刚上高中的时候她的确穿得很奇怪，'村里村气'的。还有，你看她背的那个书包，现在除了小学生，谁还背这种款式的包？太落伍了吧。"

谢景聿拒绝了场下女生送的水，走过来就听到了男生说的这句话，尽管没有指名道姓，他却立刻知道对方说的是谁。

那男生还拉谢景聿站队，问："景聿，你说土……林栗背的那个书包土不土？"

谢景聿垂眼看了看掌心，多亏了创可贴的防护，伤口才没有加重。

"书包能装书就行。"他随口应了句。

那男生见谢景聿没有站在自己这头，表情便有些讪讪的，很快就退场了。

林栗要回宿舍放东西，和许苑说了声后就先走了。

谢景聿刚要喊周与森下场，一回头就看到他望着林栗离开的方向，表情难得正经，似乎在筹划着什么。

谢景聿本不想管，但最后还是没忍住提醒了句："我劝你最好打消脑子里的念头。"

周与森回神，马上笑嘻嘻的："你是我肚子里的蛔虫吗？怎么知道我在想什么？"

周与森什么心思都写在脸上，要猜简直易如反掌。

"她不会要的。"谢景聿面无表情地说。

"嘿,你还真知道。"周与森笑得没心没肺的,显然没把谢景聿的话听进去。

谢景聿知道周与森没可能袖手旁观,瞥他一眼,轻飘飘地说:"到时候被拒绝,别怪我没提醒过你。"

周六,林粟上午去了图书馆看书,中午吃过饭休息了下,才离开学校,搭乘公交车到了科技馆。

她提前半小时到,下车后拿出手机,犹豫要不要登上 QQ,在群里说一声,但这样又有催人的嫌疑,便作罢了。

许是前阵子雨下得多了,周末太阳报复性地"营业"。临云市的气温直线上升,大有初夏的光景,外头不乏有人穿起了短袖。

午后,太阳正当空,林粟躲到科技馆门前的阴凉处,靠在柱子上,边背单词边等人。她背着单词,时不时地探头往外看,想看看许苑他们到没到。

在第三次探头的时候,她看到了从阶梯下走上来的谢景聿。

林粟有些意外,昨天许苑和周与森说看展,但没说谢景聿也来。她以为他不会对这样的活动感兴趣。

谢景聿看到林粟倒是不怎么惊讶。周与森和许苑昨天就说了,今天看展邀了林粟,她这回倒是没有拒绝。

谢景聿走到科技馆门前,林粟忍不住往他身后多看了两眼,没看到周与森和许苑。

"他们堵车,还在路上。"谢景聿像是看出了林粟的想法,直接开口说。

"哦。"林粟点了下头,不知道该说什么,只能干站着。

谢景聿抬手,看了眼腕表时间,差不多两点了,他抬脚就往馆内走。

林粟出声:"你不等他们了?"

"他们到了会直接进来。"谢景聿说完,回头看了林粟一眼,见她还顿在原地,问一句,"不走?"

林粟愣了下。

谢景聿没等她反应过来就走了。

林粟转头看了看科技馆外的广场,并没有看到周与森和许苑的身影,也不知道他们什么时候才能到。

她犹豫片刻,把单词本塞进书包里,走进馆内。

科技馆很大,有好几个展厅。周末来看展的人很多,一半是家长带着自家孩子来的。

林粟以前没来过科技馆，对里面的构造布局不熟悉，不敢乱走，只能跟在谢景聿后面。怕他不高兴，她还刻意拉开一段距离。

谢景聿熟门熟路的，进馆后就直奔其中一个展厅。进厅前，他侧过头往身后看了眼，见林粟跟着，也没说什么。

林粟进了展厅，看到里边展出的一系列植物科学画和植物标本，才知道这个厅是专门展出各类植物的。

难怪谢景聿会来。

展厅很大，林粟没看过展览，一时新鲜，便四处看了看。

大致逛了逛后，她在一面植物标本墙前站定，仰头去看陈列在墙上的标本。看着看着，她就在一个标本框前站定。

"虎耳草，乡下应该很多。"

正出神间，谢景聿的声音突然在耳边炸响。

林粟倏地回神，下意识地接话："嗯，很小的时候我妈妈——"

说到这儿，她突然收住话，也不知道是意识到自己在和谢景聿说话还是别的什么，表情落寞。

谢景聿看她一眼，等了会儿没听到下文，便说："周与森和许苑到了，在大堂。"

林粟点点头："我去找他们。"

周与森、许苑到后，林粟和他们一起参观了另外的几个展厅，谢景聿没有跟他们一起行动，说是想一个人逛。

周与森吐槽他孤僻，但林粟知道，他是对别的展厅都不感兴趣，只想待在植物展厅里。

在科技馆里参观了差不多两个小时，林粟和周与森还有许苑逛遍了所有的展厅，他们先离了馆。许苑给谢景聿发了条消息，没多久，他就从馆里走出来。

展看完了，林粟觉得自己没有理由再和他们待在一块儿，就说："我先回学校了。"

"别啊，"周与森说，"晚上一起吃个饭吧。"

林粟摇头："我回学校吃。"

"天天吃食堂有什么意思，你不想尝下学校外面的好吃的？"

林粟仍是摇头。

食堂的饭菜虽然菜式变化不大，但胜在便宜，这对她来说是最重要的。

"啊，你好不容易出来玩一趟，这么早就回去，多可惜啊。"周与森说。

许苑想了下，对林粟说："现在吃晚饭早了点，不然我们去点杯喝的？科技馆对面就有家饮料店，我们进去坐坐，喝一杯饮料你再走？"

林粟觉得周与森他们邀自己出来看展，她看完就走，有点说不过去。

喝一杯饮料应该花不了多少钱，她想了想，最后还是点了头。

饮料店里人还不少，周与森和许苑很快就点好了想喝的，迅速去占了张空桌。

林粟站在柜台前，看着菜单上的饮品微微咂舌，没想到市里一杯饮料卖这么贵。

谢景聿不爱喝勾兑的饮料，随便点了杯冰红茶，点完后他看向林粟，她抿了下唇，很快点了杯柠檬水——这是菜单上最便宜的饮料。

"一起付吗？"店员问。

"分开。"林粟说完，看向谢景聿，说，"我的一杯我自己付。"

虽然她现在的生活费都是谢景聿的爸爸给的，她的钱并不是她的钱，反而可以说就是谢景聿的钱，但对她来说，还是有区别的。

谢景聿看林粟利索地从书包里掏出零钱，并没有阻止。

付完钱，谢景聿和林粟一人拿着两杯饮料，走到周与森和许苑占座的桌前，把饮料往桌上一放。

林粟先把书包脱下，放在椅子上。

周与森看了眼那个玫粉色的书包，问："林粟，你这包……背多久了？"

"三年多。"林粟回道。

"用这么久了啊，你就没想换一个新的？"

"它还能用。"林粟平静地说。

许苑看向林粟，说："我想起来我以前也有个这样的书包，还是我爷爷送我的生日礼物，不过我不太爱惜，没用多久就坏了。"

她说着问谢景聿："也是粉色的，你还记得吗？"

谢景聿对许苑的意图心知肚明，随口应了句："嗯。"

"突然想起来，你的生日就要到了，想好怎么过了没有？"许苑自然地把话题换了。

"不过。"谢景聿兴致缺缺。

许苑不怎么意外，说一句："你都好几年没怎么好好过过生日了，就没见过你这样不爱过生日的人。"

"没什么值得庆祝的。"

林粟闻言，看了谢景聿一眼，倒是没想到他们对生日的看法意外地一致。

对别人来说，出生那天是值得庆祝的，但对她来说，不是。

"过，十六周岁的生日怎么能不过呢？"周与森这时候插上了话，他把手往谢景聿肩上一搭，挑挑眉说，"哥们儿到时候绝对给你个大惊喜。"

"省省吧你。"谢景聿一点都不领情。

周与森贼兮兮地笑了，像是憋着坏。笑罢，他眼睛提溜一转，看向林粟，问："林粟，你生日是什么时候？"

林粟才喝了口柠檬水，听到问题，沉默片刻，回道："六月份。"

"要到六月啊……有点迟。"周与森拖长了音，有些失望似的。

生日有什么迟不迟的，林粟不知道周与森为什么会失望，不过他经常不按常理出牌，她就没放在心上。

倒是谢景聿，一眼就看穿了周与森的心思，知道这小子是非要撞一下南墙不可了。

6

周末看完展回校，假期剩余的时间林粟除了睡觉吃饭，基本上都在图书馆自习。

周日，她在馆里一直待到傍晚，见时间差不多了，才收拾好东西，背了书包离开。

春末夏初，白昼变长，此时太阳还斜挂在西边，洒下片片余晖。

两天假结束，三个年级的学生都要来上晚自习，校园里一扫假期的冷清，显得格外热闹。

林粟从图书馆出来后往教学楼走，打算把书包放了，先去操场跑个步，再去食堂吃饭。

上了楼才进教室，她就察觉到几个同学把目光齐刷刷地投过来。这样奇异的关注在高一上学期之初经常有，但后来就渐渐少了。

不知道他们今天又为什么会这么看她。

林粟莫名，但还是很镇定地走向自己的座位，在看到桌上放着的一个书包时皱起了眉头。

她一开始以为是谁把书包放在了她的桌上，但走近了才看到书包上没摘掉的标签，显然，这包是新的。

书包是红色简约款的，还印着品牌 logo，林粟以前不太懂牌子，但在临云市里读了一个多学期的书，多少在周围同学的耳濡目染下了解了一些。

"生日快乐啊林粟。"前桌的女生回过头说。

林粟眉头微蹙："生日？"

"对啊，周与森说这个书包是送你的生日礼物。"

林粟的表情倏地就沉了。

李乐音恰好在班上，这时候开口阴阳怪气了一句："周与森还真大方，林粟，你记得好好谢谢人家，这个书包可不便宜。"

林粟脸色沉沉，放下自己的书包，拿上桌上的新书包离开了教室，也不管班上的同学怎么议论。

傍晚，操场上锻炼的人很多，既有在校学生，也有老师，校足球场和篮球场都有男生踢球打球的身影。

林粟之前几回在操场跑步的时候看到周与森和谢景聿在打球，她拿着那个新书包直奔篮球场，果不其然在场边的水池旁看到了他俩。

谢景聿最先看到了林粟，以及她手里的书包。他拧上水龙头，淡然地示意周与森："找你的。"

周与森顺着谢景聿的目光回望过去，看到林粟的那刻，他面露喜色，主动打了个招呼。

林粟沉着脸走过去。

谢景聿默不作声地走到一旁站着，预感接下来会有一桩惨剧。

"林粟，你怎么来了？"周与森问。

林粟没答，拿起手上的书包问："这是什么？"

"我送你的生日礼物。"周与森紧接着解释道，"我本来想你的生日要是快到了，这个书包就当是我送给你的生日礼物，没想到你的生日还要那么久。

"不过没关系，反正早晚都要送，不如就提前给了，你也能提前用。怎么样，你喜欢吗？"周与森还笑得没心没肺的。

林粟其实能猜到周与森的动机，过不过生日只不过是个借口，他目的就是想送她一个新书包。

"我有书包。"林粟绷着脸说。

"我知道。"周与森挠了下脑袋，"但你的不是有点旧了吗？我就想给你换一个。"

"不用，我的还能用。"林粟伸手，想把书包还给周与森。

周与森不接，语气有点急了："林粟，这个书包是我送你的礼物，你不要觉得不好意思收，用就是了。"

林粟表情肃然地盯着周与森看，她觉得自己有必要和他一次性说个明白，否则他根本转不过弯来。

"周与森，你为什么送我礼物，不送孙圆圆？"林粟开口，声音沉沉。

"因为……"周与森卡壳了。

"因为你同情我，觉得我可怜。"林粟开门见山，言语直接。

周与森张了张嘴，想解释又不知道该怎么说，毕竟林粟说的是事实，他的确是有意照拂她。

"我爸说了，要多帮助有困难的同学。"周与森纠结了半天，就说了这么句话，却无疑是火上添油。

林粟眉头紧皱，但开口仍是很冷静："周与森，你知道吗？我六七岁就会煮饭，上小学后就要帮家里干活，我会采茶，会插秧，会很多手艺……你相信吗？如果把我们班所有人都丢在一个荒岛上，活下来的那个人一定是我。

"我并不觉得我比你差。没错，我的家境是不太好，但还没困难到需要接受你怜悯的馈赠。"

林粟说着，把书包强硬地塞进周与森的怀里，克制道："我知道你是好意，但是这样的好意让我觉得有负担。这么说，你明白了吗？"

周与森被震慑住。

林粟不欲多言，转身就走。离开前她目光一滞，看到了站在不远处，靠在球场网格围栏上的谢景聿。

此时她也顾不上他会怎么想自己了，会不会觉得她又"当"又"立"，明明可以为了钱抛弃自尊去威胁他，现在却又义正词严地拒绝周与森的同情。

为了读书，她可以抛掉廉耻心，但除此之外，她不想把自己塑造成一个弱者，博取他人的怜悯。

这是她最后，也是仅有的一点尊严。

谢景聿不远不近地站着，该听的不该听的，都随风听到了。

他抬眼看向林粟离去的背影，孤高、孑然，又透着一股不服输的劲儿。看着她，他就想到了枸骨的叶子，叶沿多刺"鸟不宿"①，和她十分相似。

再看周与森，傻傻地愣在原地，半晌抱着书包走到球场边坐下，一脸惝恍茫然，似乎被打击到了。

谢景聿觉得这小子的世界观都受到了冲击。

周与森就是这样一个人，粗神经，满脑子热血，又常常一根筋走到底，有时候撞到南墙了也不懂回头。可能是成长环境的缘故，他的世界没有那么多复杂的心思。黑白分明，正邪对立，全然没有中间地带，这是他的优点，有时也是缺点。

谢景聿走过去，轻轻踢了下周与森的脚，问："喂，没事吧？"

"有事。"周与森抬起头，受伤地问，"我是不是做错了？"

谢景聿看他可怜巴巴的，像条落水狗，不由得轻叹一口气，回他："没有。"

"那林粟这么生气……"周与森神色沮丧。

谢景聿在周与森身边坐下，沉默片刻后才冷静地开口陈述道："你学你爷爷、你爸爸去帮助弱小，这件事本身没有错，你不用自我怀疑。但前提是你得区分出谁才是真正的弱者，需要帮助。"

谢景聿转过头，平静地问："林粟向你示弱过吗？"

周与森摇头。

"你见过她因为别人的看法而伤心难过吗？"

周与森还是摇头。

"你觉得她自卑吗？"

周与森迟疑了下，还是摇头："她一点都不自卑，还很……自强。"

谢景聿沉默了下，为自己下意识赞同周与森对林粟的褒奖而惊讶。他垂眼掩去眼底跳动的情绪，片刻后才不徐不缓地说："现在你知道她为什么生气了？"

周与森低头，想起了林粟刚才说的话。她说她会很多他不会的生存技能，也并不觉得家境差就比别人低一等。

林粟一直都是坚强的，任凭周围人怎么看她、议论她，她都不为所动。但他却自行其是，一意把她当成一个弱者去同情，还沾沾自喜。

"完了，她现在一定觉得我是个自以为是、高高在上、优越感爆表的家伙。"周与森懊恼起来，捂着脑袋说。

谢景聿倒不觉得林粟会这么想。说来也奇怪，他和她明明交集不多，但他就是笃定她不会误会周与森的为人。

究其原因，大概是因为她足够聪明。

"既然你现在清楚林粟是什么样的人了，以后就别插手管她的事了。"谢景聿说。

"不行。"周与森斩钉截铁地说，"我们是朋友啊。"

谢景聿瞥他一眼，忽然又问："你之前是因为同情她才和她走得近的，现在知道她不需要你的帮助了，还要和她做朋友？"

周与森似是被问住了，皱起眉头想了好一会儿，才开口说："一开始我的确是因为觉得她可怜才经常找她的，但是相处下来，我发现她这个人还是很值得交往的。"

他挠了下下巴，想了个形容："你不觉得她就像是她的名字一样，'野火烧不尽，春风吹又生'。"

"那是草。"

"哎呀，差不多，就是……很有生命力。"

谢景聿缄默。他没有说他一开始知道林粟的名字时，想到的不是无害的粟米，而是有毒的罂粟。

"她这个朋友我还是挺想交的，所以如果以后她有困难，我还会帮忙。"周与森正气凛然地说。

谢景聿看他："不怕她生你气了？"

周与森犹豫了下，回道："我之前不分情况，自以为是地就把自己认为的'好意'强加在她身上，也不怪她会生气。

"而且她生气，不正好说明她也把我当朋友吗？"

谢景聿锁眉，觉得周与森是疯了。

"你想啊，她要是不把我当朋友，怎么会因为我没有平等对待她而生这么大的气？"周与森有理有据地解释说。

谢景聿觉得自己大概也疯了，竟然觉得周与森的话有那么一丝道理。

周与森见谢景聿没反驳，乐呵呵地笑开了："所以以后该帮还是帮，但是我不会再自作主张了，一定会问她的意见。"

谢景聿就这么看着周与森剃头挑子一头热，略感无语，但又莫名地松了一口气。

如果遇到点挫折就没了一腔热血，周与森也就不是周与森了。

想开后，周与森豁然开朗，他捶了下谢景聿的肩膀，谑道："谢了啊，小聿聿，看不出来，你还是个知心大哥，开解起人来挺有一套。要我说，你以后可以去学校广播站开个栏目，专门帮人解决烦恼。"

谢景聿嫌他恶心，轻飘飘地怼了一个字："滚。"

周与森龇着标志性的大白牙，哈哈大笑，半点不见刚才的颓唐，阳光得很。

林栗离开篮球场后，没去跑步，也没去食堂吃饭，而是直接去了教室。她在班上同学各异的目光中，在自己的座位上坐下，若无其事地拿过书包，从里边把书本文具拿出来。

　　她的书包已经用了快四个年头了。能用这么久，并不是因为它质量好，相反，这个包的质量一般般，背带断过几次，都是她自己用结实的钓鱼线再给缝起来的。

　　经过四年的风吹日晒，书包表皮的劣质彩胶已经脱落了许多，芭比娃娃漂亮的脸斑驳得不成样，再看不出原来的模样。

　　林栗不是没察觉到自己背这个书包时，周围同学们投来的异样的眼神，初中的时候她就没少因为这个包被嘲笑过。

　　一中的同学还是比较内敛客气的，他们的不解甚至嘲笑都是含蓄的，不像南山中学，总有些人会用最难听的话当面取笑她，并以此为乐。

　　一开始她当然会不舒服，有段时间她甚至不背书包，就抱着课本上下学。

　　后来听得多了，她便不再当一回事，毕竟为了别人的看法而消耗精力，实在是一件不值当的事。

　　但今天，她时隔很久地因为这个书包被刺痛了。

　　她以为自己可以做到刀枪不入，但事实上，根本不可能。

　　晚自习上课，孙圆圆见王云芝坐在讲台桌后边，低头在改作文，便立起课本，凑到林栗耳边问："小栗，今天是你生日啊？"

　　林栗写作业的笔尖一顿，闷闷地回道："不是。"

　　"那是明天？"

　　"也不是。"林栗知道孙圆圆想问什么，直接说，"我的生日不在这个月。"

　　孙圆圆愣了下，随即眼神变得意味深长，挟着笑意暗搓搓地说："我就说吧，周与森指定对你有意思。"

　　"没有，你别想多了。"林栗抿唇。

　　孙圆圆见林栗似乎情绪不佳，便不再拿她打趣，放下课本，写作业去了。

　　第一节自习课下课，林栗去了洗手间，在隔间的时候听到外边人在聊天，与她有关。

　　"听说周与森今天给你们班那个'土妹'送了个书包？"

　　"哎，我正要和你说呢，你怎么知道的？"

　　"这事都传开了，我们班的人晚上还说呢。"

　　"也是，周与森在年级里还挺有人气的。"

　　"你说他不会真看上她了吧？眼光这么'独特'？"

"不好说，有可能他就是喜欢'奇怪'的女生。"

外边传来一阵心照不宣的笑声。

"还有，不只是周与森，她和谢景聿还有许苑也走得挺近的，我好几回看到他们走在一起，上周球赛，她还给谢景聿送创可贴呢。"

"谢景聿居然也接。"

"我之前听说她还给许苑送过早餐，够狗腿的。你说会不会是她主动讨好他们的啊？"

"怎么说？"

"你看啊，谢景聿和周与森还有许苑跟她压根就不是一类人，所以我猜啊，她就是想套近乎，从他们身上捞好处，就像今天这个书包。"

"很有可能。"

"看不出来，她还挺有心机的。"

林粟没多听，按了水箱按钮，直接推开隔间的门走出去，大大方方地去洗手台洗手。

那两个女生看到她从里边走出来，就跟见了鬼似的，脸色一变，你推我、我推你地迅速离开了洗手间。

林粟拧上水龙头，抬起头，和镜中的自己对视着。

镜中人的样貌并没有什么出彩的地方，唯一说得上有特点的就是那双眼睛。

她是"三白眼"，瞳仁靠上，从小孙玉芬就说她长了一双小白眼狼的眼睛，总拿眼白看人。

林粟眨了下眼。奇怪吗？是有点。

第二节课下课，林粟拿上杯子去装水，余光瞥到了周与森的身影，缀在她后头，跟条小尾巴似的。她没有停下来等他，径自去了饮水间。

水没烧开，她就站在热水器前等。

周与森挠了挠头，走上前，在林粟身旁站定。犹豫了几秒，他开口，诚恳地说："林粟，对不起啊……之前是我太自以为是了，没有顾及你的感受。"

林粟知道周与森是个没什么心眼的人，他对她好，即使是出于同情，也不是什么不能原谅的错事，值得他这样郑重其事地主动道歉。

对他这样的人，她属实硬不起心肠："我才应该和你道歉，今天是我过激了，不应该对你说那么重的话。"

周与森的眼睛一下子就亮了，他观察着林粟的表情，小心翼翼地问："那你是不是……不生气了？"

林粟本来就不是气性大的人，冷静下来后，心里早就没了气，遂点了下头。

周与森的嘴角忍不住上扬："那我们还是朋友？"

朋友？他们算是朋友吗？之前他是为了帮她才主动和她走那么近的，今天说开后，他以后还想和她当朋友？为什么？

她又想，自己是不是潜意识里也把周与森、许苑，甚至谢景聿当成了在学校里相对亲近的人，不然为什么会在收到周与森送的书包时有这么大的反应？

她根本不以自己的旧书包为耻，但"朋友"觉得她不应该再背这个书包，才会让她感到受伤。

林粟的心里有一瞬间的动容，很快又想到刚才在洗手间听到的话。

那两个女生的话点醒了她，她想自己这学期是有些忘形了，以为至少在学校里，可以随心所欲一些，却忘了研判的眼光无处不在。

那些嘲讽的话伤害不了她，但不可否认，她的情绪受到了影响，刚才一整节课她都在走神。

这些纷纷扰扰的让人烦心，不如一刀切了省事。

热水器的温度跳到100℃。林粟回神，拧开杯盖去装水。

开水落进杯子里，发出闷闷的咕咚声，她就在水声中开了口："周与森，你还记得上学期在这里，我和你说过的话吗？

"——我是来读书的，不是来交朋友的。"

周与森的笑容僵在了脸上，他没想到经过一个多学期的相处，林粟还会这么说。

明明这学期他能明显地感觉到，她不像刚上高中那会儿一样拒人于千里之外了，可现在仿佛又回到了他们刚认识的时候，生疏又冷漠。

"所以你还是生气。"周与森急道。

林粟关上水，拧上瓶盖，转过身看着周与森，极其平静地说："我没有生气，只是不想把时间浪费在交朋友上。

"来一中读书的机会对我来说很宝贵，我不想分心在别的事情上。

"以后……我们就当普通同学吧。"林粟下定决心说。

周与森怔住，他道歉前想过林粟不会原谅自己，但现在她说的话比不原谅还让他心惊。

林粟估摸着要上课了，也不再多说，拿了杯子毫不犹豫地往外走。

经过三班时，她看到谢景聿和许苑站在走廊上说话，谢景聿仍是一如既往地没有表情，许苑见着她，主动招了下手，让她过去。

林粟只礼貌地微微点了下头，直接从他们面前快步走过。

很早之前，她就知道，自己和大多数同学不一样，他们可以交朋友、参加各种活动，尽情地享受多姿多彩的高中生活，一中于他们而言，或许只是人生旅途中的一站，却可能是她的终点。

改变命运的机会只有一次，她不能像别人一样，分心去留意途中的风景。

只能目视前方，一往无前。

注①：枸骨别名

· Chapter 5 ·
红色信件的秘密

1

四月底，学校补了一天的课，五一凑了个五天的小长假，又在假前扔了个炸弹，说假后回来要进行期中考。

可想而知，消息一出，哀鸿遍野。

五月份正好是明后茶的采摘期，孙玉芬要林栗回去帮忙。

回到茶岭，林栗白天跟着孙玉芬去茶园采茶，晚上回去林永田和孙玉芬也没让她闲着，一回家就让她干这干那的，还要她给林有为辅导功课。她基本上没有自己的时间，只能早起熬夜复习，挤出时间来看书。

假期最后一天，林栗找孙玉芬要钱，孙玉芬推三阻四的，絮絮叨叨地说赚点钱不容易，又挟恩图报，抱怨说白吃白喝地养她这么大，一点好处都没得到，十六岁了还要花钱养着。

说得好像给林栗的钱是她的一样。

好不容易要到了生活费，林栗直接离开了茶岭，赶往临云市。到了学校，她见时间还来得及，先去宿舍洗了个澡。

五月初，即使还没到真正的夏天，但临云市已经开始热了，她坐了两个多小时的车，出了一身的汗。

周宛走到阳台来洗手，看了林栗一眼，笑笑说："你的头发长长了。"

林栗自己也发觉了，年前才堪堪及肩的短发，现在已经可以披散在肩头了。

周宛问："你要剪吗？"

林栗摇头："不剪。"

之前冬天剪头发是为了减短吹头发的时间，现在夏天要到了，头发不用吹，长点也没那么要紧，而且如果一直维持短发，以她头发的生长速度，隔不了多少时间就要去一趟理发店，又得花上一笔钱。

她能自由支配的钱不多，必须花在刀刃上。

把头发擦个半干，林粟回到宿舍里，坐在书桌前，从书架上拿下一个本子。她有记账的习惯，会把每天的花销都记下来，好知道自己的钱都花在了哪儿。

记完开销，她翻到本子的最后一页，在上面写下：5 月份，1000 元。

尽管现在银行卡没在手上，但周帅每个月转钱后都会给她发一条短信告知，她也就能知道他什么时候转了钱。

孙圆圆这时候从外边进来，还不等放下书包，就对林粟和周宛说："我知道跟乐音走得很近的那个男生是哪个学校的了。"

周宛好奇："哪个？"

"是职校的。"

周宛吃了一惊："你怎么知道？"

"我刚才在校外看到的，她和一个穿职校校服的男生走在一起，两人看上去很亲密呢。"

周宛着实惊讶，因为李乐音之前总是眼高于顶，看不起比她成绩还差的同学，现在却和职校的男生走得那么近。

孙圆圆也有同样的疑惑，她直接说出了口："你们说乐音的妈妈要是知道这事，会不会气炸啊？"

"可能就是因为她妈妈管得太严了，所以她才会想叛逆一回吧。"周宛平时看的书多，对人性有更多的思考，就说了自己的看法。

不知怎的，林粟听周宛这么说，首先想到的是谢景聿。他之所以去台球馆，会不会就是不想服从管教？

她没有放任自己往深了去想，很快就回了神。

不管事实到底是怎么样的，他的事都不需要她去操心，她还是谨记他的话，在学校里离他远点为好。

孙圆圆是从家里吃了饭来的，林粟和周宛没吃，就一起去了食堂。

这段时间，李乐音经常不在学校吃饭，周宛就比较常和林粟还有孙圆圆一起进出，但如果李乐音找，周宛还是会和她走。

周日傍晚，校园广播里播放着时下流行的音乐，操场上多的是锻炼玩闹的学生，你追我赶的，不知疲倦。

林粟和周宛在去食堂的路上碰上了刚从球场出来的谢景聿和周与森。周与森本来转着球，看到林粟，立刻把球一抱，犹犹豫豫地朝她打了个招呼。

自从那天晚上林粟和周与森说不想花时间交朋友后，这阵子在班上他就没再频繁找她，即使碰上了也是现在这副小心翼翼的模样，生怕唐突她一样，看着怪可怜的。

林粟有时候见他这样，心有不忍，但又觉得要快刀斩乱麻，保持距离才好，所以态度一直不冷不热的，生疏至极。

她客气地朝周与森点了下头，算作回应，而对谢景聿，她则略过——当然，他也没有和她打招呼。

之前他们会有交集，全都是因为周与森，现在她和周与森拉开了距离，谢景聿自然就没必要再搭理她。

错身而过，周宛回头看了眼谢景聿和周与森的背影，问："林粟，你和周与森……是不是闹别扭了？"

"闹别扭"这词太亲昵，林粟平静地说："没有。"

"那你们最近怎么都不说话了？他也不像以前那样，找你去和谢景聿还有许苑一起吃饭。"

林粟回她："我和他们本来就不是很熟。"

"可你不是有他们的 QQ 吗？"

"你怎么知道？"

周宛笑笑，说："之前周与森找你，提了句让你看群消息，所以我猜你应该有他们的 QQ。"

林粟没有否认。

"谢景聿的 QQ 你也有？"周宛问。

林粟犹豫了下，点了头。

"你能不能……"周宛不太好意思地说，"把他的 QQ 号给我啊？"

林粟觉得奇怪："你要他 QQ 干吗？"

周宛抬手撩了下耳旁的碎发，说："没什么。他不是学习好嘛，我就想加下他，以后有什么问题可以向他请教。"

QQ 号也算是个人隐私，不经本人同意，不好随便给人。

林粟摇头，说："你最好自己问他要。"

周宛被拒绝了，没生气，还是笑着："算了。仔细想想，我和他也不熟，他愿意加你为好友，但是不一定愿意加我。"

要不是为了看枸骨，谢景聿也不会愿意加她。

林粟这么想的，但是没有说出来，指不定现在他已经把她删了。

假后第一天就是期中考，高一进行全科考试，共三天。

考试一场接一场，时间非常紧张，让人没有喘息的机会，就是考试结束都没得放松。

考完试，还得上课，期中考的试卷都没批改出来，各科老师就已经开始讲评了。课上对了答案，所有人对自己这次的考试成绩就大概有数了，因此每节课下课，年级各个教室里都有人欢喜有人忧。

五一假调课，这周周六还要上课，那天早上，期中考的成绩就出来了。

可能是因为高二分科在即，高一年级这次考试不仅有全科成绩排名，还单独分出了文理科的年级排名。

谢景丰是年级的全科第一、理科第　，他的文科相对差些，但也因为变态的数学成绩，排到了第五。

这次成绩出来，年级里的讨论更热烈些，几乎所有人都在互相询问高二要选什么科。在半熟不熟的年纪，分科对他们来说就是一个关乎人生方向的重大抉择。

这场关于文理分科的讨论一直延续到周日的家长会上，高一年级各个班的班主任在会上都提了分科的事，让家长回去和孩子好好商量下选哪一科，还特意强调，要尊重孩子的意愿。

林粟的家长会还是周兆华来开的，开完会后，他从教室里出来，特地问林粟："你想好高二选哪科了吗？"

"理科。"林粟回道。

周兆华点点头，笑一笑说："你初中的时候就喜欢解题，别的同学不爱做的延伸题你都会去做，做出来找我问答案，对了就高兴。"

林粟喜欢思考，喜欢和数字打交道，她享受那种逐步求解、攻克难关的过程。

在很多人的认知里，理科是聪明人学的，而在一中，她还不算是个聪明人，所以她从来没和人提过自己喜欢理科。

但周兆华教了她三年，他是清楚的。

"兴趣是最好的老师，你选理科，我是支持的。"周兆华看着林粟，鼓励道，"你这学期的成绩和上学期比进步很大，只要继续坚持，我相信你还能做得更好。"

周兆华当老师当惯了，激励学生的话说得很老套，但林粟知道他是真心实意的。

家长会结束已经是下午四点，周兆华还要赶回南山镇，林粟送他出校门，结果好巧不巧，碰上了从校外进来的谢景丰，还有周与森和许苑。

他们都背着书包，似乎是才来学校。

上一回家长会，周兆华走得急，没和谢景聿碰上。林粟不意在这当口碰上谢景聿，正想和周兆华说说话，引开他的注意力，却差了一步。

周兆华看到谢景聿，立刻挥手致意。

谢景聿看见了，因是长辈，不好无视，顿了下脚，走了过来。

"景聿，你还记得我吗？"周兆华问。

"周老师。"谢景聿凭着记忆问好。

周兆华点点头，答应一声，又问："今天的家长会是你爸爸来开的？"

"不是。"谢景聿只回答了表面的问题，没有进一步说明——没人来给他开家长会。

"你爸爸是比较忙，不过你成绩这么好，他也没什么不放心的。"周兆华客套了句，回头看向林粟，示意她往前走一些。

"林粟和你算是有缘的，她一个人从镇上来市里上学，身边没个亲人，在学校里如果遇着什么困难，还希望你能多帮帮她。"周兆华知道在人前保护孩子的自尊心，就没有提资助的事，而是拜托谢景聿多照顾林粟。

谢景聿看向林粟，林粟绷着脸，神情很不自在。

周兆华眼神殷切，谢景聿不好拒绝，就淡淡地应了声："嗯。"

周与森和许苑都在，林粟怕周兆华再说些什么，露了馅儿，清了下嗓子就说："老师，再不走，就赶不上回镇上的末班车了。"

周兆华看了眼腕表，见时间紧张，也就没和谢景聿多说，还招呼林粟："你和景聿一起进学校吧，别送了。"

他说完朝林粟摆摆手，转身就走了。

林粟有段时间没和谢景聿、周与森还有许苑待在一块儿了，一时有点尴尬。

周与森性子急，周兆华前脚才走，他后脚就问谢景聿："你怎么会认识林粟的初中老师？"

林粟心头一紧，就听谢景聿从容地应对道："我之前跟我爸去过南山镇，和周老师见过一面。"

"你去过南山镇啊。"周与森惊讶，又问，"那你之前也见过林粟？"

"没有。"林粟和谢景聿同时回答，又同时收声。

周与森疑惑："没见过，林粟的老师怎么会说你们'有缘'？"

"可能是因为我和他见过面，林粟又是他的学生。"谢景聿似是随意地开口，好像"有缘"这个说法并没什么好大惊小怪的。

林粟迅速补了句："周老师想拜托谢景聿照顾我，才会这么说。"

他们俩冷静得如出一辙，一个递一个接，把周兆华捅出的漏洞补得严严实实的，让人无可怀疑。

周与森本来就没那么多弯弯绕绕的心思，听完就信了，还傻呵呵地点点头："这么说，你俩是挺有缘的。"

许苑的目光在谢景聿和林粟脸上游弋，她心里的疑惑没有被打消，虽然刚才他们已经解释得非常清楚。但就是太清楚了，才会让她觉得奇怪。

见没见过又不是什么大问题，他们何必这么严阵以待，掰扯得一清二楚，生怕别人误会似的。

这样，反倒会让人产生一种他们之前见过的错觉。

2

高一、高二期中考过后，高三年级就进入了高考最后的冲刺阶段，校园里拉满了"十年磨一剑"之类的励志横幅，学校食堂特意开设了高三窗口，校长还亲自开了个高考动员会。

高三教学楼天天晚上灯火通明到深夜，高三生个个脚步匆匆、神色严肃，给人一种"决战"前夕，山雨欲来的感觉。

在这样的氛围下，高一、高二年级都莫名地感到紧张。

高一年级虽然离高考还早着，但在临云一中，没有学生敢松懈，因为对手过多，过于强大，稍有不慎，就会被后来者追上。每场考试都是腥风血雨的考验。

周五下午的班会课，王云芝讲了几件事情后，就让学生自习。

孙圆圆见王云芝坐在讲台上批改作业，就凑到林粟耳边，低声和她说着八卦："实验班又有人被换出来了，我刚才看到他们往外搬东西呢。学校这个实验班选拔机制太不人道了，每次考试都有人出局，能进实验班虽然光荣，但是被踢出来就会被指指点点。"孙圆圆摇摇头，愤然道，"反正我是受不了这个压力，早晚得疯。"

孙圆圆："还是谢景聿明智，一开始就不进去，不过他那么强，就算是进去了也不会被踢出来。"

林粟不置可否。

孙圆圆又说："我刚才去办公室交美术作业，看见孙老师和段长又在劝谢景聿参加竞赛呢。"

"你猜他答应了没有？"孙圆圆卖了个关子。

林粟下意识地摇头。

"猜对了。"孙圆圆兴冲冲地分享自己的所见所闻，"谢景聿说他对竞赛没兴趣，孙老师和林老师劝他，说竞赛拿了奖能直接保送清北，你猜他怎么说？"

　　"他说——"孙圆圆清了清嗓，模仿谢景聿散漫不经心，又有几分冷淡的语气，"'我不参加竞赛，也考得上'。"

　　孙圆圆感慨道："傲啊，实在是傲啊！"

　　林粟不意外，谢景聿说这话和当初说不去实验班也能拿第一一样，是倨傲的，不过他也有这资本。

　　"也不知道他这么强，中考的时候怎么会考砸了。"孙圆圆兀自嘀咕了句。

　　林粟没有接话。

　　谢景聿中考为什么会发挥失常，这已经成为临云一中的未解之谜了，学校贴吧和论坛上多的是人在讨论，什么离奇的猜测都有。

　　但这不是她该关心的事。

　　班会课下课，这一周的课程就全部结束了，铃声一响，班上好些事先收拾好东西的人一溜烟就没影儿了。

　　林粟装了两张卷子进书包，离开教学楼后她本想去操场跑两圈，忽而转念，先去了收发室，想看看有没有自己的信。

　　到了收发室，要进门时听到了里边人的说话声，她本来没在意，直到耳朵捕捉到"谢景聿"的名字。

　　林粟在门边顿住脚，就听收发室里一男生细着嗓子说："居然有人给谢景聿寄信，信封这么红，也没写寄信人，是情书？"

　　"应该不是，你看邮戳，是隔壁临岩市的。"另一男生开口，声音粗一些。

　　"谢景聿不是临云市人吗？怎么临岩市的人会给他寄信？"

　　"估计是他的什么朋友吧。"

　　"是谁寄的，拆开来看一看不就知道了，保不准里头写了谢景聿什么秘密。"

　　"看别人的信，不好吧。"粗嗓男生说。

　　"有什么不好的。我早就看谢景聿那小子不爽了，在普通班，次次压实验班一头，摆明了是想给我们难堪。"细嗓男生歇了一口气，接着说，"你和谢景聿是老对手了，初中几回竞赛他的名次都比你高，老师也明显更喜欢他，你就甘心？"

　　"还有，你不是喜欢许苑吗？"

粗嗓男生一惊，马上回道："你瞎说什么。"

"别装了，你那点心思我能不知道？"细嗓男生撺掇道，"不就是看一下信，大不了一会儿再给它贴好放回去。要是能抓到谢景聿的把柄，我们也能挫一挫他的锐气，这样，他在许苑心里的形象不就没了吗？"

粗嗓男生沉默。

林粟听到这儿，就猜到他们接下来要干什么了。她眸光微冷，抬起脚直接走进收发室。

收发室里的两个男生，一个戴眼镜，一个没戴，他们见有人进来，都有些心虚，马上把信报箱的门关上，脚步慌乱地往外走。

"等下。"林粟转过身，盯着没戴眼镜的男生手上的信，冷冷地开口，"那封信不是你们的吧？"

"你说什么呢，这信就是我的。"没戴眼镜的男生立刻辩驳道，他的声音尖细，听起来格外刺耳。

林粟冷笑，问："你的名字叫'谢景聿'？"

两个男生立刻就知道他们刚才说的话被听到了，脸上登时一阵青一阵白的。

林粟伸手，冷冰冰地说："给我吧。"

两个男生相视了一眼，最后还是那个戴眼镜粗嗓的男生对细嗓的男生说："给她吧。"

细嗓男生不甘，但在林粟的逼视下又不得不照做。他把信递给她，走之前啐了句："晦气。"

林粟冷眼看着他们离开，才转过身进到收发室里头，打开四班的信报箱看了看，没看到寄给自己的信件。

她低头，手上那封红色的信件十分惹眼。

犹豫了几秒，她还是没把那封信放回到三班的信箱里，怕刚才那两个男生又倒回来偷拿。

林粟带着信去了篮球场。往常周五傍晚放了学，谢景聿都会和周与森去篮球场打球，今天却反常地没去。

没见着人，她就把那封信收着，打算周日晚自习时找个机会交给谢景聿。

放学后，谢景聿接到周帅的电话，收了东西，和周与森知会了声，离开了学校。

到了校门口，他坐上车，面色不豫地扫了身旁的谢成康一眼，冷声说：

"我说了，不跟你去应酬。"

"今天不是应酬。"谢成康端坐着说。

谢景聿眉间一动，沉默下来。

谢成康亲自来学校接他，既然不是要带他去应酬，那就只有一种情况——家宴。

到了家，谢景聿才进门，还在玄关换鞋，一个打扮精致的女人迎面就抱了上来。

"Surprise！"

看到乔意，谢景聿没有半分的惊喜，他早就猜到她今天回国了。

乔意松开谢景聿，上下打量他，说："高了。"

她的视线落在他的脸上，笑着赞叹道："还帅了。"

"怎么，见到妈妈回来，不高兴啊？"乔意抬手捏了捏谢景聿的面颊。

谢景聿不喜欢这种把他当小儿似的亲昵，皱了下眉，别开脸冷淡道："你要想给我惊喜，下次就别让我爸去接我。"

乔意瞥了眼谢成康："怎么，你爸告密啊？"

"我可什么都没说。"谢成康澄清。

乔意一笑，抬手摸了下谢景聿的脑袋，夸道："我儿子真聪明，什么都瞒不过你。"

谢景聿躲开，换了鞋往里走。

乔意跟上："饿了吧，妈妈今天亲自下厨，给你做了顿好吃的……快，去洗洗手，准备吃饭。"

饭桌上，乔意一直在给谢景聿夹菜，反复叮嘱道："你正是长身体的时候，要多吃点才行。我听张嫂说，你经常不回家吃饭，是在学校吃？"

"嗯。"谢景聿应声，态度稍微敷衍。

"学校的饭菜能有营养吗？"乔意帮谢景聿舀了一碗汤，劝道，"学习这么累，你还是要回家吃，我让张嫂给你多做些营养餐，补补。"

谢景聿不说话。

谢成康摆了下手，说："行了，他这么大人了，吃饭还用教？你就别操心了。"

"我的宝贝儿子，我当然操心了。"乔意盯着谢景聿的脸，眼神怜爱。

半晌，她想起了什么事，问道："之前你爸说你在哪座山上掉陷阱里了，还是一个小姑娘发现，找人把你救上来的？"

谢景聿拿筷子的手顿了下，淡淡地应了声："嗯。"

"我说你啊，自己一个人跑山上去干吗啊，还好运气不错，碰到了个心地善良的小姑娘，不然出了事，你让妈妈怎么办？"

谢景聿对乔意嗔怪似的埋怨感到心烦。

之前隔着千万里，她也不过是问了一句，现在到了跟前，母爱就呈井喷式爆发，倒后怕起来了。

"那个小姑娘现在和你一个学校？"乔意问。

谢景聿不语，算是默认。

"今天就应该让你把她带到家里来吃饭的。"乔意看向谢景聿，"不然明天你把她约出来，妈妈请她吃个饭，当面谢谢她？"

谢景聿垂眼："不用了，很久之前的事了，谢也谢过了。"

乔意脸上露出愧色："本来去年你上高中，妈妈就想回来给你庆祝的，但是剧院突然增加了几场演出，把我的计划都打乱了。"

"就几场演出，你想回来，怎么着都能回来。"谢成康开口讽刺道。

乔意怒了，瞪向谢成康说："你以为剧院是我开的啊，可以让所有人都配合我的时间？"

"行了行了。"谢成康放下筷子，不耐道，"既然回来了，这次你就在国内多待一段时间，正好陪陪儿子。"

乔意深吸一口气，熄了火，说："我这次能回来，是因为剧院巡演，在中国香港有一场演出，院长好不容易才肯放我一天假，明天下午我就要回去彩排。"

谢成康的表情倏地变了："才回来半天你又要走？"

"我也是不得已。"乔意说。

"什么不得已，我看你就是在外面太快活了，儿子都不想管了。"

"谢成康，你凭什么指责我？难道你在景聿身上花的时间多吗？"

谢成康和乔意一言不合就吵架，谢景聿神色淡漠，似乎早料到他们会这样。

"我吃饱了。"他放下碗筷，面无表情地站起身。

"景聿，景聿。"乔意喊了谢景聿两声，没能叫住他。她不满地看向谢成康，"我难得回来和儿子吃顿饭，你非得找我不痛快是吧？"

"是我找你不痛快吗？"谢成康沉着脸，怒道，"乔意，你别忘了，当初你要出国，我没意见，但前提是你得教好儿子，让他不给我惹麻烦。

"你要是做不到，就别想让我再花钱投资剧院，支持你所谓的'事业'！"

乔意被拿捏住短处，一时没了言语。

谢成康黑着脸站起身，拿上外套，显然不打算留在家里。

出门前，他看了乔意一眼，不耐烦地说道："趁着在家，好好和你儿子聊聊，他上高中后，脾气是越来越古怪了。

"还有，让他去给我参加竞赛！"

3

谢景聿回到房间，把书包往桌上一放，坐下。

他往后靠在椅背上，仰头看着白色的天花板，不一会儿楼下响起震天的摔门声，他的眼睛眨也不眨，死水一般。

没多久，房门被敲响，他的眼波才微微一澜，冷然道："门没锁。"

乔意端着一盘切好的水果进来，见谢景聿坐在书桌前玩着电脑，也没指责，扯起嘴角笑笑说："玩游戏呢？"

"没有，查资料。"谢景聿把随手点开的网页关上。

"今天周五，可以稍微放松一下。学习也是要劳逸结合的，这样才能事半功倍。"乔意把果盘放在桌上，拉过一旁的椅子，坐下。

"吃水果呀，妈妈特意切的。"乔意说着还抬起一只手，展示自己食指上的创可贴，笑吟吟地说，"你看妈妈笨的，削个苹果还把自己的手给割了。"

谢景聿看了下她的手，眼神发紧，片刻后拿起叉子，吃了一块苹果。

乔意脸上的笑意更深，抬手亲昵地摸了摸谢景聿的脸，他不适应地躲了一下。

她立刻做出伤心的模样，说："儿子大了，跟妈妈生分了，你以前可是很黏我的，一会儿不见就哭着要找我。"

谢景聿不自在："都是多久以前的事了。"

"上高中之前你还常常给我打视频电话呢，怎么上了高中就不联系我了？我不找你，你也不找我。"乔意笑着抱怨道。

谢景聿眸光微闪，随口答了句："没时间。"

乔意点头："高中学业是比较重，妈妈理解。"

她拍了拍谢景聿的肩，问："在学校适应得怎么样？"

他都要上高二了，现在问这个问题未免太迟了。

"挺好的。"谢景聿垂眼，敛起情绪。

"那就好，你在学校好好的，妈妈在外面也放心。"

谢景聿不语。

乔意又说："你爸说你在一中，次次考试都拿第一呢，真不愧是我儿子，就是聪明。

"说吧，想要什么奖励，妈妈都给你买。"

"不用了。"谢景聿面无表情地说，"我什么也不缺。"

乔意想了下说："这样吧，妈妈给你换一台新电脑。"

谢景聿没拒绝，既然她想要个心安理得，他就收下。

谢成康说谢景聿上高中后脾气越发古怪了，乔意也察觉到了，这次回来，他比以前更不爱说话了，和她也不大亲近。

她把这归结于青春期少年的症候。

"你是不是谈恋爱了？"乔意问，"有了女朋友，就不爱和妈妈聊天了？"

谢景聿闻言，皱起眉，否认道："没有。"

乔意窃笑："谈了也没关系，国外很多像你这么大的孩子，上了高中都会谈恋爱，妈妈很开明的。"

"我说了，没有。"

"真没有？"

谢景聿眼眸沉沉，已经有点不高兴了。

"没有就没有吧。"乔意好像可惜似的叹口气，抬眼见谢景聿板着个脸，没忍住笑了，"好啦，妈妈开个玩笑而已，你这么严肃做什么？"

谢景聿别眼，并不觉得这个玩笑好笑。

"快，和妈妈说说你在学校的生活。"乔意饶有兴趣的样子。

谢景聿没有谈心的兴致，敷衍道："就那样，没什么好说的。"

"听你爸说，你不进实验班，也不打算参加竞赛？"乔意盯着谢景聿看了两秒，才缓缓启唇问。

来了，总算是切入主题了。

她并不是真的关心他在学校里过得怎么样。

谢景聿心下冷笑，漠然点头。

"你在普通班能保证成绩不掉下来，不想进实验班也可以，但是不参加竞赛是为什么呢？"

这个问题学校老师问，同学问，谢成康问，现在乔意也来问，他们是真的想知道为什么吗？知道后就不会逼迫他，会尊重他的意愿吗？

不，他们想知道原因，只是为了能更好地劝他妥协。

谢景聿在这当口，突然想到了林栗。她是唯一一个，接近了他答案的人。

"景聿？"乔意出声喊道。

谢景聿回神，冷淡地说：“没有为什么，就是不想去。”

乔意蹙眉，语重心长地说：“景聿，你现在大了，有自己的想法了，妈妈能理解你，但是你不能过于任性。

“参加竞赛对你只有好处，没有坏处。你高一已经浪费了一次机会，这一次千万不能再错过了。”

谢景聿不为所动。

乔意脸上的表情稍微冷了一些，但还是温声劝道：“你爸爸为了把你培养成一个优秀的人，花了很多心思，他一直以你为荣，你要是参加竞赛，拿了奖，他会为你感到骄傲的。”

这话放以前谢景聿信，但现在他只觉得扯淡。

谢成康只想要有个优秀的儿子，为他再镀上一层金，给他博一个好名声。

知名企业家，事业成功，家庭美满，后代优秀，多么荣光。

谢景聿态度坚定，还是那句话：“我不想去。”

乔意的表情算是彻底冷了下来，她看着谢景聿，语气强硬了些：“景聿，你是知道的，如果你表现不好，爸爸是不会再支持妈妈的事业的。

“妈妈是个演员，当初意外怀上你的时候，下了好大的决心才把你生下来，因为怀孕，我的表演事业中断了很久，就是生下你之后，也有好长一段时间不能登台演出。

“你知道妈妈是费了多大的功夫，才重新站上舞台的吗？

“妈妈为了你，牺牲了太多，你就不能为妈妈想想吗？”

谢景聿神色一凛，心里头死寂一片。

这话他已经不是第一回听了。

从小到大，每当乔意要他做什么的时候，她都会这么说。

有时候谢景聿觉得自己就是乔意压在谢成康这儿的一个人质，人质越优秀，她手上的筹码就越大，就越能和谢成康谈条件。

乔意见谢景聿沉默，就知道他不会再反抗了，她暗自松了一口气，眼神重新变得柔和而富有母爱的光辉。

“妈妈知道你是个好孩子。”乔意抬手要摸谢景聿的脑袋，见他躲开，也没生气。

她缓声温柔地叮嘱道：“下周记得去找老师报名竞赛，还有……像中考那样的失误，可不能再发生了。”

谢景聿冷着脸，一言不发。

他的意见已经不重要了。

立夏过后，临云市的天气一天比一天热，偶尔下一场雨，但雨过天晴后，气温便会更上一层楼。

初夏到了。

周日返校，很多学生穿上了夏季的校服，白色衬衫蓝色校裤，看起来轻快活泼又青春洋溢，和这个季节一样蓬勃。

天气炎热，教室里的吊扇已经开起来了，呼噜噜地转个不停。

教师办公室里有空调，谢景聿才从里边出来，外面蒸腾的热气便扑面而来。报完名，他本就心情不佳，热意弄得他更加烦躁。

他往教室走，经过实验班时被从里面走出来的人撞了下。

"不好意思……"那人抬头，看到是谢景聿时，表情微微一变，眼镜后面的眼睛莫名闪烁，声音都虚了几分，"景聿，是你啊。"

谢景聿看向孟瑞，点了下头，没太注意他异常的神色。谢景聿错身往前，走没两步，被喊住了。

"景聿，你拿到信了吗？"孟瑞问。

谢景聿听到"信"，立刻驻足，转过身看着孟瑞，沉声问："什么信？"

孟瑞心如擂鼓，出了一手虚汗，却故作松快道："就是寄给你的信啊。

"上周五放学我去收发室拿报纸，正好碰到四班的一个女生，她拿了你的信，说要亲自交给你，我看她之前常和与森走在一起，以为你和她也熟。"

孟瑞说完，故意停了下，疑惑地问："怎么，她没给你吗？"

谢景聿双眼覆冰，看得人浑身发寒。

他想到了之前有回，在收发室碰到了林栗。

孟瑞像是才意识到事情的严重性，他先是面色微讶，之后又做出一副竭力在思考的模样："那个女生叫什么来着，叫……"

"我知道是谁。"谢景聿转身。

"需要我去帮你把信要回来吗？"孟瑞问。

"不用。"谢景聿略微回了下头，声音沉冷似铁，"她自己会来找我。"

林栗洗了澡，在宿舍里收拾东西，把课本装进书包里时，看到了放在夹层里的红色信件。

信件只有收信人的名字和地址，没写寄信人的信息，这封信摸起来有点硬，不像是信纸，似乎是装着明信片。

很难想象，谢景聿那样清冷的一个人，会和人写信。

不过她没有多余的好奇心，也不想去猜测给谢景聿寄信的人是谁，这封信在她这儿已经放了两天了，很烫手，今天晚上她得找个机会交给他。

　　到了教学楼，林粟先去了三班，没看到谢景聿，就先回了自己班。

　　晚自习上课后，班上仍是吵吵闹闹的，直到王云芝进来，所有人才噤了声，老老实实地坐在位置上做作业。

　　第一节课下课，林粟迅速从书包里拿出信揣兜里，起身走出教室，正好看到谢景聿靠在栏杆上，目眺远方。

　　她顿足，前后看了看。

　　下课时间，走廊上都是人，如果直接走过去，把信交给他，实在太过引人注目，还很有可能被人误会自己是在送情书。

　　正犹豫时，谢景聿动了，他转过身往走廊尽头走，很快从另一头的楼梯下去了。

　　林粟抿了下唇，果断跟了上去。

　　前后不过差了五秒，楼梯里就没了谢景聿的身影。

　　林粟三步并作两步往楼下追，好不容易在一楼看到了他的背影，但很快他就出了教学楼。她跟上去，到了教学楼侧面，人却不见了。

　　高一教学楼旁是片小树林，大晚上的没有灯，林间黑漆漆的，虫鸣声不断。

　　林粟在山里长大，自然是不怕的，她循着小道往树林里走，目光四下寻觅，同时出声喊道："谢景聿。"

　　"谢景聿。"

　　"谢景聿。"

　　喊到第三声的时候，有人回答了："找我？"

　　林粟胆儿一颤，心跳都漏了一拍。她转过身，看向不知道从哪里冒出来的谢景聿，表情罕见地有那么点不镇静。

　　谢景聿冷笑："这么心虚，做亏心事了？"

　　林粟皱眉，直截了当地说："我有事找你。"

　　谢景聿眼眸中寒光一闪，伸出一只手。

　　林粟莫名地看着他。

　　"信。"谢景聿语气不耐。

　　林粟吃了一惊："你怎么知道？"

　　她从兜里拿出信，才递出，谢景聿就劈手夺了过去。

　　手上的信沉甸甸的，谢景聿捏紧信，在黑暗中注视着林粟，寒声道："说吧，这回，你又想要什么？"

林粟一怔，随即手脚发冷。

她知道谢景聿误会了。

"信里的内容你看了吧，又发现了我一个秘密，你是不是很得意？"

一个两个的都拿他来要挟，谢景聿压抑着腾腾的怒火，冷声质问道："学校里没有陷阱，你就造一个等着我跳进去？林粟，你是不是以为要挟过我一次，第二次我还会乖乖地听你的话？"

他的话里挟带着冰刺，一个字一个字极其锋利。

林粟心头发颤，她想解释，说信是她从别人手里拿回来的，但她根本不知道那两个男生的名字。

而且，现在这情况，就算说了也没用。她在谢景聿那里是有前科的人，他不信任她，盲目解释只会让他觉得她是在胡乱攀咬。

林粟咬了下唇，直视着谢景聿冷静道："我没想要挟你。

"你身上，已经没有任何我想要的东西了。"

4

晚自习第二节课的铃声打断了他们的对话。

谢景聿深深地看了林粟一眼，转身离开。

回到教室，他把兜里的信塞进书包里，直到晚上回到家才拿出来看。

红色的信封像染了血一样，格外扎眼，他看了下信件的背面，封口处贴得整整齐齐的，看不出有被人拆开过的痕迹。

他又想到了今晚林粟说的话，既然不是别有所图，那她拿他的信做什么？只是好心，顺手帮他取信？

他觉得没这么简单。

谢景聿一时理不出头绪，就暂时将林粟的事搁在了脑后。他盯着手上的信，脸色沉沉，片刻后才撕开封口，拿出里面装着的东西。

是一张照片。

照片上的人不再是西装革履，而是穿着舒适的便服，作寻常打扮，他坐在一间教室里，笑得堪称和善可亲，简直像换了一个人。

谢景聿把照片翻过去，背面写着一行字：哥，爸爸来给我开家长会了。

他眸光微冷，捏着照片的手指紧了紧，很快就沉默地拉开抽屉，将那张照片丢了进去，与其他的照片混在了一起。

第二天早上，谢景聿打车去学校。他让司机把车停在后门，下车后，他从后门进校。

一大早，收发室的门没开。他走进对面的保安室，问值班的保安大叔："你好，请问收发室里有监控吗？"

保安大叔打量了下谢景聿，问："怎么了？"

"我有封信丢了，想看看是不是谁拿走了。"

"信丢了？那得问看门的大爷啊。"

"他经常不在，所以我想看看监控。"谢景聿说。

"这大爷，干着闲差还时不时地溜号。"保安大叔摇了摇头，又说，"学校收发室里是没有安装监控的。"

谢景聿忖了下，问："能让我看下校门口的监控视频吗？"

"你是想看看校门口的监控能不能拍到收发室门口？"

谢景聿点头。

保安大叔见谢景聿这么执着，就问："你的信大概什么时候送到的？"

"上周五。"谢景聿顿了下，说，"放学。"

"放学还有人送信啊？"保安大叔咕哝了句，"等着啊，我找找。"

保安大叔把保温杯放一旁，对着电脑点了几下，没多久摇起了脑袋，说："哎哟，不巧了，收发室门口刚好是监控盲区。你看，只拍到了收发室的窗户，门那边就拍不到了。"

谢景聿看了眼电脑屏幕，眉头微皱。

"这事我得和领导汇报一下，让他们在收发室里也安装一个监控，这怎么还有人偷信呢。"保安大叔摇头嘀咕，感慨一中的学生也有手脚不干净的。

谢景聿向保安大叔道了谢，离开保安室往学校里走。

后门正对着的建筑是实验楼，他穿过实验楼，打算抄近道去高一教学楼。本以为这个点不上课，实验楼里没有人，结果还没到中庭，就听到了琅琅的读书声。

声音很耳熟，清脆有力，昨晚他才当面听过。

谢景聿站定，抬眼就看到林粟背着他坐在中庭的花圃上，捧着一本书在读，她的玫粉色书包搁在手边，书包上还放着一个馒头。

她读的英语，发音很不标准，课文读得也不顺畅，时不时地卡壳。

谢景聿不知道自己是出于什么心理，站在原地听林粟读了会儿书，直到她收拾书包要走，他才转身迅速离开实验楼，绕道去了教学楼。

第二节课课间是早操时间，年级里所有学生都要去操场做操。学校竟赛班的老师趁这个时间，让高一高二报名参加竞赛的学生去阶梯教室开会。

谢景聿到了阶梯教室，环视一圈，最后目光一定。他走下台阶，在孟瑞身旁坐下。

孟瑞看到谢景聿，显然吃了一惊："景聿？你报名参加竞赛了？"

"嗯。"

孟瑞表情微妙，干巴巴地笑了笑说："你去年没参赛，我还以为你今年也不去呢。"

谢景聿靠向椅背，轻描淡写地说："玩玩。"

奥赛的规格那么高，他就当玩玩，实在狂妄。

孟瑞和谢景聿是老对手了，他们是一个初中的，以前经常一起参加竞赛，但凡有谢景聿在的比赛，他都能拔得头筹。

因此，孟瑞在初中时得了个"万年老二"的称号，他不甘心，暗中发力，却没有一次能赢过谢景聿。终于，在中考，这个初中阶段最重要的考试，他成了全校第一。

本以为自己总算是一雪前耻，以后可以扬眉吐气，再不用活在谢景聿的阴影之下，可没想到，到了高中，谢景聿还是能霸榜，而他现在连"万年老二"这个称号都保不住。

孟瑞心里头五味杂陈，但脸上的表情还绷着没垮，他强笑着说："你去参加也好，为我们年级多拿一个决赛名额。"

"不一定。"谢景聿悠悠地开口，"也有可能是挤掉一个名额。"

孟瑞表情一变。

谢景聿余光看他一眼，忽说："昨天忘了和你说句谢谢，多亏你提醒，我才知道是谁拿走了我的信。"

孟瑞心口一跳，立刻打哈哈："顺嘴的事，不客气。"

谢景聿回头看他："有件事我很好奇，你怎么知道她拿走的是我的信，你看过？"

孟瑞手心发汗，还强装镇定地解释道："我知道她是四班的，所以看到她从三班的信箱里拿信，就多看了一眼。"

谢景聿颔首，似乎相信了孟瑞的解释。

孟瑞观察着谢景聿的表情，但见他喜怒不辨，心里头便越发心虚不安。他把手心往裤子上蹭了下，故作随意地问："四班那个女生……是不是和你说了什么？"

谢景聿冷淡地点了下头。

孟瑞马上慌了，他口不择言地辩解道："景聿，你可千万别听那个女生胡说，我和吴立伟没拿你的信，信是她拿的，她就是偷信被撞破了，想倒打一耙，才把事推到我们两个身上，想让我们背锅。"

谢景聿挑眉，淡然反问："吴立伟也在？"

孟瑞拿不准谢景聿什么态度，干咽了下："我和他一起看到那个女生拿的信。"

谢景聿点点头，目视前方，几秒后平静地开口："她其实什么也没说。"

孟瑞头皮一麻，脸色瞬间白了。

都到这儿了，还有什么不懂的，他这是被谢景聿诈了。

孟瑞本来以为自己能制造个"罗生门"，这样就算四班女生和谢景聿说了他和吴立伟偷信的事，只要他们咬定偷信的人是她，谢景聿就没办法确定到底谁说的是真话，谁说的是假话。

但没想到，那个女生居然没和谢景聿说明真相，而他急于辩解，反而自爆了。

时间紧迫，竞赛班的老师只是言简意赅地提了下之后预赛的事，要大家做好准备。

会议结束，谢景聿起身，孟瑞立刻跟上去，为自己开脱道："景聿，拿你的信这事是吴立伟的主意，我拦过他，但是他不听。

"而且我们也没看你的信，信还没拿走，就被四班那个女生截住了。"

谢景聿站定，冷视着孟瑞，问："栽赃给林粟的主意也是吴立伟想的？"

孟瑞心虚地沉默。

谢景聿轻扯嘴角，最后看了孟瑞一眼，冷声道："赛场见。"

林粟昨天晚上失眠了，一晚上没睡踏实，今天早上虽然因着生物钟按时起床读书，但精神头还是不足。

谢景聿昨晚在小树林里说的话一直萦绕在她耳边。她仔细分析了下，上周五取信的时候没有别人，只有自己和那两个男生，谢景聿会知道信在她手上，很有可能就是那两个男生中的谁说的。

他们大概是怕她向谢景聿告发那天的事，所以先下手反咬了她一口。而谢景聿本就不信任她，就算那两个男生没有添油加醋，他也会把她拿信的行为往坏了想，所以昨晚才会以为她又想要挟他。

林粟不知道要怎么才能向谢景聿证明自己的清白，她在他那里根本没有信誉度可言，纯靠嘴巴解释，他是不会相信的。而那两个男生既然把锅甩了，自然不会实话实说。

她百口莫辩，不过也是报应，是她当初在茶岭上威胁他该付出的代价。

背锅倒无所谓，她只是怕，谢景聿会不会因为这件事，让他爸爸中断对她的资助。

"小粟，小粟。"孙圆圆突然杵了下林粟，压低声提醒道，"老师喊你回答问题呢。"

林粟回神，抬起头就看到英语老师正看着自己，目露不满。

孙圆圆指了指英语周报上的一题，林粟余光看到，立刻起身回答了。

英语老师勉强满意，抬手示意林粟坐下，还提醒了句："上课注意听讲，别开小差。"

林粟敛神，把自己神游在外的思绪拉了回来。

下课铃响起，英语老师才离开，教室里马上乱成一团。

孙圆圆忍不住问林粟："你刚才在想什么呢？我还是第一回看你在课上走神。"

谢景聿的事没法和别人说，林粟摇了下头，随便找了个借口："没什么，昨晚没睡好，有点困。"

"这样啊，那你中午回去好好休息。"

"嗯。"

课间，班上有几个女生聚在一起往窗外走廊上看，她们嬉笑议论着，又难为情似的互相嗔怪。

孙圆圆也看向窗外，看到走廊上的人，就示意林粟："是谢景聿。"

林粟回头，看到谢景聿和周与森正站在四班前面的走廊上说话。

"我听人说，谢景聿报名参加竞赛了。"孙圆圆开了个玩笑，"跟诸葛亮一样，要人'三顾茅庐'才肯出山。"

林粟对这个消息感到意外，但很快就释然了。毕竟竞赛的奖励实在诱人，他可能也想拿到保送名额。

正想着，谢景聿忽然转过头来，精准地看向一个地方。

林粟的目光一下子和他相接，不由得心口微跳，她下意识地别开头，躲开他的视线。

第四节课是数学课，孙志东上了一节新课，放学铃响起时，他没有拖堂，直接放班上蠢蠢欲动的猴子猴孙们散学了。

林粟有道题要问，下课后抱着习题册跟在孙志东后面到了教师办公室。

"老师，我有道题没做出来，能请教下您吗？"林粟把习题册递过去。

孙志东准时下课，一是不愿拖堂惹那群学生厌烦，二是人有三急，他上午水喝多了，课上就来了感觉。

学生好学，这是好事，但这会儿他是真憋不住了。

孙志东正要让林粟换个时间来问问题，恰好这时谢景聿走了进来，他面上一喜，立刻招手，说："景聿，你过来教下林粟这题怎么解。"

说完，孙志东就忍不住似的，快步离开了办公室，往洗手间去了。

林粟抬头看向谢景聿，抿了下唇。

昨晚他质问的话语还言犹在耳，冰冷的眼神尚历历在目，他现在估计不想见到她，更不会给她解答问题。

林粟不想讨嫌，抱起习题册，刚要走，一只手伸到了她眼前。

随后她听到手的主人问："哪一题？"

5

林粟怔住。

谢景聿直接从她手里抽出习题册，低头扫了眼，页面上只有一题是空白的，就是末尾的课后延伸题。

一般这种延伸题难度都很高，有的还超纲，孙志东不会强制要求学生做，只让有兴趣的同学试一试。但对谢景聿，孙志东的要求是不一样的，不仅要他做，还要变着花样地做。

林粟问的这题，谢景聿前两天才做过，因此只扫了一眼，心里就有谱了。

他把习题册放桌上，朝林粟伸手。

林粟不解。

"笔。"谢景聿开口。

林粟反应过来，把手上的笔递过去，心里头却仍是困惑。

"我只讲一遍。"谢景聿说。

林粟立刻收起旁的心思，认真听他解题。

谢景聿没有详细地把解题过程写出来，他在习题册上写下了几处关键步骤，把解题的思路给林粟捋了一遍，一步步引导着她。

他讲解得简明扼要，却把题目拆解得十分透彻，林粟听下来豁然开朗，思路清晰了很多。

综上可得：$k \in \{-\sqrt{3}, -\sqrt{2}\} \cup \{\sqrt{2}, \sqrt{3}\} \cup \{对不起\}$

谢景聿停下笔，转头问："懂了吗？"

林粟看着这道题的结论，有一瞬间以为自己出现了幻觉。她扭头去看谢景聿，眼神里透着不可思议。

因为解题，他们都弯着腰，此时同时转头，才发现彼此间距离这么近，近得能看清对方瞳仁里的自己。

谢景聿蓦地想起第一回见到林粟的场景。

深山野岭，杳无人迹，她在陷阱上方探头，让他误以为是山灵精怪。

近距离看，他对她的第一印象并没有错，她的这双眼睛澄澈空明，灵动得像一只机警的小鹿。

"昨天晚上——"

"你——"

谢景聿和林粟同时开口又同时噤声，这时候解了燃眉之急的孙志东气定神闲地走进办公室，他们只好把要说的话咽回去。

"题目解得怎么样？"孙志东走近，问谢景聿，"讲完了？"

谢景聿直起腰："还有一小题。"

孙志东就说："那景聿你等等，我先给林粟把题目讲了，一会儿再和你说竞赛的事。"

林粟听孙志东放学留下谢景聿是要谈事情，又想到现在习题册上的字，忖了下便说："老师，你们先聊吧，我晚自习再来找您问问题。"

孙志东估摸了下时间，点点头："也好。"

林粟拿起习题册合上，谢景聿把手上的笔转了个方向，递过去。

她垂眼，视线在他修长匀称的手指上定了一秒，接过笔，回头朝孙志东说了句："老师再见。"

谢景聿目送林粟离开办公室。

孙志东笑着说道："林粟是个刻苦的孩子，经常来问问题。她的基础不太好，但人是聪明的，一点就通。

"上学期她的成绩不太理想，但是这学期已经慢慢赶上了。

"你学习好，要多帮助像她这样好学的同学。"

谢景聿收回眼，淡淡地应了声："嗯。"

林粟离开办公室后，再次翻开习题册看了眼，确定最后一个集合不是幻觉，谢景聿真的在道歉。

她有一瞬间的发蒙，随即就明白过来了——他已经知道信不是她故意拿的了。

林粟心里有疑惑，云里雾里地回教室收拾了东西，背着书包去食堂。

下楼时碰着几个女生在聊八卦，她们聊的是一中的校草排行榜。据说现在校园贴吧里，高一年级的谢景聿凭借俊俏的外表、出色的成绩，已经跻身前三了。

　　"谢景聿帅是帅，但是……你们不觉得他很高冷吗？"

　　"是有点。"

　　"我都不太敢和他说话，怎么说呢，他的气场太强了，让人不敢靠近。"

　　"好一朵'高岭之花'，我等凡人只可远观，不可近玩。"

　　林粟听到这儿，觉得她们说的话在理。

　　但今天，"高岭之花"低头道歉了。

　　林粟不清楚谢景聿到底是怎么知道真相的，总归不会是实验班那两个男生主动坦白的。他很聪明，或许冷静下来后就发现了破绽。

　　虽然她并不在意谢景聿的误解，他对她的印象本来就不好，再差一点也无妨，但他主动道歉，她心底仍是有所触动。

　　因为这句"对不起"，她对谢景聿又有了新的认知——他不是那种死要面子高高在上的人，只要做错，就会道歉。

　　五月过去，六月初临云市因为台风影响，下起了暴雨，很多人都担心这场雨会一直下到高考那两天，那样可能会造成交通不便，影响学生考试。

　　所幸天公作美，这场暴雨来得猛烈，去得也迅速。

　　六月不仅是考试月，还是林粟的生日月。她的生日是六月一号，儿童节，在这个属于孩子的节日里，她出生了。

　　但多年以来，她并没有在这一天里感受到双倍的幸福。

　　那一天，李爱苹早早地就给她发了消息，祝她十六周岁生日快乐。从小到大，只有这个发小记得她的生日。

　　日子并不会因为长了一岁而变得不一样，生日过后，林粟还是和以前一样，三点一线，认真学习。

　　高考将近，一中是高考考场，因为要提前布置考场，考前两天，学校停了课。

　　林粟趁着这个时间，回了趟茶岭。

　　小满后就是夏茶的采摘季，她回去后又被孙玉芬喊去采茶，直到高考结束那天下午才拿了生活费，回到临云市。

　　大考结束，学校里的高三生在狂欢，校园里处处可见他们放纵的身影，听到他们发泄似的呐喊声。

林粟先回了趟宿舍，孙圆圆和周宛已经到了，正在聊天。

看到林粟，孙圆圆打了声招呼，问："小粟，你来的时候看到那些解放了的学长学姐了吗？"

林粟点头。

"真羡慕他们啊，我也好想赶紧毕业，高中实在太累了。"孙圆圆艳羡道。

周宛笑了："总有那一天的。"

"还有两年啊，太难熬了，好想跳过高中阶段，直接上大学啊。"孙圆圆托着下巴说，"我表姐就是大学生，她和我说，大学可爽了，很自由，没什么学习压力，还能谈恋爱。"

"你们想过以后考什么大学吗？"孙圆圆问，"外省还是本省？"

周宛很快说："我是挺想去省外的，不过我爸妈估计不让。"

"我就想留省内，离家近。"孙圆圆看向林粟，问，"小粟你呢？"

林粟回道："省外。"

越远越好，她在心里说。

林粟在宿舍里放了书包，见时间还早，就去了操场。

以前在茶岭，她天天徒步上下学，放假就帮忙做家务、采茶，运动量很大。来了一中后，除了学习，她也没别的活动，就每天去跑跑步。身体是革命的本钱，锻炼能提高身体素质，她生不起病。

到了操场，林粟先在场边热了热身，之后就顺着跑道慢跑。塑胶跑道经过阳光一整天的暴晒，还余有热度。跑了两圈后，她的身体渐渐有了热意，虽然出了汗，但很畅快。

正跑着，一颗足球突然从场中央滚了出来，她躲闪不及，两只脚绊住，因惯性平地摔了一跤。

谢景聿跑过来，正要询问，看到摔倒的人是林粟，话就卡在了喉头。

"同学，没事吧？"周与森也跑过来，看到林粟，先是惊讶，随后立即问，"林粟，摔伤了没有？"

林粟很快站了起来，看了他俩一眼，心道男生对球类运动真是从骨子里热爱，篮球，足球，排球，台球……就没有他们不玩的。

"没事。"她低头拍了拍裤子。

谢景聿瞥到林粟右手掌心见红了，眸光微闪，开口说："手。"

周与森经提醒才发现林粟的掌心擦伤了，立即说："都流血了，去医务室看看吧。"

"不用。"小伤口，林粟不当回事。

"怎么不用，伤口不处理容易发炎的。"周与森说。

"我用水冲一下就好了。"林粟说着就要走。

周与森拦住她："不行，你还是要跟我去医务室。"

林粟抬眼平静地说："高考才结束，医务室今天不开门。"

周与森才想到这点，挠了挠头，片刻后一拍手说："这样，我去小卖铺看看有没有卖酒精和棉签，你在这儿等我……"

"景聿，你帮我看着林粟，别让她跑了。"周与森不放心，一边倒退着走，一边叮嘱谢景聿，好像林粟是犯人一样。

林粟知道周与森的犟劲儿上来了，拦不住，她等他走后，回头看了谢景聿一眼，打算直接走人。

"你不想在校园广播里听到自己的名字，最好站着别动。"谢景聿没有阻拦林粟，只是提醒了一句。

林粟立刻顿住脚。

在校园广播里寻人这事周与森绝对做得出来，林粟更怕晚上上自习，周与森会大刺刺地跑来质问她，为什么没在操场等他回来，到时候势必又会引起班上同学的关注。

这段时间，班上关于他们俩的讨论好不容易才消歇下去，可不能功亏一篑。

林粟踌躇几秒，到底是站着没动。

手掌心的擦伤开始有了感觉，火辣辣的烧得慌，林粟抬起手看了看，见伤口处有脏东西，就想用另一只手去拿掉。

谢景聿手比脑快，下意识就抓住了她的手。

林粟蒙住，倏地抬起头。

谢景聿对上林粟讶然的眼睛，触电一般立刻松开了手。

"手脏。"谢景聿快速说。

林粟蜷了蜷手指，最后垂下手。

两个人相顾无言，都有些不自在。

自从上回谢景聿道歉后，他们之间的磁场就变得有些微妙，这种异样别人是看不出来的，但他们自己心里一清二楚。

6

大概十分钟后，周与森跑了回来，在林粟面前刹住脚，喘了口气说："小卖铺里没有酒精，我只买到了创可贴。"

他把创可贴递给林粟，又说："我记得学校后门有个小诊所，要不要去那儿处理下你手上的伤口，都破皮了。"

"不用。"林粟接过创可贴，"不严重，有这个就行了。"

"那我帮你贴上。"

周与森说着又要拿回创可贴，林粟一躲："谢谢，我自己来。"

天色暗下，操场上的人也少了，估摸着晚自习就要开始了，林粟还没吃饭，就说："我走了。"

"哎——"周与森想拦下林粟，伸手的时候又犹豫了。

谢景聿察觉到他的迟疑，忽问："你最近，怎么不找她一起吃饭了？"

周与森叹一口气，幽幽地说："之前不是和你说过了吗？林粟想好好学习，不想花时间交朋友，我如果还像以前一样经常打扰她，多讨嫌啊。"

"你居然听进去了。"谢景聿要笑不笑地说。

周与森照着谢景聿的肩头给了一拳，下巴一挑，哼道："我又不是狗，记吃不记打。上回自作主张惹她那么生气，我现在可长记性了。"

"所以你不打算交她这个朋友了？"

"我是那种会随随便便放弃的人吗？"

谢景聿挑眉。

"我还把林粟当朋友，不过是那种默默关心的朋友。"周与森轻哼了一声，很得意似的，"我可是一直都有关注她，她要是遇着了什么困难，我一定第一时间上去帮助她。

"不过目前为止，没看到她有什么需要人帮忙的，她很独立。"

谢景聿不意外。

"哦，倒是有一件事……"周与森一拍手，"假前学校不是说要补交一笔课本费嘛，她没有交，我们班班长还催她来着，她问可不可以假后交。

"我猜她身上没什么钱了，本来想先帮她垫交，但是又怕她多想。"

周与森长叹了一口气，自从上次书包事件后，他对林粟就小心翼翼的，生怕自己没个分寸又惹她生气。

谢景聿闻言微微皱眉。

之前林粟说过，谢成康给的生活费是够花的，她还主动提出要缩减资助的费用，补交的课本费没有多少钱，她怎么会拿不出来？

难道有什么难言之隐？

高考结束，高一的学生看到高三生放纵的模样，都很躁动，整个晚自习，喁喁私语的人不在少数，他们都在羡慕高三生获得了解放，也在畅想自己毕业后的快活日子。

晚上自习课下课，谢景聿接到了周帅的电话，说谢成康在附近应酬，正好结束，现在过去一中接他放学回家。

谢景聿不愿意和谢成康一起回去，刚要拒绝，转念想到什么，就没有吭声。到了校门口，他和周与森还有许苑分开，坐上了谢成康的车。

谢成康喝了酒，一身酒气，正在车上闭目养神。

谢景聿嫌恶地别开脸，等车启动后，突然说了一句："学校要补交课本费。"

谢成康闻言睁开眼，问："钱不够花了？"

"够。"

"那是想买什么东西？"

"不是。"谢景聿说着回过头，看向前方。

周帅正往后视镜里看，恰好对上谢景聿冷然的双眼，他眼神直勾勾的，看得人心里发毛。

周帅到底是做助理的，揣测人心那是一等一的。他琢磨了下，问谢成康："谢总，要不要把课本费给林粟打过去？"

谢成康皱眉："我给她的生活费还不够多吗？"

周帅噤声，倒是谢景聿开了口，说："你既然答应我要资助她上学，就应该支付所有的学杂费。"

谢成康有点回过味来了，他看着谢景聿，问："林粟找你要钱了？"

"没有。"谢景聿了无情绪地说，"我只是突然想起这件事。"

"你对这个林粟……倒挺关心。"谢成康想起了上学期谢景聿和林粟在电话里联合起来骗他的事，眼神顿时带了几分审视意味。

"她救过我。"

谢成康冷哼："她心思这么活络，保不准当初救你是有预谋的，为的就是让我资助她读书。"

谢景聿心头微紧，但怕谢成康看出端倪，面上仍很镇静。他冷笑："你不如说我是故意掉进陷阱里的。"

"你……"谢成康不豫，他这个儿子是越来越懂得给他找不痛快了。

"钱我可以给，但你以后少管这个林粟的事，把心思用在该用的地方。"谢成康话里有怒气，警告似的说，"下个月就是预赛，你好好准备，别给我丢人。"

谢景聿转开脑袋，看向窗外。外面的灯光接二连三地照进车内，却照不进他的眼底。

高三生一毕业，校园里少了一个年级的学生，就显得没以前那么热闹了。

一部分学生逃离了围城，留在围城里的学生接过他们的接力棒，要铆足了劲儿，继续往前冲。

上午四节课，几乎所有的老师都拿才结束的高考说事，他们先是分析今年试卷的难易度，再归纳考点、热点，挑几题比较典型的讲解一下，最后落点都是激励学生好好学习，奋发图强。

语文课上，王云芝在下课前五分钟讲了今年的高考作文题，她让所有人课后写一篇作文交上来。

下课后，孙圆圆盯着黑板上写着的一句诗，愁眉不展道："这诗这么短，看着简单，但想写好还挺难的。

"小粟，你有想法吗？"

林粟把那句诗抄在本子上，她虽然能明白诗句的立意，但是没把握能写好。

她的作文向来写得不怎么样。

"没有。"林粟如实说。

"一会儿问问周宛，她作文写得好，一定有很多见解。"孙圆圆收起课本，一甩头说，"走吧，吃饭去。"

林粟点头，从课桌侧边拿过书包，把中午要看的书放进去。这时包里的手机屏幕亮了下，有一条信息进来了。她拿出手机看了眼，短信是周帅发的，说是给她转了课本费，提醒她记得把钱取出来。

林粟吃惊，不知道周帅是从哪儿知道学校要补交课本费的消息，还给她打钱。

吃完饭回到宿舍，她去到阳台，给周帅打了个电话。

很快，电话被接通，林粟喊了声："周哥。"

"林粟啊，钱收到了吗？"周帅问。

银行卡不在林粟手上，她没法知道钱到没到账，但周帅肯定是转了的。

"周哥，你怎么会给我转课本费？"

"小少爷说的。"

林粟诧异："谢景聿？"

"对啊，要不是他提起来，谢总也不会让我给你转钱。"

林粟抿抿唇，表情一时有些复杂。

周帅又说："林粟，以后你们学校要交什么钱，记得告诉我，我好及时给你打钱。"

打再多的钱林粟也拿不到，反而便宜了孙玉芬。她和周帅说："其实谢叔叔给的生活费已经很多了，有些钱我可以自己交。"

"生活费是生活费，学杂费是学杂费，谢总既然说要资助你上学，那钱就要给到位了，而且……"周帅苦笑一声，"不及时把钱转给你，我怕小少爷知道了，会把我开了。

"他还挺关心你的。"

林粟心头一跳。

"可是……"

林粟话没说完，就被周帅打断了，他说："你别有心理负担，给你钱你就拿着。以后学校要交什么钱，记得找我……我还有活儿，先不和你说了啊。"

"好的。"

周帅挂断电话后，林粟站在阳台上，一脸深思。

这时阳台门被推开，周宛从宿舍里走出来，她拧开水龙头洗苹果，同时问林粟："你和谁在打电话？"

林粟回神，应道："哦，一个长辈。"

"我刚才好像听到……你叫了谢景聿的名字？"周宛回头，试探地问。

林粟心里一个咯噔，但脸上的表情不变，冷静地说："你听错了。"

周宛笑笑："我想也是。"

林粟不再接话，拿着手机回了宿舍。

下午四班第二节课是体育课，第一节课下课铃才响，孙圆圆就拉着林粟去了操场，说是要趁班上人还没去，先行下手抢到一个好打的排球。

三班、四班的课是对调着上的，林粟到操场时，看到谢景聿正在篮球场边洗手，她想了下，让孙圆圆去挑球，自己往水池台走去。

天气燠热，打完球出了一身的汗，谢景聿掬了一捧水洗脸，余光看到身旁站了人。

"景聿，走啊。"三班的男生喊。

谢景聿回道："你们先走，我去买瓶水。"

"行，记得给我们带一瓶。"

"嗯。"

林栗拧开水龙头慢悠悠地洗手，等几个男生走后，才低着头开口问："周哥说……你让他给我转课本费？"

谢景聿抹了把脸，随意道："我只是提了一下。"

"谢谢。"

谢景聿的表情霎时有些不自在。

"其实你不用让你爸爸额外给我钱，他给的生活费已经很多了。"林栗说，"我还有助学金，课本费可以自己交。"

那假前为什么不交？

谢景聿想这么问，又觉这话太像是诘问，就没说出口。

"是因为上次信的事吗？你觉得过意不去？"林栗当然不会把周帅说谢景聿关心她的话当真，她能猜到他突然对自己好的原因。

"其实你不用这样，那种情况，换作是我，也会误会。"她说。

谢景聿没想到林栗会这么平静，对他既无怨怼，也不怪罪，反而衬得他上回的误解更加不理智、不冷静。

"我只是在遵守我们的约定。"他垂眼说，"当初在茶岭上，说好了，你找人救我，我让我爸资助你上学。"

"你已经做到了。"林栗郑重地说，"我能来一中读书，多亏了你，所以你不需要再额外补偿我。"

谢景聿见林栗这么较真，微皱了下眉，看向她问："多给你点钱，你不乐意？"

林栗没办法和谢景聿解释，他多给的钱根本到不了她手上，就算到得了，她也不要。

她拧上水龙头，转过身看着谢景聿，眼神坚毅，不卑不亢地说："不管你信不信，我当初威胁你，不是想要钱，我只是想读书。"

谢景聿的心口微微一震。

林栗的眼睛像两汪泻湖，平时眼底幽幽，不可见底，但刚才她说想读书的时候，内里似有波流涌动，让她双眼发亮。

在一瞬间，他联想到了上午王云芝讲的高考作文题目——小草无愧于它所生长的伟大世界①。

7

学期末的时间总是过得飞快，复习考试一场接一场的，上一场考试的试卷才讲评完毕，下一场考试就来了。

期末考前一周，高一年级发了分科表，各班班主任让所有学生想清楚了再填。

林粟没怎么犹豫，直接填了理科。孙圆圆长吁短叹了一番，说自己倒是想学理，奈何数理化实在高深，只好选文科。

宿舍里四人，李乐音报了理科，她这段时间成绩退步明显，王云芝找她谈过话，她妈妈还来宿舍打听过她在学校的情况。

李乐音警告过林粟她们，让她们管好自己。既然她都这么说了，林粟她们就没多事，毕竟一个人要堕落，是拦不住的。

比较让人意外的是周宛，她万分纠结之下，最后还是听她爸妈的话，选了理科。

"小宛，你想好了啊？你文科成绩这么好，要选理科？"中午在宿舍，孙圆圆躺在床上问道。

周宛叹口气，说："我其实没想好，但是我爸妈坚持让我选理科，我想他们的话也有道理，理科以后比较好找工作。"

"但是你不喜欢的话，学起来会很累的。"

"只能坚持看看了。"周宛还算看得开。

孙圆圆趴在床上，幽幽地说："选理科是不是大势所趋啊，我们班上好像就没几个人选文科，我打听了下，高二年级十六个班，也就四个文科班。"

"好像每年都是这样。"周宛说，"年级里像谢景聿那样的尖子生应该都会选理科吧。"

"但是我听说许苑好像选了文科。"

"啊？"周宛惊讶。

下铺的林粟听到这个消息也很意外。

"真的吗？"周宛翻身，问林粟，"你知道吗？"

林粟摇头。

她之前之所以会和许苑认识，是因为周与森，自从她和他拉开距离后，和许苑就再没什么交集了。

孙圆圆说："这个消息应该是真的，我是听初中同校的一个同学说的，她和许苑一个班。"

周宛纳罕："许苑真的要从实验班出来，调到文科班？"

一中只有理科有实验班，文科是没有的。

孙圆圆："可能是真的很喜欢文科吧。"

有些人就是上天的宠儿，周宛不无感慨地说："真羡慕她，可以随心所欲，做自己想做的事。

"是吧，林粟？"

周宛不问孙圆圆，只问林粟。

林粟愣了下，但很快说："许苑可能也有自己的烦恼。"

"也对。"周宛笑了笑，不再说话。

分科志愿确定后，期末考试如期而至。

高一下学期的期末考仍是市统考。三天的考试时间说漫长也漫长，场场考试都折磨人心，让人巴不得早点结束；说短暂也短暂，时间被切割成块，随着一场场考试结束，这学期也就到了尾声。

最后一场考试结束后，所有学生各回各班，把桌椅归位，然后开班会。

暑期作业早在考试前就发下来了，班主任老生常谈，就说了些暑期的注意事项，让同学们注意安全，别玩疯了荒废学业，最后提醒了下领成绩单的时间。

林粟估摸着孙玉芬和林永田还是不会让她来学校取成绩单，所以班会结束后就去找了王云芝，和王云芝说明了情况，请王云芝再次帮忙把成绩单寄到南山镇。

从办公室里出来，她背着书包下楼，到了教学楼下，正巧碰上谢景聿、周与森还有许苑三人，他们围站在一起，似乎在商量着什么。

"林粟。"

林粟正打算走过去，听周与森喊自己的名字，她犹豫了下，站定回头。

"你这学期不用搬书吗？"

林粟摇头。

这学期她的桌子要做考试桌，所以早在期末考试前，她就陆陆续续地把书搬回了宿舍。

"那……"周与森斟酌着，其实他有很多话想说，但怕林粟反感，就按捺了下去，最后只咧开嘴笑着说，"暑假快乐，下学期见。"

"下学期见。"许苑挥手。

林粟看着他俩，目光连带着看到了一旁的谢景聿，他就站着，但也在看她。

这样的场景似曾相识，但情境已然不同。

林粟朝他们微微颔首，道了句："暑假快乐，再见。"

她说完转身，昂首接着走自己的路。

七月初的傍晚，太阳余威未消，斜挂在西边的天空上，染红了一大片云彩。

刚踏上高中这段征途时，林粟期待又不安，她时刻担心好不容易得来的读书机会，会轻易被剥夺。现在高一结束，征途不算顺利，但也有惊无险地过了三分之一。

她别无奢想，只希望接下来的三分之二也能安全度过。

期末考结束后，林粟收拾了东西，坐车回了茶岭。

夏茶的采摘季长，她一着家就被孙玉芬喊去采茶。

王云芝和上学期一样，把林粟的成绩单寄到了镇上，李爱苹下山买东西时顺便帮她带了回去，直接送到了茶园。

林粟找了个空儿，和李爱苹一起躲在树荫底下，拆开快件。

"怎么样？进步了吗？"李爱苹迫不及待地问。

林粟看了眼自己的年级排名，在高一的最后一场考试，她终于挺进了前四百名。

一年的努力在这一刻都是值得的。

"嗯。"林粟点了头，脸上难得地有了一丝松快的笑意。

"我看看。"李爱苹拿过她手上的成绩单看了眼，夸道，"哇，你这次的市排名也比上回进步了很多。"

"我就说你可以吧。"李爱苹真心为林粟高兴，"以后你可不能再妄自菲薄了。"

这次的成绩，林粟还算满意，至少初步目标达成了，但她并不因此自满。

她不会止步于此。

"这次市第一还是你们学校那个谢景聿，他这么强吗？平时考试也都是第一？"李爱苹问。

林粟点头。

"哇，老天真是不公平，怎么有人长得帅、家境好，还这么聪明。"李爱苹感慨了句。

林粟之前也觉得谢景聿是上天的宠儿，但偶然几回发现，他并不如外人看上去的那般轻松。作为企业家的儿子，他要经常跟着他爸爸去应酬，身上也背着很重的包袱。

不过才在树荫底下歇了十分钟，孙玉芬就扯着嗓子骂林粟偷懒，林粟不想和她起摩擦，就让李爱苹把自己的成绩单带回去，之后戴上笠帽，接着采茶去了。

回茶岭的日子过得很单调，天气好的时候，林粟基本上每天都在采茶，为此她的十个指头没有一天不是黑的。

夏天的太阳毒辣，即使她穿着长袖、戴着帽子，还是被晒黑了一圈。日复一日，她整天低头采茶，有时候采着采着，抬起头会有种恍如隔世的感觉，好像在临云市读书就是她做的一个美梦，并不是真的。

她偶尔会登上QQ去看，"分列式方阵小分队"的群里悄无声息，周与森和许苑不像寒假的时候一样，隔三岔五地在群里聊天，给她留言了。

她心里有淡淡的失落。和他们失去联系后，她和一中的连接又少了一条，但这一条是她亲手斩断的。

大暑那天，万里无云，天气奇热，日头底下的万物似乎都被晒变了形，连空气都是灼人的。

林粟中午回去做饭，吃了饭没休息多久，又被孙玉芬喊出了门。她往茶园走，才至半道，就看到了一个本不应该出现在这里的人。

"那个……是不是谢老板的儿子？"孙玉芬也看到了外来的少年，回头问林粟。

林粟点头："嗯。"

"他怎么会在这儿？"

林粟心里大概有个答案，但没说出来。

孙玉芬眼珠子一转，突然抬起手打招呼走过去："小老板，你好啊。"

谢景聿正低头盯着手上的指南针，忽然听到有人喊，抬头就见一个女采茶工走过来，错眼一看，就看见了后头的林粟。她扎着低马尾，一个月不见，好像黑了。

"你不认识我吧？我是林粟的妈妈。"孙玉芬走近了，谄笑着说，"之前谢老板资助我们家林粟读书，我和她爸一直想找机会当面谢谢他。"

孙玉芬左右顾盼了下，问："谢老板也上山了吗？"

"没有。"谢景聿回道。

"那你一个人……来玩的？"

谢景聿沉默片刻，点头。

孙玉芬心里盘算着讨好谢景聿，最好能从他爸那里多捞点油水，就卖好道："茶岭山上野生动物很多，你一个人去不太安全……这样，我让林粟带你好好逛逛，山里她比较熟。"

林粟看向谢景聿，觉得他大概不会想要自己陪着。在山里，她给他留下过不太好的回忆。

但意外的是，谢景聿看了她一眼，问："去吗？"

他把决定权交给了她。

林粟怔了下，目光笔直地看着谢景聿。他神色认真，并不是在开玩笑，他也不会和她开玩笑。

现在采茶，孙玉芬已经不给她钱了，跟谢景聿去山里转转反倒轻松些。林粟没怎么犹豫，点头应道："好。"

事情就这么定下来了，孙玉芬让林粟陪玩，还暗地里叮嘱她，好好照顾谢景聿，最好能讨到点好处。

至于什么好处，林粟心知肚明。

孙玉芬之前就提过，让她找谢景聿和他爸说一声，看看能不能多出一笔资助费，让林有为去县城的小学读书。

林粟当然不会去找谢景聿说这件事，但孙玉芬一直没放弃，这不，她现在就制造机会让他们相处了。

孙玉芬走后，就剩林粟和谢景聿相对而立。

他们上一回说话还是在体育课的课间，离现在已经差不多有两个月的时间了。他们之间，好像总是非必要不开口，每回说话都是不得不说的时候。

比如现在。

"你想找什么植物？"林粟问。

谢景聿不意外于林粟会知道自己进山是来找植物的，他已经不止一次在她面前暴露过对植物的兴趣。

"桫椤。"

"桫椤？"

"嗯。"谢景聿问，"你见过吗？"

林粟摇头。她虽然在山上长大，但很多植物的名儿都叫不上来，能叫得出来的也是一些俗名。

桫椤，她只在书上看到过，但没见过，也没听村里的人提过。

谢景聿不觉失望，但想想也合理。

茶岭山里有桫椤的消息是他从网上看到的，还不知真假，也许根本就没有，他只是来碰碰运气。

谢景聿收起指南针，仰头望了下山坳周围的崇山，问："哪座山上有溪涧？"

林粟想了下，转过身说："跟我来吧。"
谢景聿没犹豫，跟了上去。

注①：出自泰戈尔《飞鸟集》

· Chapter 6 ·
草蜻蜓会带来好运

1

林粟带着谢景聿沿着村旁的那条小溪一直往上游走，溪水的源头在山里，走没多久，他们就进了山。

山里树木丰茂，挡去了大半的阳光，溪水又自带凉气，甫一进山林，人的体感就舒爽了许多。

山里的路狭窄难走，尤其岸边，泥土非常松软，地上野草也多，虚虚实实，稍有不慎就会陷进去。

谢景聿个儿高，步子大，一直走在前头。

林粟想了想，加紧了脚步。

谢景聿余光里闪过一道身影，抬起头就见林粟越过他，走在了前面。

他眉头微皱，问："你做什么？"

林粟大步往前走，同时回道："山里你不熟。"

谢景聿以为林粟是想带路，结果下一秒她说："我怕你又掉陷阱里。"

谢景聿噎了下，问："岸边还挖陷阱？"

"保不准。"林粟说，"很早之前山上野猪多，会吃庄稼，村里的人就挖了很多的陷阱。后来野猪少了，也不让抓了，村长怕人不小心掉进去，就让人填了很多陷阱，但有一些找不着，就没填。"

谢景聿明白了，他上回掉进去的那个陷阱估计就是漏填的。

怪他运气不佳。

"上次……你在我后面跟了多久？"谢景聿看了眼前头的人，若无其事地问。

林粟没有遮掩，坦白道："从你进山开始。"

"你藏得挺好的。"

谢景聿的语气很淡，听不出是不是在生气。林粟脚步微顿，本想回头，又忍住了。

她说："茶岭山里的地形还是很复杂的，本地人都有可能走丢，我当时跟着你……是怕你出事。"

林栗说完有些忐忑，怕谢景聿以为她是在为当初的行为辩解，将其合理化。

山里陷阱那么多，谢景聿倒没觉得林栗神通广大，能事先预判到他会往哪儿走，又会掉进陷阱里。

"所以……"谢景聿看着林栗的背影，她身形单薄，走路摆手的时候，两边瘦削的肩胛骨会微微凸起。他晃了下神，很快接着问，"你是在我掉进去后才想和我做一笔交易的？"

"嗯。"

林栗没有把当时挣扎纠结的心路历程说出来，事情做都做了，现在说迫不得已反而显得虚伪。

"你的脑子转得很快。"

谢景聿的话仍是听不出什么情绪，林栗拿不准他现在是什么想法，是要问罪还是在嘲讽？她要不要道歉？

林栗侧过身体，想看下谢景聿的表情，才回头，就看到他蹲下身，正拿着手机对着脚边的一株草在拍照。她愣了下，随即默默无声地走到一旁等着。

这一片山林树木繁茂，地上花草葳蕤，潮湿处还有各种菌菇，植物种类非常丰富，极具多样性。

谢景聿虽然是为找桫椤而来，但并不执着于目的本身，沿途的各类草木花卉他都没有错过，碰到一些稀有的植物，他就会停下来仔细观察，并且用手机拍照、做笔记。

每当这时，林栗就会自觉地走到一旁，不去干扰他。

谢景聿观察植物时格外认真，完全不顾周遭环境到底有多糟糕，俨然一个植物学家。

林栗刚才还在想，他怎么会让自己陪他进山，不怕她再次"算计"他吗？现在大概知道了原因——他需要一个向导，尽管不喜欢她，但对植物的热爱可以抵消对她的排斥。

谢景聿拍好照起身，转头就看到林栗站在一棵马尾松下，她把笠帽摘下挂脖子上，低着头专注地看着自己的手掌心，也不知道在瞧什么。

"走吧。"谢景聿走过去。

林栗立刻蜷起手指，颔首道："好。"

谢景聿扫了眼她的手，她的手指头黑乎乎的，看程度不是第一天才染上茶汁。

　　看样子她经常跟她妈妈去茶园采茶。

　　这么热的天，人在太阳底下站久了都会眩晕，何况劳作，但她好像习以为常，并没什么怨言。

　　谢景聿的心情莫名有些复杂。林粟家境不好他是知道的，否则她也不会威胁他，但之前他只是有个概念，并没有直观地感受过她的处境，直到此刻，看到她被晒红的皮肤和发黑的手指。

　　"还要往上走吗？"林粟仰起头问。

　　她的眼底透着淡淡的疲惫，谢景聿默了下，说："不了。"

　　"不找了？"

　　"嗯。"谢景聿环顾了下四周，往前是一处山岩，溪涧的水就是从岩石裂开的缝隙里流出来的。

　　他说："桫椤喜潮湿，前面没有树林，大概率找不到。"

　　"那我们……"

　　"下山吧。"谢景聿说着就要原路折返。

　　"等等。"林粟喊道。

　　谢景聿回头，林粟说："我带你从另一条路下去。"

　　她说着往边上的山林里走，谢景聿没犹豫，跟了上去。

　　"前面有条山道，村里上山砍树的人都走那儿。"林粟一边拿脚撇开杂草，一边说，"那里可能会有一些溪边没有的植物，你可以再看看。"

　　谢景聿愣了下。他本来以为林粟是想抄近道，没想到她是想带他走不一样的路，好观察不一样的植物。

　　人迹罕至的地方就会被各种草本植物占据，林粟一边拨开低垂的树枝，一边分心提醒谢景聿要小心，结果自己一个没注意，脚下被盘踞的树根绊住，趔趄了下，往前摔在了地上。

　　谢景聿一惊，立刻绕上前。

　　"怎么样？"他本能地伸出手。

　　"没事。"林粟直起腰，抬头看到谢景聿的手时，表情发愣。

　　她抬眼，和谢景聿对视了几秒，他并没有把手缩回去的意思。

　　林粟犹豫片刻，抬起手。

　　就在那几秒间，谢景聿看到了她手心里，满满的英语单词。他这才知道，刚才沿着溪流走的路上，自己在观察植物的时候，林粟在一旁盯着手心是在看什么。

她在背单词。

单词是她事先就抄写在手心里的，由此可见，她平时去茶园采茶的时候就是这样，一边干活，一边学习。

谢景聿说不清自己此时此刻的心情。

讶异？但好像说震惊更妥帖。

他想起了上回在篮球场的水池旁，她说她只是想读书。

她抓住了一切可利用的时间来学习，就像石缝里的小草，尽管生长环境恶劣，却拼命地汲取一丝一毫的养分。

失神间，林粟抓住了他的手。

谢景聿回神，反握住她，把她拉起来。

"谢谢。"林粟很快抽回手。

谢景聿垂下手，下意识地摩挲了下。

"摔伤了吗？"他问。

"没有。"林粟弯腰拍了拍裤子，不以为意地说，"走吧。"

她说完就想越过谢景聿，但他没让。

"我走前面。"谢景聿说。

"你不认路。"

"你告诉我就行。"

谢景聿不给林粟再开口反驳的机会，转过身拨开树枝，问："往哪儿走？"

林粟迟疑了一秒："右边。"

谢景聿在前头开路，他一边撇开野草，一边拂开树枝，等林粟跟过来后才松手接着往前走。

没多久，他们就到了山道上。

山道虽然也是凹凸不平、狭窄难当，但平时走的人多，泥土被踩得更紧实，就好走一些。

这儿果然有一些溪边没有的植物，高大的木本植物和低矮的草本植物相生相伴，丰富着茶岭的野生植物种群。

谢景聿拍完一株野生杜鹃，再回头时发现林粟这回没在背单词，她不知道从哪儿摘的龙须草，正拿在手上把玩。

"你在编什么？"谢景聿收起手机，走过去问。

林粟没想到谢景聿会主动和自己搭话，现在并不是非要开口的时候。

她抬起头，把手上的东西展示给他看："蜻蜓。"

谢景聿垂眼，她的掌心上躺着一个半成品，已经能看出蜻蜓的形状了。

"你还会草编？"

"小时候和村里的老人学的。"林粟收手，熟练地折着龙须草，说，"这个能卖钱。"

"你卖出去过？"

林粟笑了下："当然。"

谢景聿似乎是第一回看见林粟笑，不由得一愣。

林粟见谢景聿表情有异，意识到了什么，立刻敛起了笑。

她不自在地低下头，摸着手上的蜻蜓，轻声说："小学的时候我会做来卖给村里的小孩。"

"多少钱？"

"一毛钱一只。"

谢景聿讶然："这么便宜？"

林粟解释说："山里的孩子都没什么钱，一毛钱一只才卖得出去，贵了就没人买了。而且编这个不需要成本，一毛也是赚的。"

她不是卖着玩玩的，是真心在赚钱。

到底是多艰苦的环境，才会让她连一毛钱都要辛辛苦苦地赚？

谢景聿看着林粟，心情微妙。

"太阳要下山了，我们不能再在山里待着了，晚点野猪该出来觅食了。"

林粟说得认真，这回她不是在恐吓他。

谢景聿点头："走吧。"

他们沿着山道往下走，谢景聿打前，林粟殿后。到了村道上，太阳将落未落，斜斜地悬在西边的天空上，像是一颗瓦数渐低的灯泡。

谢景聿中午是坐镇上的摩的上山的，但现在是傍晚，不会有开摩的的师傅在山上接客。

林粟拦了辆载着茶叶要送到山下茶厂的三轮车，示意谢景聿上车。

"这个点没别的车下山了，你让人上来接也没那么快……将就一下吧。"

谢景聿扫了眼三轮车车斗上一筐筐的鲜茶叶，犹豫了几秒，爬了上去。

林粟见状，松了一口气。

谢景聿在车上，低头看向林粟，那眼神好像在问：你怎么不上来？

林粟怔了下，她没想到谢景聿还会让自己陪他下山。

孙玉芬让她好好照顾谢景聿，既然如此，送人下山也是应该的吧？

林粟不作他想，爬上了车。

山路颠簸，三轮车减震效果不佳，几乎回回都是硬着陆。谢景聿和林栗一人一边，背靠着车身，面对面蹲坐在车斗上，时不时被颠一下。

他们都没说话。

走了一下午，体力已经耗尽，再没有多余的精力用来交谈。何况他们也不是能相谈尽欢的关系，今天已经是他们说最多话的一天了。

山路迂曲，谢景聿被颠得没了脾气，他抿直了嘴，闭上眼睛。在这当口，他忽然想起林栗之前和周与森说她每天走路上学的事。

就是这条路。

谢景聿缓缓睁眼看向对面，视线相触的那刻，林栗率先别开了眼。

"你……"谢景聿开口，因为干渴，声音微哑。

"嗯？"林栗回头，表情疑惑。

谢景聿喉头一动，说："今天谢谢。"

谢景聿一向有教养，林栗是知道的。她很有分寸，客套地回道："不客气，我没帮上什么忙。"

公事公办的口吻，不带一点私人情绪。明明之前她也是这么说话的，但不知道怎么回事，谢景聿这回听着，心里不太舒服。

究其原因，大概是今天和之前不一样，他这次说的话是不带芥蒂的，但林栗不是。

她还是很谨慎、提防。

谢景聿垂眼，看向林栗手中的草蜻蜓，眸光微动，问："这只蜻蜓……卖吗？"

"啊？"林栗睁圆了眼，表情错愕。

谢景聿见她发蒙，反倒勾了下唇，说："我想要。"

"这只编得不好。"林栗想了下，说，"你要是不赶时间，一会儿我可以给你编一只新的。"

"不用。"谢景聿盯着林栗，笃然道，"我就要你手上的这只。"

林栗没想到谢景聿这样的小少爷会对草编这样的乡野玩意儿感兴趣。

"不卖吗？"谢景聿问。

林栗摇头，她把身子往前凑了凑，抬起手把蜻蜓递过去。

"送你了。"

谢景聿掀起眼睑，目光轻轻落在林栗的脸上。

"为什么？"他问。

她刚才不还和他客客气气的吗？

林粟被问住了。

为什么？当然是因为做得不好，拿来卖会良心不安。

但要是这么回答，显得她是做坏了才拿来送他的。

她想了想，忽然记起了之前孙圆圆说的话，便看着谢景聿，认真地说："蜻蜓在茶岭是好运的象征，我把它送给你，预祝你在月底的预赛中能取得好成绩。"

谢景聿愣了下。

他注视着林粟，她的眼睛在发亮，好像此时天上闪烁着的启明星。

2

时值八月，酷暑时节，天地万物都被笼罩在一种蒸腾的热气中，摆脱不得。

茶岭的采茶工出太阳了要骂，说老天爷晒死人不偿命，下雨了更要骂，说老天爷看不得人好，生生断了活人的财路。只有阴天的时候他们的心情才会平和一些，但也要骂，不骂老天爷，就骂家里不争气的老爷们儿、兔崽子。

只要能采茶的天气，林粟都跟着孙玉芬去茶园，她是采茶工里最年轻的那个，也是最沉默的那个。

明明她最该痛骂天道世道的不公，但她没有。

林粟白天在茶园干活，晚上回家还要做家务，林永田和孙玉芬也没少把气撒在她身上。她隐忍着、蛰伏着，掰着手指一天天地数着日子，期待高二开学。

日子从刀尖上滚过去，时间总算是到了八月末。

开学前一天，周帅给林粟发短信，说学费和生活费都已给她转过去，让她查收。

那天晚上，林粟专门挑林永田出门打麻将的时候去找孙玉芬拿钱。

孙玉芬和林有为正在房间里看电视，她装作没听到林粟的话，眼睛转也不转，直勾勾地看着电视，被剧里滑稽的人物逗得嘎声大笑。

"妈。"林粟绷直了背，拔高声喊道，"给我学费和生活费。"

林粟的声音盖过了电视机的声音，孙玉芬一下子就恼了，她瞪向林粟，骂骂咧咧道："钱钱钱，你就知道要钱！"

"你答应过我的，卡给你，你得给我学费和生活费，让我去读书。"林粟毫不退缩。

"没钱。"孙玉芬不耐烦地摆了下手。

孙玉芬态度蛮横，不讲道理，林粟知道这时候不能惹怒她，否则到明天都拿不到钱。

林粟冷静思考了一番，说："我那天听你的话，和谢景聿说了让他爸资助有为的事，他说会考虑一下。"

"真的？"孙玉芬试探道。

林粟点头："我救过他，他把我当救命恩人，我想我去学校，多和他说几次，他就会答应的。"

林有为是孙玉芬的软肋，林粟拿捏了这一点，就有了筹码。

果不其然，孙玉芬想了几秒，再开口时态度都缓和了许多："他是有钱人家的小少爷，你在学校别仗着自己救过他就对他不客气，还是要多讨好讨好他，在他面前说说有为的好话。"

林粟顺从地点头。

孙玉芬从床上起来，拿下腰上挂着的钥匙，打开床头桌的抽屉，拿出一个铁罐子，转过身不情不愿地问："要多少？"

"学费五百，住宿费三百，还要生活费。"林粟快速说道。

"这么多，真的就是个赔钱货，不仅要供吃供喝，还要花钱供你读书。"孙玉芬骂骂咧咧的，不甘不愿地把钱递给林粟。

林粟数了下，说："还少一百。"

孙玉芬立刻把铁罐子一盖，扯着嗓子喊："你一下子拿走这么多钱，当我是取款机啊？

"这个月省点花，够了。"

林粟："来回需要车费。"

"车费能要多少钱？别以为我不知道，你张婶王叔私底下偷偷给过你钱，我不跟你要来就不错了，你还想从我这儿多拿？"孙玉芬翻了个白眼，"想得倒美。"

到这份上，林粟知道多说无益，便把钱折起来揣兜里，没有感情地道了声："谢谢妈。"

拿了钱回到房间，林粟把一张张纸钞整理好，放进一个小塑料袋里，然后放在贴身衣服的口袋里。晚上睡觉，她一只手始终捂着那个口袋，摸着里面的钱，心里才算踏实些。

夜里，林粟做了个梦。

梦里，天空乌云密布，电闪雷鸣。

她坐在一艘由纸钞折成的小船上，在茫茫大海中沉浮，用尽全力平衡着船身，拼命地想往岸上划，结果一个滔天巨浪扑来，将纸船掀翻。

　　她坠入海中，挥着双手竭力地挣扎呼救，可浊浪滔滔，没人来救她。就在她满心绝望，将要沉入海底时，一只巨型的草蜻蜓从天边飞过来，蜻蜓上坐着一个人。

　　林粟费劲去看，赫然发现骑着蜻蜓的人居然是谢景聿。

　　他俯下身，朝她伸出了手，喊道："抓住我。"

　　海浪汹涌，林粟顾不上许多，立刻伸手抓住了谢景聿的手，他将她拉上了蜻蜓的后背。

　　林粟坐在蜻蜓背上，看着底下翻滚的海浪，惊魂未定。她问谢景聿："你怎么会在这儿？"

　　"我听到了你的召唤。"谢景聿说。

　　"召唤？"

　　"对。"谢景聿坐在她身后，一本正经地说，"你把草蜻蜓送给了我，就和我结下了契约，以后我就是你的'蜻蜓骑士'。"

　　谢景聿承诺道："只要你遇到危险，我就会出现。"

　　"任何时候？"林粟问。

　　"嗯。"

　　"任何地点？"

　　"对。"

　　"赴汤蹈火？"

　　"在所不辞。"

　　他们相视着，一齐笑了。

　　这时阳光穿过云层，翻涌不定的海面平息了下来，他们就骑着草蜻蜓畅游在天地之间。

　　清晨嘹亮的鸡鸣将林粟从梦中叫醒，她倏地睁开眼，思绪渐渐清明。

　　梦里的一切还很清晰，但越清晰就越离谱。

　　林粟没想到自己会做这么一个荒诞不经的梦，"蜻蜓骑士"什么的，实在太令人羞耻了。谢景聿怎么可能会说这样的话，又怎么会对她笑？

　　她拍拍脑袋，心想自己大概是受前两天李爱苹说的什么公主骑士的故事的影响，这才做了这样的梦。至于为什么谢景聿会出现在梦里，可能是她睡前和孙玉芬提了他，所以晚上就梦到了。

　　梦境离奇，林粟回想起那艘被掀翻的纸船，心头一揪，立刻去摸自己的口袋，在摸到那沓钱时，才松了一口气。

她轻手轻脚地起床，洗漱过后，在林永田和孙玉芬还没起来之前，背着书包离开了茶岭。

下山后，她直奔汽车站。有了高一一年的往返经验，她已经能熟练地一个人乘车去学校了。

高二换了教学楼，新楼楼前有一棵巨大的樟树，盛夏时节，树叶繁茂，绿意盎然。一部分教学楼被掩映在绿荫之下，走廊的栏杆和教室一侧的墙壁落下了斑驳的树影。

林粟午前到了学校，直接去了教学楼，她站在公告栏前，看自己被分在了哪个班级。

一班、二班是实验班，她直接跳过，从三班看起，第一眼就看到了最顶上谢景聿的名字。

他还是没有选择进实验班。

她接着往下看，看到了周与森的名字。

哥儿俩分一个班了，这下他们不用课间在走廊说话了。

林粟微微分神后再往下看，扫到了自己的名字，不由得一怔，也不知道是因为和谢景聿分在了一个班而吃惊，还是因为又和周与森在一个班而意外。

她站定几秒，慢慢消化了这个消息后才往楼里走。

高二教学楼和高一的构造差不多，不同的是，新教学楼有个地下负一层，是学校专门给学生留的自行车库。高二的教室和高一一样，班级数字越小，教室的楼层越高。

林粟背着书包，一口气爬上了五楼，走到了三班门口。教室里只有一两个同学在擦桌子，孙志东坐在讲台上，戴着眼镜，看着手中的资料。

看到他，林粟就知道三班的班主任没换。她走进去，喊了声："老师。"

孙志东立刻抬头，推了下眼镜，说："林粟啊，你可算来了，班里就差两人没报到，我前一秒还想，如果你们五分钟后还不来，我就要给家长打电话了。"

林粟不好奇另一个没报到的同学是谁，她脱下书包，正想掏钱交学费，下一秒，孙志东欻地站起来，对着门口，笑骂道："臭小子，你还知道来报名啊？我还以为你胆儿这么大，开学就敢放我鸽子。"

"睡迟了。"

少年的声音懒懒的，似乎真是刚睡醒。

林粟闻声回头，就见谢景聿穿着白 T 牛仔裤，身形挺括，形容清爽，一如她初见他时的模样。在他身后，是一树的绿意，他像是从盛夏的时空缝隙里走出来的。

林粟忽然想起了梦里的"蜻蜓骑士"。

"放了个假就懒散了，你别忘了这个月还有联赛。"孙志东提醒道。

"知道。"谢景聿走向讲台，看了林粟一眼。

她的表情有点奇怪，看着他，像是看着什么未知生物一样，一脸探究。

谢景聿走到讲台前，在林粟身旁站定。

林粟回神，立刻收回视线，眼睛一眨不眨地看着孙志东。她没和谢景聿打招呼，就像是不认识他一样。

谢景聿眼波微动，很快恢复平静。

"你们俩都来了，班上的人就齐了。"孙志东说着把手头上的入学注意事项书分给他们，又说，"下午两点，班上开会。"

"记住，不要迟到。"他这话是看着谢景聿说的。

林粟捏着注意事项书，开口问："老师，学费……"

"哦，学校这学期不需要班主任代收学费了，你们这两天找个时间去财务处交了就行。"

林粟听孙志东这么说，就把书包重新背上了。

孙志东整理了下讲台上的材料，说："班上的人都来报到了，我就撤了。你们也都回去吧，下午记得按时到校。"

孙志东走后，林粟和谢景聿也从教室里离开，一前一后地下楼。

林粟故意放慢脚步，落在谢景聿身后，不紧不慢地下楼。

到三楼时，谢景聿突然停下脚步，从兜里掏出了手机，他低着脑袋，大概是在看什么消息。

林粟脚步一顿，迟疑着要不要接着往下走，不走的话站在原地也很奇怪。她没犹豫很久，很快就拿定了主意，拾级而下。就在她即将越过谢景聿时，他的身体突然动了。

他抬脚往下走，一时间和她并肩走在了一起。

林粟绷直了后背，正想加紧步伐下楼，就听谢景聿开口问："周帅把这学期的学费转给你了吗？"

林粟愣了下，随即用余光看了看周围。

临近正午，又是报到日，此时教学楼里没多少人，难怪他不避嫌，在学校里主动和她搭话。

林栗想明白后，放缓脚步，一本正经地回道："转了。"

"他总算是靠谱了。"谢景聿说。

林栗想起周帅之前说的，不按时给她钱，就会被谢景聿开除的话，虽然听着像是开玩笑，但她不愿意给别人添麻烦。

"周哥很负责的，他每个月都会准时转钱给我。"林栗说。

谢景聿看她一眼，淡淡道："你忘了高一开学的事了？"

"没有。"林栗扭头看向谢景聿，保证道，"你放心，就算没收到钱，我也会自己和周哥联系，不会再去找你的。"

谢景聿闻言眉头微皱。

林栗以为他问起学费的事，是怕高一上学期开学的事重演，担心她没收到钱又会找上他，但他并不是这个意思。

他只是觉得暑假的时候她给他当向导，又送给他一只亲手编的草蜻蜓，他于情于理都该有所回应，这才主动问起学费的事。

谢景聿正要开口解释，恰好楼下有人走上来，林栗就像是被惊着的猫一样，立刻往下走了几个台阶，和他拉开距离。

楼下的同学走上来，目光在林栗和谢景聿身上扫过，没有一个人将他们联系在一起。

人走后，林栗也没有停下来等谢景聿，她仰头看了他一眼，客气地说："没事的话，我先去宿舍报到了。"

她顿了下，接着说："你不用担心被人知道我们的关系，我会和高一的时候一样，离你远远的。"

谢景聿想解释的欲望就在这句话中消弥了。

"嗯。"他没什么情绪地应道。

林栗最后看谢景聿一眼，果断地下了楼，似乎在身体力行地证明，她会离他远远的。

谢景聿看着她的背影，神色不明。

她似乎并不需要他还什么人情，倒是他自作多情了。

3

往年一中高二分班后，住校生也会按照新班级重新分宿舍，但今年学校改政策了，说是考虑到学生们在一个宿舍里相处了一年，彼此都熟悉了，再分宿舍的话还得重新磨合适应，容易影响学生情绪，耽误学习。

因此，今年开始，高二年级就不重新分宿舍了，还是按照高一的宿舍来。

宿舍没重新分，但房间换了，高二年级集体往上搬了一层。

到宿舍楼后，林粟找宿管阿姨签到，之后就上楼去了宿舍。宿舍门没关，她一进门，孙圆圆就飞扑了过来，给了她一个熊抱。

"小粟，我好想你啊。"孙圆圆抱着林粟晃悠了下。

林粟轻轻地搂了孙圆圆一下。

"开学前我还怕新宿舍里都没认识的人会很尴尬，结果学校不分宿舍了，我们还能住一起，真是太好了。"孙圆圆松开手，兴高采烈地说。

周宛也站起身，问林粟："我们分在了一个班，你知道吗？"

林粟点头，刚才在公告栏，她看到了周宛的名字。

"这下有伴了，真好。"周宛笑道。

林粟放下书包，抬眼去看周宛的上铺，那里已经铺好了床。

"乐音和她妈妈一起出去了。"周宛似是看出了林粟的疑惑，主动说道。

林粟颔首，表示知道了。

不分宿舍有不分宿舍的好处，但也有坏处。

林粟和李乐音不大合得来，本来以为上了高二，她们就会分开，结果学校突然改了政策，她们还是一个宿舍。

不过她很快就接受了这件事。不管怎么说，她和李乐音都已经一起住了一年，之前除了一些小摩擦，还算和平。她们现在对彼此的脾性都有所了解，还住一个宿舍倒省了和新室友认识磨合的工夫。

林粟花了点时间把床铺铺好，又下楼去了宿管阿姨那儿，把自己上学期期末寄存的东西搬到了宿舍。收拾妥当，她扫视了新宿舍一圈，莫名有种归属感，一颗飘摇的心仿佛落定了一般。

新的征途开始了。

中午，林粟和孙圆圆还有周宛去校外的小餐馆吃了饭，顺便去了趟超市，买了些日常用品。再回到宿舍时，李乐音就躺在床上玩手机，看见她们回来，也没打招呼，周宛喊了她一声，她也没搭理。

孙圆圆一进宿舍，就一屁股坐在椅子上，拆了一包薯片美滋滋地吃了起来，边吃边对林粟和周宛说："真羡慕你俩，还能在一个班，有认识的人，在新班级就不会那么尴尬。"

"我们高一的班上不是有人和你分在一个班吗？"周宛笑问。

孙圆圆："有是有，但是没那么熟呀。"

"放心啦，在新环境里，你们抱抱团，很快就会熟起来的。"

孙圆圆点头："也是。"

她往嘴里塞了一片薯片，又说："我和许苑一个班哎。"

周宛："她真的选了文科啊。"

"对啊，她是我们班的一号。"孙圆圆舔了下指尖，问，"谢景聿是你们班的一号吧？"

周宛眼睛微亮，点了下头。

"高二以后实验班的人员就不再变动了，他这学期不调进去，以后就没机会了。"孙圆圆说完又兀自摇了摇头，自我否定道，"不过他这种学神，真改主意，实验班的老师指定愿意收。

"你们知道吗？七月份的奥数预赛，谢景聿的名次很高，这个月的联赛，他指定能进省队。"孙圆圆消息灵通，忍不住分享出来。

林栗听到"预赛"，脑子里不期然就想起了暑假那天的傍晚，在三轮车的后斗上，她拿草蜻蜓做彩头，预祝谢景聿能在预赛中取得好成绩，他收下了她的草蜻蜓，对她说谢谢。

她自然不会自作多情地以为是自己折的草蜻蜓给他带来了好运，他能取得好成绩，全因为他自身实力够强劲。

午间稍作休息，时间一到，宿管阿姨就吹哨了。

高二没重新分宿舍，很多同宿舍的人都不在一个班级，不能像高一时一样，一起去教室。

十二班往后是文科班，孙圆圆的新班级是十六班，就在一楼，林栗和她分开后，同周宛一起往楼上走。

班会还没开始，教学楼里吵吵闹闹的，走廊上都是聊天打闹的学生。升上一个年级，所有人既兴奋又忐忑，与此同时，大家褪去了高一时的青涩，多了一份自在从容。

新班级的座位还没安排好，多数人是和相识的同学搭对坐一起，林栗也是到了班上，看到徐雅恩，才知道她们被分到了一个班。

高一的时候，她还担心徐雅恩会在学校里暴露自己和谢景聿的关系，但不知道是不是有人授意过，徐家福似乎并没有把谢成康资助她的事和他女儿说，徐雅恩浑不知情。

林栗和周宛在相对靠后的位置找了两张空桌坐下，她们都不是擅交际的人，坐下后没和周围的新面孔搭话，而是安静地等着孙志东进来开会。

过了会儿，周宛轻轻碰了下林栗，提醒说："周与森和谢景聿来了。"

林栗抬起头，正好看到周与森从教室外大刺刺地走进来，他毫不见外地和班上的人打招呼，仿佛和所有人都很熟稔似的。

相较之下，周与森身后的谢景聿则冷淡许多，他虽然也很从容，但这种从容和周与森那种"社牛"的如鱼得水不同，是一种打从心底的漠然。

他不在意任何人。

谢景聿抬眼，林粟在他看过来的前一秒转开视线，结果就对上了周与森的。她心里警铃大作，果然，下一秒，周与森就径自走过来了。

"林粟，好久不见啊，我们又在一个班。"周与森龇着大白牙，主动打招呼。

林粟轻轻颔首。

一个暑假过去，周与森仍是阳光开朗，但还记得在林粟面前要把握分寸，他扫了眼后面的空桌，试探地问："我们能坐你后面吗？"

"当然可以啊。"林粟还没回答，周宛先开口了。

周与森看向林粟。

不过是临时的座位，周与森没必要特意问一句。林粟本想无视他的问题，但他的目光太过热烈，她迫于无奈，只好应声："嗯。"

周与森立刻喜笑颜开，转过身朝谢景聿招招手，喊道："景聿，我们坐这儿。"

谢景聿的目光扫过来，落在林粟身上，她垂着眼，似乎在刻意回避他的视线。他走过去，见周与森已经在林粟身后的座位坐下了，就把包放在了周宛后面的课桌上。

周宛绞了绞手，忍不住转过身，主动打了个招呼："你好。"

谢景聿轻点了下头，算是回应。

"没想到你还留在平行班，以后我们就是同班同学了，还请你多指教。"周宛噙着笑，温婉地说。

"嗯。"谢景聿懒散地应着，余光一瞥，林粟正襟危坐，完全没往后看。

周宛回过身，嘴角还挂着笑，心情不错的样子。

林粟看了周宛一眼，不由得纳罕。

她原先以为周宛听父母的话选了理科，心里难免会失落，但现在看来，周宛的状态不错，甚至在新班级里还挺高兴的。

或许新环境新集体会令人亢奋，林粟没有多想。

两点一到，孙志东走进教室，示意没座儿的同学赶紧先找个空座坐下，之后他就简单地做了个自我介绍，说自己是三班的班主任，不出意外的话，会带他们到高三毕业。

接下来他老生常谈，说了些开学注意事项，劝勉同学们在学习上勇攀高峰，告诫大家要友好相处，共同创建一个和谐美好的班集体。

开场白结束，孙志东问："你们要不要上来做个自我介绍？"

下面大半的同学摇头，很多人觉得站上台介绍自己十分尴尬。

周与森这时候高声说："老孙，自我介绍就省了吧，以后一个班，大家都会熟起来的。"

孙志东很民主，听取大多数同学的意见，就省去了这个不得人心的环节，转而说："那我们先把班委选出来。"

他问："有没有同学有意向当班干部的？"

底下的人喊喊喳喳，讨论开了。

林栗对当班委不感兴趣，始终埋着脑袋看书，倒是听后头那桌商量了起来。

周与森说："哎，老孙看你呢，是想让你当他的课代表？不如你就遂了他的意，举个手吧。"

谢景聿："没兴趣。"

"啧，你这样多伤他的心啊。"

"你心疼，不如你举手？"

"我可是要当体委的。"周与森志在必得地说。

谢景聿瞥他："没人和你抢。"

周与森在谢景聿那儿讨个没趣，就把话头对准前桌。他先歪着脑袋喊周宛："本家，你语文成绩这么好，就举手当语文课代表呗。"

周宛回头，腼腆地说："我不行的。"

"怎么不行，我们这学期的语文老师还是王姐，她高一的时候经常夸你，你当她课代表，她肯定高兴。"

周宛仍不自信地摇头："还是算了。"

听她这么说，周与森也没勉强，他看向前面的人，喊了一声："林栗。"

林栗微微侧了下身体，表示自己听到了。

周与森没劝林栗当班委，而是热络地说："一会儿要是有人和我抢体委，你记得给我投票。"

林栗抬起眼，因为角度的关系，看到的是侧后方的谢景聿。

他们的视线在空中交接，林栗以为谢景聿一定会毫不犹豫地躲开眼，但他没有。他就坦然地注视着她，眼神清冽，反倒是她自己，忘了第一时间移开眼。

"你听到了吗？"周与森往前凑了凑，再次说，"要给我投票。"

林粟倏地回神，胡乱应了声："哦，好。"

她重新坐得板正，目视前方，但侧后方的目光并未移开，视线像是有热度，熨得她耳后的皮肤隐隐发烫，像是被什么小虫子蜇了一下。

谢景聿留意到林粟耳后到脖颈处有一道细小的晒痕，不仔细看发现不了，他知道那是笠帽绳子留下的痕迹。

七月份见面的时候，好像还没有，大概是八月份晒出来的。

上个月，临云市气象局发布了好几个高温预警。这个夏季气候异常，太阳比往年暴烈，新闻上报道了好几起热射病，很多劳动者因此丧命。

这么热的天，她还要去茶园采茶，她的爸妈难道不会心疼吗？

谢景聿微微失神。

选班委的环节很快就结束了，周与森如愿当上了体委，周宛也被孙志东钦点为语文课代表。班上很多人提议让谢景聿当数学课代表，但他本人不愿意，孙志东考虑到他要参加竞赛，学习任务重，最后定了另外一个同学。

班委选完，孙志东就让全班去走廊排队，男男女女按身高排成两列。理科班男女各半，因此两列队伍的长度差不多。

周与森站在男生队伍的后头，伸长脖子往前看，一只手还朝前头点来点去，数鸭子似的。

谢景聿瞥他一眼，又看向林粟所站的位置，数都不数，直接泼了盆冷水，说："别看了，你坐不到她后面。"

周与森大概也认清了现实，但他不死心，推着谢景聿就要往前站，结果计谋还没得逞，就被孙志东制止了。

"你们俩大高个儿，站这么前面干吗？往后稍稍。"孙志东摆手示意道。

"老孙，我近视。"周与森扯了个借口。

孙志东也不是第一天教周与森了，这小子的眼神比什么都好使，以前上课，板书上一个小数点标错了，他坐最后一桌都能看见，现在不知道在耍什么花招。

"近视啊……"孙志东笑眯眯的，好整以暇地说，"这样，讲台边还有位置，不然你坐前面来？"

班上人哄笑。

孙猴子碰上如来佛也是没辙，周与森挠了下头，只好作罢。

小插曲结束，孙志东继续安排座位。

林粟和周宛的个子在女生中算中等，被安排到了第四桌，她们的后桌是男生，但不是谢景聿和周与森，他俩个儿高，坐到了隔壁组最后一桌。

座位排好后，周宛有些失望，林粟却觉松了一口气。

她摸了摸自己的耳朵，那种灼热感到现在都还没消退。

4

新学期开学第一天，没有什么特别的事，开完班会，选完班委，排好座位，孙志东喊了几个同学搬书、发书，之后段长通过年级广播发表了一段又臭又长的讲话，讲话结束，差不多就是放学的时间。

晚上不用上晚自习，走读生各回各家，学校也不限制住校生的人身自由，只要在规定时间内回校即可。

教室没开门，刚开学图书馆也没开馆，宿舍楼里又很吵闹，林粟不想白白浪费一晚上，想了想，决定去市图书馆自习。

周宛从阳台进来，见林粟往书包里塞了两本书，就问了句："你要去哪儿？"

"市图书馆。"

周宛抽了张纸，擦了擦手，问："我和你一起去，行吗？"

林粟自然不会说不行。

她们收拾了东西，要走时正好碰上从外头回来的李乐音。

李乐音问周宛："去哪儿啊？"

"林粟要去市图书馆，我陪她一起去。"周宛说。

李乐音瞥了眼林粟，这回倒是没有冷嘲热讽，只是"喊"了一声。

林粟没理会，直接出了门。

九月是开学季，市里的各个学校都开学了，但图书馆里的人不见少，馆里的阅读室、自习室甚至连盲文馆都坐了许多人。一些人在看书，一些人在备考，一些人在用图书馆的电脑查阅资料，还有些人在蹭电蹭网蹭空调。

林粟和周宛上了二楼，找了个靠窗的位置，和人一起拼了桌。

图书馆里的人都很自觉，没有人故意制造出噪音，室内偶有手机铃声响起，很快就被按掉了。

林粟预习完新课，抬起头转了转脖子。她拿起桌上的水杯，拧开盖要喝时，发现杯子里没水了。

看书看得太入迷，水喝光了她都没发觉。

她拿上杯子起身，问周宛："我要去装水，顺便帮你也装一杯？"

周宛早合上了课本，此时正在看一本小说，听到林粟的话，她点了点头，把自己的水杯递过去。

林粟拿着两个杯子，往图书馆的饮水间走。才至门口，她就看到了自动贩卖机前站着的一个颀长的、少年的身影。

她愣了下，在他转身之际，躲到了一旁的书架背后，等人走后，才缓缓走出来。她说不清自己为什么要躲，就是下意识的一个动作，觉得还是不要碰上面为好。

晚上九点过后，图书馆里的人陆陆续续地收拾东西离开了，馆内时不时响起椅子脚和地面的摩擦声，窸窸窣窣的声音也此起彼伏。

林粟把带来的课本都预习了一遍，见时间差不多了，抬头问周宛："回去吗？"

"再给我十分钟可以吗？我就要看完了。"周宛温声请求道。

回校不急于一时，林粟点了头。她把课本装进书包里，见周宛看小说看得入迷，就起身往阅读室走，打算随便翻两本书，打发下时间。

市图书馆二楼有个专门阅读杂志报刊的阅读室，林粟走进去扫了几眼，拿起一本英语杂志翻了翻。

她记得上学期英语老师说过，想提高英语阅读水平，平时可以买一些英语杂志，读读里面的文章，指不定考试的题目会从里边出。

林粟之前去校门口对面的报亭问过，比较知名的英语杂志价格都不低，每个月买的话，又是一笔支出。学校图书馆倒是会订购各种杂志，但耐不住学生多，热门书籍和杂志全靠抢，她消息滞后，总是借不到。

从市图书馆借倒是个不错的法子。

打定主意，她挑了两本英语杂志，下到一楼，到了前台把书往台上一放，询问道："请问一下，怎么借书？"

"办张借阅卡就行。"工作人员说。

"借阅卡怎么办？"

工作人员耐心解答："出示您的身份证，然后按照借阅的书籍交纳两百到一千元不等的押金。"

林粟听到要交纳押金时，就萌生了退意。

孙玉芬每个月给的生活费勉强够用，虽然她还有几百块的助学金，但得留着以防不时之需，所以就算是两百元的押金，她也是要斟酌再三的。

"您好，需要替您办理吗？"工作人员问。

林粟摇了下头，有些沮丧道："我再考虑一下。"

说话的工夫，她边上站了一个人，他把两本书放在柜台上，往工作人员面前一推。

林粟不经意瞄到一眼，最上面那本书的封面上写着几个大字——《植物谱系学》。不一会儿，她的视线里出现了一只骨肉匀称的手，那人把一张借阅卡放在了书上。

"借书。"

林粟听到边上人的声音后，头皮一紧，心头莫名一坠。

她没有转头去确认，也无须确认，谢景聿的声音辨识度太高了，他说话时语气里带着特有的疏离感，她很熟悉。

林粟不打算打招呼，她抬手，想将台上的杂志拿回来，结果边上人先她一步，将两本杂志往前推了下。

"一起借。"谢景聿说。

林粟愣住。

工作人员委婉地开了口："这两本杂志是这位小姑娘想借的。"

"我知道。"谢景聿直截了当地说，"就是帮她借的。"

他甚至都没转头看林粟一眼，话却说得很自然。

工作人员的目光忍不住在他们身上转了圈，眼神里探究意味十足，其间还夹带着一丝大人看少年男女的揶揄玩味，隐隐还有点"年轻真好"的羡慕。

林粟有些别扭，她转过身看向谢景聿，问："你想看这两本杂志？"

"不是你想看？"谢景聿这才转过头。

林粟蹙眉："我想看，可以自己借。"

"你有借阅卡吗？"

林粟缄默。

谢景聿刚才听到了林粟和工作人员的对话，对她的沉默并不意外，因此说："就当还你一个人情。"

"什么人情？"林粟莫名。

"草蜻蜓。"谢景聿轻咳了下，表情稍微不自在。

"那个啊……"林粟恍然，不以为意道，"我卖也就卖一毛钱，不是什么值钱的东西。"

"那是你的定价。"谢景聿不太高兴似的。

她的定价？这意思是说，在他那里，草蜻蜓的定价不止一毛钱？

林粟看着谢景聿，不确定自己是不是理解对了他话里的意思。

他们说话的工夫，工作人员已经把借书手续办好了。

谢景聿接过工作人员递还的借阅卡，拿起两本英语杂志，递到林粟面前，见她犹豫着迟迟不接，微蹙了下眉，说："我不喜欢欠人情。"

林栗一听，便知道他是真心不想白拿她的东西，哪怕是一只并不值钱的草编，也让他有负担。

既然这样，她收就是了。

林栗接过杂志，看着谢景聿由衷道："谢谢。"

"不用。"谢景聿眸光微闪，别开眼。

"林栗。"突然有人喊。

林栗听到周宛的声音，心头一紧，下意识地往后退了一步。

谢景聿余光看她一眼，没说什么，拿起自己借的两本书，装进书包。

周宛看完了小说，没在二楼没找着林栗，下了楼，意外地在前台那儿看到她和谢景聿在说话。

周宛走近，先是对谢景聿浅浅一笑，打招呼道："好巧，你也在市图书馆啊，来借书吗？"

"嗯。"谢景聿颔首。

周宛又看向林栗，好奇地问："你们刚才……在说什么？"

林栗把两本杂志抱在胸前，想藏又无处可藏。她飞速地转动脑子，正想随便诌个理由，最好能掩盖掉谢景聿帮她借杂志的事，却不想谢景聿先开口了。

他对她说："杂志看完，你直接还了就行。"

林栗傻了。

她没想到谢景聿不仅不帮忙掩饰，反而直接挑明，便乱了阵脚——他这么说，不摆明了让周宛多想吗？

她冲谢景聿使个眼色，但他好像没看懂，还反问道："有问题？"

林栗怎么也不会料到谢景聿这么聪明的人，会在这种时候拎不清状况。她看了眼面露异色的周宛，只好硬着头皮，对他点了下头，应道："没有问题……我会及时还的。"

谢景聿背上书包，和周宛客气道别，最后看了眼眉头紧锁，显然是在进行头脑风暴的林栗，唇角几不可察地一勾，转身潇潇洒洒地走了。

他走后，周宛立刻问林栗："谢景聿帮你借杂志？"

谢景聿都亲口说了，林栗没法否认，只得点头承认。

"为什么？"周宛追问。

林栗话语含糊："正巧碰上了，他看我没有借阅卡，就好心帮我借了。"

谢景聿的高冷在年级里是出了名的，他那样对无关紧要的人或事漠不关心的性格，会突然好心帮同学借书？

周宛不太相信，她盯着林粟，目光敏锐，却笑着说："谢景聿平时都不怎么搭理女生，他肯帮你借书，挺让人意外的。"

"可能是看在同班同学的份上吧。"林粟四两拨千斤。

"这样啊。"周宛眨了下眼，玩笑似的说，"我还以为你们私底下关系不错。"

私底下有来往是事实，但关系不错，纯属无稽之谈。

"我和他话都没讲过几句，就是普通同学。"林粟镇定地说。

周宛觉得谢景聿帮林粟借书的行为很不寻常，但又着实想不出他们之间能有什么除却同学之外的关系，平时在学校里，她也没见他们互动过。

"是我多想了。"周宛压下疑惑，笑笑说，"谢景聿人还挺好的。"

林粟松了一口气，忙不迭地点了下头，附和道："他人……是挺不错。"

至少今天，有那么点人情味。

5

从市图书馆借了英语杂志后，林粟每天都会挤出时间去阅读里面的文章，每当她在教室里翻看杂志时，周宛都会用一种研度的眼神看着她。

林粟心里明白，周宛很敏感，心思也细腻，尽管那天晚上周宛明面上相信了她的解释，但内心深处仍然存有疑惑，还在怀疑她和谢景聿之间有某种关系。

奥赛联赛在九月份举行，谢景聿作为参赛生，被寄予厚望。他的课程和班上其他同学不一样，大多时候不在教室里上课，而是去竞赛班学习，就连晚自习也是。

因此，虽然被分到了一个班，但开学以来，林粟在学校里就没见过谢景聿几回。他不在班级，她反倒轻松了不少，不需要刻意避开他，也不用太在意周宛的眼光。

开学后没多久，新班级的新鲜感就被学习的紧迫感替代了，高二的日子在一阵又一阵重复单调的上下课铃中一页页地揭过，每一页都是不一样的，每一页又都是相似的。

秋分过后，临云市的气温仍是居高不下，太阳酷烈地曝晒着大地，半点不见秋的踪影。体育课居然也成了很多学生不想上的一门课。

第三节课下课，周与森就在班上吆喝着，让所有人都去操场集合。男生们三五成群，兴致冲冲地说要去球场占个好位置，女生们则恹恹的，一边吹着自带的小风扇，一边埋怨这么大的太阳，去室外又要被晒黑了。

"林粟，我们走吧。"周宛把笔放进笔袋里，说。

林粟还在埋头做笔记，同时回道："我还有一点就写完了。"

"不急，我等你。"周宛把桌面整理了下，抬头看到一个人走进教室，不由得愣了下，讷道，"谢景聿怎么这时候来班上了？"

林粟抬起头，果然看到谢景聿背着书包缓缓走进来。

讲台上的周与森看到谢景聿也很意外，他大步往前，把手一搭，大刺刺地问："你翘了竞赛班的课啊，怎么这时候回来了？"

"老师有事，今天提早下课。"谢景聿淡然道。

"那正好，你把书包放了，一起去操场上课。"

"嗯。"

林粟收回目光，低下头把未写完的笔记补齐，过后她收好东西，顺便揣了一本单词书在兜里，这才对周宛说："走吧。"

她见周宛的表情有些奇怪，不由得疑惑："怎么了？"

刚才谢景聿往座位上走的时候，分明看了林粟一眼，虽然这并不代表什么，但周宛就是觉得不寻常。

上回从市图书馆回来，她事后琢磨了下，还是觉得谢景聿和林粟之间有古怪，但具体的她又说不上来。她想起高一有一回，无意中听到林粟和人打电话，提到了谢景聿的名字，她当时听得真切，但林粟说她听错了。

这几天她暗地里观察过，林粟和谢景聿在班上根本没说过一句话，偶然碰上了也不打招呼，比普通同学还不如。

难道真是她多想了？

周宛心中疑虑重重，想问林粟，但看到她清明的一双眼睛，便打消了这个念头。

"没什么，走吧。"周宛说。

临近正午，太阳悬于头顶，所有人的影子都团成一团，蜷缩在脚边，也怕晒似的。

这节课上体育课的不仅有三班，还有七班和十六班。上课前，孙圆圆跑来找林粟还有周宛说话，许苑看到谢景聿出现在操场上，也走了过来。

"景聿，你不是去竞赛班上课了吗？"许苑问。

谢景聿回："老师有事。"

周与森转着手中的篮球，说："这学期你忙着上竞赛课，我们都没一起打过球，这节课正好交交手，让你瞧瞧我突飞猛进的实力，这一回，保准你输得心服口服。"

许苑瞪他："打什么球？景聿过几天就要去参加比赛了，你和他打球，伤着他怎么办？"

"哟，你心疼了啊？"周与森的语气欠欠儿的，他拍拍谢景聿的肩，对许苑说，"放心吧，我有分寸，会让着他的。"

"你给我正经点。"许苑攥起拳头作势要动手。

周与森绕着谢景聿躲，边躲还边笑着说："景聿，你的小青梅要打人，你不管管啊。"

谢景聿瞥了周与森一眼，伸手把他的后衣领一揪，拎到了许苑面前，许苑如愿给了他一拳，气咻咻地走了。

周与森揉着受了一拳的肩膀，理不直气也壮地指责谢景聿："你重色轻友！"

谢景聿似是看不下去了，抬手按了下他的脑袋，嫌弃地丢了句："长点脑子。"

周与森刚要回击，就听到体育老师吹了哨，他立刻放下私人恩怨，招呼所有的同学集合排队。

上课后，周与森带领全班做热身运动。热身结束，体育老师让所有人两两组队，练习排球垫球，因为天儿热，垫球练习没多久，老师就体贴地吹哨解散了。

解散命令刚下，男生们就一窝蜂要去球场打球踢球，女生们对他们的精力啧啧称奇，她们三三两两地躲在树荫下乘凉，很多人趁老师不注意，溜回了教室。

"景聿，走了，打球去。"周与森抱着篮球喊道。

谢景聿应了一声，听到有人喊林粟的名字，下意识地看过去。

孙圆圆的班级也解散了，她来找林粟和周宛，问她们要不要去食堂里吹空调，等要下课了再出来集合。

周宛怕热，同意了。林粟觉得躲食堂里吹空调的人一定不少，她想在安静的地方背单词，就摇了摇头。

等孙圆圆和周宛走后，林粟掏出单词本，想找个没人的地方背书，结果头一转，就对上了谢景聿的目光。

谢景聿似乎不是特意在看她，他们的目光只是一触，他便转回了头，跟着周与森去了篮球场。

上回图书馆后，林粟和谢景聿再没有说过话，他帮她借的两本杂志她差不多看完了，等过两天拿去市图书馆还了，他们之间就没有瓜葛了。

这样也好，他们之间最理想的状态就是在学校里井水不犯河水。

林栗找了一棵树荫底下没什么人的榕树，掏出单词本，靠在树干上小小声地背单词。这阵子她翻看英语杂志，常常不能通读文章，她的单词量实在单薄，必须要多背才行。

太阳在云层里时进时出，大地暗了又亮，树上的蝉鸣声、篮球"砰砰砰"砸地的声音以及男生们兴奋的呐喊声是这个夏天体育课的主旋律。

户外实在酷热，即使在树荫底下，也能被逼出一身汗。

周围几棵榕树下纳凉的同学越来越少，林栗不为所动，专心背着单词，直到听到两个男生在说话。

他们大概没注意到靠在树干后的林栗，所以说的话特别无所顾忌。

"你刚才看到十六班的许苑跑步了没有，那叫一个……'波涛汹涌'啊。"

"看到了，没想到她发育得这么好。"

"可不是，不跑还看不出来，我还录下来了。"

"快拿出来看看。"

"等等……喏。"

"你小子可以啊，还挺清晰的，快，发给我，好东西一起分享。"

"等中午回家，连网了再给你发。"

"够意思，迟点我也给你发几个'链接'。"

说到这儿，那两个男生不约而同地笑出了声，形容猥琐。

一中学生的成绩虽然都是市里拔尖的，但成绩好并不代表一个人的品行就是端正的，人群总是呈正态分布，一个群体里有好人，就会有渣滓。

林栗把单词书一合，在那两个男生要走时从树后出来，几步上前，挡住了他们的去路。

那两个男生一个满脸包，一个戴着黑框眼镜。

"把手机里的视频删了。"林栗直视着他们，目光凛冽。

那两个男生不意林栗听到了他们的对话，吓了一跳后，相视了一眼。

"什么视频？"痘痘男先开口反问。

林栗："刚才拍的，许苑的视频。"

"你在胡说什么啊，我们哪有拍许苑？你别血口喷人啊。"痘痘男矢口否认。

"就是，我们拍许苑干吗，你别是听错了吧。"眼镜男附和。

林栗听得一清二楚，此时见他们两个嘴硬，态度就更加强硬了。她沉下声说："你们不删的话，我就找老师了。"

痘痘男脸色一变，鸡贼地看了看周围，发现没什么人后，耍起狠来："我说你有病吧？听不懂人话吗？都说了没有视频，没有视频，还不快让开。"

"删了。"林粟眼睛微眯，声音发冷。

痘痘男见林粟冥顽不灵，脸色顿时黑了，他盯着她，恶声恶气地威胁道："你给我小心说话，我可不是那么好惹的，别敬酒不吃吃罚酒。"

"小心挨打！"

痘痘男见林粟势单力薄，以为随便说句狠话就能吓住她，他不把她放眼里，朝眼镜男使了个眼色，迈开腿就要走。林粟见状，直接把手一伸，再次拦下他们。

痘痘男霎时怒了，想也没想就抬手推了林粟一把，恶狠狠道："让你滚听到没有？"

男生力气大，林粟又没提防，一下子被推了个趔趄，她两只脚一绊，往后摔在了地上。

"喂，你们干吗呢？"

周与森从篮球场跑过来，他身边还跟着谢景聿。

他们一出现，痘痘男和眼镜男的气焰就低了下去。

谢景聿看向摔在地上的林粟，正要伸手，她已经自己站起来了。

"你怎么样？"周与森询问林粟。

林粟缓了缓，摇头说："没事。"

周与森上下打量了林粟一番，见她没什么大碍后，才转过来瞪着痘痘男和眼镜男，皱眉质问道："你们怎么回事？欺负女生？"

"不是。"痘痘男欺软怕硬，对上周与森和谢景聿，就不敢逞凶了。他觑了林粟一眼，反咬一口，"是这位同学，突然拦着我们，说些莫名其妙的话冤枉人，我有点生气，才会推了她一下。"

一旁的眼镜男也怂了。他做了亏心事心虚，怕事情闹大了不好收场，就打着哈哈说："都是误会、误会，我们给这位同学道歉，这件事就算了。"

"快下课了，一会儿老师要集合了，我们先走了。"眼镜男扯了扯痘痘男的衣摆，打算开溜。

林粟立刻拔声喊道："不能让他们走！"

周与森还蒙着，谢景聿第一时间就有了行动，他一个横跨，挡在了痘痘男和眼镜男的面前。

周与森回过神来，问林粟："林粟，你找他们有事吗？"

"他们的手机里有……"林粟余光看到围过来看热闹的同学，顿了一秒才沉着地接着说，"我的视频。"

她掷地有声道："他们偷拍我。"

此话一出，一阵哗然。

痘痘男气急了，他瞪着林粟，再顾不上伪装，骂骂咧咧道："你这是诬陷，诬陷！我什么时候偷拍你了？"

"刚才，我跑步的时候。"林粟冷静应对。

"放屁！"

痘痘男是偷拍女生了，但拍的人不是林粟，现在林粟说他偷拍她，他真觉得被冤枉了，但又不敢拿出手机来洗刷自己的"冤情"。

眼看围观的同学越来越多，异样的目光齐刷刷地投视过来，他要是不能证明自己的"清白"，以后在学校里就要身败名裂了。

痘痘男额角冒汗，气急攻心下，指着林粟口不择言道："你是不是有妄想症啊？也不照照镜子看看自己长什么样，你这个村姑，土得掉渣了，我犯得着偷拍你吗？"

面对痘痘男的言语攻击，林粟面不改色，仍是很冷静，倒是一旁的谢景聿倏地冷下脸。他盯着那两个男的，寒着声儿说："拍没拍，把手机拿出来看看就知道了。"

6

林粟坚持说痘痘男偷拍她，痘痘男咬死否认，也不拿出手机，他不拿，谢景聿和周与森就没让他走。

他们这边动静闹得大了，把三个班的体育老师都吸引了过来。在了解了事情的来龙去脉后，三个老师商量了下，疏散了看热闹的学生，把几个当事学生带到了一旁的器械室里。

三班的体育老师是个二十五六岁的小伙儿，他从高一跟上来的，之前带的三班、四班，和谢景聿和周与森打过几回球，再者林粟也是他班上的学生，他自然就站在他们这边。

他问痘痘男："偷拍女孩？"

"我没有。"痘痘男仍是一口咬定是林粟污蔑自己。

三班老师示意他："她是不是污蔑你，把手机拿出来看看就行了。"

痘痘男应激似的捂住校裤的口袋，憋得满脸通红："手机是私人物品，老师，你们没有权利查看！"

痘痘男和眼镜男是七班的，七班的体育老师就帮他们说了句话："这里边是不是有什么误会啊？"

林栗绷直了身体，丝毫没有妥协，她看了痘痘男和眼镜男一眼，对几个老师说："如果他手机里没有偷拍的视频，我愿意接受学校的任何处罚。"

她说得这般笃定，势必要一个结果，三班老师就朝痘痘男伸了手，说："手机交出来。"

痘痘男不答应。

七班老师这会儿也劝说道："这事没那么严重，你就拿出来给我们看看，要是没有她说的什么视频，老师会还你一个清白的。"

痘痘男仍是捂住口袋不放，他的情绪很激动，叫嚣着说："你们这是侵犯我的隐私权，是犯法的！"

他又对几个老师说："老师，你们不能听信她的一面之词就侵犯我的权利。要是你们硬来，我回去就告诉我爸妈，让他们把你们投诉到教育局去，说你们不尊重学生，滥用教师职权。"

他这一串话，把三个老师都给唬住了。

现在的学生比他们那会儿都成熟，讲究各种权利，尤其一中的学生，懂得多，老师在他们面前并不像以前的年代一样，具有权威。

而且他又提到了投诉，要知道学校的老师最怕家长投诉，投诉到学校都够他们喝一壶的，何况是投诉到教育局，那是饭碗都不保的事。

三个老师都面露难色，痘痘男见状，眼神里闪过一抹得色，似乎觉得自己已经赢了。

"老师没有看你手机的权利，警察有吧？"这时候，谢景聿开了口，他语带凉意，平静地说。

这句话把周与森点醒了，他一拍手，豁然道："对啊，有困难找警察。警局我最熟了，学校附近就有个分局，打电话报个警，用不了十分钟，他们就能过来。"

周与森说完，摸了摸口袋，没摸到手机，就冲自己班上的体育老师点了下头，示意道："王哥，借个手机？"

七班老师皱着眉，企图转圜气氛，说："学生间的事，不用闹到警察面前吧？"

三班老师是个毕业没两年的青年，一腔热血还没凉却，尚且没学会和稀泥。他从兜里拿出手机，递给林栗，说："偷拍不是小事，你报个警，让警察来处理。"

痘痘男的眼神霎时慌了，更慌的是一直缩在一旁不吭声的眼镜男，刚才他本以为能逃过一劫，现在情况急转直下，弄不好，他就要进局子，以后人生就毁了。

"我、我……不关我的事，视频是、是他拍的。"眼镜男怕林栗报警，当下就反了，他指着痘痘男，把事情全推到痘痘男身上，"是他、他偷拍的许苑。"

谢景聿问："你说偷拍的谁？"

"许苑，十六班的许苑。"眼镜男颤声说。

周与森听完愣了下，随即额角一跳，冲上去就要揍人，被三班老师给抱腰拦下了。

"败类！人渣！赶紧把视频给我删了！"周与森吼道。

痘痘男眼见情况不妙，情急之下掏出手机，抬起手就要往地上砸。只要砸坏了手机，没有切实的证据，他们就奈何不了他。

谢景聿始终注意着痘痘男的举动，见他抬手，立刻快步上前，抓住他的手腕，制止了他砸手机的动作，随后用力一捏，在痘痘男吃痛的时候，夺过了手机。

痘痘男见事情没办法回转，面色灰败，这才感到害怕，老老实实地承认了偷拍的事实，三个老师也在他的手机里找到了他拍许苑的视频。

学生偷拍，行为恶劣，体育老师就联系了三个班的班主任，把这事交给他们去处理。

这件事影响很不好，惊动了段长还有政教处主任，林栗、谢景聿和周与森还有七班那两个男的都被喊去谈话，许苑作为偷拍事件的受害者，也被叫了过去。

在年级办公室里，许苑看到自己被偷拍的视频时，眼睛一下子就红了。

中午，校方联系了许苑还有痘痘男和眼镜男的家长，让他们来学校一趟。

等家长到校期间，孙志东考虑到林栗、谢景聿还有周与森来来回回被问了好几回话，都很累了，且这会儿暂时没他们的事，就说："家长还没到，你们先去吃饭……还有许苑，一起去。"

孙志东把几个学生推出办公室，冲他们挥了下手，示意道："去吧。"

年级办公室里气氛压抑，待着等也不是办法，周与森就半推情绪低迷的许苑往教学楼外走，一边安慰她："你放心，证据确凿，学校要是轻拿轻放，不狠狠惩罚那两个人渣，我就叫我爸把他们逮起来，让他们吃不了兜着走！"

许苑勉强扯了扯嘴角，为了不让人担心，还故作轻松地说："行了，别麻烦叔叔了，你就够他操心的了。"

"我有什么好操心的？"周与森拍拍自己的胸膛，骄傲道，"长得帅，学习好，运动还拿手，有一个像我这样各方面都完美的儿子，他多省心啊。"

许苑瞅他一眼，戳穿他："上回你追着个小偷跑了两条街，还和他打了一架，差点出了事，把叔叔吓得不轻。"

"那个、那个是意外。"周与森咳了下，为自己找补，"是那小偷手太黑了，我没想到他袖子里还藏着家伙。"

"你啊，做好事之前还是先保证自己的安全吧。"许苑担忧道。

"放心吧，我经常和我爸局里的同事一起练擒拿，身手好着呢。"周与森瞄许苑一眼，见她注意力有所转移，立刻乘胜追击道，"你不信啊，我给你露一手。"

说着，他就摆了几个擒拿动作，姿势极为夸张，甚至滑稽。

许苑看着，就被逗笑了。

她一笑，剩下三人的心口就松了。

出了教学楼，林粟想了下，觉得自己不适合再和他们走在一起，就落了一步，打算走另一条路。

谢景聿一直走在林粟边上，余光看到她要往另一边走，想也没想，就问："你要去哪儿？"

他一出声，走在前面的周与森和许苑都转回了头。

林粟接收到他们投来的齐刷刷的目光，顿住脚，站定后说："回宿舍。"

"回宿舍？你不吃饭啦？"周与森立刻问。

林粟说："我迟点再吃。"

谢景聿看着她，平声问："早点吃晚点吃，有区别吗？"

林粟愣了下。

许苑走过去，用还带着鼻音的声音对林粟说："林粟，今天的事……谢谢你。"

许苑现在情绪稳定了下来，已经能把上午体育课发生的事捋清了。她知道课上林粟是为了在同学们面前维护她的尊严，才会当着众人的面，说七班那两个男生偷拍的人是自己。

林粟这么做，无疑是将自己推到了风口浪尖，但在当时，她一点犹豫都没有。

"要不是你，我也不会知道自己被偷拍了。"许苑说。

"是他们活该。"林粟既不邀功，也没有说客套话。

许苑笑了笑，拉过林粟的手，说："你跟我们一起去食堂吧，再晚就没菜了。"

林粟看着许苑发红的眼圈，心头一软，点了下头。

上午放学已经有一段时间了，食堂里大多数的学生早打好了饭，坐下开吃了，窗口前排队的学生很少，稀稀拉拉都不成队伍。

许苑说想吃面，周与森就陪她去面食窗口点单。谢景聿打好饭，回头见林粟已经找了张空桌落座，他没怎么犹豫，直接走过去，把餐盘放在她对面。

他低头，扫了眼林粟的餐盘，菜很少，清汤寡水的，不见肉。

"我爸给的钱，不够你好好吃饭？"谢景聿突然开口问。

林粟抬起头，表情微怔，很快应道："够。"

她抿了下唇，接着说："我之前和你说过，你爸爸给的钱太多了，我花不完。"

"你看着不像是有钱花不完的样子。"谢景聿说。

"啊？"林粟见谢景聿看着自己的餐盘，领会了他的意思后，便解释道，"我只要能吃饱就可以了。"

"你不是说在学校里，除了吃饭，没有别的开销？"

"嗯。"

"那就没必要省着吃。"谢景聿垂下眼，语气仍是冷冷的，却没有了以往那种拒人于千里之外的疏离感。

林粟蒙住，不明白谢景聿为什么突然关心起她吃饭的问题，明明他不是第一回见她吃这么素。

没多久，周与森和许苑一人端着一碗面过来坐下，林粟和谢景聿的对话就没了下文，不了了之。

他们四人时隔已久地坐在一桌吃饭，吃饭的时候，周与森一直在讲一些极冷的笑话，谢景聿和林粟听完都觉得无语，许苑却笑得很开心。

吃完饭，他们收了餐盘，一起往食堂外走。

从一张张餐桌边经过时，很多人都会自以为隐蔽地多看林粟两眼，再私下里交头接耳。体育课的事，围观的同学不少，再口口相传一下，不消多时，年级里的很多人都知道了她被偷拍的事。

林粟不为所动，甚至还会坦然地回视那些人，直到把他们的视线逼退。

到了食堂外，周与森跑去小卖铺买水，林粟估摸了下时间，转过身说：

"我要先回宿舍一趟。"

偷拍的事接下来就由学校和家长来处理了，不再需要学生出面。

许苑就对林粟说："你回去好好休息，下午见。"

林粟颔首，转身走了。

许苑看着林粟的背影，感慨道："林粟真是一个特别的女孩。"

她扭头看向边上的谢景聿，突然开口问："我一直很好奇，你为什么不喜欢她？"

"我没有不——"谢景聿倏地噤声。

许苑的目光落到他脸上，惊奇地发现他居然露出了些微别扭的表情，简直稀奇。

她由此更加确定："你和林粟的关系不一般。"

谢景聿抬眸，许苑耸了下肩说："你不用费心找借口糊弄我，我可不是周与森那家伙。"

谢景聿缄默。

他了解许苑，如果没有把握，她不会说得这么笃定。

许苑见谢景聿没有反驳，便知道自己说对了，尽管如此，她还是很意外。

"虽然我有点好奇，但既然你们都不愿意让人知道，我就不问。"许苑点到为止，不再往下问，而是说，"我不管你们之前发生过什么事，以后，你可不能再像以前那样，对她爱搭不理的。"

许苑弯了弯嘴角，对着谢景聿警告似的说："欺负我的姐妹，我可不会饶过你。"

7

一中特别注重校风建设，学生偷拍行径恶劣，校方是绝不会容忍的。

很快，处罚结果就出来了，痘痘男被学校开除，眼镜男因为没有实施偷拍行为，记个大过。

这次事件闹得沸沸扬扬的，学校为此还开了场"学才先学德"的校园大会，三个年级每个班的班主任都在班会课上再次强调了遵守校规校纪，做个文明学生的重要性，甚至，这一周的黑板报都是围绕着"品行"这一主题。

下午最后一节课下课前，周宛压低声音对林粟说："我放学后要留下来和欣然一起设计黑板报，不能和你一起去食堂了。"

林粟颔首，应道："没关系。"

"也是。"周宛笑了笑，意有所指说，"许苑会等你的。"

林粟闻言，微微蹙眉。

这两天，许苑有事没事就来找她，不仅课间不辞辛苦地爬楼上来找她说话，放学的时候在楼下等她，约她吃饭，晚上还会让孙圆圆给她捎话。

林粟知道上回偷拍的事，许苑对自己心存感激，但是这表示谢意的方式也太热情了，甚至打破了她对许苑一直以来的印象。

她此前以为，许苑是那种凡事不紧不慢、不慌不忙，特别知性理智的人。

收拾好东西，林粟起身，刚走出教室，迎面就碰上了背着书包要回教室的谢景聿。他下午都不在班上上课，而是去了竞赛班。

谢景聿看到林粟，也不回避人，直接说："许苑在楼下等你。"

林粟顿住脚，迅速往左右扫了眼，见走廊上人来人往的，低头就想绕过谢景聿。

谢景聿蹙眉，抬起手稍微拦了下，开口问："我和你说话，你听到了吗？"

林粟听到身后传来周宛的声音，就像是察觉到了危险的猫，目光一下子机警了起来。

"今天的作业学委都写在黑板上了，你可以自己去看。"林粟抬起头，没头没尾地说了句。

谢景聿愣了下。

周宛这时候从教室里走了出来，她的目光在谢景聿和林粟之间转了一圈。

"林粟，你还没走啊？"周宛问。

"哦，我现在就走。"说完，林粟也没和谢景聿打声招呼，绕开他直接离开。

谢景聿侧过身，看着林粟匆匆离去的身影，眸光微闪。

下了楼，林粟果不其然在楼梯口看到了许苑。

"小粟。"许苑一看到林粟，立刻热情地迎上去，见她左右没人，问，"今天就你一个人？周宛呢？"

"她留在班上出板报。"林粟回道。

"那正好，景聿和与森说要去踢球，我们都落了单，可以一起吃饭。"许苑主动挽上林粟的手，"今天你可不能拒绝我。"

林粟不适应她亲密的行为，抽了下手说："我要去跑步。"

林粟本以为这么说就会劝退许苑，但没想到她直接应下："跑步啊，我也去。上了一天课，正好运动运动，省得周与森那家伙总说我四体不勤。"

许苑兴致勃勃，反客为主，拉上林粟就往操场走。

到了操场，林粟热了热身，跑之前再次委婉地对许苑说："你要是饿了，可以先去吃饭。"

"不饿，我和你一起跑，跑完再一起去吃饭。"许苑坚持。

林栗见状，就不再多说。她蹲下身重新扎了下鞋带，站起身后就慢慢地跑起来。

许苑跟上去，跑在林栗身边，还拨空儿和她说话："小栗，你在学校经常跑步吗？"

"嗯。"

"一般是什么时候？早上还是傍晚？"

"傍晚。"

"那以后你叫上我吧。我之前就想多锻炼锻炼，但是没伴儿，景聿和与森都只爱打球踢球，没劲。"许苑喘了一口气，看向林栗，"怎么样？"

林栗没有正面回答，而是告诫道："跑步的时候说话，很容易岔气。"

许苑闻言笑了，她往前跑了两步，掉转过身，倒退着跑，边跑边说："小栗你知道吗？你和景聿很像。"

林栗表情微变。

许苑说："回避某个问题的时候，会带点攻击性。

"比如刚才，你并不想和我搭伴儿。

"不过没关系，你跑你的，我跑我的，这样，你总不会介意吧？"

许苑冲林栗歪了下头。

林栗沉默片刻，随后加快脚步，越过许苑的同时丢下一句："随便你。"

许苑一笑，转过身追上去。

傍晚时分，太阳将落未落，余晖铺洒在操场上，空气里弥漫的是塑胶跑道暴晒一天后的气味，淡淡的，并不刺鼻。

阳光虽不强烈，但热意并未消减，热岛效应让城市在夏天变得格外闷热，活像是一个大火炉，在里头的人就要被炼成丹了。

在这样的环境里运动，无疑是桑拿房里做有氧，一举一动都要消耗更多的体力，出更多的汗。

跑了两圈后，许苑的步子渐渐慢了，林栗听到她粗重的喘息声，余光看到她按着肚子，显然已经很吃力了，但即使这样，她也没停下，始终追在自己身边。

林栗抿了下唇，缓缓停了下来。

许苑见状，也停下来。她累得直不起腰，撑着大腿缓了好一会儿，才抬起头哑着声儿问："不跑了？"

林粟点头："嗯。"

许苑长长地呼出一口气，泄了力气般浑身发软。她走到一旁的阶梯上坐下，仰头看着林粟，粲然一笑，说："那休息会儿，我们一起去吃饭？"

林粟低头看着许苑的笑脸，有些费解。

明明都这么累了，她为什么还不放弃？

"之前的事你不用太放在心上，不管是谁被偷拍，我都会站出来帮忙的，而且……"林粟对许苑说，"你已经道过谢了。"

许苑没有接下林粟的话茬，而是抬手拉过林粟，撒娇似的说："你别站着，我抬着头看你，好累的。"她拍了拍身边的位置，扫去一层灰，示意林粟，"快坐下，我们聊会儿天。"

林粟迟疑片刻，还是坐下了。

操场上运动的学生很多，场中央的足球场上，少年们追着一颗球跑得热火朝天。

许苑和林粟并排着坐在场边上，不过一会儿的工夫，就有好几个路过的同学朝许苑打招呼。

许苑一一热情回应，还转过头笑着问林粟："我是不是挺受欢迎的？"

"嗯。"林粟从不怀疑许苑的人气。

"其实，我初中的时候，被孤立过。"许苑平静地说。

"啊？"林粟下意识地做出了惊讶的反应。

"刚上初中的时候，班上有几个女生看我不顺眼，她们在班级里经常对我冷嘲热讽的。我找老师问问题，她们说我狗腿；我当活动主持人，她们说我爱表现；我和男生说两句话，她们就说我勾引人。

"班上很多人受她们影响，不愿意和我交往，我那时候其实挺受伤的，还反思是不是自己真的太锋芒毕露，太高调了。"

许苑说到这儿，自嘲一笑说："有段时间，我连景聿都不怎么搭理，就怕别人看到了又指指点点，搞得他还挺莫名其妙的。"

林粟皱眉，这种校园冷暴力她并不陌生，但她怎么也没想到，出色如许苑也会被排挤。

"那段时间，我变得很不自信，学校里的活动不参加了，也不爱和人说话，整个人的状态非常萎靡。"许苑的情绪稍稍低沉，随即又开朗了起来，她弯起嘴角，笑着说，"最后还是周与森把我从这个泥淖中拉出来的。"

林粟疑惑："周与森？"

"嗯。"许苑目光远眺，看着操场中央，娓娓说道，"初二的时候，学校重新分了班，我和周与森被分在一个班。"

许苑说："他初中的时候和现在一样，不，比现在还天真，整天就知道傻乐。我和他一开始都没什么交集，还是有一回，学校运动会，每个班都要出一个开场节目，他是体委，老师就让他安排。不知道他从哪儿打听到我会跳舞的事，就找到了我，希望我帮忙，给班上排一个舞蹈。

"我那时候很害怕别人的眼光，完全不想参加任何活动，所以一开始是拒绝的，但周与森他实在是缠人……"许苑轻笑了下，"我磨不过，就答应了。"

许苑："初一带头排挤我的人中，有两个和我分在了一个班，第一次彩排的时候，周与森让我领舞，她们就在底下冷嘲热讽的，说我想出风头的毛病又犯了，又和班上的人说我就是想让他们给我当绿叶，好衬托自己这朵红花。

"我明明不是这么想的，也不是想出风头，但当时听到她们的话，就觉得难为情，舞也不想跳了，一心想逃走。

"周与森那时候就拉着我，对那两个同学说，我是他诚诚恳恳请来的，她们要是有意见，就冲着他来。还有舞蹈节目，也是他提出来的，她们要是能想出更好的，这风头就让她们出。"

许苑扑哧笑了声，说："你是没看到，他当时正义凛然的样子。我和周与森熟了后，他就和我说，让我别太在意那些无聊的人的眼光，他们就是嫉妒心作祟，自己做不好，就见不得别人做好，他们越是对我冷嘲热讽，就说明我越优秀。"

许苑眨了眨眼："说来也奇怪，这么简单的道理，照理说我应该懂的，但在当时，我就是不明白，那些人为什么要讨厌我。"

许苑回头问："是不是很傻？"

当局者迷，深处在漩涡中心的人是很难凭借自己的力量抽身出来的。

林栗摇了摇头，又觉不解："你为什么……突然和我说起这个？"

"投诚？"许苑眨眨眼，笑了。

"我是想告诉你，我和那些见不得人好的人不一样，我不会嫉妒比我优秀的人，相反，我很欣赏在某些方面长于我的人。"

许苑看着林栗，笃然道："林栗，我觉得你是个非常有勇气、有能力的女孩，所以我想交你这个朋友。"

林栗心口一震，面露讶异。

之前周与森要和她做朋友，现在许苑也这么说，他们是什么交友联盟吗？

"我之前和周与森说过——"

"你是来读书的，不是来交朋友的。"许苑抢先一步说了林粟要说的话，说完笑着反问，"对吧？"

林粟缄默。

许苑想了下，说："你这么说也对，我们是学生嘛，当然要以学习为重，但是——"

她话锋一转："这两件事又不是相斥的，读书和交朋友是可以同时进行的，交到志同道合的朋友还能共同进步。

"我成绩还挺不错的，你和我做朋友，我绝对不会影响你学习，你有什么不懂的，我还能帮帮你。"许苑托着下巴，打趣道，"虽然我读的是文科，但绝对比周与森靠谱。"

许苑："你不用担心交朋友会耗费精力，只要你愿意，经营友情的事就让我来。"

林粟一句话没说完，许苑就回了好几句，把她的那句话完全拆解了，自然也就消解了其中拒绝的含义。

"你应该不缺朋友。"半晌，林粟开口说。

"人又不是因为缺朋友才交朋友，是因为想交朋友才交朋友。"许苑交了底，坦诚道，"之前是因为周与森，我才会和你有交流，但是现在，是我自己想交你这个朋友。"

她直视着林粟的眼睛，诚挚地说："我相信人都是需要朋友的，就算你再坚强，也不例外。"

双目交接，林粟居然有些不敢回应许苑的眼神。

和周与森单纯的热情不一样，许苑是那种理性的热烈，后者比前者难缠多了。

林粟罕见地不知道该怎么应对。

就在这时，足球场上，周与森和谢景聿走到场边，周与森冲她们大喊道："嘿，那边两个美女，吃饭吗？"

许苑挥了下手算是回应。

她站起身，拍了拍裤子，低头看着林粟，一派轻松的样子，说："不管你愿不愿意交我这个朋友，今天看在我陪你跑了两圈的份上，赏个脸，一起吃个饭？"

· Chapter 7 ·
我们两清了

1

如果说周与森是一团火焰，那么许苑就是春雨，火焰会有过于灼热的时候，但春雨始终缠缠绵绵，润物无声。

林粟可以直接拒绝周与森，却无从拒绝许苑。

"走吧。"许苑弯腰拉上林粟的手。

林粟看着她笑吟吟的脸，连拒绝的心思都生不出来。

许苑把林粟拉起，带着她往操场中心的球场走去。

场上，周与森正在颠球，颠没两个，球落地了，谢景聿反应快，用脚迎球，直接把足球踢起来，再用膝盖顶了一下，传给周与森。

周与森看到许苑和林粟过来了，把球往场内一踢，让一起踢球的男生带回教室。

"走吧，吃饭去。"许苑挽上林粟的胳膊走在前面。

周与森擦了下汗，凑到谢景聿身边，压低声说："怎么许苑邀林粟一起吃饭，她就愿意啊？我当初就不行。"

谢景聿看着前面紧紧贴在一起的两个女生，再瞥一眼周与森，无情地说道："因为许苑比你聪明。"

"啧，你这么说我可就不乐意了。"周与森不服气地把下巴一挑，抬起手用大拇指指了指自己，自恋道，"我虽然成绩不如你们，但是脑子机灵着呢，奥数我比不过你，脑筋急转弯绝对碾压你。"

他说来就来，直接问了个问题——

"星星、月亮、太阳，哪一个不会说话？"

谢景聿面无表情："都不会。"

"错，是星星，因为'天上的星星不说话'。"周与森唱完，把自己逗得嘎嘎乐，一转头看到谢景聿板着个脸，就杵了谢景聿一下，还问，"你怎么不笑？"

谢景聿用看白痴的表情看着他,完全不知道他脑袋里装的都是些什么。

到了食堂,周与森和许苑两个面食爱好者去点面,林粟和谢景聿站一起打饭。他们来得迟,窗口排队的人不多,很快就排上了。

林粟和往常一样,只要了两个素菜,谢景聿在后面看见了,不禁皱了下眉。

打好饭菜,林粟去拿筷子,随后找了张空桌把餐盘放下。

没多久,谢景聿在她对面坐下,林粟看他一眼,低下头沉默着。

为了不讨嫌,对谢景聿,她是非必要不开口的。

谢景聿抬眼,只看到了林粟头顶的发旋,他盯着她看了会儿,见她始终不抬头,眉间微紧。

"杂志看完了吗?"

"啊?"林粟回神,反应过来谢景聿是在和自己说话,这才抬起脑袋看向对面,客客气气地回道,"看完了,我已经拿去图书馆还了,你不用担心会超期。"

谢景聿皱眉。

他发现了,每回他和林粟搭话,她都会往坏了去想,好像他找她就只是为了问责、找碴儿。

"一个月不到,你看得还挺快。"谢景聿问她,"都看懂了?"

林粟坦诚地摇头,如实说:"生词太多了,句子也长。"

"那两本杂志是科普向的,专业词汇比较多,不太适合英语基础差的人阅读,你想要提高阅读水平,最好先看一些入门杂志。"谢景聿说。

林粟之前都不看杂志,也不了解英语杂志的难易等级,在学习问题上,她向来虚心,且英语一直是她学业上的"顽疾",她迫切地想要提高自己的英语水平,所以没怎么迟疑,开口就问:"哪些杂志是入门的?"

谢景聿正要回答,周与森端着面嚷嚷着走了过来。

"烫烫烫,烫死我了。"周与森把一碗冒着热气的面端上桌,松手后立刻捏住自己的耳朵。

许苑跟在他身后走过来,数落了句:"让你用盘子端你偏不,这下好了,知道烫手了吧。"

周与森嘿嘿一笑:"我也没想到会这么烫啊,下次一定注意。"

周与森和许苑双双落座,有他们在,林粟和谢景聿之间的话题就没办法继续下去,否则就露馅儿了。

林粟心里急切地想知道都有哪些英语入门杂志,但这会儿也只好把求知心按捺下去，安静地吃饭。

周与森还是最活泼的那个，他安静不了两分钟，就绘声绘色地讲起自己昨天晚上和家属院里的小屁孩们打水战的事。

"我就用一把水枪，把他们打得落花流水。"周与森得意道。

许苑笑话他："你多大的人了，还和小孩子玩在一块儿，也不嫌丢人。"

"这有什么丢人的。你们不知道，那些小萝卜丁还挺可爱的，没什么心眼，和他们一起玩特解压。"周与森说着遗憾地摇了下头，叹口气说，"我小时候就想我爸妈给我生个弟弟，这样我扮奥特曼，就有人当小怪兽，可惜，他们都是公职人员，我只能又当奥特曼又当小怪兽，一个人扛下了所有。"

周与森说完，碰了下谢景聿，向他寻求共鸣："你小时候应该也有过这个想法吧？希望有个弟弟能陪玩。"

不知怎的，谢景聿的表情一下子阴沉了几分，整个人的气压瞬间变低了。

"没有。"他冷冰冰地说。

"没有就没有呗，生什么气啊。"周与森被谢景聿冷到了，他搓了搓胳膊，不满地嘟囔。

许苑和谢景聿打小认识，但很少听他说起家里的事，她知道他不爱聊家长里短的，便岔开话说："有兄弟姐妹不一定好啊，我小时候我哥就经常欺负我，到现在我和他都不对付。"

周与森回说："至少有个伴儿啊。"

他说完问林粟："林粟你呢？你是独生女吗？"

林粟执筷子的手微顿，沉默了几秒才开口说："我有个弟弟。"

"你有弟弟啊？"周与森来了兴致，"几岁了？"

"十岁。"

"才十岁？还在上小学吧。"

"嗯。"

"那你们差得是有点多。"周与森毫无心机地说，"你爸妈可能觉得两个孩子年龄太相近容易打架，所以才没急着给你生弟弟妹妹。"

"不是。"林粟垂眼，极其平静地说，"我和我弟没有血缘关系。"

这句话有些绕，她便又直白地解释说："我是被收养的。"

这个事实像是一个闷雷，轰得余下三人都有些吃惊。

"你说你是、是……"周与森都结巴了。

林粟从容道："我四岁的时候，我的亲生爸爸去世了，我妈妈就把我送给了现在的父母。"

餐桌上一时静默。

谢景聿看着林粟，难得情绪外露。

照理说，他应该比周与森和许苑还要了解林粟的家庭情况，但他从来不知道她是个被遗弃的孩子。

他的目光在林粟脸上多停留了几秒，她从始至终都很平和，似乎被收养这件事只是一件无足挂心的小事，不值得大惊小怪。

"对不起啊林粟，我不知道……"周与森表情愧疚，看上去像是想掐死多嘴的自己。

"没关系，这不是什么不能说的事情。"林粟的情绪完全没有起伏，也没有顾影自怜。

许苑还算镇定，她察觉到气氛稍稍压抑，便主动开口打破了沉闷的氛围："你们都别这样，弄得小粟不自在。"许苑故意说，"周与森，别愣着了，你的面都要坨了。"

周与森回过神来，"噢噢"了两声，埋头吃面，再不敢随便开口。

虽然许苑试图转换气氛，但桌上仍然被一种难言的尴尬笼罩着。

林粟垂下眼，在想是不是她就不该说自己被收养的事，以至于扫了兴。

周与森熄了火，许苑就担任起了活跃气氛的工作，她绞尽脑汁地想话题，最后看向谢景聿，眼睛一亮，问："你明天就要考试了吧？"

"嗯。"谢景聿应道。

"那你晚上还上晚自习吗？"

"不上。"谢景聿抬起头说，"迟点去竞赛班。"

"明天都要考试了，晚上居然还要上课，老师是能给你们押题还是怎么的？"周与森嘟嘟囔囔的，"还不如早点放你们回去睡觉。"

"这次联赛就是选拔省队队员了吧？"许苑问。

谢景聿点头。

周与森问："是不是只有省队成员才能参加年底的冬令营？"

"嗯。"

"那你可得好好加油，争取……不对，一定要进省队，到了决赛再拿个金牌，保送就稳了。"周与森跟打了鸡血似的。

"金牌也不一定能保送。"相比起周与森的亢奋，谢景聿很冷淡，甚至有点兴致缺缺的样子，一点都不像是明天要去参加竞赛的人。

"你个年级第一都不行，那谁能行？"周与森拍了下谢景聿的肩，故意做出一副长者的风范，老成道，"一中的荣誉就全靠你了，加油少年。"

谢景聿乜他一眼，把他的手抖落。

许苑看着他们的互动发笑，又对谢景聿说："你既然参加了，也花了时间准备，我相信以你的实力，一定可以取得好成绩的，加油。"

谢景聿听完周与森和许苑给自己加油鼓劲的话，目光一转，看向林栗。

林栗正吃着饭，听着他们的对话，忽然察觉到对面一道视线落在了自己身上，不由得抬眸看过去。

谢景聿就盯着她，也不说话，似乎在等她表态？

林栗迟疑了一秒，从善如流地说了句吉祥话："……预祝你在这次的联赛中取得好成绩。"

谢景聿听罢，没给出什么言语上的回应，却像是得到了想要的反馈一般，收回了视线，接着不疾不徐地吃饭。

许苑的目光在他们之间转了一圈，什么也没点破。

吃完饭，他们一起走出食堂。

校园里人来人往的，林栗觉得自己和谢景聿他们走在一起实在太打眼了，而且她和谢景聿还有周与森一个班，要是一起去教室，绝对会招人议论。

想到这儿，她往前走了两步，回过身说："我有事，要回宿舍一趟。"

"什么事啊？"周与森嘴快。

许苑拿胳膊肘杵了他一下，转头对林栗笑着说："小栗你回去吧，我们明天见。"

林栗轻点了下头，很快就往另一个方向离开了。

周与森不解地嘀咕了句："什么事啊，这么着急？"

"你别什么都问，给小栗一点空间。"许苑提点周与森，"把她逼急了，她反而会离得越来越远。"

周与森似懂非懂，挠了下头，又小心地说："我真的没想到，林栗是被收养的。"

许苑叹一口气，也有些感慨："她的身世是有些坎坷，不过她既然愿意说出来，应该是已经不太在意这件事了吧？"

许苑说着，看向谢景聿。

谢景聿没接话，他看着林栗匆匆离去的背影，想到她是被收养的这件事，隐隐有种失责的感觉。

他让谢成康资助林栗，却从来没去深入了解过她的处境，更不知道，她是别人家的养女。

2

宿舍里李乐音和孙圆圆都不在，只有周宛一个人在洗衣服。

林粟去了阳台，洗了把脸，问周宛："你没去吃饭？"

"出黑板报的时候把颜料弄身上了，我就先回来洗了个澡。"周宛答完，反问林粟，"你吃了吗？"

"嗯。"林粟揩了下眼睛。

"和许苑？"

林粟点头。

周宛试探地问："只和她一个人？"

林粟迟疑了下，她稍一沉默，周宛就当她是默认，笑笑说："这几天许苑天天找你，看来是真心想和你交朋友。"

林粟立刻就想起了今天在操场，许苑说的那一番话。

她得承认，当时她心里是有触动的。

"你和许苑做朋友也挺好的，她和谢景聿从小就认识，你和她走得近些，兴许以后也能和谢景聿成为朋友。"

林粟听到周宛提起谢景聿，立刻警惕了起来："和谢景聿有什么关系？"

周宛似是随意地说："他是年级第一，谁不想和他做朋友啊？学习上有什么问题都能问他，多好。"

"有问题我可以问老师。"林粟甩了甩手上的水，完全不为所动。

周宛端详着林粟脸上的表情，没有看到一丝破绽。

林粟擦了下脸，转身进了室内，这才放松了下来。

自从市图书馆那回后，周宛就时不时地提起谢景聿，林粟知道周宛在试探，所以每回都含糊地应付了过去，但是周宛不傻，表面上像是信了她的话，但内心始终存疑。

看来这段时间，她在班上必须要避着点谢景聿，千万不能再让周宛看到他们有什么互动，哪怕是说一句话。

林粟低叹了一口气，她本来还想找机会问问谢景聿，入门的英语杂志都有哪些，现在看来，她还是践行自己说的话，有问题问老师吧。

在宿舍里稍作休息，林粟就打算去上自习。周宛晾好衣服回到室内，见她要走，立刻说："你等等我，我收拾下，跟你一起去教室。"

林粟问："你不吃饭了？"

"来不及了。"周宛背起书包，"我刚才吃了个面包，不饿。"

林粟闻言，便不再多说。

夏季太阳下山晚，这会儿天还是亮堂的，校道上往来的都是吃了饭、运动完要去教室上课的学生，林粟和周宛就顺着人流往教学楼走。

　　到了班级，上课时间还没到，教室里叽叽喳喳的，女生聚在一起聊天，几个男生在最后一排扎成堆，围着一个手机在看比赛，时不时爆发出一阵喝彩声。

　　林粟扫了眼，在那群男生中只看到了周与森，没看到谢景聿，估计他是去竞赛班了。他不在班上，她就不用绷紧一根弦，时刻注意着他的动态，担心周宛会不会又看出了什么端倪。

　　林粟暗松一口气，往自己的座位走。

　　这周换组，林粟和周宛轮到了第四组，周宛的位置靠窗，林粟就让她先进去。

　　周宛侧着身走进座位时，垂下眼，忽然惊奇地说："林粟，你桌上怎么有张纸条？"

　　林粟经提醒才注意到自己桌上放着的一张纸条，纸条对折着，在空无一物的桌面上显得突兀。

　　"是不是谁给你写的？"周宛揶揄道。

　　林粟不以为意，觉得可能是谁丢在她桌上的废纸。她将纸条拿起来，随手打开扫了眼，忽然又合上。

　　"怎么了？"周宛看林粟反应有点大，问，"真是小纸条啊？"

　　"不是，是我今天用的草稿纸，忘了扔了。"林粟说着将纸条揉成一团，攥在手里。

　　周宛看了看林粟，眼神中带着怀疑，说："你平时都是拿用过的作业本当草稿纸的。"

　　开学初，学校就发了很多自制的作业本，林粟不舍得拿新本子来打草稿，所以都是用之前用过的本子的背面来当稿纸的。

　　"哦，旧本子用完了，我就从新本子上撕了一张下来，先对付着用。"林粟镇静地说。

　　"这样啊。"周宛点点头，像是信了林粟的话，还劝她，"学校每学期发那么多本子，你别省着用，不然到毕业都用不完的。"

　　"嗯，好的。"林粟附和道，实则心思全然不在周宛的话上，她觉得自己手里像捏着一个火球，手心隐隐在发烫。

　　她看了眼周宛，趁周宛不注意，侧过身隐蔽地把已经变作一团的纸条揣进兜里。

周宛坐下，低下头时敛起了脸上的笑意。

她不会记错的，傍晚出完黑板报回到座位上收拾东西的时候，林粟的桌上明明什么也没有。

第一节上课铃响，孙志东走进教室，班级里立刻安静了下来。直到下课铃响，陆陆续续有同学起身活动，原本安静的教室没有过渡，马上喧闹了起来。

林粟摸了摸校服口袋，起身走出了教室。

她去了洗手间，进了隔间后立刻掏出口袋里被捏成一团的纸条，迟疑了下，慢慢展开。

Reader's Digest

English Digest

New Yorker

纸条上洋洋洒洒地写了三本英语杂志的名称，没有署名，但林粟却清楚地知道这是谁留下的。

周日下午，林粟去了趟市图书馆，她仔细考虑了下，觉得比起买杂志，还是办一张借阅卡比较划算。打定主意，她就挪用了存着以备不时之需的助学金，办了一张卡。

办好卡，她在市图书馆里借了书，回到学校后先去食堂吃了饭，之后就直接去了教室。

假期回来，班上同学会比平时兴致高，两天不见，假期里发生的大事小事都值得分享讨论一番。

林粟在座位上坐下，从书包里拿出下午从市图书馆借来的杂志，放桌上翻读起来。

周宛看见了，问："林粟，你买杂志了啊？"

"没有，我在市图书馆借的。"说完，林粟见周宛表情古怪，马上就明白周宛误会了，以为谢景聿又帮她借杂志，便解释说，"我办了一张借阅卡，以后你想借书，可以用我的。"

"你办卡了啊。"周宛似是释然，笑着说，"我之前还在犹豫要不要办呢，不过我想借的书校图书馆基本上都有，就没办。"

周宛问："你借的什么杂志啊？"

林粟就把杂志合上，给周宛看了下封面。

"*Reader's Digest*，全英文的啊。"周宛抬头，"你怎么想到要借这本杂志的？"

"就看人推荐的。"林栗回得含糊。

周宛还想问，这时候班上一个同学喊林栗，说有人找。

林栗扭头往教室外看，就见许苑在教室门口冲自己招手。

林栗没有哪一刻比现在还感谢许苑的出现，她站起身，对周宛说："我出去一下。"

见林栗出来，许苑立刻迎上去，把手上的一瓶酸奶递给她，笑意盈盈地说："这是我最近经常喝的一种酸奶，可好喝了，送你一瓶尝尝。"

林栗眉头微蹙，直接拒绝道："我不要。"

"拿着。"许苑不由分说地把酸奶往林栗怀里一塞，笑眼一弯，解释说，"这是朋友间的分享，不是同情施舍，我可不是周与森，没那么慷慨。"

林栗怔住。

"喏，这罐可乐你帮我放他桌上吧，他还在打球，一会儿回来会喝的。"许苑伸手，把可乐递出去。

林栗接过，她摸着易拉罐冰凉的罐身，犹豫片刻，还是问："就送一罐？"

这话问得委婉，甚至莫名其妙，但许苑心思通透，立刻就明白了林栗的意思。

"你想问景聿晚上来不来自习啊？"许苑的眼神意味深长了起来。

"没有。"林栗否认，表情却明显不太自在。

许苑没有说些揶揄的话调侃她，爽快道："他晚上应该不来晚自习，联赛才结束，虽然成绩还没出来，但是老师都很看好他，这不，周末假都没放，直接把人逮去上课了。"

竞赛班的强度林栗有所耳闻，此时听了倒也不意外。

"你要有事，可以在 QQ 上和他说啊。"许苑说。

"没有。"林栗绷着脸，"我没事找他。"

许苑憋着笑，心道这两人真是别扭到一块儿去了。

许苑走后，林栗进了教室，把可乐放在了周与森的桌上。回座位前，她扫了眼谢景聿的桌子，抽屉里空空如也。

这学期到现在，他基本没在班上正经上过课，三班就像是他的驿站，班上的同学都是他的过客。

晚自习，孙志东坐班，班里没人敢造次，安安分分地坐了三节课。晚上九点半放学铃一响，孙志东前脚才走，班上的学生就跟刚从五指山下放出来的孙猴子一样，异常兴奋。

走读生窸窸窣窣地收着东西，准备回家，住校生大多还坐在位置上，接着学习。

林粟低着头，正一丝不苟地画着受力分析图，忽听周与森喊了声"景聿"，她手一抖，箭头的方向就歪了。

她抬起头，就见谢景聿绕过讲台，走下来。

谢景聿的座位在第三组最后一桌，他从三四组中间的过道往教室后走，经过林粟的座位时，目光微垂，往她桌面上轻轻一扫。

林粟下意识地避开他的视线，低下头却看到了自己课间看完放在桌上，没有及时收起来的杂志。

她心头一跳，莫名慌乱。

这种感觉很微妙，那本杂志就像是他们之间的暗号，他发出，她接收，并且给出了回应。

和地下党接头似的，秘而不宣。

只一眼，谢景聿就收回目光往教室后走。

"都放学了，你怎么还来班级啊？"周与森问。

"老孙找。"谢景聿回。

"估计是想问你联赛的情况。"

"嗯。"

谢景聿的脸上虽然没有明显的表情，但周与森认识他久了，能感觉到他今天和往常不太一样，整个人看上去意气风发的。

"哟，你今天心情不错啊，春风满面的，不知道的还以为你捡钱了。"周与森啧啧称奇，凑过去挤了挤眼睛，"看来，省队是稳了？"

谢景聿放下书包，难得没有回怼周与森，而是噙着微末的笑意，回了句："应该。"

3

月底，因为国庆节中秋连假，学校只上四天的课。

周四下午，临放学前孙志东在班上开了个简短的班会，说了些假期注意事项，再就是一中的老传统——假后考试。

高中是负重前行的时期，到达独木桥前的每一步都不可能轻松。

林粟在一号上午回了茶岭，回家后她基本没有自己的时间，白天不是在采茶就是在做家务，和之前一样，她只能起早贪黑地复习。

立秋已过，临云市里半点不见秋意，但山里早晚却有些寒瑟了。

林粟在最热的时候干活，在最冷的时候读书，同山上的茶树一样，在日升月落中静静生长。

今年中秋正好在七号，那天茶园里的采茶工一整天都在讨论晚上徐家福请吃饭的事。

徐家福包了镇上最大的酒楼，请茶厂还有茶园的工人一起过节，名义上说是犒劳底下人，但工人们私底下都说他是为了劝说一批人离开南山镇，去市里的新厂干活。

最近有关徐家福要和市里机器制造公司的老总一起合办制茶公司的消息在南山镇上传得沸沸扬扬的，几乎谁家的饭桌上都要嚼一口这件事，说徐家福抱了条大腿，要做大做强，还准备带一些老员工去城里工作。

林粟整天在茶园里采茶，听到了不少小道消息，但这事和她关系不大，所以并没怎么放在心上。

下午采完茶，孙玉芬回家就洗澡洗头发，换了身衣服，把自己捯饬得体体面面的。

临出门前，她喊来林粟，难得大方地给了五十块钱，说："今天晚上我和你爸要去酒楼吃饭，你就不用做饭了，迟点带你弟搭个车去镇上吃。"

林粟接过钱，应了声好。

孙玉芬走后，林粟给李爱苹打了个电话。国庆假期，李爱苹约了她好几回，想一起去镇上玩，但她白天要干活，孙玉芬也不让她出门消遣，这事就一直没有成行。今晚孙玉芬和林永田都不在家，难得闲暇，林粟就圆了李爱苹想一起吃冰的心愿。

李爱苹到后，林粟去溪边喊了还在玩水的林有为，之后就带着他，同李爱苹一起搭了辆小三轮下山。到了镇上，他们先去饭馆吃了饭，吃饱后才慢悠悠地往炒冰店走。

小镇上没什么娱乐活动，夏天的晚上不是吃烧烤就是吃冰，林粟和李爱苹带着林有为到炒冰店时，店内的位置都没了，他们只好坐在店外。

才坐下，刚点完单，李爱苹忽然盯着一个方向，示意林粟："小粟，你看那个帅哥……是不是你之前在山上救的那个？"

林粟回头，果然在对面一家小商店的门口看到了谢景聿。

她今天在茶园里听采茶工们说徐家福晚上也请了谢成康，那时候她就在想，谢景聿会不会被他爸带着来应酬。

显然，会。

"是他吧？"李爱苹问。

"嗯。"林粟点头。

谢景聿一个人在外面，估计是从酒楼里溜出来的。

林粟没打算和他打招呼，他们还没熟到那种程度，但李爱苹不管不顾的，直接站起来，张嘴朝对面喊道："喂，对面的帅哥，林粟在这儿呢。"

"爱苹，你干吗？"林粟一下子慌了。

"你们不是同班同学吗？既然碰上了，就打声招呼呗。"李爱苹理所当然道。

"我和他不熟。"

林粟皱了下眉，再回头，就看到谢景聿朝炒冰店走过来。

谢景聿看到林粟微感意外，转念又觉情理之中。南山镇本来就是她的家乡，只不过他以为大晚上的，她会在山上，不承想在山下。

"帅哥，你一会儿有事吗？没事坐下聊聊天啊。"李爱苹十分自来熟，从边上拉了把椅子，招呼谢景聿坐下。

谢景聿看向林粟，她没有看他，而是在着急地冲着她的朋友使眼色，看上去似乎是不想他坐下。他皱了下眉，再没有犹豫，从善如流地坐了下来。

林粟的表情一下子收敛起来，恢复了往日里的平静。

"帅哥，你今天是跟着你爸爸一起来的吗？"李爱苹问。

谢景聿没有回话，反问道："你认识我？"

"认识啊，去年你和你爸来茶园的时候，我和小粟都见过你。"

谢景聿回想了下，他第一次来南山镇的时候，的确跟着谢成康去过茶园，但当时他并没有看到林粟。

难怪。

难怪她在看到他掉进陷阱里的时候会想到威胁他要资助的办法，原来她早前就见过他，也知道他的身份。

"后来小粟不是救了你吗？为了感谢她，你还让你爸爸资助她上学，你俩现在还是同班同学。"李爱苹把自己知道的一股脑和盘托出。

"你知道的还挺多。"谢景聿对李爱苹说了句。

"那当然，我是小粟最好的朋友，她什么事都和我说的。"李爱苹有些得意。

"是吗？"谢景聿看向林粟。

林粟头皮一紧，有点心虚。

她也不是什么都和李爱苹说的，至少威胁谢景聿要资助这事，她没透露过半点。

炒冰店的员工这时候端上两份冰沙，一份大的，一份小的。

李爱苹拿了桌上的菜单，推到谢景聿面前，问他："你看看有没有想吃的，我和小粟请客。"

"不用。"谢景聿把手中的矿泉水放桌上，表示自己喝水就行。

"你和小粟是同学，不用这么客气的啊。"李爱苹很热情，主动推荐道，"不然你也点一份冰沙？"

谢景聿觉得自己什么都不点，她们反而尴尬，就随便点了一杯饮料。

"一杯冰乌龙，谢谢。"他说。

"这你就点对了。南山镇的乌龙茶是最出名的，来这儿不喝就白来了。"李爱苹说着站起身，"等着，我去点单。"

李爱苹一走，桌上的气氛一下子就冷了，只有林有为什么都不懂，埋头吭哧吭哧地吃着自己的那一份冰沙。

林粟莫名有种坐立难安的感觉。

以前，她见到谢景聿也会忐忑不安，她自知理亏，而他又对她心存芥蒂，那时候看到她，他从来都是没有好脸色的。

但是不知道什么时候开始，谢景聿不再对她冷言冷语，她觉得奇怪，不习惯之余，心里又隐隐有种异样的感觉。

这种不安和以前的不安不一样，好像是尴尬，但又没有尴尬那么让人难以忍受。

她想，大概是那本杂志作祟。

"我以为你晚上不会下山。"谢景聿等了等，最后还是先开了口。

林粟回神，应道："一般不下山。"

"那今天……"

"家里的大人去酒楼吃饭了，我带我弟来镇上吃饭。"

谢景聿看了眼坐在一旁只知道吃冰的男孩。

"你……"林粟觑了谢景聿一眼，迟疑了下，还是问出了口，"偷溜出来没事吗？"

谢景聿不意外林粟会猜到自己是溜出来的，他无所谓地说："一群人围着他在奉承，他没空管我。"

林粟知道这个"他"指的是谢成康。

她有些不明白，谢景聿还是个学生，谢成康出来应酬，为什么总要带上他？

没一会儿，李爱苹端着一杯冰乌龙从店里出来，她把茶饮放在谢景聿面前，爽快道："现泡的乌龙茶，你喝喝看。"

谢景聿拿吸管往饮料杯口一插，喝了一口茶，随后给了个评价："还不错。"

李爱苹咧嘴笑了，说："我们南山镇虽然穷，但茶还是很有名的，你现在喝的，有可能就是小粟采的茶叶泡的。"

谢景聿闻言，垂眼去看林粟的手。

林粟察觉到他的目光，下意识地把手放到了桌下。

"你这几天，也去茶园采茶了？"谢景聿抬眼问。

"嗯。"林粟应声。

"她啊，回来就没有一天不被喊去采茶的。"李爱苹语气愤愤。

谢景聿注意到李爱苹话里的"被"字，这说明林粟采茶是被人使唤去的。

他张嘴想再问，一旁的林有为火速吃完了一份冰沙，吵吵着说要去前面的游戏厅打游戏。他被惯坏了，且在林粟面前总是有恃无恐的，不满足他的要求他就会不依不饶地撒泼。

林粟被他搅得心烦，又不想让他影响到别人，只好站起身说："我先带他过去。"

"你就给他买几个游戏币让他在那儿玩就行。"李爱苹说。

林粟点头，带着林有为走了。

"真服了这小王八蛋，尽折腾他姐。"李爱苹不高兴地骂了句。

谢景聿眸光微闪，问："她弟弟对她不好？"

"何止是她弟弟，他们全家都是。"李爱苹本来就为林粟打抱不平，忍不住就对谢景聿说，"她爸妈也是，对她非常不好，非常！"

李爱苹说得完全停不下来："从小到大，小粟就跟他们家的用人一样，每天给他们洗衣做饭，奴役她不说，还经常对她又打又骂的。

"小粟上初中后，她妈就拉她去茶园采茶，风吹日晒的，赚的钱还不给她。

"之前他们不想让小粟去一中读书，小粟辛辛苦苦攒的学费还被他们给缴走了，后来要不是你让你爸爸资助她，她就没办法上高中了。

"更可气的是，他们还没收了小粟的银行卡，把你们资助的钱给私吞了一大半！"

"私吞，什么意思？"谢景聿表情一变，立刻问。

李爱苹抬头看到谢景聿变了脸色，这才反应过来自己情绪一激动，不小心说太多了。她捂住嘴，一副后知后觉的模样。

"我忘了，小栗不让我和人说这件事。"

"为什么？"谢景聿皱眉。

"她爸妈要是知道她把这事往外说，不会饶过她的。"

李爱苹幽幽地叹一口气，懊丧道："我和她说过，把这件事告诉你，让你爸出面帮忙，但是她说……

"没用的。"

谢景聿的一颗心随着这三个字狠狠地往下一沉。

他知道林粟为什么会这么说。

之前他对她百般冷漠，她并不相信他会为了她出头，才会选择隐忍。

这不怪她。

4

时至深夜，谢景聿一点睡意都没有。

可能是住不惯南山镇的酒店，也可能是晚上喝的那杯乌龙茶闹的，总之，他现在思绪清明，脑子里一直在反复回想今晚李爱苹说的话。

他本来以为林粟是养女，她的养父母对她可能没那么宠爱，但没想到他们还苛待她。

照李爱苹说的来看，林粟被送到现在这个家后，就没过过几天好日子，她的养父母不仅使唤她干活，还对她任意打骂，甚至想要剥夺她受教育的机会。

这也难怪林粟当初会铤而走险去威胁他，她无路可走，只能孤注一掷，为自己搏一个未来。

谢景聿想到这儿，情绪莫名复杂。

一开始，他以为林粟是个为达目的不择手段的投机分子，是绝对的利己主义者，慢慢地，他发现，她并非全是自己想象中的那样。

他不认为自己之前对林粟的看法是完全错误的，她有锋利的一面，冷酷、强大、果决，但他也得承认，他对她的认识不全面，以至于放大了她的锋利。

她不是雨林中的"绞杀榕"①，而是高原上的"绿绒蒿"②，自有她的隐忍和彷徨。

次日一早，谢景聿洗漱完毕后去了酒店大堂，谢成康早早起来，正坐在大堂里喝着咖啡，看着报纸。

"我还有事情要谈，先让周帅送你回市里。"谢成康折起报纸说。

"你今天要去茶厂？"谢景聿问。

谢成康不意谢景聿会关心自己的行程，神色稍展，说："先去趟茶厂，晚点再去山上的茶园转转。"

"我也去。"谢景聿注意到谢成康审视的眼神，从容地解释说，"你不是要投资茶厂？我正好跟着去看看，以后才能帮你管理好公司。"

话很好听，但是谢成康并不相信。

"你之前很反感我带你出来交际应酬，今天怎么又肯了？"

谢景聿立马露出一个不耐烦的表情，语气烦躁地说："竞赛班的老师让我今天就去上课，我不想去。"

国庆假期的前几天，谢景聿不是去学校的竞赛班上课，就是去竞赛机构刷题。也就昨天中秋，他才有那么半天假，还被拉来南山镇陪着应酬。

十六七岁正是最渴望自由自在的年纪，他即使学习再好、情绪再稳定，在高强度的压力下，难免也会有厌学的情绪。

到底还是个孩子。

谢成康顿时打消了疑虑："老师让你去上课，是看重你，你不要以为联赛结束就可以松懈了，之后还有决赛。保送的名额，你一定要拿到。"

"不过……"他抿了一口咖啡，"今天都到南山镇了，就让你偷一回懒。"

谢景聿垂眼，收敛起了外放的情绪。

上午，谢景聿跟着谢成康先去徐家福的茶厂转了一圈。

徐家福办的茶厂只做加工和粗包装的活儿，茶叶都是供给各大经销商去贩卖，茶厂是流水线的第一环，虽然能赚钱，但买卖才是利润的大头。

徐家福想办一家自己的茶企，从生产到销售一手包揽，但苦于没有资金，所以想拉谢成康入股。谢成康对徐家福的提议很感兴趣，不然也不会时不时地来一趟南山镇。

参观完茶厂，他们坐了车，一路颠簸着上了茶岭。

临近正午，太阳就在头顶上，茶园里的茶树低矮，没有什么遮挡物。

谢景聿一眼就看到了在一垄垄的茶树中，戴着笠帽低头采茶的林粟。比起其他的采茶工，她的个头儿明显矮了一截，人也瘦弱，但手上的动作却不输给那些大人，一采一撷，分外熟练。

谢成康回头见谢景聿盯着一个方向不挪眼，顺着他的目光看过去，也看到了混在一群成年人中的少女。

"那不是林粟吗？"谢成康问。

"哪里？"徐家福往谢家父子目光所在的方向看过去，果然看到了一个身量不高的姑娘，"哟，还真是。"

徐家福平时很少来茶园，但他知道有些采茶工会带孩子来帮忙采茶，好多赚点钱。山里条件差，工人稀缺，因此只要不影响茶叶的质量，他也就睁只眼闭只眼。

不料今天这事被谢成康撞个正着，闹不好他会以为茶厂这么没人性，还雇用"童工"，偏巧林粟还是他资助的学生。

"那个……林粟。"徐家福站在高地上，冲底下喊，"你怎么在这儿啊？"

林粟采着茶，忽听有人喊，抬头就看到了意料之外的人。

昨晚谢景聿在炒冰店坐没多久，就被周帅找了回去，她以为他已经离开了南山镇，没想到这会儿出现在了茶岭上。

大概又是被他爸强制带来的。

"我来帮忙采茶。"林粟拔高音量回道。

"这大热天的。"徐家福余光觑了谢成康一眼，喊孙玉芬，"孙姐，你怎么让林粟跟着你采茶呢？快，先把孩子带上来。"

孙玉芬一听头家喊，又看到站在一旁的谢成康，心里一个哆嗦，不敢磨蹭，朝林粟招招手，把人带出了茶园，到了徐家福他们面前。

"孙姐，你怎么回事啊，太阳这么大，让林粟跟你采茶？"徐家福当着谢成康的面，把这话再和孙玉芬说了一遍，以表示自己毫不知情。

"林粟放假在家闲着没事，就跟着我出来采采茶，活动活动。"孙玉芬看着徐家福，搓着手说。

闲着没事？谢景聿心下冷笑。他看向林粟，开口就问："明天就月考了，你都复习好了？"

林粟没想到谢景聿会关心这个问题，愣了下。

倒是徐家福，立刻接上了话，对孙玉芬不满道："孙姐，你看你，孩子还在读书，最要紧的就是学习，都要考试了，你怎么还让她跟你来采茶？

"以后可不能这样了。再说了，我们茶厂也不雇学生，你这样，是违反规定的。"

"我……"孙玉芬占不到理，被堵得说不出话来。

徐家福看事情差不多摘清了，就给孙玉芬介绍一旁的谢成康和谢景聿。

"这位就是资助你们家林粟上学的谢总，这位是谢总的儿子。"

孙玉芬殷勤地点头问好，还假模假样地对谢成康说："谢老板，要不是你发善心，我们家林粟就去不了市里，读不上高中了，我和她爸真是不知道要怎么谢谢你才好。"

"我资助林粟也是为了感谢她救了我儿子，一恩还一恩的事。再说了，林粟考上一中不容易，不读就可惜了。"谢成康把话说得大方，场面上，他向来是做得很好看的。

孙玉芬连忙称是，还做出一副悔恨的表情，叹口气说："都怪我和林粟她爸没有本事，赚不了几个钱，还有个小的要养，供不起她读书。

"今天也是，要不是家里实在困难，我怎么忍心让她跟我来采茶？

"实在是没办法啊。"

如果不是谢景聿从李爱苹那里知道了林粟养父母是怎么对待她的，或许今天他真会被她养母这场拙劣的表演欺骗，但现在，他只觉得虚伪。

"难怪。"谢景聿冷不丁开了口。

谢成康看他："难怪什么？"

"难怪林粟连个新书包都不舍得买，在学校被人笑话。"谢景聿看着林粟，嘲弄道，"我爸给你的钱，你都拿回来养家了吧？"

谢景聿真正嘲讽人的时候，连眼神都是冷漠的，但此时，虽然他在言语上轻视她，但眼神里半点嘲意都没有。

林粟想到昨晚李爱苹坦白自己说漏嘴的事，顿时就明白了他的意图。

"我……"林粟的神情犹犹豫豫的，还怯怯地看向孙玉芬，一副想说又不敢说的模样。

徐家福一看林粟这副表情，就什么都明白了。他皱起眉问孙玉芬："孙姐，你是不是把谢总资助林粟的钱拿走了？"

"没有没有。"孙玉芬马上否认，眼神闪闪躲躲的。

"林粟，你说，你爸妈是不是让你把钱拿回家了？"徐家福问林粟。

林粟抿紧唇，诚惶诚恐地摇头。她这副模样，就更让人觉得她是因为害怕，不敢说实话。

谢成康看明白了情况，先瞥了谢景聿一眼，再回过头端出老总高高在上的架子，摆谱道："我每个月让人给林粟打钱，是想让她在学校里好好读书，可不是为了扶贫。

"这钱要是没有花在她自己身上，算是我这个资助人失职。"

徐家福一听，谢成康这是动气了，胆儿一颤，再次问孙玉芬："孙姐，你说实话，是不是动了谢总给林粟的资助费？"

"没、没。"

"你可想好了再说。"徐家福施压。

孙玉芬到底是个村妇，没什么见识和胆量，惯会欺软怕硬，此时独自面对两个大老板，心里早就露怯了。

"没、没动，就是、就是怕小孩在外头乱花钱，暂时、暂时帮她保管。"孙玉芬的声音越来越轻，都不敢直视谢成康和徐家福的眼睛。

"孙姐，你说你这——"徐家福拿手点了点孙玉芬，面色不悦道，"亏我还觉得你和永田大哥人不错，你们怎么能动孩子读书的钱呢？那钱是谢总资助林粟去市里读书用的，可不是给你们补贴家用的。

"你们这样，不是摆明了不把谢总放眼里吗？那我以后还信得过你们，敢请你们做事吗？"

"我、我……"孙玉芬一听要丢饭碗，吓得是魂儿都要没了，她赶忙给谢成康赔不是，还保证道，"谢大老板，您大人有大量，别和我们这些乡下人计较，我以后、以后绝对不会再动您给林粟的钱了，以前保管的，也都、都还给她。"

谢成康并非真的在意资助费的去向，反正他给了，至于怎么花、被谁花了，他是不关心的。今天这事要不是捅到了面前，他压根不会去追究。

"好了，大嫂，我也不是要怪谁。林粟在学校读书要用钱，你拿了她的钱，她没钱花，被人笑话，要是让人知道她是我谢成康资助的学生，我脸上也无光，你说是不是？"

"是、是。"

"既然你保证了，这事就到此为止，你看行不行？"

"行、行。"孙玉芬一迭声应道。

上位者惯会恩威并施，谢景聿在一旁看着谢成康拿权势压人又一脸与人为善的嘴脸，心头反感，但他不得不承认，以恶制恶，效果奇佳。

"孙姐，谢总这么说就是没事了，你可记住自己刚才说的，以后别动林粟的钱了。"见事情都说清楚了，徐家福立刻从中调和，把话说完，他摆摆手，示意孙玉芬可以走了。

林粟闻言，戴上笠帽，就要跟着孙玉芬去茶园。

谢景聿见状，开口问她："你今天不去学校？"

林粟站在原地，和谢景聿对视着，眸光不定。

谢成康这时候开了口："明天就要上课了，下午我让周帅开车送景聿去学校，反正顺道，林粟，你就一起去吧。"

谢成康发话，孙玉芬不敢不让林粟走，就狗腿地说："人老总都说了，让你搭顺风车，你还不快说句谢谢。"

林粟顺从道："谢谢叔叔。"

"林粟，你别跟着你妈去采茶了，快回去收拾收拾，一会儿跟我们一起下山。"徐家福说。

"好。"林粟应声，离开前抬头和谢景聿对视了一眼。

他们都没说话，但视线相接的那刻，又好似什么都说了。

林粟走后，谢成康看向谢景聿，话里有话地说："我还以为，你是真的想逃课。"

"不然呢？"谢景聿淡淡道。

碍于徐家福在，谢成康不好说什么，只冷哼了一声，甩手走了。

5

茶园外有个水泥浇筑的小平台，算是个简陋的停车场，专门用来停放运送鲜茶叶的小三轮和皮卡车，徐家福的车就停放在那儿。

林粟回去，换了套干净的衣服，背上书包就往外赶。到了停车场，不见谢成康和徐家福，只看到谢景聿站在一棵橡树的树荫底下。

她没有犹豫，朝他走过去。

谢景聿在纳凉，看到林粟，直接说："他们在茶园里，再等会儿。"

林粟点点头。

他们刚才还默契地在几个大人面前打配合，现在没了旁人，反而生分得不知道说什么好。

"上午的事……谢谢。"半晌，林粟开口。

谢景聿扭头看她。

林粟回视他："我知道你是故意那么说的。"

"我只是在遵守约定。"谢景聿不太自在地压低了鸭舌帽的帽檐，"那些钱是给你的，只有你有支配权。"

林粟当初只让谢景聿找他爸资助自己上学，这件事他已经做到了，至于别的，并不在他们约定的范围内。

他现在做的，远比她要的、他承诺的更多。

"对不起。"林粟忽然说。

谢景聿诧然回头。

林粟看着他，郑重地说："之前在山里的事，我欠你一个道歉。"

"不用。"谢景聿顿了下，很快说，"如果我是你，也会做出一样的选择。"

林粟怔住。

谢景聿说"不用"，不是不屑于她的道歉，而是理解。

"你不怪我？"

"我说过，我们两清了。"

这句话谢景聿在高一开学的时候说过，但林栗能体会到其中的差别。

之前是避之不及，现在是释然。

他是真的，不再怪她了。

太阳炽烈，阳光在橡树的叶片上跳跃闪动，树底下少年男女并排站在一起，看着远山，无言又和谐。

似乎有什么东西，在这个夏日的午后，渐渐消解。

徐家福领着谢成康在茶园里逛了一圈，因为太晒，没多久就出来了。车开出来后，谢成康像个体贴的长辈一样，把后座车门打开，示意谢景聿和林栗上车。

"都十月份了，没想到山上还这么热。"上车后，谢成康说了句。

"白天太阳大，晚点就凉快了。"徐家福一边开车，一边接话。

"这么晒，采茶很辛苦吧？"谢成康回头关切了林栗一句。

林栗立刻打起精神，应道："我习惯了，还好。"

"懂事。"谢成康说。

徐家福附和："是，林栗是懂事，比我家那丫头懂事多了。"

"也比我家这个懂事。"谢成康从后视镜中看了谢景聿一眼。

谢景聿冷着脸，看向窗外。

到了山下，徐家福停好车后，林栗见谢景聿下车，也跟着下了。

谢成康打了个电话，没多久，周帅就开着车过来了。

谢成康打开后座车门，示意林栗坐进去："林栗，叔叔还有事，不能和你们一起回市里，我让周帅先送你和景聿一起去学校。"

"谢谢叔叔。"林栗礼貌道谢，顺从地坐上车。

谢成康把车门关上。

谢景聿要从另一侧上车，还没拉开车门，谢成康就叫住了他。

"今天这事我不管你是有意的还是无意的，以后在学校，都给我离林栗远一点。"谢成康收起了和煦的表情，压低了声音，隐隐怒道。

"钱给了，她爸妈的事我也插手管了，你报恩要有个限度，别被牵着鼻子走，她给不了你什么好处，听到没有？"

谢景聿冷眼看着谢成康，不发一言，片刻后拉开车门，直接坐上了车。

车上路后，车厢里静默无声。

周帅从后视镜中往后座看了眼，后头两个小孩和年初那会儿一样，坐一辆车上都不聊天。

唉，都同班同学了还不说话，闷死个人。

周帅暗叹一口气，只好憋回自己想唠嗑的欲望，被迫成为一个成熟稳重的大人。

上了高速，到了第一个休息站，周帅停下车，回头问："中午没吃饭，饿了吧？我请你们吃点东西？"

谢景聿睁开眼，他没有胃口，但余光看了下林粟，还是点了头。

休息站很小，就几家餐厅，周帅觉得高中生应该会喜欢吃薯条、汉堡，就领着谢景聿和林粟去了麦当劳，让他们点单。

谢景聿只点了杯可乐，周帅问林粟："你想吃什么？"

林粟没来过麦当劳，也不知道点什么好，想了下说："就吃之前吃过的汉堡吧。"

"哦，鸡腿堡？"周帅想起来了。

林粟不知道是不是，直接点了头。

"你喜欢吃鸡腿堡？"谢景聿突然问。

林粟语噎，她谈不上喜不喜欢吃，就是只吃过这一种汉堡，索性还吃这个。

谢景聿看出了她的想法，忖了下问："吃牛肉吗？"

"……吃。"

谢景聿直接给她点了一个厚牛堡，再点了一杯饮料。

他回头，见林粟盯着自己，轻咳了声，说："换个口味尝尝。"

林粟心头一动。

他还记得上回她说的，第一次吃汉堡的事。

吃完东西，稍作休息后他们仨就上了车。

国庆期间，林粟都在采茶，根本没什么时间复习。明天就要考试，她还有几张学校发的复习卷没做，只能把坐车的时间也利用起来。

谢景聿回头看她皱着眉，一脸沉思，垂眼去看她做的卷子，是数学卷。

"你还有几张卷子没做？"

林粟从数学题中抽出神来，细想了下，回道："三张。"

谢景聿抬眼："今天之内能做完？"

"尽量。"林粟说。

谢景聿扫了眼她白花花的卷面，说："时间来不及，你最好挑重点题去做。"

"老师说了，都是重点题。"林粟语气正经。

"……"谢景聿噎了下，朝她伸出手。

林粟莫名，不解地看着他。

"卷子。"

林粟反应过来，把手上的试卷递过去，见谢景聿还伸着手，立刻把笔也递了。

谢景聿拿着笔，唰唰在林粟的试卷上钩着，随后递还给她："你先把这些题做了，有时间再做剩下的。"

他这是在帮她押题？

林粟拿回试卷，低声说道："谢谢。"

"不用。"谢景聿把头扭向窗外。

接下来的路程，林粟一直在做题，谢景聿昨晚没睡好，靠在座椅上，闭目养神。

周帅间或从后视镜里往后头看一眼，后座上，少年闭着眼睛在睡觉，少女低着脑袋在学习，他们虽没有说话，但气氛显然和上一回同车时完全不一样。

年轻真好啊！周帅感慨。

两个多小时的车程，下午近四点，周帅把车开进了市区。

林粟看学校就要到了，利索地收拾好东西，对周帅说："周哥，过了这个路口，麻烦你在路边停下车。"

"怎么了？是有什么事吗？"周帅问。

林粟含糊道："我要去买点东西。"

"这样啊，那我在前面给你放下。"

"好，谢谢周哥。"林粟抱着书包坐好。

谢景聿看向林粟，冷不丁问："你要买什么？"

"我要买……"林粟没料到他会询问，事先没准备好答案，一时回不上来。

谢景聿见她卡壳，心里跟明镜似的，轻哼一声，转头看向窗外。

林粟见他这样，觉得他可能就是随口一问，没那么关心答案，就噤了声，没有回答。

过了路口，周帅把车停靠在路边。

林粟对周帅说："周哥，谢谢你今天送我来学校。"

"顺道的事，不客气。"

林粟正欲开门下车，手摸上车把手的时候犹豫了下，回过头对谢景聿说了句："我先走了。"

"嗯。"谢景聿没什么表情。

林粟迅速下车，背上书包，转身打算走路去学校，才走几步，就听到谢景聿在喊自己，回头发现他也下了车。

她心头一紧，立刻左顾右盼。

"你怎么下来了？"林粟小跑过去问。

谢景聿看她紧张兮兮的模样，微皱了下眉，抬起手，递了样东西过去。

"掉车上了。"

林粟低头，看到了自己的口袋书，大概是刚才没注意，从书包的侧口袋掉出来的。她接过书，道了句"谢谢"，马上又说："你快上车吧。"

林粟语气稍急，催人似的，同时眼睛还往左右看了又看。

谢景聿眉头更紧。

她这样，就好像他多见不得人似的。

"你还有别的银行卡吗？"谢景聿问。

林粟怔了怔，点头。

"记得把卡号发给周帅，我让他以后把钱打到你的新卡上。"谢景聿顿了下，接着说，"如果你爸……养父养母再拿你的钱，记得告诉我。"

林粟动容，垂下眼，轻声说："谢谢。"

谢景聿再看了看林粟，觉得好像没什么要交代的了，沉默片刻，生硬地说了句："不是要买东西，去吧。"

林粟："……"

和谢景聿分开后，林粟走去了学校。到校后，她回宿舍洗了个澡，出来时孙圆圆和她说，她的手机一直在振动。

电话是孙玉芬打来的。

林粟前脚到学校，孙玉芬后脚就打电话，显然是掐着点找她的。上午的事大概让孙玉芬特别恐慌，所以着急想从她这儿打听一些事。

林粟没有立刻回拨电话，她把手机放在一旁，从书包里拿出卷子，做起了题。

下午谢景聿帮她把剩下几张卷子都钩了重点题，考试在即，她现在要争分夺秒地把这些题给琢磨透了。

期间孙玉芬又打了几个电话，林粟都没理，等她刷完一张卷子，看了下时间，觉得孙玉芬这会儿大概就像是热锅上的蚂蚁，急得团团转了，才拿起手机去了阳台，拨了个电话回去。

电话刚打通，孙玉芬上来就质问："刚才给你打了那么多电话，你怎么都不接？"

"在车上，不方便接电话。"林粟从容应道。

"你撒什么谎呢，从镇上到市里哪要这么久？"

"路上堵车，谢叔叔的助理就绕了远路。"

孙玉芬一听谢成康，语气一下子就僵了，她试探地问："那个谢老板……下午还有没有和你说什么？"

"没说什么，就是问了下你和爸的工作。"

"他打听我和你爸干什么？"孙玉芬急得说话都走音了。

"不知道。"

"他还说什么了？"

"他说……让我以后有事记得找他。"

"你敢！"孙玉芬骂骂咧咧的，恶声恶气地问，"是不是你把我拿你银行卡的事说出去了，啊？"

"我什么都没说。"林粟故作惶恐，"妈，今天你也看到了，谢叔叔和徐叔叔完全不知情，是我那个同学，他猜到的。"

谢景聿今天当着孙玉芬的面"发难"，摘清了她告密的嫌疑，这样林永田和孙玉芬就不能把这事怪到她头上。

"小小年纪，怪精的。"孙玉芬说谢景聿，又迁怒林粟，"还有你，今天他们问你话的时候，你紧张什么啊？话都说不出一句，就知道窝里横。"

林粟不吱声，她知道孙玉芬这会儿就是无能狂怒，拿她出气。

"我问你，那个谢老板之后还给你钱吗？"

"给，但是他说……"林粟刻意停了一拍，才犹犹豫豫地开口，"以后就不直接打钱了，让我有需要，找他助理拿。"

"什么？不打卡里了？"

"嗯。"

孙玉芬知道谢成康这是防着自己，心里头恼火，指使林粟："你以后多找他助理要钱，要了拿回家。"

林粟无声冷笑，想孙玉芬真是本性难移，上午才做的保证，下午就忘在了脑后。她不指望孙玉芬把之前拿的钱吐出来，但之后的，她一定要保住。

"要钱，也是要理由的。"

“你就说学校要交费。”

“但是……”林粟为难道，“我和谢景聿同班，学校要交什么钱，他都知道，我怕他和他爸说。”

孙玉芬一下子没了话，过了会儿才骂咧了句：“意思是这钱就拿不回来了？”

林粟不吭声。

“那你还读个什么劲儿，趁早回山里算了。”孙玉芬恨道。

林粟并不慌张，故意问：“妈，你是认真的吗？”

孙玉芬被噎住。

最近谢成康和徐家福要一起开公司的事在山上山下传遍了，谢成康以后指不定就是茶厂的大股东，她哪里敢真得罪，只能过过嘴瘾。

林粟正是猜到了这一点，才敢狐假虎威。

不管之后怎么样，至少现在，谢成康这张牌还是挺好用的。

6

傍晚，林粟和孙圆圆去食堂吃饭，饭后直接去了教学楼，分开去各自的班级上自习。

才到班上，林粟就敏锐地察觉到气氛不太对劲。

她一进去，后排一群扎堆聚在一起的男生就齐刷刷地看过来，教室里的其他同学也投来了打量的目光。

“林粟。”周与森招招手，“你过来一下。”

林粟以为有什么事，放下书包就走了过去。

“怎么了？”她问。

周与森挠了下头，开了口：“程昱说……刚才在学校附近，看到你和景聿从一辆车上下来。我说他是看错了，但他硬是说没有。”

程昱是三班的化学课代表，经常和谢景聿还有周与森一起打球。他就在那群扎堆的男生中，此时举起手来发誓，说：“我以明天月考的数学成绩起誓，绝对没有看错。”

拿班主任任教的学科来发誓，程昱是赌了狠咒了。班上的人听他说得这么笃定，基本上都信了他的话，纷纷不可思议地看向林粟。

林粟没想到真被人碰上了自己和谢景聿从车上下来的一幕，还是同班同学，她被打个措手不及，心底是有些慌的。

她暗地里掐了掐指尖，让自己保持冷静，随后在众目之下，坦然地点头承认道："我今天是和谢景聿坐一辆车来学校的。"

教室里诡异地静了三秒。

"看吧，我就说我没看错，他们就是坐一辆车来的。"程昱拍拍胸膛，昂起下巴，颇为得意。

周与森刚才还和程昱争辩，说他近视又加深了，让他重新配一副眼镜，现在就被林粟的话惊得要掉了下巴。

周与森怎么也不会把景聿和林粟联想在一起，之前他们明明关系平平，也没说过几句话，景聿那伙一开始对林粟还总是摆冷脸，有段时间林粟见着景聿就跑，搞得他以为他俩互相看不惯，还发愁来着。

周与森的脑子宕机了，他消化了好久，才讷讷地问："你和景聿怎么会一起来学校啊？"

林粟已经快速组织好了语言，沉着地回道："他跟着他爸爸去南山镇，正好碰上我了，就顺道捎上我来学校。"

"景聿和他爸去南山镇干吗啊？那么远，探亲啊？"程昱看着林粟，忽然脑洞大开，问，"你不会是景聿的什么远房亲戚吧，'天上掉下个林妹妹'？"

周与森："啊？"

一个敢猜，一个敢信，果然有卧龙的地方必有凤雏。

林粟额角一抽，解释说："他爸去南山镇做生意。"

"啊？景聿的爸爸不是开公司的吗？去南山镇那种小地方能做什么生意啊？"程昱心直口快，有不明白的就直接问了。

林粟这会儿已经很淡定了，她转过头，目光在教室里转悠了一圈，最后定在一个人身上。

"你们可以问问徐雅恩，谢景聿的爸爸就是和她爸爸合作的。"

程昱立刻喊徐雅恩："真的吗？"

"真的。"徐雅恩的语气还有点自得，"我爸爸说了，他要和谢景聿的爸爸一起合开一家公司。"

有了徐雅恩的佐证，林粟说的话就能让人信服了。

"没想到景聿人还怪好的。"程昱嘀咕了一句。

林粟见那群男生信了自己的解释，暗自松一口气，刚要回座位，才转身，就看到谢景聿从前门走进来。

看到他，她才落地的心瞬间又提到了嗓子眼。

"景聿，你今天怎么来上晚自习了，竞赛班不去了啊？"周与森看到人，立刻问。

"明天考试，晚上不上课。"谢景聿回。

"你来得正好，我们刚才还聊你呢。"

谢景聿不动声色地看了眼站在周与森身旁的林粟，随口问道："聊我什么？"

"程昱那小子今天下午看到你和林粟从一辆车上下来，怀疑你俩有什么私情。"周与森用词大胆。

谢景聿走到最后一桌，看向林粟。

他们对视了两秒，林粟眼神紧张。

很快，谢景聿别开脸，淡定从容道："顺路而已。"

周与森："林粟也是这么说的。"

谢景聿不意外，他知道她会想方设法解释过去。

林粟感觉自己的手心都出汗了，听到谢景聿的回答，不由得心口一松。危机应对过去了，她不再站着，和周与森说一句"我回去了"，低头往座位走。

谢景聿看她一眼，放下书包。

周与森转过头，笑嘻嘻地说："程昱刚才还怀疑林粟是你的远房表妹，我差点就信了。"

谢景聿略感无语："你的脑子呢？"

"我这不是被你和林粟坐一辆车的事吓着了嘛。"周与森捂住自己的小心脏。

谢景聿坐下："我和她坐一辆车犯法？"

"不犯法。"周与森也拉开椅子坐下，"但是你和林粟不是一直都不太熟嘛，我就没想着你们能一起来学校。"

"她和我不熟，和你熟？"谢景聿怼他。

"反正比和你熟。"周与森龇着牙，嘚嘚瑟瑟的。

谢景聿看他那欠嗖嗖的样儿，莫名不顺眼，但又反驳不了。

在人前，他和林粟关系一般，在人后，好像也说不上熟。

林粟回到座位，才坐下，转头就看到周宛注视着自己。

周宛施施然一笑，说："你和谢景聿一起来的学校啊？"

"嗯。"林粟面色镇定，"顺路。"

"看不出来，谢景聿还会主动邀同学搭顺风车。"

林粟本来想进一步说明，是谢景聿的爸爸让她搭的顺风车，但看到周宛别有深意的眼神，顿时就觉得没有必要。

周宛不是周与森，没那么好糊弄，越解释可能她就越怀疑，不如就潦草回应，像不当回事那样。

这么想的，林栗就没有接话。她从书包里拿出文具，又拿了卷子出来，想要抓紧时间把没做完的题做了。

结果卷子刚展开，就看到了谢景聿的笔迹——下午在车上，她有几道题没做出来，他就给她简单讲解了下。

林栗余光见周宛看过来，下意识就把卷子合上。

周宛垂眼去看林栗压在手上的卷子，疑惑地问："怎么了？"

林栗后知后觉自己反应太大了，卷子其实就算让周宛看到，也没什么。不过现在既然合上了，她只好顺势说："没事。"

她装作若无其事地把刚拿出来的试卷折起来，放回抽屉里："我忘了这张卷子已经做完了。"

"哦。"周宛点点头，接着看书去了。

林栗悠悠地呼出一口气。

今天一天，从上午到现在，险象环生。

差一点，她和谢景聿就暴露了。虽然他现在不再怪她，但应该也不会想要别人知道他们有除却同学之外的关系。

林栗之前以为，就算分了一个班，也不需要担心班上的人会发现什么，毕竟她和谢景聿会和高一时一样，不会有什么交集。

但现在，怎么感觉处处是破绽？

国庆假期结束，高二就进行了为期两天的月考，这次考试是分科考，文理科各考各的，考试结束没两天，成绩就出来了。

谢景聿是理科第一，但年级里的人这次热议的不是他毫无悬念的月考名次，而是他上个月参加联赛的排名。

不仅高二年级，整个一中都在传，谢景聿拿了省一，是真真正正的省一，直接被选拔成了省队队员，年底要代表整个省去参加竞赛冬令营。

竞赛结果出来那两天，孙志东的眼睛都要笑没了，不仅上课的时候春风得意，课后还自掏腰包请班上所有人吃雪糕。

进了省队，谢景聿就更忙了，他被打包进竞赛班，进行封闭式的训练，一个星期在班上露不了一次面，周与森说他就是三班的幽灵。

十月份，时间就在季节更替中悄然流逝。

进入十一月，临云市的天气开始转凉，入秋后，一场雨断断续续地下了半个月，连日不晴。一层秋雨一层寒，几场雨过后，气温连降，冷得像是直接进入了冬天。

天气一冷，洗衣服、洗头发就成了麻烦。

林粟找了个时间，仍然去后街那家理发店，把头发剪了。

现在周帅每个月都会把生活费打到她的新卡上，孙玉芬和林永田再没办法扣下她的钱，但她还是很节俭，能省钱的地方绝对不会多花一分钱。

十一月底，连日的阴云总算是散开了，虽然外头还是阴沉沉的，但好歹不下雨了，也隐约见了点稀薄的阳光。

上午，第三节课下课铃声响没两声，老师前脚说下课，周与森后脚就站起身，招呼班上所有人出去上体育课。

这段时间因为天气不好，三班已经半个月没上过体育课了，体育老师都不需要找借口说自己生病，课就被其他老师合情合理地"借"走了。

班上的人早就憋坏了，巴不得能出去活动活动，因此不需要周与森三催四请，很快教室就空了。

上课铃还没响，周与森喊集合，同学们懒懒散散地排着队。这时候不知道谁喊了句"谢景聿"，一下子，所有人都抬头看过去。

"你怎么来了？竞赛班今天又不上课了？"周与森看到谢景聿，惊喜地问。

"翘了。"谢景聿说。

"啊？真翘课了？"

"嗯。"

"你不怕老孙削你啊。"

"顶多让他念两句。"谢景聿不以为意。

"果然被偏爱的有恃无恐。"周与森一手揽过谢景聿，朝他挤眉弄眼的，"你宁愿翘了竞赛班的课也要来上体育课，是不是想我了？"

"少往脸上贴金。"谢景聿瞥他一眼，把他的手从肩上抖落下来。

"是手痒了吧？"周与森嘿然一笑，转了下手上的篮球。

谢景聿不置可否。

这段时间他基本上都在竞赛班里做训练，一点闲暇都没有，又因为下雨，算起来已经有好长一段时间没怎么运动了，再这样下去，身体都要生锈了。

今天天气稍晴，他在竞赛班上做题做得心烦，与其没有效率地学习，不如翘了课，下来打打球，换一换心情。

体育老师吹哨集合，周与森把篮球抛给谢景聿，谢景聿接过后随意地运了两下，抬头往班上同学看过去，目光很快就锁定了一个人。

他这段时间没去班上上课，有阵子没见到林粟了，上回见面，她还是长发，这次碰上，变短发了。

她和树木一样，天冷了，就要落叶，减少消耗。

7

周与森领着全班做完热身运动，体育老师又让跑了两圈，再练了会儿排球，就解散自由活动了。

林粟带了本杂志出来，解散后想找个安静的地方看书，许苑大老远地跑过来，说："小粟，我们班一会儿要考排球，我戴着镯子不方便，先放在你这儿。"

说着，她就摘下手上的镯子，递给林粟："行吗？"

保管个镯子费不了什么工夫，林粟没有拒绝，接过后揣进了校服兜里。

许苑走后，林粟在操场树下的长椅上坐着看杂志，精读了一篇文章后，她估摸着要下课了，遂合上书，站起身准备去找许苑。

她往操场上张望了下，看到许苑和她的同学抱着排球往器材室走，就跟了过去。

到了器材室门口，林粟从兜里拿出镯子，正要进去找许苑，意外地听到了自己的名字。

许苑说："你们先回教室吧，我去找三班的林粟，拿回我的镯子。"

"许苑，你怎么敢把那么贵的镯子交给林粟保管啊。"一女生说。

许苑问："你这话是什么意思？"

"我有个初中同学，现在和她住一个宿舍，说林粟是个奇葩。林粟是南山镇来的，家里很穷，还要申请助学补助，我同学说她平时出门都要把柜子锁上，生怕丢东西……你还敢把镯子交给林粟，心也太大了。"

林粟听到这儿，脑海中霎时涌上了一些不好的回忆，脸色微微发白。

她很早就明白，这个世道，人们总是将贫穷和罪恶绑在一起，似乎穷就是原罪，就要受到更多的审判。

林粟冷着脸，抬脚刚要走进器材室，就听到许苑语气铿锵地说："林粟是我的朋友，我相信她的为人。"

林粟顿住脚。

"她的家境或许没那么好，但这不代表她的品格就有问题。"许苑一改往日的温和，语气难得严肃，"道听途说并不足以判断一个人的本质，只有深入交往、了解后才能真正地认识一个人。

"我和林粟相处过，我知道她并不是传闻中的那样，相反，她是个非常优秀的女孩，也是我非常珍惜的朋友，所以希望你们以后不要再对她抱有偏见，这对她并不公平。"

林粟没想到许苑会这样坚定地维护自己，心脏像是被人轻轻撞了一下，一时又酸又涩。

她在许苑身上看到了自己的狭隘和怯弱。

之前，她觉得自己和许苑不是一个圈层的人，走得太近，双方都会遭到议论。为避免麻烦，她一味地避开与许苑接触，一刀切的做法固然省事，但这么做却完全忽略了许苑个人的意愿。

林粟反思，她因为不想受到他人眼光的干扰而选择远离许苑，这个行为本身就已经是被影响了的，她以为自己是在主动选择，其实早就被不相干的人裹挟了。

以友为镜，林粟审视了自己一番，她或许早就画地为牢而不自知。

许苑从器材室出来，在操场找了一圈，最后在操场入口附近找到了林粟。

"小粟。"许苑跑过去，"你怎么在这儿啊，是不是刚才回教室了？"

"没有，我去了小卖铺。"林粟说完犹豫了下，把手上的一瓶酸奶递给许苑，"老板说这是新出的口味。"

"这是……回赠？"许苑的表情有些失落。

她以为经过了一段时间，林粟即使还没完全卸下心防，但至少也不会像一开始那样，和她划清界限。

"不是，是……分享。"林粟说。

许苑的眼睛一下子就亮了，她抬起头，眼神直瞪瞪的，把林粟都看得难为情了。

许苑觉得林粟真是越看越可爱，她接过酸奶，没忍住一把抱住林粟，说："我刚才运动完，还想着中午吃完饭去买一瓶新口味来尝尝，没想到你先给我买了。"

许苑抱着林粟轻轻晃了晃："小粟，你真好。"

周边同学纷纷看过来，林粟觉得不自在，但也没有把许苑推开。

"嘿，你们两个，抱一起干吗呢？"操场入口边上就是篮球场，此时周与森跟只壁虎一样，扒拉在球场的网格墙上。

周与森边上，是抱着球的谢景聿。

许苑松开林栗，牵着她的手，回头看向周与森，喜笑颜开道："有什么好大惊小怪的，感情好抱一下不行啊。你要是羡慕，可以抱一下景聿。"

周与森回过头，谢景聿直接不留情面地说："想都别想。"

"唉，真绝情。"周与森做出一副伤心的模样。

"行了，别演了。"许苑问周与森和谢景聿，"你们不打球了啊？"

"快下课了，不打了。"周与森站直了身体，"趁铃声没响，我们赶紧去食堂吃饭，不然一会儿又得排队。"

周与森看向林栗："林栗，你跟我们一起吃呗。"

周宛来例假，早早地回宿舍休息去了，林栗想了下，点了头："好。"

林栗这回答应得爽快，周与森反倒愣上一愣，反应不过来似的。

谢景聿看许苑拉着林栗往食堂走，瞥了眼周与森，喊他："愣着干吗？"

"林栗刚才答应和我们一起吃饭了。"周与森讷讷道。

"我没聋。"

"但是我之前邀请她，她都是拒绝的。"周与森挠挠下巴，忽然拍了下手，激动道，"她是不是被我锲而不舍的精神感动了，打算收下我这个朋友了？"

谢景聿乜他："和你没多大关系。"

"我就说吧，你这个大冰块我都能焐化，林栗早晚有一天也会被我打动的。"

谢景聿无语，抱着篮球走了，任由周与森一个人在那儿自我感动。

最后一节课是体育课，老师下课前还不集合点名，天时地利人和，食堂里没什么人吃饭，所有窗口前都空荡荡的。

周与森想吃水饺，许苑就说和他一起去点水饺，她走之前问林栗："小栗，你吃水饺吗？"

林栗摇头，她觉得吃面吃水饺都不如吃米饭来得饱。

许苑看向谢景聿，才要问，忽然又打住了——他站在林栗身后，摆明了已经做出了选择。

林栗拿了餐盘去窗口打饭，谢景聿跟在她后边，见她仍只打两个素菜，微微皱了下眉，问："周帅没有给你打钱？"

"有啊。"

"他们又拿你钱了？"

林栗知道这个"他们"指的是林永田和孙玉芬，便摇了下头："没有。"

"既然这样，你就没必要在吃上面省钱。"

林栗想说自己对吃没什么要求，只要能吃饱就行，但这会儿打菜的阿姨拿着个勺子，挟着一脸笑意，意味深长地看着她和谢景聿，眼神里还透着宽容。

现在不是说话的好时机，为了让谢景聿不再发表意见，她果断地多打了一个肉菜。

谢景聿看到后，果然没再出声。

林栗端着餐盘去拿筷子，随后走向自己刚才放了杂志的那张桌子。

谢景聿跟过去，垂眼看到她餐盘里只有三双筷子时，眉头微微一皱，不太高兴似的。

林栗发觉了，开口解释道："我以为你自己拿了。"

"他们两个吃饺子，用不着筷子。"谢景聿面无表情地坐下。

林栗闻言，拿起一双筷子搁在谢景聿的餐盘上，又瞥了他一眼，见他面色有所缓和，不禁觉得好笑。

以前怎么没发现，谢景聿还挺幼稚的？

"你最近有回茶岭吗？"谢景聿问。

林栗摇头："没有。"

"你养父母……还有为难你吗？"

"没有。"林栗说，"我在学校，他们拿我没办法。"

"那就好。"

那就好？

这学期之前，林栗很难想象谢景聿会对自己的境遇感到庆幸。

可能是因为他们已经放下了隔阂，不再对彼此抱有成见。上一次从茶岭回校后，她就察觉到谢景聿和自己的相处状态自然而然地变得不一样了。

现在他们已经能够平和地坐在一起说话了。

不一会儿，周与森和许苑各自端着一碗饺子坐下。

许苑捞起一个饺子，放在林栗的餐盘里，说："玉米猪肉馅的，小栗你尝尝。"

周与森正对着一个饺子呼呼地吹着气，刚要送进嘴里，看到许苑的操作，便有样学样，勺子一转，对谢景聿说："香菇猪肉馅的，小聿你尝尝。"

谢景聿早有预判，抬起手一挡，无情地拒绝道："留着你自己吃。"

"啧，这可是人家的一片好心。"

"把你的好心烂肚子里。"

许苑看着他俩一来一回的"不对付"，笑意盈盈，林栗被感染着，眼底也浮出了浅浅的笑意。

谢景聿抬头看了对面一眼，神情稍展。

"奥赛冬令营要开始了吧？"许苑问谢景聿。

"嗯。"

"还有两周？"

"对。"

许苑问："你是不是要提前去比赛地？"

谢景聿点头。

周与森插话："要去多久？"

"一星期。"

周与森"啊"了一声："这么久啊。"

许苑解释："竞赛光考试就要两天，加上开幕式、闭幕式、各种学术报告，要差不多五天的时间。"

周与森点点头，咽下嘴里的饺子，兴冲冲地对谢景聿说："你出发那天我们去送你，给你加加油打打气。"

"只是去考个试，又不是上战场。"谢景聿说。

"和上战场差不多。"周与森亢奋道，"你这回要是发挥好了，直接保送，高三都可以躺平了。"

"是啊。"许苑接道，"你联赛成绩那么好，进国家队的机会很大的。"

"我要是你，现在就开始想读清华还是北大，报什么专业了。"周与森乐呵呵地问，"还是你已经想好了？"

谢景聿垂眼，缄默片刻，摇头。

"这点你就不如我，我早就想好了，报警校，毕业后和我爷爷、我爸爸一样，当警察。"周与森雄赳赳气昂昂的，又问许苑，"你呢？"

"我啊，法学，以后当个律师。"许苑没怎么犹豫。

"得，咱俩以后政法系见。"

周与森又看向林粟。

林粟回答不上来。

此前她的人生一直在挣扎着求生，最大的心愿就是能够离开茶岭，离开现在这个家，能否读完高中对现阶段的她来说都是不确定的。

她一心只想着能顺利毕业，考上一所好大学，但从来没仔细考虑过考哪所大学、读什么专业。

理想是个奢侈品，她尚未拥有。

"急什么。"谢景聿抬眼，极其从容地说，"现在高二，还有一年半才高考，有的是时间可以想毕业后的事。"

谢景聿这话像是为自己说的，但林粟知道，关于未来想做的事，他不说，但心里早就有了答案。

真正迷茫的只有她一个。

他的话，是说给她听的。

注①：绞杀榕，雨林植物，种子会随动物排泄物被带到另一树木的枝丫或树皮裂缝上，萌发后，会产生气生根。行为就像附生植物一样，随着榕树长大，气生根会将宿主包围，借助宿主的枝干支撑自己的身体。当榕树长大成树时，它的根茎已经把整个宿主包住，宿主树最终会因为传导系统受阻而枯死。

注②：绿绒蒿，别名"喜马拉雅蓝罂粟"，生长在被称为"生命禁区"的高原流石滩。绿绒蒿从萌发到开花，需要多年的积累和等待，只为一生中可能只有一次的花开。

· Chapter 8 ·
原来废墟还能坍塌

1

十二月份，临云市正式入冬。

中旬，高二进行了一次月考，考完过了个周末，成绩就出来了。

谢景聿因为在准备竞赛，没有参加这次的考试，因此理科排行榜上的榜首换了人。

这学期，林粟摸索出了属于自己的学习方法，也觉得比起高一更得心应手了些。但几回考试下来，她的排名变化不大，始终是三百名出头。

这个名次在一中算中等，老师说上个一本大学是可以的，但她并不满足。尤其是上回知道了周与森、许苑的志向后，她更觉得自己不能安于现状停滞不前，要向他们看齐，努力往上再搏一搏。

一中的学生都是从各大中学选拔上来的优秀学生，到了高二，大家适应了高中的节奏，开始发力了。她在努力的同时，别人也在努力，从下游挤到中游，尚且容易一些，但要从中游去到上游，那就是一道坎儿了。

高二几回考试下来，林粟始终没能挤进年级前三百名，说不失落是假的，但她并没有因此泄气。

上午最后一节课，物理老师讲评完月考卷的最后一道大题，难得没有拖堂，直接下课了。

林粟收好东西，背上书包，临出教室时，周与森喊住了她。

"林粟，你吃饭去吗？"周与森问。

林粟摇了下头，说："我先去趟收发室。"

"收发室，拿报纸？"

"取信。"

周与森"哇"了一声："你还有笔友呢？"

林粟没提小郑哥，问了句："你找我有事吗？"

周与森像是才记得自己有事来着，说："景聿中午就要出发去参加竞赛了，之前我不是说去送送他吗？许苑让我问问你，一起去吗？"

林粟想着之前说好了的，就点了头。

周与森抬手看了看腕表："时间还来得及，我陪你先去趟收发室。"

"不用了，信我可以下午再取。"

"不急。"周与森说，"景聿他们出发前还要开个会，这会儿还没散呢……走吧，我们从收发室回来，正好送景聿上车。"

林粟见周与森这么坚持，没再多说。

下了楼，许苑班的老师拖堂，还没下课，他们就站在窗外给她打了个手势，先去了收发室。

到了收发室，林粟熟门熟路地打开三班的信报箱，周与森手快，把里边的一摞报纸拿了出来："我们班这么多报纸没拿啊，等下我带回班上好了，不看还能擦窗户。"

林粟翻了翻报纸，在里面找到了小郑哥寄来的信。

"看看还有没有寄给班上同学的信，我给捎回去。"周与森说着抖搂起那沓报纸，还真被他抖出了一封信。

林粟看到掉落在地上的红色信件时，眼皮一跳。

"这居然是寄给景聿的信。"周与森捡起那封信，看到收件人时表情惊讶，"居然有人给他写信，谁啊？"

他拿着那封信正面反面看了一遍，嘀咕："这谁寄的啊，还不写寄件人，一点都不规范。"

周与森又去看邮戳："临岩市寄来的……景聿在临岩市还有朋友？我怎么从来没听说过？难道他背着我有别的好哥们儿了？"

林粟没接话，她也不知道是谁给谢景聿寄信。

上学期谢景聿误会她偷信时说过，信里有他的秘密，这个秘密一定不是很光彩，否则他不会觉得她能够以此来要挟他。

"我抱着报纸不方便，林粟，景聿的信你先拿着。"周与森递过手上的信。

林粟垂眼接过。

从收发室离开，他们回到教学楼，去了许苑的班级。周与森觉得抱着一沓报纸出门累赘，就把报纸先放在了许苑的教室，准备送完谢景聿回来再取。

出发去参加竞赛的学生有学校的大巴车专车接送，许苑说谢景聿已经散会了，他们赶去校门口，正好碰上参赛生排队上车。

"景聿。"许苑喊了声。

谢景聿回头看过来。

周与森走过去，拍了拍谢景聿的肩，语重心长道："好好加油啊，少年，不要辜负组织对你的期待。"

谢景聿无语地瞥他一眼，看向他的身后。

许苑拉着林栗走近，笑着说："景聿，你放轻松，只要发挥出你真实的水平，就一定没问题的。"

谢景聿的目光移了一寸，看向林栗。

林栗这次没有说样板式的吉祥话，而是言简意赅地说了句："加油。"

"嗯。"谢景聿微点了下头。

那边带队的老师喊谢景聿，说到点了，车要开了。

"我走了。"谢景聿说。

他随意地挥了下手，转身往大巴车走。

周与森这时候忽然想起来，喊了声："对了景聿，你有一封信。"

谢景聿倏地站定，转过身来。

"信？"

"对啊。"周与森看向林栗，"林栗，你把景聿的信给他吧。"

林栗看着谢景聿，他的表情在听到信的那刻，明显沉郁了下来。

她迟疑片刻，说："信……我放在许苑班上了。"

许苑："嗯？"

林栗暗地里捏了下许苑的胳膊，许苑不明白林栗这么做的目的，但还是立刻配合着点点头："啊……对。"

"没有吧，林栗，你是不是忘了，信你放书包里了啊。"周与森傻乎乎的，还以为林栗真是忘记了，便提醒说，"我刚才亲眼看到你放进去的。"

林栗抿唇，看着谢景聿的眼神里透着紧张和不安。

谢景聿当然能看穿林栗蹩脚的演技，也知道她这么做的原因——她已经猜到信里的秘密并不是那么愉快。

他向林栗伸出手："信。"

林栗揪着书包带子，神色踟蹰。

谢景聿看出她在犹豫什么，再开口时语气便柔和了些："给我吧。"

林栗见他坚持，暗自叹一口气，从书包里拿出了那封红色的信，递过去。

谢景聿接过信，捏在手里，再看了眼林栗，转身上了大巴车。

许苑挽上林栗的手，压低声问："怎么回事？"

林栗沉默地摇了下头。

许苑幽幽地叹了一口气："算了，我不问，反正你们两个之间多的是小秘密。"

学生都上车后，大巴车启动，缓缓往前走。

谢景聿坐在窗边，看着底下周与森和许苑在朝他挥手，周与森还疯狂地在喊"加油"，林栗就只是仰头看着他，目光澄澈。

大巴车离开一中后，他低头看向手中的信，眼底情绪晦暗不明。

林栗藏着信不肯给他，是觉得这封信会影响他比赛，虽然他装作不在意，但她的担心并非没有道理。

谢景聿想到中考前收到的第一封红色信件，像是一颗炸弹，将他对家庭还抱有的虚无幻想全炸碎了。

寄信人很狡猾，他知道在什么样的时间点寄出什么样的信件，杀伤力会更大。

对方的目的是想摧毁他。

手上的信件像是潘多拉的魔盒，一旦打开，就会引发灾难。但是不打开，是不是也变相地让对方得逞了——看，你害怕了。

谢景聿似乎能通过这封红色信件看到寄信人得意的嘴脸，他神色一沉，拆开了信。

信封里装着的照片和以往的不一样，是一张 B 超照，黑白影像中隐隐能看出有什么东西。翻过照片，背后写着一行字：哥，妈妈怀孕了，你想要弟弟还是妹妹？

谢景聿的神色狠狠一沉，捏着照片的手因为用力，隐隐在颤动。

这一刻，他有了个新的认识——原来废墟还能坍塌。

奥赛冬令营一共五天，第一天开幕式，二三天考试，第四天看各种学术报告，第五天闭幕式，宣布考试成绩，颁发奖牌。

奥赛闭幕式才结束，参赛生还没回来，临云一中就各种消息满天飞了。

学校里很多人跟喇叭似的，憋不住地把自己打听到的消息到处说，其中备受讨论的就是高二的谢景聿发挥失常，没能进入国家集训队的事。

之前联赛结束，学校里的老师都很看好谢景聿，本来所有人都觉得他被保送是板上钉钉的事，差别只在名次上，但谁能想到，他在决赛场上掉了链子，居然没进前六十。

谢景聿的这次失常，不禁让人联想到了他中考考砸了的事，很快便有人出来奚落他，说他平时考第一有什么用，关键时候发挥不出来也白瞎。

晚自习课间，三班的同学对这事也是讨论得轰轰烈烈，还有人问周与森："你不是和谢景聿关系好吗？他是不是真的没进集训队啊？"

周与森难得暴躁地顶回去："没进又怎么样？以他的水平，高考照样能上清华北大。"

自习课上，孙志东喊周与森出去，没多久他回来，脸上的表情明显不是很好，林栗认识周与森以来，就没见他这么丧过。

晚自习放学，许苑跑上楼来找周与森，林栗看见他们在走廊上说话，忡了下，起身走出了教室。

许苑看见她，招了下手，说："我和与森在说景聿的事呢。"

"谢景聿……怎么了吗？"

周与森说："老孙刚才找我，说今天晚上学校竞赛班的老师带队回来了，景聿没来自习，他联系不上，就来问我，知不知道景聿去哪儿了。"

许苑愁眉紧锁，担忧道："我刚才给景聿家里打过电话，他家阿姨接的，说他今天都没回去。"

周与森拿着手机，一遍遍地给谢景聿打电话，就是打不通。

"电话不接、消息不回，除了学校还有家，他能去哪儿？"周与森皱着一张脸。

林栗脑子里忽地闪过了一个地方，她垂眼，不动声色地说："他可能是散心去了，明天就会来学校，你们别太担心。"

许苑和周与森同时叹了一口气，脸上的忧虑是一分没少。

时间已晚，周与森和许苑没在学校留太久，他们走后，林栗左右考虑了下，拿上零钱，第一次在晚自习下课后离开学校。

她拦了辆出租车，让师傅送她去后街，司机师傅见她穿着校服，还好心提醒她，说后街很乱，她一个女孩子晚上最好别去。

林栗道了谢，但没有退缩。

下车后，她直奔后街那家台球馆。站在门外，看着里边乌烟瘴气的，她稍作迟疑，很快就抬脚走了进去。

台球馆里都是些流里流气的青少年，叼着烟喝着酒，看见林栗，立刻不阴不阳地调笑道："哟，一中的女学生怎么跑这儿来了？打球还是找男朋友啊？要不要哥哥陪你玩啊？"

林栗无视他们，冷着脸直接往馆里走。

从外面看不出来，但进来后她才发现台球馆内部挺大的，估摸着有个一百多平方米，摆着好几张台球桌，基本上每桌都有人在打球。

林粟抿着唇，不理会那些人不怀好意的目光，径自往里走，一桌一桌地找过去。

最后在最靠里的那一桌看到了想找的人。

她站定，目光定定地落在正持杆俯身专注地打球的谢景聿身上，一路上提着的心算是放下了。

旁边人看到林粟直勾勾地盯着谢景聿，暧昧地吹起了口哨，起哄似的喊道："'一杆清'，这个一中的小妹妹是不是你朋友啊？"

2

谢景聿一杆，把桌上最后一颗球打进球袋里。他起身看向林粟，并不意外她会猜到自己在这儿，意外的是她会亲自找过来。

他把球杆扔给边上的人，冷然说："我赢了。"

和谢景聿对打的那个小年轻不服气地骂咧了句，最后还是愿赌服输，从兜里掏出了一百块钱递给他。

林粟看见了，微微讶异。

她没想到谢景聿来台球馆，是赌球来的，这要是被学校老师知道了，严重了通报批评，轻的也避免不了挨一顿说。

谢景聿接过那一百块，揣进兜里。

"'一杆清'，才打没多久，你就不打了啊？"有人问。

"嗯。"谢景聿随意应了声。

"人急着去约会，哪有心情打球啊。"

"这妞儿真是来找你的啊？"

"看不出来，你小子球打得好，泡妞的功夫也是一绝。"

馆里的小年轻七嘴八舌的。

谢景聿来台球馆打球，从来没说过自己的名字，也没说过自己是一中的，常来打球的客人脸熟他，见他球技不错，就给取了个"一杆清"的外号。

他没搭理那些调侃的人，把搭在一旁的外套穿上、包一背，走到林粟面前，直接说："走吧。"

林粟跟着谢景聿往外走，身后小年轻们吹口哨的吹口哨，调侃的调侃，嘻嘻哈哈的，全都是一副不正经的模样。

出了台球馆，谢景聿没有停下，一直往前走，林粟犹豫了下，追上去问："你去哪儿？"

"吃饭。"

说着他就拐进了一个小巷子，林栗顿住脚。

谢景聿似有所觉，回头示意她："跟上，别丢了。"

林栗想了想，还是跟了上去。

谢景聿进了巷子里的一家面馆，找了张空桌坐下，林栗没有忸怩，直接坐他对面。

老板问他们吃什么，谢景聿点了一碗牛肉面，抬眼看向林栗。

林栗说："我晚上吃过了。"

"我吃东西不喜欢被人盯着。"

林栗便看向墙上贴的菜单，从善如流地点了个小份的扁食。

这家店位于巷尾，这个点没什么人，老板点完单，进了厨房忙活，店内就剩谢景聿和林栗。

他们相对而坐，半晌都不说话。

谢景聿等了等，林栗只是盯着桌面上的木纹在看，一声都不吭，就好像大老远跑来找他的人不是她一样。

他微微皱起眉，开了口："你没什么要和我说的？"

"说什么？"林栗抬头。

谢景聿被问住了，他盯着林栗，那眼神好像在问：没话说你来找我干吗？

林栗领会了谢景聿眼神里的意思，抿了下唇，说："孙老师、周与森还有许苑联系不上你，很着急，我猜你可能在后街，就过来看看。"

她顿一下，问："你怎么都不接电话？"

"手机没电了。"谢景聿说。

在冬令营里，根本没时间玩手机，这几天他忙着考试听报告，也没想着要充电，今天晚上回到临云市才发现手机低电量自动关机了。

他从包里拿出充电器，插到墙上的插头里，给手机充上电。才开机，正要给孙志东回个电话，有个电话倒是先打进来了。

谢景聿看着来电显示，眼神幽暗了几分，按了接听。

电话才接通，那头的人就按捺不住大发雷霆："你人在哪儿，赶紧给我滚回来！"

即使没开扩音，谢成康的声音还是从传声筒里透了出来，十分凶狠。

"我在学校，迟点就回去。"谢景聿语气冷淡，连像样的借口都不愿意找。

"放屁！"谢成康怒火更甚，发了飙，"你班主任的电话都打到我这儿来了，你还敢说谎？

"今天一天，我的脸都让你给丢尽了，不管你现在在哪儿，现在、立刻给我滚回家！"

谢景聿面无表情地挂断电话。

他全程没有回避林粟，所以她也听到了谢成康的怒喝，不由得微微讶异："你爸……"

"没想到他还有这一面，很意外？"

林粟虽然只看过谢成康和善的一面，但不会天真地以为他一个商人，真的那么好相与。只不过她没想到，对自己的儿子，他会这么歇斯底里，把话说得那么难听。

"竞赛的事你都知道了吧？"谢景聿问。

林粟迟疑了下，点头："嗯。"

"我没拿到保送名额，让他脸上无光，他骂两句，算轻的。"谢景聿自嘲一笑。

林粟皱眉："这不是你的错。考试本来就有很多不确定的因素，谁都没办法预料到结果。"

"他不会理解的，而且这次……的确是我没发挥好。"谢景聿顿了下，看着林粟说，"你应该猜到了原因。"

林粟不语。

"可笑吧，只是一封信，就让我在考场上分心了。"谢景聿自嘲。

林粟垂眼："毕竟你是人，不是机器。"

谢景聿怔了怔，喉间忽然尝到了点苦涩。

竞赛结束到现在，他听到太多安慰的话语，老师和同学的关心背后，都隐约藏着一丝遗憾，谢成康更是觉得他的失误是罪无可恕的。

似乎所有人都认为他应该冷静、强大，永远不出差错，就连他自己也是这么想的。

但林粟不觉得，在她眼里，他是个有情绪的活人。

谢景聿喉头一滚，压抑了几天的心情忽然得以排遣。

"你不好奇吗？那封信。"他哑声问。

林粟不知道寄给谢景聿的那封信里有什么，但一定不一般，否则不会影响到他的心态，他平时可是极其冷静的一个人。

她忖了下，反问："你想说吗？"

谢景聿缄默。

虽然他刚才已经让她看到了自己狼狈不堪的一面，但他还没有做好将更大的不堪暴露出来的心理准备。

他不说，林粟就不问。

老板这时候端上面和扁食，他们一人一碗，心照不宣地没有再说话，各吃各的。

谢景聿没吃晚饭，这会儿也没胃口，面端上来后他吃了几口觉得如嚼石蜡，刚想放下筷子，抬眼看到林粟安静地吃着扁食，便低下头，陪她继续吃着。

此时此刻，他的内心难得宁静。

吃完东西，谢景聿起身去付钱。

林粟立刻跟上去："我自己付。"

"不用，赢来的钱不花白不花。"谢景聿说着把刚才打台球赢来的一百块递给老板，忽然想起什么，回头问，"你晚上怎么来的？"

"打车。"林粟如实回道。

谢景聿点头，接过老板找的零钱，转过身递给她。

林粟抬头，眼神不解。

"给你报销。"

林粟愣了一下，随即摇头："不用。"

"这钱是我给你的，不是谢成康的，你不用觉得是多拿了他的钱。"

林粟怔忪，她能听出谢景聿话里的深层含义，他和他爸，是不一样的。

她低头，从他手上那一沓零钱里抽出了一张 20 的钞票。

"够了。"林粟说。

谢景聿眉头稍展，把剩下的零钱一股脑塞进外套口袋里："后街这边比较乱，你以后最好不要一个人来，尤其是晚上。"

"我没事也不会来这儿。"林粟快速说。

谢景聿看着她，眸光渐幽。

林粟在他的注视下，才后知后觉自己这话说得有问题。她这么说，好像是在告诉谢景聿：要不是因为你，我今天也不会来。

但，这也是事实。

"走吧。"谢景聿神情舒展，"送你回学校。"

林粟跟着谢景聿抄近道离开了后街，到了主路上，拦了辆车，一起回了学校。

司机把车停在了一中的正门口，林粟下车前转头说："我走了。"

"嗯。"谢景聿颔首。

"你回去记得给周与森还有许苑发条消息。"

"好。"

林粟看着谢景聿，迟疑了下，问："你明天……来学校吗？"

这句话不似关心，胜似关心。

谢景聿看她的眼神柔和下来："嗯。"

会来学校，就说明还没被打垮。

林粟点点头，没再说什么，侧过身打开车门。

"林粟。"

"嗯？"林粟捏着车把手，再次回头。

"谢谢。"

林粟怔了怔。

认识到现在，谢景聿和她说过几次谢谢，前几回她觉得是他的教养使然，但这一回，她听出了真心。

林粟莫名有些触动，去年在茶岭上威胁谢景聿的时候，她绝不会想到，有一天能得到他真心实意的一句道谢。

送完林粟，谢景聿给了师傅一个新地址，让他直接开过去。

到了家，他刚进玄关就闻到了一股烟味，换了鞋走进去，不意外地看到谢成康坐在客厅的沙发上，面前的烟灰缸里堆满了烟蒂。

看来这次竞赛的结果的确让谢成康恼火。

谢景聿无视他，转身就要上楼。

"站住！"谢成康暴呵。

谢景聿站定，回过头。

"你给我说清楚，竞赛到底是怎么回事？"

"你不是知道了吗？没进。"谢景聿面无表情地开口。

"我问的是为什么没进！"谢成康大为光火，"你联赛是省内第一，只要好好发挥，拿到保送名额是轻而易举的事。"

"失误了。"谢景聿轻描淡写的。

谢成康一听，怒得站起身来："失误失误，中考你就说是失误，我之前有没有告诉过你，仅此一次？

"决赛这么重要，你居然也能失误，不能被保送，拿了金牌又有什么用？

"那么多人都知道你进了决赛，都觉得你能保送，你倒好，又失误，你让我的脸往哪儿搁？"

谢景聿冷笑，谢成康真正在意的不是竞赛的成绩，而是他的脸面。

谢成康泄完火，把手上的烟摁灭在烟灰缸里，沉下声说："这回就当是你第一次参加，没经验，下一回，别再出现这种情况。"

"不会有下一回。"谢景聿斩钉截铁地说，"我不会再参加竞赛。"

"这可由不得你。"谢成康脸色黑沉，尚有余怒，"我在你身上投入了那么多，让你吃好的穿好的，享受最好的资源，可不是为了让你随心所欲的。"

又是这一套说辞。谢景聿冷哼，直视着谢成康说："你如果觉得不值得，大可把这些资源收回去，或者——

"再生一个儿子？"

谢成康脸色一变，盯着谢景聿的眼神忽地讳莫如深。

"你在胡说什么？我和你妈，只会有你一个孩子。"

说得真够严谨，谢景聿想把那张 B 超照甩到谢成康的脸上，但在没独立之前，戳破就只是戳破而已，改变不了什么。

他隐忍着，讽刺一笑："那你只能由得我了。"

"你——"

谢景聿不再理会谢成康，径自转身上楼，才进房间，就听到楼下一声巨响，谢成康把烟灰缸砸了。

他在书桌前坐下，往椅背上重重一靠，表情里是难以抑制的厌弃。

坐没多久，一个越洋电话就打了进来。

乔意的电话来得比他预想的还要快。

谢景聿垂着脑袋，接通电话："喂。"

"景聿，你是不是惹你爸爸生气了？"乔意上来就问。

谢景聿沉默。

乔意："妈妈不是告诉过你吗？不要惹你爸爸生气，他一生气，就会找我撒气，你已经是大孩子了，不能再任性了。"

任性？谢景聿想，他任性过吗？

"这次竞赛，你是不是没发挥好？"乔意问。

"嗯。"

"妈妈不是和你说过了，像中考那样的失误，不能再发生了，你怎么不吸取教训呢？"乔意连假意安慰的话都不说，直接诘问。

谢景聿为自己刚才心底涌起的虚无渴望而感到可笑。

"你爸爸这次真的很生气，刚才还打电话，让我回国好好管教你。"乔意按捺着不满道，"景聿，你知道的，妈妈的事业在国外，是不可能回去的。

"你要是不听话，你爸爸是不会再支持我的。

"妈妈是个舞蹈演员，跳舞对身体条件的要求多苛刻啊，当初我可是冒着断送自己事业的决心才把你生下来的，你要知道，二十岁可是舞蹈演员的黄金期。

"妈妈为你牺牲了这么多，你怎么就不能为妈妈着想下呢？"

谢景聿沉默地盯着桌上的台灯，眼底却没有一丝光亮。

谢成康拿物质威胁他，乔意拿情感绑架他，他们两个在对待他这个儿子的时候倒真像是一对恩爱的夫妻。

他垂下眼，问乔意："生下我之前，你就是舞蹈演员吗？"

那头乔意好一阵无声，过后才问："你这是什么意思？"

"我去过临云市的大剧院，那里的人说你以前是——"

"谢景聿。"乔意的声音都在发狠，"你知道自己是在和谁说话吗？"

谢景聿缄默。

"好了。"半晌，乔意开口，语气又重新温和甚至体贴了起来，"妈妈知道你竞赛没考好，心里也难受，这样，你去休息，有什么事我们以后再聊。"

乔意说完，很快挂断了电话。

谢景聿把手机丢在一旁，神情沉寂。

他以为自己已经麻木了，但此刻还是会感到钝痛。

林粟说得对，他终究是人，不是机器。

3

第二天一早，太阳迟迟未出来，天空暗沉沉的，看着又是一个阴天。

早读课还没开始，到校的同学就在班上三两聚在一起说话，聊的不是作业有没有做完、背没背单词，就是昨晚又看了什么综艺、电视剧或是动漫。

谢景聿背着书包走进教室时，班级里诡异地静了三秒，几乎所有人都看着他，神色各异。

"景聿。"周与森出声喊道，"你快过来。"

谢景聿从从容容地走过去，才站定，周与森就火急火燎地问："昨天晚上的常规赛你看了没有？马刺太猛了，我压它明年拿总冠军。"

一旁的程昱呛声说："我觉得马刺一般般，还是勇士比较牛。"

"啧，这赛季就是马刺表现得比较强势，勇士还差一些。"

"马刺也就这两场比赛打得比较好，勇士的发挥更稳定，更有夺冠的可能。"

两人争执不下，鼓着眼睛瞪着对方，眼神之间像是有火花在刺啦作响。

"景聿，你说，我和程昱，你支持谁？"

周与森和程昱齐齐看向谢景聿，都等着他站队。

谢景聿把椅子拖出来，放下书包，抬头瞥了他俩一眼，轻飘飘地说了两个字："湖人。"

"叛徒！"周与森和程昱齐声说。

周与森："你怎么会支持湖人呢？"

程昱："就是，湖人不得行啊。"

"还是趁早换队，支持马刺吧。"

"勇士才是最强的！"

周与森和程昱跟唱戏似的，一唱一和，没多久后排又有几个男生加入了混战，一时间班级里吵吵闹闹的，把刚才那股诡异的安静都给吵没了。

谢景聿自然不会真的以为他们是因为球队才吵起来的，男生之间没那么多温情的语言，关心都表现在行动上，他能领会。

坐下后，谢景聿抬头，正好看到林粟背着书包，从教室外面走进来。

这两天降温，很多同学会在校服外套外面多裹一件厚外套，但她没有。看她单薄的一片，校服里面似乎也没有多穿几件衣服，也不知道冷不冷。

第二节课课间，全校的学生都去操场做操。天冷，空旷的场地冷风呼呼直吹，冻得人瑟瑟发抖，做操时缩手缩脚的，一个指头都不敢露出来。

早操结束，孙志东招手喊了谢景聿过来。

这次竞赛，谢景聿不觉得自己对不起谢成康和乔意，但的确辜负了信任他的老师，因此，对着孙志东，他由衷地道了声歉。

"你没有对不起任何人，这次竞赛你虽然没拿到保送名额，但也拿了金牌啊。你第一回参加，决赛能有这个成绩已经很不错了。"

"明年再加把劲，我相信你一定能发挥出真正的实力，进入国家队。"

谢景聿闻言，沉默几秒，说："我不打算参加明年的竞赛。"

孙志东惊愕："怎么又不想参加了？你这次只是缺了点经验和运气，不要灰心。"

这次竞赛的结果，谢景聿自己也不满意，但说不上灰心。对竞赛，他本来就没什么执念，参加过一回，就足够了。

但这么说，孙志东肯定会不停地劝导。

"竞赛太占用时间，我还是想好好准备高考。"谢景聿说。

孙志东一听，立刻就能理解了。

明年就上高三了，竞赛的确会占用大量的时间，鱼与熊掌不能兼得，这时候就要适当地做出取舍。虽然孙志东对谢景聿有信心，觉得他再参加一回一定能保送，但还是要以学生意愿为主。

"现在还有时间，你可以再好好考虑考虑，不管最后做出什么决定，老师都支持你。"孙志东拍拍谢景聿的肩，郑重地说。

早操一结束，许苑就穿过众人，直奔三班的队伍。她找到林栗和周与森，等孙志东走后，一齐上前，走到谢景聿身边。

"老孙又和你说什么悄悄话呢？"周与森问，"是不是问你竞赛的事了？"

"嗯。"

许苑刚才听到了些，就问："他想让你参加明年的竞赛？"

谢景聿点头。

这时候，斜后方突然有人不阴不阳地说："今年都没进，还指着明年呢，指不定到时候又和这回一样，竹篮打水一场空。"

林栗回头，看到了当初在收发室里偷拿谢景聿信件的两个男生。

刚才说话的是吴立伟，他看着谢景聿，语意嘲讽："我要是你，今天都没脸来学校，不嫌丢人啊。"

周与森性子急，立刻怼回去："你谁啊你，会不会尊重人啊。"

许苑之前和吴立伟同班，此时也不悦道："景聿就算是没拿到保送名额，也是拿了金牌的，没你说的那么不堪。"

吴立伟蹬鼻子上脸，叫嚣道："谢景聿不是总仗着自己是年级第一，高高在上的吗？怎么这次连集训队都没进，拿个金牌就满足了？还第一呢，竞赛的名次也不比孟瑞高多少。"

"立伟，你别说了。"孟瑞表面上出声阻止，实际上却巴不得吴立伟多说两句。

这次决赛他虽然也没拿到保送名额，名次比谢景聿差个两名，但看到谢景聿发挥失常，没进集训队，便有些窃喜。

"为什么不能说？你不比他差，不止这一回，中考学校第一也是你，不是他。"吴立伟得寸进尺。

谢景聿没被激怒，而是冷眼看着他们，问："你们就只能等我失误？"

"谁知道是不是失误呢，有可能水平就这样。"吴立伟故意说。

"至少他堂堂正正的，不会在背后耍些见不得人的小手段。"一旁的林栗突然开了口。

许苑和周与森都有点意外。

谢景聿看向林栗，眼神微闪。

孟瑞和吴立伟似乎这时才注意到林栗，表情倏地变了。尤其是孟瑞，谢景聿和林栗都戳中他的痛点，如果谢景聿正常发挥，他的确不是谢景聿的对手，所以才会想暗地里给谢景聿使绊子。

孟瑞见许苑盯着自己，又心虚又恼羞，就拉了下吴立伟，埋头说："我们走吧。"

吴立伟不甘心，走了几步又回过头来，奚落道："平时拿第一有什么用，一到关键的时候就掉链子，心态这么差，高考绝对还会考砸，我就等着瞧。"

"嘿，真是欠收拾——"周与森皱起眉，撸起袖子就要上前修理人，被许苑给拦下了。

"算了，不要和那种人一般计较。"许苑说。

"什么人啊，就会落井下石。"周与森一把揽过谢景聿，拍拍胸膛，特有义气地说，"别怕，兄弟罩着你，不会让那些阿猫阿狗欺负到你头上。"

谢景聿这回没抖落他的手。

"这次竞赛，你拿的金牌？"周与森问。

"嗯。"

"原来你上回说的金牌也不一定能保送是这个意思啊。"

林栗："……"

许苑："……"

谢景聿的眉宇间却有了笑意。

"竞赛也不过就是一次考试，老天这回没让你被保送，指不定是想让你拿高考状元，你别泄气。"周与森说。

"是啊景聿，吴立伟的话你别放心上，他就是嫉妒你而已。"许苑也说。

谢景聿知道他们的好意，微微颔首。

他们一起往教学楼走。路上，周与森突然想到了什么，问谢景聿："上次那封信到底是谁写给你的啊？"

林栗心头一紧。

许苑也莫名紧张，虽然她压根不知道到底是怎么回事，但从上回林栗的反应来看，也大致能猜出谢景聿这次考试发挥失常，和那封信脱不了干系。

周与森可真是"提壶专家"，哪壶不开提哪壶，还追着问："你在临岩市有朋友？"

"没有。"谢景聿反应平静。

"那信是谁寄给你的？"

"不认识。"

周与森傻眼："啊？"

"是垃圾信件。"谢景聿从容地说。

周与森恍然大悟："难怪信封上没写寄件人和地址，原来是垃圾信件，打广告的吧。"

"我爸之前就告诉过我，说现在个人信息泄露很严重，要我不要随随便便就在网上填写自己的信息。"周与森还好心地提醒道，"你们也是，千万要注意保护个人隐私。"

四个人里，只有一个人当真了，周与森是一个心眼都不长啊。

许苑有时候担心他这样的心性以后会吃大亏，但她也并不想他做出改变。这个世界聪明世故的人那么多，不差他一个，他只要一直这么开朗向上、纯良热情，站在世界的光明面就好。

"知道了，周警官。"许苑笑着应道。

周与森龇着牙，嘿嘿地笑开了。

到了教学楼，周与森跟着许苑去她班上拿书，今天调课，他没带政治书。

林粟觉得和谢景聿还有周与森一起回教室太引人注目，虽然她现在不排斥和他们有往来，但在学校里还是低调点好。

"我先上楼了。"

林粟和谢景聿知会了一声，转身往楼上走，刚爬了两级台阶，余光一看，谢景聿就跟在她身边。

她愣了下，问："你不等周与森了？"

"他等下就能追上来。"谢景聿神色自在，丝毫没有抛下兄弟的羞愧感。

林粟看他一眼，正想加快脚步上楼，下一秒就听到谢景聿问："冬天开销更大，生活费够用？"

林粟怔了下，很快说："够。"

谢景聿扫了眼她的短发："你是省着不花？"

林粟抿唇。

谢景聿说："那笔钱给你了就是你的，你不用担心谢成康会断了资助，我既然答应你，让他资助你读书，就一定会让你顺利读到毕业。

"所以你不用刻意省钱。"

林栗的心口微微一悸。

她省钱，不单单是为了以后能还给谢成康，另外还有一层担心，就是怕有一天谢成康不再资助她了，真到那个时候，她还能有钱供自己读书。

谢景聿轻而易举地就看穿了她的不安。

林栗不是个会轻易给予信任的人，但谢景聿说的话，却莫名地让她感到安心，似乎自己内心深处不为人知的忐忑、彷徨，他都能懂。

"我也没什么特别需要花钱的地方。"她垂下眼，轻声说。

谢景聿看向林栗，在所有人都裹得严严实实的冬天，她薄得轻盈。

"过几天寒流就要来了。"

林栗回头，眼神不解。

谢景聿的神色稍微不自然，轻咳一声说："你买件厚外套，要期末了，生病会影响考试。"

4

寒流南下，所到之处温度骤降，临云市的气温甚至到了零下。

元旦那天，林栗按时早起，去实验楼中庭读书的时候被冻得直打哆嗦，连单词都读不利索。

市里去年冬天还没这么冷，今年气候异常，冷起来像是回到了山上。

林栗没几件厚衣服，以前在茶岭，孙玉芬基本上不给她买新衣服，她的衣服都是从小学穿到中学的，这两年她长个儿，很多衣服都穿不上了。

上高中后，她连放假都穿校服，从来没动过买衣服的念头，但今天早上在外头读了一会儿书，被冻得太阳穴刺痛的瞬间，她觉得自己是该去买件厚外套，否则这个冬天，免不了要生一场病。

在生病花钱和买衣服花钱之间，林栗果断地选了后者。

拿好主意，当天下午她就搭了公交车，去了临云市最大的地下商城，买了件厚实的外套，晚上拿回宿舍洗干净再脱水，挂在阳台上晾两天，三号晚上外套干了，她正好穿着去教室上晚自习。

元旦过后，是新的一年，即使身边的人和事都是旧的，但感觉是新的。

晚自习铃声还没响，课前教室里闹哄哄的，学生们大堆小堆地聚在一起，热络地分享自己的跨年新鲜事。

林栗傍晚吃了饭就来教室自习，正在做题，忽听许苑喊自己，抬头看到她站在教室门外朝自己招手致意。

这段时间许苑常常会上楼来三班，林栗已经习惯了，她放下笔，起身走出去。

"小栗，你穿新衣服啦。"许苑上上下下打量着林栗，毫不吝啬地夸道，"很适合你，穿上去很漂亮。"

"是不是，景聿？"许苑看向林栗的后方。

林栗听到谢景聿的名字，脊背一麻，都不敢回头去看。身上这件外套似乎比刚才还要暖和，热得她双耳发烫，都要出汗。

谢景聿今天刚到班上就注意到了林栗的新外套，此时嘴角几不可察地微微扬了下，颔首应道："嗯。"

林栗不太自在地扯了下外套的下摆。

"周与森呢？"许苑问。

"被老孙喊走了。"谢景聿走到林栗身边站定。

"估计是上次月考又'过山车'，被抓去教育了。"许苑摇摇头，把手上的资料递给林栗一份，另外两份给了谢景聿。

"这星期就要合格考试了，我把文科副科的重要知识点都整理出来了，你们拿去复习吧。"

高二年级分了科，上学期期末要先进行学科的合格考试，文科班会考理科副科，理科班会考文科副科，同时都还要考一门通技课。

林栗没想到许苑还贴心地帮忙准备了合格考的资料，她想了下说："我也给你整理一份理科副科的资料？"

"不用。"许苑摆摆手，"理科主要靠做题，我多刷题就行了，有不懂的，我会骚扰景聿的。你啊，就专心复习，这次期末考试加油加油。"

林栗想起之前许苑说的，和她做朋友，一定不会耽误学习的话，不由得心口一暖。

晚自习上课铃响起，许苑不再多留，挥了下手说："我回班上了。景聿，你记得把资料给与森一份，要他一定得背。"

谢景聿："嗯。"

许苑走后，林栗拿着资料，迟疑了下，回头看向谢景聿。

对上他视线的那刻，她的眼睛莫名闪烁了下，这种感觉和当初那本英语杂志被他看见时一样，微微窘迫，但并不羞耻。

"我先进去了。"林栗说完，也不看谢景聿的反应，回了教室。

坐到位置上后，她抬手摸了下自己的耳朵。

"你和许苑最近关系挺好的。"周宛看了眼林栗放在桌上的资料说。

林栗回神，应道："嗯。"

"周与森最近也经常找你说话，你们和好了？"

林粟想了下："算是吧。"

周宛笑笑："难怪之前你和谢景聿一起回教室，他和周与森还有许苑关系很好，你们现在……能说上话了？"

林粟觉得周宛一直这么试探也不是办法，索性坦然地点了头，就势承认了一半："偶尔。"

周宛点点头，信了一半。

她始终觉得林粟和谢景聿在之前就关系不太一般。

林粟没去在意周宛相不相信，她现在看开了，与其想方设法地解释，不如大大方方的，反正现在也不好遮掩了。

今年过年早，一月底就是春节，所以元旦假后，一中就进入了学期末的总复习阶段。

合格考试结束后不久就是期末考。两天的考试倏忽而过，最后一场考试结束，所有学生都松了一口气，摩拳擦掌地开始策划寒假要怎么度过。

开完这学期的最后一次班会，林粟找孙志东说了寄成绩单的事。回到教室后，她把抽屉里没搬回去的书都搬出来，正想一鼓作气搬回宿舍，一转身就碰上了周与森和谢景聿。他们直接上手，把她手上的书接过去。

周与森说："走吧林粟，我们帮你把书搬回宿舍。"

书本多，一个人搬的确吃力。林粟没有拒绝，点点头后跟着他们一起离开了教室。

下了楼，许苑就等在楼梯口，见他们下来，立刻迎上去，从周与森手上拿了几本书抱着。

"小粟，你什么时候回家？"许苑问。

"明天。"

"你这学期回来领成绩单吗？"

林粟摇头："不回。"

许苑了然，说："南山镇是有点远。"

林粟沉默。

谢景聿在一旁，见她不应声，表情还有些沉郁，不由得微微皱了下眉。

"小粟，你既然明天才走，今天晚上就和我一起出去逛逛。"许苑忽而兴致勃勃地说，"昨天我妈妈的单位给了两张电影赠票，她让我和朋友去看，你和我一起去吧。"

"两张……"林粟瞥向谢景聿和周与森。

"他们两个啊,想看的话只能自己买了。"许苑笑眼弯弯。

周与森"啧"了一声,先是嘟嘟囔囔"阿姨怎么不多要两张票",又挤到谢景聿身边,脑袋一歪,贴着他腻歪道:"没关系,我的好哥们儿小聿会给我买的。"

谢景聿恶心得鸡皮疙瘩都起来了,他毫不犹豫地往边上挪了一步,无情地拉开距离。

"怎么样,小粟,去吗?"许苑看向林粟,眼神期待。

"去吧林粟,好不容易考完了,晚上就放松一下。"周与森跟着说。

林粟转头,他们三个人六只眼睛看着自己,都在等她回答。

她想了下,说:"我回宿舍把东西放好再出来。"

许苑一听,林粟这是答应了,立刻展颜一笑,高兴道:"我和你一起把书本搬上去。"

林粟和许苑搬着书进了宿舍楼,谢景聿和周与森就等在楼下,他俩扎眼,站在入口外引得进进出出的女生纷纷侧目。

周与森抚着下巴,问谢景聿:"你觉不觉得,林粟这学期不太一样了?搁以前,她一定不会跟我们去看电影。"

林粟的变化,谢景聿自然能感受得到,这学期她不再那么封闭自己,愿意向人打开心扉了。

"果然女生还是和女生更有话说,林粟现在这样,许苑功不可没,不过我也是出了力的。"周与森眉头一挑,美滋滋的。

谢景聿乜他:"你出什么力了?"

"许苑可不是摸着我'过河'吗?一开始要不是我舍身探出了林粟的底线,许苑不得多走好多弯路啊。"

"所以说,林粟现在愿意从自己的世界里走出来,许苑出七分力,我出三分,至于你嘛……"周与森啧啧摇头,非常不满意的样子,"之前总是对她摆个冷脸,好像她欠你钱似的,我严重怀疑林粟之前不愿意和我们做朋友,有你的原因。"

谢景聿无法反驳。周与森说得也没错,高一时林粟不愿意和他们走得太近,的确有他的原因。

事实如此,他没什么好解释的,只是心里多少有些憋闷。

林粟和许苑把书搬到宿舍里存放后下了楼,他们一行四人先去食堂吃了饭,之后才出发去了电影院。

许苑的赠票是最近刚上映的一部国产喜剧片。到了电影院，她去换票，谢景聿和周与森特意购买了和她连座的票，购完票，又买了吃的喝的。

电影还没开场，他们坐在外面的大厅等。

谢景聿把手上的一杯可乐和一桶爆米花递给林粟，林粟刚要摆手，他突然说了句："是赢来的。"

"你又——"林粟意识到许苑和周与森还在边上，立刻噤声。

"你们在说什么？"许苑看过来。

许苑观察力敏锐，林粟怕她察觉到什么，马上接过谢景聿递来的东西，摇头说："没什么。"

许苑见状没有追问，而是和她说起了即将要看的电影。

周与森在一旁感慨说："我有阵子没来电影院了，上一回还是半期考之后和我爸一起来的，看的警匪片。比起喜剧，我还是更喜欢刺激一点的电影。"

"你就爱看打打杀杀的。"许苑说，"我一个人的时候会喜欢看文艺片，安安静静的。"

周与森看向谢景聿，张嘴要问，又说："算了，你不爱看电影……林粟，你呢？喜欢看什么类型的电影？"

林粟沉默片刻，说："公益电影。"

"啊？"周与森惊讶，"你喜欢的电影还挺特别的。"

林粟低头喝了口可乐，没有过多解释。

临近电影开场，他们检了票，进了影厅。

偌大的播放厅，有十几排的座位，林粟进去后，觉得非常陌生，也不知道怎么看座位，只能跟着许苑走。

找到位置坐下后，她一回头，发现谢景聿就坐在自己的另一边。

电影开始前，大屏幕上滚动播放着广告，影厅里很嘈杂，没几个人在看无聊的广告，但林粟看得很专注，甚至津津有味。

谢景聿余光看到她目不转睛的，眼神里充满着惊奇，就知道自己猜得没错——这是她第一次进影院。

南山镇没有影院，茶岭上更不可能有，刚才她说的公益电影，是一些影院下乡免费放映的露天电影，她不是爱看公益电影，是只看过公益电影。

谢景聿说不清自己现在是什么心情，这种感觉和他之前听到她说第一次吃汉堡时不一样，那时候是惊讶，现在的情绪却很陌生，他形容不出。

只是觉得，不太舒服。

5

电影开始，影厅慢慢安静了下来。

喜剧片自然以搞笑为主，电影播放过程中，观众时不时爆发出一阵笑声。

比起电影，谢景聿更喜欢看纪录片，尤其是自然纪录片。他盯着大屏幕看了会儿，没看进剧情，并且觉得影片的笑点很一般，他不觉得有什么好笑的。

电影看不进去，他的注意力反倒被身边的林粟吸引了，即使她从头到尾一动不动的，只有眼珠子偶尔转一转，在大家笑的时候，她也不怎么笑，间或牵一牵嘴角，算是她做过最大的表情了。

她盯着电影看得入迷，都有些忘我了。谢景聿觉得她并不是沉浸在剧情中，而是深入地在体会电影院里看电影是个什么样的感受。

别人习以为常见惯不怪的事物，对她来说是新鲜的。

林粟就好像是从茶岭移植到临云市的植株，对周遭的新环境感到陌生、好奇，还有些惶恐，但仍然在努力适应着，竭力生长着，以找到自己的"生态位"①。

一场电影看完，影厅里灯光亮起，观众陆陆续续起身离场。

林粟如大梦初醒，动了动坐僵了的身体。

"好看吗？"谢景聿问。

林粟回神，点了点头。

李爱苹说得没错，在电影院看电影和在茶岭的露天空地上看电影，感觉完全不一样。刚才近两个小时的时间，她仿佛进入了另一个时空，全然忘了现实生活中的一切杂事。

"很多电影院都会办一些免费的观影活动。"

林粟回头看向谢景聿，他别开脸，轻咳一声，说："你可以多关注。"

不知道为什么，林粟明明没说过今天是自己第一次在影院里看电影，但谢景聿好像知道。现在在他面前，她就像个半透明人。

而被他看穿，她并不会有一丝一毫的羞耻和不快。面对他，她无所遮掩，也不用担心他会用异样或是怜悯的眼光看她。

"好。"林粟神色轻松，坦然应道。

他们四个看完电影末尾的彩蛋，才一起离开影厅。

从电影院出来，天色大暗，时间已经不早了，考虑到林粟明天一早要回家，晚上还要收拾东西，许苑他们就陪她一起回了学校。

路上，他们东扯西扯，聊了会儿电影，又聊到寒假的安排。

周与森说："我爸单位年底组织训练呢，我想加入，跟着他们一起锻炼，为高三的警校体测做准备。"

"你真够积极的。"许苑想了下说，"我可能会跟我妈妈回外婆家过年，年后再回临云市。"

许苑说完和林粟解释："我外婆家在北方，等过完年回来，我给你带那里的好吃的。"

林粟很浅地笑了下。

"景聿，你呢？"周与森问，"今年去国外和你妈一起过年吗？"

"不去。"

"欸，你去年也没去。我记得你初中的时候每年寒假都出国的啊，怎么现在不去了？"

谢景聿没多解释，随口一答："懒得折腾。"

"你留下来也好，我还能找你打打球。"周与森搭上谢景聿的肩，回头问林粟，"林粟你呢，想好寒假一个月要干什么了吗？"

周与森经常一个问题问一圈，林粟早做好了准备，很快回道："在家，看书。"

"不愧是你。"周与森朝她竖起大拇指。

就这么说说聊聊的，很快到了学校，许苑还要把林粟送到宿舍楼，林粟觉得没必要，就让他们在校门口停下了。

"有点晚了，你们回去吧。"林粟说。

许苑拉着林粟的手，依依不舍的样子。

周与森笑她："瞧你，又不是毕业，下学期还能见到的。"

"那不还是要一个月后。"

"手机拿来干吗的，你们可以聊天啊。"周与森想起了一茬儿，"我们还有群呢，放假没事可以在群里冒冒泡。"

周与森："林粟，到时候我们给你留言，你记得看。"

林粟颔首："好。"

校门口的保安大叔提醒，过会儿学校大门就要关了，许苑这才松开林粟的手，让她回校。

"我走了。"林粟说。

许苑不舍道："寒假快乐，下学期见。"

"下学期见。"周与森龇着牙笑。

谢景聿看向林粟，等她把视线移过来，才缓缓开口说："下学期见。"

"寒假快乐，下学期见。"林粟回应了他们一句。

说完，她后退一步，转身进了学校，往前走了一段路，忍不住回过头。

谢景聿他们还在原地，见她回头，许苑立刻抬起手用力挥了挥，大声喊道："小粟，提前祝你新年快乐。"

校门口昏黄的灯光下，他们三个的身影伫立着，目送着她。

这个场景没由来地让林粟心头一动，鼻尖微酸。在这个寒冷的冬夜里，她感受到了前所未有的温暖。

又一学期结束了，这段旅程不算平坦，但比以前还要快乐。

虽然她还是不敢耽溺于窗外的风景，怕一丝一毫的分心都会让自己抵达不了终点，但身边有了一同前行的伙伴，他们让她的旅途不再那么单调苦闷，甚至充满了欢乐。

第二天上午，林粟乘车回了南山镇，回了茶岭。

林永田和孙玉芬白天不在山上，下山去了茶厂干活，到傍晚才一起回来。他们到家后见到林粟，仍是没好气，林粟拿出早就备好的两百块现金交给孙玉芬，说这是自己省下来的钱。

孙玉芬质问她怎么就只有这么点钱，林粟说现在谢成康的助理每次给她的钱都不多，找他拿钱还会问得很详细，她要不到更多的钱，就这两百块还是她好不容易省出来的。

苍蝇肉也是肉，孙玉芬贪心，两百块也拿，收下后还骂骂咧咧的，说谢成康一个大老板，跟防贼一样防着她，小心眼。

林永田听得不耐烦，就让她别念叨了，小心被人听到，再传到谢成康和徐家福的耳朵里，到时候一起被开了，回家喝西北风。

晚上，林粟把家务做了，很迟了才烧水洗澡。山里冷，洗好澡她就回了房间，拉上隔帘，躺在了刚才铺好的床上。

林有为在孙玉芬房间里看电视，耳边难得清净，林粟拿出自己带回来的书，趴在床上预习，直到林有为回来，孙玉芬把房间里的灯关了。

灯一关，皎洁的月光就流泻进了房间里。

林粟抱着书躺了会儿，支起身从枕头底下摸出手机，打开数据网，登上了QQ。才上线，就有好多消息跳出来，主要是"分列式方阵小分队"的。

许个心愿：小粟，你到家了吗？

Spider-Man：她的头像是灰的，估计是没在线。

Spider-Man：你给她打个电话问问。

许个心愿：我上午给她打了，她说她在汽车上。

Spider-Man：那这会儿应该是到家了。

许个心愿：我迟点再问问。

这是群里下午的消息。

傍晚的时候，周与森和许苑又在群里聊了几句。

Spider-Man：许苑，林粟到家了吗？

许个心愿：我刚才发短信问了。

许个心愿：她说已经到了。

Spider-Man：那就好。

Spider-Man：你怎么不喊她在群里冒个泡啊？

许个心愿：小粟有事。

许个心愿：而且她本来也不怎么上网。

Spider-Man：得嘞，我们给她留留言。

Spider-Man：等她上线了就能看到。

林粟把群里未读的消息看了一遍，刷到了末尾，她想了下，打了几个字发出去。

春种一粒粟：我已经到家了。

Spider-Man：林粟，你终于冒泡了。

Spider-Man：我还以为你回了南山镇，碰到初中的老同学，就忘了我们三个高中的新同学。

许个心愿：周与森，你说什么呢。

许个心愿：小粟才不会这样。

Spider-Man：哈哈，开个玩笑，开个玩笑。

周与森发完文字，还发了只憨憨地在摸头的熊猫。

林粟看他们聊天，嘴角不自觉地上扬。

这个QQ群沉寂了许久，今天重新热闹了起来，就像群里他们的关系，曾经有段冷滞期，但现在比以前更加的紧密。

林粟在群里和周与森还有许苑说了几句话，正打算下线时，收到了一条私聊的消息。

Y：你的养父养母不让你回学校领成绩单？

林粟看到谢景聿发来的消息，稍感意外，很快就回了他。

春种一粒粟：嗯。

Y：他们限制你的自由？

春种一粒粟：也不是。

春种一粒粟：我出门太久他们会不高兴。

Y：今天回去，他们有没有为难你？

春种一粒粟：没有。

Y：真的？

真的？林粟失笑，她骗他做什么？

春种一粒粟：真的。

Y：那就好。

那就好，又是那就好。

林粟知道，谢景聿是真心在为自己庆幸。

她往上划拉了下，他们的聊天记录没几条，上一回还是去年除夕晚上，他问她还有没有枸骨的照片，她给他发了几张，他回复谢谢，她说不客气。

再然后，就是今天。

一年过去，从聊天记录中就能看出，他们之间的关系变得不一样了。

认识之初，谢景聿对她冷眼相待，她也因为一股心气儿，悍然和他划清界限。

许苑曾经说过，他们很像，那时候的他们就像是同极磁铁，一旦靠近，就会互斥。

现在，他们更像是盟友。

在过往的半年里，他知道她受困于生活的窘迫，她看过他光鲜下的不堪，他们保有共同的秘密，就像那本英语杂志，看上去平平无奇，却承载着只有他们才知道的讯息。

这种排他性的信息共享，让他们之间的关系，有点微妙。

6

回茶岭后，即使放假，林粟也没睡过一个懒觉。

她每天早上都要起来做早饭，白天林永田和孙玉芬下山，她要管林有为的午饭，傍晚还得提前做好晚饭。除了三餐，家里的一切大小家务都要她来干，此外还要辅导林有为的功课。

李爱苹说她真跟灰姑娘一样。

杂事虽然多，但比起暑假，林粟觉得轻松多了，至少不用去茶园采茶，白天林永田和孙玉芬不在家，她还能有自己的时间，能多看看书。

年前，茶厂放假，假前一天徐家福又在酒楼摆宴席，请茶厂所有的工人吃饭，说是学城里的公司，搞个"年会"。

当天晚上，林永田和孙玉芬吃完饭回来，一直在讨论新厂的事。

林粟也是听他们说，才知道徐家福和谢成康合开的茶叶公司明年就正式开业了，他们之前说要在市里办个分厂，新厂早选好了址，就在临云市的工业园区里，等机器搬进去，就能开工。

去年中秋，徐家福就提过选一批南山镇茶厂的老工人去市里的新厂干活，但那时候没几个人有这个意愿，工人们大多处于观望的状态。

乡下人安土重迁，都觉得在土生土长的地方待着自在，临云市人生地不熟的，他们又没房没屋，去了得租房，吃点菜还要掏钱买，开销太大，即使新厂开的工资比镇上的茶厂高，也划不来。

但今天晚上徐家福说了，第一批去的工人有员工宿舍，而且，家里有小孩的还给解决读书问题。

茶厂里本来就有很多夫妻职工，他们之前不想去新厂的理由除了在城里生活成本高，就是怕去了，孩子留在家里没人管。

徐家福现在这么一说，很多工人就动心了，毕竟市里的学校，再差也不会比山上的公益小学差，为了小孩以后的发展，即使背井离乡，他们也是愿意的。

林永田和孙玉芬也动摇了，尤其是孙玉芬，一听给安排学校，巴不得立刻去新厂干活，好让林有为能去市里读书。

林粟觉得这事和自己没有太大的关系，就算林永田和孙玉芬去了临云市打工，只要她在学校，就不会有什么影响。

新厂招工的事在镇上、茶岭山上被讨论了好一阵儿，就是过年串门的时候，那些大人都会聊上几句，打听下对方有没有去市里的打算。

年初八那天，茶厂开工，一大早，林永田骑着车载着孙玉芬下山了。

他们一走，林有为就迫不及待地跑出门玩去了。他不在，林粟乐得清静，在房间里待着看了一上午的书。

中午吃了饭，她洗了碗后去了李爱苹家，在李家小卖铺的烟酒柜后面坐着说话。

李爱苹从柜子里拿了一包瓜子撕开，边嗑边问："茶厂要在临云市开分厂的事你知道了吧？"

林粟点头。

"我听我妈说，李婶王叔他们一家已经商量好了，要去分厂打工，这样他们的女儿能在市里读小学了。"李爱苹问林粟，"你家那两个黑心肝的，是不是也准备去了？"

"我不知道。"林粟摇了下头。

之前听林永田和孙玉芬在家里商量，孙玉芬是很想去分厂的，但是林永田还有点犹豫，他觉得在城市里生活肯定不如在家里舒坦。

林粟猜他是怕离开了茶岭，没人陪他一起喝酒打麻将。

"我觉得他们应该会去。就你妈那样，巴不得把林有为供起来，指定不会放过这个送他去市里读书的机会。"

林粟不置可否。

"他们要是去了城里，我见你的机会就更少了。"李爱苹幽幽地叹口气，又说，"不过这样也好，你也不用来来回回折腾，不回茶岭，他们也不会逼着你去采茶、干农活了。"

林粟沉默。

她也说不上林永田和孙玉芬去市里打工是好是坏，反正他们做什么决定都不会考虑到她，而她没得选择，在离开这个"家"之前，只能跟随。

正说着话，小卖铺里有人进来买东西，李爱苹把瓜子皮吐到一旁的垃圾桶里，拍拍手站起来，刚要开口问对方想买什么，看清人之后，眼珠子顿时瞪得老大。

"帅哥，你怎么在这儿啊？"

林粟听李爱苹语气愕然，转过头去，看到烟酒柜前站着的人是谢景聿时，脑子里空了一秒，不敢相信似的。

谢景聿进店里来买水，看到林粟和李爱苹也是意外，但见到她们坐在柜台后面就猜到了，这家小卖铺大概率是李爱苹家开的。

林粟站起身，迟疑了下问："你……什么时候上山的？"

"刚上来。"谢景聿说。

"帅哥，你来茶岭怎么不和小粟说一声。大过年的，来者是客，我们可以去接你啊。"李爱苹热情道。

"我说了。"

谢景聿看了林粟一眼，林粟觉得这一眼似乎有点幽怨？

她疑惑："你什么时候和我说了？"

"上午，QQ上。"

"帅哥，小粟平时不怎么上网的，山上网络也不好，你想找她，最好是打电话。"李爱苹马上说。

谢景聿当然明白，但打电话的前提是他得有对方的号码。

李爱苹拉着林粟的手从烟酒柜后面绕出来，走到谢景聿面前，笑呵呵地说："你是特地上山来找小粟玩的吧？"

谢景聿没否认。

林粟不会真以为他是特地上山来找自己的，他会来，大概又是奔着山里的植物来的。

她忖了下，问李爱苹："爱苹，你知道附近山上哪里有桫椤吗？"

"桫椤？"李爱苹皱起眉头想了想，过了会儿才反应过来，"你说的是用来泡酒的那个桫椤？"

林粟："……"

"对。"谢景聿很淡定。

李爱苹："那个啊，早就不让砍了。小时候我爷爷经常提起，说他们年轻的时候会拿来泡酒喝，但是现在，山上都见不着了。"

林粟叹一口气，谢景聿倒是没觉得失望。

"不过……"李爱苹突然一个转折，"我之前听人和我爸聊天的时候说过，好像是谁在后岭那儿看到过桫椤，说是保护植物，没敢动。他们说的都是几年前的事情了，具体是不是真的，我就不知道了。"

茶岭又分前岭、后岭，前岭是阳面，还有点人烟，后岭就完全是深山老林，基本上不住人了。

林粟问谢景聿："你要去看看吗？"

谢景聿上山不是奔着桫椤来的，但现在听到后岭可能会有，就动了心。

"后岭怎么走？"他问。

"我带你去吧。"林粟不犹豫地说。

谢景聿低头看她："你能出门？"

"能。"林粟说，"他们下山了，没那么早回来。"

谢景聿点点头。

李爱苹听到他们说要去后岭，兴致勃勃地打包了一堆吃的喝的，说自己也要去。

深山还是比较危险的，能结伴而行最好。林粟就拉上李爱苹，带着谢景聿一起往后岭走。

他们抄了平时较多人走的山道，穿过山谷，到了后岭，沿着一条山涧往前走。

谢景聿沿路观察溪边的植物，时不时蹲下来拍照片，记录下罕见植物的特征。

"哎，小栗。"李爱苹附在林栗耳边，低声问，"你这个同学怎么对山里的花花草草那么感兴趣啊，他是要学神农啊？"

林栗被李爱苹逗笑了，说："他喜欢植物。"

"果然是在城里长大的，我们从小看惯了的东西，他反而喜欢。"李爱苹嘀咕道。

林栗没有多解释，谢景聿对植物的喜爱，并不是城里人对不常见事物的浅薄好奇，而是一种打从心底的热爱。

如果不是亲眼看过他观察植物时的专注模样，她也不会相信，他一个娇生惯养的小少爷会喜欢研究大自然里的植物。这件事要是让班上人知道了，肯定会大跌眼镜。

溪涧右岸泥泞不好行走，林栗观察了下周遭的环境，说道："我们去对岸吧，那边好走。"

溪涧水流并不湍急，中间有几块裸露出水面的大岩石，谢景聿让林栗和李爱苹先站着别动，自己踩着石头安全过了河，才招手让她们过来。

石头常年被水流冲刷，表面光滑，林栗踩在第三块石头上时，险些滑倒。

谢景聿吓了一跳，立刻提醒："小心。"

他等林栗走过来，伸出了手。

"别崴了。"

林栗扫了眼谢景聿的手，想到李爱苹还在岸边等着，没多忸怩，抬手搭上，在他的辅助下往前轻轻一跳，稳稳地落了地。

"谢谢。"林栗垂眼。

谢景聿松开她的手，掩饰性地轻咳了声。

林栗接了李爱苹，他们三个就继续沿着溪涧往前走。

路上，谢景聿仍是专注在植物上，李爱苹就跟出来春游似的，拉着林栗吃零食、聊天，偶尔还一起去林子里捡野果、摘野菜。

谢景聿拍完一株野生兰花，起身没看到人，就往边上的林子里走。

林栗蹲在一棵树下捡果子，他走过去问："你朋友呢？"

"捡蘑菇去了。"

谢景聿了然，他在林栗身边蹲下，看向她手心里攥着的黄色果子。

林栗见他看过来，就把手上的果子递到他面前，问："你知道这是什么吗？"

"南酸枣。"

"南？"林粟看着他说，"我们这儿就叫它酸枣。"

南酸枣和酸枣，一个属于漆树科，一个属于鼠李科，确切地说不是一种植物，不过谢景聿没和她较这个真。

林粟说："过年的时候，茶岭上的人都会捡酸枣回去做酸枣糕，前岭山上的酸枣很早就被捡光了，没想到后岭的都没人捡。"

后岭的光照不如前岭充足，果子结得晚，自然就没什么人特地来捡。

谢景聿："你要捡回去……"

"卖。"

林粟说到做买卖时，眼睛一亮。

谢景聿牵了下嘴角："年都过了，还会有人买吗？"

"当然。"林粟捡着地上的果子，"会有人买来做酸枣糕，再送去市场上卖。"

她回头问："你吃过吗？酸枣糕。"

"没有。"

林粟眨了眨眼，递了一颗酸枣过去，说："那你先尝尝这个，我刚才吃了一颗，还挺甜的。"

谢景聿看了眼她指尖的小果子，理论告诉他，南酸枣肉质酸涩，而且光照不足条件下结出的果子，更不可能是甜的。

但他还是接过，剥开了枣肉，放在嘴里尝了尝，很快，强烈的口感就在口腔里炸开了。

"怎么样，挺甜的吧？"林粟语气里带着轻微的笑意。

谢景聿早就知道她是在忽悠自己了，此时并不恼火，还点了一下头说："嗯。"

"真的？"林粟看他表情淡定，反而不确定了。

谢景聿一猜她刚才就是没亲自尝过，便抬眼示意："你可以再尝一颗。"

林粟犹豫了，但看谢景聿反应寻常，又有些蠢蠢欲动。

难道后岭的酸枣比前岭的甜？

实践出真知，她直接把一颗枣放进嘴里，立马酸得皱起了眉头。

"你骗人。"林粟压抑着嘴里不住涌上来的口水说。

"谁骗人？"谢景聿轻轻挑了下眉。

他们俩同时把手上还没吃完的酸枣扔了，看着对方，不一会儿，莫名一起笑了。

7

谢景聿植物也不观察了，桫椤也不找了，就在林子里帮林粟捡酸枣。

李爱苹捡了蘑菇回来，看见他俩蹲地上，还以为桫椤埋土里了，走近一看，才发现是在捡枣。

"帅哥，你不找桫椤了啊？"李爱苹问。

"不找了。"谢景聿把手上的几颗酸枣丢进林粟身边的袋子里，站起身拍了拍手，看了眼腕表，"再晚下山不安全。"

林粟也站起来，起猛了身体晃了一下，还是谢景聿眼疾手快扶了一把，她才站稳了。

"小粟，你没事吧？"李爱苹问。

"没事。"林粟说，"蹲太久了，腿麻。"

谢景聿看她脸色发白，问："冷？"

林粟摇头。

谢景聿微皱眉头，伸手去提她手上的袋子："我来。"

林粟忽觉手上没力气，没跟他争，把那一袋子酸枣给他了。

冬天太阳下山早，四点钟的光景，阳光就很稀薄了。

他们原路返回，绕道前岭时，林粟看到林有为和几个小孩在林子里玩。林永田和孙玉芬再过不久就要回来了，她得把他喊回去，装模作样地写写作业。

"你们等我一下，我去喊林有为。"林粟说。

谢景聿和李爱苹闻言，站在原地等着。他们站在山道上，谢景聿看到道旁有一株枸骨，拿出手机走了过去。

李爱苹见他拍照，凑上前看了眼，恍然道："'猫儿刺'啊。小粟之前告诉我，这个学名叫，叫枸什么来着？"

"枸骨。"

"对，枸骨，还挺特别的。"李爱苹拿手碰了碰枸骨的叶子，"我当时还以为你们一中有专门教人认植物的课呢，问了才知道，是同学告诉她的。"

谢景聿嘴角微扬。

"是去年冬天吧，开学前那天晚上她还跑进山里摘'猫儿刺'的叶子，我问她摘来做什么，她说带去学校送人。"

谢景聿愣了下，问："她说是送人的？"

"对啊。"李爱苹揪下枸骨的一片叶子，拿在手上把玩着，"这叶子不能吃不能用的，也不知道她送来干吗，做生物实验？"

李爱苹说得没错，叶子并没什么用，脱离枝干后，要不了多久就会干枯、腐烂。但林粟还是摘了，只是因为他问她要过枸骨的照片，她知道他感兴趣。

当初那片枸骨叶子，她不是摘来当书签的，一开始，她就是想送给他的。

谢景聿知道这一事实后，先是怔忪，后是懊悔。

他觉得自己之前简直愚蠢至极，怎么会觉得林粟是自利的人，一心想算计他？

"谢景聿，爱苹。"林粟把林有为喊了下来，站在山道下方朝上面挥手。

李爱苹说："小粟喊了，我们下去吧。"

谢景聿再看了眼那棵枸骨，跟着他们从山里走出去。

刚回到村子，林粟就在村口处看到了周帅，他见着他们，立刻跑过来，对着谢景聿差点喊祖宗。

"我的小少爷，你不是和我说上山看一看，一个小时就下来了吗？"周帅问。

"没注意时间。"谢景聿说。

周帅着急，快速说："很晚了，你得赶紧跟我下山，一会儿谢总开完会找不到你人，又该发脾气了。"

"嗯。"

谢景聿转过身，看向林粟，他有很多话想说，但要开口时又不知道能说什么。

道歉？感谢？好像都不太合适。

"手机号。"

林粟："嗯？"

谢景聿："把你的手机号给我。"

林粟直接报出了一串数字，报完才慢一拍地反应过来，谢景聿要了自己的手机号。

周帅把车掉头，按了下喇叭。

谢景聿存下林粟的号码，抬眼看着她，说："我先下山了。"

"嗯。"林粟点头。

谢景聿转身走了几步，拉开车门要上车时又停下来，回头看向林粟，看了她几秒，说："开学见。"

林粟怔了下，很快回道："开学见。"

车开走后，李爱苹才用手轻轻戳了戳林粟的腰。

"开学见——"李爱苹捏着嗓子，笑得一脸的揶揄。

林粟的耳朵莫名一热，有些不自在。

"你和谢景聿，关系不一般啊。"

"我们就是普通同学。"

"不对。"李爱苹竖起一根手指，摇了摇，"普通同学可不会大过年的跑上山来找你。"

"他是来找桫椤的。"

李爱苹还是觉得不对劲："之前你和我说，你和他不熟，但是今天我看你俩挺熟的啊，他还帮你捡酸枣、向你要手机号。老实交代，你们在学校，是不是发生了什么我不知道的事啊？"

林粟眼神一闪，不明白自己为什么要心虚。

"没什么……就是一个班，偶尔会说两句话。"她含糊道。

"有猫腻，你们绝对有猫腻。"李爱苹眼睛一眯，一副高深莫测的模样。

林粟别开眼，说："你别瞎猜了……有点晚了，我得回去教林有为做作业了。"

茶厂快下班了，李爱苹知道林粟要在她养父母回来前回家待着，否则又会挨骂挨打，就没拉着她继续"盘问"，大发慈悲地松手让她回去了。

回到家，林粟"指导"着林有为多写了几张作业，见时间差不多了，就去准备晚饭。

晚上林永田和孙玉芬回来，吃饭的时候又说起了茶厂新厂的事，他们提到了谢成康。谢成康和徐家福下午开了个大会，说分厂设置的老员工岗岗位有限，让愿意去的人主动报名。

"我还以为报了名就能去，没想到现在还要挑人。"孙玉芬絮絮叨叨地抱怨，"之前不乐意去的人那么多，现在想去都不定能去。"

孙玉芬问："你说这名额能落到我们头上吗？"

"你问我，我问谁啊？"林永田不耐烦道。

"你去打听打听啊，或者，给人送送礼？"

"送什么？烟还是酒，这点东西人家都看不上。"

"那也不能干等着啊。"孙玉芬拉下了脸，"儿子能不能进市里的学校，就看我们能不能去分厂了，这事，你得多上点心。"

林永田眼一瞪："上心，我怎么上心？这是头家决定的事，我还能拿枪指着他，让他给这个名额不成？"

林永田就是个没出息的，遇事一点用都没有。孙玉芬不指望他了，她眼珠子一转，主意打到了坐一旁默不吭声的林粟身上。

"林粟，你和那个大老板的儿子，关系还不错吧？"

林粟一听，就知道孙玉芬打的什么主意。她垂下眼，语气平平地说："我和他在学校里不怎么说话。"

"再怎么说，你都救过他的命，他得报恩。"

"他爸已经资助我读书了。"

"命哪里是用钱买得了的，再说了，他给的那点钱哪够啊。"孙玉芬瞅着林粟，打着算盘说，"这回我也不要他爸出钱送有为去县城读书，你就让你那个同学找他爸，把我和你爸调去分厂就行了，他爸是大股东，一句话的事。"

林粟知道现在要是不顺着孙玉芬，接下来几天她都不会有好日子过，便低眉顺眼地点点头，应承道："等开学去了学校，我会找他说的。"

孙玉芬这才满意地笑了。

晚上，林粟干完家里的活儿，洗完澡回到房间，从枕头底下拿出手机。解锁后，意外地看到有个未接来电，是个陌生号码，属地是临云市。

她看着那串数字，心头一动，隐隐猜到是谁打来的。

林粟本想把那个号码存起来的，最后又放弃了——万一不是呢？

她没在那个号码上多纠结，先登上了 QQ 看了眼。这个寒假，她几乎每天晚上都会上线，为此她还特地买了个月流量包。

一天不在线，QQ 上又有很多的消息，大多是"分列式方阵小分队"的。周与森和许苑几乎每天都会在群里冒泡，一个分享自己的训练日常，一个分享外婆家的景色。

此外，还有三条谢景聿发来的私聊。

Y：我今天会去南山镇。

这是今天早上八点左右发的。

Y：我到镇上了。

这是中午的时候发的。

Y：我上茶岭了。

这是午后发的。

林粟看着这三条消息，不禁好笑。

他发一条没收到回复，就该知道她不是隐身，是没在线上，怎么后面还发？

这可不像是他的作风。

林粟看了眼谢景聿的头像，暗下去的，不过依周与森之前说的，他可能是隐身状态。

回消息的时机已经过了，下午人都见到了，此时也不必要特地回一句自己没看到消息。

林粟想到了那个未接电话，点开键盘，打了几个字，要发送的时候又犹豫了。她没主动给谢景聿发过消息，不知道为什么，会觉得紧张。

正迟疑着，"X"的头像亮了。

明明隔着屏幕，林粟却莫名心头一紧，好像被抓个正着似的。

谢景聿在线，她反而更犹豫了，怕消息发出去，让他以为自己是特意蹲守，等他上线。

Y：未接电话是我打的。

Y：记得存号码。

聊天页面里跳出了两条新的聊天框。

林粟还没问，对面就给出了回答。

她眨眨眼，悄悄地把自己刚才打好的那行字删了，重新打了个字上去。

春种一粒粟：好。

注①：每种植物都有适合自身生长的地方，这样的生存地点叫"生态位"。

比春天更绿，比夏天还明媚

下

叹西茶 著

青岛出版集团 | 青岛出版社

· Chapter 9 ·
他们的心底都有些潮湿

1

过完元宵节，第二天一早，林粟就起早下山，搭了最早的班车，前往临云市。

那天早上天气不大好，乌云密布，天色阴沉，看上去像是会下雨，但不明媚的天气并没有影响她的心情。

以前去学校，她虽然也高兴，但那时候还是对未来的担忧和不安居多，学校于她是试炼场，开学是又一场挑战的开始，她是抱着执行任务的沉重心态去的。

这次不一样，她的高兴是很纯粹的，心中的任务感减弱，似乎因为有了期盼，所以参与感在加强。

林粟在午前到了学校，先去班级报到，之后就去了宿舍。

孙圆圆还是像以前一样，见着她就扑上来，欢欢喜喜地诉说自己的想念。周宛和她打了个招呼，周到地询问她寒假过得怎么样。李乐音也是老样子，摆着个脸，对人爱搭不理的。

中午，周宛和李乐音一起出门，林粟收拾了下宿舍，和孙圆圆去吃了饭，饭后没回宿舍，直接去了教学楼。

林粟跟着孙圆圆去了十六班，没在教室里看到许苑，估摸着她还没来学校，就先上了楼。结果到了五楼，一抬眼就看到许苑在三班门口，正和谢景聿还有周与森在说话。

许苑见到林粟，立刻举起手用力地挥了挥，满脸堆着笑，喊她："小粟，好久不见啊。"

"好久不见啊，林粟。"周与森也咧开嘴，露出大白牙，打了个招呼。

谢景聿回头，他的目光落在林粟身上，但没有说任何话——他和她上周才见过面，算不上好久不见。

林粟没有迟疑，朝他们走过去："好久不见。"

她的语气很轻，但脸上的表情是轻松愉悦的。现在和许苑他们站在一起，她不会再感到压力。

"小粟，我可算是把你盼来了。"许苑等林粟走近，一把挽上她的手，"你寒假过得怎么样？"

"还可以。"林粟并不是在敷衍，这个寒假和以前比，的确算还可以。

"我从我外婆家带了好多好吃的回来，一会儿拿上来给你。"许苑说。

林粟犹豫了下，说："我也带了东西。"

许苑眼睛发亮，笑着问："什么？茶花饼吗？"

林粟摇了摇头，脱下书包，从里面拿出一个袋子，又从袋子里拿出一个小包装袋，递给许苑。

许苑接过，看着透明自封袋里一块块糕状的东西，好奇地问："小粟，这是什么？"

林粟回道："酸枣糕。"

谢景聿闻言看向林粟，眸光微澜。

许苑问："酸枣糕？我没吃过，这是你们那儿的特产吗？"

"嗯。"林粟颔首，"是我自己做的。"

"啊？你做的？"许苑讶异，"你怎么会想要做这个？"

"就……在山上捡了些酸枣，顺手做了一些。"林粟抬手别了下耳边的头发，收敛起表情，刻意忽略侧边一道灼灼的视线。

"你亲手做的，我可舍不得吃。"许苑抱着酸枣糕一脸珍惜。

林粟浅浅地一笑："不是什么特别东西，你喜欢吃，我以后还可以给你做。"

"只有许苑有吗？"周与森眼巴巴地问。

"都有。"林粟拿了一袋递给周与森，最后才看向谢景聿，递了一袋给他。

谢景聿接过，看着她问了句："酸吗？"

很寻常的一句问话，林粟的脑子里却蓦地想起了那天他们一起在山上互相忽悠对方吃酸枣的场景。

她的眼神微微一闪，回他："我加了糖霜，不酸。"

谢景聿的嘴角微不可察地上扬。

许苑的目光在谢景聿和林粟之间转了转，总觉得他们的对话似乎是加密过的，简单两句话，隐含着旁人不知道的信息。

一个寒假过去，这两人的关系似乎又进了一层。

开学第一天下午，每个班照例要开一个班会，许苑看到孙志东从办公室里走出来，估摸着自己班也要开会了，就对林粟说："小粟，我先回教室了，晚点再来找你。"

林粟点了头，许苑走后，她看向谢景聿和周与森，知会一声："我先进去了。"

周与森等林粟进了教室，迫不及待地打开了包装袋，尝了一块酸枣糕，连连点头道："酸酸甜甜的，还挺好吃的，开胃。"

他往谢景聿嘴里塞了一块："怎么样，是不是还不错？"

谢景聿嚼了两下，和那天尝的酸枣比起来，是不酸。

"没想到林粟还会做这个，你可是托了我和许苑的福，才有这个口福。"周与森又往嘴里塞了一块酸枣糕。

谢景聿微微皱眉："托你们的福？"

周与森理所当然地点头："要不是我们，林粟怎么会送你吃的，她肯定是特意给我和许苑带的，你就是顺带送的。"

周与森吃着酸枣糕，大言不惭。谢景聿看不过眼，忍不住回了句："谁托谁的福还不一定。"

"什么意思？"周与森脑袋一歪，嘴里含着酸枣糕，说话含含糊糊的，"难不成这还能是林粟特地给你做的？"

他说完咯咯直笑，笑得谢景聿心烦。

周与森吃的酸枣糕里，指不定就有他捡的酸枣，对方现在还敢笑话他。

但这话谢景聿又不能明说，他心里憋得慌，最后也只能乜周与森一眼，凉凉地丢上一句："少吃点，小心上火。"

开学班会，孙志东就是老生常谈，例行说些套话，最后倒是提了下三班上学期期末的成绩。

孙志东说班上的谢景聿同学是年级理科第一、高二全市统考的第一，班级里先是响起一阵惊叹声和掌声，随后很多同学就在私底下小声地讨论开了。

很多人在感叹谢景聿名次的同时，又会想起他中考和竞赛的两次滑铁卢，失误一次可以说是意外，失误两次就很引人深思了。

林粟之前听孙圆圆说过，学校论坛里有很多人开帖子大聊特聊谢景聿大考发挥失常的事，其中嘲讽的居多。竞赛之前，他是高二年级的学神，很多同学考前都想拜拜他，但竞赛之后，他就被一众人拉下神坛。

人们对优秀者的要求更严格，只要稍微有一步走得不是那么完美，就会被诟病。他们可以把一个人捧上天，也可以在瞬间将人踩在地上。

竞赛失利后，她只在那天晚上看到过谢景聿稍稍露出过一丝落寞的神情，还是因为他爸爸的那通电话，之后就没见他自怨自艾。

那段时间，年级里对他议论纷纷，他从来不在意，仍和往常一样自如。

他人的褒贬对他来说都是耳畔风声，吹过就算了，他的目光不在眼前的三分地，而在更远的地方。

班会课结束，孙志东让班长组织班上同学打扫卫生，之后又喊了几个男生去搬书、发书，一套流程下来，就到放学时间了。

傍晚天色愈暗，隐隐有闷雷声轰轰作响，没多久就细细密密地下起了雨。

放学后，很多人都趁雨还没下大，匆匆离校。

林粟倒完垃圾回来，教室里就剩两三个同学了。她回到座位，收好东西，将书本装进书包里，背上要走时，书包一边的肩带突然断了。

这个书包也不是第一次断肩带了，只不过这次断得很不是时候。

林粟检查了下肩带，断的还是上回那个地方。她叹一口气，只好抱着书包离开。

雨势渐渐变大，不过一会儿的工夫，外面路上的低洼处就有了积水。

林粟带了伞的，但现在两只手抱着书包，实在腾不出手来撑伞。

她站在教学楼前望了望天，估摸着春天的雨一时半会儿停不下来，正想直接冲回宿舍，才迈出脚，就被人喊住了。

谢景聿被段长喊去年级办公室里谈话，才出来，就看到了林粟。他走过去，扫了眼她怀里的书包，问："书包怎么了？"

"肩带断了。"林粟如实说。

谢景聿颔首，又问她："没带伞？"

"带了。"林粟以为他想借伞，就从书包侧口袋里拿出自己的雨伞递过去。

谢景聿接过后抖搂开，撑开伞看了林粟一眼。

"不走？"他问。

林粟怔了下，说："我回宿舍。"

"我知道。"谢景聿看着她，"我先送你回去。"

林粟抱着书包，和他对视了两秒，最后低下头，走到了伞下。

料峭春风一阵又一阵地吹过，密雨斜侵，扑面而来。

谢景聿把伞面打斜，垂眼看向林粟，开口问道："周帅把钱打给你了没有？"

"打了。"林粟昨天就收到了银行发来的短信。

"你的养父母拿你钱了吗？"

"没有。"林粟说，"我和他们说，你爸爸现在都不直接给我转钱了，让我有需要再找周哥拿。"

谢景聿一下子就能明白林粟这么说的用意，用钱要经过周帅的同意，她的养父母投鼠忌器，自然就会有所收敛。

"你还采茶吗？"谢景聿问。

林粟摇头："冬天不采茶，春茶还不到时候。"

谢景聿眉间微皱："春茶需要你回去帮忙采？"

林粟说不准。

虽然上回徐家福当面训斥了孙玉芬，但带孩子一起去采茶这种事在茶岭上并不少见，茶园的管事都是睁只眼闭只眼的，徐家福是大老板，不可能天天上山盯梢。

以林粟对孙玉芬的了解，她是不会因为徐家福的一次面斥，就真乖乖听话的。

"我可以帮你。"谢景聿扭头说。

孙玉芬是有些怵谢景聿的，但她怕的是谢成康儿子的这个身份。

林粟能猜到谢景聿大概又想借谢成康的手来敲打孙玉芬，但自从知道他和他爸不和后，她就不太想让他再因为自己，去和他爸做交涉。

她心里这么想的，但没有拂了谢景聿的好意，而是轻声道了句："谢谢。"

谢景聿沉默了一秒，回道："不用。"

校道上行人寥寥，春雨淋成雨雾，一中校园像是被笼在了一层细纱之中，人声渐少，雨声渐大。

到了宿舍楼前，林粟跨步到了门前的屋檐下，抱着书包转过身来，说："雨伞你先拿去用吧。"

谢景聿点头："嗯。"

"我回宿舍了。"林粟道一声。

谢景聿看她转身，忍不住喊了一声："林粟。"

林粟回头。

谢景聿撑高了伞面，定定地看了她几秒，缓声说："酸枣糕，谢谢。"

林粟心头蓦地微动。

不知道是不是下雨的缘故，这一刻，他们的心底都有些潮湿。

2

开春一场雨断断续续地下着，春雨下不大，稀稀拉拉的，犹如牛毛，绵绵不绝。

连日不晴，三班新学期的第一节体育课，还是在一周后才上的。

那天乌云稍开，难得露出了几缕阳光。第三节课才下课，班上的男生就按捺不住，呼朋唤友地去了操场，抓紧时间活动筋骨。

女生们没那么急躁，慢条斯理地收好东西，才和交好的朋友一起慢慢悠悠地在上课铃响之前去操场集合。

上课后，周与森照例带领全班做了下热身运动，热身结束后，体育老师说寒假期间估计很多人没怎么运动，就让全班人绕着操场慢跑两圈，适应适应。

两圈对林粟来说并不算什么，以往她自己锻炼，会跑个四五圈，但今天不知道为什么，身体没劲儿，两腿使不上力气似的，跑得很艰难。

勉强跑完两圈，她气喘吁吁，停下来后觉得眼睛有点花，正要去边上坐着休息下，走没两步，顿觉脚下一空，栽倒在了地上。

她倒得突然，把周边的同学都吓了一跳，最先反应过来的是谢景聿，他两三步冲过去，扶起人，喊了几声。

林粟有意识，勉力睁开了眼睛，只能看到谢景聿一张一合的嘴巴，但耳朵嗡嗡的，像糊着一层膜，听不清声音。

周与森也跑了过来，谢景聿喊他："搭把手，我送她去医务室。"

谢景聿背起林粟，一刻没耽搁，直接奔向医务室。

到了医务室，校医帮着把林粟放到了病床上，扶着她躺好后，拉上帘子做检查。

谢景聿站在帘子外面，气息急促、面色凝重。

周与森这时候跟进来，问了句："怎么样？"

谢景聿摇摇头。

校医简单检查后，拉开帘子，见外头两个男生盯着自己，就解释说："贫血，还有点低血糖，我先给她挂瓶水。"

校医开了补剂，拉过林粟的手找血管的时候，掂了掂她的胳膊，摇摇头感慨了句："这姑娘太瘦了，都是骨头没有肉，营养不良，难怪会晕倒。"

谢景聿听了，眉头皱了皱。

他想到了上回在茶岭，她捡完酸枣起身时，脸色发白，差点也要栽倒。

针扎进血管里，林粟吃痛，意识就清明了很多，她的眼皮动了动，缓缓睁开了眼睛。

"我给你输营养液呢，你躺着别动，好好休息。"校医叮嘱完林粟，又看向谢景聿和周与森，"你们两个，谁去头点吃的，等她稍微有精神了，让她吃点。"

"我，我去，"周与森自告奋勇，走之前还拍拍谢景聿的肩，"我很快就回来，你看好林粟啊。"

谢景聿颔首。

校医还有事要忙，让谢景聿盯着点输液瓶，他在林粟床边的凳子上坐下，垂眼看着她。

"睡一觉吧。"谢景聿轻声说。

林粟的确疲惫，眼皮重得一合上就睁不开。她昏沉沉地睡了过去，睡梦中似乎听到有人在说话，但听不真切。

一觉醒来，林粟睁开眼时还有些迷瞪，茫然中有种不知今朝是何夕，此身在何处的感觉。

"醒了？"

林粟听到声音，微微转过头，看到床边的谢景聿，反应了好几秒，脑袋才转过弯来。

"我怎么了？"她动了动身体，想要坐起来。

"别动。"谢景聿按住林粟的手，看了眼她手上的输液针，确定没跑针后才松开，扶她坐起来。

"上体育课的时候你晕过去了，校医说你贫血，还有点低血糖，先给你输两瓶营养剂。"

林粟抬头看了看输液瓶，断裂的记忆重新回到了脑子里。

"现在感觉怎么样？难受吗？"谢景聿问。

林粟摇了摇头："还好。"

谢景聿拿过放在一旁的一次性水杯，递到她面前，说："喝点水。"

林粟低头，就势喝了一口水，润了润嗓子。

谢景聿放下杯子，又拿起桌上的巧克力，拆开包装后递给林粟："校医说你醒后让你吃点甜的。"

林粟抬起没有扎针的手，掰了一块巧克力放进嘴里含着。

谢景聿把巧克力放下，抬眼盯着林粟看。

林粟不自在，眼神闪了下，问："怎么了？"

"你贫血，自己知道吗？"

林粟抿了下唇。

"以前也晕过？"谢景聿问。

林粟沉默了片刻，缓缓启唇说："初三的时候晕过一回。"

"有没有去做检查？"

"周老师带我去镇上医院检查过，医生说就是贫血，平时多注意就好。"

谢景聿皱眉："校医还说你营养不良。"

林粟垂眼："没那么严重。"

"都晕过去了，还不严重？"谢景聿满脸的不赞同，"你平时应该多吃点有营养的东西，别总是想着省钱。"

林粟低声回说："我能吃饱就行，没必要多花钱。"

谢景聿点点头："好，你不想把钱花在吃上面，那用的呢？"

林粟抬眼："什么用的？"

"你的书包。"

林粟神色一凛，声音也微微沉了些："我的书包怎么了？"

"你不是说肩带断了？"

"我缝回去了。"

谢景聿知道碰到了林粟的逆鳞，但还是接着往下说："那个书包你用了几年？四年还是五年？你还打算缝几回？"

林粟抿直了唇，快速说："它还能用。"

"每件物品都有使用寿命，那个书包已经被你用到极限了。"他顿了下，看着她一字一句地说，"你该换一个新书包了。"

谢景聿的话听在林粟耳朵里相当刺耳，她以为他不同，但原来他和别人一样，都觉得她不够体面。

"你现在是以资助者儿子的身份在教我花钱吗？"林粟蹙起眉头，沉声问。

谢景聿神色一动，很快接道："你要这么认为，也不是不可以。

"钱省下来创造不了更多的价值，这些钱给你了就是你的，你要学会投资自己。"

他问她："你一直用这个书包，是真的不舍得花钱买一个新的，还是想通过它，借用别人的目光来警醒自己？"

林粟的心口猛然一缩。

谢景聿眸光沉沉："你这是在自找罪受。"

林粟忽觉喉头苦涩，刚才那块巧克力实在太苦了。

"你不懂。"她说。

"我是不懂，"谢景聿看着林粟，"你这么做是在消耗自己。"

病房里气氛凝滞，空气像是被冻住了，又冷又硬。

许苑从病房外走进来时，就察觉到氛围不大对劲。她的目光在林粟和谢景聿之间游弋，他们两个都绷着脸不说话，像是在闹别扭。

她身后的周与森什么都没察觉到，见林粟醒了，大刺刺地走过去问："林粟，你醒了啊，现在感觉怎么样？有没有哪儿不舒服？"

林粟沉默地摇了摇头。

"你突然晕倒，把我们都吓一跳。"周与森从手上提着的袋子里拿出刚从小卖铺买的面包、水果之类的东西放在桌上，问林粟，"你饿不饿，有没有想吃的？"

林粟仍是摇头。

她情绪不高，周与森没多想，只当她才醒，精神不佳。

许苑看了林粟一眼，再看看一直坐在床边不动的谢景聿，忖了下说："景聿，你先和与森一起去吃饭吧。"

谢景聿抬头："我不饿。"

"不饿也得吃饭啊，下午还有课。"许苑走过去。

谢景聿知道许苑是想支开自己，他不想走，但不走，待在这儿也没什么用处，还影响林粟的心情。

认识到这一点，他胸口发堵，最后还是老老实实地站了起来。

"我走了。"谢景聿低头说。

"嗯。"林粟很闷地应了一声。

"走走走，我们速战速决。"周与森搭着谢景聿，半推着他往外走。

到了医务室外，周与森见谢景聿还皱着眉，有些讶异，说："看不出来，你还挺关心林粟的。"

"都是同学。"谢景聿的语气还算平静。

"你以前可不这样，那时候你还让我少管林粟的事。"周与森抚着自己的下巴，得意道，"看来你是和我待久了，被我的善良感染了，也变得乐于助人了。"

谢景聿神色微缓："我可没你这么爱管闲事。"

"啧，我爱管闲事，那你今天是在干吗？"

谢景聿一噎。

"行啦，助人为乐又不是什么丢人的事，关心同学，多好的品质啊。"周与森自己心大，完全没往别的方面想，见谢景聿一副担心不已的样子，还宽慰他，"之前你不是告诉我，林粟不是弱者，她很坚强的嘛，你就不要太担心了。"

谢景聿之前对林粟了解得不够全面，那时候他对她的论断是片面的。

林粟的确不是弱者，但她并不是无坚不摧的，她也有脆弱的时候，甚至有时候，坚强都是她的一种保护色。

谢景聿和周与森走后，许苑看了下输液瓶，在床边坐下。她剥了个橘子，递给林粟："先吃点水果吧。"

林粟摇头。

"校医说了，你不能饿着，要补充营养。"许苑把橘子分成两半，递了其中一半给林粟，"一人吃一半。"

林粟这才接过。

许苑掰了一瓣橘子塞进嘴里，嚼了两下说："还挺甜的。你尝尝。"

林粟在许苑的注视下，往嘴里塞了一瓣橘子。

"怎么样，是不是挺甜的？"许苑问。

林粟沉默地点头，神情郁郁不振的。

许苑看着她，忽问："你和景聿，是不是吵架了？"

林粟眉间微紧，很快否认道："没有。"

"你就别瞒我啦，刚才一进来，我就发现你俩不太对劲，也就是周与森那家伙，神经粗得可以跑马，才没发觉。"

林粟张了张嘴，最后还是缄默。

许苑不是那么好糊弄的，现在她也没有心思去编造理由。

"你们两个小秘密太多了，勾得我心痒痒的，不过既然你们都不愿意说，我就不问。"

许苑又往嘴里塞了一瓣橘子，说："今天你晕倒，景聿背着你来医务室，跑前跑后的，校医说你没什么大问题，他才放心。

"你睡着的时候，他一直陪着你，直到你醒过来。

"老实说，我还是第一次看到他对人这么上心。"

"你不知道，初中的时候，他有个外号，叫'冷面小王子'。"许苑没忍住笑了声，"他可是学校里公认的最不好接触的人，对谁都冷冷淡淡的，很有距离感。但我看得出来，他对你……不一样。"

林粟闻言，眼波微微一澜，荡起圈圈涟漪。

许苑见林粟的神情柔和了许多，才接着往下说："景聿这人，面冷心热，明明心里关心，嘴上却不饶人。

"我不知道你们今天为什么吵架，如果是他说了什么让你不高兴的话，你别放心上，他不是有意的。"

林粟垂眼，沉默了片刻，轻声说："我知道。"

3

中午，周宛和孙圆圆打包了吃的一起来医务室看林粟，林粟输完液，校医再检查了下她的身体，没什么大碍后，叮嘱了几句就让她回去了。

林粟跟着周宛和孙圆圆回宿舍，谢景聿、周与森还有许苑送她们到了宿舍楼。

到了楼下，许苑对林粟说："小粟，你回去好好休息。"

周与森："有事情记得联系我们。"

林粟颔首，进宿舍楼之前，她看了谢景聿一眼，他也看着她，但没有说话。

回到宿舍，林粟的身体还没完全缓过来，仍是乏力，就躺在床上休息。

下午宿管吹哨，她隐隐听到哨声，但身体僵劲，不受意识的控制，想醒又醒不过来。她几回尝试唤醒身体机能，最后还是抵抗不了疲惫，跌进了睡梦的深渊。

再次醒来，宿舍里静悄悄的，一点声音都没有。

林粟起身，看了眼桌上孙圆圆的小时钟，已经过五点了。

她没想到自己一觉睡了一下午，霎时有些慌乱，赶忙起身，穿外套的时候才看到周宛留下的纸条：林粟，我会帮你和老师请假的，你好好休息。

现在的时间，已经是下午最后一节课了，周五最后一节是班会课，赶过去意义不大。

林粟叹了一口气，不再急匆匆。她简单洗漱了下，在宿舍里看书，等放学铃声响起，第一时间离开了宿舍，往教学楼走。

即使是因为身体不适这种客观因素才没能去上课，但她心里头就是有种负罪感，好像虚度了时光，偷了懒。

到了教室，班上人差不多走光了，只剩下值日生在打扫卫生。

晚上不上自习，教室要关门，林粟打算背几本书去图书馆自习。她从书桌侧边拿过自己的书包，装了课本还有作业本，拉上拉链，背起要走时，书包一边的肩带又断了。

断的还是上一次那个地方，学校里没有鱼线，她是用平常的缝纫线把肩带缝起来的。缝纫线没那么牢固，吃不住力，书包稍微重点就会开线断开。

今天这一天，直到这一刻，林粟才觉得心灰意冷。

她想到了今天在医务室里谢景聿说的话，这个书包，好像是看准了时机，配合着他，故意来嘲讽她的。

她在座位上颓然地坐了会儿，直到值日生倒完垃圾回来，说教室要锁门了，才起身抱着书包离开。

早春时节，春风料峭，拂面而来时携带着冬末的寒气。

林粟抱着书包，本想去图书馆，又起了念头，先去了收发室。

小郑哥上大学后，和她通信的频率就少了，基本上保持着一个月一封信。年前，他在信里说，今年过年要留校兼职，不回南川县了。这不是他第一回说自己要留校，去年过年还有暑假，他都没回来，所以她已经快有两年没见过他了。

林粟在收发室里拿到了信，之后才去图书馆。她在自习室里找了个位置，放下书包后，没有急着看书，而是拿出了小郑哥寄来的信，拆开来看。

林粟：

展信佳！

之前收到你的来信，得知你在学校交到了好友，我由衷地为你感到高兴！

回想我的高中生涯，没有结识志同道合的好友，真的非常遗憾。

现在想起来，高中时候的我太偏执了，总以为更好的风景是在后边，却不知道自己错过了多少波澜壮阔的景色。我一心向前奔跑，没有领略到当时身边的美景，也没学会如何享受当前的人生。

我来到了当时的未来，但未来的风景并不如我想象的那么美好，或者说，我已经失去了欣赏生活之美的能力。

上大学后，我仍然不敢松懈，即使现在已经走出了大山，到了外面的世界，但我的思想似乎被困在了重重的山岭之间。我不敢玩乐、不敢放松，过去的苦难一直影响着我，我总觉得我这样的人是没资格享乐的，我要比别人吃更多的苦、受更多的累才行。

我快乐的阈值变得很高，甚至很多时候，只有疲惫才能给我带来安慰。

这学期，我去了学校的心理辅导室，老师告诉我，背负着过往的苦难，会让我走得很辛苦，与其在"苦难"的贫瘠土地上费力地汲取稀薄的养分，不如仰起头，去追寻名为"希望"的太阳。

这句话，我也想送给你。

我不希望你走我的老路，被困在苦难之中，不敢去享受生活。

高中，是人生中一段独特的时光，高中的学习，不仅是学业上的进取，更是人格的养成。我深知自己错过了什么，所以希望还在这段时光中的你，能好好享受这段旅程。

青春一去不复返。

我知道现在的你一定和当时的我一样，不敢有一丝一毫的懈怠，虽然前路艰难，但我希望那些经历过的苦难不会变成乌云，遮蔽你的天空，而是能化为云翳，为你造就一个美丽的黄昏①。

小郑哥

林栗看完这封信，眼眶早已泛红。她盯着信纸上的字字句句，忍不住喉头一哽。

小郑哥信里的一字一句，都击中了她心里最脆弱的地方。

来到临云市读书，她心里有很多很多的不安、很多很多的茫然，她很害怕自己会迷失，会忘了初心，所以她一直让自己过着一种苦修式的生活，以此保持精神上的高度紧张。

就像她的书包。

之前她的生活费不多，但要省出一笔钱来买个新书包，也并非办不到。

只是她不想。

这个书包是过往苦难生活的象征，背着它，能感受到周围人各异的目光，那些目光会让她感到微微刺痛，这种痛感就是她所要的。

谢景聿说得没错，她就是在自找罪受。

林栗抱过自己的书包，这个书包使用多年，已经"伤痕累累"。送她这个书包的支教老师是个年轻漂亮的大学生，她至今还记得她送自己书包时说的话。

她说：林栗，茶岭很小，世界很大，这个书包是老师送你的升学礼物，希望它能成为你隐形翅膀上的一片羽毛，帮助你飞出大山。

这么多年，它陪着她从茶岭到南山镇，又从南山镇到临云市，见证了她一次又一次的成长蜕变。

它是轻盈的羽毛，不应该因为她的偏执，变成沉重的枷锁。

林粟想，她不能再背着"茶岭"这座大山，越走越累，而要去寻找新的羽毛，丰满自己的羽翼，为了有一天能够振翅高飞。

不知道是不是因为白天睡太多了，晚上，林粟躺在宿舍的床上，辗转反侧地睡不着觉。她直愣愣地躺了会儿，没有一丝睡意，就摸出了手机，犹豫了下，登上了 QQ。

小分队群里没什么动静，她稍微失望，要退出时，收到了许苑发来的消息。

许个心愿：小粟，你怎么还没睡？

春种一粒粟：白天睡太多了，现在睡不着。

许个心愿：这样啊。

许个心愿：你现在觉得怎么样？

许苑下午就给林粟发了短信询问过她的身体状态，现在不放心，再问一遍。

春种一粒粟：已经好多了。

许个心愿：你还是不能熬太晚哦。

春种一粒粟：好。

这时候周与森冒泡了，他上来咔咔就发一堆话。

Spider-Man：林粟，你好点了吗？

Spider-Man：好多了你也是要多注意的。

Spider-Man：千万不能过于劳累。

Spider-Man：睡不着你可以数绵羊啊。

Spider-Man：或者数水饺。

Spider-Man：我失眠用这招都管用。

春种一粒粟：好，我试试。

许个心愿：小粟，早点休息，晚安。

Spider-Man：记得数水饺！

林粟回了个笑脸。

群里周与森和许苑都说话了，谢景聿始终没有出声。

林粟看过他的头像，亮的，他在线。

其实以往他们在群里聊天，谢景聿也是不怎么回复的，只有在周与森点他的时候，他才会言简意赅地回一两句话。

但今天，他惯常的沉默让她多想了。

他们今天闹了不愉快，林粟觉得谢景聿是生气了，以后他大概不会再想管她的事了。

她盯着那个"X"头像看了良久，直到它暗下，忍不住幽幽地叹了一口气。

晚上失眠，林粟第二天就睡迟了。

周六不用上课，醒来后她没有赖床，起来洗漱后，直接去了食堂吃饭。再出来时，看到操场上来了好些学生，都在忙着搭帐篷摆桌子。

一中每学期都会有校园活动日，学校里的学生以社团为单位开展活动，林粟没加入任何社团，所以每学期这种活动她都是不参与的，顶多走马观花地观望一下。

"小粟。"

林粟在操场边上站着，听到许苑喊，回头就看到她朝自己跑了过来。

"我刚才给你打电话你没接，还想着要去宿舍找你呢。"许苑说。

林粟摸了摸口袋，解释道："我出来忘带手机了。"

说完，她问许苑："你怎么来学校了？"

"舞蹈社有活动啊，我当然要来啦。"

许苑今天打扮得很靓丽，林粟恍然记起她这学期当上了舞蹈社社长的事。

许苑问林粟："你今天感觉怎么样？"

"已经没事了。"

"那就好，"许苑挽上林粟的手，"今天校园活动日，你要是没什么事就来玩玩呗，舞蹈社排了舞，我也跳，你来看看？"

林粟对这些社团活动都不太感兴趣，但听许苑说她要跳舞，就点了头。

舞蹈社的阵营在主席台那儿，许苑要布置场地，林粟也上手帮忙，她手上拿着一个气球，正要问许苑拿打气筒，抬眼就看到了谢景聿和周与森。

周与森嘻嘻哈哈的，还没走近，就挥手朝许苑还有林粟打招呼，谢景聿跟在他后边，显得格外稳重。

许苑等他们走近，看向谢景聿，惊疑道："你不是从来不参加校园活动的吗？今天怎么来了？"

谢景聿余光看了林粟一眼，绷着脸说："在家无聊，出来走走。"

许苑点点头，心里是一点都不相信他这个解释。

"你们既然来了，就一起帮忙吧。"许苑把手上的打气筒递给谢景聿，吩咐说，"你和小栗一起打气球。"

谢景聿抬眼看向许苑，许苑又把打气筒往前递了递，他这才接过。

"那我呢？那我呢？"周与森积极地问。

"你……"许苑想了下，朝他招手，"你跟我过来，搬东西。"

"啧，怎么你让景聿干轻松活儿，让我干苦力？"周与森不满。

"你力气比他大，能者多劳。"许苑半哄着说。

周与森立刻咧嘴笑了："那是，我平时可不是白练的。"

有的人就是很好哄骗，许苑憋住笑，把周与森带走了。

许苑和周与森走后，谢景聿和林粟站在原地，谁都没有说话。

半晌，谢景聿朝林粟伸出手。

林粟愣住。

"气球。"谢景聿说。

林粟反应过来，赶紧把手上的气球递过去。她觑了谢景聿一眼，他面无表情，冷冷淡淡的，看上去不大高兴。

高一的时候他们起过几次冲突，但吵架还是第一回。

应对冷漠的谢景聿，林粟有些经验，但对生气的谢景聿，她毫无办法。

4

谢景聿一个劲儿地打气球，自始至终没再说话。

林粟想起高一，他们关系最差的那段时间，他无视她，见了面也不怎么说话，即使那时候他态度漠然，带有攻击性，都不像今天这样，让她感到失落。

她想主动打破他们之间沉闷的气氛，又不知道该说什么好，怕他气没消，并不想理会自己。

许苑忙完回来，谢景聿和林粟还是一声不吭的，只顾打气球，再看主席台上满地滚的气球，她都要气笑了。

"行了行了，够用了，你们停下吧。"许苑走过去阻止道。

谢景聿把最后一个气球扎起来，丢到地上。

"还要干什么？"他问许苑。

许苑说："你们把气球粘到后面的墙上，就……粘个爱心吧。"

谢景聿："……"

他表情嫌弃，但行动上还是照做了。

许苑给找了板凳来，谢景聿就站在凳子上，林粟在底下给他递球。

林粟仰头，看着墙面上初显形状的气球，忍了忍，还是开口说："许苑说粘爱心。"

谢景聿低头，语气平平的："我粘的就是爱心。"

"……不像。"林粟看着墙上气球组成的一个尖角，觉得照他这么粘下去，最后出来的形状一定特别奇怪。

她想了下，说："我来粘吧。"

谢景聿从凳子上下来，换林粟站上去，他在底下递气球。

林粟调整了下谢景聿刚才粘的气球，再接过他递过来的气球，凭着感觉粘在墙上。

谢景聿抬头看着林粟，见她一脸严谨，好像在完成什么紧要的任务似的，神色不由得稍微柔和了一些。

一上午，林粟和谢景聿还有周与森都在舞蹈社帮忙，等场地布置好，差不多到了中午。

许苑跑过来，满意地看着林粟粘的爱心气球，又把周与森喊来，说："你们今天帮了我大忙，中午我请客。"

"那我可得多吃点。"周与森欣然说。

"行啊，想吃什么，你说。"

周与森看向谢景聿和林粟："你们想吃什么？"

林粟对吃的没那么多想法，就说："我都行。"

"小聿聿，你呢，有什么想吃的吗？"周与森朝谢景聿抛了个媚眼。

谢景聿看了林粟一眼，很快回道："汉堡。"

"稀奇，你以前都不爱吃炸鸡汉堡这类食物的，今天怎么回事，换口味了？"周与森问。

"突然想吃了。"谢景聿的语气很淡。

周与森信了，还说："你这么一提，我也有点想吃。"

"小粟，吃汉堡，可以吗？"许苑看向林粟。

"可以。"

商量好，他们四个一起离开学校，去了最近的肯德基。

饭点，店里堂食的人很多，一楼已经没有空桌了。

许苑拉上林粟，对谢景聿和周与森说："我和小粟去楼上找座位，你们去点餐，随便点，回头找我报销。"

"得嘞。"周与森爽快道。

林粟和许苑上了楼，正好碰上一桌吃完离开的，她们迅速落座，又喊来店员收拾桌子。

没多久，谢景聿和周与森端着餐盘上了楼。

"这儿。"许苑挥手。

"我和景聿看着点了一些，你们看看，还有没有别的想吃的。"周与森放下餐盘说。

许苑看向林粟："小粟，你还有想吃的吗？"

林粟摇头。

"这样，我们先吃，一会儿不够再点。"许苑说。

"成。"周与森坐下，他把可乐分了，又拿起一个汉堡，问，"鸡腿堡，谁要吃？"

"林粟？"他递给林粟。

林粟刚要接，谢景聿就先一步把一个汉堡放在了她面前。

"她吃这个。"他说。

周与森扫了眼林粟面前的汉堡，问她："你想吃鳕鱼堡啊？"

林粟在这一刻，忽然明白了谢景聿为什么说要来吃汉堡。

她心头微悸，拿起了那个鳕鱼堡，点了下头："嗯。"

"行，那我吃鸡腿堡。"周与森乐呵呵的，完全没去想谢景聿为什么会知道林粟想吃鳕鱼堡。

一旁的许苑心中清明，觉得自己就像瓜田里的猹，周边都是瓜，她想找只同类一起吃，奈何同一片瓜田里的另一只猹偏偏是傻的。

谢景聿都不掩饰了，周与森还看不明白。

许苑暗自叹一口气，深感寂寞。

"活动下午两点才开始，吃完饭我们去哪里逛一逛？"许苑喝着可乐问。

"行啊。"周与森接话，"反正也没事，就当消食了。"

许苑转头看向林粟，问："小粟，你有想去的地方吗？"

林粟拿纸巾擦了下嘴角，垂下眼说："我要去趟商场。"

许苑："商场？你要买什么东西吗？"

"书包。"林粟抬头说。

桌上静了几秒。

周与森讶然地张大了嘴，许苑也露出吃惊的表情。

谢景聿虽然没有他们两个反应大，但也很意外。

许苑端详着林粟的神情，小心地问："小粟，你要买书包？"

"嗯。"林粟平静地说，"之前的书包坏了，我要买个新的。"

"这样啊。"许苑点点头，最初的愕然过后，她由衷地露出了笑容，"我知道有家店，它家的书包价格都不贵，质量也挺好的，我还有会员卡，可以打折。"

许苑问："吃完饭，我带你过去看看？"

"好。"

林粟抬眼看向对面，谢景聿盯着她，眼神像是带着某种含义。她的双耳莫名发烫，忍不住躲开他的视线，低下头继续吃着汉堡。

谢景聿拿起可乐，咬住吸管，以此来掩饰自己忍不住翘起的嘴角。

窗外，乌云散去，阳光从云层中倾泻而出。

从肯德基里出来，许苑就带林粟去了她说的那家店。

店铺正好在做店庆活动，店内的商品都有优惠，许苑知道林粟是追求性价比的，她挑了一个款式简单、价格不贵的鹅黄色书包，示意林粟背上身看看。

"小粟，你背这个书包好看。"许苑拉着林粟转了圈，问边上两个男生，"是吧？"

周与森竖起大拇指："不错。"

谢景聿盯着林粟看了会儿，不知道为什么，明明她以前的书包更低幼，但此时她穿着校服，背着新书包的样子却比之前更有朝气。

大概是因为她的心境不同了，所以给人的感觉就不一样了。

林粟对这个书包也挺满意的，见价格合适，就直接买了下来。

从店里出来，他们一起往学校走。

林粟背着新书包，此时此刻，她没有花钱消费的负重感，心里头格外轻松，脚步也随之轻盈了起来，就好像背上的翅膀多长出了一根羽毛。

回到学校，许苑作为舞蹈社的社长，要去组织活动。走之前，她把谢景聿喊到一旁，和他说话。

周与森瞧见了，啧啧说道："这两人真是的，生怕别人不知道他们是一对，还说悄悄话。"

林粟看向谢景聿和许苑，抿了下唇，忍不住问周与森："你为什么总说谢景聿和许苑是一对？"

"他们就是啊。"周与森说得理所当然的。

"谢景聿和许苑自己说的？"

"那倒没有。"周与森说，"他们从小认识，初中的时候学校里的人都说他俩是金童玉女，很登对。

"还有之前有一次，许苑过生日，我去她家，她妈妈还说景聿是自己看上的'女婿'。

"他们是青梅竹马，两家人又都认识，现在不是一对，早晚也会是一对。"

周与森言之凿凿的，对自己的推测十分自信。

林粟听来听去，完全没听到什么可以证明谢景聿和许苑是一对的可靠根据，全是听说和臆测。

谢景聿和许苑关系好，但并不亲密，谢景聿有很多的事，许苑并不知道。许苑平时说起谢景聿，往往都是从朋友的角度出发的，并不涉及男女之情。且每回周与森调侃谢景聿和许苑，他们都是否认的态度，许苑有时候还会生气。

但……会不会真是不好意思承认？

林粟陷入了沉思。

谢景聿和许苑说完话，走向林粟和周与森，说："许苑说舞蹈社等下就要表演了，让我们去台下等她。"

"走吧。"他看向林粟。

林粟点了下头，转身往前走。

谢景聿皱起眉头，他怎么觉得，前后不到五分钟的工夫，林粟对自己的态度就有点冷淡了。

难道他中午会错意了，她其实还没消气？

一中的校园活动日在临云市的中学里很有名气，下午，学校里来了很多人，有本校的学生，也有外校来参观的人，还有学生家长。

社团活动举办得如火如荼，话剧社排话剧，动漫社cosplay，文学社卖自办刊物，汉服社的人穿着汉服在写书法……整个操场，基本上都被各大社团承包了。

舞蹈社人多，占了主席台，各个舞种的学生排了一场小型演出。许苑是社长，带头跳了一个大联合的开场舞，一曲舞毕，她从台上下来，跑到林粟他们面前。

"怎么样，我跳得还可以吧？"许苑笑着问。

周与森撞了下谢景聿，挤眉弄眼地说："你的小青梅问你话呢。"

谢景聿也他一眼，知道有人又要作死了。

果不其然，许苑下一秒就拧起眉头，不高兴道："我不只是问景聿，还问你和小粟。"

"你是想问你的小竹马，又不好意思，所以就顺带问我和林粟，对不对？"

周与森嘿然一笑，一脸"我都懂的"表情。

许苑看了眼谢景聿和林粟，难得露出了肃然的神情。

周与森以前胡咧瞎侃也就算了，现在还这么没眼力见儿，她不得不和他好好澄清一下。

"周与森，我最后再和你说一次，我和景聿是从小就认识的朋友，除此，没有别的关系，你以后如果还乱开玩笑，我就和你——"许苑停了下，表情有点纠结，很快还是咬咬牙，果断道，"绝交！"

周与森被许苑唬住了，愣上了几秒，讷讷道："这么狠？"

"我说到做到。"许苑轻哼一声，甩脸走了。

谢景聿瞅了眼还傻站在原地的周与森，点他："还不追上去道个歉。"

"哦哦。"

周与森回过神，往许苑走的方向追过去。

林粟在情感方面稍微迟钝，但这会儿也领悟到了什么。

"许苑是不是——"她欲说还休。

谢景聿明白她想问什么，不置可否。

他看着林粟，想到了许苑刚才说的话，她说他是男生，要主动点。

谢景聿轻咳了下，开口问："还看吗？"

林粟其实对校园活动的兴趣不大，现在许苑的表演已经结束了，她就更没留下来看表演的兴致，遂摇了下头。

"那要逛一逛？"

林粟还是摇头："我想去图书馆。"

谢景聿颔首，示意道："走吧。"

林粟抬眼，眼神诧异。

谢景聿清了下嗓，解释说："这种活动没什么意思。"

林粟的眸光微微闪动，很快垂下眼，说："那……走吧。"

5

林粟先回了趟宿舍，把课本和卷子装进新书包，下了楼，她看到站在楼前木棉树下的少年，不由得心念一动。

他理解她的偏执，她知道他的好意。

他们没有多做说明，就默契地达成了和解，昨天的不愉快已经在不知不觉中消散了。

林粟朝谢景聿走过去，到了他跟前，说："走吧。"

"嗯。"谢景聿自觉地走在林粟身边。

大概是因为今天学校有活动，所以来图书馆自习的人很少，只有寥寥几人。

林粟想到谢景聿没带课本，就没去自习室，而是去了借阅室，在书架边上，找了个靠窗的座位坐下。

自习室人少，借阅室更是一个学生都没有。

坐下后，林粟拿出课本复习，谢景聿去生物学类的书架上，从少量的植物相关书籍中挑了一本出来，坐在她对面。

他们一个复习，一个看书，互不打扰。

林粟昨天下午没去上课，错过了几堂课，为了赶上进度，她拿课本自学新知识，再刷题巩固。

谢景聿偶尔抬眼，就见她低着头，专心致志地在做题。他今天才发现，她保持专注的时候，眉心会微微蹙着，动脑的痕迹很明显。

他牵了下嘴角，继续看书。

自学完昨天的新课，林粟拿了这周发的卷子来做，谢景聿再次抬头时，正好看到她拿笔端抵着额头，一脸的纠结。

他垂眼，扫了下她正在做的卷子，是英语卷。

"看不懂？"

林粟从让人晕头转向的完形填空中回神，叹一口气，点点头。

"我看看。"谢景聿伸手。

林粟把卷子递过去。

谢景聿接过后，快速地扫了眼她做了一半的完形填空，十个空错了六个，这个错误率是有点高的。

"词汇量不够，没读懂文章。"谢景聿一针见血。

林粟莫名局促："我有背单词，但是……单词太多了，很难都记住。"

英语一直是她的心头病，她起步晚，又没有那个语言环境，比起其他同学，基础实在是差。从高一到现在，每回考试，她的英语都拉后腿，纵使她有心想改善，也摸不着法门。

谢景聿看着林粟的卷子，忖了下，抬眼说："你不需要每个单词都背熟。"

"嗯？"林粟的身子下意识往前倾。

谢景聿看着她："你不要一味地死记单词，那样不仅耗费时间，还容易模糊重点。"

他把卷子放桌上，接着说："你花点时间，把历年的高考卷多做几遍，就会发现考试是有高频词汇的，那些词汇你要重点记住，出卷人会以各种形式进行考查。

"至于其他词汇，很多你只要眼熟，看到能知道意思就行。

"词汇量上去了，你读文章就不会这么吃力，到时候再把卷子里的长难句进行拆解，就很容易掌握规律。"

谢景聿最后说："做卷子不是以量取胜，做透了才有用。"

林粟虚心听取建议，谢景聿这么一说，她就觉得有的放矢，思路清晰了很多。

"谢谢。"她由衷道。

谢景聿把卷子还给林粟，林粟接过后，想到什么，问他："你的英语，是你妈妈教的吗？"

谢景聿微愣："为什么这么问？"

"周与森之前说你从小就是双语教学，和你妈妈交流都是用英语。"

"嗯。"谢景聿顿了下，才说，"我妈的英语是和我一起学的。"

"啊？"林粟微微讶异。

"我很小的时候，她给我请了外语私教，老师给我上课的时候，她就在边上旁听。"

林粟感慨："听上去你妈妈是个好学的人。"

"嗯。"谢景聿垂眼，想起了一些过往的回忆。

四五岁的时候，乔意陪着他一起学习英语，日常也让他用英语和她交流。那时候她总说，自己要做个出色的妈妈，陪着他一起进步，但后来他才知道，她学英语，是为了有一天可以离开他。

林粟见谢景聿的神色忽然有些黯淡，这才反应过来，自己似乎提了不该提的。

之前她就从周与森和许苑那儿得知，谢景聿的妈妈常年在国外，不怎么回来，她冷不丁提起，说不定勾起了他的思念之情。

林粟心头愧疚，想了想，缓缓开口说："我已经忘了我妈妈长什么样了。"

谢景聿抬眸。

林粟说："亲生的妈妈。"

"四岁之后，我就没见过她了。"她自嘲一笑，"我其实偷偷去过她以前生活的村子，但是村里的人都说，她走后，就再没回去过。

"她把我送人的时候我还很小，我现在已经不记得和她有关的事了，唯一有印象的就是虎耳草。"

谢景聿疑惑："虎耳草？"

"嗯。"林粟轻声解释道，"山里冬天冷，小时候手上长冻疮，她就会采虎耳草回来，打成汁滴在我手上，滴几回就好了。"

谢景聿倏地记起高一他们一起去看展，那时候她就盯着虎耳草的标本看得出神。

他那时候还奇怪，现在回想起来，她是想起了她的亲生妈妈。

"你现在还想找她吗？"谢景聿问。

林粟沉默片刻，摇了下头。

"我现在……没有以前那么需要她了。"她说得很平静。

谢景聿的心口因为她的这句话，狠狠地揪了一下。

要吃多少苦，该有多自立，她才能这么淡然地把这句话说出口？

语言在这一刻显得苍白，谢景聿知道林粟不需要无用的同情。

他想了下，笃定道："你凭借自己的力量走到了这里，以后也可以靠自己去到任何想去的地方，过上想过的生活。"

林粟的眼睛微微发亮，十分坚定地说："我会的。"

谢景聿心头一动，好似被她炽热的眼神灼烫到。

午后时光悠悠，破云而出的阳光从窗口斜照进来，落在窗边的桌上。

谢景聿和林粟在图书馆里待了一个下午，直到傍晚许苑打来电话，才收拾东西一起离开。出了馆，他们往操场走，在场边的榕树下看到了周与森和许苑。

"我真服你俩了，好不容易放个假，参加个活动，还跑去图书馆学习，要不要这么拼啊。"周与森一看到谢景聿和林粟，就嘟囔开了。

"好啦，景聿和小粟本来就不像你，喜欢热闹。"许苑说。

林粟见许苑和周与森和好如初，松一口气。

"现在怎么安排？"周与森把手往谢景聿的肩上一搭，"我爸妈今天都值班，我晚饭没着落，还得在外边吃。"

"那就一起吃个晚饭。跳舞费体力，我已经饿了。"许苑笑盈盈地说。

周与森："我们直接去食堂吃吧。今天来一中参观的人多，我听说食堂阿姨都出绝招了，菜都很硬，红烧肉酱排骨都有。"

许苑："行啊。"

周与森看向谢景聿和林粟，下巴一抬："怎么说？"

谢景聿没意见，林粟也点了头。

"那走吧。"周与森说。

今天有活动，到了饭点，食堂里吃饭的人多，吵吵嚷嚷的。

他们四个排队打饭，打好饭，找了张空桌坐下。

谢景聿落座后先往林粟的餐盘扫了眼，她还是只打了两个菜，不过这回是一荤一素，他看到了，眉头稍展。

"有校外人来学校就是不一样啊，今天的菜真多。"周与森打了满满一餐盘的菜，啧啧说道。

"今天的菜是很多，吃饭的人也多，感觉都赶上平时了。"许苑说。

"还好我们来得算早，再迟点，我就吃不到红烧肉了。"

许苑看周与森因为一份红烧肉就美滋滋的样儿，忍不住笑话他："看把你馋的。"

周与森嘿嘿一笑。

许苑喝了一口汤，回头问林粟："今天去图书馆自习的人多吗？"

林粟："不多。"

"我猜也是，明天估计就多了，都是赶作业的。"

"作业是永远做不完的，不如及时行乐。"周与森的心很宽。

"你还是上点心吧，下回考试再过山车，叔叔不会饶过你的。"

周与森耸耸肩："我家老头早就习惯了。"

许苑无奈，忽想起一件事，提醒道："晚上要选课，你们别忘了。"

上学期会考过后，这学期高二年级文科班不再上物化生，理科班没了史地政。学校大概觉得高二还不需要抓得太紧，就没把课程都排给考试科目，还专门开设了一节选修课，旨在寓教于乐，教学生一些考试之外的知识。

说白了，选修课有点像兴趣班。

"你不说，我差点忘了。"周与森立刻拿出手机，"是晚上八点选课吧？我要定好闹钟，去抢王哥的格斗技巧课。"

"你呢？许苑。"周与森问。

"我打算选我们政治老师的课，'大国博弈论'。"许苑回道。

"嚯，听起来就很高大上。"周与森"不明觉厉"，目光一转，看向了谢景聿和林粟。

谢景聿随口说："没想好。"

周与森："要我说，你就和我去学格斗好了，多酷。"

"我又不当警察。"谢景聿谢绝。

"小粟，你有想好选什么了吗？"许苑问林粟。

"我忘了。"林粟是真把这事忘在了脑后，也没有去看学校到底开设了哪些选修课。

"没事，还有时间，等下我把选修课程发给你，你记得上QQ看。"

"好。"

吃完饭，林粟就和谢景聿、周与森还有许苑分开了。她先回宿舍洗了个澡，洗好后想到选课的事，拿出手机登上了QQ。

许苑发了选修的课程过来，文化类、体育类、音乐类、美术类、实验类……什么稀奇古怪的课都有，甚至还有烹饪课。

眼看时间快八点了，她不再耽搁，收拾了东西，背上书包就去了图书馆的计算机室。

南山中学有计算机课，但学校里的机器时不时故障，这门课形同虚设，因此高中之前，林粟都没什么机会碰电脑。她对电脑的那一点浅薄的知识，还是高一的时候学的，会的也只是最基础的操作。

因为对选课流程不熟悉，林粟摸索了会儿，好不容易登上了选课网站，进去一看，很多课已被选完。

她本来想选年级里一个英语老师开的"欧美电影赏析"课，但是下手慢了，这门课已经没有名额了。

林粟刷新了下页面，八点才过五分钟，剩下还没满员的课只剩两门了，一门是"植物的秘密"，一门是"红楼梦里的诗词"。

她盯着电脑屏幕看了会儿，很快，按了下鼠标，选定了其中一门。

6

晚上，林粟回到宿舍，睡前登上了QQ。

许苑和周与森在群里聊天，聊的就是今天选课的事，他们都得偿所愿，选到了自己心仪的课程。

许个心愿：小粟，你选了什么课？

看到林粟上线，许苑马上问她。

林粟迟疑了下，慢慢地打字回复。

春种一粒粟：我选的时候已经没什么课了。

许个心愿：好多同学没抢到课，最后没办法，就选了十二班语文老师开的"红楼梦里的诗词"，还有六班生物老师开的"植物的秘密"。

许个心愿：你是不是也……

春种一粒粟：嗯。

许个心愿：那你选的是？

春种一粒粟："植物的秘密"。

Spider-Man：啊！

Spider-Man：林粟，景聿和你选的一样。

Spider-Man：他估计也是没准点抢课，没得选，只能听"秘密"去了。

周与森说完，发了个可怜的表情。

林粟看到周与森的消息，心里头莫名紧张了下。

谢景聿会选"植物的秘密"，她一点都不意外。

虽然她的确是因为错失了良机，没能选到想选的课，但在"红楼梦里的诗词"和"植物的秘密"这两门她都没那么感兴趣的课程之间，她最终是选了"植物的秘密"。

她自己也说不清这个选择到底有没有受到谢景聿的影响，但就是有些心虚，怕他多想。

正失神间，手机上跳出了一条私聊。

Y：你选了"植物的秘密"？

林粟看到消息的那刻，心头一紧。

春种一粒粟：嗯。

Y：到时候帮我留座。

春种一粒粟：好。

谢景聿简单说了两句话就下线了。

林粟的心口倏地一松，缓缓呼出了一口气。

看谢景聿这样，应该是没多想。

是她想多了。

高二年级这学期一周本来有两节自习课，分别是周二、周四的最后一节课，选课结束后，周四的自习课就变成了选修课。

周四下午，第三节课下课，全年级的学生开始移动。

户外上课的同学去操场，选文化课的同学去图书馆楼上的小教室，选实验课的同学去实验楼，选美术类和音乐类的同学去美术室和音乐教室，选烹饪课的去食堂。

下课后，林粟先下楼找了孙圆圆，孙圆圆周六因为忘了选课，以至于没选到想上的美术课，最后被分配到了"植物的秘密"。

图书馆小教室的桌子是四人桌，林粟和孙圆圆到得比较早，就选了靠后的桌子坐下。

林粟把自己带来的本子放在对面的位置上，孙圆圆看到了，问："小粟，你给谁占座呢？"

林粟故作淡然："谢景聿。"

"学神啊。"孙圆圆没有心机地说，"你们同班后，关系变得挺好的。"

"还可以。"林粟大方承认。

"我还以为学神会去上计算机选修，没想到他和我一样，被调剂到了'植物的秘密'。"孙圆圆幽幽地叹一口气，感慨道，"同是天涯沦落人啊。"

林粟想说谢景聿可不是被调剂来的，如果说这节选修只有一个人是主动选的，那一定是他。

正想着，谢景聿从教室外走了进来。

他刚进教室，几乎所有人都看向他。

谢景聿的目光在室内睃了一圈，最后落在一个定点上。他没怎么犹豫，直接走过去，在林粟那一桌坐下。

程昱和谢景聿一起来上课，也落了座。

小教室的桌子是竖着摆放的，林粟和孙圆圆坐一边，谢景聿和程昱坐一边，两两相对。

林粟伸手去拿自己的本子，一下没够着，谢景聿便伸手把本子往前推了一下。她抬眼，眼神相接的那刻，心头一凛，很快垂下眼拿过本子，低头坐好。

没多久，上课铃响，六班生物老师拿着一根胡萝卜进了教室。他以胡萝卜做引子，导入了这一节课的内容，介绍了植物体液液型，说有些植物体液中的糖基和人体血液中的糖基结构相似，所以植物其实也有"血型"。

老师拿胡萝卜举例，说它就是 O 型血。

程昱听到这儿，嘟囔了句："得，上个课，我成'胡萝卜'了。"

他音量不大，不过同一桌的人都听得到。

林粟莫名被戳中了笑点，忍不住抿唇笑了下。

谢景聿余光看到，扬了下唇，再转头看向讲台时，就见坐前边的程昱盯着林粟，露出一个惊呆了的表情。

一节选修课很快就结束了，生物老师以幽默风趣的讲课风格赢得了一众学生的心，下课后，好多人都说植物虽然动不了，但也挺有意思的。

谢景聿看到林粟背上书包，站起身问她："你要回教室？"

林粟点了下头，她估摸着谢景聿想去打球，便说道："我帮你把东西带回去？"

"嗯。"谢景聿就带了一个笔记本和一支笔，他把笔夹在笔记本上，递给林粟。

"还有我的，还有我的，"程昱把自己的本子也递过去，还特有礼貌地说，"谢谢你了，林粟同学。"

林粟微微点头，拿过他们的本子，和孙圆圆一起离开了小教室。

谢景聿回头，见程昱盯着门口的方向看，问他："你在看什么？"

"林粟啊。"程昱毫不掩饰地说。

谢景聿眉头微紧："看她做什么？"

程昱走到谢景聿边上，反问："刚刚上课的时候你看到没，林粟笑了。"

"你没见过人笑？"谢景聿瞥他。

"我没见过林粟笑。"程昱回想了下，"乍一看，有被惊艳到。"

程昱："你不觉得吗？她现在和之前比，不一样了。"

谢景聿当然觉得，但他还是问："哪儿不一样了？"

"你不知道？高一的时候，年级里有人在背后叫她'土妹'，说她土里土气的，但是现在，她整个人都变得不大一样了。"程昱说，"刚才上课的时候，我仔细观察了下她，发现她其实长得还挺好看的，尤其笑起来的时候。"

肤浅，谢景聿在心里说，林粟最重要的变化可不在外貌上。

傍晚，谢景聿和周与森及几个朋友一起打球，晚自习上课前他回到教室，才坐下，就看到自己的笔记本被端端正正地放在桌上。

他抬头，往斜前方看过去。

一个冬天过去，林粟的头发长长了，此时扎成了低马尾，垂在脑后。没了头发的遮挡，她的后颈就露了出来，可能是有段时间不用风吹日晒地采茶，她比去年白了，之前脖子上的晒痕都消失不见了。

她的坐姿很板正，腰背挺得直直的，一点都不显颓靡无力，偶尔转过头和周宛说话时，她侧脸的线条在教室的灯光下十分流畅，抿起的嘴角就像个小钩子，看人时眼睛里淬着光。

谢景聿微微失神。

他习惯了她坚毅的内核，却忽略了她柔和的外表。

"嘿，你看什么呢？"周与森抬手在谢景聿眼前挥了挥。

谢景聿回神："没什么。"

"没什么你这么出神。"

"在想事情。"

"什么事啊？"

谢景聿随口说："考试的事。"

周与森闻言，嘟囔了句"没劲"，不再追问了。

谢景聿忽悠完周与森，又忍不住看了林栗一眼，为刚才自己脑子里的想法感到好笑。

林栗本来就是女生，她当然长得像女生，他怎么会因为这个发现而感到惊奇？

开学的新鲜劲儿很快就过去了，学生们仍是按部就班，每天上课下课，扎进题海中，半梦半醒地遨游。

高二上学期会考过后，理科班不再上史地政，理科科目的课程量增加，作业量也随之剧增。理科班班上每天都有人在哀号，算不完，根本算不完，但老师布置的作业并不会因此减少，只会越来越多。

时间在各种算式中悄然流逝。开学一个月后，年级里进行了一次月考。

上午成绩出来，孙志东让人把成绩条发下去，林栗看了眼自己的排名，这次考试，她的名次有了新高，挺进了前三百。

虽然两百末和三百头并没有很大的差别，但这是一个积极的信号——持之以恒的努力是有回报的。

她相信自己的上限不止于此。

"林栗，让我出去一下。"周宛站起身说。

林栗收起成绩条，侧过身让周宛出来。

周宛去了趟洗手间，再回来时，脸上湿湿的，应该是洗了脸。

林栗看周宛眼睛发红，犹豫了下，还是没把担心问出口。

这学期，她能明显地感觉到周宛沉默了很多，在班上和宿舍，周宛都不像以前那样爱笑了，常常一个人坐着看书发呆。

林栗知道周宛其实没那么喜欢学理，当初她是因为父母的要求才报的理科，会考过后，理科班没了文科副科的课程，与此同时理科学科的课程压力在增大，她的情绪持续低沉，让人有些担心。

这种情况，任何安抚的话似乎都起不了作用。

林栗不太会宽慰人，也不知道要怎么开解她才好。

中午放学，周宛说自己身体不舒服，要回宿舍休息，不去食堂吃饭了。林栗看出她想一个人待着，就让她先回去了。

"林栗，中午周宛不和你一起吃饭啊？"周与森见林栗一个人走，就问道。

"她身体不舒服，回宿舍休息。"

"那你和我们一起吃呗。"周与森说，"许苑说她家里人今天都不在，没人给她做饭，她要吃食堂。"

周与森和许苑的家离学校不远，他们两个不经常在学校吃饭，倒是谢景聿，周与森和许苑不在的时候，她偶尔会看到他和班上其他男生一起吃饭。

因为一个宿舍，林粟平时比较常跟周宛一起吃饭，偶尔许苑约，她就会跟许苑还有周与森和谢景聿一起吃个饭。

今天周宛不在，许苑又要去食堂，林粟便没有拒绝周与森的邀约。

许苑看到林粟从楼上下来，直接挽住她的手，开了个玩笑说："我还想在楼下逮你呢，结果你自己送上门来。"

许苑问："周宛呢？"

林粟说："回宿舍休息了，我迟点给她带点吃的回去。"

许苑点点头："那我们赶紧先去吃饭。"

他们四人去了食堂，打好饭后，在经常坐的那一张桌子集合。

周与森才坐下，就兴冲冲地说："我刚才排队的时候，听人提起'校园实践大赛'，这个比赛是面向市里所有高中的，五到八人一队，听起来挺有意思的。"

周与森："你们感不感兴趣，我们可以组个队，一起去玩一玩。"他双眼发亮，先看向谢景聿，送了个眼波，"小聿聿？"

谢景聿无情地回绝："没兴趣。"

"啧，你这人，不够义气！"周与森又看向林粟，眨巴眨巴眼睛。

林粟有些为难，她并不想把时间花在学习之外的活动上。

周与森不放弃，继续劝说："高中就三年，不参加活动多可惜啊，就算这次比赛拿不到奖，那也是一次宝贵的人生经历，毕业后想起来多美好啊。"

林粟不是感性的人，没被打动。

"这次比赛是市级的，如果拿了奖，以后可以写进简历里，多光荣！

"还有，比赛有奖金，听说还不少！"

林粟听到有奖金，动摇了。

"比赛……什么时候报名？"林粟问。

"就是这一周。"周与森一看有戏，马上说，"刚才排队的时候我问了，那同学说组好队，定好队伍的实践主题，就可以去找学校负责的老师报名。具体的我下午去详细打听打听，到时候再和你们说。"

周与森见林粟动心了，就去啃谢景聿这块硬骨头："小聿聿，你真的不和我们一起组队吗？"

谢景聿不为所动。

许苑喝着汤，问周与森："参赛需要定主题，你想好了吗？"

周与森被问住了。

他只是觉得和朋友组队比赛很有意思，跟打游戏一样，所以想一起去玩玩，但是具体做什么、怎么做，还没想过。

许苑一副"我就知道"的表情。

周与森："社会实践……不然我们去研究研究雾霾治理？新型材料？宇宙黑洞？"

林粟："……"

谢景聿哂笑。

许苑叹一口气，无奈道："你参加的是高中生实践大赛，又不是要拿诺贝尔奖。"

周与森："那不然，我们一起做个机器人？最近 AI 很热门的。"

许苑："你来操刀设计？"

周与森看向谢景聿，眼神殷切。

谢景聿："不去。"

"你这是脱离组织管理，不合群！"周与森指控。

许苑抬手按了按，安抚他："就算景聿愿意加入，他一个人也带不动我们，科技类的实践难度太高了，我们不是专业人士，很难做得出彩。"

周与森也不完全是不切实际的人，听许苑这么一说，有点冷静了。

"那你说，我们定什么主题好？"

许苑分析道："我觉得实践的主题不一定越宏大越好，有时候另辟蹊径，研究些别人都没想到的东西，反而更吸引人。"

周与森频频点头，问："你有什么想法吗？"

许苑摇了下头："暂时没想到合适的。"

林粟看了谢景聿一眼，忽然说："我有个想法。"

周与森意外，示意道："你说。"

"我们可以研究'杂草'。"

周与森："杂草？"

林粟解释："我最近上植物学的选修，觉得植物也挺有意思的，上节课老师给我们讲了'马唐草'，我发现这种草在乡下随处可见，但是我从来不知道它的名字。

"很多小草都被当作是对人类没有用处的杂草，被无视、践踏、清除，失去名字，但其实深入了解，就能发现它们的特别之处。

"所以我想，我们可以以'杂草'为切入点，让那些小草重新拥有自己的名字。"

"还'杂草'以真名，好浪漫。"许苑感慨道。

周与森也点点头："听起来还挺有意义的。"

谢景聿抬头看着对面，眸光渐深。

注①：化用自冰心诗歌"愿你的生命中有足够多的云翳，来造就一个美丽的黄昏"。

· Chapter 10 ·
还"杂草"以真名

1

许苑对林粟的想法很感兴趣，投上一票说："我也觉得小粟说的这个主题挺好的，新颖，不会和别的小组撞 idea。"

"那就定这个了！"周与森是个爽快人，不多犹豫，立马拍案决定。

林粟垂眼，冷静地提醒一句："参赛要五到八人，我们人不够。"

"对哦。"周与森反应过来，瞪着谢景聿，不死心地问，"景聿，一句话，参不参加？"

谢景聿看着林粟，她低着头，专心地在吃饭，似乎一点都不关心他加不加入。但他笃定，这是她设的一个陷阱，他明明知道，却控制不住想往下跳。

半晌，谢景聿收回视线，对周与森说："你别半途而废。"

这话的意思就是他答应了，周与森的眼睛噌地就亮了，满口应道："肯定不会！"

许苑惊讶于谢景聿态度的转变，她前前后后联想了下，不免对他对植物感兴趣这一事实感到诧异。

之前周与森开玩笑问他是不是想当"园丁"，她还不当回事，现在想想，是她先入为主，影响判断了。

她和谢景聿虽然从小认识，但从没真正了解过他，所以理所当然地以为像他这么聪明的人，以后一定会想从事所谓"天才"才能深耕的领域，但怎么也不会想到他会喜欢冷门的植物学。

这要是别的同学知道了，一定也会惊掉下巴。

许苑回过神来，扭头去看林粟，想通因果后，不由得暗自感叹：高手。

什么"冷面小王子"，还不是被狠狠拿捏。

周与森完全没察觉到气氛的暗潮涌动，还醉心于组队，他皱着眉头说："我们四个人，也还不够。"

许苑想了下，说："到时候去参赛，肯定要上台做介绍，需要有人写稿，我们缺一个文案。"

周与森："你不就可以。"

许苑回道："你让我写法律文书之类的东西，我可以，让我写语句优美的解说词、演讲稿，我会有点吃力。"

林粟听到这儿，忖了下说："文笔好的人，我有推荐。"

周与森："谁？"

"周宛。"林粟说。

"对啊。"周与森一拍手，"我本家的文采的确不错，王姐回回夸她作文写得好，还经常读来着。"

许苑也赞同："如果周宛愿意的话，最好不过了。"

林粟见他们都没有异议，就说："我回去问问她。"

一顿饭的时间，他们把参加实践大赛的事敲定了，用周与森的话说，就是准备干票大的。

吃完饭，林粟给周宛打包了一份吃的，回到宿舍，她没在室内看到人，直接去了阳台，听到洗手间里有水声，喊了一声。

"周宛？"

里面的水声过了会儿才停下，很快，周宛开门走出来。

林粟看到她双颊沾了水，眼睛比上午还红。

周宛擦了下脸，笑笑说："刚才洗脸，水进眼睛里了。"

林粟没有戳破，指了指桌上的食物："我给你打包了水饺，你吃一点。"

"谢谢。"

从语气上听不出周宛的情绪有什么起伏，但她的声音闷闷的。林粟稍一思索，在她边上坐下，说："周宛，我想和你商量件事。"

"什么事？"周宛打开打包盒的盖子。

林粟问："'校园实践大赛'你听过吗？"

周宛点头："之前听班上人讨论过。"

林粟见她知道这个比赛，就不多介绍，开门见山地说："我和谢景聿、周与森还有许苑打算一起去参加这个比赛，现在队里少一个文采好、能写稿的人，我们觉得你很合适。"

周宛露出一个惊讶的表情，问："你们想让我加入？"

林粟点头。

"可是……许苑不是文科生吗？她的文笔应该挺好的。"

林粟说："她觉得由你来写文案和讲稿会比较出彩。"

周宛的神色一时变得复杂。

林粟怕她为难，就说："你可以考虑一下，不管愿不愿意，都没关系。"

"嗯。"周宛低下头，她盯着碗里白白胖胖的水饺，眼睛像是被蒸腾的热气熏着了，又有些发烫。

她以前从来不知道，水饺这么美味。

周宛考虑了两天，答应一起参加实践大赛。

一同入队的还有程昱，他是主动申请加入的，因为听说参赛要是拿了奖，能上一中校园网的首页，他想露脸，光耀门楣。

就这样，参加校园实践大赛的小组算正式成立了，一组六人，周与森主动请缨，担任队长，还给队伍取了个滑稽的名字——"匡扶正义，为'杂草'正名队"。

队伍成立后，周与森去找大赛的负责老师拿了报名材料，填写完毕后上交。周五上午早操结束，作为队长，他组织了一次非正式的组会。

他们一组六个人，在操场的草坪上围坐成一个圈，共同商讨参赛的细节。

"我去打听了，这个实践大赛的比赛方式是成果展示，就是说我们得做出成品，到时候是要对外展示的。"周与森把自己打听来的消息提纲挈领地说了一下。

许苑点点头："这个我知道，去年中学生实践大赛展就是在科技馆办的，我还去看过，市里那么多中学，参加的队伍挺多的。"

"比赛时间是下个月月底，从现在开始，我们还有一个月的时间，可以好好准备。"周与森说。

程昱问："之前你说的，我们队的实践内容是什么来着？"

周与森："'杂草'。"

"看来我这学期是和这些花花草草结缘了。"程昱嘀咕了句，又问，"杂草……要怎么实践？"

"这个，我也没想好。"周与森看向许苑。

许苑先开口说了自己的想法："世界上草类植物那么多，我们没办法每一种都去了解科普，只能是有针对性地选取一些来进行实践。

"我们这次实践的目的是为了让人们重新认识那些日常见到但又总是忽视了的小草，所以我想，我们可以从身边入手，去寻找周边的小草，比如学校花圃里的，马路边上的，或者家里小区里长的小草。"

周与森捧哏："有道理。"

许苑笑一下，接着说："我的想法是，之后这一个多月，我们每个人都多注意自己身边的小草，看到就拍下来。

"找个时间我们再一起查找每种小草的资料，整理一下，到时候和照片一起排版，打印出来，最后裱起来，像摄影展那样，做成一个展览？"

周与森听完，表示道："我看可行。"

许苑回头看向坐在边上的林粟，问："小粟，这个主题是你想出来的，你有什么想法？"

林粟忖了下，说："我也赞同从身边的小草入手，但是单纯拍照的话，实践性是不是低了一点？"

"这个我也想过，但是不拍照，怎么展示那些小草呢？"许苑问。

"植物标本。"

"植物标本。"

林粟和谢景聿同时说道。说完他们对视了一眼，眼神里完全没有一丝的意外和惊讶。

"标本？"周与森问。

林粟点头："对，我们可以把那些小草制作成植物标本，这样实践性就能提高，而且也能让人更直观地观察到植物。"

许苑眼睛一亮，赞同道："做植物标本是比拍照要好，能体现出我们的用心程度，也更吸引人的目光。"

"但是……"周宛提出疑虑，"做标本会不会难度很大？我们没有专业的工具，也没有指导老师。"

林粟下意识地看向谢景聿。

谢景聿察觉到她的目光，嘴角轻微翘起，过了会儿才从从容容地说："我知道有个地方，可以做植物标本。"

程昱和周与森齐声问："哪儿？"

"植物园。"

"植物园有能做标本的地方？"程昱问。

"嗯。"谢景聿说，"那里有研究楼。"

程昱："那地方能让人随便进吗？"

谢景聿："和人说一声就行。"

周与森追问："你在那儿有认识的人？"

"嗯。"

周与森把手往谢景聿的肩上一搭，笑嘻嘻地揶揄道："不愧是小少爷，人脉就是广啊。"

程昱也跟着调侃道："现成的'大腿'，我们可得抱紧了。"

男生们开玩笑，女生们一笑置之。

许苑适时问："那就这么定了，我们就做植物标本？"

周与森："同意的举手。"

周与森率先举手，许苑、周宛、程昱接连举手，林粟慢一拍才抬起手，谢景聿看她抬手，才懒懒地举了下手。

"全票通过！"周与森拍板，"那我们就做植物标本。"

周与森："这样，明天正好是周末，我们在植物园集合，抓紧时间开整！"

周与森说完，见没人反对，就慷慨激昂道："我宣布，'匡扶正义，为"杂草"正名队'第一次会议圆满结束，散会！"

几个人陆陆续续起身，林粟拍了拍裤子上的草屑，抬头时看到程昱的手在自己脑袋上碰了下。

"有根草粘在你头发上了。"程昱手上捏着一根草，见林粟看过来，立马解释说。

林粟抬手摸了下自己的头发，客客气气地对程昱点了下头，说："谢谢。"

"不客气。"程昱还有些难为情。

谢景聿在一旁看到他们之间的互动，眉头微皱，莫名不高兴。

回到教学楼，许苑先回了自己的班级，余下五人一起上楼。

刚到五楼，周宛就被王云芝喊走了。

林粟一个人往教室走，程昱忽然从后面蹿到她身边，问："林粟，南山镇的茶叶是不是很有名？"

林粟愣了下，才应道："对。"

"那什么茶最出名啊？"

"乌龙茶。"林粟答完，看着程昱，表情不解。

程昱不太好意思地说："我爷爷很喜欢喝茶，我想给他买点茶叶。南山镇的乌龙茶，你能帮我带点吗？"

这倒不是什么难事，林粟很快回说："我过段时间回去就帮你带。"

"太好了。"程昱跟在林粟身边，一同往教室里走，边走边说，"我们加下QQ吧，这样联系起来也方便。"

林粟想说自己不怎么上线，但见程昱已经拿出了手机，还是报出了QQ号。

"行，我加了，你记得通过我的申请。"程昱说。

"好。"林粟颔首，走向自己的座位。

教室后面一众男生等程昱走过来，朝他挤眉弄眼的，还齐齐发出怪声："哦——"

谢景聿刚才眼看着程昱追上林粟说话，似乎是问她要了手机号，现在又看到一帮人瞎起哄，眉心不由得微微皱起。

他们不过是一起进教室而已，有什么好起哄的？他和林粟之前也一起走进来过，那时候他们怎么不起哄？

周与森不明所以，也跟着："哦——"

谢景聿一个眼刀过去。

周与森一个激灵，莫名道："怎么了？"

"你跟着他们瞎起什么哄？"谢景聿走到座位上，拉开椅子的动作都大了些。

"好玩嘛。"周与森也坐下，凑过去说，"程昱之前和人说林粟好像变漂亮了，所以他几个现在都拿他开玩笑。"

"无聊。"谢景聿面无表情。

"嘿，闹着玩嘛。"周与森拿胳膊肘轻轻撞了下谢景聿，低声问，"他们都说'女大十八变'，林粟这学期大变样了，你觉不觉得？"

谢景聿抬眼看向林粟。

他当然觉得。

这学期她不采茶，人白了很多，加上饮食也均衡了，不仅个儿高了，还长了点肉，圆润了些，整个人看上去更匀称了。

这些都有他的功劳。

谢景聿想到这儿，心情莫名松快，但转念想到程昱他们关注起了林粟，便又恶劣了起来。

第三节课是语文课，下课后，王云芝喊周宛把前两天交上去的作文本发下去，周宛一个人发费劲，就叫林粟帮忙。

林粟抱着小半沓的作文本，按着封面上的名字发下去。她往教室后面走，喊了下程昱的名字，把作文本递过去给他。

后排的男生见状，又开始怪声怪气地起哄。

谢景聿拧起眉，在林粟把作文本放到自己桌上时，忽然开口问："你最近有去收发室取信吗？"

林粟顿住脚，回过头说："有。"

"要是看到我的信，顺便拿回来。"

"好。"林粟点点头，很自然地接道。

林粟走后，后排男生你看看我，我看看你，表情都有些古怪。

一男生问："景聿，你和林粟什么时候关系这么好了？"

谢景聿瞥了他们一眼，用云淡风轻的口吻说道："我和她的关系一直都不错。"

好兄弟周与森立马拆台："不是吧，你们高一的时候关系就不太好。"

谢景聿："……"

"没想到景聿你也是看外表的人啊。"一男生坏笑道。

谢景聿拧着眉，否认道："我不是。"

那男生完全没听进去，还一脸"我都懂"的表情，开解他："别不好意思，也不只是你，好多人都觉得林粟这学期变化很大，现在一点都不土了。"

"你们没发现吗？现在年级里都没什么人议论她了。"

"的确，她现在和高一的时候比真是变化太大了，不仅是外貌，气质都变了，一点都不像从乡下来的了。"

"以前真没发现，她底子这么好，现在变了样儿，怪漂亮的。"

"之前做早操的时候，还有高三的学长和我打听她来着。"

男生们左一句，右一句。

谢景聿听着，心里不是滋味，但又为林粟摆脱了别人口中的"土妹"形象而感到一阵欣慰。即使他知道，别人怎么看她、评价她，她并不会在意。

2

周六上午，"匡扶正义，为'杂草'正名队"在市区植物园大门口集合。

林粟和周宛一起从学校出发，搭公交车到了地方，她们到时，谢景聿、周与森还有许苑已经到了。

许苑看到林粟和周宛，立即笑着抬起手挥了挥。

谢景聿本来倚靠在植物园门口的立柱上，听到许苑喊林粟，抬起头看过去。

林粟今天还是穿着校服，白衬衫蓝裤子，头发因为长了，扎在脑后，随着动作一晃一晃的。

"现在就差程昱一个了。"周与森说。

说曹操曹操到，周与森话音刚落，程昱就颠颠地跑过来，边跑边喊："来了来了。"

到了几人跟前，他还抬起手，给他们看手里的草，说："我在我家小区的草坪里挖出来的，刨了半天，小区的大妈都看了我好几眼，以为我在土里埋金子了。"

程昱一脸骄傲："你们看看，根都保护得好好的，一根都没断。"

"你这草我是挺眼熟的，好像到处都能见着，就是一直不知道叫什么。"周与森盯着程昱手中的草打量。

林粟看向谢景聿，谢景聿本来不想科普，但收到她的目光，就开口说道："牛筋草。"

程昱竖起大拇指："不愧是学霸，懂的就是多。"

许苑见人齐了，说："好了，我们先进植物园吧，景聿约了研究室的人，别迟到了。"

"对对对。"周与森马上说，"走，一起进去。"

周末来植物园的人很多，雨林区、花卉区、沙漠植物区……几乎每个区域都有大堆人在里边参观。

周与森东张西望的，一边说："我就小学跟着学校老师来过一次植物园，之后再也没进来过，都忘了里面是什么样的了。"

程昱也在张望，附和道："谁说不是呢，哪个正经人没事来这儿逛啊。"

谢景聿乜了他一眼。

林粟在边上，没忍住翘起了嘴角。

他们几个对园区不熟，谢景聿熟门熟路的，带着他们直接奔向研究楼。到了楼前，他打了个电话，很快，就有个戴着眼镜的老爷爷从楼里走了出来。

老爷爷见到谢景聿，熟稔地喊他："景聿，来了啊。"

谢景聿颔首，对着林粟他们介绍道："刘骏教授。"

周与森："教授？"

"嗯。"谢景聿说，"刘教授是临云大学植物科学学院的院长。"

周与森和程昱一齐："哇。"

刘教授摆摆手，和蔼道："早退休了，现在就是个伺弄花草的小老头。"

刘教授："我听景聿说，你们想要做植物标本？"

周与森忙点头："对。"

刘教授招手："跟我来。"

刘教授带着他们几个上楼，进了一间小实验室。实验室的墙上挂着很多植物标本，里面的柜子里还有很多泡着植物的玻璃器皿。

"这间小实验室是科教用的，以前经常有中学老师带着学生来这里体验做植物标本，还有很多研学机构会来。"刘教授回头说，"景聿之前和我说你们要社会实践，我就让人把这间实验室空出来了。"

刘教授："你们，都会做标本吗？"

周与森摇头。

许苑主动问道："刘爷爷，您方便教教我们吗？"

"这有什么不方便的，老头子我啊，就喜欢教学生。"

刘教授笑呵呵地说完，看向程昱，示意他把手上的牛筋草给他，又对谢景聿说："景聿，你来搭把手。"

"好。"谢景聿走上前。

刘教授和谢景聿配合着，把那株牛筋草清洗干净，清除枯叶，吸水后小心地平展在表芯纸上，用镊子纠正草叶的姿态，再覆上一层表芯纸，放上几张报纸，最后用重物压在标本夹内。

刘教授说："牛筋草的含水量少，可以用压制法来制作标本，如果植株体内含水量较高，就要用一些化学手段来脱水。"

他接着列举了一些化学脱水处理方式，绿色植物要用50%的醋酸钠溶液加水稀释后浸泡，红色花可以在2%的酒石酸浓液中浸泡，紫色花在2%的硫酸铝溶液中浸泡……除了浸泡，还可以用真空干燥、冰冻干燥、硅胶干燥等方法进行脱水。①

周与森和程昱对视一眼，一齐摇了摇头，叹一口气。

刘教授看到了，笑道："这些你们记不住没关系，景聿都懂的。"

谢景聿没什么表情，说："今天先练习，植物园的路边有很多野草，可以拔来试试。"

周与森来了劲，兴冲冲地说："我这就去拔草。"

程昱："我也去！"

"小心点，别把园里种的植物拔了。"谢景聿对他俩是一点都不放心。

周与森信心满满的："不会，你就等着吧。"

刘教授找了称手的工具给他们，周与森和程昱干劲十足，立刻跑出去拔草。

许苑对林粟和周宛说："我们也去吧。"

"嗯。"林粟点头，见刘教授在和谢景聿说话，拉上周宛跟着许苑往外走。

植物园很大，周与森和程昱大老远跑去雨林区，说是要找点不一样的草，女生们就在研究楼附近找。

因为想找不同种类的草，林粟和许苑还有周宛分开行动，一人在楼的一侧找。

林粟在楼前的小池塘边上，用小铲子挖一株眼熟的小草。她以前经常在山上干农活，这会儿动作利索，很快就把那株草全须全尾地挖了出来。

再回到研究室，刘教授已经走了，只剩谢景聿一个人在整理器材。

"教授呢？"林粟走进去问。

"有学生找，先去忙了。"谢景聿抬起头说。

林粟点点头，走到他身边。

谢景聿看了眼她手里的草，直接说出了名字："蚊母草。"

林粟说："这种草乡下有很多，一般在水稻田边上长的。"

"嗯。"谢景聿说，"它喜欢潮湿。"

林粟把蚊母草拿去清洗，洗干净后，谢景聿示意她把植株放在表芯纸上，他拿着镊子仔细地把草叶片铺展开。

林粟弯下腰，先看了眼标本，抬眼见谢景聿神色认真、专注，她有一瞬间的失神。

"你为什么会喜欢植物？"她问。

谢景聿停下手上的动作，转头看着林粟，想了一下才说："因为'跳舞草'。"

"什么？"

"小时候有人送了一株跳舞草到我家里来，我经常会盯着它看，只要对着它放音乐，它的叶片就会慢慢转动，像在跟人互动。我有时候能放着音乐，看它一整天。

"不过后来，那株跳舞草被我爸妈扔了。"谢景聿的语气很淡，"他们觉得它会让我分心。"

林粟沉默。

一个孩子，整天盯着一株跳舞草看，和它互动，不难想他有多寂寞。

跳舞草或许就是他童年里的一个玩伴，但他的爸妈并不能理解。

"植物不会说话，但是比人诚实，它们按照季节的更迭，周而复始地开花结果，也为了生存在博弈竞争，虽然不能移动，但植物的世界并不比人类世界简单。

"一颗种子从落地，生根发芽，到开花结果，每一步都不轻松。"

林粟看着谢景聿，他说这话的时候眼神落寞，像是和那些植物产生了共鸣。

　　她沉吟片刻，开口笃定地说："你之前告诉我，我可以靠自己的力量去到想去的地方，过上想过的生活，你也一样，有一天，可以学想学的专业，实现自己的理想。"

　　谢景聿神色一动，和她对视着，很快扬起嘴角。

　　一整个上午，"匡扶正义，为'杂草'正名队"都在实验室里做标本，标本从开始制作到最终完成需要至少一周的时间，必须等植物体完全脱水后才算成功。

　　他们把上午做好的标本做了标记，放在了实验室的阴凉处，约好以后每周末都拔了草来植物园做标本。

　　从植物园出来，已经是午后，太阳正炽盛，晒得人直冒汗。

　　程昱揉揉肚子，说："饿了。"

　　周与森也有同感，他回头问几个队员："一起去吃个饭？"

　　几个人都没有意见。

　　"吃什么？"周与森问。

　　许苑说："我都可以。"

　　周宛："我也是。"

　　林粟也不挑。

　　程昱嘴馋，说："我什么都想吃。"

　　周与森看向谢景聿，递了个询问的眼神。

　　谢景聿很干脆地说："汉堡。"

　　"我说你这学期怎么变小孩口味，喜欢上吃西式快餐了？"周与森朝谢景聿一挑下巴。

　　"方便。"谢景聿从容道。

　　林粟眼波微澜，低下头不自觉地笑了一下。

　　"你说得有道理，现在是饭点，估计很多饭店都要排队，吃快餐就不用等那么久。"周与森说。

　　程昱没有意见，还转过头问："林粟，你吃汉堡吗？"

　　林粟愣了下，点头回道："吃。"

　　许苑瞥了眼表情明显臭了的谢景聿，暗暗憋笑，故意问程昱："你怎么不问问我和周宛吃不吃？"

　　程昱不好意思地笑笑："我这不才要问……那么，你俩吃吗？"

"吃。"许苑大大方方地回道。

周宛点了下头，嚼着笑说："我也吃。"

周与森拿出队长的架势："那就定下了，吃汉堡。"

"出发！"他一招手，跟发起进攻的手势一样。

三个男生走在前面，三个女生落在后头，他们错落着走在人行道上。

行道树的阴影透落在地面上，阳光被树叶筛出光斑，在少年和少女的身上一下又一下地滑过。

夏天真的要来了。

周与森转过身，倒退着走，边走边问："要期中考了，我们下午要不要找个地方，一起复习啊？"

"好啊。"许苑笑着应道。

程昱回头问："那个，林粟……还有周宛，你们去吗？"

林粟看向周宛，周宛说："去吧，反正回学校也要复习。"

林粟便点点头。

程昱嘿然一笑，说："那我们一起复习吧。"

周与森看向谢景聿，刚要问，见他表情不好，就贴心地说："景聿，你要不想去就不用去了，一会儿吃完饭直接回家吧。"

谢景聿："……"

许苑憋不住要笑出来。

"我没说我不去。"谢景聿冷着脸。

"啊？"周与森意外，"你不是最讨厌团体活动的吗？"

谢景聿不自在地轻咳一声："反正回去也没事。"

周与森露出大白牙，乐呵呵地说："那就一起去。正好，有你这个大学霸坐镇，我们有什么问题都能问。"

"你到时候可不要嫌烦啊。"周与森转过身，抬手搭上谢景聿的肩。

"你到时候可不要嫌烦啊。"程昱从另一边，把手搭上去。

谢景聿要挣开，却被他俩揽着动弹不得。

男生们在前面闹开了，许苑看他们扭成一团，无奈地叹口气，感慨道："男生的快乐真简单。"

周宛笑道："是啊。"

林粟也微微一笑。

这个周末，她过得分外开心。

3

之后一个多月，"匡扶正义，为'杂草'正名队"每个周末都会一起去植物园。他们把身边常见的小草做成了标本，之后再分工查找相对应的资料。

许苑提议做一些图册，到时候可以分发给前来参观的人，队里所有人都觉得可行。于是他们又花心思拍了照，整理资料，集结成册。

日子在忙碌中似流水一般淌去，虽然累，但很充实。

学期考试多，期中考结束又有二次月考，"匡扶正义，为'杂草'正名队"一边进行着社会实践一边复习，常常离开植物园后一起到市图书馆自习。

实践大赛正式举办的那天，一大早，他们就整装待发，带上准备好的所有东西，跟着学校负责竞赛的老师前往科技馆。

临云市七八个中学，大赛的与赛队伍能有三十几支，人数非常之多。

"匡扶正义，为'杂草'正名队"一到地方，就在自己的展台上忙活开了。他们把做好的标本错落有致地摆放出来，又搬出宣传图册，准备迎接前来参观的人。

参加实践大赛的队伍做什么主题的都有，有民俗文化方向的，志愿服务方向的，电子科技方向的……不一而足，但植物学方向的仅有一支队伍，因此备受关注。

比赛日正好是周末，前来观展的人很多，上午人流量还不算大，到了午后，科技馆的展厅里挤挤挨挨的都是人，以学生居多。

"匡扶正义，为'杂草'正名队"定制的科普图册很快就送完了，他们赶忙联系人，又送了一批过来。

下午，评委组在各个展台前参观，许苑作为队里的解说，向几个评委详细地阐释他们组做这个实践的初衷，讲述实践的过程，一一展示了这段时间的实践成果，最后总结了他们几个在这次实践中的收获——不仅是摆在台上的这些展品，还有一段可贵的友谊。

比赛进行了一天，傍晚，评委组宣布比赛结果，给各得奖队伍颁奖。

"匡扶正义，为'杂草'正名队"以有别于其他队伍的独特性和较高的实践性获得了大赛二等奖，颁奖时，他们六个一起上台领奖。

周与森作为队长，接过奖杯，兴奋地冲着队员们举了举。

"来，你们几个，快看镜头，拍张照纪念一下。"颁奖台下，一中负责大赛的老师指挥他们站好。

许苑让抱着奖杯的周与森站中间，又拉来林粟，谢景聿自发地站在林粟边上，许苑看到了，就拉上周宛，和程昱一起，站在了周与森的另一边。

六个人穿着校服，站成一排，格外青春。

老师拿着相机在底下示意："来，都笑一笑。"

周与森这时候突然说："老师，我的左脸比较好看，你拍左边。"

这话一出，余下五人都不同程度地笑了。

"咔嚓"一声，他们的青春在这一刻被定格。

校园实践大赛的成果展览时间有两天，第一天比赛，第二天纯粹就是对外展出，因此那些展品都不需要收起来。

比赛结束，参赛者陆陆续续离开。

周与森抱着奖杯出了科技馆的大门，兴高采烈地说："我一开始就想参加着玩玩的，没想到真拿奖了！"

程昱摸了摸奖杯，也很高兴："这下能上学校网站首页了，到时候让我全家都去看看。"

周与森："二等奖还有奖金，六千块，正好平分。"

程昱："赚了赚了。"

天色微暗，夕阳摇摇欲坠，彩霞漫天。

周与森转过身，兴致颇高地说："拿了奖，不得庆祝一下啊？反正明天不用上课，我们找个地方放松一下？"

"行啊。"程昱说，"这段时间大家也累够呛。"

许苑颔首，问："你们想去哪儿玩？"

"肚子饿了，先找个地方吃饭吧。"周与森说完，又问了那个宇宙终极问题，"吃什么？"

女生们照样回说都可以，程昱还是什么都想吃，周与森最后看向谢景聿。

谢景聿正要开口，忽然感觉衣角被人轻轻扯了一下。他的边上站着林粟，此时她虽然没在看他，也没说什么话，但他立刻明白了她的意思。

谢景聿牵了下嘴角，很快说："随便。"

周与森"啧"了声，犯了难："你们都不说想吃什么，那到底吃什么？"

"不如去KTV吧，那里也能吃东西，还能唱歌，我们吃饭、娱乐两不误。"程昱想了想，出了个主意。

周与森的眼睛嗖地一亮，竖起大拇指："靠谱。"

他看向余下的人，眼神询问。

许苑爽快道："我没意见。"

"我也是。"周宛噙着笑说。

林粟在这种时候向来是不会提反对意见的，便从善如流地点了下头。

"OK，那就这么定了，去KTV，嗨起来！"周与森又做了个进攻手势，带着队员们出发，开庆功宴。

他们直奔附近的一家KTV，进去点了吃的喝的后，周与森和程昱直接开嗓，唱了一首《朋友》，把场子搞热了。

算起来，这是林粟第二次进KTV。

第一次是初中的时候在南山镇，李爱苹在镇上的KTV过生日，她去了。

再一次就是今天。

临云市的KTV比南山镇的高级多了，无论是室内装修还是设备，都比小镇上的高了不止一个档次。

林粟看到包厢里的大屏幕时都震惊了，那个尺寸，再大点都能赶上电影院了。

周与森和程昱合唱了一首歌后，还各自唱了一首，他们俩属于天生外向的人，什么场合都能玩开，半点不拘着。

程昱一曲唱毕，把话筒递给林粟，示意她："林粟，你也唱一首。"

"我不会唱歌。"林粟摆了下手，罕见地有些拘谨。

"怎么会，之前音乐课，我听你唱得挺好的啊。"程昱说。

林粟仍是摆手。

她倒不是不好意思或真的五音不全，只是平时并不怎么听歌，现下的流行音乐她也是偶尔才在校园广播里听一听，让唱是不会的。

"景聿，你来。"程昱把话筒一转。

"不唱。"谢景聿冷酷拒绝。

"我说你啊，都出来玩了，就放开点，别摆学神的架子了。"程昱说。

周与森在一旁嘿嘿直笑，说："程昱，这你就误会了，景聿不是在摆架子，他是真的五音不全，你就别难为他了。"

谢景聿额角一抽，下意识地看向林粟。

周与森这么说都不知道是在帮他解围，还是在嘲笑他。

以前这种聚会，谢景聿是不参加的，他向来不喜欢很多人的场合，就算都是同龄人，也难免要应付交际，这会让他联想到谢成康带他去的各种应酬。

但最近，他都觉得自己很反常。

不仅和人一起参加比赛，一起复习，现在还一起从来不会来的KTV，这完全颠覆了他以往的行事风格。

而这些变化，都和一个人有关。

没多久，服务员送上了吃食和饮料。

几个人忙了一天，中午也没好好吃饭，现在是真饿了。吃的送上来后，他们围着桌子坐一圈，先吃了点东西垫了垫肚子。

吃到一半，周与森拿起装了饮料的杯子，清了清嗓子，说："各位注意，本队长现在要发表一下重要讲话。"

他挺直腰背，拿腔拿调的："这次比赛能拿奖，队里每个人都功不可没，当然，我作为队长，起到了至关重要的作用。"

程昱轻轻拍了下周与森的后脑勺，嘘他："少自大，说点正经的。"

周与森咧嘴一笑："其实也没什么好说的，就是想感谢下大家，这段时间都辛苦了，又要复习又要忙比赛的事。

"还好，最后的结果不负所望，所有的付出都是值得的。

"现在，让我们举杯，为'匡扶正义，为"杂草"正名队'干杯！"

几个人会心一笑，举起杯子碰了一下。

祭完"五脏庙"，有了精力后，就是娱乐休闲的时间。

周与森和程昱是麦霸，能一首歌一首歌地唱不停歇，许苑和周宛也唱了几首。歌唱累了，他们就聚在一起玩扑克，斗地主。

包厢里开着空调，林粟吹不惯，总觉得鼻子痒，就起身出了门。

谢景聿余光看到了，把手上的最后一张牌丢出去，果断道："我赢了。"

程昱叹一口气，控诉说："可恶的'地主'。"

"再来。"周与森把手上的牌丢了，不甘心道。

"不玩了。"谢景聿站起身。

周与森不满："哪有你这样的，赢了就走。"

"再来几局，你们都赢不过我。"

"你——"

许苑看了谢景聿一眼，大概猜到他要出去干什么，便伸手洗牌，笑着说："景聿不玩，我和周宛补上，玩四人的。"

谢景聿离开包厢，往走廊上搜寻一番，见林粟在尽头的窗户前站着，没有犹豫，直接走了过去。

"身体不舒服？"

林粟听到声音，侧过身，等谢景聿走近了才回道："没有，包厢里很闷，我出来透一口气。"

谢景聿在林粟身边站定，一起望向窗外。

晚风把他们的衣角带起。

这情景让人想起了刚上高中的时候，周兆华带林粟来和谢成康吃饭，他们也是出了包厢，在外头说话。不同的是，他们那时是针尖麦芒，现在已化干戈为玉帛，是可以并肩吹风的关系。

"徐雅恩她爸的茶厂要在市里开分厂了。"谢景聿突然说。

林粟不意外谢景聿会知道这件事，毕竟他爸爸已经入股了徐家福的茶厂。

"分厂要从南山镇的旧厂选一批老员工来市里，福利挺好的，还帮忙解决家里孩子的就读问题，你的养父母没动心？"谢景聿问。

林粟面色迟疑。

之前，孙玉芬让她来了学校就去找谢景聿帮忙，但林粟并没有照办，孙玉芬打来电话问起，她就说自己已经和他提过了，再想方设法地敷衍过去。

谢景聿看林粟的表情就猜出了一二分，他不关心她养父母的意愿，只问一个问题："你呢，想不想搬到市里来？"

林粟怔了下。

"他们如果被调去分厂，你放假就不用回茶岭，也不用跟着你养母去采茶了。"

林粟其实考虑过这个问题。

春夏季节是采茶大季，之前一段时间，孙玉芬每到周末就喊她回去帮忙采茶，还让她自己想办法和谢成康的助理要车费。

她虽然找了些理由没回去，但能感觉得出来，林永田和孙玉芬非常不高兴，她不知道自己还能拒绝几次。

下学期就高三了，学习会更加紧张，她想把更多的时间花在功课上。如果林永田和孙玉芬被调来市里的分厂打工，她平时就不需要回茶岭，也就不用去茶园采茶了。

谢景聿显然也是想到了这一点，直截了当地说："他们来分厂，对你也有好处。我会和谢成康说这件事，让他把你的养父母调来市里的分厂。"

"但是这样，你爸……会不会不高兴？"林粟问。

自从知道谢景聿和他爸关系不和后，她就能明白他以前说"除了钱，别的他未必肯给"这话的意思。

谢成康资助她不是出于爱心，他是个商人，商人重利，他既然已经花了钱，还了她救谢景聿的"恩情"，就不会想再多管闲事。

林粟怕谢景聿插手她的事，会被他爸责难。

"这件事，我有办法。"谢景聿说。

林粟动容，想道谢，又觉得一句谢谢太单薄了，便叹一口气，说："我又欠了你一个人情。"

"我帮你，并不是想要你的人情。"

林粟摇头，坚持道："虽然我大概帮不上你什么忙，但如果有，你一定要告诉我。"

谢景聿知道林粟在某些方面是很执着的，他没有和她争辩，随意道："什么忙都可以？"

"只要你需要，只要我能做到。"林粟郑重地说。

谢景聿当然不会拿人情来强迫她做任何事，但是得她这么一句话，却也开心。

"那你欠着吧，等我哪天想起来，再找你要。"他勾勾唇说。

4

晚上，谢景聿回到家，房子里黑漆漆一片，阿姨已经回去了，谢成康没有回来。他上楼，回到自己的房间，在书桌前静坐了良久，最后拿了手机，拨出一个视频电话。

很快，乔意接通了视频。

上高中之后，谢景聿就很少给乔意打视频电话了，去年竞赛那通电话后，他们除了在过年的时候通过话，就再没有直接对话过。

逢年过节，乔意会给他发红包，偶尔在聊天软件上问问他在学校里的情况，她在国外，倒是没有完全忘了他这个儿子。

"嗨，宝贝，怎么突然想起和妈妈视频了，是不是想我了？"乔意刚露脸就十分热情。在国外待了这么些年，她沾染了西方人的习气，连说话方式都格外西式。

她把之前的不愉快当作不存在，谢景聿自然也不会提起。

"说吧，有什么事找妈妈？"乔意凑近问。

"没什么。"谢景聿神色淡淡，盯着镜头说，"就是突然想起来，好久没和你视频了，正好有时间，就给你打个电话。"

"你看，你就是想妈妈了。"乔意笑得很得意。

谢景聿没有否认，顺着往下问："你什么时候回国？"

乔意马上露出一个为难的表情说："妈妈今年上半年有好几场巡演，抽不出时间回去。这样，妈妈给你订张机票，你飞过来。"

"算了。"谢景聿摆出一个不太高兴的表情，"我还要上学，没时间。"

"那等你放暑假？"

谢景聿摇头："你不回来就算了。"

乔意隔着屏幕，盯着谢景聿看了好一会儿。

虽然这几年他们聚少离多，但她多少还是了解自己儿子的，遂问："景聿，你告诉妈妈，是不是遇着什么事了？"

谢景聿故意端着沉默了会儿，才不情不愿地憋出一句："没人来给我开家长会。"

乔意立刻皱起眉："你爸又没去？"

"他是大忙人，别人想见他一面都难。"

"谁想见你爸？你的老师？"

谢景聿似是随意地说："哦，还有林栗。"

乔意疑惑地问："林栗是谁？"

"就是之前在山上，救了我的那个女孩。"

"是她呀。"乔意恍然，又问，"她找你爸爸干什么？"

"她爸妈好像是想来市里的茶厂分厂上班吧，估计是想走后门。"谢景聿刻意说得含糊、简略。

"你爸什么时候又投资茶厂了？"乔意嘀咕了句，很快又对谢景聿说，"那个小姑娘救过你，妈妈一直对她心存感激，要不是她，你出了事，我要伤心死。她说的就是个小忙，你找你爸爸说说，给她爸妈开个后门。"

"没必要。"谢景聿的语气冷冰冰的，"都已经资助她读书了，该还的人情早就还了。"

"你这孩子。"乔意不太赞同他的话，教育道，"怎么说那小姑娘都救过你的命，我们应该感恩，她既然主动求助，要帮的也不是什么大忙，就是你爸爸一句话的事，你就去代为转告一声。"

"我不去。"谢景聿绷着个脸。

乔意当谢景聿是在和他爸赌气，还感慨他总算是又在她面前露出了孩子气的一面，便笑着说："好好好，你不去，妈妈去，顺便批评下你爸爸，怎么又不去给你开家长会。"

谢景聿的眼底有锋芒掠过，很快敛起。

他知道，这件事算成功一半了。

第二天一早，谢景聿背着书包从楼上下来，看到了几天不见的谢成康。他没有打招呼，直接坐到餐桌前，吃着阿姨准备的早餐。

"昨天，给你妈打电话了？"谢成康放下报纸，看向谢景聿。

"嗯。"

"你怎么会和她说起林栗家的事？"

"她问，我就说了。"谢景聿很从容。

"是吗？"谢成康的眼睛微微眯起，显然不太相信。

谢景聿抬头，不快道："你在怀疑什么？"

谢成康脸上一沉，说："我告诉过你，在学校里离林粟远一点，不要再插手管她的事。"

"我要是想管，直接找你不是更快？"谢景聿神色一凛。

谢成康盯着谢景聿，沉声说："工厂工人调动这种小事如果也要我管，我哪里忙得过来？"

"随便你管不管，我不在乎。"谢景聿语气不耐。

谢成康盯着谢景聿看了几秒，见谢景聿没再说话，也没提出要他帮林粟父母的事，便有些拿不准了。

难道他真的猜错了？

谢景聿喝了口牛奶，忽然开口说："你前几天没回家，我打电话问周帅，他说你去临岩市了。"

谢成康的表情霎时变得不太自然，他别开眼，敷衍道："嗯，出差去了。"

"公司在临岩市有什么业务？你好像经常去那里。"谢景聿抬眼，状似随意地问。

谢成康回答不上，皱起眉反声质问道："你什么时候这么关心我工作上的事了？"

"不是你说的吗？让我多学，以后好帮你。"谢景聿冷冷静静的，"你经常带我去应酬，怎么去临岩市不带上我？"

谢成康疑心谢景聿知道了些什么，但看谢景聿的表情，又分毫情绪都没有。他作为父亲，居然看不透自己的儿子。

"临岩市远，带你过去不方便。"谢成康说。

谢景聿心里冷笑，逼问："能有南山镇远吗？"

谢成康的眼神微微变了变，很快岔开话道："临岩市的业务还不成熟，带你去你也学不到什么。"

说完，他怕谢景聿缠着这个话题不放，主动绕回了一开始的话题，提起林粟。

"你妈妈和我说了，林粟救过你，让我要记着她的恩情，有忙就帮。"谢成康冷哼一声，鄙夷道，"我和你说过吧，小地方的人，没见过什么世面，尝到了点好处就容易贪心。

"既然你妈妈提了，那我就再帮林粟一次。"

/ 335 /

谢成康看着谢景聿，警告似的说："她爸妈那边，我会处理好，你在学校，记得离她远点。

"既然打定主意不参加竞赛，就给我好好准备高考，听到没有？"

谢景聿知道事情已经搞定，便垂下眼敛起情绪，难得顺从地应声："嗯。"

高考在即，一中校园里又弥漫着风雨欲来的气息。

虽然校园气氛紧张，但要上战场的是高三生，高一高二年级的学生还没到那个份上，依然是该学学该玩玩。

进入盛夏，太阳每天都兢兢业业的，从不玩忽职守。天气热，体育课又成了很多学生不想上的一门课。

三班这节体育课考三步上篮，男生们轻轻松松就过了关，女生们不常打球，则要费点功夫。

林粟等周宛考完，接过篮球，准备考试。

"林粟，加油！"程昱在边上喊。

谢景聿本来截了球要投篮，听到他这声，手上就失了准头，篮球在篮筐上转了圈，掉出来了。

"景聿，你不行啊。"周与森嘘他。

谢景聿无端焦躁，忍不住往隔壁球场看过去。

林粟持球，仰头盯着篮筐，表情非常认真。她举步往前，一、二、三，把球往上一抛，顺利入筐。

见球进了，她不自觉地露出了一个笑。

很浅，但在她脸上却很灿烂。

谢景聿微微失神。

"景聿，你发什么呆呢？"周与森喊他，"还打不打球了？"

"不打了。"谢景聿直接说。

周与森见他往场外走，拔声问："你去哪儿啊？"

"洗手。"

林粟考完试，径自去了水池边洗手，才拧开水龙头，忽然察觉边上站了人。她余光一看，是谢景聿。

"三步上篮的动作很标准。"谢景聿洗着手说。

林粟意识到刚才他在看着自己考试，耳尖不由得微微发烫，不大自在。

谢景聿侧过头看她，问："茶厂分厂快要开工了，你的养父母拿到名额了吧？"

"嗯。"林粟点头。

"他们来了市里，是住员工宿舍？"

林粟迟疑了下，才说："他们没有分配到员工宿舍。"

谢景聿皱了下眉，很快就想明白了。

谢成康这个人是典型的既要又要，他想要好名声，又不想任人拿捏，就会恩威并施，打一棒子给个甜头。员工宿舍倒不一定没有，只是他不想分配给林永田和孙玉芬夫妇，让他们把什么好处都占了。

谢景聿："没有宿舍，他们住哪里？租房子？"

"嗯。"

"已经找好了？"

林粟点头："找好了，在工厂附近。"

茶厂分厂所在的工业园处于临云市郊区，在城市边缘，到市中心坐公交车都要一个多小时，园区周边都没怎么开发，还很荒凉。

谢景聿问："租的什么房子？"

"就……普通的民房。"

谢景聿盯着她问："几房？"

林粟抿唇不答。

就算她不说，谢景聿也能猜到。

在市里租房，房子越大越贵，林粟的养父母是不可能那么慷慨，为她这个养女多租一个房间的。

"暑假你可以在学校附近租个房子，自己住。"谢景聿说。

林粟摇头。

"我可以帮你付房租。"谢景聿快速说。

林粟闻言，蹙起眉头，表情倏地变得十分严肃。她转过头，微微沉下声说："谢景聿，你不要可怜我。"

谢景聿一时无言。

他知道自己冲动了，但并不是因为可怜她。

林粟见谢景聿沉默，暗暗叹了口气，说："再怎么样我也是他们的养女，他们不会把我赶出去的。

"高三提前开学，这个暑假也就不到一个月，我没那么娇气，一个月的时间，怎么都能熬过去。"

谢景聿当然知道林粟没那么娇气，她很坚韧，这是她的优点，但此刻，却让他感到挫败。

5

高考结束，校园里三分之一的人走出围城，剩下三分之二还在苦苦地寻找城门。

高二期末考是在六月底，两天的考试结束，最后一次班会开完，就放暑假了。

孙志东在班会课上发了一大堆的综合卷，说下学期升高三，就要开始考综合了，让他们趁着暑假，多刷几张卷子，提前适应一下。

一中高三生是要提前一个月开学的，也就是说，这个暑假满打满算都没有三十天。因此，班上人对着白花花的卷子，唉声叹气，直道这根本不是放假，是居家学习。

班会课结束，林粟把卷子都收到书包里，和周宛一起离开了教室，下楼下到一半，她们被周与森喊住了。

才考完试，周与森半点不见疲惫，仍是活力满满。他撑着楼梯扶手从几级台阶上跳下来，到了林粟和周宛身边。

"本家，这次语文，你一定又是班级第一吧。"周与森和周宛说话。

周宛笑着谦虚道："不一定。"

"十有八九。"周与森说完，看向林粟，笑嘻嘻地说，"林粟，上回月考老孙表扬你了，说你进步很大，这次期末你肯定还能更上一层楼。"

林粟应道："希望可以。"

她抬起头，看向周与森身后的谢景聿。

这段时间忙于准备期末考，他们在学校都没什么交集，也没怎么说过话。

几个人一起下了楼，看到等在一楼大厅的许苑，喊了她一声。

许苑跑过来，挽上林粟的手。

"考试结束了，我们几个一起出去吃个饭？"许苑问。

周宛露出一个稍有为难的表情："下学期要换宿舍，我和林粟要回去收拾东西。"

"这样啊，需要帮忙吗？"许苑问。

林粟摇头："不用了。"

周宛："就是把东西搬到楼上的高三宿舍，我们自己就可以。"

"好吧。"许苑看向林粟，忖了下，忽然问，"小粟，你暑假要不要来我家住？"

林粟愣住。

许苑解释："暑假我也不出门，一个人挺无聊的，你爸妈不是在市里租了房子吗？你不回南山镇，不如来我家，和我一起做个伴吧。"

林粟看到许苑不经意间看了谢景聿一眼，立刻察觉到什么。

谢景聿大概和许苑提过一些她家的事，所以许苑才会突然邀请她到自己家去住。

对此，林粟并不生气。他们想方设法地帮她解决住的问题，这是好意，但她只能心领了。

"不了。"林粟说，"我家里人不会同意的。"

"我和叔叔阿姨说说？"

林粟摇头。

许苑遗憾地叹口气："好吧。"

周与森不明白其中的曲折，乐天地说："不能住一起没关系，反正林粟现在搬到市里来了，暑假我们还能约出来见见面。"

许苑闻言，问林粟："这次领成绩单，你可以来吗？"

林粟想了下，回道："应该可以。"

"可惜，这回换景聿来不了了。"周与森摊手说。

林粟愣了下，看向谢景聿。

许苑问："为什么？"

"景聿他妈妈给他订了机票，让他暑假出国找她。"周与森说。

许苑看向谢景聿，问："你什么时候走？"

"明天。"谢景聿说着，下意识地看了林粟一眼。

消息突然，林粟反应了几秒，才问："那……什么时候回来？"

谢景聿本来担心林粟还在生气，现在听她发问，松了口气，回道："月中。"

"月中就回来了？"周与森咋咋呼呼的，"你干脆在国外多玩几天，等要开学再回来好了，反正这个暑假不到一个月，等上了高三，再想玩可就没机会了。"

程昱把双手枕在脑后，感慨道："时间过得真快啊，我老觉得考上一中是不久前的事，怎么一晃眼就要上高三了呢？"

许苑也很唏嘘："下学期，我们就是学校里的大哥大姐了。"

周宛喃喃说："明年这个时候，我们就毕业了。"

程昱："到时候可真要各奔东西喽。"

他这话一出，气氛一下子就伤感了。

周与森是感伤过敏体质，很快就打破了低迷的氛围，兴致高昂地说："哎呀，不还有一年嘛，说得好像明天就要毕业一样。

"再说了，未来的事还说不准呢，指不定到时候我们都考到一个城市，还能经常见面。

"所以，现在想那么多没用，最重要的是，过好接下来的一年，不要留下遗憾！"

周与森说的话其实很理想化，但在此时此刻，却格外鼓舞人心。

林粟和周宛要回宿舍收拾东西，她们在分岔路口和谢景聿他们分开。

许苑挥着手，说："领成绩单那天见。"

周与森和程昱也挥了挥手。

谢景聿看着林粟，道了句："再见。"

明知道这只是短暂的分别，林粟心里却泛起了不舍。

"再见。"她抬起手，挥了挥。

他们在夕阳下分别，期待着不久后的重逢。

七月，盛夏时节，太阳毫不留情地炙烤着大地，城市的夏天比山林里还要燥热，就算有风也无济于事。

林永田和孙玉芬都来市里的分厂干活了，他们没分到员工宿舍，就在工厂附近租了个小套房。

套房有两个房间，都很小，放张床就容不下别的东西了，林粟不想和林有为睡一张床，就主动说睡客厅，孙玉芬和林永田并不管她。

上任租客留下的沙发够大，林粟躺在上面并不觉得不适，高三前的暑假短，她凑合着也能睡一个月。

林永田和孙玉芬每天都要去分厂打工，他们让林粟在家辅导林有为的功课，说下学期他就要转去新学校了，要补一补课，不能落后太多。

茶厂给安排的学校是一所区属小学，里面读书的孩子的父母大多是工业园区里的职工。学校虽然在临云市里排不上号，但和茶岭的公益小学比，已经算好的了。

林永田和孙玉芬夫妻俩为了儿子可以说是用心良苦，奈何林有为不领情。他不想转学，也不想离开茶岭，为这事，还翻天覆地大闹了一场。

林粟拼命想离开的地方，却是林有为留恋的。

领成绩单那天，林粟等林永田和孙玉芬走后，就带着林有为一起出门。市里没有山里那么多好玩的去处，林有为不能像以前一样撒野，早就憋坏了。

林粟和他约法三章，说好了这次出行是保密的，绝对不能让他爸妈知道，不然以后就再也不带他出门了。

他们搭乘公交车到了一中，林粟去班级领成绩单的时候，就让林有为在教室外等着。

孙志东速战速决，并没有耽误很长的时间，他把期末的成绩条和暑期通知发下去，再说了几句注意安全的话，就让学生们走了。

许苑的班级更早散会，她跑上楼来，看到林粟带着个男孩，愣了下，问："小粟，这是你弟弟？"

林粟点头。

许苑打量了那个男孩两眼，他和林粟的确长得不像。

"等下我们一起出去逛逛，带上你弟弟？"许苑问。

"今天可能不行。"林粟不好意思地说，"我和人约好了。"

许苑眨了眨眼，问："谁？"

"老家的一个哥哥。"

许苑了然地点点头，大大方方地说："没关系，今天不行，我们就改天再约。"

"好。"林粟应道。

和许苑道别后，林粟带着林有为离开了学校，在校门口，她看到两年不见的小郑哥，不由得一笑，出声喊他。

"小郑哥。"

郑垣闻声抬头，看到林粟时表情明显怔了怔，片刻后才笑着喊她："林粟。两年不见，你变化有点大，我差点没认出来。"

林粟走近："你也是。"

郑垣爽朗一笑，指了指自己新做的发型，说："上了大学，多少要做点改变才行。"

看到熟人，林粟放松不少。她问："你这个暑假不留校了？"

"不留了，给自己放个假，回家看看。"

外面太晒，郑垣说："走吧，我们找个地方，坐下聊聊。"

林粟点头。

他们去了学校门口的一家饮料店，林有为不想喝东西，只想玩，林粟就给了他一些零钱，让他去边上的商店门口玩游戏机。

"你养父养母来市里打工了？"郑垣问。

"嗯。"林粟点头。

"他们现在对你怎么样？"

林粟淡然道："还和以前一样。"

郑垣皱眉，他还住茶岭的时候，是亲眼看过林永田和孙玉芬打骂林粟的。

"不过没关系，再有一年，我就可以摆脱他们了。"林粟笑着说。

郑垣看着她的笑靥，完全别于以前的冷硬，一时感慨："上高中后，你的确变了很多，爱笑了，人也开朗了。"

"有吗？"林粟问。

"嗯。"郑垣说，"你在学校一定认识了有趣的朋友，过得很开心。"

林粟想到许苑他们，没有迟疑，点了点头。

"真好，我为你感到高兴。"

林粟笑一笑。

"对了，之前你在信里提到的那个男生，你们现在关系怎么样？"郑垣问。

林粟在信里只提过一个男生，她的眼神飘忽了下，开口说："我和他现在关系挺好的。"

"是吗？我还担心他在学校会为难你。"

"没有，他……帮了我很多。"

林粟说这话时，眼睛里微光浮动，像是夕照下的小河。

郑垣在她身上看到了少女的模样，微微一怔，很快笑了。

"我这次回来找你，就是想知道你在学校里过得好不好，现在看到你这样，我就放心了。"

林粟付之一笑，问："小郑哥，你这次回来，是要在家里过暑假？"

"我打算在家里待一礼拜，之后准备利用假期，到各处走一走。"郑垣说，"既然走出了大山，还是要多去看看山外面的世界。"

林粟看到郑垣释怀的模样，就知道他也放下了心里那座沉重的大山，由衷地为他感到开心。

"我到时候给你寄明信片。"郑垣说。

"好。"

郑垣看着林粟，像是看着过去的自己，很是动容，忍不住说："希望我们都能越来越好。"

林粟有所触动，笃定道："一定会的。"

傍晚，林粟回到租屋，催着林有为写作业。到了傍晚，林永田和孙玉芬下班回来，问林有为今天学得怎么样，他倒是记得林粟叮嘱的话，没有泄露口风。

晚上，林粟洗好澡，躺在沙发上，拿出手机登上了 QQ。

之前参加校园实践大赛，周与森拉了个六人群，名字就叫"匡扶正义，为'杂草'正名队"。

周与森和程昱都是话痨，聊起天来没完没了，因此每次六人群里的未读消息非常多，看都看不过来。

"分列式方阵小分队"也会有未读消息，都是周与森和许苑发的，大多时候是在喊谢景聿。

出了国，谢景聿很少上线，基本上没发过什么消息，今天晚上倒是难得在线，还在四人群里说了话。

Spider-Man：千呼万唤始出来啊。

Spider-Man：你终于舍得冒泡了。

Spider-Man：之前怎么喊你，你都不理。

Y：时差。

Spider-Man：那你今天怎么起这么早？

Spider-Man：不会是为了和我聊天吧？

周与森发了一个贱兮兮的熊猫表情包。

Y：少自恋。

许苑发了个捂嘴笑的表情包。

林粟上线后不久，周与森就发现了，他直接在群里喊她，还问她这次期末考有没有进步。

春种一粒粟：有。

Spider-Man：不愧是你。

许个心愿：小粟，你今天和那个同乡的哥哥见到面了吗？

春种一粒粟：见到了。

Spider-Man：什么同乡的哥哥？

许个心愿：今天小粟家乡的一个哥哥来找她。

Spider-Man：我想起来了。

Spider-Man：上午是看到你和一个男生一起走来着。

Spider-Man：原来他是你同乡的哥哥啊。

Spider-Man：长得还蛮帅的。

远在大洋彼岸的谢景聿看着手机屏幕，微微皱起了眉头。他退出群聊，点开和林粟的聊天界面，打了几个字后又删了。

她都说是同乡的哥哥了，他再追问未免奇怪。

谢景聿盯着手机看了两秒，最后动了动手指，发了条消息出去。

Y：最近过得怎么样？

林粟收到私聊，嘴角不自觉地扬起。她转身趴在沙发上，快速地按着键盘。

春种一粒粟：挺好的，你呢？

6

林有为从山里搬到城里来，没有一天不闹的。他吵着嚷着要回茶岭，找以前的玩伴，孙玉芬被他折腾得没办法了，就休了一天假，带他回去了一趟。

他们回茶岭那天，许苑正好给林粟打电话，约她出来见面。

林粟等林永田和孙玉芬都走后，才离开租屋，搭车去了市中心。

许苑约碰面的地方是一个商场，她到时，许苑已经在商场里等着了。

"小粟，这儿。"许苑朝林粟挥了下手。

林粟走过去。

"坐车累了吧，走，我请你喝杯饮料。"

许苑挽着林粟的手，去饮料店里买了两杯奶茶，再边喝边逛商场。

商场里有很多女装店，什么风格的都有，经过一家少女服装店时，许苑问："你想不想进去试试衣服？"

林粟抬眼看向店里青春靓丽的衣服，摇了摇头说："不了。"

"这家店的风格你不喜欢？"许苑问。

"不是。"林粟说，"在学校里穿不上。"

许苑知道林粟只会把钱花在她认为该花的地方，她想了想，问："那……穿里面的衣服呢？"

林粟："嗯？"

许苑压低声问："小粟，你现在穿的是什么内衣？"

林粟明显愣了下，随即有些不好意思地垂下眼："就……普通的背心。"

"背心？"许苑诧异，"你还在穿背心？"

林粟点头。

"不坠吗？"

林粟耳热。

她发育期开始得晚，李爱苹六年级就来月经了，她初二才来。胸部发育也是，她之前瘦，胸上更是没几两肉，穿那种小学生背心就可以。

但上学期开始，可能是因为营养均衡了，她拔个儿了，身上长了肉，胸部也丰满些，穿没有什么束缚力的小背心的确有些坠，尤其是跑步的时候，比较麻烦。

许苑看林粟的表情就知道怎么回事了，她拉上林粟的手，二话不说，领着林粟直接去了商场里的一家内衣店。

店员看见她们，迎上来问是谁要买内衣。

许苑把林粟轻轻往前一推，说："她。"

店员又问："小姑娘平时穿什么尺码呢？"

林粟答不上来，许苑替她说："你帮她挑挑。"

"好的。"

店员的眼神在林粟胸前扫了扫，很快，在货架上拿下一件内衣，示意林粟跟她进更衣室试穿。

林粟局促。

许苑拿过林粟手上的奶茶，宽慰道："没关系的，你进去试试。"

林粟进了更衣室，店员示意她把身上的衣服脱了，试穿内衣。她咬咬牙，照做了。

穿好内衣，店员帮林粟调整了下。

"勒吗？"店员问。

林粟摇头。

"这件内衣很适合你，女孩子就要对自己的胸好一点。"店员说。

林粟看着镜子里半裸的自己，都有些陌生了。

从小到大，关于发育这一块，孙玉芬作为养母，从来没有引导过她。

她初二第一次来月经时，即使已经知道了些理论知识，但还是很惊慌，最后是李爱苹教她，要用卫生巾垫着。胸部发育也是，孙玉芬从没关心过，还是中学的女老师买了两件小背心送给她。

在今天之前，林粟对自己身体的认识都是懵懵懂懂的，她好像是第一次这么认真地正视自己的身体。

换好衣服，林粟从更衣室里出来，许苑问："怎么样，合适吗？"

林粟点头。

许苑直接和店员说："这种款式，同样码数的拿两件。"

她说完，掏出钱包就要付钱。

林粟见了，伸手拦下她，认真道："我自己付。"

"我带你来买的，当然是我付钱。"许苑见林粟表情严肃，忖了下说，"这样吧，你付一件，我付一件。"

林粟还是按着许苑要付钱的手。

许苑握着林粟的手，撒娇似的说："小粟，你就让我付吧。给自己的好朋友送内衣，是我心愿单上的事。

"更别说这还是你人生中第一件真正意义上的内衣，多有纪念价值啊，以后你再买内衣，就会想起我。"

许苑眨眨眼，神色央求。

林粟知道撒娇只是许苑的计策，但还是心软了。她叹一口气，妥协道："说好了，一人付一件。"

许苑当即笑了。

买好内衣，她们离开了店。

许苑这时接到了一个电话，她接通后直接和人说在二楼。

林粟莫名，问："还有谁要来？"

"喏。"许苑抬头示意。

林粟看过去，就见本应该在国外的谢景聿搭乘着扶梯上楼。她一愣，下意识地把手上装着内衣的袋子藏在了身后。

"你……什么时候回来的？"林粟很意外。

"昨天。"

"不是说月中才回来？"

谢景聿轻咳一声："没什么意思，提前回来了。"

许苑看了眼时间，说："周与森刚才给我发消息，说还要一会儿才能到，我们找个吃饭的地方等他吧。"

谢景聿："嗯。"

许苑帮林粟把袋子装进书包里，拉上她的手往前走。

他们在商场顶楼找了家泰式餐厅坐下，不到十分钟，周与森急匆匆地跑了进来。

"抱歉抱歉，出门迟了，我自罚一杯。"周与森倒了一杯柠檬水，闷头灌下去。

"你喝慢点，别呛着了。"许苑把菜单递过去，"我们先点了一些，你看看，还有没有想吃的。"

周与森坐下，爽快道："我不挑，你们点了就行，不够再加。"

许苑："行。"

周与森回头，把手搭在谢景聿肩上，挑眉问："玩得怎么样？"

"还行。"

"提前回来也不说一声，我去机场接你。"

"我不想又被人围观。"

许苑扑哧笑了声，见林粟神色不解，开口解释说："初中有一回，景聿出国回来，我和周与森去接他，周与森怕他找不着我们，就拿了个喇叭，录了一段音，在机场到达大厅反复播放。

"你知道他录的什么吗？"

林粟摇头。

许苑清了清嗓，模仿道："MU×××航班的谢景聿同学，你阳光帅气潇洒迷人的好兄弟周与森在这里等你，请听到广播后，速速过来。"

这的确是周与森能干出来的事，他还咧嘴笑着一脸自得地说："我这招多有用啊，景聿一出来就找到我们了。"

许苑说："我估计他当时都不想理我们。"

谢景聿："不用估计。"

林粟失笑。

谢景聿看她笑，微微牵了牵唇角。

没多久，服务员上菜，他们四个边吃边聊。大多时候是周与森和许苑在说话，谢景聿和林粟在一旁倾听，偶尔附和。这是他们的相处模式，从线上到线下。

林粟第一回吃泰国菜，喝冬阴功汤的时候，蹙了下眉。

很轻微的一个动作，却被谢景聿捕捉到了，他问："吃不惯？"

林粟抬头，见他们三个都看着自己，便回答说："有点。"

"里面放了香茅，这个味道有的人会觉得奇怪，小粟你要是吃不来，别勉强。"许苑说。

"还好。"林粟说，"只不过第一次吃，需要点时间适应。"

这不是林粟说自己第一次吃某样东西，谢景聿、周与森还有许苑都不惊讶了，甚至他们还会想着带她尝遍各种美食。

"小粟，你尝尝这个，我最喜欢吃的。"许苑夹了一个炸虾饼到林粟的餐盘里。

"还有这个。"周与森指着青木瓜沙拉说，"解腻的。"

"好。"林粟的眉目舒展开来。

一顿饭说说笑笑，时间过得很快。

吃饱喝足，谢景聿去洗手的时候，顺便把账结了。

从餐厅里出来，周与森说要去买个护腕，许苑陪他去店里挑。

谢景聿和林粟站在店外等着，一时间都没说话，好像很生分似的，可明明几天前他们才在 QQ 上聊天。

林粟想到刚才那顿饭，立刻从书包里拿出自己缝制的小钱包，说："刚才那顿饭多少钱，我给你。"

"不用。"谢景聿说。

林粟眉头一皱，郑重道："虽然我的生活费是你爸爸资助的，但一码归一码。

"而且，之前比赛的奖金我还没花完，我有钱。"

林粟说"我有钱"的时候，表情格外真挚，谢景聿忍不住笑了。

"你笑什么？"林粟不满，"我说真的。"

谢景聿知道林粟在某些方面有自己的坚持，想让她占点"便宜"，简直不容易。

他忖了下说："钱你就不用给我了，用别的东西抵掉吧。"

林粟："用什么？"

"之前你送我的草蜻蜓发黄了，你再编一只给我？"

林粟没想到谢景聿会提这个要求，微微一怔，说："那不是什么值钱的东西，抵不了饭钱。"

"我说过，那是你的定价。"谢景聿盯着林粟的眼睛。

林粟心旌一动。

这回，她觉得自己应该是理解对了他的话。

林粟眼神忽闪，忙避开谢景聿的视线，抬手理了下鬓发，强自镇定地说："草蜻蜓你想要的话，我可以送你，但是饭钱我还是要给你。"

谢景聿拿她没辙，无奈之下只好说："你记着吧，以后有机会请我吃饭。"

林粟想了下，点点头："行。"

没多久，周与森和许苑从店里出来，他们四个没想到要去哪儿，就在商场里消磨了些时间。

下午两点左右，周与森说要去找他爸做训练，先走一步。

林粟担心孙玉芬下午就带着林有为回来了，不敢在外面待太久，周与森走后，她也提出要回去。

谢景聿和许苑送她到了公交站。

等公交车的时候，谢景聿觑了林粟一眼，若无其事地问："你那个同乡的哥哥，住在市里吗？"

林粟反应了一秒，马上回道："没有。"

"他也是高中生？"

"不是，小郑哥已经上大学了。"

"小郑哥"，叫得还挺亲昵的。

谢景聿垂下眼，问："你和他关系很好？"

"嗯。"林粟应得毫不犹豫，"经常给我寄信的人就是他。"

谢景聿闻言，眉头微紧。

他之前觉得林粟和这个"小郑哥"可能只是同乡之谊，但没想到他们的关系这么密切，还一直有书信往来。

林粟没注意到谢景聿情绪的变化，她翘首往马路上看，见自己要搭乘的公交车来了，就回头道别："我先走了。"

"小粟，你到家了和我们说一声。"许苑挥手。

林粟点头应好，转身上了车。

公交车开走后，谢景聿还看着车消失的方向，脑子里一直在想那个"小郑哥"的事。

"你喜欢小粟。"许苑冷不丁说。

谢景聿心口骤缩，立即回神。

他看向许苑，眼神闪烁不定，但语气仍很从容："当初说我不喜欢她的是你，现在说我喜欢她的也是你。"

许苑摊了下手，自如道："这只能说明小粟很有魅力，让你转变了态度。"

谢景聿无法反驳。

许苑施施然一笑，狡黠地眨眨眼说："你要是真喜欢小粟，可得抓紧了，她现在可是很受欢迎的。

"我听周与森说，就前两天，程昱还约小粟单独吃饭来着。也不知道他俩现在聊到什么程度了。"

这种低级的激将法，有点脑子的人都看得出来。

谢景聿虽然能看穿，但还是中计了。

· Chapter 11 ·
她是一切生机勃勃的植物

1

高三八月份开学，在所有学生都还沉浸在假期的快乐中时，他们就要苦哈哈地背着书包去读书。

和大多数高三生不同，提前开学，林粟是很高兴的。报到那天，她一大早就搭车来了学校。

之前的高三教学楼在翻修，因此这一届不换楼，仍在高二那栋教学楼上课。

林粟到了学校，先去教室找孙志东签到，之后才往宿舍楼走。

上学期在宿管的安排下，她已经把所有的东西都搬到了新宿舍。高三宿舍在女生宿舍的最高层，说是相对安静，上下楼的人少，能更好地休息。

林粟背着书包爬上顶层，喘了口气。她往宿舍里走，才到门口，就看到了意料之外的场景。

李乐音的妈妈拖着李乐音往外走，边走边骂："我当初就不该让你住宿，没我盯着，你心都野了。

"你看看你现在的成绩，一落千丈，照这样下去，别说一本，本科都不一定考得上。

"我还以为高中课程比较难，你跟不上，还给你报各种补习班，要不是你小姨看到了，我都不知道你是和职校的小混混勾搭在了一起，完全没把心思放在学习上。

"看来没我时时刻刻盯着就是不行，高三你别住宿了，赶紧把东西收了，跟我回家。"

李乐音抓着宿舍床的支架，一直在抵抗，嘴上反复喊着："我不回去，我不回去。家里离学校那么远，我上学来不及的。"

李乐音的妈妈："大不了我把工作辞了，每天接送你上下学，看你还敢不敢背着我早恋！"

李乐音的妈妈用力一扯，李乐音一个趔趄往前一扑，险些要栽倒。

"走，跟我去退宿舍。"

"我不退！我就是不想回家，不想像个犯人一样被你管着！"李乐音大概也是被逼急了，口不择言道。

李乐音的妈妈怒声质问："你说什么？"

"从小到大，你都跟个监狱长一样，逼着我学这个学那个，我一点自己的时间和空间都没有，就像是你的傀儡，我受不了了！"

"啪"的一声，整个宿舍都安静了。

李乐音捂着脸，眼睛里蓄着泪，不可思议地看着自己的妈妈。

她妈妈抬起手，眼看又一巴掌要落下时，林粟挡在了李乐音身前。

"阿姨，有什么事好好说，别打人。"林粟抬起头，不卑不亢地说。

李乐音的妈妈抬着手，盯着林粟还有她身后默默淌泪的李乐音看了几秒，才慢慢收起手来，但话还是说得很重："李乐音我告诉你，不管你受不受得了，我都是你妈妈，别以为你现在大了，我就管不了你。

"我在外面辛辛苦苦都是为了谁？我管你，让你学东西，都是为了你好，你别不知好歹。

"现在高三了，你要再敢和职校的男生有来往，这学你也别上了，就给我回家待着，哪儿都不许去！"

李乐音的妈妈被气得不轻，警告完李乐音，转身怒气腾腾地离开了宿舍。

林粟稍松一口气。

李乐音大概是第一回被打，她妈妈走后，她瘫坐在桌前，哭得很伤心。

林粟看她颊侧泛红，忖了下，从书包里拿出新买的毛巾，去阳台打湿拧干后，拿回来递给她。

"冷敷一下就不会那么痛了。"

李乐音哭得都抽抽了，抬起头看向林粟，语气还不友善："你现在是不是觉得我就像个笑话？"

"嗯。"林粟点头。

李乐音生气："那你干吗要拦着我妈，就应该让她再打我一巴掌。"

"因为我被打过，我知道巴掌落在脸上，很痛。"林粟说。

李乐音看着林粟，打了个哭嗝，过了会儿抽抽噎噎地接过毛巾，敷在脸上，低下头嘟囔了句："骗人，一点用都没有，还是很痛啊。"

林粟看李乐音又能吐槽抱怨，知道她大概缓过来了，便没再管她，转身收拾东西去。

李乐音："喂。"

林粟铺着床，头也不回地问："干吗？"

"今天的事……你不能往外说。"李乐音语气霸道。

"嗯。"

"周宛和孙圆圆也不行。"

"知道了。"林粟套好被子，甩了甩。

上午十点过后，周宛和孙圆圆来了宿舍，那时候李乐音就躺在床上，谁也不搭理。她们俩以为她和以前一样在玩手机，没觉得奇怪。

开学第一天，下午照常要开班会。

林粟和周宛到教室时，班上人差不多都到齐了，大家按照上学期期末的位置坐好，互相聊着天，说着话，抱怨着这个短暂的、没玩尽兴的假期。

"林粟，周宛，你们过来一下。"周与森喊。

林粟和周宛相视一眼，往教室后面走。

周与森递了两瓶酸奶过去，说："许苑让我给你们的。"

周宛没想到还有自己的份，伸手接过。

林粟拿了酸奶，程昱在另一桌问她："林粟，你暑假过得怎么样？"

"还行。"林粟说。

"之前谢谢你帮我带茶叶，我爷爷很喜欢。"

林粟微微一笑："喜欢就好。"

"下次我再要买茶叶，还找你。"

"好。"

他们一来一回地对话，后排几个男生又开始挤眉弄眼的。

谢景聿不顺心，抬头看向林粟，突然问："你答应送我的东西呢？"

林粟知道谢景聿说的东西是什么，只是意外他要得这么急。

"我还没编好，等编好了给你。"她说。

谢景聿："别忘了。"

林粟点头："不会的。"

几句话，信息量爆炸，后排几个男生的表情一时变得非常之精彩。

程昱凑过来问："林粟，你要送景聿什么东西？"

林粟："就是一个草编。"

程昱："草编？是那种用草编出来的手工艺品吗？"

"嗯。"

"你还会这手艺呢，真厉害。"

周与森插嘴问："林粟，你为什么送景聿这个？"

林粟被问到了。

为什么？就没有为什么。

"他想要，我就给他编了。"林粟干巴巴地解释，说完才意识到不妥。

这句话显得她和谢景聿的关系不一般，她对他予取予求似的。

谢景聿眉目舒展，勾了勾唇，眼里也有了笑意。

"林粟，这你就不讲义气了。"周与森不服气，双手环胸，下巴一抬说，"都是朋友，景聿有，我也要一个。"

林粟忖了下，觉得这也不是什么过分的请求，就应承道："好……我到时候给你也编一个。"

程昱见状，马上举手说："我也要。"

多一个不多，林粟点点头，答应了。

谢景聿的表情一下子就垮了。

他向林粟要草蜻蜓，可不是为了让她大发善心，一人给编一个。

这样，他和周与森还有程昱有什么区别？

下午两点，孙志东抱着一沓材料，准时走进教室。

升上高三，就意味着进入了高中生涯最严峻的阶段，往后每一步都至关重要，不能有丝毫的松懈。

孙志东打了鸡血似的，在班会课上发表了一番慷慨激昂的陈词，看那架势不像是在鼓励学生好好学习，倒像是要发动"革命"。

他画完大饼灌完鸡汤，段长又通过年级广播继续画、继续灌，学生们被激励得热血沸腾，但在知道要开学考的那一刻，又萎靡了。

"怎么又要考试啊。"

"上学期期末考才过去一个月。"

"这次要考综合卷，我暑假的卷子都没做完，凉凉了。"

"年年考月月考，活活考死你这命一条——①"

底下学生怨声四起。

相比大多数同学，林粟并不排斥考试。相反，她喜欢考试。对她来说，每一回考试都有可能是向上攀爬的阶梯，是努力的证明。

发完教材和卷子后，班会就算结束了。今晚不需要自习，孙志东让同学们回家小心，之后单独喊了谢景聿出去。

林粟把东西收进书包里，和周宛一起下楼找许苑。她们在一楼等了等，没多久，谢景聿、周与森还有程昱从楼上下来。

昨天在六人群里，他们说好，今天开学一起吃个饭。

"孙老师喊你，是不是又给你开小灶了？"许苑问谢景聿。

谢景聿颔首："嗯。"

许苑笑了，说："孙老师很看重你这匹'千里马'啊，怕自己成了'食马者'，埋没了你的才能。"

谢景聿不置可否。

孙志东的确很重视他，尤其是他不去实验班，选择留在平行班后。作为班主任，孙志东比谁都怕他成绩下滑，所以精心教导着他，课后会给他出高难度的题目，把实验班的卷子拿给他做。

"老孙估计是把宝押在了景聿身上，等着他拿省状元呢。"周与森笑嘻嘻的。

程昱赞同道："我看也是，景聿拿了状元，他就是带出状元的老师了。"

"好啦，不管怎么样，孙老师都用心良苦。"许苑说。

"行了，我们别站在这儿聊天了，吃饭去吧。"周与森兴冲冲地说，"现在我们可以光明正大地排高三窗口了。走，去尝尝高三窗口的饭菜有什么不一样。"

高三提前开学，学校食堂只开了几个窗口，但菜式还是很丰富的。

林粟排的这队阿姨打菜快，她最先打好饭，拿了筷子，找了张空桌坐下。没一会儿，她抬眼见谢景聿坐在自己对面，便拿了一双筷子放在他的餐盘上。

她今天没漏拿他的筷子，但他看上去还是不太高兴。

"孙老师是不是和你说了什么？"林粟问。

"没有。"谢景聿克制着回道。

"哦。"林粟点点头，再不多问。

谢景聿发现她虽然聪明，但在某方面又迟钝得可以。

他盯着她，还是没忍住问："你以前也经常送人草编吗？"

林粟愣了下，回道："没有，我都是拿来卖的。"

"那为什么要送周与森和程昱？"

"他们是朋友……"

"他们是朋友，我呢？"谢景聿追问。

林粟的眼神飘忽一闪，莫名慌乱。

她还没回答，周与森就端着餐盘坐下了。他咋咋呼呼的，完全没察觉到谢景聿和林粟之间的异样，还嘻嘻哈哈没心没肺地问谢景聿："小聿聿，我能不能吃一块你的红烧排骨？"

谢景聿本来就烦，看周与森傻乐的样儿更是来气，便拿起筷子挡下了他伸过来要夹排骨的筷子，面无表情地说："不能。"

周与森："小气！"

2

开学第二天，高三年级进行了一场开学考，年级老师也许是想让全体学生知耻后勇，出的试卷难度直接拉满。两天考试结束，大半的学生被打击到了，这才对自己高三生的身份有了实感。

考试结束，当天晚上还要上晚自习，一点喘息的时间都没有。

林粟到教室时，班上的同学几乎都在讨论这两天的考试，不是在对答案，就是在估分。

她把书包放在自己的椅子上，从包里拿出几个草编，往教室后面走过去，分别递给了周与森和程昱，最后一个放在了谢景聿的桌上。

谢景聿看着桌面上的草蜻蜓，眸光微动。

周与森接过林粟给的草编，放手上和它大眼瞪小眼地对视了几秒，再瞅了眼谢景聿桌上的，问："林粟，为什么你送景聿的是蜻蜓，给我和程昱的是蚂蚱？"

"我随便编的。"林粟说这话都没什么底气。

周与森和程昱没深究，但谢景聿却知道其中的差别。

他抬头看向林粟，眼神幽幽，别有深意——她聪明地知道他介意什么，但迟钝地不知道他为什么介意。

周与森伸手要拿那只草蜻蜓，被谢景聿先一步拿了起来，他淡淡道："别碰坏了。"

"瞧你小气的样儿！"周与森愤愤。

"蚂蚱也挺好的，能跳。"程昱心满意足，对着林粟说，"谢谢你了，这个我会好好收藏的。"

林粟微微点了下头，才要走，又被程昱喊住了。

"林粟，那个……你这周日有空吗？"程昱壮汉一个，居然不好意思了起来。

他看着林粟，说："之前你帮我买茶叶，我还没好好谢谢你。这周日你要是有空，我想请你去我姐姐策划的集市上玩一玩。"

林粟才要回绝，周与森先开口了，他兴致勃勃地问："集市？什么集市？"

程昱："就是各种摊主聚在一起的那种。"

"听起来很有意思。"周与森问程昱，"你只邀林粟，不邀我吗？"

程昱"呃"了一声，说："你想去也行。"

周与森就是个爱凑热闹的主儿，程昱的话音才落地，他就已经开始策划那天的出行了："这样，把许苑和周宛也叫上，我们六个人来一次'团建'，正好考完试，放松一下。"

周与森问林粟："林粟，你回去和周宛说一声？"

话都到这份上了，林粟不好拒绝，便点了点头。

周与森掏出手机，迫不及待地要和许苑说这件事。

谢景聿见程昱一脸有苦说不出的表情，突然想夸一下周与森——他是对所有人，平等地没有眼力见儿。

谢景聿低头看着手心里的草蜻蜓，眉头舒展开来，心情柳暗花明，分外舒畅。

周与森直接在六人群里发了消息，说了周日去集市"团建"的事，他们在群里约了时间和碰头的地点。

高三学习任务重，一周要上六天课，只有周日放一天假。

新学期第一个周日，谢景聿被谢成康带着去应酬，陪着一群虚伪的成年人吃饭。好不容易应酬结束，已经是下午两点了。

他以要提前去学校为由，打车去了集市。

程昱说的集市，是在临云市一条有名的商业街里。商业街由主街和很多条辅街组成，平时这条街道就有很多人来逛，今天办集市活动，摊主更多，加上是周末，简直人山人海。

周与森之前在群里说，周日下午一点在商业街的入口集合。

谢景聿错过了时间，他们已经不在了。他登上 QQ 看一眼，六人群里倒是很热闹，周与森和许苑拍了一些照片发群里。

谢景聿点开许苑拍的一张照片，盯着看了几秒，不由得皱起眉头。

照片上，林粟和程昱并肩走在熙熙攘攘的市集里，一个低头，一个抬头，不知道在说什么，看上去还挺亲密的。

许苑真是会抓角度。

谢景聿把手机锁了屏，转身进了商业街。他不是以闲逛为目的，主要是为了找人，所以步履极快。

"帅哥，要不要买一朵花来占卜啊？"一个摊主喊住了谢景聿，指了指自己的摊上的花，"如果你有心仪的女孩，鲜花会告诉你她的心意哦。"

谢景聿扫了眼她摊子上的花，一下子就勘破了所谓"占卜"的秘密。

玛格丽特花的花瓣基本上都是21瓣，一般人用花来占卜恋情，受潜意识的影响，都会从"喜欢"开始数起。奇数花瓣，最后占卜出来的结果自然就是"喜欢"，如果用的雏菊，那结果就相反了。

这也算是"植物的秘密"。

鲜花占卜并不神秘，也卜不出什么真理，无非是商家抓住了顾客的心理，哄人开心罢了。

谢景聿收回视线，往前走了两步，又折了回来。

"给我一朵吧。"

买了花，谢景聿继续往前走。

他低头盯着手上粉色的玛格丽特花，觉得自己大概是魔怔了，居然会被这种显而易见的小把戏蛊惑。

不过买都买了，不妨玩一玩。

谢景聿一边走，一边扯下花瓣，在花朵剩下三瓣时，他的眼神冷了下来，随后面无表情地把花丢进了一旁的垃圾桶里。

根据许苑和周与森最新发到群里的照片，谢景聿很快就找到了他们五个。

周与森他们正在一个卖旧书的摊子前流连，谢景聿走过去时，几个人都没发现，还是林粟觉得有人在看自己，回过头，看到了他。

"你来了啊。"

林粟一出声，周与森他们就齐齐回头。

许苑挟着笑说："我还以为你今天来不了了，特意给你拍了好多照片。"

许苑的话外之音，谢景聿当然能听懂。

周与森招呼谢景聿："来了正好。快过来看看，这里有《灌篮高手》的全套漫画。"

谢景聿兴致缺缺，他见林粟怀里抱着一个玩偶，问她："买的？"

林粟摇头，如实说道："程昱的姐姐送的。"

谢景聿的表情又不大好了。

商业街辅街太多，每条街道上都摆着大大小小的摊子，让人目不暇接。

下午四点左右，平时最有活力的周与森都累了，他看了眼腕表，说："逛得差不多了，这次团建就到这里？"

许苑附和说："晚上还要上晚自习，我们就逛到这儿吧。"

周宛和程昱都没意见，谢景聿和林粟本来就是不爱凑热闹的人，此时更是不会反对。

晚上还要去学校自习，周与森、许苑还有程昱都要回家拿东西。

"景聿，你回去吗？"周与森问。

谢景聿很快回道："我直接去学校。"

周与森："那正好，你和林粟还有周宛一起。"

解散后，周与森、程昱还有许苑各回各家，谢景聿、林粟和周宛搭公交车去学校。

上车后，林粟扫了眼车厢，看到后边有个空座，示意周宛："你坐过去。"

周宛本想拒绝，转眼看到谢景聿站在林粟身旁，便默默地往车厢后走。

谢景聿找了个好站的位置，喊林粟："站这儿。"

林粟顺从地走过去，在他身前站定，扶着扶手。

谢景聿垂眼，见她一手紧紧地抱着那个玩偶，眉间微紧，问："下午玩得开心吗？"

林粟抬头，应道："挺开心的。"

"我看也是。"谢景聿不咸不淡地说了一句。

林粟看他不大高兴，想到下午许苑说他被他爸带去应酬的事，便觉得谢景聿心情不好情有可原。

公交车晃晃悠悠的，大概二十分钟后到了临云一中站。

到了学校，谢景聿问林粟："你要回宿舍？"

林粟点了下头，说："我回去把东西放好。"

谢景聿扫了眼她手上的"东西"，问："放好东西后呢？"

林粟没想到谢景聿问得这么详细，但还是回道："我还有卷子没做完，打算去图书馆自习。"

谢景聿颔首，直接说："我在借阅室等你。"

林粟："啊？"

谢景聿："别让我等太久。"

林粟下意识地应道："好。"

他们在路口分开，回宿舍的路上，周宛看向林粟，忽然说："谢景聿喜欢你。"

林粟顿住脚。

"他很在意你。"周宛说。

林粟看周宛说得煞有介事的模样，还当她像以前一样在猜测自己和谢景聿的关系。

林粟笑一下说："你想多了。"

周宛想起刚才在公交车上，谢景聿低头看着林粟，眼里带笑的模样，摇了下头说："他对你不一样，你对他来说是特别的。"

"我和他……"林粟顿住。

她不知道该怎么和周宛解释，她和谢景聿的关系一开始就很特殊，他对她不一样，大概也是基于此。

但是，她隐隐之中又觉得不同。

那天谢景聿问她，周与森和程昱是朋友，那他呢？

她当时被问住了。

谢景聿当然是朋友，但他和周与森还有程昱都不一样。

他是那只蜻蜓。

周宛见林粟露出了一个迷茫的表情，就知道她自己也没搞清楚她和谢景聿现在的关系。

林粟很聪明，也很自立，但在感情方面，她无疑是迟钝的。

周宛没有强行灌输自己的想法，点到为止。而说完这些话，她心里也轻松了许多，像是放下了什么东西。

林粟回到宿舍，放好东西后，背上书包直接去了图书馆。进馆后，她径自去了借阅室，在上回的位置上看到了谢景聿。

看着他，林粟倏地又想起了周宛说的话。

谢景聿喜欢她？可能吗？

"你站在那儿干什么？"谢景聿抬头问了句。

林粟回神，眸光忽闪了下，说："没什么。"

她走过去，在谢景聿的对面坐下，从书包里拿出卷子。

谢景聿扫了眼，是历年的高考英语卷。

"卷子做第几遍了？"他问。

林粟："第三遍。"

"感觉怎么样？"

林粟思考了下，说："高频单词基本上都记住了，但是要完全通读文章还有点困难。"

谢景聿大致了解了她的程度，就提了句："接下来你就重点去拆解长难句，总结规律。"

"嗯。"林粟点头。

周天下午，来图书馆的人少，借阅室里更是寂静无声。

林粟做卷子的时候，几回忍不住抬头去看坐对面看书的谢景聿，脑子里一直想着周宛的话。

"有问题要问？"谢景聿抬眼。

林粟倏地回神，条件反射似的说："没有。"

"你一直在看我。"谢景聿把书放在桌上，一手压着，看着林粟的眼神深之又深，"没问题要问，那是有事？"

林粟心头一紧，眸光闪了下，别开眼，胡乱地解释说："我只是在想，你都不用复习的吗？"

"嗯？"

林粟指了指自己的卷子："你都不刷卷子。"

"高考卷我高一的时候就做过了。"

林粟没想到谢景聿的学习进度这么超前。

谢景聿大概是看出林粟在想什么，笑了一声，说："我也不是没有学习压力，只不过该专注的时候保持专注，该放松的时候就放松。"

这话说得容易，但没有强大自制力的人是绝对办不到的。

光这一点，林粟就由衷地佩服他。

接下来的时间，林粟专心地做了一套英语卷子。

谢景聿快速翻完一本植物学的书，嫌里面的内容太过浅显，就起身去了书架，打算换一本书。

植物学相对冷门，学校图书馆里的相关书籍很少，他挑来挑去，最后选了一本以前看过的专著，打算再翻一遍。

他拿了书，回到座位上时，林粟已经困得撑不住，趴在桌上小憩。

英语阅读题有这么催眠吗？

谢景聿唇角一勾，放轻了动作，坐了下来。

这是谢景聿第一回看到林粟睡着的模样——卸下了一切防备，没了平日里的棱角，整个人显得毫无攻击性，像只收起爪牙的小兽。

他再看向她合上的眼睛，就像是入鞘的剑，收起了剑锋，不再凌人，但他知道，一旦睁眼，她的眼神又会是怎样的坚定。

谢景聿有时候觉得林粟是木本植物，是大树杜鹃，凭借经年的积累、博弈，在丛林残酷的竞争中突破杜鹃树的生长极限，跻身成了顶层树种；有时候又觉得她是禾本植物，是所有生命力顽强的小草，生长点极低，即使尖端被损害、践踏，也能重新生长出新的叶片。

她是一切生机勃勃的植物，对他有致命的吸引力。

谢景聿说不清自己是什么时候喜欢上林粟的，等反应过来，他的情绪已经被她完全牵引，彻彻底底地落入她的陷阱之中。

他会担心她吃得好不好、住得好不好，在欣赏她坚强独立的同时，又会担心她吃苦受罪。

这种感觉很奇妙，谢景聿并不抗拒。

那林粟呢？她是怎么看待他的？

朋友？或者就只是资助者的儿子？她是感激他的，但他要的不是这个。

谢景聿想到下午那朵玛格丽特花占卜出来的结果，还是第一回感到束手无策。

3

八月份，高三年级都在快马加鞭地学习新课。这学期他们要把选修的知识学完，之后就要正式进入总复习阶段。

时间紧，任务重，一周六天的课，几乎能把人的精力都耗尽。

九月份，高一、高二正式开学，一中校园算是热闹起来了。

林粟有时候看着那些面容青涩的新生，会想起自己刚入校的时候，懵懂、不安，对周遭环境全然陌生，不知道自己即将面临着什么，但又怀抱着改变命运的热切希望。

两年过去，这一路并不平坦，她也有彷徨受挫的时刻，但都扛了过来。

转眼间上了高三，这是至关重要的一年，无论如何，她都会坚持到最后一刻，飞出大山。

九月月考前一天晚上，林粟跑完步，回宿舍洗了澡，再去食堂简单吃了点东西。见时间来得及，她就去了趟收发室。

小郑哥之前出去旅游，从各地给她寄了好多明信片，这段时间陆陆续续地到了。

林粟翻看信报箱的时候，果然看到了他从云南寄来的明信片，明信片背后写着"眼前的山再不是山"。

一句话，蕴藏着无限大的力量。

林粟把信报箱里的报纸拿出来，准备带回班上，翻报纸的时候看到了夹在里面的一封红色信件。

她愣了下，很快把信揣进兜里。

到了班上，人基本坐齐了，上课铃还没响，教室里吵吵闹闹的。

林栗把一沓报纸放在讲台桌上，往教室后方看了眼，摸了摸口袋里的信件，犹豫了。

这一犹豫，就是整个晚自习。

晚自习三节课是孙志东坐镇，整个晚上，班级里没人敢造次。

自习课下课，走读生收拾东西回家，林栗听到周与森喊谢景聿一起走时顿住了笔，她盯着题目看了又看，最后还是从抽屉里拿出信，起身跑出了教室。

"谢景聿。"林栗追下楼，在三楼的楼梯上看到了人，她喊他一声，"你等一下。"

谢景聿立刻停下来。

周与森问："林栗，你找景聿什么事啊？"

林栗走下楼，含糊地说："我……有道题目不懂，想问问他。"

周与森："老孙就在教室啊。"

"孙老师在给别人解答。"林栗很快说。

周与森信了，还夸林栗："不愧是你，好学。"

林栗心虚。

谢景聿看出林栗有事找自己，便支开周与森："你先下楼找许苑，别让她等久了。"

"好嘞。"周与森爽快地下楼，还抬起头善解人意地说，"不急，你们慢慢来。"

林栗等周与森走后，见左右没人了，才从身后把信拿出来，递过去。

"你的信。"

谢景聿看到信的那刻，眼神冷了一瞬。

他接过，再抬眼时，神色如常，肯定地问："你今天本来没打算把信给我的？"

林栗点了下头。

"怕影响我考试？"谢景聿问。

"嗯。"

"那怎么又给我了？"

林栗看着他，郑重地说："逃避不是办法。"

谢景聿怔了下，很快笑了，说："放心吧，平时的信都是挑衅，还影响不了我。"

林粟扫了眼他手里那封红色的信，实在不知道到底什么人和谢景聿有仇，为什么要频频寄信挑衅他。

谢景聿的注意力不在信上，他由信联想到了其他，轻咳一声问："你那个'小郑哥'又给你寄信了？"

"嗯。"林粟说，"他暑假出去旅游，给我寄了明信片。"

谢景聿看她眼底透着淡淡的笑意，似乎很高兴，心里不由得发堵。

"林粟。"他喊她。

"嗯？"林粟抬眼，对上谢景聿目光的那一瞬间，她心里怦然一动，莫名紧张。

周宛上回说的话就像是个魔咒，她现在看到谢景聿，就会不自觉地往那方面去想。

谢景聿垂眼看着林粟，喉头发紧。

他拿不准她的想法，也不知道如果把自己的心思付诸于口，他们的关系会变成什么样，远还是近？

"景聿、林粟，你们站这儿干吗呢？"孙志东从楼上走下来，看到班上的学生站在楼梯上，问了句。

谢景聿和林粟一齐回神，同时别开眼。他们的表情都不太自然，像是被长辈抓住现行的小孩。

谢景聿还算淡定，很快回道："林粟去收发室拿到了我的信，给我送过来。"

孙志东不疑有他，看着班上的两个好学生，他满脸欣慰，忍不住犯了职业病，语重心长地叮嘱说："这次月考，你们两个要好好考啊。"

对谢景聿，孙志东是放心的，所以没什么要说的。他直接看向林粟，鼓励道："林粟，从高一到高三，你进步很大。

"这学期，你要再接再厉，往上冲一冲，争取进入班级前十，老师相信你还有潜力没挖掘出来，只要不断努力，一定可以做到的。"

能得到老师的肯定，林粟心里高兴，她朝着孙志东承诺似的点了下头，一字一顿坚定地说："我会的。"

谢景聿看着林粟笃然不移的眼神，倏地想起了高一的时候，她说自己只想读书的话。

读书对她来说，是仅有的能改变命运的机会，这个机会是她拼尽全力才争取来的，她很珍惜。

对现在的她来说，肯定没什么比学习更重要，他也不想有任何因素影响到她的学业，包括他自己。

高三的月考，已经不仅仅是阶段性的测试，还没开始总复习，年级老师就已经按照高考的规格出卷了。

两天的考试结束，高三生的怨气都可以冲天了。

考完试正好是周六，晚上不上课，周与森就在六人群里发了消息，约吃饭。

他们在教学楼一楼大厅集合，再一起往外走。

周与森说："今天就不吃食堂了，我们去校外下馆子。"

许苑瞧他，了然地说："看你这样，是已经想好吃什么了吧。"

周与森嘿嘿一笑，说："我听人推荐，说学生街上新开了一家小炒店，厨师做的菜很好吃，我们去尝尝？"

"可以啊。"程昱很爽快，半抱怨似的说，"考卷这么难，这两天脑细胞都死了好多，是该补补了。"

周与森开玩笑："等下就给你点个猪脑汤。"

"要去学生街吃饭，我们得早点过去，迟点人会很多的。"许苑提醒道。

"对对对。"周与森问一圈，"去那家小炒店吃饭，可以吗？"

他们几个相处了大半学期了，对彼此的脾性都有所了解，在吃饭上更是随意，这回也是如此。

临云一中所在的地段是教育区，周边有好几所学校，小学、中学都有，有学生的地方，小吃就多，学生街就是一条都是小吃店、饭馆的街道。

学生街离一中也就不到两公里的距离，绕个弯儿就到了。

到了街道口，许苑问："周与森，你知道那家店在哪儿吗？"

"……街道口右手边第三家。"周与森数着招牌，回头说，"就是这家了，'穗穗有食'。"

程昱："这名字还挺特别的。"

许苑拉着林粟和周宛，说："走吧，我们进去。"

还没到正式饭点，店里没人吃饭，只有一个男人坐在店门口的桌前正看手机视频。他像是这家店的老板，看到周与森他们进了店，立刻放下手机，起身招呼他们往里坐。

"今天不是放假吗？你们怎么都穿着校服？"老板把菜单放在桌子上，热络地问。

周与森说："我们都是高三生，周六要上课。"

"毕业生就是辛苦。来，看看想吃什么，叔都给做，你们好好补补。"

菜单在每个人手里过了一遍，点好菜，老板进了厨房，没一会儿端上几盅炖汤上来。

许苑诧异，说："叔叔，我们没点炖汤。"

"这是送你们的，学习那么累，喝汤补补。"

"这哪好意思啊。"周与森秉持着"不拿群众一针一线"的原则，"叔，一会儿你记得把炖汤的钱算上。"

"不用，那不成强买强卖了吗？"老板摆了下手，大方地说，"我们店开张不久，你们就当是开业福利了，安心吃饭。"

周与森连忙道谢，又问："叔，这店就你一个人忙吗？"

"还有我老婆，她下午带女儿看病去了，差不多也要回来了。"老板说，"你们来得早，我一个人还忙得过来，再迟点就不行了。"

老板说完进了厨房，虽然只有一个人忙活，但他上菜的速度挺快的。

"来喽，你们点的鱼香肉丝。"

程昱的眼睛都亮了，惊叹道："第一回在鱼香肉丝里面看到这么多的肉丝，比学校食堂良心多了。"

老板听到夸赞，由衷地笑了，招呼他们："你们尝尝，好吃以后常来叔这儿吃饭。"

周与森："好嘞。"

这时候有人走进店里，是个妇女，衣着简朴，抱着个三四岁大的女娃娃。

林粟抬起头，看到那个女人的瞬间，她的耳边嗡地一响，脑中一片空白。

她以为自己忘记了，但看到人的这一刻，熟悉的感觉一下子击中了她。

谢景聿就坐在林粟边上，余光看到她拿筷子的手僵住，扭头一看，发现她表情有异。

他顺着她的视线看过去。

老板抱过那个女娃娃，问道："小禾怎么样，医生怎么说？"

"耳道发炎，开了滴药。"老板娘拿起手上的药袋子示意了下，抱怨说，"市里看病就是麻烦，人那么多，排都排不过来。要我说，这时候还是乡下好，有些病自己采点草药就能治。"

老板笑她："耳道发炎你能治啊？"

"怎么不能？采点虎耳草捣出汁，滴在耳朵里就行。"

"嘀，这能管用？"

"怎么不能？我告诉你，虎耳草用处可多了，还能治冻疮，我以前——"老板娘说到这儿，倏地顿住。

谢景聿心口微震，觉得不可思议。

世界上竟然有这么巧的事？

"好了，我信你还不成。"老板把女娃娃放下来，起身说，"这一桌高才生点的蒸鱼差不多好了，我去端出来。"

"我去吧。"

老板娘进了厨房，没一会儿端了蒸鱼出来，她把盘子放上桌，热情地招待道："都多吃点，饭不够可以加，免费的。"

她的目光在桌上人的脸上扫过，最后落在了林粟的身上。

林粟绷着脸，忽然觉得呼吸困难。

老板娘盯着林粟看了几秒，招呼道："小姑娘，多吃点。"

林粟本不抱任何希望，一颗心却又往深谷里沉了沉。

到了饭点，来下馆子的人多了，"穗穗有食"很快就没空桌了。

程昱是最后一个搁下筷子的人，周与森环视一圈，问："都吃饱了吗？"

几个人纷纷点头。

谢景聿回头看向林粟，从刚才开始，她就魂不守舍的，也没好好吃饭。

六人群老规矩，群主付钱，之后在群里发账单。

周与森付账后，看了眼时间，说："还早，我们要不要去哪儿逛逛？"

许苑问林粟和周宛："你们急着回学校吗？"

周宛摇头。

林粟此时脑袋发蒙，完全没有心情，站起身说："你们去吧，我还有事，要先走。"

说完，她不等其他人反应，转身快步离开了饭馆。

周与森喊她："林粟，林粟。"

林粟头也不回。

"她怎么了？"周与森困惑。

许苑和周宛也不知道，这会儿面面相觑，一脸的担心。

"我去看看。"谢景聿直接起身，匆匆离开了饭馆。

4

林粟漫无目的地走着，也不知道能去哪里。

这种漂泊感不是今天才有的，从小时候，她被母亲送人的那天起，这种感觉就一直深深地包裹着她。

天地之大，但没有一个地方是她的归属地，茶岭的"家"不是，市里的租屋不是，学校也只是一个暂时的容身之所。

她是没有根的粟苗。

林粟不停不歇地走了半个小时，觉得累了，就坐在了广场喷泉的边沿上。

谢景聿不远不近地跟着林粟，给她独处的空间，确保她的安全。见她停下，他想了想，走过去，在她身边坐下。

林粟对谢景聿的出现并不意外，早在一开始，她就发觉他跟了自己身后。她知道他很聪明，按图索骥，一定发现了端倪。

谢景聿只是静静地坐着，并不出言安慰，他知道这种时候，语言并没有陪伴来得有力量。

"她叫林晓穗。"半晌，林粟开口，声音如云雾一样缥缈，"我的这个名字，就是她取的，她是稻穗，我是粟苗，我们都是生长在田里的庄稼。她给我取这个名字的时候，大概是希望我一生衣食无忧的吧。

"很小，我的养父母就告诉我，我是没人要的小孩，但我从来不觉得自己是被抛弃的，就在刚刚，她认不出我的那刻，我才有种被抛弃了的感觉。"林粟自嘲一笑，笑里都是苦涩。

谢景聿心口微堵，回头问："你恨她吗？"

林粟目光空洞，远处高楼璀璨的灯光映不到她的瞳孔深处。她沉默了片刻，才开口极其冷静地说："你知道吗？一个寡妇，在山里是很难生活的，她就算什么都不干，也会被人指指点点。

"唯一的出路，只有离开。

"但是带着一个什么都不会的孩子，要在外面的世界打拼，不是一件容易的事。

"所以……我可以体谅她，但不能原谅她。"

林粟说到这儿的时候，轻微哽了一下。

谢景聿心口一拧，非常不忍。

他能理解林粟的感受。在面对乔意的时候，他也是这样的想法。

很小的时候，他偶然间听到谢成康和乔意吵了一架，那一架，让他看到了他们婚姻的不堪，他并不是爱的结晶。

乔意嫁给谢成康，生下他这个儿子，都只是为了向上攀爬，她把他当成一个可利用的工具，垫脚石。

他在理智上能理解乔意，但感情上谅解不了。

他和林粟，处境不同，但情感相似。

"你想认她吗？"谢景聿问。

林粟沉默良久。

她想到了刚才在饭馆里看到的温情场景。林晓穗已经有了新的家庭，嫁给了一个看上去很好的男人，他们有了一个女儿，她现在的生活很美满。

"不想。"林粟轻摇了下头，眼神又恢复了往日的果决、坚毅，"她不一定想要认回我这个女儿，而我……也不需要她了。"

谢景聿看着林粟，她身上的植物性又开始彰显了。

她是弱小的，同时又是强大的。

每每在他觉得她经受不住风雨，将要摧折的时候，她又会以昂扬的姿态告诉他，她不会被击垮。

他们在广场上没坐多久，谢景聿等林粟心情平复后，送她回学校。

夜幕低垂，天上明星寥寥，校园里杳无人声，只有不知名的虫儿在这个夏夜不歇地鸣叫。

校道上偶尔有几个学生走过，他们的目光会在并肩而行的男孩女孩的身上多停留几秒，随后移开。

谢景聿把林粟送到了宿舍楼下。

林粟往前走一步，站在了宿舍楼的门槛下。她转过身，看着谢景聿，想说谢谢，又觉得过于官方和客套。

他们之间，并不需要言语上的感谢。

"我上去了。"

林粟说完刚要进楼，就听到谢景聿喊了自己的名字。

谢景聿问："这次月考，数学卷最后一道大题，你做出来了吗？"

林粟愣了下，很快摇头，说："做出了两个小题，最后一小题，我没证明出来。"

"你用设点法将A、B、D的坐标列出来，再用斜率公式代入，列出函数，最后求导，分类讨论试试。"谢景聿还提醒了句，"注意第二小题求出的m的取值范围。"

林粟："大于0，小于等于1？"

谢景聿勾唇："嗯。"

林粟的眼睛微微发亮，显然有些高兴。

"我回去按照你说的方法试着做一下第三小题。"

"有不懂的可以问我。"谢景聿顿一下，告诉林粟，"我晚上一直在线。"

"好。"

林粟方才还浑浑噩噩的脑子顿时被数学题占据，突然就有了精神，今晚一切的苦闷在这一刻得以排遣。

她抬眼，看着站在路灯下的谢景聿，灯光昏黄，为他勾勒出一道暖色的金边。她曾经以为他的底色是冷色调的，但相处之后才发现，他其实是个再细致不过的人。

谢景聿哪里是"冷面小王子"，明明是"蜻蜓骑士"。

从学校出来，谢景聿没有马上回家，他朝着学生街走，来到了"穗穗有食"。

虽然是深夜，但晚上出来打牙祭的人很多，现在这个时间，饭馆里还很热闹，一些下了班的打工人坐在店里喝酒聊天。

谢景聿进去时，老板赵勇为最先看到他，认出来了，问："你不是傍晚来吃饭的学生吗？"

"嗯。"谢景聿应声。

赵勇为问："你是饿了，来吃夜宵？"

谢景聿摇头，他的目光在馆内扫了眼，说："我的学生证掉了，来找找。"

"学生证啊。"赵勇为想了想，"我收拾你们那桌的时候没看见，你等等，叔帮你再找找看。"

"晓穗，晓穗。"赵勇为喊。

林晓穗从厨房里走出来，双手在围裙上擦了擦，问："怎么了？"

"你傍晚扫地的时候，有没有捡到这小伙的学生证？"

林晓穗看到谢景聿的那刻，表情有细微的变化。她摇了下头，回说："没有啊。"

谢景聿看了眼林晓穗，平静地说："那可能不是在这儿掉的，我去别的地方找找。"

他说着，转身就要离开。

"等等。"林晓穗开口喊住他。

谢景聿垂眼，眸光微闪，回过头来。

林晓穗抓了抓身上的围裙，表情局促，问："同学，我们店开业活动，有免费的绿豆汤，你要不要坐下来喝一碗？"

谢景聿心底清明，点了下头。

他找了张空桌坐下，没一会儿，林晓穗端了一碗绿豆汤过来。

"冰镇的，消暑，你喝喝看。"

谢景聿低头，拿勺子舀了一勺绿豆汤。

林晓穗踌躇片刻，在谢景聿的对面坐下。她把双手放在桌上，不安地绞着，过了会儿才开口问："同学，你是一中的学生吧？"

"嗯。"

"是高三生？"

"对。"

林晓穗无意识地搓了下手，问："今天和你一起吃饭的，都是你同学？"

谢景聿点头。

他知道林晓穗想问谁，但她不点明，他就装作不知道。

"那个……今天你们一起吃饭的同学中，扎着马尾、背着黄色书包的那个姑娘，我听你们叫她林、林——"

"林粟。"谢景聿直接道。

"对，就是她。"林晓穗的上身不自觉地往前倾，"我能和你打听下她吗？那姑娘和我老家一个亲戚的女儿重名了，还有点像，我在想，是不是同一个人。"

谢景聿听到这儿，就知道自己猜得没错。

傍晚周与森喊林粟的时候，他注意到老板娘的表情有变，就猜她其实还记着自己的另一个女儿。

他晚上过来就是想看看，林晓穗到底还在不在意林粟。

现在看来，她多少还是在意的。

谢景聿敛眸，问："你想知道什么？"

林晓穗一喜，急切地问："林粟……她家是哪儿的啊？"

"南山镇，茶岭的。"

"是她，就是她……没想到都成大姑娘了，还考上了一中。"林晓穗攥着手，语气激动。

"林粟是我们这届唯一一个从南山镇考上来的学生，她很聪明。"谢景聿的语气里有一丝不易察觉的骄傲。

"是，这丫头很小的时候就机灵。"林晓穗眼底潮湿，表情欣慰。

谢景聿心头一动，低下头，似是随意地说："就是她的家庭条件不是很好，需要靠人资助才能上学。"

"这是什么意思？林粟她爸妈没钱让她读书吗？"林晓穗皱起眉，立刻追问。

谢景聿抬眼，平铺直叙地说："她是养女。"

"这个我知道的，当初我……我听我亲戚说过的，他们收养了她。"林晓穗含糊其辞，很快又接着问，"你说她是养女，怎么了？"

"你不知道吗？"谢景聿挑声说，"你的亲戚有了自己的孩子，对她这个养女很不好。"

"什么？"林晓穗嘴角微抽，"你说他们对林粟不好？"

"嗯。"谢景聿直视着林晓穗，克制着陈述道，"我听和她一起长大的朋友说，她的养父母经常打她骂她，家里洗衣做饭的活儿都让她干，还逼着她去采茶赚钱。"

林晓穗惊怒："你是说林永田和孙玉芬虐待林粟？"

"嗯。"谢景聿不动声色地观察着林晓穗，接着说，"他们之前还不让林粟读高中，想把她一辈子留在山里，要不是林粟自己坚持没有放弃，她就来不了一中，读不上书了。"

林晓穗听完，面色颓然，双手微微颤抖。

"他们明明答应过我，会好好对她的，怎么可以、怎么可以……我当初就不应该把她留下，应该带着她一起走的。"

林晓穗情绪不稳，语无伦次了起来。赵勇为看见了，忙过来安抚道："你说你，怎么和人孩子聊着聊着还激动了？

"快，喝口水，缓缓。"

谢景聿看着林晓穗，眼神晦涩不明。

林粟愿不愿意认回林晓穗这个生母，是她的自由，但林晓穗没有选择的权利。

不管林晓穗想不想认林粟这个女儿，他都必须让她知道，她把女儿托付给了不靠谱的人家，这么多年，林粟吃了很多很多的苦。

从饭馆里出来，谢景聿的心情并不轻松。

看得出来，林晓穗还是在乎关心林粟的，他不知道这对林粟来说，是不是一件值得高兴的事，毕竟被生母抛下，这么多年不闻不问是事实。

谢景聿回头看了看"穗穗有食"的招牌，敛起眼底的情绪，转身往学生街外走。

到了路口，他拿出手机要打车，就见 QQ 上有一条信息，点进去一看，是林粟发来的。

她把这次月考数学卷的最后一大题做出来了，特意拍了照发给他看。

谢景聿盯着图片上清晰的解题步骤看了又看，忽然一笑，如释重负。

5

周一上午四节课，四个老师都在讲评月考试卷。

孙志东在自己的课上以班主任的身份说了下三班这次考试的情况，并且让所有人都好好珍惜现在的月考，因为到高三后期，就要变成周考了。

此话一说，遍地哀号。

中午放学，林粟收拾了东西，和周宛一起离开教室。不一会儿，周与森、程昱还有谢景聿跟上了她们，一起往楼下走。

"景聿，我说你也太变态了，这次数学卷这么难，你还能拿满分。"程昱啧啧感慨。

周与森接话："你就别和他比了，他大脑的构造和一般人不一样。"

程昱摇摇头，痛心道："这次考砸了，回去我得挨削。"

"还好我家老头对我要求不高，分数够用就行。"周与森低头看向林粟，竖起大拇指，夸赞道，"林粟，你厉害啊，这次月考，你的排名已经超过我了。"

被林粟超越，周与森并不觉得不甘，相反，他真心地为她感到高兴。

林粟回头一笑。

谢景聿的目光落到她的脸上，见她神色如常，心口微松。

到了楼下，他们喊了许苑，一起往教学楼外走。

"……粟粟。"

林粟听到这一声，浑身一颤，像是被人施了定身咒一样，僵在了原地。

她已经很久没听到有人喊她小名了。

林晓穗犹犹豫豫地走过去，又喊了一声："粟粟。"

谢景聿他们也停了下来。

周与森看到林晓穗，难掩惊讶，问："你不是'穗穗有食'的老板娘吗？怎么会来我们学校？"

许苑也觉奇怪，问："阿姨，您认识林粟？"

"我……"林晓穗小心地瞄了林粟一眼，不敢随便说话。

谢景聿看出她们母女有话要说，沉吟片刻，回头对周与森他们说："我们先去食堂。"

周与森："可是林粟……"

"她迟点过来。"谢景聿看向林粟。

林粟沉默了片刻，点了点头。

许苑也是看出了些什么，半推着周与森往前走，催道："走吧走吧，我们先去占座。"

周宛和程昱跟上，谢景聿再看了眼林粟，也走了。

他们走后，林粟攥了攥手，转过身看向林晓穗。

"粟粟，你还记得我吗？我是妈——"

"你是怎么认出我的？"林粟直接问。

林晓穗瞧着林粟的脸，满眼的温情，温声说："昨天在店里，我就觉得你眼熟，尤其是这双眼睛，和你爸爸太像了。

"我一开始觉得不可能，直到你同学喊了你的名字，我才敢相信，真的是你。"

林粟闻言，眼波微澜，很快便归于沉静。她微沉下声，用一种陌然的口吻，客套地问："你找我，有什么事吗？"

林晓穗看到女儿对自己这般冷然，心头一痛，但又知道这怪不了她。

"我知道高三很辛苦的，就炖了汤，做了点吃的给你送过来。"林晓穗讪讪一笑，小心翼翼地把手上的保温盒递过去。

林粟垂眼看着那个保温盒，无动于衷。

"不用了，我去食堂吃。"

"食堂的饭菜到底没有自己家做的有营养，这个是我才从店里做好带过来的，还热乎着呢，你拿去吃。"

林粟掀起眼睑，盯着林晓穗看了几秒，问："你是打算补偿我吗？"

"我……"林晓穗喉间微哽。

林粟轻轻摇了摇头，平静而没有感情地说："如果前两年你回来，我会很高兴，但是你出现得太迟了，我已经熬过了最难过的时候，现在不再需要家人了。"

林晓穗听她平静地述说自己熬过了最难过的时候，不需要家人了，就觉得心里和刀割一样。

到底要受多少苦、遭多少罪，她一个还没成年的孩子才会说出这样的话？

"我不知道，不知道你在茶岭过得那么苦。"林晓穗要是知道林永田和孙玉芬苛待女儿，无论如何都会回来把她带走的。

但现在说什么都迟了，不管有什么苦衷，她没尽到一个母亲的职责，这是板上钉钉的事实。

"最苦的时候都过去了，我现在在学校过得挺好的，你以后别来找我了。"林粟握了握拳，将指甲掐进掌心里，深吸了一口气才接着说，"我的朋友们都在等我吃饭，我先走了。"

"粟粟，粟粟。"

林粟吸了吸鼻子，大步往前走，没有回头。

她往食堂的方向走，路过操场的一棵榕树时，被人喊住了。

谢景聿从榕树后面出来，抬眼看到林粟眼圈泛红，怔了怔。

林粟别开脸，做了几次深呼吸，才回头问："你怎么没去食堂？"

"等你。"谢景聿走过去，扫了眼林粟发红的眼角，没有多问，直接说，"走吧。"

"嗯。"

去往食堂的路上，林粟快速调整好了情绪。

到了食堂，她和谢景聿在高三窗口打饭，打好饭后去找周与森他们。

林粟在许苑身边坐下，桌上有极为短暂的静默，很快，周宛又和许苑聊起了这次月考的语文试卷。

林粟敏锐地察觉到除了谢景聿，余下几个人都不大对劲，尤其是周与森，一个劲儿埋头吃饭，话也不说一句。按往常，他一定会问她，那个老板娘是谁、为什么会来学校找她、她们是什么关系。

他大概是被许苑敲打过了。

林粟心头一暖，主动说："'穗穗有食'的老板娘是我的亲生妈妈。"

周与森咬着鸡腿："啊？"

不仅是他，许苑、周宛还有程昱都一脸的震惊。

林粟说："我小时候，她把我送给了现在的养父母，前天去吃饭，她认出我来了。"

周与森默默地放下鸡腿，感慨了句："这也太戏剧性了。"

程昱问："她是打算认回你这个女儿吗？"

"也许吧。"林粟一脸平静，"不过我现在不需要母爱了。"

桌上几人听她这么说，都沉默了。

周宛看向林粟，关切道："林粟，你没事吧？"

林粟摇头。

许苑想了想，拿勺子舀起自己碗里的一颗水饺，放到林粟的餐盘里，笑着对她说："没关系，你还有朋友。"

"就是，我们都是你坚实的后盾。"周与森说着，要把自己的鸡腿送给林粟。

谢景聿抬手一挡，嫌弃道："咬过的东西送人？"

周与森不好意思地笑笑："忘了忘了。"

"那个，林粟，我的辣子鸡丁没有动过，你可以吃。"程昱说。

谢景聿皱眉："她不吃辣。"

周宛夹了一块自己餐盘里的糖醋排骨放在林粟的餐盘里，冲她笑了笑。

林粟抬眼，看着他们几个，她眼睛里淡淡的愁绪顿时消散不见，取而代之的是浅浅的笑意。

之后一段时间，林晓穗每天中午和傍晚都会带着保温盒来教学楼前等林粟，但林粟并没有接受她的关心。

迟来的温暖并不能焐热曾经寒冷的岁月，林粟独自走过了漫长又黑暗的时光，现在，她已不再是那个想要划燃火柴来取暖的小女孩。

十月，国庆放了七天的假。

孙玉芬本来喊林粟放假去租屋给林有为补习功课的，但林有为死活不想留在市里，哭着闹着要回茶岭，不然就寻死觅活。孙玉芬没办法，只好带他回去，托了茶岭上的熟人。林粟因此得以留校，有了一个完整的假期。

假期七天，她每天三点一线，大部分时间在图书馆学习。

放假第七天晚上，学校要上晚自习，傍晚，学生陆陆续续地返校。

谢景聿到了学校，准备把书包放教室里，去球场打打球。才到教学楼前，他就看到了林晓穗，她又抱着饭盒在等。

他忙了下，走过去说："阿姨，林粟这时候应该在操场跑步。"

林晓穗看到熟悉的少年，马上露出一个和煦的笑，说："没关系，我等等她。"

"她跑完步就去食堂吃饭了。"

"没事，我晚上炖了汤的，她可以喝。"

谢景聿见林晓穗坚持，本不打算再说什么，但走了两步又折了回来，对林晓穗说："您这样，会让林粟很困扰。"

林晓穗的神情呆住。

"她会有压力。"谢景聿说。

林晓穗一个快四十岁的大人，在一个少年人面前无措起来，她慌忙地解释："我只是，想给她补补身体。"

"但她并不想要这样的关心。"谢景聿知道自己的话很残忍，但为了林粟能安心读书，还是说了。

林晓穗沉默半晌，叹一口气，颓然道："你说得对，她最需要我的时候我不在，现在想弥补，又怎么弥补得了呢？"

谢景聿看她神伤，又有些于心不忍。

"林粟很强大，但有时候也很脆弱。"

林晓穗抬头。

"她会有需要家人的时候，希望下一次，您不会缺席。"谢景聿说得郑重。

林晓穗一阵动容，无言片刻，她含着泪点头应道："不会的，我不会再抛下她的。"

林粟跑完步，吃完饭后回宿舍洗了个澡，收拾完，背上书包去上自习。

到了教学楼，她往林晓穗往日站着的位置看了眼，没看到人，怔忪之余，松了一口气。

今天晚自习是王云芝坐镇，第一节结束，她起身，站在讲台上喊谢景聿和林粟去办公室找她。

班上的人都觉得奇怪，王云芝怎么会同时找谢景聿和林粟谈话，他们俩的成绩还不在一个层面上。

"你们说，景聿和林粟不会是早恋被发现了吧？"后排有男生开玩笑说。

"欸，不能吧？林粟和景聿，那我们程昱咋办啊？"又一男生说。

程昱立刻摆手，澄清道："别乱说啊，我和林粟就是朋友，我对她没那意思。"

"哟，没意思你之前和人家搭话，还想约人家逛集市。"

"那不是为了感谢她嘛。"

如果说之前程昱还只是怀疑，上回在"穗穗有食"吃饭后就基本可以确定，景聿的确对林粟有点意思。就他近来的观察，林粟对景聿也是特别的。

进一步竞争不过，退一步得两个朋友，他一合计，一颗少男心就心如止水了。

谢景聿和林粟一起去了办公室，站在了王云芝的办公桌前。

"知道为什么喊你们两个过来吗？"王云芝问。

林粟余光看了谢景聿一眼，摇了摇头。

明明她和谢景聿之间没什么，但老师这么一问，她还是有点心虚。

王云芝从桌上拿出两个作文本，叹一口气说："你们两个啊，成绩好，但是作文写得都不怎么样。"

林粟一听是这事，惴惴的心就踏实了。

王云芝抬头，说道："你们两个写议论文马马虎虎，勉强过关，但是写记叙文，是一塌糊涂啊。"

"平时的周记，你们写的都是不合格的。"

王云芝先翻开林粟的作文本，分析说："林粟，你的周记都是流水账，从早上起床写到晚上睡觉，基本上每一篇内容都大差不差。"

"景聿……"王云芝翻了翻谢景聿的作文，念了一句，"操场上散发着一种由乙醛等醇、醛组成的混合物质的气味……这是什么气味？"

"青草香。"谢景聿说。

林粟没忍住，笑了。

王云芝额角一跳："那你直接写青草香不行吗？"

王云芝："这是写周记，不是让你写科研论文，用不着这么严谨。"

王云芝看着眼前的两个好学生，感到头痛。她苦口婆心地说："虽然高考一般考的都是议论文，但写作不光是为了应付考试，也是观察世界的一种方式。

"你们两个都对生活缺少热情，这样是不行的。

"我知道高中学习压力大，但是你们不能变成学习机器，要抽点时间去感受生活，听听音乐，看看电影……提升下对生活的感知力。"

王云芝问："知道了吗？"

谢景聿和林粟点了下头。

王云芝教育完，放他们走了。

谢景聿和林粟一人拿着一个作文本从办公室出来，两人相视一眼，都有种虚惊一场的感觉。

回教室的路上，林粟问："青草香真的是由乙醛等醇、醛组成的混合物质吗？"

"嗯。"谢景聿说，"很多植物在受到昆虫攻击或者外力损害的时候就会散发出醇类和醛类的混合物，这算是一种自卫反应。"

林粟点了点头，表示听明白了。

谢景聿转过头看着她，心念一动，忽然问："要去看电影吗？"

林粟怔了下："嗯？"

谢景聿轻轻一咳，一本正经地说："老师刚才让我们抽时间感受生活。"

谢景聿突如其来的邀约让林粟无端紧张，她无意识地卷着手上的作文本，心跳忽然快了一些。

"去吗？"谢景聿再次问。

看电影是老师建议的，既然这样，他们也算是共同学习。

林粟垂下眼，轻轻点了下头，应道："好啊。"

6

周六下午放学，晚上不用上自习。

一下课，周与森就喊谢景聿一起走，谢景聿坐在位置上不动，直接说："我有事，你先走吧。"

周与森："是不是老孙又找你了？"

谢景聿随口应道："嗯。"

"那行，我就不等你了，晚上有球赛，我先回去了。"周与森说完，风风火火地走了。

林粟今天做值日，她负责擦洗窗户，因为个儿不够，顶部两块小窗户擦不到。她正打算回教室，把自己的椅子搬过来，一只手从侧边伸了过来。

"我来。"

林粟愣怔的工夫，谢景聿已经接过抹布，一抬手，擦起了顶上的玻璃窗。

"我在校门口等你？"谢景聿问。

窗玻璃被擦得锃亮锃亮的，像是一面镜子，隐隐映出了他们的身影。

穿着同样的夏季校服，并站一排，衣角相触。

林粟盯着眼前的这块玻璃，眨了下眼，应道："好。"

做完教室卫生，周宛问林粟要不要一起回宿舍，林粟找个借口，说自己还有点事，先不回去。

话说出口，她又觉得心虚，她和谢景聿是听老师的话感受生活去的，为什么搞得好像在进行不可告人的活动？

大概是因为她自己心里也清楚，看电影学习真的很不靠谱。

收拾了东西，林粟锁上教室门，背着书包往校门口走。

日色欲尽，天际一片浅粉，像是抹了腮红。

远远地，林粟就看到谢景聿在校门口的花坛边站着，正俯身观察着花坛里的什么东西，她不用费劲去猜，也知道一定是什么植物吸引了他。

"谢景聿。"林粟喊他。

谢景聿回头，看着林粟走过来。

这是他们第一次在市里单独出行，不说林粟，谢景聿也有些无所适从。

他咳了声，说："我们先去吃饭。"

林粟点点头，随后又想起这好像是他们两个第二次单独在一块儿吃饭。

第一次是他竞赛失利，她去后街找他的那个晚上，他们在小巷里一起吃了夜宵。

如果说上次勉强还有缘由，今天这顿饭完全就没有根据。一起看电影还能说是听老师的话感受生活，加上吃饭的话，就更像是约会了。

"想吃什么？"谢景聿问。

"我都可以。"

谢景聿回头："汉堡？"

林粟觉得两个人吃快餐方便省事，爽快地点了点头。

他们直接去了肯德基。在前台点单的时候，谢景聿看着菜单，还在想林粟有哪种汉堡没吃过，没等他排除出来，她就点好了。

林粟直接和店员说自己要一杯可乐和一个嫩牛堡。

谢景聿微微一愣，很快笑了。

林粟已经知道自己最喜欢吃的汉堡是什么了，以后他不需要再刻意带她去吃汉堡了。

点好餐，店员说了价格，谢景聿刚要付，被林粟拦下了。

"上次说好的，请你吃饭，你这次不能和我抢。"

谢景聿看林粟一脸严阵以待的模样，忍俊不禁。

他收起了要拿手机付钱的手，笑了一声说："我不和你抢，你有钱，我知道。"

林粟知道他在打趣自己，忍不住也笑了下，把钱付了。

他们找了个靠窗的位置坐下吃东西，林粟把一次性手套递给谢景聿，问："等下我们去哪儿看电影？"

"前面的商城。"谢景聿怕林粟又要给自己电影票的钱，就扯了个谎，"我有个亲戚在影院工作，送了我两张电影票。"

"什么电影？"

"一部法国电影，等下到了影院你就知道了。"谢景聿卖了个关子。

林粟一下子就被勾起了好奇心。

吃完饭，他们直接去了商场，谢景聿去取票机上取了票，递给林粟。

"《四百击》？"林粟对这部电影的名字感到困惑。

"嗯。"谢景聿解释，"影院最近在做经典电影重映的活动，我就挑了一部你会感兴趣的。"

林粟从片名中看不出个所以然，但谢景聿说她会感兴趣，她即使还不知道影片讲的是什么内容，就已经有了兴趣。

电影取向明明是很私人的事，但她相信谢景聿的判断，在某种程度上，他很了解她。

临近电影开场，谢景聿和林粟去检票。

检票员撕票的时候扫了他们一眼，随后表情变得意味深长，还掐着笑祝他们："观影愉快！"

林粟从检票员的眼神里读出了暧昧。

她低头看了看自己，再看了眼谢景聿，恍然大悟。

他们穿着同样的校服，检票员大概以为他们是高中校园情侣，周末出来约会的。

这真的是误会，但也怪不得别人，毕竟一男一女，放学后一起来看电影，的确很引人遐想。

林粟余光瞄了谢景聿一眼，他神色淡然，也不知道心里是怎么想的。

进了观影厅，找好位置坐下，没多久，电影就开始放映了。

影片是黑白的，一开始镜头还有些抖动，埃菲尔铁塔出现的那一瞬间，林粟的注意力就被吸引住了。

重映的电影用的是小厅，观影的人不多，都很有素质地保持着安静，影厅里只有影片里的人物在说话。

谢景聿转过头，借着银幕的幽光，静静地注视着林粟。她目不转睛，眉头微微蹙着，和做题时一样，脑子在动。

看得出来，她看进去了，并且在思考。

谢景聿在黑暗中一笑，回过头接着看电影。

电影最后有一个三分多钟的长镜头，影片里的安托万在逃跑的时候，林粟的心一直揪着，莫名地有种喘不上气的感觉，就好像她也在逃亡的过程中，并祈祷着安托万能够顺利出逃。

当镜头定格在安托万的脸上，林粟和他四目相接的那一瞬间，她的灵魂一颤。

片尾曲响起，影厅里的灯光缓缓亮起，观众席上的人陆陆续续起身离开。

林粟久久不能回神，谢景聿并没有催她。

"'四百击'，这是什么意思？"好一会儿，林粟问。

谢景聿用低沉的声音念了一句法语，解释说："法国的一句俗语，'把不听话的孩子揍四百下'。"

林粟皱起眉，觉得这和中国的"棍棒底下出孝子"一样，属于谬论。

她想到了从小到大，林永田和孙玉芬施加在自己身上的暴力，不仅是肉体上的，还有精神上的，和电影里安托万的母亲还有继父无二。

天底下不知道有多少仗着父母权威压迫孩子的爸妈，更不知道有多少在压抑中长大的孩子。

"你觉得安托万能成功逃走吗？"林粟问。

"你认为呢？"谢景聿反问。

林粟答不上来。

从影院出来，回一中的路上，林粟一直保持着沉默。

谢景聿知道她还沉浸在电影里，这也是在影院看电影的好处之一，散场后仍有余味，可以回甘。

他不打扰她，并且庆幸，自己在《怦然心动》和《四百击》之中选择了后者。

虽然约林粟看电影他是有私心的，但现阶段，相较于爱情，他更愿意让她思考挣脱家庭、获得自由的意义。

时间已晚，一中就要闭校了，走读生进去了不一定出得来，谢景聿只好把林粟送到校门口。

"我进去了。"林粟说。

"嗯。"谢景聿点头，目送着她。

林粟往学校里走，在进大门的前一刻停下了。

她回过头，拔高声音冲着谢景聿喊："我不知道安托万能不能成功，但我们一定可以！"

谢景聿今天的心情在这一刻到达了愉悦的顶峰。

看着林粟绚烂自信的笑，他觉得今晚这场电影看得真值。

十月下旬，高三各门科目的新课都已教授完毕，正式进入总复习阶段。

各科老师让学生都把高一高二的课本找出来，开始第一轮的复习。虽然知识是学过的，但是随着时间的推移，很多知识点已在记忆规律下渐渐被遗忘。高三生要做的，就是反复地强化这些知识点，直到把它们刻在脑子里，形成反应。

总复习一开始，学习的压力就成倍加大，熬夜学习成了家常便饭，白天教室里被咖啡香充斥着，在课间短短十分钟内睡一个囫囵觉是高三生的必备技能。

临近月底的时候，临云市一连下了好几天的雨，气温下降，校园里的树木都落了叶，陡增了萧瑟的气息。

周六放学，林粟回到宿舍，收了伞要上楼时被门口的宿管喊住了。

"林粟，你家里人又给你送汤了，你拿走吧。"宿管拿出一个保温壶放窗口。

这已经是这个月的第三回了。

林粟盯着那个保温壶，皱了下眉说："阿姨，你没和她说吗？我不要，让她以后别送了。"

"我说了啊，但是她不听。"宿管说完从兜里掏出几张现金递给林粟，"这回她还留了钱，说是生活费，让我交给你。"

林粟盯着宿管手里的钱，眼睛发沉。

"别和家里人赌气了，快把钱收了，把汤带回去喝。"宿管催道。

林粟无法，只好收了钱，拎上那个保温壶上楼。

到了宿舍，林粟把钱和壶放桌上，觉得自己有必要找个时间再和林晓穗谈谈。

林粟把钱收进抽屉里，又把保温壶放在一边，打算等周宛出完板报回来，把汤分她喝了。

外面还在下雨，雨声沙沙啦啦的，李乐音从阳台推门进入室内，霎时一阵冷风穿门而过，书桌上的书都翻了页。

林粟忍不住打了个喷嚏，咳了两声。

李乐音瞧见了，皱着眉说："你不会是得流感了吧？"

"有可能。"林粟抽了张纸，擦了擦鼻子，问李乐音，"你今天不是要回家，怎么还不走？"

开学初，李乐音和她妈妈闹了一番后，各自退了一步。李乐音被没收了手机，答应放假必须回家，再不和职校的男生来往，同时保证成绩要提高，她妈妈才答应让她继续住校。

"哼，你不用催我，我现在就走。"李乐音走到自己桌前，在柜子里翻了翻，找到一盒感冒灵，丢给林粟。

林粟愣了下，转头看过去。

李乐音表情别扭："我可不是在关心你，都是一个宿舍的，我是怕你真得了流感，到时候传染给我，影响我学习。"

林粟看她死要面子的样儿，忍不住笑了下，拿过那盒感冒灵，干脆地说："谢谢。"

李乐音别开脸，不耐烦似的摆了下手，嘟嘟囔囔道："谁要你感谢了，赶紧泡来喝吧……我走了。"

最近降温，班上有大半同学病倒了，孙志东为此还在班上特意强调，让他们注意身体。

林粟这两天生理期，抵抗力弱，下午上课的时候就觉得脑袋昏沉、精神欠佳，大概是要感冒的前兆。

生病耽误事，她仔细看了看李乐音给的感冒灵，见还没过期，就去了饮水间，装了热水回来泡药。

喝了药，趁药效还没起作用，她从书包里拿出小郑哥寄来的信。他一如既往地在信中给她出了几道数学难题，她下午抽时间做了。

高一高二时林栗解答小郑哥出的题还有点吃力，但现在她已经能比较轻松地解出大部分的题目了。这封信里的题，她就剩一道没解出来。

林栗再试着解了解，还是觉得思路阻塞。她想了下，拿出手机，对着那道题拍了照，再登上QQ，把照片发给谢景聿。

自从上回月考那道大题之后，林栗只要碰到棘手的题目，就会拍下来发给谢景聿，向他请教。他就像她的电子老师，只要她问，他就会给出解答。

这回也是如此，题目发过去没多久，谢景聿就回复了。他没有直接给解题过程，而是给了解题思路。

Y：这是竞赛题，你从哪里找来的？

春种一粒粟：小郑哥给我出的。

林栗如实回复，另一头的谢景聿看到消息，眉头紧皱，觉得这个"小郑哥"真是阴魂不散。

Y：他出的题型已经过时了。

春种一粒粟：是吗？

Y：以后我给你找题目做。

春种一粒粟：会不会太麻烦了？

Y：不会，反正我也要复习。

林栗看着手机屏幕，嘴角不自觉地扬起。

不知道是不是感冒灵起作用了，她现在感觉整个人都轻飘飘的，好像在云端一样。

注①：京剧奚派《范进中举》

· Chapter 12 ·
和我一起去北京吧

1

林粟喝了一包感冒灵下去，晚上早早地上床休息，但是一晚上没睡踏实。梦里，她回到了茶岭，一个人蜷缩在阴冷的房间里。

十岁那年，她患过一场重感冒，孙玉芬只给她买了最便宜的感冒药，之后就再没管过她，任她自生自灭。她晚上发烧睡不着觉的时候，就想妈妈。

李爱苹说她生病的时候，她妈妈整天照顾她。林粟就想，如果这时候她的妈妈也在，她是不是就不会这么难受了。

但林晓穗一直没有回来。后来，她就学会了生病自己扛，再不奢求别人的关心照顾。

周日，宿管不吹起床哨，宿舍楼里静悄悄的，大多数学生在睡懒觉。

林粟按时醒来，觉得浑身酸痛。她掀开被子起身，大概是昨晚捂出了汗，睡衣黏在身上，很不干爽。她去浴室冲了个澡，换好衣服出来时，周宛已经醒了。

"林粟，你还好吧？"周宛关切道。

"嗯？"

"昨天晚上……"周宛迟疑了下说，"你睡觉的时候一直在喊妈妈。"

林粟神色微凝，很快垂下眼，淡然回道："感冒了。"

"你也中招了啊，会不会很难受？"周宛问。

林粟摇头，说："昨天晚上喝了药，好多了。"

"那就好，今天要是严重了，就去医务室看看。"

"嗯。"林粟颔首。

周宛换了衣服，问："你今天是要去图书馆自习，还是去班上？"

高三教室即使周末也是开着的，方便学生自习。

"我上午有事，要出校一趟。"林粟扎起头发说。

周宛顺势问："你要去哪儿？"

"还东西。"林粟说着拎起桌上的三个保温壶。

周宛看见了，心下了然，略带担心地问："需不需要我陪你？"

"不用，你去自习吧。"林粟说。

周宛知道家事外人不方便插手，便点了点头。

林粟收拾了东西，从抽屉里拿出林晓穗给的钱，离开了宿舍。

从学校出来，她直接去了学生街。街上人少，很多饭馆小吃店都没开张，只有几家早餐店在营业，但"穗穗有食"的大门是开着的，看门口摆着的牌子，这家店早上还卖粥。

三餐都做，说明店家是个勤快的人。

林粟在门口站了会儿，走进店内。

"欢迎光——"赵勇为肩上搭着毛巾，转过身要迎客，话音却戛然而止。

林粟猜他大概也知道了自己是林晓穗的女儿。

"是林粟啊。"赵勇为愣了下，很快就招呼林粟坐下，"吃早饭了没？没吃坐下来喝一碗粥。"

林粟摇头，她把几个保温壶放在桌上，说："我是来还东西的。"

"啊，保温壶你不用特意送过来，说一声，让你……我们去学校拿就行。"

"不用了。"林粟没有绕弯子，直接说，"我在学校什么都不缺，你们不用再给我送东西了。"

赵勇为沉默，过了会儿看着林粟问："你有时间吗？叔叔想和你聊聊，就一会儿工夫，不耽误你回学校学习。"

赵勇为放低了身段，说得诚恳。

林粟抿了下唇，轻轻点了点头。

赵勇为一笑，让林粟坐下，他去厨房端了一碗粥出来："山药排骨粥，早上刚熬的，你尝尝。"

"谢谢。"林粟保持着礼貌。

赵勇为在林粟的对面坐下，他看了她好一会儿，才开口说："晓穗把你的事都和我说了。"

林粟垂眼，一只手机械地搅着碗里的粥，没有说话。

"我和她认识的时候，她就告诉我，她有个女儿，叫粟粟。

"我问她怎么没把女儿带身边，她说她离开山里的时候一无所有，什么也不会，你年纪小，跟着她在外面会吃苦头。

"她说她没能力养活你，就托了一个本家的大哥收养了你。

"这么多年，她心里其实一直记挂着你，但是当时和收养你的人家说好了，不能去看你，怕你养不熟，只认亲妈，不认养父母。

"她一个从山里出去的妇女，不识字，没什么文化，在外面只能打零工，有一顿没一顿地过日子，就这样，她一开始还会省出一点钱，给你的养父母寄过去，希望他能对你好一点。"

林粟听到这儿，手上的动作停住了。

孙玉芬和林永田从来没提过林晓穗寄钱的事，一直以来，他们都告诉她，她的亲妈早改嫁了，不要她了。

如果赵勇为说的是真的，那林永田和孙玉芬就是故意瞒着她的，他们不把她这个养女当家人，却又怕她对生母念念不忘。

赵勇为接着说："后来她去了北方打工，辗转几回，和你的养父母失去了联系，之后就彻底没了你的消息。

"我们搬来临云市不久，晓穗就说，想找个时间去茶岭偷偷地看看你，只要你过得好，她就放心了。

"可是没想到，还没等我们去看你，你就出现在了我们眼前，这可能是你们母女俩的缘分。"

赵勇为叹一口气，语气很沧桑："我和你说这些，不是要你理解原谅晓穗，她把你生下来，没尽到母亲的职责，你怪她怨她都是该的。

"这段时间，晓穗知道你在养父母家过得不好，非常自责，后悔当初没有把你带走，让你吃了那么多的苦。

"我们商量了下，觉得不能再让你跟着你养父母生活了，所以想把你接过来，你看你……愿不愿意？"

赵勇为看着林粟，眼神诚挚，并不是在说客套话。

林粟怔忪，脑子一下子转不过来。

"你们想……收养我？"

"不算收养，你本来就是晓穗的女儿。"

林粟遇事向来冷静，但这会儿震惊之下，就失去了快速判断的能力。

这时候林晓穗提着一篮子菜从店外走进来，看上去是才从菜市场回来。她进门看到林粟坐在店里，非常吃惊，立刻喊："粟粟。"

林栗脑子空空，本来想好和林晓穗说的话也记不起来了。

这样的情况，再待下去没有意义。

"我要回学校了。"

林栗倏地起身，说完这句话，快速离开了饭馆。

林晓穗在身后喊她，她也不停，加快了脚步。

赵勇为安慰林晓穗道："我把话都和孩子说了，你给她一点时间，让她想想。"

林晓穗看着林栗匆忙离去的背影，深深地叹了口气。

上午从"穗穗有食"回来后，林栗去了班级自习。

不知道是不是因为感冒，一整天她都难以集中精神复习，总是做题做着做着就分心想别的事去了。上午赵勇为说的话一直萦绕在她耳边，徘徊不去。

心里静不下来，学习效率低，林栗傍晚去了操场，热身过后，准备跑两圈缓解下凝滞的思绪。

感冒对身体还是有影响的，平常她一口气能跑个四五圈，今天才跑一圈，就觉得呼吸不过来。她觉得肺憋得难受，及时停了下来，捂着嘴巴猛烈地咳嗽。

往常林栗跑步的时候，谢景聿都在球场打球，今天也是。他运着球，抽空往操场看了眼，就见林栗弯着腰，看着不太对劲。他当机立断，把球扔给队友，跑向操场。

"林栗。"谢景聿跑过去。

林栗深吸了一口气，压下咳嗽的欲望，抬头看向谢景聿。

谢景聿到了她跟前，立刻问："身体不舒服？"

"感冒了。"

谢景聿听她鼻音浓厚，皱了下眉问："拿药了吗？"

"我室友给了我一盒感冒灵，我晚上回去再泡一包。"林栗话才说完，又咳了两声。

谢景聿看她症状不轻，果断道："去医务室看看。"

林栗摇摇头："不用，小感冒而已。"

"小感冒拖着也会变严重，要是变成肺炎，就不是吃药这么简单了。"谢景聿神色肃然。

他看了眼时间，直接说："离晚自习还早，走吧。"

林栗见他完全不留商量的余地，暗叹一声，跟着他去了医务室。

校医是上回林栗晕倒帮她挂瓶的那个，她认出了林栗，还认出了谢景聿。

之后她看他们的眼神就变得很耐人寻味，有种看破不说破的感觉。

校医给林粟量了体温，没发烧，说是季节性感冒，开了点药。

从医务室出来，谢景聿又让林粟跟他去食堂。

吃饭的时候，谢景聿盯着校医开的药的说明书在看，林粟见他盯着说明书像看什么艰深的文章一样认真，不禁好笑。

饭后，谢景聿向食堂阿姨要了一杯温水，示意林粟把药吃了。

"医务室开的药你记得按时吃，过两天症状要是没有减轻，就去医院检查看看。"

林粟："嗯。"

谢景聿盯着她，眼神犀利："不要因为吃药会犯困，就只在睡前吃。"

林粟捧着杯子，躲开眼，心虚地含糊道："不会的。"

谢景聿轻哼一声。

林粟听话地把药吃了，苦得蹙起了眉头。

谢景聿虚握着拳把手伸过去，随后掌心向上，摊开手，一颗话梅糖躺在他的手心里。

林粟惊奇："你怎么有糖？"

"向食堂阿姨要的。"

吃完药给一颗糖，这是哄小孩子的把戏，但林粟还是孩子的时候很少被人这么哄过，所以还是开心的。

没想到谢景聿还会哄人。

她接过话梅糖，突然间，一些久远的记忆被翻了出来。

谢景聿见林粟神情落寞，紧了紧眉头，问："怎么了？"

林粟看着手里的话梅糖，说："很小的时候，我妈就这么哄我的。"

谢景聿知道她说的是林晓穗。

"我今天上午去'穗穗有食'了，那个叔叔说，他们想把我接过去。"

谢景聿并不讶异，之前看林晓穗对林粟的态度，就知道她还是很关心林粟的。

"你的想法呢？"

"我不知道。"林粟抬眼，眼神里罕见地有显著的迷茫。

"你跟你妈妈生活，就可以离开养父母了。"

"我知道，但是……"林粟顿了下，问谢景聿，"安托万会为了摆脱一个家庭，进入另一个家庭吗？"

"也许会。"谢景聿说，"如果另一个家足够温暖。"

温暖？

林栗想到了和林晓穗相逢的那晚，她和现在的丈夫在店里聊着他们的女儿，那场景的确很温暖，但这个温暖却不是对她的。

他们已经有了自己的小家庭，就算她是林晓穗生的，也是个外来者。

她在两个家庭生活过，两个家庭都让她有阴影，她现在已经不对所谓的"家"抱有幻想了。她很难想象自己再次进入一个新家庭是什么样的境况，会不会是新的磨难，又或者真能有温暖的家庭生活。

她不确定。

在面对一切难题时，林栗都是果敢的，但这一回，她胆怯了。

有时候，已知的苦难和未知的希望，说不上哪个更好。

2

秋雨过后，临云市又回暖了，校园里很多学生穿回了夏季校服，有些人会在衬衫里穿一件长袖，引领新的潮流。

周六只有高三生要上课，因此校门口送学生的车不多。

谢成康要去谈生意，顺道送谢景聿去了学校。他把车停在前门，端着架子，回头说："在学校好好学，别给我丢脸。"

谢景聿漠然地瞥他一眼，一言不发地下了车。

到了学校，谢景聿心血来潮，没有直接去教学楼，而是绕道去了实验楼。果不其然，林栗就在实验楼的中庭背书。

他看了眼腕表，倚在一旁的墙上，默默地听着她背古诗词。直到声音消歇，他转头看到她收拾书包准备走了，才站直了身体，走过去。

"要去上早自习？"谢景聿问。

林栗意外，问："你怎么在这儿？"

谢景聿轻咳一声，说："司机不熟悉路，把我送到了后门。"

从后门进来，的确从实验楼走会更快到教学楼。

林栗只当是巧合，背上书包，说："走吧。"

他们一起穿过实验楼，往高三教学楼走去，路上碰上了同年级的同学，也没有刻意回避。

"感冒好了吗？"谢景聿问。

"早好了。"林栗说。

"过几天又会降温，你注意点，别又中招了。"

林栗解释："上次是意外，我的体质没那么差，一年生不了几次病。"

"最好是。"谢景聿的话里挟着微末的笑意。

林粟觉得他这说话的方式有些亲昵,她并不排斥,只是耳朵微微发烫。

谢景聿低头问:"你的养父母最近有为难你吗?"

林粟抿了下唇,很快摇了摇头。

她没告诉谢景聿,孙玉芬这几天天天给她打电话,要她放假就去工业园的租屋,给林有为辅导功课。

当初林粟考上一中,林永田说她比不过市里的学生,读了也没用,没想到他一语成谶,只不过这个诅咒应验在了他的亲儿子身上。

林有为本来就不好学,转学到了市里更跟不上,半学期过去,成了班上的吊车尾,倒数第一。

孙玉芬这下急了。她来市里打工就是想给儿子一个好的学习环境,可林有为不争气,林有为的班主任委婉地建议她给孩子报个补习班,补补基础,但市里的补习班那么贵,一学期好几千,她出不起,就想到了林粟。

孙玉芬和林永田曾经瞧不起林粟的学习能力,现在又想加以利用。

高三时间本来就紧张,林粟当然不会把时间花在扶"阿斗"上,所以孙玉芬打来的电话她都搪塞敷衍了过去。只要她不同意,孙玉芬也没办法把她生生绑过去。

下午最后一节课下课,林粟拿出书包装书,见包里的手机屏幕亮了,拿出来看了眼,是孙玉芬又打来了电话。

一个电话未接通,下一个又打来了,大有死磕到底的趋势。

林粟抿了下唇,接通了。

"林粟,你长能耐了啊,敢不接我电话?"孙玉芬开口就火气冲。

林粟就知道她嘴里没好话,冷声说:"才下课。"

"什么才下课,我现在就在你们学校门口呢,下课铃早就响了。"

林粟神色一凛:"你在我学校门口?"

"对,你赶紧出来,不然我就进学校找你。"孙玉芬恶狠狠地说。

林粟知道把孙玉芬逼急了她什么事都干得出来,只能应好。

林粟和周宛说了声,收好东西,背上书包,沉着脸往校外走,大有一种要破釜沉舟的气势。

到了校门口,孙玉芬看见林粟,直接走过来,高高在上地使唤她:"跟我回去,给你弟补课。"

林粟冷着脸,直接说:"我没时间给他补课。"

"怎么没时间?你放假不是时间啊?"

“我要复习。”

“你课上学学就好了，以后放假就给我回去，给你弟补课。”孙玉芬蛮不讲理，又得寸进尺，“要我看，我和你爸都在市里租房了，你也不必要住校了，以后当走读生算了，这样晚上还能教你弟做作业。”

林粟紧紧皱起眉，觉得孙玉芬简直荒谬。

“你们住的地方离学校那么远，我要是走读，上学来不及。”

“怎么来不及，初中你去镇上上学，每天走路不也来得及。”孙玉芬一脸理所当然，“你就像那时候一样，起早点就行，晚上迟点回去没关系。”

林粟的眼神完全冷了下来，毫不犹豫地回绝：“我不和你们住。”

孙玉芬一听，泼辣劲儿一下子就上来了。她横眉看着林粟，怒道：“你现在翅膀硬了是吧，我的话都敢不听了？

“别以为你上高三了不起，要不是我和你爸把你养大了，你能来一中上学吗？

“你吃我们家的，住我们家的，花我们家的，现在让你帮帮你弟弟怎么了？真是白眼狼。”孙玉芬不耐烦道，“赶紧的，跟我走。”

林粟站着不动。

孙玉芬急了，上手就要拉人，林粟刚要躲，一个人挡在了她身前，护着她。

“孙姐，你对粟粟动手动脚的，要干吗？”

林晓穗来送汤，在校门口碰上了孙玉芬和林粟，她见孙玉芬嚣张跋扈的，赶忙冲上来护住林粟。

孙玉芬看到林晓穗，愣了好久，才认出人来。

“我说林粟的胆子怎么变大了，敢和我对着干了，原来是亲妈回来了，觉得有人撑腰了。”

孙玉芬挑拨道：“林粟，你亲妈把你丢山里，自己出去逍遥快活，你现在还认她啊？”

林晓穗脸色一僵，很快又强硬起来：“孙姐，当初我把粟粟交给你和林大哥的时候，你们向我保证过的，说会像对待亲生女儿一样对她，结果呢？”

“结果？什么结果？”孙玉芬指着林粟，“她现在不是好好的吗？”

“不让她上学、指使她干活，这算好好的吗？”林晓穗气不平，“我前两天去了趟茶岭，山上的人说，你平时对粟粟又打又骂，还逼着她跟你去茶园里采茶赚钱。”

孙玉芬在心里骂了几句山里的乡邻，梗着脖子道：“她在我们家白吃白喝的，干点活儿怎么了？”

林晓穗不和孙玉芬多争执，她拉着林粟的手，很强势地说："我这辈子做得最错的事，就是把粟粟留在了山里，留在了你们家。既然你们不是真心疼她，那就把她还给我。"

这话说出来，孙玉芬明显愣住了，林粟也稍稍讶异。

"孩子小的时候你丢给我们养，现在大了又想接回去了，世上哪有这么便宜的事？"孙玉芬一只手搭在另一只手上，拍了拍，市侩道，"你想把林粟要回去，可以，拿钱来。"

"你要多少？"

孙玉芬没想到林晓穗这么干脆，她自己倒迟疑了下，很快狮子大张口，说："十万，你拿十万来，我就让你把林粟领走。"

"可——"

林晓穗一开口就要应下，林粟拉了下她的手，制止她。

十万，对一个普通家庭来说不是小数目。

林粟对林晓穗说："不要给他们钱。"

"不给钱你就还得管我叫妈，我不会让你把户口迁出去的。"孙玉芬语气蛮横。

"无所谓。"林粟很镇静，冷视着孙玉芬说，"反正等我成年，上了大学也能走，你关不住我。"

"你——"孙玉芬气结，"信不信我现在就让你退学。"

"这里是临云市，不是茶岭，你以为你还能像以前那样威胁我吗？"林粟眼神锋利，如一把利剑，直逼孙玉芬。

市里不是茶岭，孙玉芬不能像在山里时一样把林粟打一顿再关起来，而林粟也不是从前那个忍气吞声的小女孩了。

孙玉芬被呛声，气急败坏："果然大白眼狼就会生出小白眼狼，我倒要看看，没我同意，你们母女俩怎么成一家人。"

林粟不搭理她。

孙玉芬讨了没趣，怕再待下去落了脸面，骂咧了两句，走了。

林粟看孙玉芬离开，缓缓呼出一口气，转过身看向林晓穗，松开了她的手。

林晓穗面对林粟就没了刚才对孙玉芬的强势，反而小心翼翼的。她把手里的保温壶递过去，轻声说："这是下午刚煲的汤，你拿回去喝了。"

林粟垂眼，好一阵沉默后，问："你的手怎么了？"

林晓穗的左手大拇指没了，手背上还有一道长长的疤痕。不只是手，林粟其实之前就发现林晓穗走路的时候有些跛，好像腿上也有点问题。

"以前在工地干活的时候出了点意外，现在已经没事了。"林晓穗一语带过，又把保温壶往前递了递。

林粟抿唇，过了会儿伸手接过。

林晓穗心头一热，就有些控制不住情绪。

"粟粟，我把你丢下，你怎么怪我都行，不认我这个妈也没关系，但是我不能让你继续做林永田和孙玉芬的女儿了。"

林晓穗哽咽了下，说："你过来，跟我一起生活吧。"

林晓穗保证道："我不会管着你，也不会强迫你接受不愿意接受的，以后你想干吗就干吗，自由自在的，再也不会有人逼你做不想做的事了。

"你就给妈……我一个补偿你的机会，行吗？"

林粟想到刚才林晓穗挡在自己身前，护住自己的背影，瘦小、单薄，但很有安全感。

她以为自己早已过了需要人庇护的阶段，但此刻心里却酸酸胀胀的。

也许她不是真的不需要人庇护，是强迫自己必须要独当一面。

"以后你不要送汤来学校了。"良久，林粟开口说。

"粟粟——"

"我想喝的话会去店里的。"

林晓穗的一颗心就在林粟的两句话中从地狱到天堂走了一遭。她抹了下眼睛，含着泪笑道："好，好。"

晚上，林粟躺在床上一点睡意都没有，她心里有事，思绪纷杂。这一刻，她很想有个人能和自己说说话。

宿舍里李乐音和孙圆圆都回家了，周宛倒是在，但她已经睡了。

林粟翻了个身，拿出手机，登上 QQ，找到谢景聿，给他发了条消息。

春种一粒粟：在吗？

这是除了问问题之外，林粟第一次主动给谢景聿发消息。她等了等，没等到回复，正失望之际，有电话打了进来。

手机静音，但电话打来的时候，她还是被吓了一跳，心口怦怦的。

林粟轻手轻脚地下了床，悄悄地离开了宿舍，去了楼梯间才接通电话。

"喂。"林粟压低声音。

"睡不着？"谢景聿直接问。

"嗯。"

"在想什么？"

林粟蹲在阶梯上，沉默了片刻，说："我答应了。"

谢景聿知道她指的什么，他并不意外，就算林粟再怎么装作不在意，她心里还是渴望家庭的温暖的。

"你在担心？"他问。

林粟"嗯"了声。

"我之前都计划好了，只要熬过高中三年，等上了大学，离开那个家就好了。"她顿了下，接着说，"我从来没想过换个家庭生活，也没做好心理准备。"

谢景聿难得看到林粟诚实地袒露自己的脆弱，而且是在他面前。他勾了勾唇角，说："你会担心是正常的，但是不用过于焦虑。

"你想想以前在茶岭的生活，再差还会比那时候差吗？

"换个家庭生活并不会影响你人生的大方向，这只是一种尝试，就算结果没那么好，你现在比之前还有能力，随时都能离开。

"你可是林粟，大山都困不住你，大不了下一次，我再让你'威胁'一回。"

谢景聿轻笑了下，笑声不明显，但林粟的耳朵捕捉到了，她的心口为之一松，忽然就释然了。

道理其实她都懂，只是需要有人站在她这边，给她多一些的勇气。

显然，谢景聿是懂她的。

"再有一次，我都不知道要怎么样才能把欠你的人情还上。"林粟说话的语气轻快了许多。

电话那头的谢景聿低下头，声音微哑道："你想还我人情，其实很简单。"

林粟的心跳倏地漏了一拍，有所预感。

她无意识地抓着自己睡裤的裤脚，明明秋天夜里凉，但她手心里沁出了一层汗，也不知道是紧张的，还是慌的。

"怎么还？"林粟咬着唇，声音轻微地在颤动。

电话里一阵无声，两个人都在静默，只有呼吸声泄露了心思。

良久，谢景聿几不可闻地叹一口气，按捺着心绪克制道："等高考结束……高考结束我就告诉你。"

3

林粟答应和林晓穗一起生活。

之后，林晓穗和赵勇为就去找了林永田和孙玉芬谈判。林永田和孙玉芬当然没那么容易让步，他们咬死要十万块钱，不给就不让林粟把户口迁走。

林晓穗和赵勇为是做小本生意的，赚的都是辛苦钱，林粟当然不能让他们给这十万块。她直接和孙玉芬还有林永田说了，他们如果不同意解除收养关系，就让林晓穗直接起诉，强制解除。

林粟和许苑了解过了，如果收养人没有履行抚养义务，有侵害未成年养子女合法权益行为的，送养人有权向法院起诉，要求解除养父母与养子女的收养关系。

林永田和孙玉芬大概也是找人打听过了，他们以前苛待林粟，这事上了法庭，一点都不占。他们知道自己理亏，就和林晓穗打起了感情牌，说怎么样也养了林粟十年，十万块不给，给五万也行。

林粟一开始说什么都不同意，最后还是林晓穗说服了她。

林晓穗只想赶紧拿回林粟的抚养权，她觉得起诉走流程没那么快，时间一长影响林粟学习，索性把这笔钱给了林永田和孙玉芬，就当是这些年他们养林粟的抚养费，做个了断。

林粟知道林晓穗为自己好，考虑过后，最后也妥协了。

林晓穗和赵勇为把钱凑了凑，和孙玉芬、林永田一起找了律师，签了协议。林永田、孙玉芬解除了和林粟的关系，林粟的抚养权就回到了生母林晓穗的手上。

之后林晓穗带着林粟办理各种手续，等事情尘埃落定，已经是十二月了。

年底，临云市进入深冬，气温下降，草木凋零。但南方的冬天并不萧瑟，寒风过处，仍有生机。

早上，林粟起床在阳台刷牙的时候，李乐音挤到了她身边，哆哆嗦嗦地洗脸，还抱怨道："冬天这么冷，还要早起读书，简直不是人过的日子。"

林粟诧异："你今天起这么早？"

"我单词还没背，今天要听写，我可不想又被批评。"李乐音嘟囔。

林粟了然道："难怪。"

这学期林粟和李乐音的关系缓和了许多，虽然偶尔还是会有点小摩擦，但比之前好多了。现在，她们不再彼此看不顺眼，在宿舍也能说上话。

"赶紧毕业吧，这种生活我真是过够了。"李乐音一大早怨气就很重。

"快了，再过半年就毕业了。"林粟说完，莫名惆怅。

这回，是真的只剩半年了。

李乐音抹了抹脸上的水，在镜子中看了林粟一眼，想到什么，忽然问："最近中午，你是不是都偷偷地和谢景聿去图书馆自习？"

林粟咳了一声，差点被泡沫呛到。她漱了口，拿毛巾擦了擦嘴，强自镇定地说："我们是光明正大地去的。"

"光明正大为什么不去自习室，要在借阅室的角落里坐着，还是在古书籍这种冷门区域，要不是我昨天去找资料，误打误撞碰到了，我都不知道你俩在那儿'幽会'。"

"你别胡说，我们只是在复习。"

李乐音哼一声，说："复习我信，只是在复习，我不信。"

她凑近林粟，轻轻撞了下林粟的肩，神秘兮兮地问："你们……是不是在交往？"

"没有。"林粟绷着脸，一脸正经。

"没在交往，怎么天天一起去图书馆？"

"我说了，就是复习。"

林粟掬了脸盆里早就装好的温水，借洗脸的行为躲开李乐音敏锐的目光。

李乐音："谢景聿是不错啦，成绩好，长得也帅，你被迷住也正常，但作为室友，我给你一个忠告，你别被表象欺骗了，以为他就是个乖乖生。"

"什么意思？"林粟擦了下脸。

李乐音朝林粟勾勾手，示意她凑近些："我之前在职校的那个朋友说，他在后街的台球馆看见过谢景聿，谢景聿之前经常去那儿打球，好像还赌球呢。"

这件事林粟早就知道了，此时听李乐音说起，一点都不意外。

"谢景聿去台球馆的事，你和别人说过吗？"林粟问。

李乐音摇头，手一摊说："没呢，他在年级里人气这么高，我可不想给自己找麻烦。"

"你能继续保密吗？"林粟问。

李乐音闻言，双手抱胸，别有深意地看着林粟，一脸"我就知道"的表情："还说你们没猫腻。看你现在护犊子的模样，还是我认识的那个对谁都冷冷淡淡的林粟吗？"

林粟脸上微烫，但还是保持着镇静："他去台球馆的事情要是被老师知道了，会比较麻烦。"

"我可以保密，但有个条件。"李乐音眼珠子一转，目光落在了林粟散下来的头发上。

这个冬天，林粟没有像前两年一样把头发剪短，只是稍微修了下发尾。现在没有省钱的压力，她还是习惯将头发扎起来，这样冬天风再大，发丝都不会乱飞，做作业的时候也不会被垂下来的短发挡住视线。

李乐音前段时间就看上了林粟的头发，跃跃欲试地想给她绑头发，林粟都以麻烦为由拒绝了。今天，李乐音抓住机会，又打上了林粟头发的主意。

林粟轻叹一口气，妥协道："十分钟。"

李乐音立刻喜上眉梢，推着林粟往室内走，把她按在自己桌前坐下。

"我的技术娴熟得很，根本不用十分钟。"

李乐音从柜子里拿出自己的工具包，里面什么发饰都有。她本来就是宿舍里最喜欢打扮的人，平时没事就爱捣饬，每天不重样。

李乐音拿梳子给林粟分头，林粟拿着本单词书，在这十分钟里任由李乐音摆弄。

"好了。"

李乐音动作熟练，很快就给林粟绑好了两条麻花辫。她拿过自己桌上的镜子，示意林粟："你看看，我编得好吧。"

林粟看向镜中的自己，只是改变了下发型，就变得有些陌生了。她抬手，摸了摸发尾的樱桃发带，迟疑了下，问："我必须这样去上课吗？"

"必须。"李乐音态度强硬，"我辛辛苦苦绑的麻花辫，不到晚上睡觉，你不能拆了，不然……我就不替谢景聿保密了。"

林粟无奈，只好放弃抵抗。

周宛和孙圆圆洗漱回来，看到林粟的新发型，都夸可爱，但林粟自己觉得别扭，尤其到了班上，她坐在位置上都想把脑袋塞进抽屉里。

班上的同学也确实对她的双麻花辫感到震惊，毕竟林粟向来一副清冷模样，不苟言笑的，大家都觉得她更像是御姐，不像萝莉。

周与森在后排看到林粟的新发型，瞪大了眼睛："林粟今天是不是受什么刺激了？"

程昱也困惑："会不会是大冒险啊？"

"她这反差太大了吧。"周与森感慨完，扭头问，"你说是不是，景聿？"

谢景聿从林粟进教室那刻起就一直盯着她看，听到周与森问，他回神，文不对题地说了句："挺好看的。"

中午，林粟和周宛吃完饭，独自回了教室，她往书包里装了两张卷子，径自去了图书馆。

谢景聿之前说要帮她找题目做，但线上交流不方便。他和她商量了下，约好利用中午的时间开小灶。这段日子，他们午休时间几乎天天都去图书馆，在借阅室里自习。

林粟到时，谢景聿已经坐在了往常的位置上，正在翻一本大部头，不用猜，她都知道是植物学的专著。

高三学习任务那么重，他在兼顾功课的同时，还能抽时间去自学植物学的知识，能做到这种程度，非热爱不能及。

谢景聿听到对面有人挪椅子的动静，抬起头看到林粟，也不客套地打招呼，直接把手边的一张卷子递过去。

"你昨天做的卷子我看了，错的地方我都标注出来了，你看看。"

"好。"林粟应得干脆。

她把书包放一旁，拿出笔袋，抬眼见谢景聿盯着自己，一时又不自在了。

"是不是很奇怪？"林粟抬手，摸了下自己的麻花辫。

"不会。"谢景聿噙着笑看她，"看上去挺有童趣的。"

林粟知道他拿自己打趣，快速地嘀咕了句："还不是因为你。"

"什么？"谢景聿没听清。

林粟想了下，问："你最近还有去后街的台球馆吗？"

"没有。"

"你以前……为什么会去那里打球？"

"那家台球馆人多，中考后我经常去那儿打球，上高中后，偶尔也会去放松一下。"谢景聿对林粟没什么隐瞒，很快回道。

中考后，林粟抓住了这个时间点，那时候谢景聿考试失利，他爸爸一定给了他很大的压力，所以他才会想发泄。

"那为什么要赌球？"

"筹码能提高竞技性。"

林粟皱起了眉头，谢景聿看见了，立刻解释说："我去台球馆一般都是打的娱乐球，没筹码的。"

林粟不是要指责他，只是觉得台球馆不安全。现在在高三，最关键的时期，她担心他会发生什么意外。

"你以后还是别去后街打球了，要是想放松，你可以找我……"林粟顿了下，生硬地往下说，"还有周与森和许苑。"

"你……们能做什么？"谢景聿笑一下。

林粟被难住了，她绞尽脑汁地思索了下，试探地说："陪你说说话、跑跑步？"

谢景聿看她窘迫的样子，嘴角微扬："或者看看电影？"

林粟眨了下眼。

谢景聿："我亲戚又给了我两张电影票。"

林粟低头，翻了翻卷子，似是随意地问："什么时间的？"

"今天晚上。"

"什么电影？"

"到时候你就知道了。"

林粟低声说："我还没答应要去。"

谢景聿挑眉："刚才是谁说我想放松的话可以找她？"

林粟一噎。

"你要是不想去不用勉强，我压力大点没事，习惯了。"谢景聿表情淡淡，副通情达理的模样。

林粟没忍住笑了："我去还不行吗？"

"确定？"

"嗯。"林粟躲开谢景聿灼灼的视线，补充解释道，"反正晚上不上自习，没什么事。"

谢景聿嘴角的幅度慢慢加大。还没去看电影，他的心情就已经放松了。

4

一中每年都会有往届的优秀毕业生回校，给即将高考的学弟学妹们分享学习经验。这周六下午最后两节课的时间，全体高三生都去了阶梯教室，参加交流会。

这次回来参加交流会的有上一届的一中状元，还有很多考上名校的学长学姐，不过才毕业了半年，他们已然是新的面貌，每个人都神采奕奕、精神抖擞。

学长学姐们传授学习经验，分享大学生活，同时也在缅怀高中。交流会快结束的时候，他们问底下的学弟学妹有没有目标学校，很多人都说有，还纷纷分享自己的目标学校。

林粟拿了本单词书去听交流会，她在底下一边默背英语单词，一边听着台上学长学姐的分享，听到这个问题的时候，稍稍迷茫。

交流会结束，很多同学主动上前和学长学姐交流，台上一个学长喊了谢景聿的名字，谢景聿就上台和他叙了叙旧。

林粟和周宛没去人挤人，他们等年级里大部分人离开了阶梯教室，才起身往出口走。到了门外，就见许苑还有周与森、程昱站在走廊上聊天。

"小粟。"许苑招了招手。今天一天她到现在才见到林粟，看到林粟扎着小辫儿，觉得新奇。

"谁给你绑的头发？"许苑问。

林粟："我室友。"

许苑抬手，摸了摸她发尾的小樱桃，夸道："很可爱啊。"

林粟低头看了看自己的两个小辫儿，一天过去了，她还是不大适应。

"景聿出来了。"周与森说。

他们等谢景聿从阶梯教室出来，一起往外走。

周与森把手搭在谢景聿的肩上，问："刚才那个学长，是我们学校上届的状元吧，你和他很熟？"

谢景聿回道："之前一起参加竞赛认识的。"

"我记得他去的北大吧，蛮牛的。"周与森问其他人，"你们都有目标校了没有？"

程昱很佛系："我成绩一般般，到时候哪所学校收我，我就去哪所。"

周宛说："临云大学吧。"

周与森"啊"了声，说："本家，你高中三年在临云市没待够，大学还想待四年啊？"

周宛笑一下，说："我爸妈不太愿意让我出省。"

"也是，省内离家近，能常回去看看。"周与森看向林粟，问，"林粟，之前你没想好学什么专业，那学校呢？"

林粟摇头。

周与森："你想留在省内还是去省外？"

谢景聿无端紧张起来，据他所知，林粟的那个"小郑哥"是在省内的大学就读。

林粟想了下，她之前一直挺想去省外的，离茶岭越远越好，但现在好像没这个必要了。

"都可以。"思索片刻后，林粟说。

听到她这个回答，谢景聿一颗心不上不下的。

许苑挽着林粟的手，问："你有没有喜欢的城市？"

林粟摇头。

在离开茶岭前，"城市"对她来说就是一个统称，一二三四线城市在她眼里都没有差别，更别说喜欢上哪个城市了。

"没关系，还有一学期，你可以好好了解一下，目标校定不下来，可以先定个目标城市，然后朝着它努力。"许苑鼓励林粟。

林粟点了点头。

离开阶梯教室后，他们一起去了食堂吃饭，在饭桌上又聊了聊志愿相关的话题。明年就要高考，以前觉得遥不可及的未来不再遥远，高考后的生活也不再是憧憬，而成了计划。

吃完饭从食堂出来，周与森问谢景聿："一起回去啊？"

"我还有事，你先走吧。"

"晚上不上自习，你有什么事？"

谢景聿直接说："和人有约了。"

他半点不掩饰，林栗心里一个咯噔，敲起鼓来。

"和谁有约啊？"周与森追问。

谢景聿余光看了眼林栗，她面上很淡定，但心里一定很慌，并且脑子里一定在想要是他把晚上看电影的事说出来，她要怎么应对。

他勾了下唇，故意沉默了几秒，才缓缓地说："老孙。"

"又是老孙。他这都不是开小灶，是专门给你弄了个私厨吧。"周与森啧然道，"看来他是铁了心，一定要带出个状元了。"

谢景聿但笑不语。

林栗虚捏一把汗，缓过来后，又觉得好笑。

她和谢景聿从认识至今，一路跟打游击似的，处处躲着人。

以前，他们不想让别人知道他们高中前就认识；现在，他们是怕别人知道他们关系过密，已经超出了友人的界限。

林栗回了趟教室，往书包里装了几张卷子，背上后离开。

下了楼，她看到谢景聿等在一楼大厅，走过去问："周与森和许苑呢？"

"先走了。"

"哦。"

林栗扯着书包带子，谢景聿扫了眼她的手，她平时干脆利落，很少会有多余的小动作。

他一笑，看了眼腕表说："我们也走吧。"

林栗点点头，深吸一口气，跟上谢景聿。

他们去了上次的影院。影院这段时间都在做老片重映的活动，所以今天看的还是一部经典电影。

电影故事的主题是奋斗，但主人公有爱情线，当男女主角在大银幕上接吻时，银幕下的观众都不自觉地屏住了呼吸。

林栗捧着一杯可乐，一双眼睛紧紧地盯着银幕。她之所以这样，不是因为看得认真，而是不敢把目光往别的地方转移。

谢景聿倒是用余光看了林栗一眼，也觉得微妙的不自在。

银幕上，男女主角的感情被细致入微地表现出来；银幕下，男孩女孩的感情在黑暗中悄然滋长。

看完电影，走出影院，外面已经是灯火璀璨。

"好看吗？电影。"谢景聿主动问。

林粟点头，忽然想到什么，开口说："这周的周记我们不能再写同一部电影了。"

上一次，他们不约而同地在周记里写了《四百击》这部电影，王云芝直接在评语里点明了这一点，还让他们可以交换看看。

林粟当时看到评语都慌了，不知道王云芝的话里是不是另有深意。

为了避免她和谢景聿再一起被喊去办公室，他们有必要做一些规避，毕竟一回可以说是巧合，两回就说不清了。

谢景聿明白林粟的意思，虽然他并不在意老师误不误会，严格来说，也不算误会。

"谁写？"谢景聿问。

"你写吧。"林粟很大方。

"我写了，你这周写什么？"

林粟这周除了看电影，也没其他特别的活动，只能写流水账。

谢景聿大概猜到了，就说："公平起见，晚上我给你出道数学题，你如果能做出来，今天看的电影就给你当周记的素材，如果做不出来，就由我来写。"

"可以。"林粟不假思索，直接应道。

谢景聿看她双眼发亮，显然被激起了好胜心，不由得扬起了唇。

晚风拂面，冬夜是寒冷的，却冻不透少年男女的心。

谢景聿送林粟回校。路上，他问："你和你妈妈最近关系怎么样？"

"还行，我偶尔会去店里吃顿饭。"

"和其他人呢？"

林粟知道谢景聿问的是她的继父赵勇为和妹妹赵佳禾。

"都挺好的。"林粟顿了下，如实说，"就是还不是特别熟。"

"你们刚开始相处，不习惯很正常，慢慢来。"

林粟觉得谢景聿的这句话不仅适用于新家庭，好像他们之间也是如此。

这阵子他们单独相处的时间多了，彼此间仿佛摸透了对方的节奏，步调渐渐一致，现在私下待在一起，并不会有任何的不适。

影院离一中不远，谢景聿和林粟随意聊着，没多久就到了。

晚上校外有个大叔在卖糖葫芦，谢景聿示意林粟等一下，他走向那个大叔，不久后拿了一根糖葫芦回来，递给林粟。

林粟神色一动，抬头看着他。

谢景聿轻咳一声，说："那个大叔经常晚上在校门口卖糖葫芦，我刚才过去提醒他今天是周六，不上晚自习，让他早点回去。"

"这个，是他送的？"林粟问。

"不是，是我买的。"

林粟浅浅地笑了下："照顾生意啊。"

谢景聿注视着林粟，很快说："不是，是照顾别的。"

简单几个字，让林粟心头一悸。

"拿着吧，你们女生不是都喜欢吃甜食。"谢景聿又把糖葫芦往前递了递。

林粟眼底漾起笑意，伸手接过。

"快门禁了，进去吧。"谢景聿说。

林粟拿着糖葫芦，抬头看着谢景聿，嘴唇嗫动了下。

"有话要说？"谢景聿问。

林粟沉吟片刻，直接问："你以后是想读植物学专业吧？"

"嗯。"谢景聿应得很果断。

"大学呢，想好了吗？"

"你在想报志愿的事？"

林粟点头。

谢景聿安抚她："不用急。你可以听许苑的，先找个喜欢的城市。"

林粟无意识地用手指卷着书包带子，迟疑了下，问："你有建议吗？"

谢景聿的眼底闪过一抹意外和惊喜，随后又被更深的思虑所覆盖。

他很想回答林粟的这个问题，但他的建议并不客观，他不能把自己的意愿加诸在她身上，影响她的判断。

"别人的建议都只是参考，最主要的还是你自己的意愿。"谢景聿克制着说。

这个回答半点错处都没有，但林粟听了却莫名失落。

她自己也觉得奇怪，明明她以前是最不喜别人干涉自己决定的人。

校门门禁时间到了，保安看到外面还有学生，就问他们还要不要进学校。

谢景聿让保安大叔稍等，低头看向林粟。

"我进去了。"林粟说。

"嗯。"

谢景聿目送着林粟，等她进了学校，又有些后悔刚才没有回答她的问题。

他没想到自己也会有矛盾纠结的一天。

林粟回到宿舍，先把书包放下。

周宛看她手上拿着糖葫芦，问："你晚上去校外了啊？"

"嗯。"

"去你妈妈店里了？"

"不是。"林粟简略道，"去看电影了。"

"看电影，自己？"周宛讶异。

林粟含糊地说："和一个朋友。"

周宛心里大约有了答案，便没再问下去。

林粟坐在书桌前，把谢景聿送的糖葫芦吃完了。她拿出手机，打算搜一搜高考志愿的相关信息，结果网刚连上，QQ就跳出了消息。

来自Y。

谢景聿给她发了一道数学题，林粟想起了他们今晚的约定，飞快地扫了眼题干，然后愣住。

他出的题目极其简单，顶多是高考数学卷第一道选择题的难度，她连草稿都不需要打就已经知道了答案。

说什么公平起见，谢景聿这是故意放水，把今晚的电影送给她做周记的素材。

林粟忍不住笑了笑，随即又想到刚才在校门口他的回避，笑意便渐渐淡了，取而代之的是苦恼。

看得出来，谢景聿并不打算告诉她，他的志愿。

他是有什么打算吗？还是说，他并不想和她在一个城市读大学？

可他的行为和她的猜想是相悖的。

林粟看着手机上的题目，幽幽地叹一口气，觉得男生这种生物，有时候真的很难懂。

5

一年的光阴转瞬即逝，在寒风和薄阳中，新的一年即将到来。

三十一号那天晚上，林晓穗来学校接林粟，说家里的房间已经收拾好了，让她回去住两天。

赵勇为和林晓穗来临云市后一直是租房住，林粟的抚养权拿回来后，他们商量了下，重新租了个两居室的房子，正好月底搬进去，收拾下就能住人。

三天假，林粟本来想住校的，但林晓穗亲自来接她，她就装了些复习资料和换洗衣服，一起去了租屋。

房子在一个老小区里，离一中大概三个公交站的距离，不远。林晓穗说林粟愿意的话，下学期可以不住校，回家住。

林粟还没想那么远，就说再看看。

老式小区没有电梯，都是楼梯房。租屋在五楼，林粟跟着林晓穗上了楼，推门进去时，闻到了饭菜的香味。

赵勇为围着围裙，端着一盘菜从厨房里出来，看到她们，忙招呼道："小粟回来啦。"

林粟礼貌地喊了声"叔叔"，问林晓穗："你们都回来了，饭馆怎么办？"

林晓穗给林粟拿了一双新的拖鞋，笑着说："今天休息。你回来，我们一起在家里好好吃个饭。"

"来，快进来。"林晓穗拉着林粟往里走。

赵佳禾本来在客厅里玩，看到林粟，马上喊着"姐姐"，屁颠屁颠地跑过来，抱住林粟的腿不放。

"小禾很喜欢你，这阵子一直问我，你什么时候从学校回来。"林晓穗说。

不知道是不是小孩子天然亲人，林粟只不过去了几次"穗穗有食"，而赵佳禾很黏人，见了面"姐姐姐姐"地叫个不停，对她这个新加入的家庭成员，半点也不排斥。

林粟和这个妹妹才相处没多久，要说多深的感情是没有的。但她并不讨厌赵佳禾，和林有为比起来，赵佳禾可以说是非常乖巧可爱了。

"粟粟，你过来。"林晓穗推开一间房间的门，朝林粟招招手，"这是你的房间，我帮你布置了下，你进来看看。"

林粟牵着赵佳禾的手走过去，看到房间里的布置时，愣了下。

"我看你背黄色的书包，猜你喜欢黄色，就把窗帘、被套都换成了黄色的。

"这个书桌，是你叔叔亲自组装的，桌上的电脑是新的，连了网的，你可以查资料。"

"还有啊。"林晓穗走到边上，拉开衣柜，"我帮你买了一些衣服，都放在柜子里了，你看看喜欢哪套就穿哪套。"

这个房间一看就是精心布置过的，连台灯都是新的。

林粟扫视了一圈，心里感动。

在茶岭，她只能和林有为共用一个房间，在林永田和孙玉芬租的房子里，她只有一张半旧不新的沙发，在学校，宿舍是四人间的。

而现在，她终于有了一间属于自己的房间。

林晓穗看着林粟，神情局促道："粟粟，你有什么地方不喜欢，和妈妈说，我给你换。"

林粟摇了摇头："没有。"

她张了张嘴，"妈妈"两个字还是很难喊出来，最后只道了声："谢谢。"

林晓穗心里有淡淡的失落，但她也知道分别十几年，要林粟一下子完全接受自己是强人所难，她要给女儿一点适应的时间。

"晓穗，饭好了，你快带小粟出来吃饭。"赵勇为在外头喊。

林晓穗应了一声，喊林粟："走，我们去吃饭。"

这是他们四个人第一次在租屋里吃饭，赵勇为以前在饭店里当厨师的，手艺很好，桌上他一直招呼林粟多吃菜。

林粟和这个继父还有些生分，但赵勇为的分寸拿捏得很好，从来不会让林粟觉得为难。比起林永田，赵勇为勤劳踏实，没有什么不良癖好，为人靠谱多了。

饭后，林粟要洗碗，林晓穗不让她干，半推着她，让她回房间休息去。

林粟回到房间，觉得空间太宽敞了，还适应不来。她坐在书桌前，拧开台灯，想了下，打开了电脑。

她在网上查资料，听到敲门声，把网页关上，回头说："请进。"

林晓穗端着一个果盘进来，说："我给你切了点水果，你一会儿吃了，补补维生素。"

"好。"

林晓穗把果盘放下，又从兜里掏出几张现金放在桌上，说："这是给你的零花钱，你花完了，就问妈要。"

林粟怔了怔，马上说："你不用给我钱。"

"怎么不用呢。你在学校吃饭、买文具，都要花钱的。"

"我自己有。"

林晓穗正想和林粟聊这事，就说："粟粟，我和你叔叔商量了下，之前林永田、孙玉芬不愿意出钱供你读书，现在你有家了，我和你叔叔供得起你，你不需要别人继续资助了。

"你看看，和那个谢老板约个时间，我们请他吃顿饭，好好谢谢他？"

林粟之前和林晓穗提过谢成康资助自己的事，但没有详说细节，林晓穗就以为谢成康是热心肠的企业家。

"他比较忙，估计没时间。"林粟委婉道。

"你先问问，还有他的儿子，小谢，你也请过来。"

林栗见林晓穗坚持，先应承了下来。她等林晓穗走了，用电脑登上QQ，点进和谢景聿的聊天界面，给他发了条消息。

春种一粒粟：我妈妈想请你和你爸爸吃饭。

Y：因为资助你上学的事？

春种一粒粟：嗯。

Y：这件事不用谢他，你知道的。

林栗当然知道，谢成康会资助她，是他们两个一起促成的。

春种一粒粟：你问问看吧。

Y：他不会去的。

Y：但我可以去。

林栗看到这条回复，忍不住笑了。

春种一粒粟：好啊。

林栗本想和谢景聿说一下终止资助的事，但转念又想到他一定是不同意的，便打消了这个念头，打算明天打电话给周帅，直接让周帅和谢成康提这件事。

现在的情况和以前不一样了，她既然回到了亲生妈妈身边，就不应当再拿谢成康的钱了。

反正拿得越多，以后要还的也越多。

Y：放假一起去市图书馆复习吗？

林栗看到新消息，嘴角不可遏制地扬了下，很快又抿平了。

谢景聿不告诉她他的志愿，但是行为上却一直在向她靠近。她猜不透他的心思，也觉得自己单方面猜来猜去，效率很低，当下就决定，明天直接问问他。

春种一粒粟：好。

和谢景聿简单聊了几句，林栗就下线了。她退出QQ，打开刚才关上的网页，认真看起了页面上关于北京所有大学的报考资料。

一月一日，新的一年开始了。

林栗在独属于自己的房间里安安稳稳地睡了一觉，早上起来神清气爽。她起床，拉开窗帘，看着天边晨光熹微，忽然觉得新的一年会是很好的一年。

赵勇为天不亮就去"穗穗有食"忙活了，林晓穗给林栗做完早餐，叮嘱她记得吃后，带着赵佳禾离开家去了店里。

林粟吃完早饭，把碗洗了，之后就回了房间，准备换了衣服出门。

林晓穗给她买了很多衣服，什么款式的都有，她拿了几套往身上比了比，拿不定主意。

穿新衣服去见谢景聿好像有点刻意，像特意打扮似的。

林粟想到今天要问谢景聿的问题，觉得还是一切如常为好。她换上校服，往书包里装了卷子，准备去市图书馆。

临出发前，林粟接到了周帅打来的电话。她有些意外，随即又想正好，她也有事要说，就干脆地接通了电话。

"周哥。"

"林粟啊，最近怎么样？"周帅寒暄道。

"挺好的。"林粟不和他客套，直接问，"周哥，你找我有事吗？"

周帅迟疑了一秒，说："是这样的，谢总想请你帮个忙。"

谢成康找她帮忙？

林粟莫名，问："什么忙？"

周帅解释："今天有个地方电视台要采访谢总，有些内容是关于慈善方面的，所以……"

林粟听明白了，谢成康是想让她这个受资助的学生作为他做慈善的证明，和他一起接受采访，这样可信度会大大提升。

"林粟，你……有时间吗？"周帅试探地问。

林粟喉间干涩。她沉默片刻，平静地回道："有时间。"

周帅立刻说："那你等着，我开车过去接你。"

"不用了周哥，你给我个地址，我自己过去就行。"

周帅考虑了下，答应了："行，你打车过来，我给你付车费。"

林粟记下谢成康公司的地址，挂断了电话。

她在书桌前静坐了会儿，拿出手机给谢景聿发了条消息，告诉他，她临时有事，去不了市图书馆了。

林粟知道接受采访意味着什么，受谢成康资助的事一旦公之于众，在学校必然会引发关注，而谢景聿和她也会从普通同学变成资助者儿子和受资助学生的关系。

但她不能拒绝。

林粟虽然很清楚谢成康并不是出于好心资助的自己，但不管怎么说，他都真金白银地出了钱，在她最困难的时候给予了资金支持，她理应感激。

谢成康对她没别的要求，要的回报也不过是接受个采访，作为被资助对象，她没有资格说不。

林粟打车前往谢成康的公司，到了公司楼下，她给周帅打了个电话。

周帅很快从办公楼里出来，朝林粟招了招手："不是让你快到了给我电话，怎么下车了才打？"

林粟知道他的好意，说："周哥，车费没花多少钱，你不用替我付。"

周帅也不在这事上纠结，他领着林粟进了大楼，搭乘电梯上楼。

"就是一个简单的访谈，用不了多少时间的，你不要紧张。"周帅安抚道。

"嗯。"林粟朝周帅笑一下。

周帅看着林粟，一时有些感慨。

他还记得第一次见林粟的时候，她还是个乡野气未脱的小女孩，一转眼，就成了一个亭亭玉立的大姑娘。

周帅在这当口，脑海中浮现出了之前从茶岭回市里的车上，谢景聿和林粟在后座上和谐共处的画面，静谧美好。只是不知道今天采访结束后，这份美好还能不能再现。

他在这一刻，忽然感觉到良心有点痛。

谢成康资助林粟的原因周帅是知道的，仅仅是为了还她救了小少爷的恩情，而不是像对外说的那样，是出于企业家的责任心。

电梯打开，周帅回神，带着林粟走到休息室前，敲了敲门，推开说："谢总，林粟到了。"

"让她进来吧。"谢成康在里头说。

周帅侧过身，示意林粟进去："电视台的人还没来，你先和谢总聊聊。"

林粟点点头，道了句："谢谢周哥。"

"谢谢周哥"是林粟最常对周帅说的话，以前他每个月打完钱，发短信通知她，她都会认真地回复这句话。

周帅关上门，犹豫了几秒，还是抵不过良心的谴责，拿出手机，走到一旁，给一个人打了电话。

6

林粟走进休息室，谢成康坐在沙发上看着文件，听到关门声，他抬起头，做出一脸和善的表情，说："林粟来了啊，坐。"

林粟在另一张沙发椅上坐下，将手搭在膝盖上。

谢成康打量了下林粟，有段时间不见，她的形象和以前那个冒着土气的山里小姑娘完全不同了，唯一不变的就是那双眼睛，仍是透着机警和成熟。

"真是女大十八变，上回在茶岭上见你，还是小姑娘一个，现在都成大姑娘了。"谢成康感慨了句，假模假样地关心道，"你最近怎么样啊？在学校还顺利吗？"

"挺好的。"林粟坐得板正。

她想到了谢景聿口中的谢成康，心里不由得防备起来。

"听周帅说，你成绩进步挺大的？"谢成康合上文件问。

"还可以。"

谢成康露出一个欣慰的表情，说："你有进步，叔叔为你感到高兴，这说明我资助你是值得的，今天找你来，就对了。"

林粟听这话的意思，如果她成绩差，那他的资助就是打水漂，要不是她成绩好，他也不会让她过来接受采访？

果然是商人，一切都是看利益的，就连做公益也是。

谢成康看了眼时间，不再多客套，直接切入主题，问："周帅和你提过，今天为什么让你过来吧？"

林粟点头："说过。"

"临云市电视台等下要来做个企业家访谈，会问到公益方面的问题，我找你来呢，是想你和我一起接受采访。你愿意帮叔叔这个忙吧？"

林粟人都来了，谢成康还要多此一问，显得很体贴似的。

"愿意。"林粟只能这么说。

谢成康把文件放在一旁，看着林粟，端出一副长者的姿态，冠冕堂皇地说："当初资助你，是因为你救了景聿，但是就算没有这个契机，我要是知道你家庭困难，不能上学，我也会帮助你的。

"所以，一会儿电视台的记者要是问起我为什么会资助你上学，你知道该怎么回答吗？"谢成康盯着林粟一脸笑意，像一只老狐狸。

林粟心思通透，一下子就知道了谢成康的意思。她抿抿唇，冷静地回道："因为您有企业家的社会责任心，同时又是个有爱心的人，才会热心公益，资助我上学。"

谢成康满意地点点头，好整以暇道："以前叔叔就觉得你很聪明，果然，我没有看错你。"

突然，谢成康又说道："让我资助你上学的事，其实是你向景聿提出来的吧？"

林粟心里一个咯噔，惴惴不安。

"你不用瞒我，我的儿子我最了解，他不是那么热心的人，就算是要感谢你救了他，他也不会想到要我资助你上学这件事。"

林栗在短暂的时间里快速判断了下，谢成康应该只猜到她主动提出要资助这一层，但是并不知道更深层的缘由。

她没有说话，默认了谢成康的问题。

"你不用紧张，叔叔说这个不是要怪你，就是觉得你很聪明，知道怎么做对自己最有利。"

谢成康仍是笑笑的，明明是在夸赞，林栗却感到背脊发凉。

他在警告她，一切都逃不过他的眼睛，让她老实一点，别有其他的小心思。

"好了，你先在这里休息，叔叔要去忙下工作。等电视台的人来了，我让周帅来喊你。"谢成康拿起文件起身，走之前还别有深意地对林栗说，"一会儿好好表现。"

林栗放在膝盖上的手紧了紧。

时间一分一秒地在流逝，新年的第一天，本以为会有个好开头，结果还是惨淡开场。

林栗脑子里乱乱的，一会儿想等下采访的事，一会儿又在想谢景聿，不知道今天过后，他们的关系会变成怎么样？

正胡乱想着，休息室的门被人推开。

林栗以为是周帅，回过头却看到了谢景聿。

她讶然问道："你怎么会在这儿？"

谢景聿沉着脸，直接走进休息室，拉上林栗，果断道："跟我走。"

林栗被拉着站了起来："不行，我还不能走。"

"电视台的采访，你不用接受。"谢景聿转过身，看着林栗快速说。

林栗看到谢景聿出现在这里，就猜他知道了采访的事。她挣开谢景聿握着自己手腕的手，冷静道："你爸爸资助我上学，我很感激他，他没要求回报，只是让我帮个忙而已，我没有什么损失。"

"你知不知道，采访一旦公开，会怎么样？"谢景聿神色严峻。

"我知道。"林栗平静地陈述说，"学校里的人会知道我是你爸爸资助的学生，但是我不在意。"

"我在意。"谢景聿毫不犹豫地说，"我不想别人因为这件事讨论你。"

尤其现在高三，最关键的时候，即使他知道林栗很强大，并不会因为他人的眼光而摇摆，但只要有一丝一毫的风险，他都不想让她承受。

"你不用感激我爸，他会资助你完全是因为——"

"谢景聿，你和我都知道，那是怎么一回事。"林栗打断他。

谢景聿缄默，很快掀起眼睑，果断地说："不管怎么样，你救了我是事实，我理应还你这个人情。

"资助你上学虽然是你提出来的，但是我承诺了的，所以你不欠我爸任何人情，真要追究起来，也是我欠他的，要还也是我来还。"

林粟怔住。

他们相持着的时候，谢成康从休息室外缓缓走进来，沉声问："你来还什么？"

谢景聿眉间一紧，迅速转过身，站在林粟身前护着她。

谢成康看他一眼，神色不悦："你不在家好好复习，跑到公司来做什么？"

"我和林粟约好今天一起去市图书馆复习，我来找她。"

谢景聿说完，侧过身，再次握住林粟的手腕，说："走吧。"

林粟被他拉着往前走了一步。

"站住。"谢成康沉声喝道。

谢景聿抬头看着谢成康。

谢成康扫了眼他们的手，黑沉着脸说："林粟不能走，她还要和我一起参加个采访。"

"她没这个义务。"

"你——"

"为什么资助林粟，你心里没数吗？你要是真有爱心，就实打实地多做点公益，别拿林粟来给你企业家的形象贴金。"谢景聿口气不驯。

谢成康腮帮子一紧，已经在发怒的边缘："你现在真是越大越没规矩了，我以前是这样教你的吗？"

"人前一套人后一套我的确学不会，你要是想让林粟留下来接受采访，那我也留下。我想，知名企业家的家庭应该更有采访价值。"

谢景聿直接和谢成康对视着，目光毫不退缩。

谢成康没想到自己竟然会被亲生儿子给震慑住，脸色一时极其难看。

谢景聿知道谢成康最在乎面子、形象，话说到这儿，他的目的已经达到了。他冷笑一声，回头对林粟说："我们走。"

事情闹成这样是林粟完全没想到的，但谢景聿已经为了她和他爸闹翻了脸，她是不可能站在他的对立面留下来的。

从休息室出来，谢景聿一直握着林粟的手没松开。他们搭乘电梯下了楼，直到离开办公大楼，谢景聿都没松手。

林粟被谢景聿拉着往前走，她见他情绪不对，挣了挣手说："谢景聿，你先松开。"

谢景聿没听进去，反而更紧地握住林粟的手腕。

"疼。"林粟蹙着眉说。

谢景聿像是这才回神，立刻松开林粟的手。他心里有气，但还是转过身，开口说道："抱歉。"

林粟转了转手腕，看他一眼，问："你怎么会过来？"

"周帅打电话和我说……"现在这不是关键，谢景聿皱起眉，问林粟，"你怎么不告诉我，谢成康叫你来采访的事？"

"没有必要。"

林粟早猜到谢景聿一定不同意她接受采访，她并不想他因为自己和他爸闹得更不愉快。但这话听在谢景聿耳朵里，就品出了不一样的含义。

"怎么没有必要？林粟，难道我对你来说是无关紧要的人吗？"谢景聿的语气有点生硬，听得出来，他在生气。

林粟抿了下唇，抬头看着谢景聿，也带点情绪地说："你不是让我以自己的意愿为主吗？既然这样，你就不应该插手管我的事。"

他生气，她还生气呢。

谢景聿觉得自己脑子里的一根弦要断了，他试图用理性来思考，但还是没能按捺住卑劣的情感。

"我后悔了。"谢景聿哑声说。

"后悔什么？"林粟问。

谢景聿喉头一滚，再也绷不住了。

他放任自己失控，遵从内心真实的想法，快速道："我知道你最讨厌别人影响、干涉你的决定，我本来想完全尊重你的意愿，以后就算我们不在一个城市上大学也没关系，大不了异地，我可以去找你。

"甚至，你想和小郑哥上一所大学我也能接受，只要你高兴就好。

"但是现在，我后悔了。"

谢景聿顿了下，开弓没有回头箭，他果断地往下说："那天晚上，你问我有没有建议，我现在回答你。

"我没有建议，只有请求。"谢景聿低头注视着林粟，一字一句郑重地说，"林粟，和我一起去北京吧。"

林粟的瞳孔微微震动，心脏快速而剧烈地跳动着。

"谢景聿，你知道自己在说什么吗？"

"我知道。"谢景聿声音喑哑，"你知道吗？"

林粟轻轻咬了下唇，她当然知道。

她今天准备的问题还没问出口，谢景聿就已经给了答案，他总是先她一步。

"你还记得你之前和我说过，我可以凭借自己的力量，去到任何想去的地方吗？"林粟沉默片刻，缓缓开口问。

"嗯。"谢景聿神色紧张，像是等待法官宣判的被告，既往的人生中，他没有一刻比现在还忐忑。

"我之前只想着离开茶岭，只是离开后去哪里我并不清楚，但是现在……"林粟停了一下，她看着谢景聿，眼底闪烁着碎光，笃定地说，"我知道了。"

谢景聿的心跳错漏了一拍，随即狂跳，一种劫后余生的感觉充斥在他心中。

他知道，自己被无罪释放了。

7

今天天气晴朗，太阳已经悬在半空了。

林粟估摸了下时间，现在应该才十点。她侧了下身，咳了下说："走吧。"

"去哪儿？"谢景聿还沉浸在喜悦之中，没了平时的机敏，难得呆呆的。

林粟笑一下，说："你不是来找我去市图书馆的吗？"

"对。"谢景聿两步走到林粟身边，和她并肩走着。

人行道上铺满了行道树的落叶，人走在上面，沙沙有声。

谢景聿和林粟都没有说话，气氛些许微妙。他们彼此心照不宣，又都没能适应突如其来的坦白，以至于一时不知道要和对方说什么。

"你……"林粟抿了下唇，主动开口说，"你刚才和你爸那样说话，他看上去挺生气的，等你回家，他会不会对你怎么样？"

林粟还有些担心上午的事。

"我不是第一次和他这么吵，他不能拿我怎么样。"

谢景聿知道自己今天当着林粟的面让谢成康下不来台，谢成康肯定肝火大怒，不会就这么算了的。但他尽量把事情说得轻松一些，不给林粟太大的心理负担。

"你其实不用为了我和他闹翻，毕竟他还是你爸爸，你们在一起生活。"

谢景聿很快接道："我和他早晚要闹翻，不是今天，也会是明天。

"他想让我对他言听计从，按照他的规划去生活。与其说我是他的儿子，不如说我是他人生的装饰品，他想拿我装点他自己，成为别人眼中事业家庭双丰收的成功人士。"

谢景聿不屑道："他就是这么俗气的人。"

林粟看他神色寂然，心下不忍，马上说："但是他注定不会成功，你不会是他人生的装饰品，你很昂贵，他佩戴不起。"

谢景聿的神情立刻多云转晴，他内心深处有块柔软的地方被林粟触碰到了。她是第一个这么直接地肯定他价值的人。

新年的第一天，阳光明媚，万物可爱。

谢景聿和林粟直接打车到了市图书馆。可能是元旦的缘故，很多人都过节去了，图书馆馆内人很少。市图书馆三楼靠窗的桌子是一侧贴窗，另一侧坐人的，他们上了楼后，找了个位置并排坐下。

谢景聿什么也没带，林粟从书包里拿出卷子，让他用图书馆的自助打印机复印一份。

卷子复印好，林粟挑了一张物理卷来做。

谢景聿看到了，也抽出物理卷。

图书馆外的广场上在做活动，热热闹闹的，馆内却一片静悄悄，只有翻书声和笔写在纸上的沙沙声。

谢景聿很快做完一面卷子，要翻面的时候却停住了。他想起之前一个朋友说过，和他一个考场压力很大，他总是整个考场答卷最快的那个人，他把试卷翻面的时候，所有人都会感到焦虑。

以前不以为然的话，今天听进去了。

谢景聿余光看了眼林粟，松开了要翻卷子的手，接着盯着已经做完了的题目看。

林粟做完一面卷子，翻面的时候发现谢景聿和自己的动作同步了。她疑惑，以为他没专心在做题，暗地里观察了下，发现不是，他做题的速度很快，都不怎么需要用到稿纸。

她思索片刻，说："你不用特意等我。"

谢景聿顿笔，回头。

"我会追上你的。"林粟说。

谢景聿觉得林粟这句话有双层含义，他一笑，释然道："好。"

一张物理卷做完，差不多到了中午。

谢景聿等林粟放下笔，才说："找个地方吃饭？"

林粟点点头。

图书馆附近有个地下商城，但节假日这个点，商城里但凡能吃饭的地方都排满了人。方便起见，林粟就说去便利店买点吃的好了，谢景聿没有意见。

他们在便利店买了三明治和喝的，坐在广场的长椅上晒着太阳、吃着东西。

冬日的太阳暖而不烈，晒在身上暖洋洋的，格外舒服。

"你昨天在你妈妈那儿住的？"谢景聿问。

"嗯。"

"还习惯吗？"

林粟点点头："还行，没想象的别扭。"

"那就好。"谢景聿喝了口汽水，"元旦三天假，除了复习，没别的计划吗？"

林粟摇头。

"晚上临江广场有元旦活动。"谢景聿轻咳一声，看着林粟，直接问道，"去吗？"

"我妈让我晚上去店里吃饭。"

谢景聿以为林粟这是拒绝的意思，还在想自己是不是操之过急了，下一秒就听见她干脆道："不过和她说一声就行了。"

谢景聿的心一落一起的，情绪完全被林粟牵动，但甘之如饴。

吃完饭，他们回到图书馆，林粟拿了谢景聿的物理卷对答案，碰到答案不一的题目，她会自己先思考一遍，想明白了就订正，想不明白就问谢景聿。

谢景聿中午不做卷子，他去借阅室找了本植物学的专著来看，才翻了几页，余光见边上的林粟撑不住，趴在了桌上。

"十五分钟。"林粟把脑袋枕在胳膊上，侧着头看着谢景聿说。

之前他们中午在学校图书馆自习，林粟每天都会休息一会儿，她担心自己睡沉了，在图书馆又不好定闹钟，就让谢景聿掐着点喊她。

"嗯。"谢景聿看了眼自己的腕表，点了点头。

午后太阳渐移，阳光透过窗玻璃斜照进来，靠窗的位置都被笼罩了。

谢景聿拿起手上的书帮林粟挡住阳光，让她睡得踏实一点。他看着林粟的睡颜，想到上午她说的话，眼神不自觉地柔和了下来。

本来他已经做好了最坏的打算，她可能会犹豫、拒绝，但她直接给予了回应，那一刻他的心情无法用喜悦来形容。

认识到现在，林粟好像总给他带来惊喜，或者说，她本身就是上天给他的一个惊喜。

下午，谢景聿和林粟就在图书馆里做卷子，不知道是不是两个人在一起复习效率更高，一下午的时间，林粟带来的几张卷子差不多做完了。

临近傍晚的时候，许苑给林粟打了电话，说晚上临江广场有活动，自己和周与森要去，问她来不来。

林粟看向谢景聿。

谢景聿千算万算，没算到中途会杀出两个程咬金。

他轻轻点了下头，林粟就回答说："去。"

许苑笑着说："那我再给景聿打个电话，你去的话，他一定也会去。"

林粟的耳朵发热，她清了清嗓说："你不用给他打电话了，他现在就在我旁边。"

许苑愣了下，很快"噢——"了一声，揶揄道："看来我这通电话多余了。"

"确实。"谢景聿在一旁说。

许苑笑得不行："打扰你们了。不过晚上我们还是在广场上碰一面吧，不然周与森不会罢休的。"

"好。"林粟应道。

挂断电话后，林粟收拾起了东西。

"现在就走？"谢景聿问。

林粟点头，她把卷子折起来，说："你的卷子先放我这儿，我帮你带到学校去？"

"嗯。"

谢景聿合上手上的书，想借走，很快又想到自己没带市图书馆的借书证。

林粟像是看出了他的想法，直接说："我带了借书证，你用我的借。"

他们一起下楼，借完书，林粟示意谢景聿把书先放她书包里。

谢景聿站在林粟身后，把书放进她包里，拉上拉链后，直接提溜起她的书包。

林粟身上一松，不由得回头。

"书很重，我来背。"

林粟余光看到前台的工作人员噙着意味深长的笑在打量他们，脸上微微一热，也不和谢景聿拉扯，索性顺了他的意，把书包给他。

谢景聿单肩背着林粟的书包。他一个一米八的男生，背一个嫩黄色的女生包，看上去有些滑稽，但他自己并不觉得。

从图书馆出来，晚风一吹，略带寒意。

谢景聿看向林粟，询问道："冷吗？"

林粟摇了摇头："还好。"

"我们直接打车过去。"

"好。"

临云市有条贯穿城市的江流，临江广场就在江水边上，这个广场因为滨江，可以看江景，所以白天晚上都有很多人。

今天元旦，广场搭了舞台，办起了新年的第一场音乐节。音乐节还没开始，前来欢度佳节的人就已经把广场的每个角落都占领了。

谢景聿叫了车，和林粟直奔临江广场，他们到时，天色已经暗了，广场舞台上灯光四射。

下车后，林粟给许苑打了个电话，她们通着电话找彼此，谢景聿个儿高，很快就看到了人群中的显眼包。

"他们在那儿。"谢景聿示意林粟往右前方看过去。

林粟和许苑说了一声，挂断电话后跟着谢景聿往周与森和许苑站着的地方走过去。

"小聿聿，快来看看，我买的这个气球酷吧？仅有一个，你想要都没有。"周与森买了个蜘蛛侠的气球，缠在手上玩得不亦乐乎，还嘚嘚瑟瑟地炫耀。

谢景聿一脸无语地看着周与森，心里同情起了许苑。

周与森这小子到现在都没开窍，快十八岁的人了，脑子里装着的还是只有蜘蛛侠。

"林粟，你和景聿怎么一起来啊？"周与森后知后觉地问。

林粟眼神飘忽，含糊道："我们今天在市图书馆复习。"

"你们两个不是吧，成绩都这么好了，还背着我们偷偷卷。"周与森大声说。

许苑叹一口气，已经对周与森钢筋一样的神经系统不抱任何希望了。

"周宛回家了，程昱和他爸妈一起出去玩了，今天就我们四个。"音乐节还没开始，许苑提议，"我们先随便逛逛吧。"

今天广场上人多，来做生意的小商小贩也多。广场边的小道上排着一排的流动餐车，吃的喝的都有卖。

他们四个买了点东西，边吃边逛。

冬季夜里气温低，谢景聿怕林粟冷，买了杯热奶茶给她焐手。

音乐节开始，歌手登场，人潮一瞬间往舞台前涌去。周与森和许苑也去了，谢景聿和林粟不爱凑这个热闹，就站在江边，远远地听着歌。

林粟把一杯奶茶从热焐到温，她怕再过一会儿奶茶就冷了，本着珍惜食物的原则，就直接把吸管插进杯子里，喝起了奶茶。

江边风大，她的碎发被吹着，时不时会跑进嘴巴里。

谢景聿看到了，站到了上风口处，为林粟挡风。

"谢谢。"林粟眸光闪动，眼睛里映着舞台的灯光，像是此刻粼粼的江面。

谢景聿注视着她，脑子里忽然浮现出很多既往的画面。

她第一次和他说"谢谢"时，他还觉得她是虚情假意，后来才发现，是他被偏见蒙住了双眼。

他们相识于一场意外，那时候他从山里的陷阱中被救出来，以为这辈子都不会和林粟再有交集，但命运就是这么奇妙，它将他们缠绕在了一起。

现在，他已经落入了名为"林粟"的陷阱，并且心甘情愿。

"林粟。"

"嗯？"

"一起去北京，你知道是什么意思吗？"谢景聿看着林粟，目光灼灼。

不知道是不是奶茶让身体暖了起来，林粟觉得脸上开始发烫，她双手捏着奶茶杯子，低声说："我要是不知道，就不会答应你。"

心意在这一刹那间相通。

谢景聿的唇角控制不住地往上扬，笑意触及眼底。

"突然想快点毕业。"他说了句。

林粟听出了谢景聿话里的意思，没忍住别开了眼，低下头的同时，轻轻扬起了嘴角。

· Chapter 13 ·
青春最美的注脚

1

二号，林粟和谢景聿还是一起去了市图书馆，白天他们在馆内学习，晚上一起去电影院看了场电影。

三号那天，因为晚上要上自习，他们从市图书馆出来后，就一起去了学校，再一起去了食堂。吃饭的时候，有同年级的同学频频朝他们打量，随后窃窃私语。

谢景聿不以为意，林粟也不放心上。

吃完饭，他们一起去教室，刚从前门走进去，教室里诡异地安静了下来。

很多同学在打量谢景聿和林粟，前排有个女生直接问："林粟，景聿的爸爸真的是你的资助人？是他资助你上学的啊？"

谢景聿和林粟的表情同时一变。

谢景聿沉声问："谁告诉你的？"

"雅恩说的啊。"

谢景聿看向徐雅恩。

徐雅恩见谢景聿冷了脸，畏缩起来："是、是你爸爸和我说的。"

谢成康入股茶厂之后，和徐家福往来就比较密切，谢成康会碰上徐雅恩倒不意外，但谢景聿并不觉得他和徐雅恩提起资助林粟的事是无心的。

元旦之后，谢成康一直没有回家。谢景聿没和谢成康碰上面，清净了两天，但他心里清楚，采访的事，谢成康不会就这么算了的，但没想到谢成康会算计到林粟头上。

班上人的目光都齐刷刷地看过来，林粟知道，该来的躲不掉。她攥了下拳，深吸一口气，冷静地承认道："对，谢景聿的爸爸是我的资助人。"

班上很多人的表情顿时变了样儿，看林粟和谢景聿的眼神也怪异起来。

谢景聿神色一凛，开口果断接道："资助林粟的事，是我主动和我爸提出来的。"

"为什么啊？"徐雅恩问。

"林粟救过我，我感谢她，就让我爸资助她，有问题吗？"谢景聿把资助林粟的原因完全归结到她的救命之情上，他把她高高地捧起来，让其他人不敢轻视她。

果然，徐雅恩没话说了。

周与森这时候站起来，不满地说："你们无不无聊啊，景聿爸爸是不是林粟的资助人，这事重要吗？还要向你们交代？"

程昱帮腔："就是，卷子都做完了吗？还有时间八卦。"

林粟看着他俩，心里感动。

谢景聿的神色也松弛了下来，转头看向林粟。

林粟朝他露出一个淡淡的笑容，表示自己没事。

谢景聿松了口气，说："卷子记得帮我交了。"

"好。"林粟自如道。

他们分开，往各自的座位走过去，都很平静。

周与森等谢景聿坐下，眼巴巴地盯着他看。

谢景聿被周与森看得发毛，无奈道："你想问什么？"

"林粟真的救过你的命啊？"

"嗯。"

"怎么救的？"

"在南山镇的茶岭上，我不小心掉进陷阱里了，她找人把我救了上来。"谢景聿言简意赅道。

"我的乖乖。"周与森的表情比之前听谢景聿说苹果和草莓都是蔷薇科的植物时还要震惊，他喃喃道，"没想到你俩还有这层关系呢。"

谢景聿没有心思多解释，就让周与森在一旁震惊去了。他往林粟的位置看过去，她已经在埋头看书了。

林粟不会被这种事打击到。

谢成康为人精明，他知道要教训一个人，攻击对方的弱点是最有效的。

谢成康明知道他不让林粟接受采访，是不想她受资助的事弄得尽人皆知，就想了个办法，让她被资助的事在学校里曝光。

谢景聿知道谢成康是在警告自己，别和他斗。

晚自习课间，谢景聿本来想找林粟聊聊的，但现在班级里这么多双眼睛盯着，等着聊他们的八卦，他怕林粟不自在，忍住了。

放学，谢景聿坐在位置上没动，还把周与森支去了许苑那儿。他等班上大部分人走了后，才起身走到林粟桌旁，轻轻敲了敲她的桌子。

"聊聊？"

林粟没有犹豫，站起了身。

他们走出教室，站在走廊上，安静地看着对面教学楼的灯火。

"你还好吗？"林粟回头问。

谢景聿低头："这话不应该是我问你吗？"

"我挺好的。"林粟神色泰然，完全看不出一丝勉强的痕迹。

她把手搭在栏杆上，心平气和地说："你爸资助我是事实，这没什么好隐瞒的，我来一中读书的时候就有心理准备。"

林粟有心理准备，但谢景聿没有。

一直以来，他都不希望谢成康资助林粟的事被学校里的人知道。

以前，他是不想给自己徒增麻烦；现在，他是不想让林粟受人非议。

林粟像是看出了他所想的，缓声说："我是个什么样的人，你很清楚，我不会被影响的。高一的时候要不是你不想让人知道我们认识，兴许我早就说了。"

谢景聿忽然有种被自己丢出去的回旋镖扎到的感觉。他看着林粟，轻咳一声说："我以前说的话……你别放心上。"

林粟微微侧过身，故意板着脸说："怎么能不放心上？我可都记着，高——开学，你就让我离你远点。"

谢景聿心里一个咯噔，直觉大事不妙。

"不过我能理解你，毕竟我的行为算是'威胁勒索'，你不喜欢我是正常的。"

林粟说的都是谢景聿曾经说过的话，他这会儿真是悔不当初，百口莫辩。

"林粟。"谢景聿轻声喊她，像是求饶一样。

林粟忍不住笑了："虽然你现在不介意，但是我当初乘人之危是事实，我知道这件事我做得不光彩，但如果再回到那个时候，我还是会那么做。

"当时的你对我来说，就是救命稻草，我必须抓住，所以今天的一切都是我该承担的后果，我不会逃避。"

林粟不为自己脱罪，也不辩解，坦然地接受所有。

谢景聿看她这样平静，心口一松，知道今晚的意外真的没对她造成什么影响，她一如既往地强大。

但再强大的人也会有脆弱的一面，他希望在他面前，她可以任性、自私、随心所欲。

谢景聿垂下眼，接上林粟的话："以后不管遇到什么事，只要你需要我这根稻草，不要有顾虑，直接抓住我。"

这句话不似承诺，却比任何承诺都动人。

林粟的心旌被风撩拨起来，忍不住伸出手，轻轻抓住谢景聿的衣角。

谢景聿的一颗心随着她的动作狠狠一荡，真觉得自己化作了一根稻草，被她攥在了手心里。

今晚一切的不愉快都在这一瞬间消散无踪。

晚上，谢景聿回到家，进门看到客厅里亮着灯，就知道谢成康回来了。这一回，他没等谢成康喊住自己，主动在客厅里站定了。

谢景聿看着谢成康，谢成康看着手中的报纸，两个人表面上不说话，暗地里却在较劲。

"你有什么不满，可以冲我来，不要为难林粟。"半晌，谢景聿冷着脸，开了口。

谢成康似乎就等着这一刻，他合上报纸，抬起头，眼神阴郁地看着谢景聿，愠怒道："看来你是一点都没把我的话听进去。

"我让你在学校里离林粟远点，你倒好，还当起护花使者了。"

谢成康冷哼一声，震怒道："我送你去学校，是让你好好读书的，不是让你做些与学习无关的事，和一些带不来任何好处的人交往。"

"你奉行的准则，你自己做到了吗？"谢景聿反问。

"什么意思？"

谢景聿冷笑："临岩市，那里的人对你来说能带来任何好处吗？"

谢成康脸色微变，但还没被谢景聿两三句话就弄得乱了阵脚。他黑沉着脸，语气不善："我不知道你从哪里听到了些风言风语，那都是没有依据的谣言，我去临岩市出差，都是为了工作。"

"是吗？"

谢景聿反应平淡，谢成康不知道谢景聿是真知道，还是在试探，犹疑之间，反而处在了下风。他今天本来想好好教育下这个儿子，现在却被反将了一军。

僵持之间，谢景聿的手机响了，他从口袋里拿出来，扫了眼后对谢成康说："我妈。"

谢成康的表情凝住，他今天和乔意说好了，要她管管自己的儿子，现在却又后悔让她插手了。

"你和你妈好好聊聊，不该说的话别乱说，别让她多想。"谢成康警告道。

谢景聿心下冷笑，不再待在客厅，直接上楼回到自己的房间，接通了乔意的电话。

"嗨，宝贝，想我了没？"乔意上来就问。

谢景聿没心情和她绕弯子，他知道乔意的意图。这么多年，他们夫妻俩的招数都没变过，一个用强硬手段，一个用怀柔政策，目的都是为了让他乖乖听话。

"你是想和我聊林粟的事？"

谢景聿直截了当，乔意被抢白，也就不铺垫了，笑盈盈地说："你爸爸和我说，你和之前救你的那个女孩走得非常近？"

谢景聿没有否认，反问她："你不是说你很开明？"

"以前是以前，但现在高三了，你要把心思放在学习上，而且那个叫林粟的女孩不适合你。"

"为什么？"谢景聿很冷静，"你之前不是还让我帮她吗？"

"帮忙是帮忙，但是有底线的。我听你爸爸说，那个女孩很有心机，我怕她和你走得近，是带有目的的。"

乔意说得算是委婉了，谢成康在描述林粟时说的是——那个野丫头和你很像，都是为达目的不择手段的人。

乔意可以为了实现自己的野心去利用任何人，包括自己的亲生儿子，但她不允许别人蓄意接近他。

谢景聿没有和乔意争执，他沉默片刻，平静地开口说："林粟是很聪明，但她的聪明是为了保全自己，不是为了伤害别人。

"你不用担心她和我走得近是想从我身上得到什么好处。"

谢景聿在这当口突然想起高一时他误会林粟拿了自己的信，他们在小树林里吵了一架，那时候她很绝情地说，他身上，已经没有任何她想要的东西了。

他忽地一笑，缓缓说："我和她之间，是我主动的。"

乔意在电话那头沉默良久，感慨道："我的宝贝儿子真的长大了，都会追女孩了。听你这么说，我都想见见林粟了。"

"你会喜欢她的。"

少年的喜欢果然纯粹得毫无道理，乔意笑了，说："妈妈先声明，我和你爸那个老古董不一样，你再有几个月就成年了，这个年纪，有喜欢的女孩子很正常。

"但是，你要分清楚情况。

"你爸爸对你期望很高，他会生气也是怕你分心，你要向我保证，不会影响学习，明年高考，你绝对不能失误，一定要考好，可以吗？"

"嗯。"谢景聿应得很爽快，这回他并不是为了满足谢成康和乔意的期许，而是为了自己，为了林粟。

他们说好要一起去北京，他自然不会允许自己失误。

谢景聿三言两语把乔意摆平了。挂断电话后，他的情绪很平稳，并没有往日与谢成康和乔意对峙后的倦怠颓靡，反而异常轻松。

他想到了晚上林粟拉着自己衣角的样子，忍不住牵起嘴角，拿起手机给她发了条消息。

Y：在干吗？

春种一粒粟：做你给我找的题目。

Y：做出来了吗？

春种一粒粟：没有，今天这道题有点难。

Y：我现在给你讲解？

春种一粒粟：明天中午去图书馆给我讲吧。

Y：好。

今年才过了三天，他们已经一起泡了三天的图书馆了，即将要去第四次。图书馆已经成了除了教室外，他们待在一起时间最长的场所。

但谢景聿并不觉得枯燥、单调，而是乐在其中。

林粟为了未来在努力奋斗，他当然不会拖她后腿。

乔意刚才的担心是多余的。因为个人感情而耽误学习，在他们身上是不存在的。

2

元旦假后进入了期末阶段，高三年级没什么期末复习一说，反正一直都在高强度地复习。

学习紧张，所有人都无暇分心，林粟和谢景聿的事在被讨论了一阵后，很快就没了热度。

几个朋友知道谢景聿的爸爸是林粟的资助人后都很惊讶，周与森和程昱没有心理准备，更吃惊一些。许苑和周宛以前就察觉到谢景聿和林粟关系特别，因此在知道这件事后，更多的是觉得"原来如此"。

而作为当事人的谢景聿和林粟，一切如常。

期末考在一月下旬，两天紧锣密鼓的考试过后，所有考生都脱了一层皮。

考试结束，高一高二的学生都可以松一口气，准备迎接寒假了，但高三生不行。作为毕业班的学生，他们要多上一周的课，一周课程结束，正好期末成绩出来。

放假前一天，高三年级下午最后一节课开班会，班主任在会上强调了假期注意事项，同时下发成绩单。

孙志东在班会上点名表扬了一些同学，其中就有谢景聿和林粟。

谢景聿是这次市统考的第一名，而林粟，她这次进步显著，一举进入了班级前十，排名第八。

林晓穗之前就和林粟提过，找个机会，请她的同学一起到店里吃顿饭，感谢他们在学校里对她的照顾。

林粟其实一直也有请谢景聿他们吃饭的念头，就选了学期最后一天，邀请了"匡扶正义，为'杂草'正名队"的队员去"穗穗有食"吃饭。她本来也邀了孙圆圆和李乐音，但她们俩放了学都要回家，就作罢了。

班会结束后，他们一行六个人在教学楼前碰面，之后就一起去了学生街。

赵勇为和林晓穗知道林粟今晚带同学来吃饭，晚上歇业，只招待他们这一桌客人。

林粟带着同学到了店里，林晓穗立刻热情地招呼他们："哎哟，全是俊男美女，快，都坐下吃饭。"

赵勇为和林晓穗早就做好了一桌子菜，等人落座，就把厨房里温着的煲汤端上桌。

林粟把碗筷分好，又给他们每个人都倒了杯饮料。

许苑喊林晓穗："阿姨，您和叔叔也坐下吃啊。"

"不用不用，你们年轻人坐一桌好说话。"林晓穗摆手。

林粟多拿了两个碗摆在桌上，对林晓穗说："你们坐下吃点吧。"

林粟开了口，林晓穗就把赵勇为从厨房里喊出来，笑着说："那我们两个'老人家'就陪你们这些小年轻说说话。"

"小禾呢？"林粟问。

"她在隔壁水果店，和老板的女儿一起玩呢，不用管她。"林晓穗解释完，招呼林粟的同学，"都动筷子，别客气。"

周与森毫不忸怩，尝了一块红烧肉，冲赵勇为竖起大拇指："叔，您的手艺真的绝了，比我们学校食堂做得好吃。"

赵勇为被夸，高兴道："好吃就多吃点，以后想吃，还可以来。"

林晓穗也说："对，想吃就来，你们都是粟粟的同学，来店里吃饭，阿姨不收钱。"

周与森摆手："那不行，阿姨，不收钱我们可不敢来，怕把你们吃垮了，以后就吃不着这么好吃的饭菜了。"

林晓穗乐了："你们几个年轻人，能吃多少？"

许苑笑着接下话，说："阿姨，您可别小看高三生的饭量，一会儿您看看，我们能把这一大桌扫光。"

周与森和许苑把林晓穗逗高兴了："扫光好，你们正是长身体的年纪，是该多吃点。"

赵勇为给每个人都舀了一碗汤，关切道："考完试还要上课，累坏了吧？"

周与森："可不是，累够呛。"

程昱："累就算了，还没考好，晚上回去又得挨说。"

周与森："我这次又过山车了，也逃不过一劫。"

他俩齐齐叹一口气，看向在一旁老神在在坐着的谢景聿，觉得人比人真是气死人。

"景聿，你又拿了市第一，奖金到手后一定要请客吃饭。"周与森抬手拍了拍谢景聿的肩。

林晓穗意外，问："小谢是市第一？"

"对啊。"周与森说，"他每次考试都霸榜，次次都是我们年级的第一名。"

"这么厉害啊。"林晓穗本来就觉得谢景聿这个小伙子人很好，他之前还告诉她林粟的事，现在听说他成绩好，更是有了长辈的滤镜，觉得他很不错。

谢景聿接收到林晓穗的目光，下意识地把腰背坐直了。不知道为什么，他之前和林晓穗面对面说话的时候都很从容，今天却莫名紧张。

他轻咳了下，对林晓穗说："林粟这次也考得很好。"

"是吗？"林晓穗欣喜。

"可不是。"周与森说，"林粟这次进了班级前十，我们班主任还夸她来着。"

林晓穗一直没太过问林粟的学习成绩，怕给她压力，但做父母的，听到子女成绩好，自然是高兴的。

"看来以后我也要跟着景聿去图书馆卷一卷。"周与森发表了一句感慨。

程昱不解，问："关景聿什么事啊？"

"林粟上学期经常和景聿去图书馆自习，你看她这次进步多大，咱仨作为同班同学，不能落后啊，下学期我们就跟着他们一起学习，卷起来。"周与森踌躇满志地对着程昱和周宛说。

程昱、周宛："……"

他们可不想去当电灯泡。

桌上的几个小辈，除了周与森，个个表情都有些微妙。

许苑颇为头痛，她看向林晓穗，竭力地找补道："景聿学习好，小粟很好学，所以他们经常一起学习，互相帮助。"

"一起学习好啊，你们是同学，在学校就是要互帮互助，都考到好成绩，以后上个好大学。"林晓穗笑着看向谢景聿，亲切地说，"小谢啊，谢谢你平时这么照顾粟粟，以后也麻烦你多帮帮她。"

谢景聿有种受之有愧的感觉，他帮林粟，可不单纯是因为同学情。

"我会的。"谢景聿看了林粟一眼，说道。

林粟捧着杯子，低头喝着饮料，掩饰自己不自然的表情。

一顿饭吃得宾主尽欢，赵勇为和林晓穗都不是那种不懂分寸的大人，他们和小辈聊天不会瞎打听，就是和他们闲聊，说些他们朋友间的趣事。

吃完饭，时间也不早了，许苑他们几个商量了下，都觉得差不多该走了，赵勇为和林晓穗考虑到他们回去太晚也不安全，就没有多留他们。

林粟陪他们走到了街口，许苑说："小粟，你就送到这儿吧。"

她又看向谢景聿，说："景聿，你家远，就在这儿打车回去吧，我们几个先陪周宛回学校。"

谢景聿和林粟都知道许苑的意思，程昱和周宛也明白，周与森就是单纯信了许苑的话，还笑嘻嘻地挥挥手说："放假有时间再约啊。"

林粟挥了下手，目送许苑他们离开。

谢景聿等人走了，低头看向林粟，问："走走？"

林粟刚才出来的时候和林晓穗说了，和朋友们一起散散步，所以不急着回去。她点点头，走到谢景聿身边，和他一起沿着马路边往前走。

"恭喜你。"谢景聿说。

林粟："嗯？"

"这次考试进步很大。"

"有你的功劳，考试前你给我押的题，好多都考到了。"林粟说。

"我只给你画了重点，是你自己把知识点都吃透了。"

林粟抬头看向谢景聿，他们相视一眼，觉得这样彼此谦逊的样子有点好笑，就一起笑了。

他们走到了江边栈道，慢慢地散着步。

谢景聿低头看向林粟，犹豫了下，开口说："我寒假……要去国外。"

林粟愣了下，问："去找你妈妈？"

"嗯。"

"什么时候走？"

"明天。"

林粟讶异："这么急啊。"

谢景聿上高中后就没再出国和乔意一起过过年，今年他也不想去，但谢成康已经给他订好了机票，迫不及待地想把他支到国外去。

林粟没有心理准备，突然知道谢景聿明天就要走，一下子没能反应过来。

谢景聿看着她，说："我出了国，你有问题还是可以问。"

林粟低声说："你真把自己当成我的家教了啊。"

"不是家教，是什么？"谢景聿故意问。

林粟抿了下唇，余光看他噙着笑，好整以暇的模样，便也表现出一副云淡风轻的样子，随意道："要一起考去北京的战友啊。"

谢景聿的笑容倏地就收敛了，他往前跨一步，转过身站在林粟面前，一脸的凝重。

"我只是战友？"

林粟绷着脸："不然呢？"

谢景聿觉得林粟在说玩笑话，但万一她是认真的呢？

之前他问她知不知道答应和他一起去北京是什么意思，她说她知道，会不会她以为的和他以为的不一样，他们之间有信息差？

谢景聿意识到了事情的严重性，正色道："我不需要战友。

"我约你看电影，陪你去图书馆，帮你辅导功课，不是单纯为了学习。"

谢景聿看着林粟的眼睛，很快说道："我以为你明白我的意思，但现在看，你好像不是很明白，所以我认真和你说一遍。

"林粟，我之所以想和你一起去北京，是因为我喜——"

栈道上人来人往的，都是饭后出来散步消食的居民。林粟看到一个阿姨牵着一只金毛，驻足在边上盯着她和谢景聿，像在看热闹一样。

她脸上一热，赶忙抬起手捂住谢景聿的嘴巴，制止他往下说："我明白，我明白，你不用说了。"

谢景聿被捂着嘴，还在问："你确定你明白？"

"我确定。"

林粟一蒙，顶不住阿姨打量的目光，拉上谢景聿快步往前走。

走了一段路，离开了那个阿姨的视线范围后，林粟松一口气，这才后知后觉自己牵住了谢景聿的手。

她心口微跳，刚要松手，谢景聿却反握住她的手不放。

林粟抬眼，谢景聿轻轻咳了一声，有些耍赖似的，说："你说你明白的。"

林粟的气血往上涌，她受不住谢景聿灼人的目光，微微别开了头，低声说了句："……这里人多。"

"你的意思是，人少就可以牵？"

林粟眸光忽闪，默认了他的话。

谢景聿的嘴角忍不住上扬。

栈道上人多眼杂，的确不好过于亲密。

谢景聿松开了林粟的手，看着她说："我会尽快回国的。"

林粟脸上的热意一直没有退下去，她垂下眼，尽量忽视手上皮肤还残留的触感，说："你在国外好好陪陪你妈妈吧，不用急着回来。"

"今年本来想和你一起过年的。"谢景聿的话里透着遗憾。

他说得直白，林粟双颊滚烫，但还是很坦率地接道："今年不能一起过，以后还有机会。"

这句话就像一泓清泉，淌进了谢景聿心里。他笑意炽盛，轻声应道："也是，我们还有很多机会。"

3

高三寒假放得迟，假期第六天，就是除夕了。

以前，林粟很害怕过年。

年节时候林永田和孙玉芬总是指使她干更多的活儿，她也不像别的孩子，能跟着走亲戚，拿红包。别人全家欢天喜地，喜乐融融的时候，反倒衬得她更加形单影只、落落寡合。

但今年不一样。她离开了林永田和孙玉芬，离开了茶岭，不用担心会在过年的时候落单，也不用在家里来亲戚的时候，默默走开。

年前两天，赵勇为和林晓穗把"穗穗有食"关了，回家准备起了过年事宜。赵勇为是北方人，前几年林晓穗都是和他在北方过的年，今年是他们搬来临云市过的第一个新年，也是林粟来这个家的第一个新年，他们准备好好庆祝庆祝。

林栗第一回在市里过年，以前她总听人说城市里没有乡下有年味，但看着赵勇为和林晓穗忙着大扫除、贴春联、包饺子，她觉得这个年比往年过得都有年味。

除夕那天晚上，林栗和林晓穗、赵勇为还有赵佳禾一起吃了年夜饭，这是这十几年来，她吃得最安心的一顿年夜饭，没有冷嘲热讽，不用看人脸色。

饭后，林栗和赵佳禾在客厅里坐着看春晚，赵勇为拿着两个大红包，给她们姐妹俩一人一个，祝她们添岁快乐。

林栗收到红包很开心，这个开心无关红包的大小，就单纯因为收到来自长辈的祝福而感到喜悦。

晚上，林栗和李爱苹通了会儿电话。离开茶岭，要说林栗最不舍的，就是李爱苹这个从小一起长大的朋友。以前每年除夕，她们都会在一起守岁，今年没能待在一块儿，确实有点遗憾。

林栗一晚上陆陆续续收到了很多祝福消息，不仅有许苑他们的，还有班上其他同学的。上学期，她在班上和一些同学说上了话，交换了联系方式，她虽然不太会交际，但也愿意跨出一步。

她给所有有联系方式的同学都发了新年祝福，包括谢景聿。

消息发出去没多久，林栗就接到了谢景聿打来的语音电话。她起身离开客厅，回到自己的房间里接通了电话。

"喂。"

"吃完饭了？"谢景聿问。

"嗯。"林栗反问，"你呢？"

"还没。"谢景聿声音里透着一股懒散和困倦，"我才睡醒没多久。"

林栗和谢景聿有十二个小时的时差，这几天，谢景聿都是按照国内时间，定了一早的闹钟，在林栗睡前找她聊会儿天。

"你今天做了什么？"谢景聿问。

林栗想了想，回道："早上起来帮赵叔叔贴春联，下午帮我妈准备年夜饭，晚上吃了饭，看了春晚。"

"开心吗？"

"嗯。"林栗露出一个笑，语气都是轻快的，"好久没过过这么开心的新年了。"

谢景聿被她的快乐感染，心情也轻松了起来，他笃定地说："你已经把人生所有的苦吃完了，以后每个新年都会更好的。"

“希望如此。”

谢景聿听出了她声音里的雀跃和憧憬，轻轻一笑，说：“新年快乐，林粟。”

“新年快乐，谢景聿。”

他们两个隔着万里的距离，在电话里默契地笑了。

林粟觉得今天一天，在此时此刻圆满了。

新桃换旧符，辞去旧年，新的一年开始了。

赵勇为和林晓穗在市里没什么亲戚，过年期间，他们就只是去同在学生街做生意的几个相熟的朋友家做客，再有时间就带着林粟和赵佳禾去外面玩乐。

林粟和他们一起去逛了商场，看了春节档的电影，还去了游乐园。短短几天时间，林粟觉得自己越来越能融入这个新家庭了，她现在和林晓穗有了母女间的亲密，和赵勇为、赵佳禾已经能非常愉快地相处了。

初六，“穗穗有食”开门营业，赵勇为和林晓穗一大早带着赵佳禾出了门。林粟之前提过，让赵佳禾在家里待着，她来照顾，但林晓穗不同意。她说她把林粟接回来，不是为了让她帮忙带孩子的。

林粟自己在家没事，就专心复习。初八那天，市图书馆开馆了，她觉得那里更有学习氛围，就背上复习资料，出门去了市图书馆。

过年期间，市图书馆很冷清，没几个人在看书。她径自上了三楼，在经常坐的位置上坐下，拿出卷子开始做。

十点的时候，林粟接到了谢景聿打来的电话，她一时讶异，因为往常他都是在晚上才会找她。

接通电话，那头谢景聿问：“你在干吗？”

林粟压低声音回道：“我在市图书馆复习……你怎么这时候给我打电话？”

“没什么，就是突然想听听你的声音。”

林粟心头一动，笑了：“那你现在听到了。”

“嗯。”谢景聿轻声说，“心愿达成，你现在专心复习吧，我不打扰你了。”

“好。”

挂断电话后，林粟对着手机忍不住又笑了笑，觉得谢景聿现在一点都不像“高岭之花”。

她重新投入试卷中，也不知道过了多久，身旁的椅子突然被人拉开了。

她的注意力被强行分散，下意识地转过头，惊讶地看到了本应在大洋彼岸的人。

"你……"林粟都以为自己出现幻觉了，磕巴了下，问，"怎么回来了？"

"我之前不是说了，会尽快回国的。"

林粟花了点时间才回过神来，她盯着眼前的人看了又看："你回来怎么不提前和我说一声？"

"说了还有惊喜吗？"谢景聿坐下，转头看着林粟，眼神里隐含着期待，像在等人夸奖。

林粟当真惊喜："我还以为你要到开学才回来。"

谢成康和乔意是不想谢景聿早早回来，但他觉得在国外待着没意思，就自己订了机票，提前回来了。

"到开学太久了，我等不了。"谢景聿的话说得直白又隐晦。

林粟双颊微热："等不了什么……给我当家教？"

谢景聿知道林粟故意的，还配合地点点头，煞有介事地说："嗯，怕我再不回来，有人没认真复习。"

林粟先忍不住笑了。见她笑，谢景聿也缓缓地扬起唇角。

谢景聿什么东西也没带，他也不拿林粟的空白卷去复印，就帮她检查做完的卷子，把错的地方标注出来。

林粟拿着水杯去楼下装一杯水的工夫，再上楼时意外地看到谢景聿趴在了桌上，走近一看，他睡着了。她的心一瞬间就柔软得一塌糊涂。

昨天还没到聊天的点儿，谢景聿就给她发了条信息，说有事，晚上不能给她打电话。现在想来，他应该是坐了一晚的飞机回国，下机后也没休息，直接就来找她了。

林粟轻手轻脚地坐下，趴在桌上，侧着脑袋静静地注视着谢景聿。

明明之前相隔万里都觉得还好，现在他到了眼前，她的思念却翻江倒海地涌来，几欲将她淹没。

他回来了，真好。

谢景聿回国后，林粟和他又一起过上了天天泡图书馆的日子。年还没过完，下学期还没开始，他们已经提前进入学习状态。

元宵那天，周与森在群里约人晚上去临江广场看烟花，许苑已经从外婆家回来了，说她可以去，程昱也说自己有空，周宛还没从家里来市里，没办法成行。

谢景聿本来想单独约林粟出去的，但周与森直接在群里喊他和林粟，问他们来不来。周与森这么热情，林粟不想扫兴，就答应了，这么一来谢景聿只好也同意了。

　　晚上，林粟吃完团圆饭，和林晓穗说要出去找朋友，林晓穗拉着她，让她换上了新衣服——嫩黄色卫衣搭一条百褶裙，再搭一双靴子。

　　林粟以前不穿裙子，在茶岭的时候不能穿，在学校的时候穿不上。她长久没穿过裙子，总觉得别扭，但林晓穗坚持，她就穿着出门了。

　　过年期间，广场上灯火辉煌，路旁的灯柱上悬挂着一盏盏耀眼的红灯笼，年味十足。

　　林粟到时，一眼就看到了站在广场中央雕塑前的许苑，便直接走了过去。

　　许苑看到林粟，上下打量着她，忍不住夸道："小粟，你今天真漂亮。"

　　"谢谢。"林粟坦然回应。

　　许苑挽着林粟的手，冲她眨眨眼说："景聿上星期就回来了，你们最近天天见面吧？"

　　林粟的眼神忽闪。

　　许苑啧啧感慨："真没想到啊，景聿还挺黏人的。"

　　林粟微微一笑，并不否认。

　　没多久，周与森和程昱一起到了，他俩才来就咋咋呼呼的，互相聊着过年期间都去了哪儿、干了些什么。

　　"景聿呢，怎么还没到？"周与森问。

　　"喏，来了。"许苑下巴一抬。

　　谢景聿下了出租车，正要给林粟打电话，就听周与森扯着嗓子喊："小聿聿，我们在这儿。"

　　谢景聿收起手机，直接走过去。他最先看到林粟，目光就移不动了。

　　她今天穿得和平时不同，却一点都不违和，让人眼前一亮。

　　周与森挤到谢景聿身边，抬手搭肩，不满道："你不是前几天就从国外回来了吗？怎么约你出来打球都不来，你自己一个人都干吗呢？"

　　"你怎么知道我自己一个人？"谢景聿怼他。

　　"你除了我们这几个朋友，还能和谁玩？"

　　程昱心直口快，直接说："那肯定就是和我们中的某个人在一起啊。"

　　"谁啊？"周与森看向程昱，"你啊？"

　　"你觉得景聿会天天和我待在一起吗？"程昱无语。

　　"也是。"周与森嘿嘿笑着，把脑袋搁到谢景聿的肩头上，掐着嗓子说，

"要说小聿聿关系最好的哥们儿，非我莫属，他没和我一起打球，肯定不可能和你待在一起。"

谢景聿被恶心得起了一身鸡皮疙瘩，立刻抬起胳膊，嫌弃地把周与森的脑袋支开。

程昱更加无语，他都不明白周与森这家伙的成绩怎么会比自己好。

许苑忍不住笑了："好啦，人都到齐了，我们先走走逛逛吧。"

元宵节，城里不让随意燃放烟花，临江广场是政府允许的可燃放区域，今天晚上，广场周边有很多卖烟花的小摊，生意红红火火。

周与森、许苑还有程昱他们仨在摊子前挑烟花，谢景聿和林粟落在后头。

"你今天……"

林粟见谢景聿在打量自己，微微不自在地扯了扯裙摆，问："怎么了？"

"很好看。"谢景聿笑道。

林粟耳朵发热，更不自在了。

周与森买了一堆小烟花，招呼所有人去了广场，找了个空阔的角落燃放。许苑今天带了相机，作为一个记录者，在边上拍照留念。

江边风大，谢景聿侧过身，帮林粟挡着点风，问她："你明天什么时候去学校？"

"八九点，我要先去宿舍。"林粟回道。

"你最后一学期还要住学校？"

林粟摇头："不住了，我去宿舍把东西带回来。"

这是林晓穗的意思，林粟想最后一学期，少不了要熬夜，还是住家里比较合适。

谢景聿颔首，说："这样方便。"

"嗯？"

"我晚上可以给你打视频了。"

林粟眸光一澜，觉得谢景聿近来是越来越直白了。

许苑就在这时候捕捉到了他们对话的一幕，她赶紧拿起相机，恰好这一刻，一朵硕大的烟花在他们头顶绽放，烟花映亮了男孩女孩的脸，她果断地按下快门，将这一美好瞬间定格下来。

江水对岸齐齐放起了烟花，各色的花朵在夜空中竞相绽放，点燃了夜幕。

人潮霎时间向岸边涌动，所有人都仰着脑袋，欣赏着烟花转瞬即逝的美丽。

林粟没往人群中去，她站在原地，抬起头，认真地注视着夜空，那种黑暗被点亮的瞬间让她着迷。突然间，她右手一热，有人牵住了她。

谢景聿站在林粟身边，和她一起仰望着天空。

这场烟花，似乎就是青春最美的注脚，它是短暂的，却也是永恒的。

4

元宵过后，新学期就开始了。

元旦的不愉快过后，林粟主动和周帅提了终止资助的事，但这学期，她还是收到了资助费。她打电话问周帅，他说这是谢成康的意思。

林粟不知道谢成康是想把好事做到底，还是谢景聿和他交涉了。她没有拒收这笔钱，而是原封不动地存在卡里，和以前省下来的钱放在一起，打算等高中毕了业，成年了，有能力赚钱后，再把谢成康给的资助费补齐，一次性还给他。

报到那天，林晓穗和赵勇为一起陪林粟去了学校。到教室签完名后，他们去了宿舍办理退宿，之后就去宿舍里收拾东西。

林粟也是到了宿舍才知道，李乐音这学期也不住宿了，她妈妈辞了工作，在学校附近租了房子，准备陪读。

林粟和李乐音一走，宿舍里就剩周宛和孙圆圆了。毕竟做了两年半的室友，现在要分开，四个人都有点舍不得。但离别是人生必学的课题，她们只能接受。

报到当天下午，仍然是开学班会。因为是高中的最后一学期，高考在即，形势严峻，所以这次班会比较严肃，话题也沉重很多。

开完班会，所有人的表情都很凝重，除了周与森。他的心思不在学习上，而是想着别的事情。

这学期林粟不住校了，放学就和谢景聿、周与森还有许苑一起走。往常，周与森总喜欢领头走，今天却反常地落在了后头，观察着走在前面的人。

许苑觉得奇怪，放慢了脚步，走到他身边问："你今天怎么了？"

周与森一脸讳莫如深，他压低声音，神秘兮兮道："我发现了一个秘密。"

周与森还能发现秘密？尽管不相信，但许苑还是配合地做出好奇的模样，问："什么秘密？"

周与森朝许苑勾勾手，示意她凑近了听："景聿喜欢林粟。"

许苑听完，当真露出了诧异的表情，但她不是因为周与森的话而惊讶，而是惊叹于他钢筋一般的神经竟然敏感了一回。

"你怎么发现的？"许苑这回是真的好奇。

"太明显了。"周与森还觉得自己的观察力很强，扬扬得意道，"我昨天晚上发现，景聿把他的网名改了。"

许苑真没发现这件事，立刻问："改成什么了？"

周与森把手机拿出来，点了几下，递到许苑眼前。

许苑看了一眼，谢景聿现在的网名已经从高冷范十足的"Y"变成了和他本人气质一点都不符合的"秋收万颗子"。

"'春种一粒粟，秋收万颗子'，他要不是喜欢林粟，为什么会把网名改成这个？总不能是为了高考讨个好彩头吧，他就不是那样的人。"周与森分析得头头是道的。

许苑还以为周与森真的变敏锐了，原来是谢景聿主动暴露的。

人在觉得幸福的时候真是一点也藏不住啊。

"你说林粟喜欢景聿吗？"周与森看着走在前面的两人，问得认真。

许苑犹豫了下，觉得她还是别说破为好。

"你觉得呢？"她反问。

"我觉得林粟只把景聿当朋友，她除了学习，好像对别的事都不怎么上心。"周与森又开始一通分析，随后摇摇头，同情地感慨道，"可怜的小聿聿，居然也有单相思的一天。"

许苑觉得周与森的观察力还有待修炼。

到了校门口，林晓穗骑着电动车来接林粟，谢景聿看着林粟坐上车，目送她离开。他这副姿态落在周与森眼里就是"单相思"的铁证。

周与森走上去，一脸深沉地拍了拍谢景聿的肩膀，再捶捶自己的胸膛，相当真诚地鼓励他："加油，哥们儿支持你。"

谢景聿不知道周与森又唱的哪一出，满脸问号。

许苑在一旁憋笑憋得肚子疼。

晚上，林粟去"穗穗有食"吃晚饭，饭后，林晓穗再骑车把她送回家。

回到家后，她洗了澡，换了睡衣，坐在了书桌前。想到昨晚谢景聿说的话，她打开电脑，登上了QQ。

没多久，谢景聿就发起了视频申请。

林粟拿过桌上的镜子，整理了下自己的头发，这才接通视频。

这不是他们俩第一回视频，之前谢景聿在国外的时候，他们晚上也会视频聊天。

"才从店里回来？"谢景聿问。

林粟回说："回来有一会儿了，我刚才去洗了澡。"

谢景聿这才注意到她披散着头发，身上穿着睡衣。他的眸光微微一闪，岔开话问："明天开学考，有把握吗？"

"有。"林粟很坚定。

谢景聿笑了："我相信你这次还能进步。"

"我不会辜负你的期待的，'谢老师'。"林粟笑道。

他们闲聊了会儿，之后就拿出了今天下午刚发的复习卷，开着视频各做各的。做卷子的时候，他们都不说话，空气里只有笔尖写在纸上的沙沙声，单调，却又有另一番趣味。

谢景聿偶尔会抬起头观察林粟。她可能自己都没有发现，做题的时候她的微表情很多。

思考时她会蹙着眉，做不出题时她会轻咬着唇，想到解法时她的眼睛会微微睁大，做出题目时她会露出一抹浅浅的微笑。

谢景聿觉得林粟就是他的眼保健操，做题累了，看她一眼，就能缓解疲劳。

林粟把一张卷子做完，抬起头想问谢景聿几道自己不确定答案的题目，正好看到他点开手机在看。她不经意地扫了眼，随即定住视线。

"你在看什么？"

谢景聿听到林粟问，直接拿起手机递到摄像头前，大大方方地给她看。他刚才看的是一张照片——在临江广场，烟花底下，他们看着彼此，眼底韫着笑意。

"许苑发给我的。"谢景聿说，"拍得挺好的。"

林粟闻言，拿过自己的手机点开来看，果然许苑也给她发了照片。她仔细地再看了看照片上的他们，仿佛能感受到昨晚的快乐。

"这好像是我们的第一张合照。"林粟说。

"嗯。"谢景聿点了点手机，把照片存下，随后说，"以后我们还会有更多的合照。"

林粟眉眼一弯，轻声应道："嗯。"

他们开着视频一起复习，到了深夜，互相道了晚安。

虽然说不上这样是不是能提高学习效率，但抬眼就能看到对方的感觉很安心，即使不说话，彼此的存在也能让复习变得没那么单调。

第二天就是开学考，两天考试结束，没多久，考试成绩就出来了。

林粟觉得自己已经到了量变引起质变的阶段，这次考试，她成了班级第六，年级能排到前一百五十名内。

新的旅程开始，虽然预感不会轻松，但她觉得自己的身心都轻盈了许多，好像翅膀上长出了好多簇新的羽毛，展翅欲飞。

毕业班比较特殊，眼看六月份就要高考了，学校也不等半期考，在开学考后直接安排了一次家长会。

家长会在周日，那一天林粟带着林晓穗去了学校。家长会开始后没多久，她看到谢景聿领着一个打扮精致的女人上了楼。

谢景聿从后门给乔意指了个位置，让她进去坐着，之后就走到林粟身边站定，和她一起站在走廊上。

"那个是……你妈妈？"林粟觉得他们眉眼相似，问道。

"嗯。"

"她回国了？"

谢景聿点头："今天早上到的。"

林粟从窗户往教室内看去，谢景聿的妈妈保养得宜，看上去还很年轻。

"你妈妈很漂亮。"

谢景聿说："她是个舞蹈演员。"

"难怪。"林粟说，"她跳舞一定很好看。"

"嗯。"谢景聿顿了下，"她其实不是专业学舞蹈的。"

林粟面露讶异。

"她只在小时候学过几年舞蹈，我外婆家条件不好，没能让她继续学，但她一直没有放弃。

"后来她为了有机会近距离和舞蹈家学习，就去了市里的剧院当后勤，最后才一步一步成为一个舞蹈演员。"

林粟听完，由衷道："你妈妈是个很有毅力的人。"

谢景聿沉默片刻，应道："嗯。"

孙志东在家长会上和所有家长聊了下班级情况，说了这学期的安排。他讲完后，段长通过年级广播发表了一段讲话。

谢景聿在走廊上站没多久，就被孙志东喊去了办公室。

家长会结束，林晓穗从教室里出来，很快，乔意也走了出来。

"你就是林粟吧？"

林粟见乔意走到自己面前，礼貌地问了好。

乔意打量着林粟，笑意盈盈地说："我之前听景聿提起过你，你是他爸爸资助的那个学生。"

林粟神色一动，不卑不亢地应道："是的。"

"刚才听你们老师表扬了你，看来景聿他爸爸这笔资助费花得值，培养出了一个高才生。"乔意表面上在夸林粟，实际上句句不离资助的事。

林晓穗这时候拉过林粟的手，主动和乔意搭话："你是小谢的妈妈吧，我是粟粟的妈妈。"

林晓穗回头看了眼林粟，一脸慈爱地说："粟粟之前都不在我身边生活，多亏了小谢爸爸资助她，她才能上学。

"我一直想找机会见见小谢的爸爸，但粟粟说他工作忙，腾不出时间，今天见到你，太好了。"

林晓穗看向乔意，也不拐弯抹角，直接说："谢谢你们一直以来对粟粟的照顾，作为她的妈妈，我真的感激不尽。

"小谢爸爸资助粟粟上学，这份恩情我不会忘记的，现在我既然把孩子接回来了，之后就不能再要你们的钱了，还有之前的资助费，我都会还给你们的。

"我们不会白拿你们家的钱的。"

林粟没料到林晓穗会这么说，微微讶异。

同为母亲，乔意知道林晓穗这是在保护女儿。她恍了下神，再次看向林粟，说："你有个好妈妈。"

她说完苦笑了下，自嘲道："景聿应该和你说过吧，我不是一个称职的妈妈。"

林粟摇了摇头："他从来没有这么说过。

"我从他口中了解到的您，是一个好学、有毅力、有恒心的人。我想，他其实是为您感到骄傲的。"

乔意在这一刻才真正觉得自己是个糟糕透顶的妈妈。

谢景聿从办公室里出来，看到乔意在走廊上和林粟还有她妈妈在说话，心头一紧，立刻走过去。

乔意看到他，笑着招呼道："走吧，你爸爸叫人来接我们了。"

谢景聿看向林粟，林粟落落大方地说："晚上见。"

碍于家长在场，谢景聿没办法多说什么，只好点了下头。他跟着乔意下楼，问她："你刚才，和林粟还有她妈妈说了什么？"

"就随便聊了聊。"乔意转过头，故意问谢景聿，"怎么，怕妈妈为难她啊？"

"嗯。"

"真是……"乔意都气笑了，"男大不中留。"

乔意亲昵地要去捏谢景聿的脸，被他躲开了。她的眼神稍微失落，很快在他肩上拍了一下，笑道："你说得没错，我的确很喜欢林粟这个女孩，我宝贝儿子的眼光真不错。"

谢景聿闻言，嘴角一牵，笑了。

楼上，林粟问林晓穗："你刚才怎么和谢景聿的妈妈说要还资助费的事？"

林晓穗拉过林粟的手放在手心里，温柔地抚了抚，说："这是我之前就想好的，让你上学本来就是我这个当妈的应该做的事，总不能让别人代劳。

"而且我看得出来，你和小谢关系挺好的。"

林晓穗轻轻一笑，接着说："我不想欠着他们家的人情，让别人看轻你，你也是家里的宝，不比谁低一等。"

林粟动容，垂下眼说："谢景聿爸爸给的资助费，等毕业后，我自己还了就好。"

"钱的事你不用操心，我和你叔叔开着饭馆，能挣。"林晓穗宽慰林粟，"之前我受工伤，拿了一笔赔偿，扣去给林永田孙玉芬的五万，还剩一些，你拿去还给小谢他爸爸就好。"

林粟这才知道之前给林永田和孙玉芬的钱是林晓穗的赔偿款，她看着林晓穗断了的大拇指，心口微痛，哑着声说："这笔钱你自己留着。"

"钱是死的，人是活的，你要是过得不好，我留着钱有什么意义？"林晓穗摸着林粟的手，"我之前在鬼门关走了一遭，现在想想，大概是老天爷给我的惩罚，惩罚我狠心丢下你。

"这笔钱注定是要花在你身上的，我不能留。你拿去还了，以后轻轻松松地生活。"

林粟只觉鼻尖一酸，眼眶霎时湿润，她看着林晓穗，轻轻回握住了妈妈的手。

5

百日誓师大会后，高三开启了周考模式。

每周的周五和周六都是考试时间，周考不排名，为的是及时查缺补漏，让学生对考试脱敏。

黑板上的高考倒计时从三位数变成了两位数，时间在高压下一天天流逝，年级里的气氛也是一天天地沉重起来。

三月份，临云市进行了被称为"小高考"的一模考试，这次的考试成绩很具参考性，老师甚至直言说大部分同学的高考排名基本上会和一模差不多。

　　这次模拟考，谢景聿仍是班级第一，林粟进入班级前五。他们的班级排名虽然差不了几名，但是在年级里还隔着实验班的大部分学生。但不管怎么样，他们之间的差距在一点点地缩小。

　　模拟考后的那周，老师大发慈悲，没有安排周考。那个周末，高三生久违地有了喘息的空隙。

　　周六在教室里自习了一天，傍晚放学，周与森攒了个局，在放学后提出要去放纵一下，吃点"垃圾食品"，他说的就是可乐、汉堡、炸鸡之类的食物。

　　"我妈最近天天给我炖各种汤，吃各种营养餐，我真受不了。"周与森苦哈哈的。

　　他这句话引起了程昱的共鸣，程昱立刻双手双脚地赞同吃"垃圾食品"的提议："我也想吃点不健康的东西。"

　　周与森问剩下的人："怎么样？"

　　许苑说："我没问题啊。"

　　周宛随大流："我也是。"

　　周与森看向谢景聿，谢景聿看向林粟，问："你要去你妈妈的店里吃饭？"

　　林粟想了下，也觉得自己有段时间没和朋友们一起吃饭了，就说："我和她说一声就行了。"

　　谢景聿闻言点了点头，算是表明了自己的态度。

　　"那就定下了。"周与森一挥手，豪气干云道，"出发，踏平金拱门！"

　　他们一起出了校门，正要往麦当劳走的时候，林粟听到有人喊自己的名字，回头一看，居然是李爱苹。

　　"爱苹。"林粟讶异，问，"你今天怎么来了？"

　　李爱苹走过来说："这周末学校不上课，我就来市里找你了。"

　　"小粟，这位是……"许苑问。

　　林粟介绍道："李爱苹，是从小和我一起长大的朋友。"

　　"发小啊。"许苑对李爱苹一笑，大方地介绍自己，"你好啊，我是小粟的高中同学，我叫许苑。"

　　李爱苹轻轻点了下头，含蓄道："你好啊。"

　　许苑："我们正打算一起去麦当劳，你一起来啊。"

　　李爱苹扫了眼林粟身边的几个人，他们统一穿着一中的校服，她穿着县城中学的校服显得格格不入。

"不了。"李爱苹局促道,"我找小粟也没什么特别的事,你们既然有约了,那今天就算啦。"

林粟问:"你晚上要回学校?"

"我住我姑姑家里。"

李爱苹的姑姑家在临云市里。

林粟和许苑他们有约在先,不好爽约。李爱苹除了认识谢景聿,和周与森他们都不熟,强行拉着她加入,她也会尴尬。

"我明天找你。"林粟忖了下,说。

李爱苹点点头,挥了挥手,转过身打了辆车走了。

吃饭的时候,林粟一直在想李爱苹,她说都没说一声,直接跑来一中,感觉像是遇着了什么事。

吃完饭,从麦当劳出来,周与森提议说:"今天难得悠闲,我们去江边吹吹风,散散步啊?"

林粟思索了下,还是放心不下李爱苹,说:"我还有事,要先回去。"

周与森这回没问林粟什么事,也没有挽留,很干脆地就让她先走。他眼珠子一转,看向谢景聿,递了个眼色,说:"景聿,组织分配给你一个任务,护送林粟回家。"

谢景聿觉得周与森最近格外有眼力见儿,顺水推舟地点了点头,和林粟一起先走了。

周与森看着他们的背影,摇摇头感慨道:"景聿没了我可怎么办啊。"

许苑、周宛还有程昱互相看了看,既无奈又觉得好笑。

谢景聿和林粟往另一个方向走,路上,谢景聿问林粟:"担心你发小?"

林粟点头:"我觉得她的状态不太对。"

她拿出手机,找到李爱苹的号码,拨过去,电话响了好几声才被接通。

"小粟,怎么啦?"李爱苹在那头问。

"爱苹,你去你姑姑家了吗?"

"我……小粟,我突然想起在学校还有事呢,就不在市里住啦。"李爱苹支支吾吾地说。

林粟蹙眉:"你回县城了?"

"嗯。"李爱苹回道,"已经上车了。"

"这么着急?"

"反正在市里也没什么事,就先回去了。"李爱苹那边很嘈杂,她很快说,"小粟,车要进隧道了,一会儿没信号,我先不跟你讲了,等我到学校了给你发消息。"

林粟还要说话，电话就被挂断了，她听着手机里的忙音，眉头锁得更紧了。

"怎么了？"谢景聿见林粟神色凝重，问。

"我觉得爱苹有点奇怪。"林粟回想刚才的那通电话，当机立断道，"我要去一趟县城。"

谢景聿讶异："现在？"

"嗯。"

谢景聿没有阻拦林粟，他知道她拿定主意后就不会更改。

"我和你一起去。"谢景聿也很果断。

林粟看向谢景聿，她也知道他的性格，所以没有多做推辞，点了头。

他们决定好后，没多耽搁，直接打车去了汽车站，正好赶上去南川县的最后一班班车。

上车后，林粟才给林晓穗去电话，说自己晚上去南川县找朋友。林晓穗听她大晚上的去县城，非常担心，最后还是谢景聿拿过手机，说了几句话，林晓穗知道有他陪着，才稍微放心了些。

班车走高速，大概一个小时，到了县城。

下了车，林粟和谢景聿又打了车直奔南川中学。到了学校门口，林粟给李爱苹打去电话。第一个电话没人接，第二个才被接起来。

"小粟啊，我到学校了，给你发消息你没看到吗？"李爱苹接了电话就说。

林粟直接说："我现在在你学校门口，你出来一下。"

"啊？"李爱苹蒙了，"你在我学校门口？"

"对。"

"你怎么跑来了啊，这么晚。"

林粟说："你先出来，我们见个面。"

"噢，好。"

林粟和谢景聿就在校门外等着，约莫十分钟的时间，李爱苹匆匆跑出来。

"小粟……帅哥？你怎么也来了？"

林粟说："我不放心你，就来看看。你今天去市里找我，是不是有事要和我说？"

"我能有什么事啊。"李爱苹嘴上虽然这么说，但表情看上去委委屈屈的，像要哭了。

林粟和李爱苹从小认识，很了解她，从小到大，她心里委屈了或者伤心难过了，很难藏得住。

谢景聿知道她们小姐妹有话要说，指了指学校对面的读书吧，对林粟说："我在那儿等你。"

林粟点了点头。

李爱苹带着林粟进了学校，她们在校园里的小亭子坐下。

"你怎么大晚上的跑过来，多危险啊。"李爱苹拉着林粟的手说。

"你不也是自己一个人跑去市里找我吗？"林粟看着李爱苹，担心地问，"你怎么了？"

"其实也没什么。"李爱苹本来忍下来不打算说了，但林粟人老远跑过来，她就绷不住了。

"我这次一模考得很不好，老师说这样的成绩，上本科有点悬。还有，我最近才知道我喜欢的一个男生，他接受了别的女生的告白。

"我今天去找你，是心里难受，想和你说说话，我们好久没在一起聊天了。"

林粟问："那你怎么又跑回来了？"

李爱苹低下头，抠着手指说："我今天看到了你的新朋友，他们和你一样都是一中的，一定都很聪明，我这么笨，只会给添麻烦。"

林粟这才知道，李爱苹傍晚为什么会折返回县城，因为她在她们的友情里没了安全感。

"怎么会呢？"林粟紧紧抓住李爱苹的手，看着她的眼睛，认真地说，"你还记得吗？小时候我被养父养母关在杂物间里，是你偷偷来给我送吃的喝的，要不是你，我可能都没办法长这么大。"

李爱苹记起了这回事，看着林粟说："你在茶岭的时候就是个小可怜。"

林粟笑了下："以前只有你会关心我采茶后累不累、手疼不疼，还会给我送冰棍，你以前都不觉得我给你添了麻烦，我现在怎么会觉得你麻烦呢？"

林粟笃定地说："爱苹，不管我交了多少新朋友，陪我一起长大的朋友就只有你一个，我们会一直是好朋友的。"

李爱苹咬着嘴唇，真要哭了。

她们交心地谈了谈，李爱苹心里的小疙瘩没了后，就有心情八卦了。她看着林粟问："小粟，那个帅哥怎么会和你一起来县城，你俩是不是……"

林粟眼神忽闪，没有否认。

李爱苹暧昧地笑了："之前在茶岭的时候，我就看出你俩有猫腻，果然，我的直觉是正确的。

"快，和我说说怎么一回事。"

李爱苹又恢复了往常的活泼，林粟松一口气，含糊回道："就……我们说好一起考去北京。"

"哇，这就是传说中的双向奔赴吗？"李爱苹挤挤眼睛。

林粟别了下头发。

李爱苹知道林粟不好意思，并没有缠着她问细节，李爱苹拉着她站起身说："帅哥应该等你等着急了，我们先去找他吧。"

谢景聿坐在读书吧里，时不时抬头往校门口看一眼，总算看到了人，便立刻把书放回原位，走到对面去。

李爱苹看了眼时间，说："现在已经没有回市里的班车了，要不然，你俩晚上就在附近住一晚？"

谢景聿傍晚和林晓穗保证过，一定把林粟安全带回去，要是林晓穗知道他带她外宿，大事就不好了。

"我联系了私家车，一会儿就到了。"他咳了声说。

李爱苹点点头，依依不舍地抱住林粟："小粟，谢谢你今天来找我。"

林粟回抱住李爱苹，郑重地说："你以后有事一定要和我说，不要有顾虑。"

李爱苹忙不迭地点头，她又看向谢景聿，叮嘱说："帅哥，你记得把小粟安全送到家。"

谢景聿颔首："嗯。"

李爱苹往后退一步，看谢景聿和林粟并肩站一起，郎才女貌的，不由得感慨一句："我之前就说你们很登对，没想到说中了。"

林粟微窘："爱苹。"

李爱苹嘿嘿一笑，忽然说："我记起来了，小粟你之前摘'猫儿刺'的叶子，说要送的人就是帅哥。

"该不会你们那时候就……"

林粟捏了下李爱苹的手，示意她别往下说了。正好这时候谢景聿联系的私家车到了，李爱苹只好恋恋不舍地把林粟送上了车。

上车后，司机和谢景聿确认了下地址，就把车往临云市里开。

"和你发小好好聊了吗？"车上路后，谢景聿问。

"嗯。"林粟露出一个松快的笑，"还好今天来了。"

看她整个人松弛下来，谢景聿也笑了。

前头的司机从后视镜里往后看了眼，见他们穿着市一中的校服，侃了句："一中的学生怎么会在县城里？私奔？"

司机开玩笑，谢景聿便也半开着玩笑回道："不是，我们没遭到反对，不需要。"

司机："嘿，还是年轻好啊。"

林粟听了，颊面微热。

车厢内光线昏暗，谢景聿回头看着林粟，过了会儿主动提起："你之前夹在书里的枸骨叶子，是要给我的？"

林粟心口一跳，她沉吟片刻，坦然承认道："本来是想给你的，但是我觉得你不会要，就没有送出去。"

"现在要还来得及吗？"

"嗯？"林粟蒙了下。

谢景聿很快说："我的生日快到了，我想要一个礼物。"

林粟神色一动，立刻就明白谢景聿想要的是什么了。

那片夹在她书里的枸骨叶子，是他们共同的遗憾，现在他想弥补。

林粟觉得心口在发烫，那片早已枯朽的枸骨叶子，似乎在此时此刻重新长出了叶肉，生机盎然。

"好，我送给你。"她说。

谢景聿微微一笑，伸手覆上了林粟搭在座椅上的手。

林粟眸光闪动，过了会儿把手一翻，手心朝上，回握住了谢景聿的手。

汽车在马路上疾驰，路灯的灯光一下又一下地闪过车内少年少女的脸庞，他们交握着手，看着车窗外，各自笑着。

6

谢景聿的生日和二模撞在了一起。

往年他对生日都没什么期盼，也不觉得降生在这个世界有什么好值得庆祝的。但今年，他一早醒来就觉今天是个不同的日子，他的心中没由来地充满了期待。

今天是模考的第一天，早上不用早读，很多人都还没来学校。谢景聿打了车到了后门，去实验楼中庭没看到林粟，迫不及待地去了班级，也没看到她人。

他以为她还在家里没来，就在自己的座位上落了座，放书包的时候才发现抽屉里有个小盒子。拿出来，打开看到里面是一片塑封的叶脉书签，从叶子的形状和脉络走向来看，这是一片枸骨叶子。

新鲜的叶子不易保存，林粟就亲手把叶子做成了可以永久保留的叶脉书签。

书签底下有一张小纸条，谢景聿拿出来，打开后看见纸条上写着：生日快乐，希望以后每年的今天，你都觉得值得庆祝。

谢景聿反反复复地看着这句话，嘴角隐隐上扬，在这一刻因为一个女孩的祝福而真真实实地感受到了生日的喜悦。

他十八岁了，成年了，以后可以独立于世界，为喜欢的女孩负责了。

二模结束，考试成绩几天后出来，谢景聿稳定在市第一，林粟成了班级第三，且年级排名也进了前一百。

二模过后，时间在加速流逝，班级黑板上的倒计时变成了"4"开头，班上老师已经不打鸡血似的鼓励学生往死里学了，开始和风细雨地让他们放松心态，用平常心去迎接高考。

高考倒计时变成"39"的那天，新闻说晚上会有大型流星雨。周与森第一节晚自习一下课，就喊上谢景聿和程昱还有林粟和周宛一起下了楼，再去许苑班级叫上她，摸黑去了操场。

四月底，临云市已经有了初夏的光景，气温稳步上升，夜间不冷不热，十分舒适。

操场上绿草如茵，周与森一屁股坐在草地上，拍拍身边的位置，示意几个同伴："晚上有流星雨，都坐下来看看。"

程昱坐下来，仰头望着天："这能看得到吗？"

"兴许呢。"周与森双手往后一撑，惬意道，"看到就是赚到，看不到也没什么损失。"

许苑一笑，在周与森身边坐下。

周宛坐下了，但还有些担心，问："快上课了，我们跑出来没事吗？"

周与森："没事，都快毕业了，出来透口气，老孙不会说什么的。"

眼看高考就要逼近，现在比起成绩，学校里的老师更怕学生心态崩了，为此这段时间还拉着全年级学生去听了心理讲座。

林粟在边上坐下，谢景聿看到了，直接挨着她坐。

他们排成一排，齐齐抬着头望着天空。

操场宽广，学校周边也没什么高楼大厦，没了城市里灯光的干扰，夜空显得格外深邃。

"今天晚上星星真的好多啊！"许苑感叹了句。

周宛接话："这段时间一直在低头复习，好久没有抬起头看看星星了。"

周与森这时候抬起手指着天空，高声说："看，流星。"

几个人齐刷刷地盯着他指的地方看。

"哪儿呢？"程昱瞥了周与森一眼，"你不会是看花眼了吧？"

周与森"啧"了声："刚才真有一颗。"

程昱："你做题做出幻觉了。"

"真的！"

"不信。"

"你等着，我再找一颗让你看。"

他俩吵吵闹闹的，反倒让气氛无比轻松。

许苑抱着膝盖，明明朋友们都在身边，她却生出了一股不舍之情。

"再有一个多月就高考了，等毕业，我们不知道还有没有机会像现在这样坐在一起看星星。"

许苑说完，几个人都沉默了。

以前学习压力大的时候，总说想要快点毕业，但眼看真要毕业了，心里却不是滋味。

周与森到底是阳光开朗的人，很快说："哎呀，别整得这么伤感，我们又不是考完试就不见面了。等高考结束，放了假，我们可以一起来个毕业旅行啊。"

"这个靠谱。"程昱点头赞同。

许苑也说："我之前就想过了，等考完试，我一定要约你们一起出去玩。"

周宛："去哪儿呢？"

"去东南看大海？或者去西北看大草原？还是去西南看雪山？"周与森仍是"要想法，有很多；要方案，一个没有"。

许苑笑了，说："我们到时候再商量，反正只要和你们在一起，去哪儿都是开心的。"

"感动了。"程昱假意擦了擦眼睛。

周与森这时又指着天边，兴奋道："快看，流星！"

夜幕倏地一闪，程昱惊叹："真有啊。"

周与森得意："我就说吧。"

"我许了个愿。"许苑双手合十，放在胸前。

周与森问："什么？"

"希望一个月之后的高考，我们都能得偿所愿。"

几个人闻言，无声地笑了。

晚风轻拂，星子在夜空中忽闪，星空下的男孩女孩说说笑笑，约定着共赴一场不留遗憾的旅途。

他们在操场坐了有二十分钟，看到了几颗转瞬即逝的流星，这才心满意足地起身往教学楼走，接着为不遥远的未来奋斗。

谢景聿走在林粟边上，问她："五一假期要去图书馆？"

林粟点点头。

谢景聿毫不意外，和她说："我要向你请一天假。"

林粟被他请假的论调逗笑了，问："你请假，要干什么？"

"去趟植物园。要换季了，植物会有不同的物候现象，我去看看。"

林粟了然，问："你一般多久去一次植物园？"

"看情况。"谢景聿说，"以前没事我就会去园里逛逛，刘教授有时候带学生做课题研究，会带着我一起。"

"你对园里的植物应该都很熟悉了吧？"

"差不多。"谢景聿回道，"临云市的植物园还是比较小，主要以观赏性植物为主，和西双版纳的植物园比起来，植物种类没那么丰富。"

谢景聿提起植物就兴致很高，林粟想到上学期至今，他放假常常陪自己去图书馆复习，也没时间去植物园，心里动容，又觉得过意不去。

"准你假了。"林粟说，"你好好放松一下。"

谢景聿看着她："我现在要你履行承诺了。"

"什么？"

"你之前说过，只要我需要，你就会帮我的忙。"

林粟当然记得，她问："你要我帮你干什么？"

"陪我去植物园。"谢景聿垂眼说。

这点小事，也值得他用承诺来兑现？

林粟笑了："西双版纳的植物园我暂时不能陪你去，临云市的植物园倒是没问题。"

谢景聿也笑："'百花园'的花差不多都开了，你会喜欢的。"

他们俩走在边上，说着小话，跟有结界似的，旁人都进入不了他们的世界。

周与森在后头盯着谢景聿和林粟观察，过了会儿，悄悄和许苑说："景聿陷得很深啊。"

又开始了。许苑憋着笑，问："你又从哪里看出来的？"

"景聿最近换头像了，你不知道吗？"

"我知道。"许苑说，"换成了一只草蜻蜓。"

"那只蜻蜓就是林粟给他编的。"

"原来是这样啊。"

周与森又瞄了眼前边贴在一起走的人，煞有介事地说："我感觉林粟也有点喜欢景聿。"

周与森能有这个发现，已经比之前进步很多了。许苑装作什么都不知道的样子，配合地问："你怎么知道的？"

"前阵子景聿不是生日嘛，我看到了林粟送他的生日礼物，是亲手做的书签，可用心了。"周与森分析起来，"你说她要是不喜欢景聿，怎么会亲手给他做礼物？"

"有道理。"许苑点点头。

"我怀疑他俩现在已经'暗度陈仓'了。"周与森直接大胆猜测。

许苑忍不住笑出了声，问："他们要是真在一起了，不好吗？"

"是挺好的，但是……"周与森脸上难得地露出了些微苦恼的表情，"我心里怪怪的。"

他叹口气，解释说："以前我们几个都是朋友，他们要是在一起了，感觉就不一样了。"

周与森还是小孩子的想法，天真地以为人和人的关系是不变的，他们最好一辈子都像现在这样，永远是朋友，开开心心的。

许苑思忖片刻，措辞道："与森，我们都长大了，等高考结束，毕了业，就要上大学了。

"以后我们会有新的生活、新的圈子，还会有喜欢的人，未来会和人谈恋爱、结婚。你和景聿还有小粟可以一直是朋友，但人是往前走的，你不能停在原地，还要求他们陪着你静止。"

周与森被说蒙了，他看着许苑，好半晌问："谈恋爱、结婚，你也会吗？"

许苑心口一紧，眼睛眨了一瞬，轻声回道："会吧，因为我也长大了。"

周与森听完，表情怔怔的，也不知道是没能完全理解许苑说的话，还是听明白了，所以才发愣。

劳动节假期过后，离高考就剩一个月了。

三模安排在五月中旬，这次考试为了不给学生压力，学校不公布排名，但学生们看到自己的分数，也基本上有了底。

林粟的成绩已经稳定在年级上游，几回统考在市里的排名都不错，老师和她说过，高考只要保持住，去北京的大学是没问题的。

谢景聿的成绩更是稳定得令人发指，回回市第一不说，还能不断拉大与第二名的分差，这说明他即使没有对手，自身也在不断进步。

但林粟心里总觉不安。

三模过后，她基本上天天都去收发室，就怕有人又给谢景聿寄红色的信，影响他的心态。

高考倒计时变成"1"开头的那天，下午放学，林粟背上包就离开了教室，谢景聿从后边追上去，问："要去跑步？"

林粟迟疑了下，说："不是，我去下收发室。"

谢景聿垂眼，语气酸酸的："那个小郑哥又给你寄信了？"

林粟之前就察觉到谢景聿对小郑哥有莫名的敌意，一度还以为她会想报小郑哥的大学，她现在已经不是情感白纸了，多少懂了他的心思，不禁好笑。

"是啊。"林粟故意说，"他给我寄了明信片。"

谢景聿："你喜欢明信片，以后我给你寄。"

林粟失笑："你就在我身边，寄什么明信片？"

谢景聿被堵得没话说。

林粟看他吃瘪的样子，笑了声，说："小郑哥一直鼓励我要好好读书，走出茶岭，对我来说，他就是一个靠谱的大哥哥，我很感激他，除此之外，我们没什么的。"

"我知道。"这话林粟不用说，谢景聿也明白，只是在她面前，他的情感总会战胜理智，莫名其妙地吃一些飞醋。

他也是这段时间才发觉，自己也有不可理喻的占有欲。

谢景聿轻叹一口气，说："我陪你去收发室。"

林粟神色迟疑。

谢景聿瞧着她："不想我去？"

林粟看他冒着酸气，哪敢不让他跟着。

他们一起去了收发室，林粟打开信报箱，在里面翻了翻，没看到红色的信件，不由得松了口气。但她还是放心不下，今天没有，不代表明天、后天没有。那个人可能没寄到学校，直接寄去了谢景聿家里？

林粟越想越担心，从收发室出来，她直接问谢景聿："你最近还有收到信吗？"

谢景聿立刻明白林粟是在担心什么，也知道她为什么会来收发室了。他的心头顿时一软，他摇了下头，说："没有。"

"真的？"

"嗯。"

谢景聿不是为了让林粟宽心才这么说的，这学期临岩市的人的确没再寄任何信过来了，不知道是谢成康知道他听到了风声，加以干预了，还是寄信人收手了。

"到底是谁？他会不会在高考前又给你寄信？"

谢景聿看出了林粟的焦虑，抬起双手搭在她肩上，微微弯下腰，看着她的眼睛，安抚她："只是一个无足轻重的人，你不要放心上。"

"可是之前……"

谢景聿很快回道："之前他寄来的信之所以能影响到我，是因为他把我最看重的东西破坏了，但是现在对我来说，最重要的东西已经变了，他影响不到我的。"

林粟还是不放心，她仰着头，执着道："你保证。"

谢景聿难得看到林粟孩子气的一面，忍不住抬起手轻轻摸了下她的脑袋，语气轻松道："我保证。"

· Chapter 14 ·
六个人的毕业旅行

1

六月一日，是林粟的生日。

那天，赵勇为和林晓穗在店里做了一大桌的菜，林粟在一中的几个好朋友还有室友都来给她过生日，就连李爱苹都大老远从县城来到市里，为她庆生。

谢景聿开春的时候买了跳舞草的种子，细心栽培了三个月，植株已经长出了分支和叶片，只要对着它放音乐，叶片就会缓慢旋转。他把这株跳舞草作为生日礼物送给了林粟，庆祝她的十八岁。

林粟在成年这一天，感受到了多倍的幸福，老天爷好像把前面十几年没给她的糖，在这一天一次性地补偿给了她。

过完生日，晚上回到家，她把那株跳舞草放在了阳台上，找了首音乐对着植株播放，果然看到叶片在缓缓地转动，真像是在翩翩起舞。

她拍了个小视频发给谢景聿，又发了条消息。

春种一粒粟：跳舞草有什么寓意？

秋收万颗子：最喜欢的植物送给最喜欢的女孩。

林粟看着他的回复，眼底兜满了笑意。

不知道是不是解放日期将近，谢景聿最近是越来越露骨直白了，半点都不带掩饰的，以前那个高冷的小王子已经不复存在了。

这种反差让林粟觉得他整个人很鲜活，比起一开始认识时他冷静到近乎冷漠的状态，她更喜欢他现在这样，有温度，让人安心。

六月份是高考月，十年一剑，考前的几天，一中的临战气氛就已经很浓厚了。

考场安排出来的那天，全年级都在热议，"匡扶正义，为'杂草'正名队"的群里也在讨论。他们六个人，被分到了不同的学校，有的人留在了本校，有的被安排到了其他中学。

谢景聿的考场就在一中，林粟的考场在二中，虽然不在一个学校考试，但他们不觉得这是个遗憾，反正要去的地方是一致的，就无所谓经停站是不是同一个。

考前两天，谢景聿和林粟一起去看了考场。六号那天，全体高三生来了学校，各班班主任最后一次强调考场注意事项，叮嘱他们记得带好准考证、身份证还有考试用品，再为他们加油打气。

高中的最后一次动员大会结束，散会后，谢景聿立刻去找林粟。明天就要考试，他们的考场不在一个学校，之后两天都没机会见面，只能今天多说几句话。

"明天你妈妈送你去考场？"谢景聿问。

林粟点头，笑道："她比我还紧张，今天一早就跑到乡下的文昌庙烧香去了。"

"上一辈人都有这个习惯。"

"我让她也帮你祈福了，就当是讨个彩头。"

谢景聿平时不拜神佛，但是这回想信上一次，希望神明能保佑他们如愿以偿。

他们一起离开学校，才出校门，一个十二三岁的小男孩走上前来，对着谢景聿喊了一声："哥。"

林粟讶异，回头看向谢景聿，发现他的表情沉了下去。

"你没认出我吗？"

谢景聿看着眼前这个比自己矮两个头的男孩，心绪按捺不住地翻涌，那些过往的信件在脑海中纷纷浮现。

他想到了中考前夕收到的第一封信，信里是一张三口之家的全家福，眼前的男孩即使长大了，他也能看出来，对方就是照片中那个被谢成康还有一个陌生女人抱着的小孩。

谢景聿冷着脸，面无表情地说："我妈只有我一个儿子。"

"但你确实是我哥哥啊。"小男孩仍是笑笑的，用最无辜的语气说，"你叫谢景聿，我叫谢景衡，你看，爸爸给我们取的名字都是'景'字辈的。"

林粟听到这儿，瞳孔微震。

谢景衡表情无害，问谢景聿："我给你寄的信你都收到了吧？"

林粟先是微微一怔，随后更加震惊——眼前的小男孩就是那个给谢景聿寄信的人。

"我这段时间没给你寄信，是因为爸爸和妈妈吵了一架，妈妈发现了我和你联系的事，她把我骂了一顿，让我不能再给你寄信了，不然就要带着我搬家。

"我不是很想搬家，现在在临岩市，偶尔还能一家团聚，要是搬到了别的地方，我可能就真要变成别人口中没有爸爸的小孩了。"

谢景聿冷笑："看来你很想要谢成康这个爸爸。"

"他很好啊，会给我买玩具，带我去游乐园，陪我打游戏，还会参加我的家长会。"谢景衡停顿了下，苦恼道，"除了不能经常陪我之外，他是个很好的爸爸。"

谢景聿微微恍神，谢景衡口中的谢成康和他认知中的谢成康完全不一样。

从小到大，谢成康对他都是严厉的，小时候不允许他玩乐，上学后要他拿第一，稍微大一些就带着他到处应酬。

谢景聿其实有一段时间像别的男孩一样，崇拜过自己的父亲，他真的觉得谢成康对自己严格不过是为了让他变得更优秀。

直到中考前他收到了那封信，他的世界开始崩塌。

谢成康真的是将商人的功利性发挥得淋漓尽致，就连成家也是如此。他有两个家庭，两个儿子，一个家庭用来谋利，一个家庭用来享乐，一个儿子用来装点门面，一个儿子用来父子情深。

谢景聿觉得自己的人生就是个笑话。

林粟在一旁听完谢景衡的话，觉得世界观都被颠覆了。她一个外人尚且如此震惊，不难想象，当初谢景聿知道这件事时，会有多么崩溃。

她回头去看谢景聿，他眼神黯淡，显然被谢景衡的话中伤了。

林粟心头一紧，伸手拉了下谢景聿的衣角，让他看向自己："你不要听信他的话。"

"姐姐，我说的都是真话。"谢景衡用一种孩童般纯真的眼神看着林粟。

"你挑着今天这个时间，突然从临岩市跑过来，就只是为了说这些'真话'吗？"林粟直视着谢景衡，冷静地质问道。

"我不相信一个人的本性会变，你口中的'好爸爸'如果真的这么好，你为什么要寄信挑衅景聿？如果只是单纯的炫耀，你不需要刻意挑着时间，总在重要的考试前影响他的心态。"

林粟盯着谢景衡，一针见血地说："你之所以这么做，是因为你嫉妒景聿，你知道在你的'好爸爸'眼中，他比你优秀，所以你想毁了他。"

谢景衡原本一派天真的表情在林粟的句句话中，一点点地瓦解，露出了阴郁的本色。

"你猜如果你的'好爸爸'知道你一直在暗地里影响景聿，他会怎么做？"

谢景衡不再扮演单纯无害的小孩，展现出了攻击性，他冷哼一声说："他要知道早知道了，我寄第一封信的时候，就做好了心理准备，但是什么也没发生。"

"谢景聿不敢说，因为他怕说了他的家就没了。"谢景衡冲着谢景聿嘲讽道，"你就是个懦夫。"

谢景衡小小年纪，心理已经扭曲了，林粟张嘴想要反驳，被谢景聿拉住了。

他没被激怒，反而神色平静地看着谢景衡说："我曾经的确很想维护所谓的'家'，哪怕它是一座废墟。但是现在，我已经不需要它了。

"我之所以到现在还没有把你寄来的信给谢成康看，是因为我知道真正带来伤害的人是谁，我该记恨的是谁，而你也不过是个受害者。"

谢景衡的神情在这一瞬间崩坏，谢景聿轻描淡写就把他所做的一切变得毫无意义，在他这个同父异母的哥哥面前，他自以为的报复都显得幼稚可笑。

"你不要假仁假义，扮演一个好人。"谢景衡咬着牙说。

"我不需要在一个对我来说无关紧要的人面前扮好人，你并不值得我上心。"谢景聿说得冷静、冷漠，他是真觉得把仇恨发泄在一个陷在自我情绪中的小孩身上，并不能解决任何问题。

他并不是造成这场家庭悲剧的原因。

谢景衡咬紧了牙，过了会儿莫名一笑，对谢景聿说："哥，妈妈生了个妹妹，我给她取了个小名，'小满'，寓意圆圆满满。"

谢景聿神色微动。他记起了之前收到的一封信，信里的照片是一双小孩的袜子，在照片背后，谢景衡问他：哥，圆满的爱是什么样的，你应该知道吧？

就是这封信，让他觉得寄信的人也很可悲。

"我和小满一起，祝你高考顺利。"

谢景衡丢下一句诅咒似的话就走了。

林粟没想到谢景聿家庭的隐私竟然以这样的一种方式暴露在自己眼前，她来不及惊愕，恐惧和担心压倒了一切情绪。

她转过身，面向谢景聿，看着他的眼睛，语气急促道："谢景聿，我不允许你受他影响，不允许你崩溃，明后天的考试你给我好好发挥，如果你失误了，没去成北京，我不会为了你放弃去我想去的地方，我会丢下你，一个人走得远远的。"

林粟攥着双手，一字一句清清楚楚地说："你知道的，我说到做到。"

谢景聿看着林粟，她眼底匿着一股狠劲儿，当初在茶岭的深山里，她在陷阱外看向他时，就是这样的眼神。

决绝，果断，拥有着破釜沉舟的勇气。

谢景聿忽地笑了，说："林粟，你就算是想激我，也不用把话说得这么狠。"

林粟喉头一哽："我是认真的。"

谢景聿见她眼圈红了，知道她是真的在害怕、恐慌。他心口一揪，很想抱她一下，但碍于在校门口，只能按捺下冲动。

他收起笑意，微微弯下腰，看着她说："我不是和你保证过了吗？这次不会受到任何人的影响。你认识我到现在，我答应你的事，哪一件没做到？"

林粟知道谢景聿是最守诺的人，当初她找人把他从陷阱里救上来，他明明可以一走了之，当作什么事都没发生，但他还是遵守了约定，让他爸资助了她。

这次，她也相信他。

"说好一起去北京，我就不会爽约。后两天的考试，你安安心心的，不用担心我，我会一如既往地出色。"谢景聿对着林粟笑了下，承诺道，"等考完试，我一定第一时间去找你。"

"好吗？"他问。

林粟起伏的心绪被抚平了，她知道向来冷静自持的谢景聿还在，他不会失误。

"好。"她轻点了下头。

2

六月七号、八号，高考进行中。

两天时间，临云市所有考场附近的道路都被管制，周边静悄悄的，只有考生的父母等在校门口，翘首以盼。

高中三年的拼搏和努力，是为了这两天，又不只是为了这两天。

八号下午，随着最后一场考试结束的铃声响起，这个盛夏正式开启。

考试结束后，工作人员将校门打开，一大群学生从校园里涌出来，他们叫着、喊着，兴奋地奔向校外。

谢景聿刚走出校门，就被一个前来采访的记者拦下了。

"同学，采访一下你，今年高考卷难吗？"记者问。

"挺简单的。"谢景聿随口一答。

记者露出吃惊的表情，他拿回话筒还想问几个问题，谢景聿礼貌地拒绝道："对不起，我没有时间。"

"你是考完试，迫不及待想去找自己的爸爸妈妈吗？"记者又将话筒递到谢景聿嘴边。

谢景聿扫了眼摄像机，很快说道："不是，我要去见一个女孩。"

记者"哦——"了一声，还想问，谢景聿丢了句"抱歉"，匆匆离开。摄像机的镜头追随着他，记录下了他往前奔跑的身影。

一中和二中有差不多两公里的距离，高考才结束，考场附近的交通还没完全恢复过来，谢景聿没时间打车，直接跑向二中。

一二中之间有一家大型的新华书店，谢景聿一口气跑到书店前，抬眼就看到了朝自己奔来的女孩。他们在书店前相遇，站定后看着彼此，两人都在剧烈地喘着气，对视的那一秒，一起笑了。

"不是让你在考场等着，我去找你？"谢景聿嘴角上扬。

"你知道我不是会等在原地的人。"林粟也笑。

谢景聿和林粟看着对方，脑海中回忆起了他们相识至今的点点滴滴，茶岭上的相遇仿佛还在昨日，转眼三年过去，他们褪去了当初的青涩，一脚踏入了成人的世界，开始有了大人的模样。

在人来人往的街头，他们就这么静静地注视着彼此，心中莫名感动，很多话不用说出口，彼此就已经明了。

谢景聿朝林粟伸出手，林粟眸光微动，没怎么犹豫，抬起手搭在他的掌心里。他们的动作自然得好像这不是他们第一回在日光底下、人群之中牵手一样。

"晚上不用去图书馆复习了，我们去哪儿？"谢景聿问。

林粟想了下，说："我有点饿了。"

"走吧，先带你去吃饭。"谢景聿牵着林粟往前走，"想吃什么？"

林粟想了下，说："汉堡。"

"还没吃腻？"

"有段时间吃腻了，我们准备实践大赛的时候，你经常说要去吃汉堡。"

谢景聿为自己解释道："我是想让你能有机会把所有的汉堡都尝一遍。"

"我知道。"林粟莞尔一笑。

谢景聿低头,问她:"既然吃腻了,怎么还想吃?"

"好长时间没吃了。考试前我妈连冰水都不让我喝,我现在就想喝一杯冰可乐,吃个汉堡。"林粟难得表现出小女生的一面。

"你高考结束后的放纵也太简单了。"谢景聿笑道。

林粟垂眸,扫了眼他们交握在一起的手,慢声说:"因为最疯狂的事我已经做完了。"

谢景聿嘴角的笑意在渐渐加深。

街道上人群往来如潮。今天是解放日,街头巷尾都是才从没有硝烟的"战场"上出来的毕业生,他们撒欢似的跑着、跳着,释放着难以抑制的喜悦。

谢景聿和林粟穿着校服,就这么光明正大地牵着手走在人潮之中,路上的行人纷纷朝他们注目,心里感叹着:青春真美好啊!

高考结束后的第二天,一中高三年级一起办了谢师宴。

六月份天气开始热了,晚上,林粟穿上了林晓穗给自己买的一套连衣裙,出门后打车去了举办谢师宴的酒楼。她在路口下了车,听到谢景聿喊自己的名字,回头一看,他就等在路灯底下。

林粟小跑过去,问他:"等很久了吗?"

"没有。"谢景聿说,"周与森他们已经到了,我们也过去吧。"

"嗯。"

一中全年级把市里的一家酒楼包下了,林粟和谢景聿到时,抬头就能看到酒店门口的显示屏上滚动着祝贺语,祝一中全体高三生毕业快乐,前途光明。

他们一同进入酒店大堂,才进去就碰上了几个在等电梯的老师,其中就有王云芝。老师们齐齐看过来,林粟莫名有种做坏事被长辈当场撞破的感觉,一时有些紧张。

谢景聿倒是从容得很,主动和几个老师问了好。

王云芝的目光在谢景聿和林粟身上转了一圈,很快露出一个和善的笑,说:"景聿,昨天考完试,你的那个采访我看了。"

她意味深长地看了眼林粟,眼底兜满了宽容的笑意,问:"之前你们两个在周记里同时写《四百击》,不是巧合吧?"

谢景聿坦然一笑,应道:"嗯,不是巧合。"

林粟微窘。她知道王云芝说的采访是什么。

昨天晚上，许苑特地发了谢景聿高考结束后被采访的视频给她看，说这个视频在网上火了，虽然谢景聿只讲了三句话，但好多人都说透过他看到了青春的模样。

许苑还说，采访一播出，校园论坛里的热帖就是谢景聿要去见的女孩是谁，学校里好多人都在讨论这件事。

电梯到了，几个老师先进去，林粟轻轻扯了下谢景聿的衣角，谢景聿便自如地和几个老师打了声招呼，说还要等同学，一会儿再上去。

几个老师理解地笑了。

电梯门关上后，谢景聿笑着问林粟："你紧张什么？"

"老师知道我们……"

谢景聿的笑意更深了："我们已经毕业了，他们不会管的。"

"走吧。"另一部电梯到了，谢景聿自然地拉起林粟的手走了进去。

一中高三年级承包了整个酒店，两个班一个厅，三班和四班的聚会地点在五楼，电梯一开门，就听到了沸沸扬扬的喧闹声。

谢景聿和林粟走进大厅，周与森立刻起身招了招手，说："这儿。"

林粟走过，在周宛边上坐下，谢景聿挨着林粟坐。

周与森看他们两个跟连体婴一样，一分钟都不愿意分开，忍不住啧啧两声，说道："你们果然早就'暗度陈仓'了。"

程昱一时没反应过来，问："什么'暗度陈仓'？"

"你俩都不知道吧，景聿和林粟……"周与森看向程昱和周宛，举起两只手，大拇指对着弯了弯。

程昱和周宛的表情都有些微妙。

周与森以为他们是吃惊，扬扬得意道："还是我眼尖，早就发现了。"

程昱忍着笑，夸他："那是，还得是'周 sir'你啊。"

周与森又做出一副谦虚的模样，说："其实是景聿太招摇了，又是改网名，又是换头像的，恨不得告诉全世界，他喜欢林粟。"

"不行吗？"谢景聿瞥他。

"行行行，你就炫耀吧。"

林粟坐在一旁，有点难为情，但她的嘴角始终噙着淡淡的笑。

以前她和谢景聿是暗牌，现在是明牌，在好友们面前，他们没什么要掩饰的。

很快，谢师宴开始，三班四班的班长上去致辞，他们把所有科目的老师感谢了一遍，之后又拉了几个老师上去说话。

孙志东上台，第一句话就说，今天应该是他最后一次在全班人面前发表感言了，今晚过后，他这个班主任就要成为过去时了。

三班的很多学生听到这儿就绷不住了，一个个在底下抹着眼泪，高考结束的喜悦在这一刻淡了不少，他们都意识到离别将至，以后全班再要这么聚在一起，怕是难了。

孙志东说完话从台上下来，周与森立刻招呼桌上的人拿上杯子，一起迎上去。

"老孙，这三年，辛苦你了，以后咱俩见了面就不是师生关系了，是好哥们儿。"周与森一点也不"尊师重道"，直接把手搭在孙志东的肩上，和他称兄道弟的。

"没大没小。"孙志东嘴上这么训着，脸上却堆满了笑意。

他们五个敬了孙志东一杯，和他道了句辛苦，孙志东一杯酒下肚，看着他们无限感慨。

他让周与森以后遇事沉稳些，不要总是冲动做事；他让程昱要勇敢一些，遇事不必瞻前顾后的；他让周宛要自信起来，她身上其实有很多闪光点。

"景聿和林栗……"

林栗听孙志东点了自己和谢景聿的名字，心口微跳。

孙志东露出了一个自得的笑容，老顽童似的说："我当了多少年老师，带过多少学生了，你们以为能瞒得过我？

"不过我对你们两个很放心，你们都是思想很成熟的人，分得清轻重缓急，在学校的时候你们在学习上互相帮助，之后上了大学，也要相互支持、一起进步。"

孙志东看向谢景聿，特意叮嘱："景聿，你是男生，要记得多照顾林栗。"

"我会的。"谢景聿郑重应道。

林栗刚才还有些忐忑，以为孙志东是要"秋后算账"，但他并没有批评她和谢景聿，而是给予理解和支持，这反倒让她心里难受了。

昨天才高考完，她还没能完成身份的转变，仍觉得自己是学校里的学生，要受老师的管教。但孙志东的话提醒她，老师们再不会对他们多加约束了，以后不管是穿"奇装异服"、披头散发还是谈恋爱都不会有人制止了。

他们真正地要迈出高中校园，此后就要学会对自己的人生负责了。

高考结束，所有学生都翻身把歌唱，在谢师宴上和老师们打成了一片，平时在学校里不敢唱反调，今天晚上撒开了玩闹。

毕业生很多成年了，有些男生不喝饮料，喝上了啤酒，似乎这就是他们证明自己已经长大了的一个方式，虽然仍透着孩子气，但也莽得可爱。

谢景聿被朋友架着喝了几杯，林粟晚上时不时地观察他的状态，他不上脸，不过眼睛越来越亮了，也不知道这是会喝，还是不会喝。

"醉了吗？"

林粟抬起手，在谢景聿眼前晃了晃。他慢半拍地摇了下头，之后凑到林粟耳边说："陪我出去透一口气。"

林粟点点头，她和周宛知会了一声，起身和谢景聿一起走出了大厅。他们搭乘电梯上了顶楼，又爬了层楼梯，到了天台上。

谢景聿拉着林粟走到正中央的一个小平台上，用手拂了拂台面，让她坐上去，自己再坐在她身边。

初夏的晚风挟带着温意，拂在脸上轻轻柔柔的，不冷不热，沁人心脾。

"今天晚上的星星还挺多的。"林粟仰起头说。

"是很多。"谢景聿也抬起头，形容道，"像文竹的花。"

"文竹的花长什么样的？"

"像天上的星星。"

林粟被逗笑了，她觉得自己问了个傻问题，也觉得谢景聿在犯傻。按往常，他一定会认认真真地和她科普文竹是什么植物、有什么特性、开的花是什么形状的。

"你是不是喝醉了？"林粟又问了一遍。

谢景聿低下头："你看我像喝醉了吗？"

"像。"

"你从哪儿看出来的？"

林粟笑道："你现在有点……不聪明。"

谢景聿也笑了下，说："在你面前，我从来都不聪明。"

林粟心头一动，又拿不准他现在醉没醉了。

"林粟。"

"嗯？"

"我们现在是在交往吗？"谢景聿看着她，直白地问。

林粟眸光忽闪，抬起手别了下头发，说："你现在才问这个问题，会不会太迟了？"

"因为我突然想起来，我好像没有认真地告诉过你，我喜欢你。"

林粟被谢景聿突如其来的告白定住了。

"我也不知道自己到底是什么时候开始注意你的，或者从我们认识的那一刻起，你对我来说就是特别的存在。

"有你在的场合，我都会下意识地去注意你，只不过一开始我对你有偏见，没有真正了解到你是什么样的人，和你相处后，我才发现，你很独特。

"你身上有很多植物的影子，我总是能被你吸引，我以前从来没想过自己会喜欢什么样的女孩，但是你出现后，在问题之前就有了答案。"

林粟的眼睛倏地一热，有点想哭。她不是感性的人，但今晚内心深处却屡屡被触动。

"你说完了吗？"林粟问。

"嗯。"谢景聿颔首。

"那轮到我说了。"林粟深吸一口气，缓缓开口说道，"我以前觉得自己不会喜欢上任何人，感情只会是负累，会影响我前进的脚步，但是遇到你之后，我的想法改变了。

"在你身边，我总是充满动力，想要变得更优秀、更出色，以前我的目标是'逃离'，和你在一起后，我学会了以'希望'为目标，看向更远的地方。"

林粟的眼睛湿润润的，她微微抬起头望着谢景聿，露出了一个无限释怀的笑容，坦然道："谢景聿，我也很喜欢你。"

谢景聿的心潮瞬间澎湃，此时此刻，林粟的眼睛比文竹的花还要好看。他按捺不住，在本能的催动下，想也不想就低下头，轻轻吻了下她的眼睛。

天上的文竹花开得更璀璨了。

3

谢师宴那天晚上，一曲《送别》唱完，老师和学生抱着哭成了一片。但青春没有不散的宴席，短暂的相聚过后，就是离别。

这是成长的课题，谁都不能逃课。

高考前，许苑提过毕业后一起出去旅行的事，谢师宴过后，她就紧锣密鼓地安排起了这件事。她很快做出了几个方案，发到群里让所有人选择。

林粟对这种团体活动本来是既来之则安之的性格，但看到许苑的方案里有云南，就率先投了一票。她选了云南，谢景聿自然也要跟着去。

周宛本来不打算参与这次旅行的，但看到去云南的行程中有登雪山的项目，也投了云南一票。

他们三个人选了云南，周与森、程昱和许苑便不纠结了，最后全票通过，决定这次毕业旅行的目的地就是彩云之南。

林粟没出过省，对旅行更没有经验，只知道要带好钱。

学校里每次大考都会设置奖金，林粟在高中三年拿了不少的进步奖奖金，加上林晓穗平时给的零花钱，她自己攒了一笔钱。

林晓穗知道林粟要和朋友出去玩，给她买了个行李箱，又给她打了一笔钱，说是她的毕业奖金，让她好好玩。

出发前一天，林粟收拾好东西，晚上和谢景聿打了视频，两个人互相提醒对方要带的东西，最后又一起聊着天睡着了。

许苑统一订了上午的机票，他们一行六人约好在机场碰面。谢景聿一早先去接了林粟，到了机场，他帮她办理了登机手续，之后又把两人的行李托运了。

托运完行李，周与森和许苑就到了，没多久程昱和周宛也来了。他们值机后，一起过了安检，在候机厅里稍作休息，很快就排队登机了。

六个人中，林粟和周宛是没坐过飞机的，许苑很贴心地让她们坐在靠窗的位置上。谢景聿挨着林粟坐，飞机起飞时，他见林粟有点紧张，就拉过她的手，轻轻地摩挲着，缓解她的情绪。

飞机升空后，机身平稳了，林粟透过舷窗看着外面层层叠叠的浮云，真觉得自己变成了一只小鸟，飞出了大山。

两个多小时的航程结束，飞机在昆明落地。他们在昆明稍作休整，下午就转了动车直接去了大理。从大理站出来，他们又坐车直奔古城，等到达最终的目的地，已经是下午四点多钟了。

许苑早就预订好了古城里的一家民宿，到地方后，他们先去办理了入住，之后搬着行李上了楼。考虑到队伍里男女生的人数都是奇数，许苑订了两间三人房，他们的房间在最顶上，出门就是一个小天台，站在外面可以看到远处的苍山。

林粟把行李放进房间里，出了门站在天台上，眺望着远处连绵的山峦，忽然就明白了小郑哥以前说"眼前的山再不是山"这话的意思。

人的心境不一样了，看待世界的角度也就不同了，现在对她来说，青山不再是牢笼，而是风景。

谢景聿在楼下的自助机上买了水，上楼看到林粟站在外面，走到她身边，拧开瓶盖，把一瓶水递给她。

"累吗？"

林粟回头，接过水，摇了摇头说："我还好。"

谢景聿看她眼底透着淡淡的笑意，被感染着也笑了一下，问："很高兴？"

林粟不带迟疑地点了点头，说："外面的世界真漂亮。"

谢景聿和她并肩站在一起，眺望着远处的苍山，一时间好像回到了过去的某个时刻，他们也曾这样站着，看着茶岭连绵的山脉。

那时候他们都被某种命运困在了原地，但现在他们都不同程度地获得了解放。

"以后我们还会一起去更多的地方。"谢景聿说。

林粟笑着颔首："嗯。"

在民宿里休息了会儿，他们六个人出门觅食，许苑提议吃菌锅，其他人都没意见，他们就找了家店，尝了尝本地的特色。吃完饭，他们逛了逛古城。晚上的古城十分热闹，大理是旅游城市，一年到头就没有真正的旅游淡季，处处是游客。

今天奔波了一天，几个人都有些累了，所以逛没多久，他们就回了民宿。

时间还早，许苑、周宛和林粟洗好澡后待在房间里，第一次集体出行，她们都有些兴奋，一时半会儿睡不着觉。

许苑带了面膜，她们仨就躺在床上，一人一张敷着。

"你们……想喝酒吗？"周宛敷着面膜，忽然问。

林粟没想到向来最不会做出格事的周宛会这么问，一时讶异："你想喝？"

周宛点点头，有种豁出去的感觉："好不容易毕业了，我想放纵一下。"

"我们出来玩，本来就是想干什么就干什么。"许苑很快说，"正好我也没喝过酒，今天就来试试。"

许苑当机立断，把面膜一揭，跑下楼，买了好几罐冰啤酒回来。到了房间里，她问林粟："小粟，你喝吗？"

林粟也没喝过酒，见她们两个跃跃欲试的模样，心里蠢蠢欲动，最后点了下头。

她们围坐在一张床上，打开啤酒，先说了几句祝酒词。

"祝我们的友谊天长地久。"许苑先说。

"祝我们更加自由。"周宛说。

林粟想了下，举起手中的啤酒，说："祝我们未来越来越好。"

"干杯！"

她们齐齐碰杯，再一口气喝下半罐的啤酒。啤酒口感微涩，入口的时候还觉得有苦味，但喝进肚子里后却又让人浑身舒爽。

周宛喝完一罐啤酒，很快就上脸了。

许苑见她这样，笑着说："听人说，喝酒会脸红的人酒量都很好。"

周宛抬手摸了摸自己的脸，问："我的脸很红吗？"

许苑："都像西红柿了。"

"林粟的脸也红了，像……"周宛盯着林粟，想了想，"见到意中人的少女的脸庞。"

许苑哈哈笑了，说周宛："你以后一定会是个出色的作家。"

"这是我的梦想，不知道能不能实现。"周宛叹了一口气。

许苑笃定道："你有这个才能，我相信你可以的。"

"才能啊……"周宛摇摇头，神色落寞地说，"我其实没什么特别的长处，不管哪方面都普普通通的，还是个很阴暗的人。"

林粟和许苑齐齐看向周宛。

"我其实特别讨厌你们。"

周宛先看向林粟，迷离着眼睛说："林粟，刚上高一的时候我很不喜欢你，因为你太坦荡了，你从来不掩饰自己的贫穷，也不会在意别人异样的眼光，你越勇敢就显得我越像个小丑，拼命地想要掩盖自己的出身，时刻担心会不会露出马脚，遭人笑话。"

"还有许苑……"周宛把目光移到许苑身上，"我真的很嫉妒你，明明我们的名字那么像，但是我们的境遇却完全不一样。看到你，我就忍不住怨恨命运的不公，我也很想像你一样自信大方，想做什么就能做什么，而不是处处小心谨慎，只能被动选择。"

周宛压抑许久，今晚借着酒劲一股脑把内心的黑暗袒露了出来。她捂着脸，哽咽道："其实我心里很清楚，你们什么错都没有，我讨厌的，是在你们面前自卑、懦弱、阴暗的我自己。

"我真的太差劲了。"

林粟和许苑听完周宛的这一番话，眼睛都有些湿润。她们并不因周宛说讨厌她们而反感，相反，她们为她愿意袒露自己的不完美之处而感到欣慰和感动。

许苑吸了吸鼻子，深吸一口气说："其实……我也没你们想的那么好，你们别看我平时大大咧咧的，好像很独立强大的样子，但是我很不勇敢。

"我喜欢一个男生很多年了，但是我一直不敢让他知道，我怕告诉他后，我们会连朋友都没得做。

"我还会自我安慰，告诉自己做一辈子朋友也挺好的，但我知道这是自欺欺人，我就是胆小鬼，不敢迈出一步。"

林粟拿起手中的啤酒，抿了一口，片刻后开口说："你们知道为什么谢景聿的爸爸会资助我吗？"

许苑回道："景聿说他掉陷阱里了，你找人救了他。"

"他只说了一半，真正的原因是，我威胁了他。"林粟坦白道，"我当时跟他说，想要我找人救他，他就要让他爸爸资助我上学。"

许苑和周宛都露出了惊讶的表情，林粟看着她们，平静地说："所以我也不是个完美的人，也会干坏事。"

她们三个你看看我，我看看你，好一会儿，一起朗声笑了。

谢景聿和周与森在天台上坐着打游戏，程昱洗了澡出来，走到他们边上，拉了把椅子坐下，说："女生房里又哭又笑的，也不知道她们仨在干吗。"

周与森回道："我刚才看到许苑跑去买啤酒了，她们现在应该是在耍酒疯。"

"啊？"程昱傻眼了，"她们没事吧？要不要去看看？"

谢景聿头也不抬，直接说："让她们闹吧。"

程昱："明天不是说好了要早起去洱海边看日出，她们这么喝，明早能起得来吗？"

"起不来也没关系，今天能开心就不需要等到明天。"谢景聿随意道。

程昱盯着谢景聿打量了好一会儿，啧啧摇头道："真看不出来啊，景聿你还是个贴心 boy，果然有女朋友的人就是不一样。"

谢景聿翘起嘴角，好心情是一点也隐藏不住的。

"哟哟哟，瞧你得意的样儿。"程昱把椅子往谢景聿那边挪了挪，凑近他问，"我是真好奇，你是怎么把林粟追到手的？她看上去可不是那么好追的人。"

"那得看是谁追。"谢景聿挑了下眉。

程昱觉得自己有被误伤到。

周与森扬扬得意，主动邀功道："景聿和林粟能在一起，我也是有功劳的，要不是我暗中给他们制造了机会，他们也不能这么快在一起。"

程昱就佩服周与森这种什么也看不破但又无比自信的人，他忍不住吐槽道："你别操心别人了，操心操心你自己吧，人蜘蛛侠都有女朋友。"

周与森不服："说得好像你有一样。"

程昱："至少我不是榆木脑袋。"

"嘿，程昱你讽刺谁呢？"周与森撸了撸不存在的袖子，挺起胸膛说，"你别逼我在这么高兴的时候削你啊。"

"谁削谁还不一定呢。"程昱也挺起胸膛，一副要干仗随时奉陪的模样。

谢景聿赢了一盘游戏，抬眼看周与森和程昱斗鸡似的，嗤笑一声，点评了句："半斤八两。"

就这一句话，周与森和程昱瞬间就同仇敌忾了，他们把火力都转向了谢景聿。

周与森愤愤道："别以为你有女朋友了不起啊，小心我向林粟告你的状，把你的黑历史都抖搂出来。"

程昱附和："就是，你只不过是在爱情的道路上暂时领先，别得意，等上了大学，我分分钟反超你。"

周与森抬手搭上程昱的肩，又和他哥俩儿好了："以后咱俩打球都不带他玩。"

程昱也搭上周与森的肩，点头嗔道："从今天起，我才是你的小昱昱。"

谢景聿被他俩恶心得起了一身鸡皮疙瘩，再也坐不住了。

周与森看谢景聿起身，问："去哪儿啊？"

"找我女朋友。"谢景聿头也不回地说。

周与森、程昱："叛徒！"

4

林粟、许苑还有周宛喝了酒，晚上挤在一张床上，特别好睡。第二天闹钟响，只有林粟听到了，她迷瞪着看了眼时间，一看快六点了，立刻"噌"地掀开被子起床。

她推了推还在睡梦中的许苑和周宛，喊她们："快醒醒，太阳要出来了。"

许苑还迷糊着，说："妈，太阳都还没出来，你就叫我起床？"

林粟笑了，在她耳边说道："许苑，周与森喊你呢。"

"啊？"许苑睁开了眼睛。

"快起来，不是说好要去洱海看日出？"林粟说。

许苑醒神了，她坐起身，整个人还晕乎乎的，像是酒劲没过。

周宛听到林粟喊，也醒了过来。她揉了揉脑袋，嘟囔了句："头好痛。"

林粟下了床，先去洗手间洗漱，再出来时，许苑和周宛都起来了。她换好衣服，见她俩还在洗漱，就先离开了房间，打算在外面等着。

到了天台，她看到谢景聿，立刻走上前，惊讶道："你起这么早？"

谢景聿回头，笑了下说："我以为你起不来。"

"你起来了也不喊我。"

"你昨晚喝了酒，我想让你好好休息下。"

谢景聿等林粟走近，端详了下她的表情，问："酒醒了？"

林粟抬头："我没醉啊。"

谢景聿想到昨晚林粟给自己开门时迷离的眼神，笑一下，没戳破她。

"周与森和程昱呢？"林粟问。

"赖床。"

林粟眺望天际，远处的云已经有了淡淡的粉色。她拍拍谢景聿的肩，说："太阳要出来了，你去叫周与森和程昱起来，我去喊许苑和周宛。"

他们两个分头行动，很快，六个人就集齐了。

许苑出发前做了攻略，说日出最好去洱海边的码头上看，眼看日出时间快到了，事不宜迟，他们马上出发。

离开了古城，许苑用手机打车，看到排队人数时惊呆了，一大早的，太多游客要去看日出了。

"等车的人太多了，排到我们估计太阳早出来了。"许苑说。

"那怎么办？走路过去？"周与森打了个哈欠问。

许苑摇头："这里离码头还有段距离，走路肯定赶不及。"

"那就骑自行车去呗。"程昱下巴一抬，示意所有人看过去。

周与森看到出租自行车的店，眼前一亮，一拍手说："对啊，我们可以租几辆自行车骑过去。"

时间紧迫，此时也没有别的招了。他们果断地租了几辆自行车，骑上后直接往码头方向出发。

上了环海路后，眼前一片辽阔，清晨的洱海湛蓝湛蓝的，海面上时不时地有飞鸟掠过，晨风清凉，带着潮气。

天边越来越多的云彩被染红，太阳似乎下一秒就要跃升出来。

许苑说："太阳快出来了。"

周与森刚才还犯困呢，现在一整个精神焕发，他在前面领头，边蹬边喊："后边的跟上，今天我们就效仿夸父逐日，冲！"

"就你还夸父呢，别一会儿拉胯了。"程昱追上去。

"我是班上的体育委员，我不可能拉胯。"

程昱笑话他："周体委，那你给整个队吧。"

周与森还真应承了下来，他回头喊道："大家都跟着我的节奏，一二一二一二……"

许苑都快累岔气了，听周与森在前头喊，便拔高声说："周与森，你的节奏太快了，我们跟不上。"

周与森再想了想，放慢了速度说："不然我们来唱校歌吧，跟着校歌的节奏来骑。"

程昱哈哈大笑："唱校歌，亏你想得出来。"

周与森是认真的，他清了清嗓，还起了个头，放声高歌："木棉树下，紫荆花旁……"

他一开口，其他几个人都一起笑了。

周与森还在迎风唱着歌，不关心走没走调，很快，许苑便和他一起唱了起来，没多久，周宛和程昱也加入了其中。

校歌好像就是一种神奇的存在，读书时听到它总是万般嫌弃，但毕业后再听到它时，却格外亲切。它就像是一段记忆的载体，只要哼起它，那段和它有关的青春记忆便会涌上脑海。

林粟和谢景聿落在后头，听着前面朋友们唱的熟悉的歌，相视一眼，同时笑了。

在洱海畔，他们唱着、笑着，迎着风儿拼命地前进，青春的姿态不过如此。

"太阳出来啦。"周宛回过头，看着对岸喊道。

周与森捏了手刹，昂起头眺望远方："还真是。"

程昱也停下了，叹口气说："还是没来得及去码头。"

"来不及就来不及，在这儿看日出不也很美吗？"周与森爽朗道。

许苑停下车，擦了下额头上的汗，看着金黄色的朝阳缓缓升起，忍不住感慨道："真漂亮啊！"

周宛也被这幅景象迷住了，她看着被晨曦染红的云彩，眼中盈满了热泪。

林粟和谢景聿刹停了车，不知道是不是因为他们一路奋进到了这里，有了汗水的催化，今天的日出格外绚丽。

他们坐在自行车上，吹着海风，静静地看着初升的太阳从洱海那头的山上缓缓地露出全貌，海面在阳光下皱出了粼粼的波纹。虽然没能到网上说的观看日出的最佳地点，但此时此刻，他们都不觉遗憾，内心甚至充满了喜悦。

许苑招呼所有人下了车。他们站在洱海边上，和朝阳一起拍了张合影，把青春飞扬的这一刻定格了下来。

在洱海边逛了逛，太阳升空后，气温变高，他们骑着车回了古城，还了车后，找了个地方吃饭。饭后他们回民宿休整，许苑在网上包了车，到了时间，司机开车来接人，他们又一起出门，开启了环洱海一天游。

一整天，他们不是在车上就是在各种景点里。洱海环了一圈，再回到古城，已经是傍晚了。坐了一天的车，几个人都累了，找了个地方吃了晚饭后就回民宿休息，收拾东西准备明天出发去丽江。

收好东西，许苑和周宛要去客厅看电影，林粟头疼，待在房间里休息。没多久，房门被敲响，她起身开门，谢景聿站在门外，问她："身体不舒服？"

"可能是没休息好，头有点疼。"

谢景聿抬手探了探她的额头，没发烧，疑心道："是不是中暑了？"

林粟笑了："我以前在茶岭采茶都没中过暑，大理现在气温才多少啊。"

"去看看医生？"谢景聿不放心。

林粟摇摇头："不用了，就是昨天晚上没睡够，我今天补个觉就好了。"

谢景聿摸了摸她的脑袋："那你睡吧，有事喊我。"

"嗯。"

林粟看着谢景聿，难得的独处时间，她又想和他多待一会儿。

谢景聿被她看得心软，忍不住抬起手，轻轻把她拥进怀里。

"今天一天开心吗？"

"嗯。"林粟在他怀里说，"早上的日出很美，洱海也很漂亮。"

"这次时间比较赶，以后我们可以再来一趟。"谢景聿低头，"就我们两个。"

"什么就你们两个啊？"许苑走上楼，正好听到这句话，笑着重复了一遍。

林粟听到有人上来，立刻站直了身体。

许苑这才注意到他们两个是抱着的，立刻捂住眼睛，漏出一条缝儿说："不好意思啊，我上来拿件外套，打扰到你们的二人世界了。"

林粟难为情了，她后退一步，对谢景聿说："我休息去了。"

"嗯。"

谢景聿松手，转身下楼的时候，许苑朝他递了个暧昧的眼神。回到房间，她又侃了林粟一句："小情侣可真甜啊。"

林粟被说得有些不好意思。

"我以前还想，你和景聿这么像，都是尖刀，相处起来会不会容易把对方刺伤，现在发现你们都是用刀刃对着敌人，用刀背对着彼此。"

许苑感慨一句："真羡慕你们这样的状态。"

林粟看着她，迟疑片刻说："其实……你也可以尝试迈出去一步。"

"他根本没有那方面的想法，我也没做好心理准备，朋友当久了，好像也习惯了。"许苑苦笑了下说。

林粟不知道要怎么开解许苑，毕竟在感情上她也并没什么经验，之所以能和谢景聿顺利走到现在，是因为他们两个是同频的人，在确认心意的过程中并没有遇到什么阻碍。

她为此庆幸。

身体不舒服，林粟晚上早早睡了，第二天醒来，她发现自己的鼻子堵了，头疼没有缓解，还加重了。

今天要出发去丽江，一早在大厅集合的时候，谢景聿看林粟没什么精神，走过去问："还不舒服？"

"有点。"林粟说着吸了下鼻子。

"感冒了？"谢景聿听她说话都带鼻音了，用手背碰了碰她的额头，"有点烫。"

他眉头更紧，说："你发烧了。"

林粟也能感受到身体的信号，大概是昨天早上骑自行车出了汗，又吹了冷风，不小心着凉了。她强打起精神说："我妈给我备了药，我一会儿吃了就行。"

"你要休息。"谢景聿说。

"我们上午不是还要坐车去丽江吗？我在车上可以休息。"

"不行。"谢景聿果断否决道。

许苑这时候走过来问："怎么了？"

"她发烧了，今天去不了丽江。"谢景聿抢先说。

他一说，几个人都围过来，担心地看着林粟。

许苑摸了摸林粟的额头，担忧道："还真是。"

"那我们把行程往后推一推吧。"周与森直接说。

"不用。"林粟知道许苑已经订好了之后几天的酒店，如果推迟行程会很麻烦，她也不想因为自己耽误出行。

"我没什么事的，可以走。"林粟坚持。

"你生着病，去了丽江也爬不了雪山。"谢景聿冷静地和林粟分析现实情况。

周宛说："要不，我们就别爬雪山了。"

"不行。"林粟回绝得很干脆。

前天晚上周宛说过的，这次旅行是她做过的最任性的决定，她想亲眼来看看雪山，亲自登上峰顶。

"这样，你们先去，我休息好了再去找你们。"林粟想了个折中的法子。

许苑理解林粟，改变行程只会让她更内疚。

"就照小粟说的做吧。"许苑很快拿了主意，"景聿留下来照顾小粟，我们四个先去丽江。"

周与森、程昱和周宛也觉得这样可行，就都同意了。

前往丽江的小分队先行离开了民宿。他们走后，谢景聿让林粟上楼休息，他去厨房烧了开水，端到她的房间里，看着她把药吃下去。

"再睡一觉。"谢景聿示意林粟躺着。

林粟晕乎乎的，躺下来后很快就支撑不住，沉沉地睡了过去。她休息的时候，谢景聿就陪在床边，时不时地拿手探一探她的额头，等她退了烧，才放下心来。

林粟吃了药睡了一觉，发了汗后，整个人舒服了很多。中午她趁着谢景聿去打包吃的的时间，洗了个热水澡换了身衣服，捯饬完后觉得人都精神了。

谢景聿打包了一份粥回来，林粟看到他说："我好多了，下午我们就去找许苑他们吧。"

谢景聿打开包装盒，示意林粟趁热吃点东西，随后才说："我们不去找他们了。"

"嗯？"

"许苑的计划是去完丽江往香格里拉方向走，那边海拔高，你感冒，去不了。"

林粟才意识到这件事，一时懊恼，气自己的身体不争气，早不生病晚不生病，偏偏这时候生病。

谢景聿看她神色沮丧，知道她在想什么，便说："生病也不是你愿意的，不要自责，这次有遗憾，下次补上就好了。"

在不可抗力面前，愧疚也于事无补。林粟很快调整好心态，问："那我们就一直待在大理吗？"

"嗯。"谢景聿说，"我和许苑说了，让他们好好玩，我们就在这里等他们回来。"

林粟想起了许苑之前和自己说的旅行计划，他们去丽江再去香格里拉，至少要待三天，三天的时间都等在大理，并不划算。

林粟思忖片刻，看向谢景聿，说："我们去西双版纳吧。"

"嗯？"谢景聿愣了下。

"中科院植物园，你不是很想去吗？"

谢景聿回过神来，问："所以你毕业旅行选云南，是因为想和我一起去西双版纳？"

林粟点点头，说："我本来想等毕业旅行结束，再单独和你去的，现在计划有变，既然我们不能和许苑他们一起去香格里拉，不如就提前去西双版纳吧。"

谢景聿没想到这趟旅行还有额外的惊喜，昨天说的两个人的旅行说来就来了。

他勾勾唇笑了，点了点头说道："我听你安排。"

5

林粟和谢景聿都是行动派，他们打定主意，很快就去实践了。

下午四点左右，从大理到西双版纳有一班直达的航班，谢景聿买了两张机票，午后稍作休息后，和林粟离开民宿，打车去了机场。

一个小时的航程结束，航班落地西双版纳，谢景聿问林粟要不要在市里留一晚逛逛，林粟想了想，觉得还是直接去目的地比较好，市区等返程有时间再逛。

谢景聿听她的话，在网上约了辆车，让司机直接送他们去了勐仑镇。

从市区到镇上要两个小时，林粟在车上靠着谢景聿睡了一觉，醒来后不久，他们就到了植物园。植物园里有酒店，谢景聿直接打了酒店电话，很快园区里就有人来接他们。

晚上植物园里黑漆漆的，只能依稀看到树影，但耳朵能清晰地捕捉到虫鸣声。过了河，进了岛，就到了植物园的核心地带，远远地，能看到酒店的灯光。园区的酒店在王莲池边上，整栋建筑的风格极具浓郁的东南亚特色，像是泰剧里农场主的小别墅。

工作人员帮忙把行李提进了酒店大堂，谢景聿和林粟走到前台，前台的工作人员询问他们有没有预订房间，在得知他们还没在线上订房后，就说现在酒店里只剩下一间大床房和一间套房了。

"我们要大床房，谢谢。"林粟很干脆道。

谢景聿拿身份证的手骤然僵住，他回头，诧异地看着林粟："大床房？"

林粟坦然地点头。

园区里的酒店价格很贵，她觉得就自己和谢景聿两个人出行，不必要的钱就不用花了。

谢景聿马上否决了她的提议，对前台说："我们要套房。"

前台的小姐姐看着他们，露出为难的表情，也不知道该听谁的。

"你不是下午才说听我安排吗？现在就反悔了？"林粟回过头，语气淡淡的，但极具威慑性。

谢景聿被噎得说不出话来。

毕业后的这段时间，林粟在他面前都是小女友的模样，他险些忘了她是很有魄力的人，说一不二。

"没有。"谢景聿神色迟疑，"你确定要和我住一间房？"

"嗯。"林粟迅速抽走他手上的身份证，连同自己的一起递给前台，笑着说，"一间大床房，谢谢。"

前台给他们办了入住手续，还提醒说酒店餐厅可以点餐，再简单介绍了下酒店的相关设施，最后祝他们入住愉快。

谢景聿和林粟一起上了楼，刷卡开门后，林粟插卡开灯，谢景聿把两个行李箱推进去。在看到房间里仅有的一张大床时，他惊觉这不是一趟简单的旅行，更是对他的一场严峻的考验。

房间不大，里面的布置都是仿东南亚的，就连椅子都是藤椅。

"窗外面能看到好多植物。"林粟走到窗边说。

谢景聿现在已经无心观赏植物了，他盯着眼前的床，想起了出发前林晓穗拜托他好好照顾林粟的话，觉得他们住一间房，睡一张床实在不合适。

林粟回头看到谢景聿一脸正经的表情，故意问他："你怕和我睡一起，会被我传染吗？"

谢景聿无奈："你知道我不是怕这个。"

"那你在怕什么？"

谢景聿不语，他看着林粟，眸光幽深。

林粟眼神忽闪，低声说："我们不是在交往吗？"

谢景聿盯着林粟看了好一会儿，觉得自己这样不行。他是男生，如果他表现得迟疑、忸怩，林粟就会越不自在。反正房间已经开了，与其在这儿纠结合不合适，不如想想晚上怎么顺利度过。

他轻咳一声，抬手看了眼时间，问："去餐厅吃点东西？"

林粟展颜一笑："好。"

酒店餐厅晚上还有营业，自助餐时间已经过去，谢景聿和林粟单独点了吃的，坐在餐厅里吃东西。

吃饭的时候，林粟借着灯光往酒店的庭院里看去，单是一个小院子就有很多她没见过的植物。她忍不住感叹了句："这里真的有好多植物。"

"中科院植物园是国内最大的植物园，我们白天出去逛逛，你能看到更多没见过的植物。"

林粟出发前做过攻略，兴致勃勃地说："听说晚上夜游植物园也很有意思，可以看到很多小动物，我们要不要去看看？"

"行。"谢景聿从命。

吃完饭，谢景聿和前台要了个手电筒，拉着林栗离开酒店，往植物园更深处走。

植物园晚上有夜游活动，会有导游带着游客在园区里认识各种小动物，这也是很多人会选择住在园里的原因之一。

离开了酒店灯光的辐射范围，在黑夜的林中，林栗看到了很多一闪一闪的萤火虫，就像是掉落在凡间的星辰，他们仿佛置身于宇宙星河之中。

林栗惊喜道："这里的萤火虫也太多了吧。"

谢景聿说："植物园生态环境好，萤火虫就多。"

"我小时候茶岭山上也会有萤火虫，我和爱苹还经常去抓来着，你看过汪曾祺先生的《端午的鸭蛋》这篇文章吗？我们以前就用鸭蛋壳装萤火虫。"

林栗的语气里透着怀念，可能真是心境不同了，现在她回想起茶岭，憎恶的情绪变淡了，那些美好的记忆压过了曾经的痛苦，她变得豁达了。

她从来没有把茶岭当成自己的故乡，可那里到底是她的成长之地，她在那里度过了漫长的童年。曾经困住她的大山再也困不住她，成了一个局外人之后，她反倒生出了一丝对故土的依恋之情。

谢景聿见林栗盯着林中的萤火虫看得出神，忖了下，走到边上，伸出手，很轻易地就抓住了一只萤火虫。他捂着手走到林栗面前，打开手给她看，一只萤火虫就乖乖地待在他的手心里，一闪一闪地发着光。

"可惜没有鸭蛋壳。"谢景聿说。

林栗从回忆中抽身，发现自己并不需要怀念过去，因为现实更美好。

童年的萤火虫飞走了，但青春里的萤火虫飞来了。

林栗从谢景聿手中接过萤火虫，看着它在自己的掌心里闪着光，心中莫名感动。

夜晚的植物园是小动物们的天堂，走在路上，林栗时不时要注意脚下，怕一不小心就踩到了出来散步的蜗牛。

谢景聿拿着手电筒往周围的树上照，看到有什么小动物就指给林栗看，还给她做介绍。一路上他们看到了竹节虫、螽斯、飞鼠……

到了一片草地前，谢景聿示意林栗站定，他站在她身后，微微弯下腰，拿起手电筒抵着她的鼻梁，让她顺着光往草地上看。

"有没有看到很多蓝色的小眼睛？"谢景聿问。

林栗按他说的去做，果然在草地上看到很多蓝色亮晶晶的小点，这一片草地就像是一个微型星系，里边发光的是一颗颗微型星球。

她惊奇地问："这是什么动物的眼睛？"

"格氏狼蛛。"谢景聿回答道。

"狼蛛？"林粟盯着那些眼睛说，"名字这么霸气，身体却这么小。"

谢景聿轻笑："狼蛛有八只眼睛，视力很好，所以能适应夜间活动。"

"难怪这一小片草地就有这么多双眼睛。"

"雌性狼蛛还会把小狼蛛背在背上。"

"好有意思。"

林粟说着侧过头，她想看谢景聿的眼睛，结果错估了两人之间的距离，她的唇就从他的颊侧擦了过去。

亲密接触的瞬间，两个人都愣了下。

谢景聿垂下眼，视线轻轻扫过林粟的唇瓣。

四周的虫鸣声更躁动了，气氛忽地变得微妙。

谢景聿喉头微滚，他垂下手，忍不住低下头，在林粟的唇上蜻蜓点水一般亲了一下，随后拉开了点距离，观察她的反应。

林粟只觉得唇上一热，第一反应是原来男生的嘴唇也是软软的。她愣神了一秒，才慢慢觉得耳后发烫，心跳紊乱了。

这是他们的初吻。

林粟看着近在咫尺的谢景聿，下意识地抿了下唇，过了会儿轻声说："你要是被传染了，可不能怪我。"

谢景聿从喉间溢出一声笑来，捧起林粟的脸，毫不犹豫地亲了下去。

虫鸣阵阵，数不清的萤火虫在黑夜中闪烁着，在这开阔的天地中，他们在万物的见证下亲吻着，青涩、懵懂但赤诚热烈。

夜晚的植物园虽然光线不足，但也有良多趣味。谢景聿和林粟在园里逛了有一个小时，见很多导游都带着队伍往回走，也跟着回了酒店。

回到房间，狭小的空间里，两个人都有些不自在。

住一间房虽然是林粟坚持的，但她也是第一回和男生一起在外面过夜，即使再有心理准备，也难免紧张。她打开行李箱，拿出自己的换洗衣物，说一声："我先去洗澡了。"

"好。"谢景聿故作淡定地应道。等林粟进了浴室，他看着房间里的床，就像在看一道解不出来的难题。

他现在是真的抓瞎了，短短十八年的人生经验在此时此刻统统用不上。以前遇到棘手的事，还能有老师指点、朋友帮忙，今晚真是只能靠自己了。

林粟洗了澡，在浴室里把头发吹干，临出门前对着镜子整了整身上的睡衣，不知道是不是才洗了澡的缘故，她浑身都在发热。她把换下来的衣服装好，站在门后，深吸了一口气，打开门。

"我洗好了。"

林粟衣着单薄，谢景聿的眼睛都不知道该往哪儿放，他轻轻一咳说："我烧了开水，你等下记得把药吃了。"

"好。"

"这里晚上冷，你吃了药把被子盖好，别又着凉了。"谢景聿指了下床头桌，"我带了笔记本电脑，你可以拿去玩。"

"嗯。"林粟点了点头。

谢景聿没什么要交代的了，他拿上自己的衣服，说了句"我去洗澡了"，迅速进了浴室。

林粟缓缓呼出一口气，她从行李箱里拿出感冒药，就着温水服下去。吃完药，她听话地上了床，盖好被子，拿过笔记本电脑开了机。

不知道过了多久，浴室的水声停止了，谢景聿很快打开门走了出来。他穿着一套家居服，拿毛巾擦着头发，抬头见林粟抱着笔记本端端正正地坐在床上，还觉得此情此景很奇妙。

今天之前，他根本没想过会这么快和林粟睡一张床上。

"在看什么？"谢景聿走过去问。

林粟抬起头说："我在看许苑他们在群里发的他们今天在丽江的照片。"

"他们去爬了雪山？"

"嗯。"林粟把笔记本侧过去，示意道，"你看看他们发的照片。"

谢景聿在床边坐下，看着林粟递过来的笔记本电脑。

"他们都登顶了。"林粟说。

林粟把页面停留在许苑他们四个登上峰顶的合照上。照片里，周与森举着不知道什么时候写好的牌子，上面有"'匡扶正义，为"杂草"正名队'之单身小分队到此一游"的字样。

谢景聿看见了，嗤笑道："到处显眼。"

林粟也笑了，之后有些遗憾道："可惜我们没一起爬上去。"

"以后我们去登一次，拍了照发给他们看。"

"嗯。"

林粟把群里的照片看完，关掉了群聊，抬起头看向谢景聿。

谢景聿在她的注视下，居然有些不知所措。

时间不早了，他伸手拿过笔记本电脑，合上后放在床头桌上，回过头说："你还在生病，不能熬夜，早点休息。"

林粟眨了下眼，往边上挪了挪位置，再看向他。

谢景聿喉头一动，觉得这时候再犹犹豫豫的就没意思了，遂干脆地掀开被子，躺在了林粟身边。

6

关了灯后，房间里漆黑一片，周遭都静悄悄的，连虫鸣都远了。

谢景聿挨着床边躺，他一手枕在脑后，睁着眼睛看着天花板，半点睡意都没有。

林粟就睡在床的另一边，这个认知让他的脑子异常清醒，他觉得自己已经变成了植物园里的一株植物，主干僵硬，连枝叶都不敢动弹。

正焦灼着，身边人翻个身，谢景聿能感觉到林粟面朝自己这边了。

他犹豫了下，侧过头问："睡不着？"

"嗯。"

"认床？"

"不是，白天睡多了，现在不困。"

谢景聿"嗯"了一声，也不知道该说什么，总不能告诉她，他也睡不着吧，这话听上去像是有什么暗示。

林粟睁着眼睛，谢景聿睡在靠窗的那边，借着自然光，她能看清他的轮廓，离自己远远的。她盯着他问："谢景聿，我们要一直这么尴尬吗？"

谢景聿愣了下，随即失笑。林粟还是直来直往的，胆大得很，倒是他，在她面前露怯了。

他忖了下，果断地往床中央睡过去，伸了一只手示意道："你靠过来。"

林粟没有迟疑，直接枕在了他的胳膊上，往他身边靠了靠。

距离近了，谢景聿能闻到林粟身上的幽香。明明他们用的都是酒店的洗浴用品，他就是觉得她身上的香味更浓，一丝一缕地往他鼻子里钻，弄得他心猿意马的，燥得不行。

最受不了的是，林粟还问他："你也睡不着吗？"

谢景聿深吸一口气，按捺道："嗯。"

"为什么？"

谢景聿的呼吸声重了些，他低下头看着半靠在自己怀里的女孩，哑着声儿问："林粟，你是真不知道，还是故意问的？"

林粟无声地笑了，问："你不习惯睡觉的时候身边有人？"

谢景聿："我不习惯身边有你。"

"那我躺远点？"

谢景聿很矛盾，他既想和林粟保持安全距离，她靠近后，他又舍不得让她离开。他叹一口气，侧过身，另一只手搭在她腰上的被子上，低声说："不用了，反正早晚得习惯。"

林粟本来没觉着有什么，现在听谢景聿这么说，自己的耳朵倒先热了。

"你跟我睡一起，没想过会发生什么吗？"黑暗中，谢景聿看着林粟问。

林粟心口微跳，但很笃定地说："我知道你不会乱来的。"

"我现在就很想乱来。"谢景聿说着脑袋一低，轻轻磕在了她的额头上。

他见林粟动也不动，一点都不怕自己的"恐吓"，无奈道："林粟，你不能这么信任我。"

林粟笑了："高考前，是你说让我相信你的。"

"那不一样。"谢景聿被林粟身上的香味搅得脑袋发昏，他觉得自己体内有股陌生的冲动一直在试图攻击瓦解他的意志。他克制着说："高考我可以用理智把自己控制在最理想的状态上，但是本能我很难控制得住。"

谢景聿陈述道："我现在是个成年男人。"

林粟能感觉到谢景聿的身体在发热，他的体温似乎通过直接接触的方式传递给了她，她整个人也在发热。

明明六月份西双版纳的夜晚还是冷的，但他们两个就跟在大夏天里裹棉被似的，身上都微微出了汗。

林粟并非什么都不懂，之前学校开过两性知识的讲座，虽然讲得比较隐晦，但她都听得懂，她知道男女之间是怎么一回事。

"那……我们要试试吗？"林粟问。

语不惊人死不休，林粟在这种时候都很胆大、直接，追求效率。

谢景聿喉头一滚，脑子里的那根神经险些就要绷断了。

林粟真是他的克星，他进一步，她能进十步，直接闯进他的禁区。

谢景聿闭上眼睛，在短时间内快速做了个决断，再次睁开眼睛后，他掀开自己这一侧的被子，再把林粟裹得严严实实的，物理隔离了他们的身体。

林粟被困在被子里，睁着眼睛盯着谢景聿看。

即使在黑暗中，谢景聿也能感受到林粟直白的目光，接二连三的刺激他真的受不住，他于是抬起手捂住了她的眼睛，哑着嗓子说："别这样看着我。"

他用仅存的最后一丝理智说："你还在生病，要休息。"

林粟在谢景聿的掌心之下眨了下眼睛，很快轻轻扬起了嘴角。

虽然谢景聿嘴上说着想乱来，但行动上却很克制，他并不是那种会在任何情况下都放纵自己欲望的人。

冷空气让身体降了温，谢景聿冷静了下来，他松开捂住林粟眼睛的手，凑过去在她额头上亲了一下，轻声说："睡吧，休息好了，感冒才会好。"

林粟知道自己不睡，谢景聿也睡不着，她不再和他搭话，闭上了眼睛。

大概是感冒药起效了，林粟闭眼之后，困意就袭来了。也不知道过了多久，谢景聿听到她的呼吸声渐渐绵长了起来，试探地喊了声她的名字，没得到回应，确定她是真的睡着后，才敢松口气。

今天一晚上，他当真是用尽了全部的自制力，意志也到了被瓦解的临界点。再有下一回，他不知道自己还能不能控制得住。

谢景聿想到林粟今天一天释放出来的信息量，觉得自己就像是被肉食植物释放的气味吸引的昆虫，心甘情愿地自投罗网，在她制造的陷阱里出不来了。

晚上的某一个瞬间，他真的想为所欲为，但她还生着病，他不能只顾着自己，而且有的事，真的不能随便试。

谢景聿轻轻地翻过身躺平，抬起还能活动的另一只手，盖住自己的眼睛，长长地舒了一口气。现在光是这样躺着，他就已经筋疲力尽了。

十八岁后的考验和十八岁前的完全不是一个量级，成年人的世界真难啊。

西双版纳夜间凉爽，植物园里又静悄悄的，没有一丝一毫的杂音，人住在里面很好睡。

林粟安稳地睡了一觉，清晨半梦半醒间听到了鸟叫声，倏地惊醒，直接坐起了身。谢景聿冲了澡从浴室里出来，见她一脸的惊慌，立刻问："做噩梦了？"

林粟看到他，不安的心就安定了下来。她揉了下眼睛，说："我听到鸟叫声，以为自己还在茶岭，去一中读书只是我做的一个梦。"

谢景聿心疼，走过去摸了摸她的脑袋，安抚道："不是梦，你已经离开茶岭了，以后想去哪儿就去哪儿，再也不会被困在山里了。"

"嗯。"林粟醒神了，她抬起头看谢景聿，"你怎么起这么早？"

谢景聿不自在地咳了声，说："醒了就起来了。"

西双版纳的天亮得晚，这会儿见了白，太阳应该要出来了。

林粟立刻掀开被子起身，和谢景聿说："你等我一下，我们一起去逛植物园。"

谢景聿："好。"

林粟洗漱完，换了套衣服，简单捯饬了下，就和谢景聿一起下了楼。他们先去餐厅吃了早餐，之后就踏着晨光，逛起了植物园。

植物园面积很大，园内分为东西两个区，谢景聿和林粟住的酒店在西区，他们就从西区开始逛起。西区里又细分出了很多个专类园区，不同的植物区之间有电瓶车，他们先后去了棕榈园、民族植物园、奇花异卉园、榕树园。

一路上，谢景聿就像林粟的私人导游，看到什么好玩的植物就给她介绍。他的介绍不死板，不照本宣科，常常会掺杂一些有意思的趣闻。

比如介绍构树的时候，他会告诉林粟，傣族人做的"构皮纸"就是用构树的树皮制作而成的；介绍无忧花的时候，他会让林粟摸一摸它，因为很多人认为无忧花会让人无忧无虑；介绍海红豆的时候，他在植株下捡了三颗掉落的红豆送给林粟，因为海红豆是爱情的象征。

在榕树园的时候，谢景聿给林粟介绍"独树成林"和"绞杀"现象，他说动物界的生存竞争很残酷，植物界也是如此，只不过它们的竞争更加缓慢而隐秘，是一场持久之战。

他才介绍完，一旁一个大叔就鼓起了掌，连连叫好。

林粟好早就注意到这个大叔了，刚才在奇花异卉园里他就一直跟在他们身后，之后又跟着他们坐一辆车来了榕树园。她以为他和他们一样是来逛植物园的游客，是觉得谢景聿的讲解很有意思，才跟着来听的。

"小伙子很了解植物嘛，你是学什么专业的？"大叔夸赞完谢景聿，问道。

谢景聿礼貌回道："我们高中才毕业，还没报考大学。"

"我看你对植物园里的植物如数家珍，是对植物感兴趣，以后想往植物学方向走？"

"嗯。"谢景聿点头。

"有想过学植物学的哪个方向吗？"

"植物分子生理学。"

大叔抬手推了下眼镜，笑着说："那可太巧了。"

谢景聿听了这话，盯着眼前的这个男人仔仔细细地打量了几眼，忽地眼睛一亮，喊了声："张教授！"

林粟讶异："教授？"

谢景聿给林粟介绍道："这位是中科院的张教授。"

林粟再回头看了看那个大叔，他戴着遮阳帽，穿着简单的短袖长裤，裤脚上还沾着泥巴，和她想象中的教授模样不太一样。

张教授很亲和，还和林粟开起了玩笑，说："是不是没想到我这个邋遢大叔居然还是个教授？"

林粟不好意思地一笑。

张教授又看向谢景聿，说："我最近在西双版纳搞科研，天天在野外作业，人都糙了，和妻子视频，她都说认不出我了，难为你还认得我。"

谢景聿敬仰道："我之前看过您的专著，也搜过您的论文。"

张教授："我刚才跟了你们一路，看得出来，你是真心热爱植物，植物学的理论基础很扎实，一看就是下过功夫的。"

"现在喜欢植物的年轻人可不多了。"张教授看着谢景聿像是发现了一块宝物，眼神里都是欣赏之情，他面带笑容，询问道，"你今天逛完植物园就走了？"

林粟立刻窥到了张教授问这个问题的意图，毫不犹豫地替谢景聿回答了："没有，我们还要在植物园里待两天。"

"那正好，这两天你有没有兴趣跟着我到处走走啊？我们也可以好好聊一聊。"张教授问谢景聿。

谢景聿迟疑了。

虽然张教授的邀请很诱人，但他不能丢下林粟。

"我——"

"他有兴趣。"

谢景聿刚要回绝，林粟抢先一步开了口，直接替他应下了。

张教授的目光在谢景聿和林粟之间转了一圈，哈哈一笑，打趣道："既然家属都同意了，那这事就说定了。"

"我们下午见。"

7

张教授让谢景聿下午去研究楼找他，林粟戳了下谢景聿的腰，促使他答应了。

张教授走后，谢景聿马上低头看向林粟。

林粟知道他想说什么，不等他开口，直接告诉他："和中科院教授学习的机会多难得啊，过了这村就没这店了，你一定要把握好。"

"这是我们两个人的旅行，我不能把你丢下。"谢景聿微皱眉头。

"我和你来西双版纳，本来就不是奔着玩来的，就算今天没遇着张教授，我也打算在植物园里多待几天，让你能好好观察植物。现在有个教授愿意带着你学习，多好啊。"

谢景聿知道林粟是为了自己好，但他不能理所当然地接受她的好意，让她落单。

"我不在，你一个人多无聊。"

"你不用担心我，我会给自己找事做的。"林粟一点都不勉强，笑着说道，"我来之前做过攻略了，植物园这么大，我光是逛完都要花好长的时间。"

林粟语气轻松："植物园附近有个小镇，我还可以去那儿走走。总之，你不用管我，尽管放心去学习吧。"

谢景聿还是不能坦然地抛下林粟，尤其在人生地不熟的地方。他忖了下说："我下午和张教授说一声，之后两天我上午去找他，下午就回来陪你。"

林粟摇摇头，说："你不用回来找我。"

谢景聿还要说什么，林粟看着他眉头一蹙，直接打断道："谢景聿，你别这么黏人。"

谢景聿愣了下，很快笑了。他忍不住抬起手轻轻捏了下林粟的脸颊，不满道："我是怕你一个人孤单，不安全，你还嫌我黏人。"

林粟也笑了，她主动抬起双手搭在谢景聿的腰上，抬头看着他说："你把能和教授学习的时间分给我，我反而不会开心，我也不是小孩了，不会丢的。"

"你就专心地去学习，然后……晚上记得回来就行。"

谢景聿眼波微澜，他知道林粟话说到这儿就是没有商量的余地了。他也不是拖泥带水的人，很快就抬起手摸摸她的脑袋，说："那你自己一个人注意安全，有什么事一定要给我打电话。"

"知道了。"

中午，谢景聿和林粟去酒店的餐厅吃了饭。饭后，谢景聿去了前台，他也不另开一间房了，直接续住。他和林粟都已经同床共枕了一晚，接下来几天就没必要分开住了。

午后，他们回房间里休息，谢景聿和张教授有约，到了点就要出门。林粟在午睡，她睡前让谢景聿走的时候叫醒她，但他想让她多睡会儿，就没照办。他在林粟额头上亲了一下，再看了看她的睡颜，眼看时间要来不及，才出了门。

林粟午觉睡到自然醒，谢景聿没喊她，她就以为时间还早，结果起来看到桌上留着的纸条，才知道他已经出门了。

谢景聿不在，她一个人留在酒店房间里的确有些孤单，但她很快就把这种负面情绪排解了。他在向前进，她自然也不能落后。

林粟坐在床上，拿了谢景聿的笔记本电脑，开机后查询起了北京若干大学的分数线和专业信息。今年高考卷难度偏高，考完试后学校里的老师都说分数线会下降。林粟觉得自己的高考状态还行，试卷虽然难，但她把自己的水平发挥到了极致，接下来就看几天后的考试结果了。

　　比起高考成绩，更让她烦恼的是大学专业的选择。谢景聿早就有了目标，有了方向，立志要当一个植物学家，而她，至今毫无头绪。

　　林粟没有特别热爱的事情，也没有特别想干的职业，所以并不知道自己以后要学什么、能学什么。

　　十八岁之后要做的选择不再是试卷上的 ABCD，而是事关人生的重大决策。她刚成年不久就遇到了棘手的难题。

　　下午，林粟在酒店房间里查了会儿资料，等四五点钟，太阳没那么晒后才出门逛了逛植物园。谢景聿不在，没人给她介绍植物，她坐着电瓶车，走马观花随机逛了逛园区，等太阳下了山，天色暗下来，就回了酒店。

　　谢景聿发了消息，说人还在研究所里，要迟点才能回来，让林粟不用等他吃饭。林粟收到消息，在餐厅里随便吃了点东西，之后就回房间里歇着。

　　晚上，她和许苑他们视频，知道他们小分队四人今天已经到达香格里拉，之后打算去雨崩，看日照金山。

　　林粟简单说了自己和谢景聿在西双版纳的事，他们都在群里发了自己拍的景色照片，虽然没能一起旅行，但分处两地，彼此分享旅途的美好，心在一处，便不觉遗憾。

　　谢景聿十点过后才回到酒店，林粟听到敲门声，又听到他喊自己的名字，立刻起来开门。

　　"晚上吃饭了吗？"谢景聿看到林粟先问。

　　林粟点点头，反问他："你呢？"

　　"在研究所的食堂吃了。"

　　谢景聿今天下午顶着大太阳跟着张教授在植物园里研究了一下午的植物，出了一身的汗。他亲昵地摸了下林粟的脑袋，说："我先去洗澡。"

　　林粟点头："嗯。"

　　谢景聿冲了澡换了衣服出来，抬眼见林粟趴在床上，盯着笔记本电脑在看，就走过去，直接趴在她身边，问："在看什么？"

　　"大学的信息。"林粟回过头，问谢景聿，"高考成绩过几天就出来了，你有估过分吗？"

　　"没有。"谢景聿很干脆地说，"不会比平时差。"

别人这么说或许是自负，但谢景聿这么说，一定是有把握的。林粟又问他："志愿呢？你想好了吧。"

"嗯。"谢景聿回道，"我下午和张教授聊了下，他建议我本科报清华的生命科学学院，之后可以选择出国留学或者读他的研究生。"

谢景聿对未来的规划非常清晰，林粟为他高兴，同时自己更迷茫了。

谢景聿看林粟表情低落，伸出手帮她把落下来的头发撩到耳后，问："怎么了？不开心？"

林粟摇了摇头，也不让他猜自己的心思，坦白道："我还不知道大学要报什么专业。

"刚上高中的时候我就只有一个笼统的目标，就是考大学，我那时候觉得只要能顺利毕业，考上大学，学什么专业都可以。

"但是现在我才发现，什么都可以就是什么都不行，专业这么多，我根本不知道选哪个好。"

谢景聿能理解林粟，她向来是做事果断、目标很明确的人，这回的确是拿不定主意了，所以更加苦恼。

"你别着急，现在离报志愿还有一段时间，你如果没有特别想学的专业，可以试着先把自己的优势列出来，按照自己擅长做的事去遴选专业。"谢景聿冷静地给林粟出主意。

"擅长的事？"林粟蹙眉想了想，自我解嘲说，"除了采茶比别人快，我没有什么特别擅长的事。"

谢景聿抓住林粟的右手放在手心里摩挲。一般学生因为长期拿笔写字，中指的远关节上都会有薄薄的茧，林粟不仅中指上有，食指上也有，这是她长期采茶留下的痕迹。

想到林粟以前吃的苦，谢景聿就心疼，他低头亲了下她的手指，很坚定地说："你有很多人都没有的优势，不是所有人处在你这样的生长环境里，都能和你一样，一步一步地走出来。

"你聪明，还有毅力，现在只是暂时没找到想做的事，这是方向问题，不是能力问题。我相信你以后不管学什么专业，从事什么职业，都能做得很好。"

谢景聿一字一句说得铿锵有力，他不是为了安慰林粟，而是从心底认为她不管做什么都会很出色。

林粟原本飘忽不定的心在谢景聿的话语中逐渐安定了下来。她本来就不是会自卑的人，只不过是一时迷茫，所以气馁了，但谢景聿很了解她，三言两语就让她恢复了信心。

简单谈心之后，谢景聿帮林粟一起收集资料，给她逐一分析各学校各专业的特点，就像以前在学校里给她答题解惑一样。

他们一起熬到了深夜，见时间不早了，才关灯睡觉。第二晚睡在一张床上，他们都自在了许多，谢景聿还是隔着被子抱着林粟，睡前和她说着小话。

"我明天要和张教授去补蚌的热带雨林观察望天树，地方有点远，会回来得很晚，就不能陪你吃饭了。"谢景聿低声说。

"没关系。"林粟说，"我明天正好要去镇上逛逛。"

"你一个人出去，一定要注意安全。"

"嗯，我知道。"

谢景聿轻轻叹了一口气，靠过去说："我也想和你一起去镇上。"

林粟听他像在撒娇，也往他那边靠近了些，笑着哄他："你跟着教授好好学习，我给你带吃的回来。"

这话像是家长鼓励小孩的，谢景聿以前根本不吃这套，但林粟使，就管用。他凑过去，在她额头上亲了下，笑着应道："说好了。"

第二天一早，植物园里还一片寂静，谢景聿就起来了。他轻手轻脚地洗漱，出门前亲了下还在睡梦中的林粟。

林粟本来就将醒未醒，谢景聿亲她的时候，她就有了意识，睁开了眼睛。她睡眼蒙眬，见他穿戴整齐，问了句："要走了？"

"嗯。"谢景聿帮她掖了掖被子，轻声哄道，"时间还早，你再睡一会儿。"

林粟侧过身看着他，叮嘱了句："你小心点，不要受伤了。"

谢景聿在这时候莫名想到，以后自己和林粟结了婚是不是就会像现在这样，他早起出门工作，她会细心叮咛他要注意安全，晚上她先回了家，还会等着他回来，再一起分享这一天里的趣事或烦恼。

因为谢成康和乔意的缘故，谢景聿对家庭其实并没有多少美好的憧憬，但此时此刻，光是想象和林粟一起生活的情景就足够让他心动。

她就是他的救赎。

谢景聿垂眼看着林粟，忍不住低下头在她嘴角上亲了两下，觉得自己的人生里没有她真的不行。

· Chapter 15 ·
我们会越来越好

1

谢景聿走后，林粟也没了睡意，她躺了会儿，就起床洗漱了。

在餐厅吃了饭后，她搭乘电瓶车离开了葫芦岛，出了植物园。最近的小镇离园区就一公里多，她闲来无事，也不赶时间，就走着去了镇上。

小镇不大，但该有的都有。林粟本来也不是爱逛的人，身边没人陪着，她更没有闲逛的心思。她去超市买了些旅行要用的一次性用品后就打算回植物园，等傍晚再来镇上给谢景聿打包吃的。

回去路上经过镇上的农贸市场，林粟想到西双版纳的水果多，又便宜，就进了市场里，想买一些带回酒店。

农贸市场不是特别大，但也做了分区，卖食材、卖水果、卖牲畜的摊主各占一个角落。市场里，有些摊主是有门面的，有些则没有，就随便在地上铺了层塑料布，把要卖的东西往上一摆，吆喝叫卖。

在地上摆摊的多是上了年纪的老人，卖的基本上都是自家种的水果，芒果、菠萝、红毛丹之类的。

林粟扫了眼，看到在一众摆地摊的老人中，夹着个十岁大的小女孩，她坐在摊子后面，学着大人在叫卖。她的声音还很稚嫩，但吆喝起来却一点不含糊。

小女孩人瘦瘦的，皮肤黝黑，一双眼睛却透亮，见林粟看着自己，立刻露出一个灿烂的笑容，用不太纯熟的普通话问她："美女姐姐，你要不要买三丫果啊？我家里种的，很好吃的。"

小女孩说着，摘下一颗递给林粟，要她尝尝。

林粟接过小女孩递来的果子，左右看了看，问道："就你一个人吗？你爸爸妈妈呢？"

"我没有爸爸妈妈，只有奶奶。"小女孩说这话的时候，脸上还是笑着的。

林粟迟疑了下，问："你奶奶呢？"

"奶奶生病了，在家里。"

"所以……你自己出来卖水果赚钱？"

小女孩点了点头。

林粟眼神一动，觉着眼前的小女孩似曾相识。以前在茶岭，她也曾经捡了山上的酸枣去镇上的市场摆摊贩卖，就为了给自己赚点课本费。

林粟蹲下身，看着小女孩，轻声问："你有上学吗？"

小女孩脸上的笑容这时候才淡了下去，她扣着自己的膝盖，低下了头，嗫嚅道："我和老师请了假的。"

林粟觉得不会有老师会同意学生不上学出来摆摊卖水果，她大概能猜到小女孩的情况，小孩是逃学来的。

看着小女孩越发沉默的眉眼，林粟劝学的话堵在了喉咙口。

她没办法轻飘飘地对这个小女孩说要好好学习，知识可以改变命运，她知道在绝对的苦难面前，很多话都是好听但单薄苍白的。说出这些话，她自己心里可能会感到慰藉，但对小女孩来说，却不一定。

如果不是迫于无奈，一个小孩，怎么会不去学校而选择来摆摊卖水果挣钱？

林粟想到了自己，早在公益小学上学的时候，老师就常告诉他们，一定要上学，要读书，要走出大山，但现实情况就是很复杂的，有些人不是不愿读，是不能读。

她在山里见过太多失学的孩子了，有比她大的，有比她小的。他们出于各种现实原因不能继续上学，只能被困在大山之中，没有办法去看看外面的世界。

她自己是拼尽了全力才摆脱了这样的命运，但她不能因此去苛责那些被困在原地的人不够努力、不够拼命。他们本来就够不幸的了。

林粟让小女孩把她卖的三丫果都装起来，付了钱后，她提着两大袋果子，看着小女孩高兴地数着钱，深感无力。

买一回果子并不能改善小女孩的处境，她不知道要怎么做才能真正地帮到对方。

从农贸市场出来，回植物园的路上，林粟的心情很沉重，她仰头眺望着小镇周围屏障一样的青山，忽然觉得眼前的山又是山了。

晚上，谢景聿回到酒店时已经近十一点了，他早上出门的时候还一身干净清爽，晚上回来就跟难民似的，一身泥。

林粟打开门看到他就笑了，问他："你是在泥里打滚了吗？"

谢景聿摘下帽子放在一旁，低头看了眼自己，也笑了，说："我和教授去了雨林，下午下了场大雨，我们被淋透了。"

"你淋雨了？"林粟让谢景聿进了屋，催他，"先去洗个澡。"

谢景聿回头，挑了下眉故意问："你嫌弃我？"

"我是担心你淋雨着凉，别到时候我感冒好了，你又倒下了。"

谢景聿一笑，拿了干净的衣服去了浴室。

林粟在外面烧了开水，倒了一杯放着，等谢景聿洗了澡出来后，示意他："你喝一杯温水，去去寒。"

谢景聿照办，一杯水下肚，他转过身看向林粟，问她："我给你发的照片还有视频你都收到了吗？"

"收到了。"林粟说，"一大堆。"

"雨林里没网络，一到休息站我就给你发了。"

林粟想到今天下午被轰炸的手机，笑道："你发几张照片报平安就好了，怎么还都发给我了？"

"因为我看过的风景也想让你看看。"谢景聿毫不犹豫地说道。

林粟没想到谢景聿给自己发那么多照片和视频会是这个理由，他没有那么多花里胡哨的哄人手段，但用他自己的方式就已足够浪漫。

她心里动容，忍不住走过去，主动靠进了谢景聿的怀里，抱着他，今天一整天的低沉心情有了好转。

谢景聿拥着她，嗅了嗅她身上特有的馨香，一天的疲惫顿时烟消云散。

"你今天去逛镇子了？"

林粟点头。

"好玩吗？"

"挺好玩的。"

谢景聿知道林粟这话要打半折听。她不是好玩的人，没人陪着，她大概只是在镇上随便逛了一圈，都没怎么玩。他没有戳破，笑问道："不是说要给我带吃的？东西呢？"

　　林粟从谢景聿怀里退出来，指了指房间的角落。

　　谢景聿看到两个大红袋子，走过去扒拉开一看，微微讶异："你买这么多的木奶果？"

　　林粟解释："我今天去了镇上的农贸市场，看到一个小女孩自己在卖这个，就都买了。"

　　"小女孩？"

　　"她叫小改，住在离镇上有五六公里的村子里，为了攒钱给她奶奶看病，一大早背着这些果子，从村里走到了镇上。"林粟抿了下唇，"我想让她能早点回去，就把她带来的果子都买了。"

　　谢景聿听到这儿，就知道林粟在这个叫小改的小女孩身上看到了她自己的影子。他心有不忍，立刻从袋子里拿了一颗木奶果出来，剥开皮，挤出果肉，放进嘴里吃了。

　　"挺甜的。"谢景聿把果肉咽下去，说。

　　林粟盯着谢景聿看了几秒，他绷着个脸一本正经的，显然是在控制自己的表情。她没忍住，"扑哧"一声笑了，直接拆穿他："你别骗我了，我今天尝过了，很酸。"

　　谢景聿见被看穿，也不演了。他拿起杯子，喝了一口水，说："其实也没那么酸，比酸枣好点。"

　　林粟想起了当初在茶岭，他们互相骗对方吃酸枣的场景，不由得一笑："酸枣还能做酸枣糕，这个……"

　　"可以做果酱，还可以酿酒。"谢景聿垂下眼，指了指两大袋的木奶果，"明天我们去找个快递点，把这些寄回临云市。"

　　林粟一听，高兴了："我怎么没想到。这个果子我们那儿没有，可以寄回去当伴手礼，还可以带一些给许苑他们尝尝。"

　　谢景聿见她笑，也笑了。

　　"我明天再去买一些，顺便看看小改，我今天还有话没和她说。"

　　"好。"谢景聿说，"我和你一起去。"

　　林粟问："你明天不用跟着张教授去野外了？"

　　谢景聿摇了下头："今天走了一天，明天就不去野外了，我和张教授说了，明天我迟点再去研究所找他。"

　　"教授同意了？"

　　"嗯。"谢景聿勾勾唇，"我告诉他，我得花点时间陪陪家属。"

"我可没这么黏人。"林粟故意端着架子。

谢景聿一笑，张开双臂，说："是我，我黏人。"

林粟看见了，再端不住，笑了声走过去，又和他抱在了一起。

谢景聿紧紧地抱着林粟，叹了一口气，说："本来以为这次出来玩，我们会有很多时间待在一起，没想到反而比在学校的时候相处的时间还少，还不如不毕业。"

林粟难得看他使性子，不由得笑一声："不毕业，我们被老师管着，就不能像现在这样了。"

"谈恋爱居然也要鱼与熊掌。"谢景聿不大高兴。

林粟松手，拉开点距离，哄他："现在是暂时的，等回了临云市，我们可以天天见面，以后上了大学也行，没课的时候我们可以一起出去玩。"

谢景聿低头看着林粟，觉得她是在给自己画饼，远水救不了近渴，他看着她一张一合的唇瓣，低头亲了下去。之前几回，他都是浅尝辄止，今天有了前几回的经验，他熟练了很多，吻得深了一些。

林粟被托着后颈，仰头承受着他的亲吻，慢慢地也学会了回应。

谢景聿碰到林粟舌头的瞬间，身子立刻绷紧了，他松开了托着她后颈的手，及时悬崖勒马。他深吸一口气，抬手摸了摸林粟的脑袋，哑着声儿说："时间不早了，你先去睡觉。"

"你呢？"

谢景聿往浴室走："我冲个澡。"

林粟下意识说："你不是才洗完澡吗？"

"林粟，知道的事就别问了。"谢景聿说完，把浴室的门关上。

林粟愣了下神，听到浴室里传出来的淅淅沥沥的水声，耳尖微热，想到谢景聿刚才的模样，又觉得十分好笑。

晚上，林粟先睡了，谢景聿等她睡着了才敢躺床上，生怕一个不小心，要洗第三回澡。睡前他照例在林粟额头上亲了一下，看着她的睡颜，心中一阵感慨。

这个磨人考验，也不知道什么时候才能结束。

第二天早上，谢景聿和林粟先后起床，吃了早餐后直接去了镇上。林粟先去了趟超市，挑了个好看的书包带去了农贸市场。

果不其然，小改还在昨天的位置上卖三丫果。

谢景聿看着林粟把书包送给小改，蹲在她面前语重心长地告诉她一定不要放弃读书时，心里头一阵触动。

那个曾经背着粉色芭比娃娃书包，沉默又倔强的小女孩已经成长成了一个优秀、达观的人。她吃过苦，知道人生的艰辛，所以更能体谅和自己有相似处境的人。

从农贸市场里出来，林粟坚定了一个目标，她和谢景聿说："我想好大学要报什么专业了。"

"教育学。"林粟回头往市场里再看了看，眼神越发有力量，"我不知道自己可不可以摇动一棵树，推动一朵云，唤醒一个灵魂①，但我是教育的受益者，所以我想我现在已经有力量，并且未来会更有力量去帮助更多像我、像小改一样的孩子。"

谢景聿被林粟的赤诚发言打动了，他知道只要她想做，就一定能做好。而他，只需要支持她、相信她就足够了。

"你现在已经是一棵树，一朵云，一个独立而优秀的灵魂了，所以我相信你以后一定会是一个出色的教育家。"

林粟展颜一笑，因为有了为之奔赴的目标，她不再迷茫，身心都轻松了。她拉起谢景聿的手，迫不及待地说："走吧，再有几天就出成绩了，我想回去研究研究学校。"

林粟放松了，谢景聿也就放松了，他回握住她的手说："不用研究，以你的成绩，北师大很稳的。"

"万一……"

谢景聿刚要接话，林粟很快就自我打断了，她干脆利落地说："我不会有万一的。"

谢景聿闻言，扬起了嘴角。

他低下头去看林粟，她整个人沐浴在晨光之中，连头发丝都在熠熠生辉。她现在自信且充满了魅力。

"林粟。"

"嗯？"

"谢谢。"

"谢我什么？"林粟不解。

谢景聿看着她，眼神里蕴藏着无限情意，他发自内心地说："谢谢你坚持了下来，我才能遇见你。"

林粟眼眸一热，再一次觉得现在的人生真是太美妙了，她也由衷地感谢自己，坚持到了这里。

2

从农贸市场回来后，谢景聿去了研究所，林粟回酒店。

午后，林粟在房间里用谢景聿的笔记本电脑查找教育学的相关信息，听到敲门声，还以为是酒店的清洁员来打扫卫生，她起身从猫眼里往外看了眼，见是谢景聿，立刻开了门。

"你是忘了什么东西？"林粟见他回来，有些意外。

谢景聿摇了摇头，走进房间里直接说："你把东西收拾收拾，我们去景洪市。"

林粟愣了下，马上说道："我不是给你发消息了吗？许苑他们今天没看到'日照金山'，准备在雨崩再待两天，我们也可以在植物园里再住两天，不急着去昆明找他们。"

"不住了。"

"嗯？"

谢景聿看着林粟，很认真地说："我不想你以后回想起自己的毕业旅行，只有在植物园酒店里的记忆。"

林粟心动，但还有些迟疑："张教授那边……"

"我和他说了，家属陪我在植物园里待了几天，现在轮到我带她去玩了。"谢景聿笑了下，又正经地说，"教授还有科研任务，我也不能一直跟着他，我们说好了，以后在北京还能经常见面。"

谢景聿既然这么说了，林粟知道他是打定了主意，她也不推三阻四的，很干脆地就应了好，收拾起了行李。

退了房后，他们搭乘电瓶车离开葫芦岛。

坐在车上，看着周围绿意盎然的植物，林粟心里一阵感慨。在植物园里的三天就像是一场奇遇记，现在要结束这场奇遇，她还有些不舍。但想到谢景聿，她又觉得他们以后一定有机会再来。

谢景聿提前约好了车，他和林粟到了植物园外，立刻就上了车，往市里走。他们来植物园的时候是晚上，路上没看到什么风景，回市里的时候是白天，正好把道路两旁的景色看了遍。

司机师傅很健谈，一路上都在介绍西双版纳的美景和食物，在知道谢景聿和林粟在市里还没订好酒店时，他给他们推荐了一家酒店，说在澜沧江边上，可以看江景。谢景聿和林粟商量了下，决定就住他说的酒店。

从勐仑镇到景洪市用了两个多小时，到市里是下午五点钟，司机师傅直接把他们送到了酒店。谢景聿和林粟去前台开房，工作人员照例询问他们要几间房。这个场景似曾相识，今天可不存在房间紧张的情况。

"一间大床房，谢谢。"林粟干脆地把自己的身份证递过去，再看向谢景聿。

谢景聿也觉得一起住了三天，今天分开住反而奇怪，虽然难熬了点，但其实睡前醒来能看到林粟，他是很满足的。他没怎么犹豫，把自己的身份证也递了过去。

办好入住，谢景聿推着两个行李箱，带着林粟一起上了楼。房间在高层，拉开窗帘就能看到澜沧江的景色。此时阳光洒在江面上，江水泛起粼粼波光，像是一条发光的丝带，和洱海又是不一样的感觉。

林粟站在窗边，脸上挂着笑，肉眼可见的高兴。看她这样，谢景聿就知道今天离开植物园带她来市里玩的决定无比正确。

"有没有想去的地方？"谢景聿问。

林粟摇摇头："我对景洪市不熟。"

"你出发前不是做了攻略？"

"我只做了植物园的。"

谢景聿心头一软，伸出手说："我们先去租一辆电动车，到处转转，晚点可以去夜市吃东西。"

"好啊。"林粟搭上他的手，语气难得地有些兴奋，就像是出来春游的小孩一样。

酒店附近就有租车的地方，谢景聿租了一辆电动车，载着林粟，在澜沧江岸上兜风。他们骑着车，朝着夕阳落下的方向缓缓追去。江边的风带着凉意，拂在脸上十分舒适，在这一刻，似乎所有的烦恼都被吹散了。

天际的云彩被染出了程度不同的红。谢景聿找了个地方停车，之后拉着林粟上了跨江大桥，他们站在桥上的边道上，并肩看着徐徐落下的夕阳。

夕阳西下，落日余晖格外温柔，人在美景面前总是感性的，谢景聿忍不住低下头去亲吻林粟。这次旅行，他们看了日出，现在又一起看了日落，再圆满不过了。

夕阳完全落下后，天色渐渐暗了。

谢景聿载着林粟去了江边夜市。夜市里烟火气十足，卖的都是西双版纳的小吃，他们从街头逛到街尾，每样小吃点一份，分着尝了尝。

这次来西双版纳，虽然说是两个人的旅行，但谢景聿要跟着张教授去学习，他们真正谈恋爱的时间是很少的。

他们俩的性格很像，不是那种喜欢轰轰烈烈会经常腻腻歪歪的人，情感又常常为理智所克制。但今天也许是有了大把的相处时间，又没了任务，他们一身轻松，就和普通的情侣一样，撒开了玩，两个人都乐在其中。

在夜市里，林粟尝了个春鸡脚，辣得眼泪都要出来了，谢景聿看到了，问她："再给你买一颗椰子？"

林粟想了想，说："我想喝冰啤酒。"

谢景聿笑了，调侃她："喝过一回就上瘾了？"

"嗯，感觉这些小吃和啤酒配在一起会更好吃。"林粟今天全然放下了包袱，就想尽情地放纵。

"你的感冒……"

"已经好了。"林粟很快说，"你看我今天都不咳嗽了。"

林粟眼睛亮亮的，看上去是真想喝酒。难得出来玩，谢景聿自然不会扫她的兴，她想喝，他就陪着。

他们骑电动车出来的，不方便在外面喝酒，就打包了一些小吃，骑车回了酒店，再在外卖上叫冰啤酒。等候期间，林粟去洗了个澡，换上了舒适的衣服，谢景聿出了汗，等她出来后，也去冲个澡。

啤酒很快就送到了，谢景聿冲完澡出来，林粟已经坐在落地窗旁的坐垫上，把啤酒和小吃都摆好了。

"没等我就喝上了？"谢景聿看到林粟已经打开的易拉罐，故意质问道。

林粟不好意思地一笑："我口渴。"

谢景聿在她旁边的坐垫上盘腿坐下，笑她："看不出来，你还是个小酒鬼。"

"我也没想到，夏天喝啤酒会这么舒服。"林粟打从心底里感慨了句，"长大真好。"

谢景聿失笑，他打开一罐啤酒，举起来朝林粟示意了下："一直忘了和你说，毕业快乐。"

林粟莞尔，举起自己的啤酒，和他碰了一下："毕业快乐。"

酒店房间的落地窗能纵览江景，晚上的澜沧江上还有游船，江水映着两岸璀璨的灯光，别有一番意趣。

谢景聿和林粟并肩坐着，一边喝着酒，一边欣赏着江上的夜景，很是惬意。

林粟喝完一罐酒，又开了一罐。她觉得两个人干喝酒没意思，就提议说："我们来玩游戏吧。"

谢景聿猜林粟已经有点酒劲上头了，她现在比平时还活泼。他噙着笑问："玩什么？"

"真心话大冒险。"

"怎么玩？"

林粟忖了下，说："石头剪刀布，输的人喝酒，选真心话或者大冒险。"

"好。"谢景聿爽快应道。

定好规则，他们先来了一轮，谢景聿输了，他打开一罐啤酒，喝了一口，说："真心话。"

林粟凝眉想了想，问他："你什么时候开始喜欢我的？"

谢景聿挑了下眉，心想果然是林粟，即使喝了酒，脑子还是很灵光，问的问题挺有难度的。

"具体的说不上来。"

林粟眉头一蹙："不能回答得这么含糊。"

谢景聿知道林粟不好糊弄，他认真地思考了下，开口道："真要说一个时间点，大概是高一那年暑假，我去茶岭，你带我去找桫椤那回。"

"嗯？"林粟回想起了那一天的事，疑惑道，"为什么？"

"那天你送了我一只草蜻蜓。"

"就因为一只草蜻蜓？"林粟忍不住笑了，"早知道你这么好攻陷，我一开始就折十只八只草蜻蜓给你。"

谢景聿的眼底透着淡淡的笑意，解释说："那一天，我对你的印象完全改观了，之前我对你总有偏见，但是那天在山上，我看到了你手上的英语单词，才完全明白，你之前说的'只是想读书'这句话的意思。

"你很坚韧。"

林粟心旌一动，微微一笑说："难怪高二的时候你对我没有敌意了。"

"要是能更早一点了解你就好了。"谢景聿停一下，接上一句，"但还好不算太迟。"

林粟眼波微澜，觉得谢景聿是越来越会讲情话了。

第二轮，林粟输了，她也选真心话，谢景聿就把刚才她问的问题还给她。

"具体的我也……"林粟话说到一半，对上谢景聿的目光，知道他也没那么好糊弄，就凝眉思索了下，说道，"大概是从那张小纸条开始的吧。"

谢景聿反应了下，问："我给你写英语杂志的那张？"

"嗯。"林粟点点头，"我收到纸条的时候很意外。那次之后，我就觉得你其实并不像我以为的那么不近人情，其实人还挺好的。"

谢景聿牵起嘴角，略有些自得地说："从时间上看，我赢了。"

林粟失笑，都说在感情里，先动心的人是输家，但是谢景聿反其道而行，反而觉得最先动心的人是赢家。

他们一来一回，一轮又一轮，把彼此的真心话都问了出来，也就知道了在这段感情里，对方眼里的那些动人的细节。

第一次牵手、第一次拥抱、第一次亲吻、第一次一起旅行……他们之间有那么多的初体验，每一次尝试都是推开一扇窗。

很快，外卖送来的几罐啤酒都打开了。喝到后面，谢景聿和林粟的眼神都迷离了，他们俩喝完酒的表现很像，表面上看上去并没有失控，但熟悉的人能察觉得出来，他们的行为和平时有差别。

"好神奇啊。"林粟突然说道。

"什么？"谢景聿低头看她。

林粟慢了一拍说："你居然是我男朋友。"

谢景聿溢出了一声轻笑，问："你到现在才反应过来吗？"

"我就是觉得不可思议。"林粟神情恍惚，喟叹道，"我们认识的契机不是很好，我本来以为高中三年，我们都不会有什么接触，毕业后，也不会再有什么联系，以后天各一方，就算再见面，也会是陌生人。

"但是我们现在居然在交往，你不觉得很奇妙吗？"

谢景聿听林粟这么说，觉得庆幸，又觉得好笑。她喝了酒之后，随性了许多，更可爱了。

"是有点。"他说。

"像个梦一样。"

林粟说着，还上手掐了下谢景聿的脸，似乎是要验证他的真实性。谢景聿抓住她的手，把人拉到面前，低头亲了一下，问："现在呢，还觉得不真实吗？"

林粟眨了眨眼，直勾勾地看着谢景聿，低声说："更像梦了。"

谢景聿眸光微动，再忍不住，又亲了下去。

林粟在谢景聿靠近的那刻，闭上了眼睛。

可能是今晚彼此说了很多真心话，也可能是酒精的作用，这个吻比昨天的还要缠绵。他们都很青涩、不得其法，但又贪恋着对方，就一次又一次地试探、磨合，所幸他们都是学习能力极强的人，很快就有了默契，拥抱在一起，吻得更深了。

3

他们紧紧地相拥着睡去，当清晨的第一缕阳光照在澜沧江上时，谢景聿先醒了。他醒来的第一件事就是去看怀里的林粟，见她还睡得香甜，眼神不由得柔软了下来。

此时此刻，他才知道幸福这种感受是可以具象化的，就是林粟。

之前还读高中的时候，他想着赶紧毕业，快点成年，能光明正大地牵起她的手，和她去一个城市读大学，现在毕了业，成年了，却觉得远远不够。他得寸进尺，想要像今天这样，每天醒来都能看到她。

林粟往常都醒得很早，但可能是昨天夜里喝了酒，又折腾了一番，一觉就睡沉了。醒来时，她人还迷糊着，好一会儿没醒过神来，等身体一动，察觉到了异样，弥散的意识才渐渐聚拢起来。

"醒了？"

林粟听到声音，微微转过头，看到谢景聿的那刻，脑子里一刹间涌进了很多带着他体温的记忆片段。她忽然有点不敢和他对视，视线只要一交接，便是一个触发机关，会勾起很多旖旎。

谢景聿抱着笔记本在床边的地毯上坐着，听到细微的动静，抬起头看向床上，见林粟醒了，立刻把笔记本电脑合上，放在一旁。

"口渴吗？"他支起身，拿过床头桌的矿泉水，拧开盖。

林粟的确觉得喉头干渴，她迟疑了下，拥着被子坐起身，谢景聿把瓶口送到她嘴边。喝了几口水解了渴，林粟抬手，轻轻推开他的手。

谢景聿收回手，拧上瓶盖，和林粟四目相接的那一刻，他无意识地转了下手上的瓶子。

"还想睡吗？"

林粟摇了下头。

"那起来吃点东西？"

林粟迟疑了下，说："我想先洗个澡。"

"好。"

林粟抓住被角要下床，见谢景聿站定不动，就抬起头看着他。

谢景聿接收到她投来的目光，才后知后觉地反应过来。他抬起手抵在嘴边，轻咳了声，说："我去买早点，你想吃什么？"

"都可以。"林粟说。

谢景聿颔首，他快速地离开了房间，反手关上门后才发觉自己把那瓶水也带出来了。他拿起瓶子抵了抵自己的眉心，幽幽地叹一口气，觉得自己未免也太不淡定了。

酒店附近就有小吃店，谢景聿没急着买早餐，他先在附近漫无目的地走了一圈，估摸着时间差不多了，才打包了一些吃的上楼。

敲了房门后没多久，林粟就来开门了。她洗了澡，换了身衣服，脸上气色看上去还好，谢景聿稍稍安心。

"我打包了云南的米线，还有你爱吃的芒果糯米饭。"

谢景聿把打包的食物放在落地窗前的矮桌上，收拾了下他们昨晚喝空的啤酒罐，拍了拍坐垫，示意林粟坐下吃东西。

林粟走过去，坐在谢景聿旁边，和昨天晚上喝酒的时候一样。

"你想吃什么？"谢景聿问。

林粟想了下，说："糯米饭吧。"

谢景聿就先把糯米饭的包装打开，再拿起装了椰浆的酱料盒，打算打开后淋到芒果上，结果力道没控制好，用力过猛，盖子一打开，椰浆洒在了衣服上。

林粟看到了，立刻抽了桌上的纸去擦他的衣服，同时亲昵地数落了一句："笨手笨脚的。"

谢景聿愣了下，一脸错愕："我笨手笨脚？"

从小到大就没人这么评价过他。

林粟帮谢景聿把衣服上沾上的椰浆擦干净了，再抬起头对上他的视线时，她眸光微闪，眼睛湿漉漉的，有些羞怯，却也坦荡。

她反问他："你不笨手笨脚吗？"

在林粟的注视下，谢景聿的脑子里闪过了昨晚的一些碎片，他的耳朵倏地一热，生平还是第一回有种无力反驳的感觉。

关于昨夜，他唯一懊悔的就是没提前做功课，以至于一知半解，相当于裸考了，这才让林粟有机会笑话他。

林粟本来也有些难为情，但见谢景聿耳朵红，就像是看到了什么惊天奇观，倍感稀奇，不由得一直盯着他瞧。

谢景聿受不住了，抬起手挡住林粟的眼睛，暗自做了下深呼吸，再开口故作镇定地说："别光顾着看我，先吃饭。"

林粟拉下谢景聿的手，见他不好意思，忍不住笑了。

谢景聿也不在乎她是不是在笑自己，见她露出笑脸，心口一松，也笑了。

虽然昨晚他们都没醉到失去理智的地步，但酒精的确是催化剂，起到了加持的作用，早上完全清醒过来，他们面对面还是有些别扭、不知所措的，现在这么相视一笑，就都坦然了。

"林粟，昨天晚上，我没喝醉。"谢景聿很郑重地说。

"你昨天说过了。"林粟提醒道。

"我怕你不记得了。"谢景聿看着她说。

林粟知道谢景聿是想告诉自己，昨晚他的一切行为都是由他的自主意识支配的，不是酒精作祟，更不是一时冲动。他不想留下任何会让她误会的隙口，所以才反复强调。

她心口微暖，回应他："我记得。"

谢景聿放心了，他把酱料盒里剩余的椰浆淋在芒果糯米饭上，推到林粟面前，又把餐具拆了递给她。

"今天……要出去吗？"谢景聿问。

林粟接过勺子，反问："你不是说要带我去玩吗？"

谢景聿轻咳："我是怕你身体不舒服，不想出门。"

林粟才把一块芒果吃进嘴里，听他说这话，直接呛到了。

谢景聿抬手轻轻拍了拍她的后背，帮她顺气："别吃这么急，我不跟你抢。"

林粟勉强把芒果咽下去，转眼见谢景聿嘴角噙着笑，就知道他心里明镜似的，是故意在打趣她。相处久了，她发现谢景聿在自己面前也会有幼稚的一面，但她并不反感他偶尔的孩子气，反而觉得这样的他很真实。

谢景聿见林粟脸上泛红，对着自己露出了一个无可奈何的微笑，心头一动，忍不住凑过去，在她嘴角上亲了下。

六月份，西双版纳进入了雨季，这里的雨季和临云市很不一样，不是一连几天下雨，而是一天之内晴一阵雨一阵的。这里的人在这个季节出门都要带伞，晴遮阳，雨挡雨。

谢景聿担心林粟累，没带她去很远的地方，白天他们只去了曼听公园，因为时不时的雨水，他们走一段路，躲一阵雨，断断续续地逛完了整个公园。

傍晚，谢景聿和林粟在一家餐厅吃了傣餐，吃完饭正要去网红夜市逛一逛，一场大雨猝不及防地落下，即使带了伞，他们还是被淋了个措手不及。

谢景聿怕林粟淋了雨再感冒，就打了车，带她先回酒店。

回到酒店房间，谢景聿让林粟去洗了个热水澡，他在外卖上叫了热饮，等她出来后把吸管一插，示意她喝了暖身。他随后也洗了个澡，从浴室里出来时，就见林粟坐在床上，打开了他的笔记本电脑在看。

谢景聿忽然想到自己早上的搜索页面似乎没关，脑子里警铃一响，立刻把擦头发的毛巾丢在一旁，直接上了床，坐到林粟身边。

"你在看什么？"

林粟把笔记本电脑稍微侧了下，谢景聿垂眼去看，见她看的是教育学的相关资料，稍稍松了口气，但又不敢全松。他端详着林粟的表情，试探地问："你打开笔记本电脑的时候有看到什么吗？"

林粟反问："看到什么？"

谢景聿看她疑惑的样了，才要长舒一口气，林粟就恍然大悟般开了口："你说你早上在看的页面吗？我没给你关掉，你现在要看吗？"

她说着伸手就要去碰笔记本电脑，谢景聿眼疾手快，立刻抱过电脑，手指在触摸板上滑了滑，想把早上打开的页面关掉，结果点开搜索引擎，发现没有。他微微一怔，很快就明白了。

他早上是把搜索页面关了的，但现在林粟这么一诈，她猜也猜得到他搜了什么"不可告人"的东西。偏偏她还故意问他："你早上看了什么？"

谢景聿看向林粟，她即使克制着不笑出来，但是眼睛里的笑意是藏不住的。他被摆了一道，有些窘迫，但很快就释然了。见她一副得逞了的表情，他眉头一挑，把电脑放在一旁，直接把人压在了床上。

"真想知道？"谢景聿居高临下地看着林粟，拿回了主动权。

林粟眸光忽闪，微微别脸："你不说我也猜得到。"

谢景聿这会儿已经是破罐破摔了，他侧躺在林粟边上，一手撑着自己的脑袋，一手搭在她腰上，好整以暇道："那你说说。"

林粟说不出口，但又见不得谢景聿得意，就轻哼了下说："大概是一些让你不那么'笨手笨脚'的东西。"

"林粟！"

林粟见谢景聿的耳朵又红了，忍不住翻过身，埋进他的胸膛里，双肩抖动着，笑得不行。笑罢，她抬起头，挟着未尽的笑意说："谢景聿，没想到你也会有没把握的时候。"

谢景聿被拿捏着，又拿她没辙，只好叹一口气，承认道："我说过，在你面前，我向来不聪明。"

林粟不觉得谢景聿这样的"不聪明"是扣分的，反而他在她面前表现出的笨拙对她来说很珍贵，她喜欢他没那么完美的样子。她抬起手摸了摸他还有些泛红的耳朵，忍不住起身，凑过去亲了他一下。

4

接下来两天的时间，谢景聿和林粟白天会出去各处走走，傍晚会骑车在澜沧江边上兜兜风，晚上就一起待在酒店的房间里。

在西双版纳的这几天，他们完全抛却了所有烦心事，尽情地玩乐、享受，但无忧无虑的时光总是有期限的，很快，归期就到了。

在景洪市的第四天早上，谢景聿和林粟退了房，直接从机场搭乘飞机去了昆明，飞机落地后，他们取了行李，从到达层去了出发层，按照群里许苑发的位置信息，很快就找到了他们四个。

"景聿、小粟。"许苑挥手喊道。

林粟走过去，看着他们四个肉眼可见的疲惫，讶然问："爬雪山这么累吗？"

周宛回答她说："是挺累的，我们跟着导游走了徒步线，那边海拔高，许苑还高反了。"

林粟一惊，立刻看向许苑，关切道："你还好吗？"

"没什么大问题，吸了氧就好了。"许苑笑笑说，"虽然这几天比较累，但是我们看到了很多美景。"

周宛："是啊，我们还看到了日照金山，特别壮观，一会儿我给你看照片。"

林粟点点头。

另一边，程昱一手搭在谢景聿的肩上，乜着他假意不满道："我们在那边苦哈哈地徒步、爬山，你和林粟在西双版纳过得开心吧？"

谢景聿扬了下唇，回答很明显了。

"你小子。"程昱捶了下谢景聿的胸膛，又对周与森说，"你看看他春风得意的。"

周与森也只是抬起手拍了下谢景聿的肩，算是打招呼。

谢景聿察觉周与森状态不对，见面到现在他一句话都没说，整个人跟丢了魂儿似的，更奇怪的是他时不时瞄一眼许苑，一脸的纠结。

不知道这两人这几天里发生了什么，现在互相不说话，一对上眼就挪开视线，不好意思对视一样。

许苑订了当天上午返回临云市的机票，人到齐后，他们一起去办了登机手续，托运了行李，过安检进了候机厅后不久，就一起登机了。

上了飞机，谢景聿把行李袋放进行李舱的工夫，一回头，发现许苑拉着周宛坐在了林粟边上，直接把并排的三个位置坐了。

他微微皱眉，看向许苑。

许苑有些心虚，指了指另一侧的位置，对谢景聿说："你已经霸占了小粟这么多天了，就和她分开几个小时，把她让给我们吧。"

另一侧，程昱也在疯狂招呼："景聿，别黏着你女朋友了，咱哥仨坐一起聊聊天，我给你看看我这几天拍的照片，巨酷。"

谢景聿看向坐在里边的林粟，林粟大概也看出了许苑今天是不想和周与森坐一起，就抬起头说："你坐那边吧，我和许苑还有周宛说说话。"

别人的话不管用，林粟一说，谢景聿就乖乖听话了。

许苑见状，发自肺腑地感慨道："景聿'冷面小王子'的形象在我这儿已经碎了，他现在就是'唯林粟主义者'。"

周宛也赞同，她想到刚上高中时，孙圆圆还猜谢景聿是"恋爱脑"来着，现在看来，所言不虚。

谢景聿不情不愿地在另一侧坐下，余光见边上的周与森安安静静地坐在靠窗的位置上，四十五度角望着窗外，像个忧郁的少年，更觉头疼了。

周与森傻呵呵了十几年，突然就换了个人设，谢景聿不用猜都知道分开的这几天，他一定是被某种颠覆他认知的事实撞击了。结合他和许苑今天的反常行为，不难猜出这个事实是什么。

午后一点，飞机落地临云市机场。他们一行六人，取了行李后，在到达层大厅说话。

程昱有感而发："现在真有种高中生活一去不复返的感觉，以后再一起出去旅行，就不叫毕业旅行了。"

周宛也伤感了："是啊，这样的旅行一生只会有一次。"

许苑拉着林粟的手，带些遗憾道："可惜这次旅行我们没能一起玩到最后。"

之前高考结束、谢师宴散后，林粟都没现在这么不舍。

告别日复一日的考试，道别并肩作战的老师还不算是真正的落幕，而与相知相伴的友人分别，各自奔赴不同的明天，才是高中生涯最后的休止符。

此后他们不能再在一所学校里一起上下课、吃饭、玩闹了，不能一起为同一个目标拼搏奋斗了。

这次没能从头到尾一起旅行，林粟也很遗憾，觉得就这么和许苑他们分开了，有点可惜。在这当口，她想起了高一的时候，周与森和许苑还有谢景聿说一起去南山镇找自己的事，忽然就有了主意。

"你们想去茶岭吗？我长大的地方。"林粟说，"山里的茶树这个时候已经很茂盛了，还有很多野果可以吃。"

林粟主动邀请朋友去茶岭，谢景聿感到意外，但很快便笑了。

对她来说，那里已经不再是禁忌之地。

许苑最先点了头，说："可以啊。之前上地理课，老师提过茶岭，我一直想去看看来着。"

她说完，习惯性地看向周与森，和他对上眼后突然意识到了什么，又立刻别开了头。

周与森偷偷瞄了许苑一眼，抬起手摸了摸自己的鼻子，接道："我也去。"

"南山镇离县城很近，我可以去。"周宛说。

程昱："你们都去了，那我肯定也去啊。"

林粟看了眼谢景聿，也不要他表态了，直接说道："那我们到时候约个时间，一起去？"

许苑："OK！"

做好约定，他们分开回家。周宛说自己坐机场大巴去汽车站，再搭车回县城，程昱搭地铁，许苑要打车。

谢景聿看了眼想说话又不敢说的周与森，把他往许苑身边推了下，说："许苑家远，你先送她回去。"

许苑："不用了，我自己走。"

林粟立刻说："你一个人打车不安全。"

周与森这时候看向许苑，不知所措地摸了下脑袋，主动开口说："还是我送你回去吧。"

许苑轻轻咬了下唇。她习惯了顾全大局，知道自己这时候拒绝周与森，场面会变得很尴尬，就默认答应了。

出了机场，他们几个人分开，谢景聿打了车，先送林粟回去。

在车上，林粟说："许苑和周与森有点奇怪。"

"许苑向那傻小子表白了。"谢景聿只能想到这个可能。

林粟也觉得事情十有八九就是谢景聿说的这样。

上午在飞机上，周宛展示"日照金山"的照片时，许苑的表情总透着一丝苦涩。林粟猜她大概是在看到"日照金山"的那一刻，鼓起勇气主动向周与森迈出了那一步，但看现在的情况，这一步迈出去的结果似乎并不是很好。

"不知道他们能不能处理好。"林粟并不想许苑和周与森的关系变得尴尬、疏远。

"别担心，他们不会绝交的，只是需要点时间。"

林粟轻轻地叹了口气，感情这种事旁人插不了手，只能当事人自己解决，她即使有心，也帮不上忙。

谢景聿拉过林粟的手，摩挲了下问："明天就出成绩了，紧张吗？"

"有点。"林粟回过头，问，"你高考真的没被你弟……谢景衡影响吗？"

"没有。"谢景聿回得很干脆。

除了谢景衡，林粟还有别的担心："你要报植物学专业，你爸会同意吗？"

"他同不同意都不重要，我不需要他的认可。"谢景聿看着林粟，"我在外面租了房子，之后会搬出来自己住，等大学开学离开了临云市，谢成康更管不到我。"

林粟惊讶道："你租了房子？"

"嗯，旅行前托熟人帮忙找的。"

"在哪儿？"

"你猜。"

林粟看谢景聿微微牵起的嘴角，试探道："在我家附近？"

"嗯，隔壁小区。"谢景聿坦白道。

林粟消化了下，很快笑了，说他："现在才告诉我，你真能瞒。"

谢景聿手上一动，和林粟十指相扣，笑道："主要是之前房子没定下来，也想给你个惊喜。"

林粟的确惊喜："你之后可以来我家吃饭。"

"你妈妈……"

"她早就看出来了。"

谢景聿勾勾唇："那我也算是见过家长的人了。"

林粟抿着笑，手指一蜷，回扣住了他的手。

到了林粟家的小区门口，谢景聿下车帮她把行李箱搬下来，要分开的时候舍不得了。

林粟扯了扯自己的行李箱，见谢景聿不松手，失笑道："又不是今天分开了，之后就不见面了。"

谢景聿低头看着她："不一样。"

"哪儿不一样？"

"不能住一起了。"谢景聿低声说。

林粟脸上微热，谢景聿现在哪里还有在植物园第一晚犹豫不定的样子。

"你不是在隔壁小区租了房子吗？"

林粟点到为止，谢景聿心领神会。他松开抓住行李箱的手，两步走上前，抱了抱她："明天查完成绩，记得告诉我好消息。"

林粟抬手环住他的腰："你也是。"

他们相拥着，信任着对方，笃定明天一定会收到彼此的好消息。

5

送林粟到家后，谢景聿坐上车，和司机说了个地址，直接回去了。

到了家，他才进门，乔意就热情地迎了上来，张开手臂要给一个拥抱："旅行回来了，玩得开心吗？"

谢景聿躲开了，问："你怎么回来了？"

乔意的脸上有淡淡的失落，很快又笑道："明天高考成绩就要出来了，我回来和我的宝贝一起分享喜悦啊。"

谢景聿觉得乔意这话是在试探，他推着行李箱往里走，一边平静地回道："你放心，这回没考砸。"

乔意心口一堵，她这次是真心想和自己的儿子一起见证他人生中重要的时刻，但他并不领情。

"妈妈当然相信你的能力，这不，我回来，就是准备给你庆祝庆祝。还有你爸爸，我让他明天空出来，什么工作都不要做，就在家里陪你一起等好消息。"

庆祝？谢景聿想，明天注定不会是个高兴的日子。

他放下行李箱，站定在楼梯上，看着底下的乔意，眼神这时候才有了变化。

"生下我，你后悔过吗？"

谢景聿突然问了一个这么沉重的问题，乔意愣怔过后，表情变得有些复杂，很快便又笑着答复他："你怎么会问这种问题，生下你，妈妈当然不后悔。"

谢景聿微微点了点头。

不管乔意说的是真话是假话，不后悔是因为爱他还是因为利益，他都不介意、不在乎，甚至他现在都庆幸自己并不是爱的结晶。

没有爱，伤害就不会太大。

第二天高考出成绩，中午成绩查询时间还没到，孙志东就带清华招生组的人来了谢景聿家里，下午段长又带了北大招生组的来。两个招生组的老师都很能说，开出的条件也都很好，他们没有强迫谢景聿立刻做出选择，而是摆出了诚意，让他考虑。

谢成康扮演着好父亲的角色，和两个招生组的老师有商有谈的。等人走后，他坐在沙发上，对着谢景聿露出了满意的笑，说："你这次总算是没让我失望。"

谢景聿并不需要他的肯定，因此没做出反应。

"这两所学校你选哪一所都可以，专业就选金融或者管理。"谢成康没有询问谢景聿的意见，直接帮他做了决定。

谢景聿不接纳，直截了当地说："我已经想好报什么专业了。"

"什么？"谢成康预感到谢景聿要违背自己的意愿，微微沉了下脸。

"植物学。"

"植物学？"乔意都惊讶了。

"你想都别想！"谢成康断然否决了谢景聿的想法。

谢景聿不为所动，漠然道："我不是在询问你们的意见，只是告诉你们一声。"

"景聿，志愿可不是儿戏，你不能任性。"乔意出声劝阻。

谢景聿回头看向她，不由得失望："你从来不知道我喜欢的是什么。"

乔意的表情微微一变。

"我上高中的时候就想好了，以后要读植物学，不管你们同意不同意，这个决定都不会改变。"谢景聿态度坚决。

"看看你的好儿子！"谢成康的脸色完全沉了下来，先对乔意发了火。

乔意看着谢景聿，对上他冷然的眼神时，心头一凛。她明明可以像以前一样，拿生恩来劝说他，但想到他昨天问的问题，那些话便再也说不出口。

"他既然想学，就让他学吧。"半晌，乔意说道。

谢景聿稍感意外。

"你这是在纵容他！"谢成康没想到乔意临阵倒戈，怒气更盛，"我养他，可不是为了让他去研究花花草草，学没出息的植物学。"

他怒视着谢景聿，又拿出大家长的架势，独裁道："你和林粟的事我也不想管了，但是专业，你必须听我的，学金融或者管理，以后回公司帮忙。"

"我已经成年了，可以自己做决定。"谢景聿和谢成康相持着，毫不退让，"你以为你还能像以前一样左右我吗？"

"你——"谢成康被挑衅，气得几乎是咬着牙在说话，"你现在是翅膀硬了，可以飞了是吧？你也不想想，你今天能取得这样的成绩，都是谁的功劳？"

"如果不是我在你身上投入那么多资源，让你从小在好的学校上学，带你见世面，你怎么可能考到顶尖学府？

"说白了，你现在的一切都是我给你的，你不懂感恩也就算了，还要和我对着干吗？"

谢成康站在道德的高地上，把自己父亲的形象树立得光辉伟岸，谢景聿感到可笑，他反声质问："你培养我，是真的为我好，还是只想要有个拿得出手的儿子？

"如果我没达到你的要求，你会继续无条件地栽培我，还是会换个培养对象，去满足你的虚荣心？"

"谢景聿，你知道你现在是和谁在说话吗？"谢成康怒不可遏，"我是你老子！"

谢景聿忍不住想发笑，他冷眼看着谢成康，再没有犹豫，直接截破他虚伪的面貌："你想树立父亲的权威，不如去找你的另一个儿子，他应该比我更听你的话。"

谢成康面色一凝，下意识地看向乔意。

乔意在一旁听着他们父子俩吵架，直到这时候才有所反应。她先看向谢景聿，柔声安抚道："你看你，和你爸一言不合就吵起来，他也是为你好，你再生气也不能说胡话啊，我们就只有你一个儿子，他还能找谁？"

"你只有一个儿子，他不是。"谢景聿盯视着谢成康。

谢成康绷着脸，眼神微闪："你在你妈面前胡说什么？"

"谢景衡。"谢景聿直接提了这个人名，然后眼看着谢成康的表情崩坏，他冷笑，"你还想否认吗？"

谢成康哑然失语。

乔意这会儿也敛起了笑，挂了脸。她抬眼看向谢成康，拔高声儿指责道："谢成康，你在外面的那些破事我不想管，但是你怎么不藏好来，还让儿子发现了？"

谢景聿闻言，呼吸微微一窒。他转头看向乔意，哑声说："你果然早就知道了。"

乔意的表情倏地凝固在了脸上，看上去像戴了不服帖的面具。

谢景聿虽然之前就猜乔意这么聪明，不可能什么都没发现，但现在事实真摆在了眼前，他还是觉得窒息。

原来他们的这场婚姻其实是牢不可破的，真正生活在废墟中的只有他一个人。

谢景聿自嘲一笑，这个家简直让人无法呼吸，他再待不下去了，站起身要走。

"景聿……"乔意喊他。

谢景聿深吸一口气，竭力控制住情绪。他看向谢成康，隐忍着说："爸，这应该是我最后一次这么叫你，感谢你把我'培养'得这么优秀，让我现在有足够的能力离开这个家。"

他又看向乔意，眼神微动，很快决然道："妈，谢谢你生下了我，但是我不想再当你的筹码了。

"以后，你们就当没有我这个儿了吧。"

说完，谢景聿再看了他们一眼，毫不犹豫地走出了家门。

下午才出成绩，林晓穗一大早又去烧香了。林粟虽然有把握，但心里难免紧张，不仅担心自己的成绩，还记挂着谢景聿的。

下午两点，林粟在林晓穗和赵勇为的注视下，登上了考试院官网，输入账号、密码还有考生号后，她深吸了一口气，才点了查询的按钮。

页面缓冲了好久，就在林粟一颗心快提到嗓子眼的时候，分数出来了。

这个分数很吉利。

林晓穗和赵勇为看到这个分数都激动了，林粟也如释重负。

高中三年，林粟的成绩曲线是上升的，这次高考难度大，她本以为自己的分数可能会下降一些，但没有。这三年，不管多苦多累她都咬着牙没有放弃，所幸功夫不负有心人，她在高考中考出了自身最好的成绩。

林粟平复了下情绪，很快拿起手机拨了个电话出去，但一直无人接听。她听着听筒里的忙音，心里头惴惴不安，唯恐谢景聿出了什么差错。电话联系不上，她打开了QQ，谢景聿的头像是灰色的，他不在线。

六人群里程昱说自己考得还行，又问了一圈成绩，许苑、周与森还有周宛先后在群里发了成绩截图，他们在群里聊了几句，都对自己的成绩还挺满意，至少没发挥失常。

林粟便也学着他们，对着电脑的成绩查询页面拍了张照，发到了群里。

yūyúyǔ昱：我去，林粟你分这么高啊。

宛在水中央：排名也挺高的。

yūyúyǔ昱：景聿呢，快来个王炸！

Spider-Man：别喊了，他这会儿估计被招生组围困住了。

yūyúyǔ昱：！！！

yūyúyǔ昱：是我想的那样吗？！

Spider-Man：我中午给老孙打电话，他说他正要带着清北的招生组去他家。

许个心愿：我刚才听我妈说了，景聿是省状元。

yūyúyǔ昱：牛啊牛！

林粟看着群里滚动的消息，悬着的一颗心渐渐落了地，她知道谢景聿现在一定分身乏术。既然招生组的人上门了，那他不仅要选学校，还要选专业，她猜他今天就会和他爸摊牌，这又是一场硬仗。

想到这儿，她多少有点担心。

高考成绩能查询后没多久，分数线就出来了。一下午，不管是线上还是线下，几乎所有人都在讨论成绩、志愿的事。

林晓穗和赵勇为店也不开了，下午跑去乡下文昌庙还愿。林粟待在家里，翻着学校发的《高考志愿填报指南》，时不时去看一下手机。她给谢景聿发了短信，但他一直没回。

随着时间推移，她的心里越发焦灼。直到傍晚，谢景聿才回复了消息，说他一切都好，等晚点再去找她。

林粟算是松了一口气，但还是不能完全放心。

昨天晚上，他们约好今天有好消息要打电话和对方说的，但谢景聿没有打。林粟不觉得他是会失约的人，唯一的可能就是，他现在的状态不适合打电话。

林粟盯着手机想了想，在打电话询问和出门找他之间果断选择了后者。谢景聿如果和家里闹掰了，这会儿最有可能去的地方就是他昨天提到的出租屋。

她照着他昨晚发的地址跑去了隔壁小区，上了楼后她站在公寓门前，盯着门上的密码锁思索片刻，抬起手按下了自己的生日。

"咔哒"一声，门开了。

林粟推开门，就见谢景聿靠着沙发，颓然地坐在客厅的地板上。

公寓里没开灯，光线暗淡，门被打开后，室内亮堂了许多。

谢景聿看着林粟从光明的地方走进来，先是一愣，随后极轻地叹了一口气，说："我就知道瞒不过你。"

林粟反手关上门，朝着谢景聿走过去，在他身边坐下："你知道的，我不是会等在原地的人。"

糟糕的情绪在这一刻得到了纾解，谢景聿张开手臂，抱住林粟，再埋首在她颈侧。

"抱歉，没有第一时间联系你。"

"没关系，你的好消息我已经收到了，恭喜你。"

林粟能感觉到谢景聿的疲惫，今天一天，他一定经历了难挨的事情，以至于金榜题名都没有任何的喜悦，自己一个人躲在公寓里伤心。

她什么也没问，抬起手轻轻抚着他的后背，给他安慰和力量。

"林粟，我现在只有你了。"谢景聿紧紧抱着林粟，压抑着说。

林粟能感受到他内心深处的苦痛和挣扎，她侧过头，在谢景聿耳边轻声安慰道："我会一直在你身边的。"

谢景聿觉得自己就像是一个被困在沙漠中的人，而林粟是一片绿洲，看到她，抱着她，他就有一种得救了的感觉。他本来想收拾好自己的情绪再去见她的，但此时此刻又十分庆幸她来了。

"你怎么知道门锁密码的？"谢景聿闷声问。

林粟故作得意道："这比高考数学卷第一道选择题还简单，你现在已经被我研究透了。"

谢景聿忍不住笑了："你把我当卷子来刷？"

"对啊，这还是你之前告诉我的，面对难题，多做多练，吸取教训，注意总结。"

"你在我身上吸取的教训是什么？"谢景聿不免好奇。

"不能威胁你。"

"总结呢？"

"要对你好。"

谢景聿被狠狠触动到了，林粟是知道怎么将他这团被揉皱了的纸抚平的。今天一天的愤怒、怨怼和痛苦在这一刻都被她从他身体中驱逐了出去，他整个人平和了下来。

她是他这片废墟上的一株粟苗，有她在，他就还有希望。

"林粟。"

"嗯？"

"再恭喜我一下吧。"谢景聿松手，和林粟拉开了点距离，笑道，"我女朋友也考得很好，我们要一起去北京了。"

林粟心头一动，立刻绽开了一个灿烂的笑容，热烈道："恭喜你啊。"

谢景聿看着林粟的笑靥，知道自己已抵达了心中的绿洲。他捧起她的脸，低头虔诚地亲了亲，愉悦道："恭喜我们。"

6

高考成绩出来，一切就尘埃落定了。

一中在放榜之后组织了个志愿填报指导的讲座，让高三毕业生自愿去听讲，"匡扶正义，为'杂草'正名队"的所有人都去听了。

开讲座的是高三年级的段长，他见谢景聿这个状元来了，当众表扬了他，还笑嘻嘻地问他没有填报志愿的烦恼，怎么还来听讲座，是不是想学校里的老师了。

谢景聿想也不想，直接回答说自己是陪女朋友来的。他这话一出，几乎所有人都看向了坐在他身边的林粟。饶是林粟再稳重，在老师和同学们齐刷刷投来的目光中，还是稍稍感到难为情了。

谢景聿和林粟现在已经是学校里的红人了。

省状元出在临云市的消息不胫而走，一时间很多媒体都想采访谢景聿，但去他家都没堵到人，倒是采访到了状元他爸。谢成康对着媒体假模假样地扮演慈父的角色，揽功说自己在孩子的教育上下了很多功夫，并且说专业的事尊重谢孩子的选择。

想采访谢景聿本人的媒体都铩羽而归，最后只有一家媒体得逞了，那就是——临云一中校报。校报的主编是下一届的学妹，她很聪明，知道直接找谢景聿没用，就以林粟为突破口，千方百计地要到了林粟的联系方式，再对着学姐好一番撒娇。

林粟心软，不好意思拂了学妹的请求，就去劝说谢景聿答应访谈，当然，她也给了他一点"酬劳"。那个学妹主编亲自采访传说中的学神学长，访谈问题里除了有关学习的，就是旁敲侧击地打听他和林粟的故事。

谢景聿对学习问题没什么兴趣，往往都是一言概之，但提到林粟，他的话就多了。在访谈中，学妹为学长学姐携手进步、共同奔赴一个城市的爱情动容，她最后把能刊登出来的内容整理刊印了校报上，不能刊登的爱情故事写成了一篇小作文发了校园网上。

一时间，谢景聿和林粟这对学霸情侣成了校园里的美谈。

讲座结束已经是傍晚了，他们六个从阶梯教室里出来，站在门外聊了下志愿的事。

程昱："我刚好踩线，现在就主打一个服从调剂，哪所学校收我我就去哪所。"

周宛很快接上："我一志愿是临云大学的会计专业。"

许苑"啊"了声，问："你不报文学专业吗？"

"会计专业比较好就业。"周宛变得坦然了，她爽快地承认了自己在选专业上的功利性，并且不觉得这是什么丢人的事，"但是我不会放弃写作的。"

许苑和林粟都笑了。

"许苑你呢？"周宛问。

"我啊，人大法学。"许苑回答得很果断，想来是一直以来都有目标的。

程昱撞了下不在状态的周与森："你最近怎么回事，突然走起了深沉路线，见景聿有女朋友，想模仿他招女孩了喜欢啊？"

"我还需要模仿他吗？"周与森说完，想到什么，瞄了许苑一眼，见她低着头，不由得心口微堵。

他看程昱等着自己的回答，便说："公安大学吧。"

"嗯，那你最近可得好好锻炼，报完志愿还得体检、体测，可别分数达标了，体格不达标。"程昱说。

周与森一听，可算来劲儿了："去你的，我一直都有跟着我爸做训练，警校体测都是小意思，分分钟通过。"

"那就成，等你好消息。"程昱的目光扫向谢景聿和林粟，摆了下手，"得，你俩都不用说了，学霸情侣的事迹已经传遍了，连我妈都和我打听你们，托你俩的福，我看接下来几届，学校里的'早恋率'得翻一番。"

周与森这时候问谢景聿："你真要当'园丁'去啊？"

"嗯。"谢景聿应道。

"我还当你以前开玩笑的呢。"周与森拍拍他的肩，"不过你喜欢就好，以后我家院子里的树就交给你照顾了。"

谢景聿乜他一眼，无情地把他的手给抖落了。

"这么说，你们四个都去北京啊。"程昱看向谢景聿和林粟，再看向周与森和许苑，打趣道，"嘿，正好两对。"

"你瞎开什么玩笑呢。"周与森给了程昱一拳。他本意是觉得这样的玩笑会让许苑不舒服，但没想到他话说完，许苑的表情更黯淡了。

许苑看了眼时间，说："不早了，我妈在校门口等我呢，我先走了。"

"我也要走了，不然赶不上回县城的最后一班车了。"周宛说道。

程昱见状，便一拍手说："那就地解散，各回各家，等过两天出发去茶岭的时候再见。"

周与森看许苑要走，张了张嘴，最后什么话也说不出来，只能看着她的背影干着急。他回头看到谢景聿和林粟手拉着手，立刻丧着一张脸，泄气地说："林粟，能不能把小聿聿借我一会儿？"

林粟猜周与森是想和人聊聊许苑的事，有些话他们男生之间说说会更好，她便回头看向谢景聿："你们去吧。"

谢景聿瞥了眼周与森，见周与森闷闷不乐的，也于心不忍。他抬手摸摸林粟的脑袋，说："你和阿姨还有叔叔说一声，晚上我就不去吃饭了。"

"嗯。"

林粟走后，谢景聿和周与森去了学校操场，他们管学弟借了个篮球，在场上先热了热身。

"你现在是自己搬到外面住了？"周与森运着球，一边问谢景聿。

"嗯。"

"在林粟家附近？"

"对。"

周与森啧啧道："你现在成上门女婿了啊，还去她家吃饭？"

谢景聿瞄准机会，把周与森手上的球抄了，转身投篮。球进后，他看向周与森，挑眉问："你有意见？"

"我没意见。"周与森把球捡起来，运了两下说，"看到你和林粟感情这么好，作为朋友，我为你们高兴都来不及。"

"你们现在这状态，真挺好的。"

谢景聿难得听周与森用这种艳羡的语气说话，也不绕弯子，直接问："你和许苑怎么回事？"

周与森一听许苑的名字就露出了苦相，叹一口气："说来话长。"

"我走了。"谢景聿作势要走。

"哎哎哎，你这人，怎么一点耐心都没有。"周与森赶忙喊住谢景聿。

谢景聿看周与森抱着球颓唐地走到场边坐下，便也走了过去，坐在了他身边。

周与森沉默了会儿，才开口说："之前在云南看日照金山的时候，许苑突然和我说，说……"

"她喜欢你。"谢景聿直接接道。

"你怎么知道？掐指算的？"周与森惊诧回头。

谢景聿无语，没和他磨叽，干脆地问："你怎么回答的？"

"我一开始以为她开玩笑的，但她说她是认真的。"周与森眉心打结，"她说她早在初中的时候就喜欢我，怎么会呢？那时候她不是跟你比较好吗？要喜欢也应该喜欢你啊？"

谢景聿听不下去了，抬手轻拍了下周与森的后脑勺，问他："你把这话和许苑说了？"

周与森跟鹌鹑似的，心虚地埋头。

谢景聿看他这样，就知道差不离了，这也难怪许苑不想搭理他，纯纯是活该。

"那天从云南回来，我送她回家，在车上的时候她说她之前是因为高反，脑子缺氧了才胡言乱语的，让我别放心上。"周与森的眉头紧紧皱起，拔高声调说，"但是我怎么能不放心上呢？"

谢景聿听周与森这么说，就知道他没傻到家，还能拯救一下。

"所以，你是什么想法？"

"我不知道。"周与森觉得自己的思绪跟毛线球一样缠成一团，理都理不清。他烦得把篮球左手换右手，右手换左手，"我一直觉得我们是朋友，从来没想过她会喜欢我。"

谢景聿忖了下，问："你对许苑是什么感觉？"

周与森略微思索了下，回道："只要有她在，我从来都不怕开的玩笑没人接，也不怕自己的提议没人赞同，我已经习惯了她的存在，看到她就会很安心。我之前一直觉得有她这样的朋友非常幸运，所以不想失去她。"周与森说得很真挚。

谢景聿问："你想和她一直做朋友？"

"不行吗？"

"可以。"谢景聿看着周与森，冷静地说，"但是没有什么关系是一成不变的，就算是友情也会有亲疏。以前在学校，我们可以天天待在一起，但是等上了大学，进入社会，每个人都会有自己的生活，你不能要求许苑还像以前一样跟在你身边。"

周与森微微愣怔，相似的话许苑之前也说过，那时候他听完心里就堵得慌，却又不知道为什么发堵。

谢景聿见周与森发蒙，不给他任何缓冲的时间，接着说："你如果只想和许苑做朋友，就要接受她之后会喜欢别的男生，对别的男生好的事实。"

周与森想到这个可能，眉头就皱起来了。

谢景聿见状，心里有底了："你要是可以接受，就去和许苑说清楚，她是个很通达的人，不会因为你的拒绝就不和你做朋友的，这样她也能尽早整理好自己的感情，继续往前走。"

谢景聿刻意道："正好我也觉得你不适合她。"

周与森一听，急了。他把篮球一扔，伸手勾住谢景聿的脖子，恶狠狠地问："你什么意思？"

谢景聿也他，语气凉凉地说："许苑也是我的朋友，我希望她在感情里不会是需要付出更多的那个人。"

周与森听完，脸色微微一凝，松开了手。

谢景聿起身，捡起篮球，对着周与森说："你自己好好想想，想明白了找许苑说清楚，别拖着她。"

周与森垂着脑袋，陷入了沉思之中。

谢景聿和周与森聊完，把篮球还给了学弟。谢景聿离开球场，正准备离开校，好巧不巧碰上了孙志东。孙志东非要拉着他去家里吃一顿饭，说是叙叙师生情谊，谢景聿拗不过，只好跟着去了。

孙志东话多，一顿饭从高一聊到高三，等谢景聿吃完饭离开，时间已经有点晚了。他本来想联系林粟的，转念又想现在让她出来也见不了多久的面，不如明天再约她。他径自回了租屋，打开门，见房间里的灯亮着，走过去一看，发现林粟就躺在自己床上，枕着一本书睡着了。

看着她，谢景聿的眼神柔和了下来。他拿了一条毯子盖在她身上，定定地看了她几秒，才转身进了浴室。洗好澡出来，林粟还没醒。谢景聿小心翼翼地上了床，躺在她身边，侧着身就这么静静地注视着她的睡颜，一时间好像回到了他们在西双版纳的时候。

林粟一觉睡得舒服，醒来时发现四周漆黑，她愣了愣神，立刻惊醒。

谢景聿察觉林粟醒了，伸手把床头灯拧亮，再侧过身，抬起手摸了摸她的脸，问："怎么会在这儿睡着了？"

林粟看到谢景聿，安心了。她翻个身，看着他说："我妈让我来给你送汤，我以为你应该很快就回来了，就等了等。"

"你和周与森去哪儿了，怎么这么迟才回来？"林粟问。

"我和他就去操场打了会儿球，走的时候碰到了老孙，他拉我去他家吃饭，所以回来晚了。"谢景聿别了别林粟的碎发，"你等我，怎么不给我打电话？这样我也能早点从老孙那里脱身。"

林粟笑了："我以为你和周与森聊得太尽兴了，没好意思打扰你们。"

"我和他能有什么好聊的。"

林粟问："周与森怎么样了？"

"挺好的，总算是开窍了。"

"他是喜欢许苑的吧？"林粟问。

"嗯。"谢景聿说，"喜欢而不自知。"

林粟蹙了下眉，发自内心地说："你们男生的想法有时候真难懂。"

谢景聿挑眉："你说周与森就算了，怎么捎上我了？我可是一直都知道自己喜欢你。"

林粟耳热，忍不住往前凑近了些，说："但是我以前就捉摸不透你，一开始你对我好，我还觉得莫名其妙，以为你是想换种方式报复我。"

谢景聿无奈："看来我高一的时候的确对你很恶劣。"

"那倒没有，顶多是态度冷淡了些。"林粟很客观，她回想了下，说，"唯一比较恶劣的一次，是你误会我拿了你的信。

"但是第二天你就和我道歉了，那时候我就想，你这个人还挺能屈能伸的，就算再不喜欢我，做错了还是会道歉。"

虽然林粟是在夸赞，但谢景聿想到那时候的自己，就恨不得时光能倒流。他能想象得到她当时得有多委屈。

"这么看，我比周与森还糟糕。"谢景聿无比懊悔。

林粟看着谢景聿，他的面容褪去了男孩的模样，更像个男人了。

时间真是个神奇的魔药，明明他们才认识了三年，但她却感觉已经过去了很久很久，久到那些年少时的矛盾和磕碰都记不清细节了，而留下的痕迹也早已被爱意弥合。

她撑起身体，主动凑过去亲了亲谢景聿，笑着说："那时候你向我道歉，我忘了回复你，我原谅你了。"

谢景聿看着林粟，眼神深之又深。他没办法轻易地原谅自己曾经给她带去的伤害，只能以此为戒，告诉自己以后要加倍对她好。

"我不会让你成为付出更多的那个人的。"谢景聿抬起手，轻轻摸着林粟的脸说。

"嗯？"

谢景聿没有做出更多的解释，而是翻过身，深深地吻向林粟，就像落下一个郑重的承诺。

7

志愿填报结束，林粟就开始组织起了去茶岭的事宜。她事先查了天气，又让谢景聿帮忙联系了一辆车，之后就在群里征询意见。

他们选定了一个万事皆宜的日子，早上在一中校门口集合，就和以前一起参加校园实践大赛的时候一样。

谢景聿约了辆私家车，七座的。周宛家在县城，林粟他们五个准备从市里出发，先去南川县把她接上，再一起去南山镇。

许苑第一个上了车，坐下后她喊林粟上来，下一秒周与森就先一步上车，毫不犹豫地在她身边坐下了。

许苑微微一愣，不太自在地说："这个是小粟的位置。"

"景聿想和林粟坐一起。"

许苑抿了下唇："那我坐副驾驶座。"

她才要起身，周与森拉了下她的手，带点小心翼翼地说："其实，是我想和你坐一起。"

许苑对周与森无辜的语气完全没有抵抗力，但又做不到像以前一样大大方方地对他，只好别开脸，故作随意地说："那就坐吧。"

周与森乐呵呵一笑，极其满足的样子。许苑余光看到了，忍不住轻轻扬起嘴角，很快又抿平了。

林粟和谢景聿见他俩这样，相视一眼，都笑了。

程昱坐副驾驶座，谢景聿和林粟在后排落座。汽车大概行驶了一个小时，到达南川县接上周宛后，就朝着南山镇继续前进了。

越靠近南山镇，山就越多，今天阳光明媚，山林在光照下越发青翠。

林粟看着窗外熟悉又陌生的风景，心头百感交集。以前她来往于这条路上，是为了求学、生存，每次回茶岭的时候，她的心情都是沉重的，生怕哪一次回去了，就再也出不来了。但今天，她完全没有负担，心里一阵轻松。

谢景聿见林粟望着窗外出神，伸手拉过她的手。林粟回头，对着他微微一笑。

到了南山镇，林粟没急着上茶岭，她和谢景聿先去看望了周兆华老师，中午他们一行人和司机师傅在镇上找了家饭馆吃了饭，饭后才坐着车慢悠悠地上山。

上了山道，就能看到一垄垄绿油油的茶树了。

程昱、周与森还有许苑、周宛第一回看到这么大片的茶田，都很好奇地望着窗外，纷纷感叹。林粟看着那些绿意盎然的茶树，恍惚了好一阵，莫名觉得在茶岭的生活是很久远以前的事了。

上了山，林粟让司机师傅把车停在那个小停车场里，几个人下了车，一起往山里村子的方向走。

路上，正好碰上几个采茶工从村子里出来，准备去茶园采茶。他们看到林粟，打量了好一阵，直到她"叔叔婶婶"地和他们打了招呼，他们才敢认。

"真是林粟啊，哎哟，有段时间不见，都认不出来了。"

"可不是，现在出落得这么漂亮了，成大姑娘了。"

"真是女大十八变。"

几个从小看着林粟长大的叔叔婶婶好一通夸林粟，都说她现在和以前大不同了，长开了，连给人的感觉都不一样了。

一邻家婶婶问："林粟，之前我去镇上，听中学的老师说你高考考了六百多分，是不是真的啊？"

林粟点了点头。

一旁的周与森帮她炫耀，高调道："六百六。"

"这分能去什么学校啊？"

"小粟要报北京的大学。"许苑替林粟回答了。

"哎哟，去北京啊，真了不起。"

邻家婶婶说："我以前就说林粟脑袋瓜聪明，会读书，她初中考上一中那会儿，我就劝孙玉芬一定要让她继续读，她不听，还好，这孩子没给他们夫妻俩耽误了。

"要说这林永田和孙玉芬也不是东西，以前对林粟呼来喝去，不是打就是骂的，我作为邻居，都看不过去。"

"哎呀，你现在当着孩子的面提他们做什么。"一叔叔说。

"我这不是替林粟高兴嘛。"邻家婶婶脸上挂着笑，着实是开心，"现在好了，林粟出息了，孙玉芬和林永田倒是因为他们那宝贝儿子焦头烂额的，听说前段时间林有为在市里的学校把同学打坏了，人家长要他们赔一大笔钱呢。我估计他们在城里待不了多久，还是得带着儿子回来。"

林粟闻言，眼神微微一动，但没有什么特别的反应。

叔叔婶婶还要去茶园采茶，就和林粟简单叙谈了几句，他们走后，谢景聿牵起林粟的手，低下头看着她。

"我没事。"林粟说。

她本以为自己听到林永田和孙玉芬的消息，会有很多感触，但没有。对她来说，他们已是陌生人。

林粟带头往村子走，远远就看到李爱苹站在村子口，使劲地挥着手。

"小粟，小粟。"

林粟立刻走上前，看到李爱苹大包小包的，惊讶地问："你怎么带了这么多东西？"

"你不是和我说要带同学来玩嘛，那我不得尽尽地主之谊啊。"李爱苹拍了拍鼓囊囊的书包，得意道，"我把我家的店'洗劫一空'了，吃的喝的都有。"

"你还真当是去野餐啊。"林粟笑了。

"那可不，我告诉你，我前几天在山里发现了一个地方，视野可好了，我带了餐布，我们可以去那里坐着聊天、吃东西、看风景。"

李爱苹说着，招呼许苑他们跟着自己走。现在她已经不露怯了，还大大方方地介绍自己，很快就和许苑、周宛还有周与森、程昱搭上话了。

夏天的山林树木繁盛，芳草葳蕤，他们一行人往山里走，路上程昱指着路边的小草，说："这不是咱们的老伙计，牛筋草吗？"

"还有那儿，蚊母草，全是老相识啊。"

几个人会心一笑。

许苑看李爱苹不解，就和她说起了他们几个一起组队参加校园实践大赛，并且拿了奖的事。

一路上说说笑笑，很快就到了李爱苹说的适合野餐的地方，他们携手合作，把餐布铺上，李爱苹再把自己带来的零食拿出来分享，几个人围坐在一起，吃着东西，看着风景，好不惬意。

周与森站起身，放眼望去，看到一大片层层叠叠的茶树，不禁说："之前一直听说南山镇的茶园很大，现在到实地一看，真的很大啊。"

"好几千亩呢。"李爱苹介绍说，"不只有茶园，还有一些私人的茶田，现在是夏茶的采摘季，你看底下，全是采茶的工人。"

"天气这么热，采茶一定很辛苦。"许苑感叹道。

"是很辛苦，这个小粟最有体会了，她以前暑假经常被喊去采茶。"李爱苹说。

几个朋友对林粟以前的经历有所了解，这会儿都由衷地佩服她，对她竖起了大拇指。

谢景聿坐在林粟身旁，拉过她的手，轻轻地摩挲着她指尖上的薄茧，无言地安慰着。林粟回握住他的手，无声地对他一笑，示意自己没事。

她抬起头眺望着底下漫无涯际的茶田，像是掉进了时光的罅隙里。以前生活在茶岭的时候，她总觉得去一中读书是个梦，但现在再回来，却觉得在茶岭的生活才是个梦。

此时此刻她想起了那些走在山道上，披星戴月的求学时光，想到了烈日之下，在茶田里采茶时淌下的汗水，想到了每一回被打压时的不甘和不屈……

那些至暗时刻成就了现在的她。

或许她就是这里的一株茶树，汲取着土地的养分，拼命地生长，最终才能摆脱命运的桎梏，脱颖而出。她曾经怨恨过这片土地，但现在她重新站在这里，心里却一片安宁。她已经和这片土地完成了和解。

午后微风轻拂，山里的树荫底下毫无燥热之意，完全是绝佳的避暑胜地。

许苑带了相机，他们几个聚在一起拍了张合照，之后就或躺或坐地享受着这难得的盛夏时光，聊着过去，谈着未来。

林粟趁余下几个人在聊大的时候，轻轻拉了拉谢景聿的手，说："陪我去洗洗手。"

谢景聿立刻起身。

林粟和朋友们知会了声，拉着谢景聿就往山里去了。

他们找到了一条溪涧，林粟洗了手后，回头问谢景聿："来都来了，要不要往前走一走？"

谢景聿笑了，他想林粟果然很了解自己。

他们沿着溪涧一直往前，谢景聿和之前一样，边走边观察植物，走了一段路，他回头去看，林粟摘了龙须草，折起了草编。

他一笑，走过去问："编草蜻蜓？"

"嗯。"林粟手上熟练地穿插着叶片。

"这个还送我吗？"谢景聿问。

林粟故意吊着他："看你表现。"

谢景聿挑了下眉，含有深意地问："什么表现？"

林粟和他对上眼，耳朵倏地一热，忙别开眼，低声说他："谢景聿，你现在越来越不正经了。"

谢景聿从喉间溢出愉悦的一声笑来，再不和她开玩笑了，正经说："你之前送我的两个草蜻蜓，我还留着。"

"没坏吗？"

"这可是我们的定情信物，我保存得很好。"谢景聿话里透着些自得。

林粟看他邀赏一样，忍不住笑了："看在你这么珍惜的份上，这个还送给你吧。"

她低下头，简单收了下尾，将一只新鲜出炉的草蜻蜓递给谢景聿。

谢景聿接过，盯着它打量了会儿说："比前两只瘦点。"

"这你都看得出来？"

"当然，没追到你之前，我天天盯着它们看。"谢景聿坦白道。

林粟想象着他和草蜻蜓大眼瞪小眼的模样，不禁好笑，又有些感动，便说："那我以后每年编一只送你吧。"

"一言为定。"

"一言为定。"

林粟看谢景聿高兴的样子，忽然想到了什么，说："我之前做过一个梦，梦里我掉进了海里，你骑着一只草蜻蜓来救我，还和我说你是蜻蜓骑士，只要我召唤，你就会出现。"

林粟复述这个梦的时候，还是觉得很滑稽。

谢景聿听她描述，低笑了声，问："我有做到吗？"

"有。"林粟毫不犹豫地说，"过去三年，每次在我碰到难关的时候，你都帮了我一把，我的人生好像从遇见你的那刻起开始有了转折。"

林粟一本正经地说着情话，谢景聿被打动，就牵起了她的手，绅士地低下头，在她的手背上亲了一下，忠诚地说："感谢你授予的骑士荣誉，我的'跳舞草女王'。"

林粟被"跳舞草女王"这个称号逗得笑得停不下来，谢景聿看着她闪闪亮亮的眼睛，不由得为之眩晕。

她不是等待王子拯救的公主，而是为自己开疆辟土的女王。而他，甘愿做她身边为她驱使的骑士，只要她召唤，他就会出现。

身处在结缘的山林里，林粟看着谢景聿，忽然觉得人与人之间的关系真的很奇妙。刚认识的时候，她根本不会想到，自己有一天会和谢景聿一起再次回到这片深林之中，并且是以情侣的身份。

"三年前，我们也是差不多这个时间点，在这片山里相遇的。"林粟语气感慨，现在再回想起自己对他的"威胁"，简直带着孩童般的天真和孤勇，儿戏又郑重。

"嗯。"谢景聿也有些恍惚，细想起来，也不过才三年，这三年真的发生了太多的事了，他们一起经历了许多，也成长了许多。

"你对我的第一印象是不是很差？"林粟问道。

谢景聿愣了下，很快回道："不是。"

"骗人。"林粟不相信。

"我说的是真心话。"

尽管已经是三年前的事了，但谢景聿还是记忆深刻。

他想自己一辈子都不会忘记和林粟初次见面的那个场景，奇妙、曲折，充满了故事性和宿命的意味，命运的齿轮似乎在他们相视的第一眼就开始转动了。

"我第一眼看到你的时候，还以为你是山里的精灵，是什么小动物化出的人形。"谢景聿说道。

林粟没想到他是这么想的，没忍住笑了声，说："那时候你掉进陷阱里，一声呼救都没喊，我还以为你摔晕了，结果过去一看，你就坐在里面，一声不吭的，非常冷静。

"你不怕吗？"

谢景聿回忆起了当时的感受，如实说："怕，但是也没那么怕。"

他顿了下，接着说："中考之后的那个暑假，是我人生迄今为止最黑暗的一段时光，我那个时候整个人都很消沉，求生意志不是很强烈。

"在陷阱里的时候我就想，要是没人发现我，那我就和山里的草木一起枯荣也挺好的。"

林粟听到这儿，想到了那时候谢景聿在陷阱里沉默的模样，心脏像是被人攥了一下，疼得不行。

原来他那时候不是镇定，是绝望。

"以后不允许你这么想了。"林粟表情严肃道。

谢景聿见林粟绷着脸，知道自己把她吓着了，赶紧伸手揽过她，细声细语地安慰道："后来你不是出现了吗？你救了我，不止那一次。"

林粟靠进谢景聿的怀里，紧紧地抱着他，眼眶微微湿润了。

"我也曾经有过不好的念头。"林粟缄默片刻后，开口说，"你掉进陷阱里的那天晚上，我养母把我关进了杂货间，我当时觉得自己不能继续读书，以后要被困在大山里了，所以有些灰心。

"后来，周老师来了，他告诉我，你让你爸爸资助我上学了，我当时看到了希望，就有了坚持下去的动力。

"你也救了我。"

谢景聿搂着林粟的手臂一紧，这回换成是他后怕了。他埋首在她的颈侧，眼睛也在发热，过往发生的一切像是电影一样，一幕幕地在眼前闪过。

他在此时此刻无比庆幸，自己掉进了那个陷阱里。

她救了他，也被他拯救。

谢景聿和林粟紧紧相拥着，明明没有失去过彼此，此时却有一种失而复得的心情。

"好了，我们不能再把时间浪费在回忆过去上了。"林粟先松开手，吸了下鼻子说，"再磨蹭下去，更找不到桫椤了。"

"找不到也没关系。"

"不遗憾吗？"

"不遗憾。"谢景聿摇了摇头，望着林粟的眼睛，一字一句开口道，"我在这片山里已经找到了比桫椤更珍贵的植物。"

林粟觉得自己刚才缩成一团的心脏，在他的话语之下重新舒展开来了。

过往的苦和难都是成长的基石，他们一起经历了热烈又充满意外的青春，从今以后，就要携手奔向更加广阔的天地了。

"我们会越来越好的，是吗？"林粟问谢景聿。

"当然。"谢景聿抬手揩了下林粟的眼角，坚定地回应她，"我们会越来越好。"

像春天的草木，像夏天的骄阳。

注①：改编自雅斯贝尔斯《什么是教育》：教育的本质意味着，一棵树摇动另一棵树，一朵云推动另一朵云，一个灵魂唤醒另一个灵魂。

【正文完】

　　谢景聿、林粟还有周与森和许苑的大学都在北京，他们的报到时间差不多都是八月底，四个人商量了下，决定到时候一起出发去学校。

　　他们四个有伴，也就不用父母大老远陪着到北京。出发那天，林粟是和谢景聿一起走的，林晓穗和赵勇为送他们到了机场，周与森和许苑的爸妈也送他们来了。

　　谢景聿没和家里人说自己什么时候出发去学校，他和谢成康现在的关系父不父子不子的，几乎是断绝了关系，他和乔意也没什么话说，但她意外地来了。

　　乔意最近忙着和谢成康打离婚诉讼，近二十年的婚姻早已名存实亡。乔意早猜到谢成康不会忠诚于她，但她一开始和他结婚也并不是因为爱情，所以不在乎他在外面是否"彩旗飘飘"。

　　高考出成绩那天谢景聿罕见的爆发，让她知道了自己和谢成康的这场婚姻给孩子带来了多大的伤害，或者说她一直都是知道的，只是之前选择了无视。在对谢景聿上，她和谢成康并没什么差别，都是极为失败的。

　　对乔意的现身，谢景聿并没有表现出多大的喜悦。乔意知道他对自己这个妈妈早已失望，所以并没有强求他原谅，而是给了他一张银行卡，让他好好照顾自己，放心去做自己想做的事。

　　离开家乡，离开父母，前往另一个城市读书，是独立生活的开始。

　　上飞机后，林粟想到林晓穗刚才泪眼涟涟的模样，心里头也不舍得。谢景聿看出了她的心思，伸手揽过她，她就势靠在了他的肩上。

飞机在午后落地，他们四个取了行李，一起打了辆车去学校。

周与森的大学离机场较近，最先下了车，取了行李后，他绕到前面，敲了敲车窗。

许苑降下窗户，问他："怎么了？"

周与森低头看着她说："许苑，我报到之后要进行一个月的警训，期间手机什么的都要上交，不能和外界联系。"

许苑眨了下眼，问："你和我说这个干什么？"

"我怕你联系不上我，会担心。"

许苑脸上一热，很快别扭道："我才不会。"

周与森还乐呵呵的，非常积极地说："你放心，只要能拿到手机，我一定第一时间给你发消息。"

许苑心里高兴，但面上始终做平静状，她见周与森挥了挥手，拉着行李箱要走，最后还是忍不住开口叮嘱他："你训练一定要小心，别受伤。"

周与森马上露出大白牙，笑得一脸的灿烂，无比开朗道："知道了。"

汽车驶离公安大学后，许苑还担心地往后头看。

林粟见了，安慰她说："周与森性格那么好，到了学校一定很快就会适应的。"

许苑轻轻一叹，说："我就是怕他太单纯，会吃亏。"

刚才周与森在的时候，许苑都没怎么表现出担心的样子，现在他一走，她的心就跟着走了，满脸写着不放心。

林粟见状，试探地问："你们现在……"

许苑轻轻摇了摇头。

"为什么？"林粟不解。她觉得周与森现在表现出来的意思很明显了，这段时间，每回他们约出来玩，他都紧紧跟着许苑，寸步不离的。

许苑缄默片刻，稍稍低落道："我觉得他把对朋友的喜欢和对异性的喜欢混淆了，他根本不是真的喜欢我。"

林粟微愣，回头看向谢景聿，他对她摇了下头，林粟便没再多说什么。

感情的事旁观者不一定清，还是交由当事人自己去处理解决为好。

第二个到的学校是人大，林粟本来想送许苑进去，但许苑拦住了，她说自己开学前就和院里的学长学姐联系上了，有什么事找他们帮忙就行。

许苑的交际能力林粟是了解的。她见许苑坚持自己去学校报到，也就尊重许苑的意愿，叮嘱许苑有事打电话后，坐上车，又出发了。

车上少了两个人，一下子空了，林粟心里不太是滋味。

谢景聿拉过她的手，问："不舍得？"

"有点。"

程昱去了西南，周宛留在了临云市，林粟和他们不在一个城市读书，平时基本见不到面，这让她难过。她本来以为和周与森还有许苑他们两个在一个城市，并不算真正的分开，但感觉上还是不一样。

高中的时候，他们想见面，上下楼就行，课间十分钟的时间还能聚在一起说说话，但以后就没有机会了。

"等没课的时候，可以约他们出来见面。"谢景聿安慰道。

"嗯。"林粟点了点头。

离开人大，谢景聿让师傅直接送他们去北师大，没多久，车停在了北师大的校门口。

校门口都是迎新的人，林粟回头和谢景聿说："你直接坐车去学校报到，不用陪我进去，我自己搞得定。"

"不行。"初来乍到的，谢景聿不放心。

林粟笑笑说："我读高中的时候就是自己一个人去一中报到的。"

"那时候你不是没有男朋友嘛。"

"可是你的行李……"

"很简单，让师傅帮我送去学校，我叫我室友帮忙取一下就行。"谢景聿干脆道。

林粟诧异："你还没去学校就和室友联系上了？"

"嗯。"谢景聿说，"已经拉了群了。"

林粟不得不感叹他的行动力。

"走吧。"谢景聿干脆道。

林粟见说服不了他，也就遂了他的意。

他们一起下了车，谢景聿和司机师傅交换了联系方式，让他把行李送到清华后打个电话给他，他再让已经到学校的室友帮忙取一下。

处理好行李的事情后，谢景聿拉过林粟的行李箱，陪她一起往师大校园里走。

才到门口，就有迎新的学长学姐来领路，在知道林粟是教育学部的新生后，他们把她带到了所属专业的迎新点办理报到手续。

手续办完，一个学姐热心地带领林粟去宿舍楼，路上，她见谢景聿亦步亦趋地跟着林粟，就笑着问："学妹，你男朋友长得真帅，他和你同届吗？"

"嗯。"林粟点点头。

"他也考到了北京？是哪所大学的？"

林粟想起了许苑之前说的玩笑话，回道："五道口职业技术学院。"

学姐一下子反应了过来，惊叹了声："哇哦，高手啊……这么说，你们是约着一起考来北京的？"

"嗯。"

学姐啧啧赞叹，又一脸坏笑地对谢景聿说："这位学妹夫，你可别觉得已经把我学妹追到手了，就可以掉以轻心了，我可告诉你，别看我们是师范院校，但是男生也不少，像学妹这么漂亮的小姑娘，可是很讨人喜欢的。

"你要是对我的小学妹不上心，可有大把的学长想着把你取而代之。"

林粟刚入学就有学姐袒护，谢景聿觉得这是好事，他笑了笑，然后说："他们不会有机会的。"

学姐捂心，夸赞道："小学妹果然英明啊，开学前就找到了这么优质的对象，遥遥领先。"

林粟被说得不好意思了，她抬头看向谢景聿，他倒是坦然地接受了夸奖。

学姐把林粟送到宿舍楼后，就回迎新点接着忙去了。林粟在宿管那儿签了到，拿了钥匙就和谢景聿一起上了楼。

宿舍是六人间，林粟来得不早不晚，已经有两个室友先到了。面对陌生的新同学，她有点紧张，但还是主动打了招呼。

两个室友热情地给予了回应，她们把目光投向谢景聿，林粟就大大方方地介绍他是自己的男朋友，也在北京上学。

两个室友悄悄地给林粟竖起大拇指，还和谢景聿开玩笑说如果身边有优质单身男青年，一定要记得先介绍给他女朋友的好室友们，谢景聿应下了，交换条件就是要她们平时多照顾林粟。

宿舍里空空如也，林粟要收拾都没有头绪。谢景聿示意她把新生大礼包打开，拿出了里面的新生手册，手册上写了一些要自行购买的生活用品，他们粗略地扫了眼，决定先按照上面的提示，把东西买齐。

才入学，林粟对校区并不熟悉，谢景聿拿着手册里的校区地图，带着她去了超市，先从最必要的床上用品开始买起。

一下午，谢景聿都在帮林粟布置宿舍，弄完床垫弄床帘。他以前其实也没干过这样的活儿，但为了林粟晚上能睡个踏实的好觉，就认认真真地研究了一番。

谢景聿知道林粟招蚊子，给她买了蚊帐，林粟看着他仔细帮自己安装蚊帐的模样，不由得一阵动容。

她想到了三年前自己背着一个蛇皮袋子独自去临云一中报到的事，那时候宿舍里孙圆圆、李乐音还有周宛的父母都帮她们整理好了东西，唯独她全靠自己。

但现在不一样了，她也有能够放心依赖的人了。

忙完宿舍里的一切，大致买好了必要的生活用品，谢景聿陪着林粟在校园里逛了逛。

林粟看着周围陌生的环境，心里隐隐忐忑，但这种忐忑和以前初到临云一中的时候不一样，那时是前途未卜的不安全感，现在却是对未来跃跃欲试而带来的紧张感。

她拿出自己的学生卡看了又看，谢景聿见她难得地喜形于色，也凑过去看了看她的学生证，评价了句："是挺好看的。"

林粟可不是在自恋，而是为自己成为大学生而高兴。

"这么开心？"谢景聿笑问。

"当然，我从上高中……不，上小学开始就一直向往读大学，现在终于梦想成真了。"

"祝贺你。"

林粟莞尔一笑，心里无比轻松。

事实证明，临云一中并不是她的终点站。从茶岭到临云市再到北京，她顺利地来到了人生的下一站。当然，这一站也不会是终点，她还会一如既往地继续向前。

谢景聿拿了林粟的学生证拍了张照，林粟看到了，问："你拍我学生证做什么？"

"上面有你的照片。"

"你不是已经有很多我的照片了？"

谢景聿拍好照，把学生证还给林粟，看着她说："你的照片我不嫌多，而且这张是你高考前拍的，你高中的时候就没拍过几张照片，我要好好收藏。"

林粟觉得谢景聿越来越腻歪了，但她很受用。谈恋爱后，她意外地发现自己其实是个感情很丰沛的人，她不再封闭自己，愿意接纳，也愿意付出。

"那等你到了学校，也拍一张你的学生证给我看看。"林粟说。

"好。"谢景聿应得很爽快。

时间不早了，林粟担心谢景聿再不去自己学校，会错过报到时间，就催他离开。

他们一起到了校门口，谢景聿叫了车，等车的时候林粟的情绪不受控制地低落了。

虽然在一个城市读大学，但到底不像高中的时候，在一所学校、一个班级，回头就能看得到人。她以为自己已经做好了心理准备，但今天周与森和许苑下车的时候，她还是难受了。现在谢景聿要走，她不舍的情绪就到达了顶峰。

"我报到后就要开始军训，之后时间可能会比较紧张，如果有空闲，我就来找你。"谢景聿转过身说。

林粟强打起精神："军训挺累的，你不用往我这儿跑，有时间就好好休息，我会照顾好我自己的。"

"我可不想让你的那些学长有可乘之机。"谢景聿很快说。

林粟知道他是拿下午学姐说的话在打趣，她想回应一个笑，却怎么也笑不出来。

谢景聿观察了下她的表情，再伸手把人一抱，低声说："你拿这样的眼神看着我，还让我怎么走？"

"我们的学校离得不远，比以前你家到我家的距离还近，你现在就当我们高中没毕业，放学回家了。"谢景聿轻轻摸了摸林粟的脑袋，安抚道，"晚上我还像以前一样给你打视频。"

林粟埋首在他怀里，很快调整了下自己的情绪，轻轻点了下头。

谢景聿的手机铃声响起，林粟猜是约的车到了，她松开手，抬头对他笑了下，说："车到了吧，你快走吧，别耽误报到时间。"

谢景聿知道林粟在勉强，他想和她多待一会儿，但又不好让司机等着，只好再抱了抱她："等我电话。"

"嗯。"

林粟目送着谢景聿离开，在他打开车门要上车的时候，终于按捺不住追了上去。

"现在离晚上点名还有一段时间，我想亲自去看看你的学生证。"

谢景聿神色一动，很快笑了。

林粟果然不是会等在原地的人。

"上车吧。"谢景聿让开身说，"正好带你认识下我的几个室友。"

· 番外二 ·
初雪

十一月，北京的天气越来越冷了。

下午下课，林粟和室友从教学楼出来，突然觉得额间一凉，抬起头看了看，发现天空中飘飘洒洒地落下一片片的雪花。她开始还有点没反应过来，等一旁的室友兴奋地说下初雪了，她才回过神来。

临云市冬天不下雪，茶岭的深山里偶尔会下一场雪，但都不成气候。林粟也是第一回看漫天雪花落下，心里头莫名喜悦。她拿出手机，想把这个消息分享给谢景聿，结果被他抢先了一步。

他二十分钟前就拍了雪花的照片给她，林粟见照片上的背景有点眼熟，立刻问他：你在我学校门口？

消息发出去没多久，谢景聿打来了电话，林粟刚接通，就听他问："下雪了，要不要见个面？"

林粟眼睛一弯，很快应道："好啊。"

她让室友帮自己把课本带回宿舍，之后一路小跑着往校门去。到了校门口，就见谢景聿站在花圃旁，低头看着花圃里早已枯萎凋零的花草灌木。

这场景一瞬间让林粟回到了高中，那时候他约她出去看电影时也是这样，站在校外，观察着周围的草木，耐心地等着她。

从南方到北方，从高中到大学，尽管周围的环境一直在变化，但他始终不变。

林粟悄悄走到谢景聿身后，伸手抱住他。

谢景聿垂眼看到腰上的一双手，眼底立刻浮现出了笑意。

"你怎么会突然过来？"林粟探头问。

"下雪了，想见你，就直接过来了。"

"你等很久了吗？"

"不算久。"谢景聿转过身，帮林粟把外套的帽子拉起来戴上，问她，"冷吗？"

"还好。"林粟摇头，"现在还没茶岭的冬天冷。"

谢景聿拉过林粟的手，放自己手心里帮她暖了暖，说："周与森刚才给我打电话，说他今天和大队长请了假，可以离校了，他约我们吃饭。"

"许苑也给我发消息了。"

谢景聿微微皱起眉头："他们俩现在见个面还需要我们打掩护？"

"可能单独约还是觉得别扭。"林粟挽上他的胳膊，"我们就过去和他们一起吃顿饭吧，正好我也有阵子没和他们见面了。"

谢景聿莫名有种既视感，觉得这样的场景十分熟悉，高中的时候他和林粟的约会就总被周与森搅和，没想到上了大学还是这样。

周与森说初雪吃火锅合适，许苑定了地儿，林粟和谢景聿过去的时候，她人已经到了。倒是攒局的周与森姗姗来迟，一坐下就喝了一大杯可乐，说老规矩自罚三杯。

许苑看周与森额角上贴着个创可贴，马上问："你的额头怎么了？"

周与森抬手摸了摸自己的额角，回道："训练的时候不小心磕到了。"

"严不严重啊？"

"不严重，就是磕了个小口，不碍事。"

许苑盯着周与森的脸，皱着眉，忍不住数落了一句："你还是像以前一样，总是磕磕碰碰的，不让人省心。"

周与森嘿然一笑，盯着许苑问："你担心我啊？"

许苑立刻敛起表情，眼神闪躲，不自在地说："我是怕你破相了，叔叔阿姨会伤心。"

"不会，我这张帅脸可是重点保护部位，今天是意外，以后不会再受伤了，你放心好了。"

许苑见周与森还是一副没心没肺的模样，也不知道该宽心还是该担心。

大一的课程紧凑，平时基本空不出什么时间，周末林粟有兼职，周与森又要请假才能离校，他们四个上大学以来其实也不常聚，今天好不容易一起吃一顿饭，又逢初雪，心情都很好。

涮火锅的时候，他们给周宛和程昱同时打去了视频，六个人隔空聚了聚，彼此分享了下最近的大学生活，虽然不在一处，但他们之间的感情并没有疏远。

吃得差不多的时候，谢景聿起身，周与森一看他就是要买单，立刻追了上去，把手一搭，说："今天是我组的局，我来买单。"

谢景聿不和他抢，轻飘飘地看了他一眼，问："你和许苑要么不尴不尬的到什么时候？"

周与森一听这话，立刻露出了愁容。他挠挠头，无奈道："我也不想这样，但是每次我主动，她就回避，我感觉她现在有点躲着我。"

"她为什么躲着你，你想过吗？"谢景聿问。

"她不喜欢我，喜欢上她学校里的人了？"周与森一惊一乍的。

谢景聿无语凝噎，但还是故意说："也不是没这可能。"

周与森的脸色一下子灰败了。

"所以，你抓紧点，不然下次聚会就变成五个人了。"谢景聿吓唬他。

周与森面色凝重，当真是信了谢景聿的话，一脸如临大敌的表情。

从火锅店里出来，雪已经停了，外面的天地披了一层白纱，换了面貌。

时间已晚，他们四个就在火锅店门前分开了。周与森送许苑回校，谢景聿和林栗一块儿走。

林栗晚上和许苑一起喝了酒，走路的时候脚步有些虚浮，谢景聿担心她摔跤，就蹲下身示意她上来。

"冷吗？"谢景聿背起林栗后问。

林栗喝了酒，现在整个人都热乎乎的，侧着脑袋对谢景聿露出一个璀璨的笑容："我不冷，热。"

说着，她用自己的手捂住谢景聿的耳朵，让他感受自己的体温："热乎吧。"

这个举动和现在说话的语气都不像平时的林栗。谢景聿见她面颊微红、双眼发亮，就知道她的酒劲上来了。

"你醉了。"谢景聿说。

"我没有。"

"你就是醉了。"

林栗歪头看着谢景聿，一本正经地问："你说我醉了，依据呢？"

谢景聿噙着笑说："你现在有点可爱。"

林栗笑眼弯弯的，又问："我平时不可爱吗？"

谢景聿这下百分百确定林栗是喝醉了，她完全清醒的时候哪里会这么从容地接受"可爱"这个评价，更不会反问自己可不可爱。

"也可爱，但现在更可爱。"谢景聿笑着哄她。

林粟像是得到了满意的回答，她搂着谢景聿，安心地趴在他背上，嘴角挂着淡淡的笑。

林粟现在越来越爱笑了，谢景聿每次看到她的笑容就莫名有种责任感，他希望这样的笑容再也不会从她脸上消失。

"明天还要去机构上课？"谢景聿问。

"嗯。"

上大学后，林粟就去找了兼职。虽然林晓穗给她的生活费很足够，但她习惯了自立，并不想完全依赖家里，所以周末的时间她都在教育机构上课，也算是积累经验。

"明天还会下雪，出门记得穿厚一点。"谢景聿叮嘱道。

林粟看着他，忽问："你不生气吗？"

谢景聿疑惑："我生什么气？"

"我都没什么时间陪你。"

大一课多，学习任务也重，周一到周五林粟基本上没什么空暇，周末她又要忙兼职，开学至今，她和谢景聿约会的次数其实很少，每回也都是来去匆匆。

林粟想到之前室友的话，她说谢景聿性格真好，情绪也稳定，不像她的男朋友，只要稍一冷落就会不高兴。

谢景聿反问："我应该生气？"

"你可以生气。"林粟说得认真。

谢景聿失笑，饶有兴致地问："我生气，你要怎么做？"

林粟思索片刻，不确定地回道："尽量多挤出一点时间来陪你？"

"你不是每天晚上都抽出时间陪我了吗？"

"视频也算？"

"算。"谢景聿一点都不敷衍，认真地解释说，"林粟，我不想和我交往成为你的一种负担，我了解你，知道你并不是故意忽视我，所以你不需要刻意挤出时间来陪我。

"你就像高中的时候一样，安安心心地去做自己想做的事就行，我们按自己的节奏来。"

他们的节奏就是齐头并进。

林粟将脑袋搁在谢景聿的肩头，看着他，打从心底觉得他就是天底下最好的男朋友。

"我们今天晚上不回学校了吧。"林粟轻声说。

谢景聿的脚步微微一顿，侧过头问："你不用回去备课了？"

"周末的课我已经备好了，而且今天男朋友最重要，其他的事统统靠边。"

林粟喝了酒之后真率了许多，和平时又是不一样的感觉，谢景聿受用，他的嘴角微微上扬，确认了遍："真不回去了？"

"嗯。"林粟看着谢景聿，眼睛里都是喜欢，她柔声说，"以后周五晚上我都来找你吧。"

谢景聿挑了下眉："不回校？"

"嗯。"

"你明天酒醒了可别赖账。"

"不会的。"林粟搂紧谢景聿，在他耳边低声说，"我觉得我们还是要多见见面，不然时间久了，我怕你又会变得笨手笨脚的。"

谢景聿闻言差点没走稳，他站定，偏过头带些无奈地喊她："林粟。"

林粟趴在他背上笑出了声，她见谢景聿的耳朵红了，觉得他也很可爱，忍不住就凑过去亲了亲他的脸。

谢景聿看她这样，真是一点办法都没有。

喝了酒的林粟真是要命，他每回都招架不住，又甘之如饴。

九月的北京已经有了凉意。

晚上，许苑上完专业课，和室友一起离开教室。才出门，就有班上的男同学约她去吃夜宵，许苑摇摇头，大大方方地拒绝了。

室友看那个男生面色失落，轻轻撞了下许苑，调侃道："我们法院的新晋女神，又伤了一个少男的心。"

许苑莞尔："什么新晋女神，你可别给我戴高帽。"

"我可没有瞎说。你自己想想，开学不到一个月，有多少男生想约你，不说平均一天一个，两天一个也有吧，这还不是女神？"

"哪有那么夸张，有些同学找我只是聊一些学习上的事。"

"都大学了，学习哪有那么重要，他们那是醉翁之意不在酒，你这么聪明，别告诉我你看不出来。"

许苑无奈一笑，妥协道："好好好，我能看出来，行了吧？"

室友冲她挑挑眉，问："那么多对你有好感的男生，你一个都看不上？"

许苑轻轻摇摇头："没感觉。"

"那你喜欢什么样儿的男生？"

"喜欢"是个触发词，许苑脑海里立刻浮出了周与森龇着大白牙笑呵呵的模样。她眨了眨眼，半真半假地说："我喜欢傻一点的。"

"啊？这是什么标准，你忽悠我的吧？"

室友并不当真，许苑也没有多加解释，而是说了几句玩笑话，把这个话题揭了过去。

回到宿舍，许苑拿上换下来的衣服去了楼层的洗衣间，再回来时听室友说自己的手机刚才一直在响动。她心里有所预感，忙走过去拿起桌上的手机看了眼，通话记录里有三个周与森打来的未接电话。

许苑立刻回拨过去，但无人接听。

周与森开学要警训，通讯工具都被没收了，好长一段时间没有消息。之前他说过，只要能用手机就会联系她，可她没接到，现在他的手机大概又上交了。

就差这么一会儿，许苑倍感懊恼。她轻叹一口气，正要放下手机，又看到社交软件上有红点点，点进去一看，就看到了周与森发来的语音消息。

"许苑，今天晚上学校发了手机，让我们和家里联系一下，我给你打了电话，你没接，我猜你的手机大概没在身上，就给你留言了。"

"我挺好的，还活着，也听你的话，没有受伤，所以你不用担心我。"

"你在学校还好吗？适应吗？有没有遇到什么难事？我现在不能离校，帮不上你的忙，你要是碰着困难了，别自己硬扛，可以去找景聿和林粟。"

"好了，教官又要收手机了，我不能再说了，你照顾好自己，等我训练一结束，就去找你，嘿嘿。"

大概是时间紧张，周与森的语速很快，但他的语气一如既往，乐呵呵的，总是和有天大的喜事一样。

许苑听着听着，嘴角忍不住上扬。

她的室友见到了，揶揄道："哟哟哟，是谁啊，把我们许大女神逗笑了……我们学校的？"

许苑摇头。

"是你以前的同学？"

"嗯。"

许苑的眼里还透着淡淡的笑意，显然心情不错。室友见了，问道："这位不会就是你口中那个'傻一点'的男生吧？"

许苑没有否认。

"难怪你对学校里的那些男生都不感兴趣，敢情是已经心有所属了啊。"室友好奇，打探道，"你们现在是……暧昧阶段？"

闻言，许苑脸上的笑意寡淡了，她本来已经打了一段话要回复周与森，这时候又犹豫了。

"不是。"许苑把那段话一字一字地删掉，声音发涩，"我们只是很好、很好的朋友。"

只是好朋友，她在心里和自己强调。

开学一个月，许苑就已经差不多适应了大学生活。

她性格大方，能和室友们打成一片，短短时间内认识了很多同专业不同专业的同学，在社团纳新的时候，顺顺利利地进入了校学生会，加入了想要进入的辩论社。

她刚入学，在院里就有了名气，追求她的男生很多，但她都婉拒了。

国庆假的前一天下午，最后一节课上完，许苑收拾好东西从教室里出来，抬眼就看到了走廊上的周与森。她愣在原地，还以为自己出现了幻觉，直到他喊着她的名字走近，露出了标志性的笑容。

"你怎么来了？"许苑还蒙蒙的。

周与森咧嘴一笑，说："训练结束了，学校大发慈悲放我们出来了。"

周与森下巴一抬，邀功似的："怎么样，我说话算话吧，说第一时间来找你就第一时间来找你。"

许苑看着他被晒得黝黑的脸，不自觉地笑了："你怎么知道我在这儿上课？"

"打你电话不接，发你消息不回，我猜你可能在上课，就一路打听，找到你们教学楼来了。"

"我有可能就是故意不接你电话，不回你消息的。"许苑故意道。

"不可能。"周与森很笃定。他也说不出什么依据，但对方是许苑啊，他知道她会给他回应。

班上有同学不了解情况，见许苑和周与森在走廊上说笑，打趣道："许苑，男朋友啊？"

周与森低头看着许苑，眼神炽热，似乎在期盼着什么。

许苑险些要抵不住他的目光，心里有个声音一直在诱惑她：投降吧，投降吧，管他对她的好感是朋友间的还是异性间的，她只要不计较，图个结果就行。

但她做不到自欺欺人。如果不能有百分百的爱情，那保持百分百的友情或许才是最好的选择。

"不是。"半晌，许苑扯出一个得体的微笑，回应那个同学说，"我们是好朋友。"

周与森的目光在这句话中很快黯淡了下去。

"许苑……"

"你离校，和景聿还有小粟联系了没？"许苑像是预料到周与森接下来要说什么，快速地打断了他。

周与森摇了摇头。

"我给小粟打个电话，约她和景聿一起出来吃个饭吧。"许苑说。

周与森张了张嘴，本来想说要不今天就他们两个一起出去吃个饭，逛一逛，不找景聿和林粟了，但是对上许苑的眼睛，他就把话吞了回去。

周与森以前很不会体察人的情绪，大大咧咧、没心没肺的，他爸妈都说他是傻大个缺心眼，但这段时间，他稍微进步了些，懂得换位思考了。

许苑摆明了不是很想和他单独相处，他如果强求，可能会让她不自在。他怕逼得急了，她又会像之前从云南回来时那样，躲着他，不和他说话。

周与森这会儿想起了警训期间，他和室友聊天，说到了追女孩的事，他没经验，就把自己和许苑的情况提了下。当时室友们给他的建议是，切勿操之过急，一定要徐徐图之。所以，他准备慢慢来。

国庆假后，周与森不需要再上交手机了，许苑每天都能收到他发来的消息，说的都是一些小事，譬如食堂的红烧肉没有一中的好吃，今天的云很好看，或是得意扬扬地向她炫耀他在训练课上拔了头筹。

他事无巨细地分享，许苑每天都能掌握他的动态，就有一种他们还在一个学校上学的感觉。以前不管是初中还是高中，在学校里每次见面，他都会兴高采烈地说一大堆话，把自己看到听到的趣事告诉她。

许苑很喜欢看周与森发来的没头没尾的日常，但只要他说要来找她，她心里就慌。每当这个时候，她就会去找林粟和谢景聿，如果他们没空，她会想方设法地找理由，把周与森见面的请求婉拒了。

次数多了，周与森好像也明白了，之后他想见面，会主动去问谢景聿和林粟，确定他们有时间了，再去约许苑。

北京下初雪那天，周与森向大队长请了假，说要去见喜欢的女孩。大队长还调侃了他一句，说之前以为他四肢发达头脑简单，没想到人还挺浪漫。

请假通过后，周与森先给谢景聿打了电话，"小聿聿"长"小聿聿"短地求了半天，谢景聿才勉强答应舍弃和林粟的二人约会，出来吃饭。

他们吃的火锅。

四个人的时候，许苑就比较放松，能从容地说说笑笑。她看到对面的谢景聿和林粟时不时默契地相视一笑，为他们高兴，也隐隐觉得羡慕。

晚上，许苑拉着林粟喝了点酒，饭后他们几个分开，许苑本来想自己打个车回去，但周与森执意要送她。她了解他，知道不让他送，他也会找辆车跟着她回去，就没推辞。

车到了校门口，许苑回头说："你就送到这儿吧，我自己进学校就行。"

"都到这儿了，也不差那么一段路。"周与森付了车费，动作利落地下了车，还微微弯腰，恭恭敬敬地做了个"请"的姿势，一本正经地说，"公主请下车。"

许苑被逗笑了："你们学校还有'保镖课'呢？"

"我是自学成才，你要是不嫌弃，以后我就是你的私人保镖了。"周与森说着嘿嘿一笑。

许苑知道周与森这话其实没什么引申义。他不是会试探的人，但她会多想，因此仅是玩笑话，她也不敢随意应承。

"你还是把本事留给人民吧。"许苑四两拨千斤，一笑而过。

下了车，周与森陪着许苑进了学校，送她回宿舍。

校道上铺着一层白白的雪，天气虽然冷，但雪停后还是有很多学生出来溜达玩雪。初雪和往后的每一场雪都不一样，这时候大家对下雪的态度还是欣欣然的。

路上，许苑碰上了个同在学生会做事的男同学，他热情地打招呼，还着重看了看周与森，眼神里带着敌意。

周与森对这种眼神并不陌生，在训练课上他见过很多次，这是男生之间竞争的眼神。

"他喜欢你。"周与森低头看向许苑，直接说道。

许苑愣了下，心里头莫名有些慌，很快说："你别瞎猜。"

"我没瞎猜，我看得出来那个男的对你有好感。"

许苑抿抿唇，别扭道："当初景聿和小粟那么明显你都没看出来，你的观察力不靠谱。"

周与森急了："那是因为他们是朋友，我对敌人可是很敏锐的，不信你问我教官。"

这话委婉又直白，许苑闻言心口骤然一缩，很快又怦怦跳动起来。

"许苑……"

许苑像是猜到周与森接下来要说什么，立刻顿住脚，转过身快速道："宿舍楼就在前面，你送到这儿吧。时间晚了，你赶紧回去，要是回学校迟了就麻烦了。"

周与森站定，他看着许苑闪躲的眼神，迟疑了下，很快下定了决心。

"许苑，之前你说看雪山的时候说的话都是胡言乱语，让我别放心上，我听你的。"

许苑微微一怔，明明这是她期望的，但她心里还是忍不住难过。

"所以以后，就是我单方面喜欢你了。"周与森跟宣誓一样，说得一板一眼的。

许苑一下子没反应过来。她把周与森的话在脑子里反复过了几遍，讷然道："周与森，你知道自己在说什么吗？"

"北京海拔不高啊，我没有缺氧。"周与森注视着许苑，表情是前所未有的郑重，"许苑，我是认真的。"

说不被打动是假的，许苑胸膛里的心都要跳出来了。她在辩论的时候能说会道的，但是这会儿却一个字也说不出来。

"周与森……"许苑掐了掐手心，让自己冷静下来。

她抬起头，看着周与森说："你是不是因为我之前说喜欢你，所以被我引导了，其实你对我的喜欢只是朋友间的，但你误以为是男女间的感情了。"

周与森露出了一个稍微困惑的表情。

许苑说不上失望，她早就猜到的。周与森就是混淆了朋友和异性间的情感，否则他不会在她表白之后，突然说喜欢她。

周与森的心思本来就不细腻，许苑说的话把他难倒了。但他没有去纠结自疑，而是如实地把自己的想法说了出来："我确实不太清楚自己对你是朋友的喜欢还是异性的喜欢，但我知道你对我来说是不一样的。"

"林栗和周宛也是我的朋友，但是我对她们的感情和对你是不同的。"

周与森抬手摸摸鼻子，想了个合适的解释："就像林栗，她和景聿交往我一点都不介意，还会祝福他们，但是刚才那个男生和你搭话，我就不是很高兴。"

"他都没我高，也没我帅。"周与森嘟囔了句，之后又正经起来，"毕业前你和我说过，我们都会长大，以后会有新生活，会谈恋爱、结婚，那时候我问你，你也会吗？你说会，因为你也长大了。

"当时我听完你的回答，心里就不舒服，但不知道是为什么。直到去了云南，看雪山的时候你和我说你喜欢我，那之后我才开始思考起我们的关系，也才知道我那时候为什么心里会不舒服。

"是因为我喜欢你，许苑，我不想你和别人交往。"周与森一字一句说得非常认真。

许苑听着听着，眼睛微微湿润了。

她忽然就不确定了，友情里也会有占有欲吗？

周与森看许苑眼睛红了，以为自己说的话惹她不开心了，整个人肉眼可见地慌了。他抬起手想拍拍许苑的背安慰她，又怕她反感，急得站在原地手足无措的。

"许苑，你别哭啊，这样，我再给你打一套擒拿？"

许苑正感动着，听这话没忍住笑了出来。

"谁安慰人打擒拿的？"

周与森挠挠头："高中的时候你哭，就是看我打擒拿才笑的。"

"都多久前的事了。"许苑低声说。

周与森看许苑笑了，松了口气，嘟囔道："招不在新，有用就行。"

许苑吸了吸鼻子，周与森小心翼翼地问："我说错什么了吗？"

许苑抬起头看着周与森，这么近看，从初中到现在，他真的变化好大。她刚认识他的时候，他的个子还和她一般高，到高一的时候，他突然蹿个儿，高出了她两个头。他的面容也有了变化，初中的时候就是小男孩样儿，现在已经是男人样儿了。

唯一不变的是他的性格，永远真诚、热烈，成天傻乐，好像天塌下来他都会笑着说：我来撑着。

她真的非常、非常喜欢这样的周与森。

许苑深吸了一口气，朝周与森招了招手，周与森不解，但还是听话地弯下了腰。

许苑抬起手，轻轻碰了下周与森贴着创可贴的额角："痛吗？"

明明许苑碰的是额角，周与森却是心里痒痒的："不痛。"

许苑注视着眼前自己喜欢了很多年的大男孩，再按捺不住，凑上前，在他额角的伤口上亲了一下。

周与森这下不是心里痒了，而是浑身都麻了。他直接傻了："许苑，你、你……我、我……"

许苑见周与森一脸呆样，笑弯了眼睛，她深吸一口气，果断道："周与森，我们试试吧。"

"试、试什么？"周与森还傻着。

许苑轻轻弹了下他的脑门："你说呢？大傻子。"

周与森被这么一弹，回神了。领会了许苑的意思后，他先是僵住，随后傻呵呵地笑了："我这是……告白成功了？"

许苑眨眨眼睛："嗯。"

"Yes！"周与森握拳，兴奋地问，"那我现在是你男朋友了？"

他非要人说透了才行，许苑无奈，反问他："你不想当吗？"

"想！"周与森高声道。他看着许苑，突然忸怩了起来，"那……能牵手吗？"

只是一个小小的请求，许苑却脸红了。她低下头："你想牵就牵，还问什么。"

这是同意的意思，周与森这时候反倒紧张了。他往裤子侧边擦了擦手，才小心地牵起许苑的手。

许苑垂下眼，看着他们的手，没有犹豫，反握住。

周与森的眼睛都亮了，嘿嘿笑了起来。

"你乐什么？"许苑红着脸问。

周与森笑得一脸荡漾，说："体会到景聿的快乐了，早知道，我就要早点向你表白。"

"徐徐图之"根本不管用，还是他多年的哥们儿"小聿聿"靠谱，听"小聿聿"的话，该出手时就要出手，果然有用。

"我现在可以送你到宿舍楼下了吧？"周与森轻轻晃了下许苑的手。

许苑被他的快乐感染，忍不住跟着傻笑了起来，她也晃了下周与森的手，笑道："走吧。"

· 番外四 ·
谢景衡篇

又一年年底，临云市的冬天没有雪，也足够寒冷。

傍晚，谢景聿和林粟到了一中，直接去了高一教学楼。

到了年级办公室，孙志东一见着他俩，立刻站起身，招呼道："来了啊。"

谢景聿"嗯"了声，转头看向坐在一旁、挂了彩的谢景衡。想想也是可笑，大学都要毕业了，他居然还要来高中听训，还是因为谢景衡。

谢景聿对谢景衡来临云一中读书的事不意外，一个儿子养"废"了，谢成康肯定会想培养另一个。他本来以为自己现在离开了谢成康的掌控，以后和谢景衡不会再有什么交集，但好巧不巧，孙志东成了谢景衡的班主任。

谢景衡上高中后，在学校不老实，隔三岔五地惹事。孙志东知道他和谢景聿是兄弟后，就常常联系谢景聿，让谢景聿和弟弟好好聊聊，就好像他俩兄弟情深一样。

这回孙志东知道谢景聿放假回了临云市，索性直接把人叫来了。

孙志东招呼谢景聿去外面谈话，林粟就待在办公室里。她打量了下谢景衡，几年不见，他长大了。

"要不要去趟医务室？"林粟看谢景衡脸上挂了彩，问了句。

谢景衡抬手，随意擦了下嘴角，冷淡地回了句"不用"，之后又面无表情地看着林粟，问："你和谢景聿应该都挺讨厌我的，为什么还要过来？"

林粟盯着谢景衡的脸，他的眉眼和谢景聿有点像，冷着脸的时候隐隐让她看到了十六七岁时的谢景聿。

一样的冷漠，拒人于千里之外。

"孙老师是我们的老师，他有事找，我们就来了。"

谢景衡冷笑："你们是来看我笑话的吧。"

林粟知道谢景衡是因为家庭，才造就了现在这样乖戾的性格。她是学教育的，这时候本该从专业角度去理解、开导他，但想到他曾经对谢景聿造成的伤害，她就心软不下来。

"你就当是吧。"林粟也回以冷漠。

谢景衡闻言，自嘲一笑，低下头沉默了。

孙志东和谢景聿在外面的走廊上聊了一番，之后回到办公室，又批评了谢景衡几句，才让他离开。

出了校门，谢景衡看了谢景聿和林粟一眼，招呼也不打，转身就要走。

谢景聿冷声问他："你这样回去，谢成康会放过你？"

"不回去不就得了。"谢景衡无所谓道。

林粟皱眉："不回去你妈不会担心吗？"

"她在临岩市。"谢景衡回头见谢景聿和林粟的表情有些微妙，讽刺一笑，"你们不知道吧，谢成康就算离婚了也没娶我妈，可能是上一场婚姻被分走了太多财产，他怕了。"

他盯着谢景聿，挑衅问："你说你妈是不是应该感谢我？"

谢景聿神色微沉。

林粟拉住谢景聿的手。

谢景衡看见了，笑一声，对林粟说："你还是和那时候一样护着他啊……看来学校里的传闻没错，你们这对情侣是挺模范的。"

林粟不理会，反问谢景衡："你不回家要去哪儿？"

"随便去哪儿，和你们没关系。"

谢景聿看着谢景衡，恍然间像是看到了曾经的自己，偏执、冷漠。虽然境况不一样，但他们都是家庭的受害者。他想到刚才孙志东说谢景衡在学校被人骂"私生子"的话，不禁眉头轻皱。

"你要是不回去，就跟我走。"

谢景衡微怔。谢景聿面无表情地解释说："我不想大晚上的还接到老孙的电话，让我出来接你。"

林粟也觉不能放任谢景衡一个未成年人大晚上的在外面游荡，万一出了事，他们都脱不了干系。她朝谢景衡招了下手："跟我们走吧，不然我就把你不回家在外面过夜的事告诉孙老师了。"

谢景衡拧起眉头，觉得他们两个多管闲事，但他的确不想再听孙志东说教了，便不情不愿地跟着他们走了。

谢景聿和林粟先带着谢景衡去了附近的卫生所，把脸上的伤口处理了，之后就一起去了"穗穗有食"。

林晓穗看到谢景衡，问林粟他是谁，林粟含糊说是谢景聿的一个弟弟。

林晓穗多少了解谢景聿的家庭情况，就没多打听，招呼赵勇为给他们做点吃的。

晚上店里吃饭的人多，小小的饭馆里处处弥漫着饭菜的香味，还有食客们的谈笑声。林晓穗端上好几道菜，一口一个"孩子"地喊谢景衡，热情地招呼他多吃点。

见谢景衡看着桌上的饭菜，神色寂寥，谢景聿垂下眼开口说："你现在不吃饱，晚上我那里可没东西给你吃。"

林粟把一碗汤搁在谢景衡手边，示意他："喝点汤暖和暖和吧。"

在这样的冬夜，这顿饭显得灯火可亲。谢景衡已经很久没感受过类似于"温暖"的感觉了，即使在临岩市，待在他妈妈身边，他也很少有过这种感受。他妈妈是个懦弱的女人，只会唉声叹气，就像是古代后宫里等待君王宠幸的妃子，有时候还会将情绪发泄到他身上。

谢景衡的目光扫过谢景聿和林粟，按捺下心中的情绪，沉默地吃饭。

吃完饭，谢景聿和林粟领着谢景衡离开"穗穗有食"。经过路口的便利店时，谢景聿说要买东西，进了店里。

林粟等在外面，看向谢景衡说："晚上你就去你哥……谢景聿的公寓住一晚吧，以后别和人打架了。"

谢景衡还是很犟："你们完全可以不管我。"

"不是我想管，是谢景聿。"

谢景衡自嘲："他应该恨死我了才对，我毁了他的家。"

"他的家不是你毁的。至于他恨不恨你，我想之前他就和你说过了，他真正记恨的人是谁。"林粟想谢景聿主动带谢景衡回来，就是不再去计较以前的事了，她也当站在他那边才对。

"他知道你们都是受害者，现在他逃出来了，也想拉你一把。"林粟郑重地说。

谢景衡心头一动，但还是嗤笑道："假仁假义。"

林粟蹙眉，语气重了些："不是只有你的痛苦才是痛苦。"

谢景衡绷着脸："你生活在一个幸福的家庭里，不会懂的。"

"幸福的家庭？"林粟了无意义地笑一笑，"你大概不知道，我从小就生活在山里，是被养父养母虐待着长大的，要不是谢景聿让谢成康资助我，我连高中都读不了。"

谢景衡露出了些许吃惊的表情。

"至于谢景聿，他的痛苦不会比你少，但是他从来没有自暴自弃过。"林粟很冷静地说，"这个世界上不幸的人有很多，不幸的家庭也有很多，既然没办法改变自己的出身，就想办法改变自己的未来。

"我和你哥都是这么做的，你如果愿意，也可以试试。"

谢景衡眼神沉沉，缄默不答。

谢景聿买了东西出来，示意谢景衡跟他走，他们先送了林粟回家。分开前，林粟看着谢景聿和谢景衡，叮嘱他们别打架，听她这么说，兄弟俩的表情都不太自在。

虽然生理上他们是同一个爸，但谢景聿和谢景衡没一起生活过，说不上熟，加上之前的纠葛，两人单独相处格外别扭。

到了公寓，封闭空间里，这种尴尬被无限放大。

谢景聿把刚从便利店买的东西放桌上，没什么感情地说："都是一次性用品，你晚上用这个。"

谢景衡也没什么情绪地应道："嗯。"

谢景聿看他一眼，忽然问："你不回去，谢成康不找你吗？"

谢景衡冷哼："他不像关心你一样关心我，我就算十天半个月不回去，他也不见得会过问。在他心里，始终还是你这个儿子最优秀。"

谢景衡语气嘲讽："不然你回家吧，只要服服软，他就不会和你计较的。"

谢景聿知道谢景衡是故意在挑衅。他沉下脸，又想到林粟叮嘱的话，便把情绪压了下去，不和谢景衡这个未成年人一般见识。

谢景聿给谢景衡拿了套干净的家居服，又从卧室里抱了床被子丢到沙发上。带谢景衡回来已经是他的极限了，他可没办法和谢景衡睡一张床。

他们两个本就关系不和，话不投机便不再交谈。

晚上，谢景聿在卧室里看完一篇文献，出门去洗手间时，看到客厅里没人，以为谢景衡是偷偷跑了，他刚想打开公寓门去看看，回头瞥到了阳台上的一个身影，不自觉地松了口气。

谢景聿本来不想管，但又不想明天一大早就接到孙志东打来的电话，问他谢景衡怎么没去学校。他现在在孙志东那儿就跟谢景衡的监护人一样，谢成康不管，孙志东就找他这个名义上的哥哥。

"你明天要上学，还不睡？"

谢景衡趴在栏杆上，回头看一眼，讥嘲说："你怎么和我妈似的。"

谢景聿狠狠皱起眉头。

"睡不着。"谢景衡吹着冷风，看着窗外的夜景，冷不丁问，"你没把我寄给你的信给谢成康看，是不是？"

他不等谢景聿回答，自顾自接道："你如果给他看了，他不一定会把我接到身边来。"

谢景聿忖了下，走过去，和他一起并肩站在阳台上："我并不想报复你。"

谢景衡抿紧了唇，好一阵沉默后，才开口说："我小时候看别人家团团圆圆的就不明白，为什么别人的爸爸可以待在家里，而我的爸爸却只能隔段时间来一次，每次都来去匆匆的。我妈说他工作忙，我相信了，直到上了小学，班上有人说我是'私生子'。"

他顿了下，接着说："我才知道，原来谢成康并不是我一个人的爸爸，他在临云市还有一个家，还有一个儿子。我问我妈，我妈说如果我想要爸爸经常来临岩市看我们，我就要比他的另一个儿子还要优秀。

"我听她的话，拼命地努力学习、表现，讨谢成康的欢心，但是他始终觉得我不行。谢成康心里，终究是你这个儿子更加出色。所以有段时间，我很嫉妒你，甚至觉得是你抢走了我的一切。"

"所以你才会给我寄信。"谢景聿眉间紧皱。

"对。"谢景衡自嘲地笑笑，"你女朋友说得对，我比不过你，就想毁了你，你是不是觉得我很可笑？"

谢景聿并不想去嘲讽谢景衡，他自己是在十六七岁的时候看清了家庭的真相，但谢景衡早在更小的时候就知道了。十六七岁的他尚且不能自洽，谢景衡当时应该更难处理好自己的情绪，所以只能简单粗暴地发泄。

责怪已无意义，谢景聿冷静回道："换作我是你，也不一定能保持理智。"

"你应该恨我才对。"

"我没那么多精力浪费在无意义的事上。"谢景聿看向谢景衡，忖了下说，"老孙说你经常在学校惹事，你的入学成绩很好，但是高一这学期每次考试都考砸了。"

谢景聿语气笃定："你是故意的。"

谢景衡一脸无所谓的模样，甚至还隐隐得意："我不想当你的替代品。你说得对，我该记恨的人是谢成康，他想再培养一个你出来，我偏不让他如意。"

谢景聿闻言冷哼，不客气地讥道："不管从前还是现在，你选择反抗的方式都很愚蠢。"

"你懂什么？"谢景衡稍微激动道，"我就是要让他不痛快。"

谢景聿缓一口气，克制道："你想报复，前提是要不伤及自己的利益，如果伤敌八百，自损一千，那这个报复就完全没有意义。你故意惹事、考试考砸，顶多是让谢成康对你感到失望，根本不会对他造成任何伤害。

"他不是想再培养一个我，只是想要一个优秀、听话的儿子，你要成为什么样的人是你自己决定的。"

谢景聿直视着谢景衡，语气肃然："你想反抗、报复，首先要有资本。在能力不够强大之前，你所有的行为都只是小打小闹而已。"

"你在激励我？"谢景衡盯着谢景聿，"你不怕我抢走你的东西？"

谢景聿皱眉："比如？"

"谢成康的公司。"谢景衡说，"我如果是一摊烂泥，他就还是会记挂着你这个出色的儿子，惦记着让你回去接手他的事业。"

谢景聿闻言，神色舒展了。他几不可察地一笑："我对他的公司一点兴趣都没有，你如果想要，最好是有能耐从他手上抢过来，我拭目以待。"

谢景衡的目光始终聚焦在谢景聿的脸上。他观察着谢景聿，却没有发现一丝一毫的不甘不满，谢景聿说的话是真心的。

"你和你女朋友真是天生一对，都喜欢教育人。"谢景衡明明心里已经软化了，但嘴上还是不饶人。

谢景聿猜到林粟大概也和他说了什么，便从容地说："教育人是她的专业，我只是看不惯有人犯蠢。"

"你——"

"以后少干让老孙找家长的事，我不想隔三岔五接到他的电话。"

谢景聿这会儿冷着脸，很有兄长的气势。谢景衡被震慑住，很快别过头，不自在地撵了句："你可以不管。"

"今天是最后一次。"

谢景衡的眼神黯下。

"明年我和林粟要出国留学，这个公寓不会退租，你以后要是没地方去，可以来这儿。"

谢景聿说完，谢景衡回过头，不可思议地看着他，神色复杂地问："为什么？"

为什么？谢景聿也在问自己，为什么要管谢景衡的死活？他沉默片刻，才平静地开口说："我在你这个年纪的时候，如果能有个地方让我喘口气，会轻松很多。"

他这么做是帮谢景衡，也是在帮曾经的自己。

话已至此，谢景聿也没什么想说的了，之后谢景衡要怎么做，都是他自己的选择。

谢景聿转身要回卧室，才走了两步，忽然听到谢景衡喊他："哥。"

谢景聿倏地顿住脚。

谢景衡埋着头，半晌，哑着声音说："对不起。"

谢景聿莫名感到一阵轻松。在这一刻，他体会到了林粟这个专业的成就感，的确还不赖。他不由得扬了扬嘴角，很快随意道："早点睡吧，睡一觉，明天重新开始。"

·番外五·
成长

又一年年底，谢景聿和林粟赶在了除夕之前飞回了国内。

落地后，谢景聿先送林粟回了家，之后就拿着行李回了趟公寓。门一开，他发现公寓里多了很多不属于他的东西，比如角落里的篮球、沙发上的一中校服，还有客厅桌上的游戏机。

看来他不在国内的时候，谢景衡没少来这里。

谢景聿把行李放好，给林粟发了条消息，他们在路口碰面，一起去了"穗穗有食"。林晓穗和赵勇为非常高兴，马上张罗了一桌吃的，拉着他们聊了许久。

吃完饭，他们在江边栈道上散步。

年关将近，栈道上的路灯都挂上了红灯笼，看上去喜气洋洋的。这个点正好是饭后，即使是冬天，出来消食的人也不少，还有很多人在遛狗。

林粟看到一个阿姨牵着一只大金毛，被勾起了回忆，忍不住笑了。

谢景聿低下头，看她嘻着笑，一脸的愉悦，也扬起了唇角，问："笑什么？"

"你还记不记得我们第一次牵手的场景？"林粟问。

谢景聿看到了那只金毛，马上懂了林粟的笑点，严谨道："是牵手未遂。"

林粟想起了他们那时候青涩的样子，笑道："那天还是我第一次看到你那么着急。"

"被你'逼'的，你把我的真心话逼出来了，也没让我说完。"谢景聿控诉。

"你得感谢我，不然你就犯了校规，早恋了。"

"只是表个白，算不上早恋。"

林粟抬头看着他："难道你说了，我还会拒绝你吗？"

谢景聿心念一动，有种被时空之箭射中心脏的感觉。他顿住脚，转过身，忍不住把林粟抱进怀里。

这么多年过去，她永远知道怎么让他心动。

"林粟，我之所以想和你一起去北京，是因为我喜欢你。"谢景聿将当年没讲完的那句话完整地补齐。

林粟余光看到那个阿姨牵着金毛又走回来了，轻轻推了下谢景聿："有人……和狗看着呢。"

"让他们看。"谢景聿收紧双臂，"我们现在又不是学生。"

林粟嗅着他身上熟悉的气味，浑身放松了下来，忍不住抬起双手搂住他。

其实那时候表白未遂并不算遗憾，但此刻却更加圆满。

散了步回去，林粟想到自己有几样东西放在了谢景聿的行李箱里，就跟着他回了公寓。

到了公寓，门一开，谢景衡正大剌剌地坐在沙发上玩游戏，看到谢景聿和林粟，他半点不意外，一边按着游戏机，一边随意地打了声招呼："哥，粟姐。"

谢景聿皱眉："你怎么在这儿？"

"不是你给我密码，让我来的吗？"

"我是让你偶尔来，不是让你把这儿当家。"

谢景衡耸了下肩："我没地儿去。"

谢景聿看他一副大爷样儿，真把公寓当自己家了，一时间表情都不好了。

林粟看谢景聿郁闷的样子，开口安抚了一句："反正你一个人住也无聊，景衡能陪你说说话。"

"我和他有什么好聊的。"谢景聿一脸嫌弃。

谢景衡哼一声，傲娇道："我也没什么话和你说。"

这兄弟俩分隔两地的时候，沟通倒还正常，见了面反而和冤家一样。林粟暗自笑了笑，并不觉得他们这是有隔阂，所以拿了自己的东西后，很放心地就走了。

今晚气氛这么好，谢景聿本来还想回公寓和林粟独处一会儿的，结果被谢景衡给搅和了。把人送回家后，他再回公寓，越看谢景衡越碍眼。

"你不是放假了？不回临岩市？"谢景聿没好气地问。

谢景衡百无聊赖地回道："谢成康年底有很多应酬，我要跟着去。"

谢景聿想到了以前一些不好的回忆，眉间更紧："他强迫你的？"

"不是，是我主动要跟着去的。"谢景衡解释道，"我现在要跟着他学做生意，不然以后怎么把他的公司抢过来养你和粟姐？"

谢景聿被他的发言整得愣了下，还以为自己听岔了："养我和林粟？"

谢景衡摊了下手，说："你们两个，一个立志当植物学家，一个要当教育学家，以后铁定是很穷的。"

谢景聿表情难看："穷？"

谢景衡看着谢景聿的脸色，忖了下，换了个词："清贫？"

谢景聿觉得谢景衡就是来给自己添堵的，他狠狠皱起眉，点谢景衡："别忘了你现在是在谁的公寓里。"

谢景衡半点不好意思都没有，还耸肩笑了笑说："你现在帮我，以后换我帮你。"

大言不惭。谢景聿轻哼一声："多操心操心你自己吧，我和林粟到不了要你接济的地步。"

"也是，你们两个毕业了这么多年，老孙还是经常和我提起你们，说你和粟姐是他的得意门生，以后一定会大有作为的。"

"尤其是粟姐。"谢景衡转述孙志东的话，"他说她是他教过的学生里最有毅力的一个，像她这样的人，做什么都会有成绩的。老孙说你是撞了大运。"

谢景聿扬了扬嘴角，很干脆地承认道："他说得对，我很走运。"

谢景衡见谢景聿笑，还觉得瘆得慌，忍不住低声说了句："老孙说粟姐是你的死穴，果然没错。"

临近过年，外出的游子都归家了。

谢景聿和林粟回国后在"匡扶正义，为'杂草'正名队"的群里说了声，周与森马上就嚷嚷着要聚会。本科毕业后，他们工作的工作，读书的读书，已经有很长一段时间没见过面了。现在难得所有人都在临云市，自然是要聚一聚的。

许苑说除夕那天晚上临江广场放烟花，六个人商量了下，便约好那一天碰面。

除夕那天，林晓穗和赵勇为做了一桌子饭菜，让林粟喊了谢景聿一起来过年。这不是他第一次在林粟家过年，大学那几年，林粟怕他孤单，都喊他来家里吃年夜饭。

谢景聿现在已经对上门女婿这个身份极其适应了，林晓穗和赵勇为也把他当半个儿子，林粟的继妹更是直接喊他"姐夫"。

吃完年夜饭，林粟和林晓穗、赵勇为说了声，就和谢景聿一起出了门，打车去了临江广场。他们到时，周与森和许苑已经到了，此时正一人捧着一根烤玉米在啃。

林粟走近，讶然问："你们两个没吃饭啊？"

"吃了。"许苑解释说，"周与森嘴馋，看见烤玉米就走不动道儿，我就陪他吃一个。"

周与森龇着牙，一脸满足："可香了。"

他说着把烤玉米往谢景聿眼前递了递，诱惑道："小聿聿，来一口？"

谢景聿嫌弃地别开脸，见周与森十年如一日地冒着傻气，忍不住说他："一点警察的样子都没有。"

"哎，'袭警'了啊，小心我给你逮起来。"周与森啃了口玉米，为自己正名道，"我这叫融入人民的生活，接地气。"

"你们两个啊，哪回见面能不斗嘴？"许苑笑着数落了句，"多大了，还这么幼稚。"

周与森："是景聿，果然还是学生，就是不如我这个社会人成熟。"

谢景聿瞥他："你成熟，大年三十馋烤玉米？"

许苑和林粟相视一眼，见怪不怪地一齐笑了。

"你们这次回来，能在国内待多久？"许苑问。

"半个月吧。"林粟反问，"你呢，什么时候去香港？"

"过完年吧，具体的还得看我导师。"许苑耸了下肩。

同是研究生，要给导师打工，林粟理解地一笑。

第五个到的是程昱。他毕业后在一家互联网公司上班，周与森一见着他就调侃道："你真是越来越像个程序员了，注意点头发啊。"

程昱轻轻给了周与森的肚子一拳："你倒是一点没变，还是这么不会说话，哪壶不开提哪壶，别忘了，我才是你的'小昱昱'。"

周与森嘿嘿一笑："没忘没忘，咱俩改天约着打球，不喊景聿。"

程昱："孤立他这个男学生！"

谢景聿瞧他们这熟悉的腻歪样儿，直皱眉头。还社会人呢，和高中那会儿如出一辙，一个赛一个的幼稚。

"就差周宛了，我打电话问问。"

六缺一，许苑刚拨出电话，就听到有人喊："来了来了。"

林粟回过头，看到周宛小跑着过来。

"抱歉啊，晚上来广场看烟花的人太多了，路上堵车了。"周宛边跑边说。

许苑等人走近了，笑着打招呼："周大作家，我要的签名书呢？"

"带了带了。"周宛说着从包里掏出两本书，递给许苑和林粟。

周与森凑过来，问："本家，怎么只有两本，这书我们男的不能看？"

周宛笑了："还真是。"

她解释说："这是写给许苑和林粟的书，讲女生之间的友情的。"

当初周宛说自己有个想法，想把她们仨的故事写下来，许苑和林粟都很支持。现在书出来了，反响很好，许苑和林粟都为周宛高兴。

周与森啃完玉米，见人齐了，立刻又变成了队长，组织道："好了，我们别杵在这儿了，一会儿对岸就要放烟花了，我们快去占领有利位置。"

"出发！"他一招手，比了个"进攻"的手势，和高中的时候一模一样。

他们一行人往江边走，找了个较为开阔的地方站定，闲叙着各自的近况。

江边风大，谢景聿怕林粟冷，敞开大衣把她裹进怀里。周与森看到了，有样学样，也把许苑裹进了自己的外套里。

程昱立刻不满了："干什么干什么呢，刺激我是吧，早知道你们是来撒狗粮的，我就把我女朋友带过来了。"

周宛笑笑，说："我男朋友刚要来，我还阻止了。"

"别阻止啊，下次一起带过来。"周与森说。

许苑接道："难得都在临云市，我们之后多聚聚。"

林粟这时候有点为难了，她开口说："我们过两天就要离开临云市，去趟云南。"

周与森问："旅游呢？"

林粟摇头，指了指谢景聿："他要去做个考察，我正好过去看看以前支教的学生，给他们送点东西。"

程昱闻言，啧啧摇头："你们俩还是和以前一样，这么积极向上，不愧是学霸情侣。"

"大过年的，要不要这么卷啊。"周与森接上话，"以前高中你俩去图书馆卷，现在还卷。还没毕业呢，比我这个当警察的还忙。"

林粟觉得不好意思，解释道："这是之前定下来的行程。"

"好啦，能者多劳，景聿和小粟是停不下来的人，你们又不是不知道。"许苑盈盈一笑，"以后还是有机会再聚的。"

周与森嘟囔："机会不是少嘛。"

周宛想了想，说："我们可以一起去云南。"

所有人都看向她。

周宛笑道："毕业旅行不是人不齐嘛。"

"我是没问题。"许苑率先表态，随后看向周与森。

周与森说："我值班可以和人换一下，去个几天没问题。"

程昱："我也 OK 啊，正好带我女朋友出来，介绍你们认识下。"

周宛看向谢景聿和林粟："那就这么说定了？"

谢景聿的考察是非正式的，他主要是想趁着回国，去那边的植物园看看。林粟去看学生不算工作，花不了太多的时间，有更多人陪同出行，她当然乐意。

他们两个都没意见，周与森便拍板了："那就决定了，年后出发，再次前往彩云之南。"

他们六个已经很久没进行过集体活动了，程昱忍不住感慨道："突然想起了我们参加实践大赛那会儿，每个周末都聚在一起，做完标本就去图书馆学习，当时还不觉得，现在再看，是真快乐啊。"

"可不是。"周与森下巴一抬，嘚瑟道，"这还得感谢我这个队长，当时我就说了，这是一次宝贵的经历，毕业后回想起来会觉得很美好的。"

程昱竖起大拇指："有远见。"

周宛回想道："那次拿了二等奖，我们上台拍的照片我到现在还存着。"

程昱："我爸妈还洗出来放客厅了。"

许苑带了相机，听到这儿立刻说："我们现在再拍一张吧。"

周与森："行啊。"

许苑在广场上找了个路人小哥，请他帮他们拍张合照。她教会小哥使用相机后，转身走向朋友们。他们按照高中那张照片的站位站好，看向镜头。

"来，都笑一笑。"

路人小哥说的话和当时带队老师说的一样，他们六个人一时恍惚，瞬间像是回到了旧时光。

这时候，周与森朝着镜头喊道："哥们儿，我左脸好看，你拍左边。"

听到这话，余下五人会心一笑，恰在此时，对岸的烟花齐齐升空绽放，照亮了他们的笑脸。

　　在那场名为"成长"的社会实践中，他们披荆斩棘，携手走到了今天。而青春，或许本就是为"杂草"正名的过程。

1

因为准备校园实践大赛，每个周末"匡扶正义，为'杂草'正名队"都会一起去植物园里做标本，结束后再一起吃个饭，去市图书馆复习。

那天他们从植物园里出来，一起去吃了汉堡。这段时间，托谢景聿的福，林粟几乎把所有种类的汉堡吃了一遍，以至于之后有很长一段时间，她都对西式快餐敬而远之。

从汉堡店里吃饱喝足后出来，他们几个一路溜达着往市图书馆去。

谢景聿走在林粟身边，许苑看到了，和周宛心照不宣地对视了眼，手拉手一起往前走。

林粟回头看向谢景聿，和他目光相接的那刻心头一紧，不由得移开了视线。她察觉到他盯着自己在看，心里头无端紧张，一只手不自觉地绕着书包的带子，但面上还是强自镇定。

"刚才吃饭花了多少钱？我给你。"林粟清了清嗓，主动开口打破了他们之间说不清道不明的氛围。

"不用给。"谢景聿回得很干脆。

林粟闻言，立刻蹙眉，很认真地说："谢景聿，你别同情我。"

谢景聿一看林粟不高兴了，没由来地一慌。但他的确不想收林粟的钱，这个月班上收课本费，又收了班费，她的生活费应该有些紧张。

他忖了下，很快说道："我不想爽约。"

"什么意思？"

"我之前和周与森打赌，说好了输的人请客。"

"什么赌？"林栗追问。

谢景聿这回没有马上回答，他露出了个不太情愿的表情，最后还是抵不过林栗直勾勾盯着自己的眼神，低声不甘不愿地说道："打球输了。"

林栗见谢景聿一脸不甘心的模样，像受了什么天大的委屈似的，心里就有底了。

如果周与森真的打球赢了谢景聿，他早就嚷嚷得尽人皆知了，怎么可能到现在都缄口不提？唯一的理由就是，谢景聿说的不是真话。

他们男生把球场上的输赢看得很重的，谢景聿和周与森更是，从初中开始他们就一直"争锋相对"，在打球上谁也不服输，就好像把全部的自尊心都放在了那颗篮球上。

林栗能明白，谢景聿明明没输，却说自己输了，心里得多憋屈。他宁愿放弃男生在篮球上的尊严也要请她吃饭，她感觉自己心里坚硬的一角渐渐软化了下来。

"你真的输了吗？"林栗笑着问。

谢景聿想否认不能否认，但又不想让林栗觉得自己打球输了，便低头看着她，一本正经地说："这次是意外，我下次一定会赢的。"

林栗看他说得煞有介事的模样，眼底笑意更浓："我相信你，只要不请我吃饭，你一定能赢。"

谢景聿听她这么说，便知道自己的心思都被猜中了，他罕见地有些窘迫，但很快就释然了。

"我请你吃饭冒犯到你了吗？"谢景聿问完，林栗还没来得及回答，就听他接下去说，"我就冒犯了。"

林栗被他难得显露出来的孩子气逗笑了。谢景聿看着她的笑靥，璀璨得好像夏日的阳光都被她的双眼兜住了，忍不住也扬唇笑了。

一阵风过，他们的校服衣角轻轻相触。

2

出国留学的决定是谢景聿和林栗商量过后，一起决定的。

大三那年，是本科的分水岭，几乎所有学生都要在这一年做出选择，是继续升学还是直接工作。谢景聿和林栗在各自学校的成绩都是拔尖的，保研是板上钉钉的事。他们两个私底下深入地聊过毕业后的发展，选择在国内读研固然是很稳当的一条路，但似乎缺乏挑战性。

大学期间，谢景聿和张教授聊过，教授的建议是如果有条件，能去国外留学是最好的，等回国后再进科学院。林粟也询问过自己的老师，他们的建议是，如果想要在教育行业深耕，是有必要跳出国内的教育体系，出国见识下不同的教育制度的。

林粟率先提出了出国的想法，她想去更大的世界看一看，就如当初下定决心要走出茶岭一样。谢景聿早就想好，无论如何，都会支持林粟的决定，她说想留学，他就和她一起着手准备起了申请材料。

出国留学需要语言成绩，林粟的英语底子一直不是很好，大学里虽然过了四六级，但没有那个语言环境，她的口语着实是差。因此那段时间，谢景聿只要有时间就会给她补习英语，陪她练习口语。

雅思考试前两天，谢景聿给林粟批改卷子，林粟看他神色认真，忽然间像是回到了高中的时候。

"你以前也是这么帮我提高英语成绩的。"林粟突然开口道。

"嗯？"谢景聿抬头。

"高中的时候。"林粟回想起来，"我的英语总是拖后腿，你让我多刷高考卷，每次考完试，你还会给我分析卷子，比老师讲得都细。"

谢景聿一笑："我那时候其实有私心，想让你考好些，这样来北京就更有把握。"

林粟托着腮，故意问："那这次，你又包藏着什么私心？"

谢景聿轻挑了下眉，说："之前是不想异地恋，现在是不想异国恋。"

林粟忍不住笑开了，她看着谢景聿，笃然道："放心吧谢老师，我不会砸了你的招牌的，上回我能做到，这次也可以。"

"我相信你，林同学。"

林粟考试的那天，谢景聿就在考场外头等着，考试结束，林粟小跑着出来，径自奔向他，一脸的喜悦。

"考得很好？"谢景聿见林粟笑意盎然，忍不住问。

林粟挽上谢景聿的手，回道："我不知道。"

"那你这么高兴。"

"这回没过，下回再考，反正我不会给你体会异国恋的机会的。"

谢景聿哂笑："那短暂的异地恋机会给不给？"

林粟不解："嗯？"

谢景聿牵过林粟的手，说："我过两天要跟着院里的老师去野外考察，大概要去一周的时间，野外信号可能不太好，老师让我提前和'家属'说一声。"

林粟扬起唇角笑了："'家属'知道了，你放心去考察吧，记得报平安就好。"

谢景聿低头，注视着林粟说："我到时候还给你发照片。"

林粟想起了之前在西双版纳，谢景聿跟着张教授去观察望天树时给自己发来的一百多张照片，莞尔一笑道："我等着看你看过的风景。"

3

从国外留学回来后，谢景聿进了中科院继续深造，林粟去了国内的一所教育研究院工作。正式入学入职前，他们抽空又去了趟西双版纳，这次出行没有任何目的，纯粹是游玩。

交往的这几年，林粟和谢景聿一起去过国内外很多的地方，但西双版纳对他们意义非凡。高考那年，他们在这里有过一段美妙的旅行，至今难忘。

这次重游，又是六月，正值西双版纳的雨季。

林粟和谢景聿订了毕业那年住过的酒店，落地后，他们直奔酒店，到达时一场雨毫无预兆地降了下来。

办好入住，他们上楼进了房间，因为下雨，一时半会儿出不了门，林粟就拉着谢景聿坐在临江的落地窗边，一起看着雨中的江景。

几年过去，酒店房间里的布局有所变动，这次来，室内多了个冰箱，里边放着几罐饮料还有啤酒。

谢景聿拿了两罐酒，打开一罐递给林粟，再自己开了一罐，举起和她碰了一下。

"毕业快乐。"谢景聿说。

"毕业快乐。"

他们对视着，都回想到了高中毕业那年一起临窗喝酒的场景，一切都好似昨日，但中间又隔了五六年的时间。

光阴似箭，幸好他们的身旁还是彼此。

外面的雨下了又停，停了又下，阳光时现时隐。

林粟醒来时，雨水正有节奏地拍打着窗户。房间里没拉窗帘，能看到窗外的天地亮晃晃的，西双版纳的雨季是即使下雨也依然明媚。她窝在谢景聿的怀里，静静地听了会儿雨声，在这一刻，就算今天是世界末日她也知足了。

"谢景聿。"

"嗯？"

"我们结婚吧。"

林粟的语气稀松平常，她说完后，能感觉到身后的谢景聿愣住了。

谢景聿着实吃了一惊，但很快就松快地笑了，宠溺地数落她："你怎么从来都不肯待在原地好好等我。"

林粟不解其意，刚要转身，谢景聿就递了一个小盒子到了她的眼前。

这几年，谢景聿经常跟着团队去野外考察，他不仅每回都会给林粟拍很多的照片，让她看他看过的风景，还会精心地挑选一种当地有代表性的植物，把它的种子带回来送给她。

他说他想把植物界的希望送给她。

林粟以为这次也是种子，就问："这次又是什么植物？"

"你打开看看。"谢景聿把盒子递过去。

林粟接过，直接打开盒子，在看到里边的戒指时，她怔住。

谢景聿取下那枚戒指，看着林粟说："我本来想等我们去了植物园，在萤火虫飞舞的森林里和你求婚的，但是没想到被你抢先了一步。还好我早有准备。"

他拉起林粟的手，把那枚戒指套进了她的无名指里，再落下一个吻，笑道："虽然你先说了，但我还是要亲口问问你……林粟，嫁给我好吗？"

明明答案已昭然若揭，谢景聿这会儿居然还会紧张。

林粟看了看指间的戒指，再抬头看着谢景聿，脑海中快速地浮现出他们相识近十年的时光。

他们之间的情感已无须用言语来表达，从青涩的高中一路走到现在，只要一个眼神，他们就能明白彼此的心意。

"早知道你有准备，我就不说了。"林粟眼眶微热。

谢景聿笑："你可以先拒绝，等过两天去了植物园，我再求一次婚。"

林粟扑哧笑了："哪有这样的。"

谢景聿："那我就当你同意了。"

林粟笑意不减，她望着谢景聿，再次问了那个问题："我们会越来越好的，是吗？"

"当然。"谢景聿抱着林粟，一如当初那样坚定地回答她，"我们会越来越好。"

比春天的草木更加繁盛，比夏天的骄阳更加明媚。

比春天更绿，
比夏天还明媚